U0465660

神拳祖师
李老聃

江渚渔谯 著

图书在版编目（CIP）数据

神拳祖师李老能 / 江渚渔谯著. -- 北京：中国书籍出版社, 2023.6

ISBN 978-7-5068-9400-5

Ⅰ.①神… Ⅱ.①江… Ⅲ.①长篇小说—中国—当代 Ⅳ.①I247.5

中国国家版本馆CIP数据核字(2023)第080155号

神拳祖师李老能
江渚渔谯　著

图书策划	孟怡平
责任编辑	邹　浩
责任印制	孙马飞　马　芝
封面设计	闻江文化
出版发行	中国书籍出版社
地　　址	北京市丰台区三路居路97号（邮编：100073）
电　　话	（010）52257143（总编室）　　（010）52257140（发行部）
电子邮箱	eo@chinabp.com.cn
经　　销	全国新华书店
印　　刷	三河市富华印刷包装有限公司
开　　本	710毫米×1000毫米　1/16
字　　数	534千字
印　　张	24.25
版　　次	2023年6月第1版
印　　次	2023年6月第1次印刷
书　　号	ISBN 978-7-5068-9400-5
定　　价	68.00元

版权所有　翻印必究

序言一

中华武术传承上千年,博大精深,各拳种更如浩瀚星辰,无一不是耀眼明珠,璀璨夺目。其既是防身格斗、杀敌卫国的技艺,更是一种有独特民族世界观、价值观的文化体系。

中华武术代代相传,是一种血脉传承,每一个拳种,都有自己的魂。这个魂,是活着的思想与精神,是拳品、拳德。中华武术的传承,首看人品,着重德行。所以,在中华武林界,才有了"师访徒、徒访师,各三年"的传统。

拳勇,只是末技。其背后的文化内涵,才是中华武术之灵魂,也是区别于西方搏击术之所在。学习中国武术,就是学习中国思维方式、思想境界,传承的正是不屈不挠、自强不息的民族精神。

中华武术是思想的拳!

中华武术讲究整体,讲究辩证,讲究阴阳,讲究唯一,讲道。道法自然,遵循天地运行之道,师万物,远取诸物、近取诸身,易骨、易筋、洗髓,启发人身良知良能。金木水火土,心肝脾肺肾,飞禽走兽皆吾师,天地处处武术魂。

中华武术是象形的拳!

形意拳由河北深州人李老能先生在清道光年间创立,是中国的四大名拳之一。李老能,姓李名"能",字"能然"号飞羽,人又称"李洛能、李老农"。本是清直隶深县(今河北省深州市)窦王庄村人。李家先祖曾为退役战将,故"世以武显",家传战场拳法。李老能年幼时即好学上进,攻书学剑,闻名师即求教,中年即具有深厚的武术造诣。后创立形意拳,因其拳法神化莫测,与人相较,无不随心所欲,手到功成,故乡人送其号"老能先生"以示尊敬,又称"神拳李老能"。

李老能创立形意拳后,摒除旧习,广为传播,除其子李太和外,另授弟子田解元、刘奇兰、郭云深、车毅斋、宋世荣、白西园、张树德等,在当时皆名震武林。从而开创了中国武术的又一新流派。

形意拳虽然脱胎于山西戴氏心意拳,但在拳法的外形、内意、劲力、习练方法、技击原理等方面与戴家心意拳大相径庭,风格迥异,形成了自己独特的魅力。它技道合一、内外兼修、养练并重、以实战著称,凭借独特的理论及实践,在内家拳中独树一帜。

数百年来,形意拳经数代人的传习演练,已经形成了不同的风格特点,但内容仍较为接近。形意拳尊李老能为创始人,乃形意拳界所公认。但仍存在极少数人,数典忘祖、篡改形意拳历史。或有甚者，将形意拳变为牟取私利之工具，乃至乱象丛生。致使中华武术之瑰宝丢失魂魄，无不让人痛心疾首。

鄙人习武六十余载，为李老能形意拳（李太和系）第五代传人、国家级非物质文化遗产形意拳代表性传承人。忠义是鄙人弟子，多年来一直跟随鄙人习练深州形意拳，喜研拳史、擅笔耕，于拳理拳法亦略知一二。今将此书稿拿与鄙人审阅，实觉甚好！

虽然所写为演义小说故事，部分人物事迹存有虚构，但仍不失为一部提升形意拳研学兴趣、了解形意拳大致发展历史经过的一本好书。书中于拳法理论描述，颇得要义，不失寓教于乐！谨此略述片言，聊表对弟子忠义赞赏之意。也希望通过此书，能弘扬中华武魂！

张玉林
二零二三年元月一日于河北深州

序言二

万物飞花
——写给李忠义老师新书的序

创业本艰难要留好样于子孙，
守成非容易不可负愧于祖宗。
姬际可，字一龙峰。
形者五官百骸也，意者心意也，合言之，内五行动，外五行随也。
李洛能字"飞羽"。

我与李老师忠义二人，认识于河北深州李洛能形意拳研究会会长张玉林老师主办的全国形意拳高峰论坛会上。

李老师忠义登台论拳，他的练用讲述，受到同好的赞赏敬慕。会后，我们进行了心形二意拳的交流，他对心形二意拳的建树理解有着见微知著的见解。他说，心形二意拳融会贯通，是多拳种之精微凝聚而成。拳谱言出法随，名实相附，看谱见势。拳经规行矩步，精寸见尺，读经知义，是顺应自然和谐共生、性命双修的功法。

其拳是不尚春华，独尊秋实的文化拳、哲学拳。真如戴隆邦前辈六合拳序中的语辞：难知如阴阳，无穷如天地，充足如太仓，浩渺如沧海，元耀如三光。智无不圆，勇无不生；得乎知其理，会乎知其情。

昔李洛能学了戴家拳后，再创形意拳，被荣为神拳李老能，启后慕名求艺者人众域广，随之，戴家拳的名声又再度高远。

李老师忠义，他多年来收集李老前辈平生事事，要将其魅力风采和富有民族传统文化的智慧结晶再次成铝？展示于社会。李老师忠义收集有已成书的手抄本，亦有口传与街谈巷议，他均一一做了详细的整理，这给研究李洛能前辈的学者提供了难能可贵的素材。其中有的文献典故就是入了正史也是石中碧玉、沙中金之珍贵。这举措既述录了前辈的开拓，又启迪了后者的奋发，他这不辞辛劳的传播，我对他是肃然起敬。望忠义耕耘不辍，继往开来，再有新作品问世，是为为序。

戴氏心意祁县陈振家
二零二三年二月二十四日于祁县

序言三

关于形意拳宗师李老能先生，有说不完的话题。在二百余年间，一直以"神拳"李老能先生称呼，不管是史学界，还是在民间百姓传说中皆如此。可想李老能先生的德艺武功，以神拳盖世传颂也。他所处的那个时代，为武林同道称赞也。他的许多故事，也为武林同道和民间百姓，在二百年间的口传中，一直以来所津津乐道。成为武林人和百姓们心目中的大英雄也。

二百余年间，代代相传的拳技，不变的是"神拳"李老能先生，这个武林界的侠义榜样和楷模人物。不同的时代背景，不同的地域文化，不同的乡土气息，不同的风土人情，自然也会有不同的表述。尤其在中国的传统文化中，历来愿意把技艺高超、武功出色的人颂扬。难免就会用民间百姓自己的最高礼仪和解读方式，去神化、去抬高、去点缀一下。像我们所说的内家拳中的太极拳杨露禅先生，八卦掌的董海川先生，还有我们形意拳的李老能先生，都是那个时代中最为优秀的代表人物和领军大师。自然地在武林历史的长河中，"神拳"李老能先生的许多历史故事，也就不折不扣地代代流传了下来。只不过每一个时代，注入的历史元素和文化符号不同。会有不同的解读方式。而且在一百个人中间，会有一百种理解和认识。这就是李老能先生的形意拳给我们传承者留下的魅力和精神财富。仍然也会一直流传在武林界和他曾经驻足过的地方的百姓口碑之中，代代口口相传的一个重要原因。

说到这里，北京一直是中国传统文化的中心，太极拳的杨露禅先生当年来到北京传拳发展，开辟了一片太极拳文化的天地。八卦掌的董海川先生当年在北京设场教拳，弘扬八卦掌文化。北京文化中心这片沃土的滋养、熏陶和洗礼，以及精心地打拼和包装，为此根深叶茂中留下的武术史料更多更翔实。

而"神拳"李老能先生，当时正在晋商辉煌时期的山西晋中的金太谷四大绅士之一的孟家大院，被高薪聘请担任座上客的护院镖师。并兼在当地和他的故里深州老家设场传徒授技，太行山两侧，晋冀两地的奔波，是这位"神拳"李老能先生的担当，以及谋以生计的手段。在不同的地域文化中，会有不同的传统文化背景。不同的传统文化碰撞，不同的乡音文化，在长期的流传中，而更多的在武林中和百姓的口碑中，留下的典故、传说，甚至神话了的故事更多也。这些也属于我们口述武术历史文化的一个重要组成部分。

其实，关于形意拳宗师李老能先生的史料考证和研究，一直以来众说纷纭，每一地，每一传承门派中，有自己了解的不同考据和史料历史。有不同的故事、传说、典故的说法，这都属于很正常的事情。但近些年来，出现在形意拳界的一些怪事，造假、抹黑、歪曲形意拳宗师李老能先生的所谓史料文章，就很不正常，另当别论了。究其原因都是私心欲、名利欲作怪，所导致的恶作剧也。

"神拳"李老能先生，是一位不拘一格、因材施教的老师，也是一位武林伯乐。经他培养的弟子门人中，名家高手、巨擘大师辈出，迅速崛起于中国的武林界，这是不争的历史事实存在。其拳种的创新，也迅速地屹立于中国拳坛。成为中国在当时清中叶至民初年间最为霸道、最为辉煌的拳种之一。成为中国武林界的一支劲旅，也成为当时商界、军界、教育界等争相聘请选择镖师、拳师、教师的优先条件之一。李老能先生和他的弟子及徒孙们，在当时亦以全新的武术理念和独特的拳技，跻身中国武林的前列。打造出一片形意拳的武林天空，成为显赫的中国四大拳种之一。这种优秀的革新拳种体系，也使得形意拳成为了三大内家拳之一，这是形意拳宗师李老能先生对中国武学思想的最伟大贡献。

千枝散叶，开花结果于神州大地，五湖四海。不同形式的演练，都是李老能先生传承下的脉络，好大的一棵树。留下的传统文化，给我们传承者享受不尽的形意拳传统文化大餐。惠及几代人的强身、防身、修身、健身的资源。可谓前人植树，后人乘凉。感恩我们的前贤，"神拳"李老能先生！

重视我们形意拳的传统文化历史，珍惜我们形意拳宗师李老能先生给我们创造打拼下的这一优秀文化遗产。每一位传承者都要认真地去肩负起弘扬者的责任，要将手中的拳，经过反复打磨，千锤百炼。形意拳是一种精益求精，追求完美精气神的体现。所展现的不仅是优秀遗产，更是中国传统文化重要的组成部分，也是一种经典传承。可以说形意拳是中国历史文化的见证者，也是时代的讲述者。一个优秀形意拳的传统文化历史，会在不经意间带人们进入返璞归真的武林世界。

形意拳传统文化因交流而多彩，因相互借鉴而丰富。形意拳创始于"神拳"李老能先生，雄起于晋冀，更属于中国，传播于海内外，有鲜明的东方文化元素。真正做到用中国情怀，讲好形意拳的故事，用现代化中国的形意拳，讲好当代中国武林中形意拳的好故事！

王建筑

二零二三年元月二十八日于山西榆次

目录

第一章	春风枪影	1
第二章	深池潜龙	6
第三章	大道武林	12
第四章	暗流涌动	18
第五章	校场风云	26
第六章	惊变佛堂	33
第七章	枪锁烟雨	39
第八章	瘦雨台峰	44
第九章	天地心意	50
第十章	祭祀风波	54
第十一章	铁血丹心	61
第十二章	义侠神枪	72
第十三章	侠骨柔情	79
第十四章	捻香聚义	86
第十五章	并州夜宴	96
第十六章	小年夜话	104

第十七章	双雄初会	110
第十八章	关山奇遇	122
第十九章	人世悲情	129
第二十章	月夜戴家	139
第二十一章	过往今来	146
第二十二章	塞北风云	155
第二十三章	联袂访镖	162
第二十四章	辣手毙贼	170
第二十五章	小村结庐	181
第二十六章	拳在山川	188
第二十七章	道心寂寞	196
第二十八章	酒馆波澜	203
第二十九章	赊店走镖	213
第三十章	惊现匪踪	223
第三十一章	夜袭焚店	229
第三十二章	孤身夜访	237

第三十三章	邙山染血	245
第三十四章	野冢夜斗	256
第三十五章	暗度陈仓	268
第三十六章	月黑冷夜	276
第三十七章	波云诡谲	283
第三十八章	风雪漫卷	289
第三十九章	饮恨溅血	299
第四十章	踯躅异乡	311
第四十一章	龙门出殡	318
第四十二章	惊天密谋	328
第四十三章	落寞江湖	334
第四十四章	勇降烈马	345
第四十五章	金盆洗手	353
第四十六章	神拳老农	362

后 记 ………………………………………… 376

第一章
春风枪影

窦王庄，直隶深县西南王家井北的一个小村，三百多户。村民们日出而作，日落而息，过着安逸而平静的日子，年复一年，日复一日，生根繁衍。

清乾隆六十年，公元1795年，正月。

天气虽然有些清冷，过年的节日气氛还没有消退。二月二，龙抬头，一清早，炮仗声忽急忽缓地在村子里不断地响着。穿着新衣的小孩子们也早早就跑出院子，在村子里到处追逐着鸡鸭和狗子玩。

在窦王庄村中央的一户人家的院子里，一个三十多岁的男人正搓着双手，在院子里焦躁地来回踱步，不时地停下来，侧耳听着正屋的动静，嘴里不停地念叨着："两个时辰了，怎么还没动静啊。"

在旁边还有一个下人打扮的人，也不停地在安慰着："老爷，不急，再等等，吉人自有天相。"

男人似乎想要平复一下焦躁的心，探手拿起院中兵器架子上的一根白蜡杆子大枪，双臂抖动，"突突突"的爆响声骤起，一朵朵的枪花从男人手中的枪尖处喷涌而出。

随即，男人抬腿迈步，闪展腾挪，手中枪枪随人走，枪头摆动。里把门、外把门，缠枪、沾枪，或如黄龙直入，或如狸猫捕鼠，又如拨草寻蛇、凤凰夺窝……

刹那间，院中人影晃动，枪影飞舞，枪头幻化成一柄柄利刃，把四周的空气割裂得"呲呲"作响，枪缨上的红丝，一缕缕像羽毛般从半空中飘落下来……

"哇"的一声，从正屋传出了一声孩子的哭声。这哭声，高亢而响亮。紧接着，帘子一撩，一个小丫头跑了出来，冲着那个拿枪的人喊：

"老爷，老爷，生了，夫人生了，是个大胖小子！"

空气一凝，那个男人手中的枪就插入了兵器架子的枪孔里。

"生了"，身形一闪，就进入了正屋。

这个男人姓李，是直隶衙府的一名将军，在边关十年征战，已小有功名。回乡娶妻，怀胎十月，今日正是分娩之期，整整等了三个时辰，看着虚弱的夫人，男人把夫人紧紧地抱在怀里。

夫人用微弱的声音说："老爷，给孩子取个名字吧。"

男人沉思片刻，想起《尚书·大禹谟》中有云："汝惟不矜，天下莫与汝争能"一语，便轻声道："叫李能吧。"

李夫人一听，用虚弱的双臂搂着怀中的婴儿，满目慈爱，低头轻轻地亲了一下孩子粉嘟嘟的娇嫩脸颊，低声说道："儿呀，希望将来你能如你父所愿，做一个为国为民、堪当大才的有用之人。"

乡村的日子是平淡的，窦王庄距离县府虽然不远，但一般农人很少去，除了赶集和读书的孩子们。在县府的西边，有一个学堂，叫"博陵书院"，是乾隆十八年知州伊侃所建，嘉庆二十五年，改名"文瑞书院"，以"修数术，明道法，黜邪说，立真品"为遵旨，十七岁的李能在这里读书修学已经三年了。

清承明制，科举必由学校，即只有各类学校的生徒才有资格参加乡试。清设有各类官学，京师设有国子监、宗学、觉罗学、八旗官学等。各省设有府学、州学、县学。

除这些官学外，还有私人和地方社会创办的私塾、社学、义学和学院等教育机构。

在深县书院学习，分内课生与外课生。内课生每年二月到十一月在书院居住学习，不得外出；外课生可以在家中居住，每月两次与内课生共同学习。

其时，李能的父亲李将军刚刚去世不久。在嘉庆初年，白莲教大起义，李将军受当时的府台牵连，更不愿意乱杀无辜，便被贬回乡。因长期郁闷，再加上积劳成疾，没几年就因病而亡了。李将军一走，没几年，李能的家道开始日渐中落，母亲独自一人，根本负担不起内课生每月2500文的膏火钱。在学习之余，李能经常跟随其舅父做一些贩卖布匹及日用物品的营生，收入用作补贴学费及家用。

这一天，书院的监学通知，要生徒们准备参加三年一度的童生考试。

在大清，府、州、县学的入学考试是科举制中的初级考试，每三年录取两次。各学录取生员皆有定额，按各地的文风高下、钱粮丁口多寡以为差别，自七八名至三四十名不等。清朝科举考试分童子试和正试。其中童子试又分县试、府试、院试，只有通过了这三重考试才算是生员，也就是秀才。

清代科举考试除文科外还有武科，在紫禁城箭楼前广场举行。武科中童生考取生员的童试，其县试、府试略同于文科；其院试每三年举行一次，于岁试文童考试时举行武童考试，科试之年不考试武童。

清代武科的童试分内外场，第一、二场为外场，考试马射、步射、硬弓刀石；第三场为内场，默写武经，如《孙子》《吴子》《司马法》《尉缭子》《李靖问对》《黄石公三略》和《姜太公六韬》等。

考试，虽然考的是生徒的学识能力，但更考的是生徒的家资财力。李能虽然年纪不大，但也深知这一点，自从父亲被贬回乡后，一直以教拳保镖为生，由于农民起义，各地商道时断时续，寥寥镖师数众，也难以面对各地的暴乱流民，镖路艰难，再加上这几年由于父亲病痛，生活来源早已日渐枯竭，勉强维持。父亲的去世，彻底断了家庭的希望。

这十几年来，李能从小在父亲的严厉督导教学下，已经完全继承了父亲的孙膑拳法与枪法，特别是对于武科的马步弓及内场诸学在深县也小有名气；而三年的文科学习，李能对于数术与道学更是深得其妙。但家境的困难，不管是武科还是文科，巨大的费用使李能不得不望而却步了。深思熟虑后，李能托请舅父和母亲商量，想退学跟舅父经商。

李能家中，母亲泪流满面。

舅父轻轻地劝说："姐，就按孩子的意思办吧，你年纪也大了，身子不好，能儿这几年长大了，文武双全，考功名不一定是他的出路，姐夫为朝廷卖命十几年，最终还是被贬回乡，先就让他跟着我做点小本生意吧"。

"唉，兄弟，姐不甘心啊，这样就辜负了能儿爹的希望了"，李老夫人边抽泣边哽咽地说道。

"老姐姐，你放心吧，能儿终非池中之物。边做生意，一边也可以继续习文学武。好男儿志在四方，能儿不小了，也该出去闯一闯了。现在这世道太乱，盗匪横行，以后就让他跟着我，也可以帮我护护商，也算学以致用了。等摸熟了行情，给人护护商队也是一条出路。"

"好吧，兄弟，你费心了！就让能儿先跟着你吧。"李母抹着泪，无奈地点了点头。孤儿寡母，又逢乱世，也只能这样了。

李能倒是没有多少悲伤的感觉，一听母亲同意了，兴奋地拉住舅父的胳膊，兴高采烈地说道："舅舅，以后我就给你做亲随护卫，谁敢欺负你，我就让他尝尝我的梨花枪。"

"呵呵……好！好！好！"老舅看着兴高采烈的李能，乐呵呵地应道。

李母拉起李能的手，满目慈爱，叮咛道："儿呀，以后出门在外，有事不要逞强，多听听你舅舅的。"

"放心吧！母亲，我一定听舅舅的。"

深县，春秋为鲜虞地，后属晋。清雍正二年（1724 年）升为直隶州，领武强、饶阳、安平三县，属正定府。由于地处要冲，黑水流经县东，土地肥沃，盛产花生、水果、黄韭等农产品，特别是深县蜜桃，自西汉以来，一直都是皇家贡品。

西汉初年，深县因产桃而得名"桃县"，治所在前磨头村，后改为"桃侯国"。汉高祖十二年（公元前 195 年），立刘襄（即项襄）为桃侯，后共有六代桃侯在此袭职，元鼎五年（公元前 112 年）桃侯因给皇帝助祭金不足而被免，自此桃侯国废。

西汉末年，天下大乱，刘秀走国，颠沛流离，自蓟县南逃，经安平、饶阳南下。刘秀来到深州境内，口干腹饥，精疲力尽，适逢一桃园白衣老人送蜜桃充饥。刘秀边吃边赞："真乃蜜桃也。"几个桃子下肚，疲渴顿解，浑身有力，摆脱了追兵。后来，刘秀当了皇帝，念念不忘救命之恩，即下令封桃县产的桃子为"蜜桃"，定为朝廷贡品。

明万历"内相"冯保（深州冯家村人，现桃城区冯家村）在宫数十年，为了逢迎万历帝及后宫，每年都在八九月份蜜桃成熟季节精选个大、色艳、蜜汁甜蜜的桃子派人送入宫中，深州蜜桃成为明宫必备贡果，也成为帝王后妃赏赐文武大臣的上乘佳果。为攀附冯保，朝臣奉深州蜜桃为圣果，争相抢购。由此，深州蜜桃开始大量栽培，呈现出供不应求的局面。

道光初年，知州张杰为了发展农事，开始大量栽种蜜桃，桃树发展到10多万株，分布于20多个村庄。据清《吏部爵轶书》载："深州土产曰桃，往时有桃贡，道光时张杰（时为深州知州）栽之。直隶之桃，深州最佳，谓之蜜桃。"作为贡品，蜜桃价格昂贵，由于需求量大，产量少，常常供不应求，为了争夺蜜桃，经常会发生械斗流血事件。特别是送往直隶、天津的蜜桃，经常会半路被抢。为此，大户、达官等就开始顾请镖师护桃。每年八九月份，深县许多武林高手担负起了护桃运桃任务。一般都是三名武林高手带领一队身强体壮的大汉担筐往京城送桃。中途休息时，为保桃鲜，要暂时储存到地窖，还要用蒲扇扇风。

这一年，李能已经25岁了。

岁月的磨炼，李能长成了一个精壮汉子，身体细长，虎背熊腰，面如国字，剑眉星目，独自承担起奉养老母的担子。母亲虽然年迈，但在李能的照料下，精神状态良好，身体日渐硬朗。老夫人看着精壮干练的儿子，欢喜之余也愁绪万千，不断地托乡里四邻，为李能说媒。可李能无心成家，在往来于山西、直隶、天津贩卖布匹、担任护桃运桃武师的同时，不断地精练父亲所传拳术与枪术。

深县的特殊位置，使得这里从明末就武风盛行，在当地流传有长拳、梅花拳、孙膑拳等。特别是有两位奇人，一位叫窦泰宇，一位叫祖平安。二人精通道术，擅长拳技，二人以道救世，教授当地民众拳术。飞羽在其影响下，常怀救世之心，不断与当地武林高手切磋磨炼，在深县，已少有对手。

一日，李能与老母刚吃罢早饭，院外就传来了"砰砰砰"的敲门声。

"能儿，快去开门，应该是你舅父来了"，老夫人高兴地说。

"好！母亲。"李能心中疑惑，这老太太，未卜先知啊。

出去打开院门，果然是舅父，还带着深县有名的媒婆王妈。

"舅父，快进屋，王妈也请。"

"呵呵，好，能儿在呢"。舅父乐呵呵地带着王妈进了正屋。

一进正屋，王妈就看着李能笑逐颜开地说道："呅！这就是我们的小拳王啊，果然一表人才，精壮结实啊。"

"王妈，快请坐，二弟，你也坐"，老夫人高兴地说。

"能儿，快请王妈喝茶"

李能看着这架势，明白了，老太太这是又要给自己张罗提亲的事了。

"王妈，快说说，这次是哪家的姑娘啊？"老夫人待二人坐稳，就有点急不可待地问道。

"能儿，你也坐下吧，这次不能再推了，过了今年你就25岁了。老大不小的，早该成家了，别让你妈再急了。"舅父也应和着劝说道。

"这家姑娘大有来头啊，和你家小子正好般配，就怕你们不敢找啊！"王妈看了李能一眼，对老太太说道。

"哪家姑娘，先说说。"老太太急着问。

看舅父在旁边笑而不语，李能心想，这老爷子，又要开始卖关子了，悄悄地瞄了母亲一眼，就要打算开溜。

"坐下！"

母亲一声轻呵，李能挠了挠头，不好意思地"嘿嘿"一笑，又乖乖地坐了下来。

这会儿，王妈慢条斯理地抿了一口水，身子往前向着老夫人凑了凑，一副神秘的样子。

"老夫人，我说的这户人家姓窦，祖上也是你们拳门中人，三年前才搬回王家井的，这可是你们舅老爷先看对的。"

"喔……"老夫人有点莫名其妙地看这媒婆王妈。

"姐，是这样的"，舅父看了一眼卖关子的王妈，接着说："这窦家，其实就是窦泰宇的后人，窦泰宇被朝廷骗杀后，他的后人就隐姓埋名，一直在外乡流落，几十年过去了，朝廷也不再追杀其后人了，前年他们就回老家了，但还是不敢返回窦王庄，就在王家井住了下来，盘了一个店，开了一家馆子。"

舅父喝了口水，又接着说道："今年年初，我从山西回来，正好在这家店吃饭，坐堂掌柜的就是窦泰宇的后人。"

"喔，这个窦泰宇，我听能儿爸说过，是个大英雄啊。可惜了，他后人现在怎么样了？"老夫人回应道。

这时，李能精神一震，身子往前凑了凑，竖起耳朵，也想听一听，这可是自己最崇拜的人物啊！

"现在这窦家四口人，俩孩子，一儿一女。女孩大，今年二十三了，由于一直躲避官府，一直也没有聘出去，儿子十七了。"舅父接着说。

"我托王妈问了，窦家愿意和咱们结亲，今天来就是看看姐有什么打算，能儿怎么想的。"

"我没意见，兄弟！"

"老嫂子，窦家那姑娘水灵着呢，模样儿俊，年龄虽然大了点，可与你家小子般配着呢。"

王妈也接过话来说。

"能儿，你呢，舅父也觉得合适，你年龄也不小了，李家也不能无后呀。"

看着母亲急切的眼神，李能默默地点了点头，算是同意了。

"好！好！"

老夫人高兴地说："王妈，就拜托你了！"

"好嘞！老太太，你就等着抱孙子吧。"

这一年，是嘉庆二十五年。

第二章
深池潜龙

深州，春秋为鲜虞地，后属晋。

西汉初在今深县东南置下博县，汉高祖十二年（公元前195年）在今前磨头一带置桃县，均属信都国。

隋初郡废，开皇十六年（596年）于饶阳置深州，"以州西故深池为名"。

唐武德四年（621年），复于安平置深州，寻徙饶阳，领安平、饶阳、芜蒌三县。贞观十七年（643年）州废。先天元年（712年）于今旧州村一带置陆泽县，是年复置深州，移治陆泽县。天宝元年（742年）改深州为饶阳郡。乾元元年（758年）复为深州，永泰元年（765年）领陆泽、下博、武强、安平五县，属河北道。

清雍正二年（1724年），深州又升为直隶州，领武强、饶阳、安平三县，属正定府。

从直隶州西去山西，要北行经石门、获鹿翻越太行山，走太行"八陉"，土门关、紫荆关、倒马关共称"内三关"，龙泉关、娘子关、马岭关、峻极关为"外四关"，人们俗称"内三外四"。八陉沿途山势险峻处众多，清中期，由于经济日渐衰落，盗匪横行，特别是在太行山地区，大小山寨不下三十多处。

抱犊寨，旧名"抱犊山"，古名"萆山"，即汉将韩信伐赵之战中，令军卒"人持一旗帜，从间道萆山而望赵军"的地方。其位于直隶州西北200里处，是进入山西要冲之地，它东临华北平原，西接太行群峰，海拔580米，一峰突起，峥嵘雄秀，四周皆是悬崖绝壁，远望犹如巨佛仰卧，眉目毕肖，其山顶平旷坦夷，有良田沃土660亩，土层深达66米，异境别开，草木繁茂，恍如世外桃源。

这里既是汉淮阴侯韩信"背水一战"的古战场，也是著名道人张三丰成道涉足之福地，被誉为"天堂之幻觉，人间之福地，兵家之战场，世外之桃花源"的天下奇寨。

这寨子，山势巍然，仅南北坡各有一条羊肠小道可通。山寨方圆数里均修建起长城寨墙，南北坡小道连接寨子的南天门和北天门。

寨子里面住有一万多人，都是寨兵及其家人。

大寨主铁臂苍龙裘然，一身横练功夫十分了得，据说曾经将寨中的一头疯牛一拳击毙，牛头被大寨主硬生生地砸出了一个洞；二寨主神算子印青，自号"赛诸葛"，出身八卦门，内八卦炉火纯青；三寨主疯魔棍蒋坤，棍术精绝，泼水不进。三人占据抱犊寨十年有余，直隶衙门几次派兵围剿，都大败而归。不仅没有剿灭，反而使得抱犊寨名声大振，隐然成了太行山区土匪们的瓢把子了。

这天，弟兄三人正在饮酒，一名寨兵急匆匆地跑了进来。

"报——"

"讲！"疯魔棍蒋坤抬头看着那名寨兵说。

"寨外有两个人，要拜访二寨主，说是二寨主八卦门内故人。"

"喔，这二人什么模样，多大年纪？"二寨主皱了皱眉，问道。

"一老一小，老的看上去有五十左右，小的二十多，像是从远路赶来，满身泥土。"

"喔，他们没说为什么要见二爷？"大寨主问。

"问了，他们没说，老的就让告诉二爷一句话，说二爷就知道他们是谁了。"

"什么话？"二寨主沉声问道。

"好像是真空家乡，无声老母什么的。"

"腾"地一下，印青脸色一变，站了起来，看着大寨主说，"大哥，他们来了！"

"好，请到密室。"裘然沉声道。

这一年，是道光六年（1826年）。

在抱犊寨密室，大寨主裘然三人正在与来人密谈。

"大哥，三弟，这位就是我师兄，天理教坎卦教首铁笔判官毛文成。"二寨主介绍道。

"幸会，幸会！"裘然与蒋坤抱拳施礼。

"不客气，不客气，我毛文成当感谢两位寨主，这十几年来要是没有两位寨主的帮助，我天理教数十名遗孤及师弟早怕被狗朝廷赶尽杀绝了。"

"是啊，教首，现在寨子里面的遗孤都已经长大了，孩子们大都武艺精熟，足可以独当一面了，没有大哥与三弟的照顾，也没有我印青和遗孤们的现在啊。"

"大哥，三弟，印青再次感谢了。"

"二弟与毛教首客气了，大家都是一家人，不用客气。"裘然抱拳施礼道。

"好，教首这次上山有什么打算？"印青问道。

"是这样的，现在清廷国库亏空，卖官鬻爵，黑娃打探到一个消息。"毛文成指着与他同来的后生说道。

黑娃接着说道："近期有卖官所得的180万两银子要送到直隶来，交由直隶总督那彦成，与多地的卖官银一并送往京城。"

"为了感谢大寨主庇佑之情，打算送抱犊寨一个大富贵。"

裘然眉毛一挑"怎么说？"

"说说，嘿嘿。"蒋坤也磨着手掌，有点兴奋地问。

"是这样，我打算带一部分我教遗孤去劫直隶府银库，所得银子全部送与抱犊寨。"

直隶总督署衙，驻地为直隶省城保定。正式官衔为总督直隶等处地方提督军务、粮饷、管理河道兼巡抚事，是清九位最高级的封疆大臣之一，总管直隶（今天津，河北大部与河南、山东小部）的军民政务。

那彦成，章佳氏，字绎堂，号韶九、东甫，满洲正白旗人，大学士阿桂之孙，工部侍郎阿必达次子。

那彦成在乾隆五十四年（1789年）中进士，被选为翰林院庶吉士，随后不久担任翰林院编修。此后历任内阁学士、工部侍郎、户部侍郎、翰林院掌院学士、工部尚书、镶白旗汉军都统、礼部尚书、陕甘总督、直隶总督、理藩院尚书、吏部尚书、刑部尚书等职。

这次任职直隶总督，是那彦成第二次被启用。此时的那彦成，已过花甲之年，仕途几经波折，早已没了往日的刚愎之气，老谋而深算。他深知，这次朝廷再次启用、调任其为直隶总督，是被时局所困，而不得已。

他知自己这次调任责任重大，一点也马虎不得。为此，他已报请朝廷后发下榜文，要广招天下豪杰，六月八日在保定府一年一度的保定跤会期间，在大校场设下擂台比武招贤，入选人员将按比赛成绩授予对等武官，第一名赏黄马褂，四品顶戴花翎，组成护银队与缉匪队。

直隶总督，驻地最初在大名，雍正年间迁往保定，正式官衔为总督直隶等处地方提督军务、粮饷、管理河道兼巡抚事，由于直隶省地处京畿，雍正二年例授兵部尚书、督察院御史；总督不加衔都为正二品，直隶总督一般都加衔，为从一品。由直隶总督署发布的招贤榜，其含金量之高，可想而知，故而榜文一发出，立刻震动了直隶地区及周边省份，不仅众多能人异士、武林群豪纷纷响应报名，而且对抱犊寨等也起到了极大震慑作用。铁臂苍龙裘然连发十三道绿林帖，广邀黑道人手，并且花重金加固寨墙及防卫。而铁笔判官毛文成更是秘密结社，密谋直隶夺银。一场剑拔弩张的大戏要开始了。

深州，窦王庄，已过而立之年的李能已经是两个女孩的父亲了。舅父已经把布匹生意全部交给了他，老爷子帮助李老夫人替飞羽照应着家里家外琐碎事情，偶尔去王家井找亲家窦老板喝喝小酒，吹吹牛。由于窦家及其自己家里帮手少，窦老爷子和母亲年纪将近古稀之年了，李能也一直恪守着父母在、不远游的古训。平日里除了去山西太原、晋中地区贩些布匹，基本都在窦王庄和王家井做事。

这一天，王家井窦家酒馆异常忙碌，食客比平日里多出了许多，看打扮，基本都是练家子装束，三五人一群，山东、河南、山西的口音居多。酒馆的几张大桌，都坐满了正在吃饭或等待吃饭的人，人声鼎沸，吵吵嚷嚷，喝酒行拳，热闹非常。

有猜拳的——

"哥俩好……"

"三星照……"

"哥哥，你喝，你喝，你输了，哈哈……"

有射壶的，也有几个女子玩汤匙令的。

…………

时值五月，深州天气虽然转暖，但屋外也有丝丝凉意。在后厨院内，李能正在帮忙杀牛。此时的李能，体格精壮，剑眉星目，双手抓住牛的两只犄角，身腰一扭，一个弹抖就把这头千斤老牛放倒在了地上，动弹不得。几个伙计看着暗暗咋舌，纷纷上前捆住老牛四蹄。屠夫拿刀正要割老牛喉咙，却发现老牛的脖子已经被飞羽扭断了，只有出气没有进气了。

窦老板站着旁边，看着爱婿的身手，也露出了满意的笑容。窦老板也是个中高手，五十三手功力拳练得劲力雄浑，弹抖力、螺旋力、对称力和缠丝力，一力化五劲，登峰造极，鲜有对手。

"功力拳"属少林派。自山东莱州府即墨县张家村张姓所传，明朝永乐年间，张氏定居山东武城县甲马营乡占官屯村，移居运河西岸的故城县郑口镇夏庄村。"功力拳"自创立之日起一直遵循中国武术子承父业、传男不传女的传统，从不外传。到清嘉庆年间，张家十四代传人张学才广收门徒，改变了家传传统，窦老板也是机缘巧合，拜在了张学门下。

看着女婿把功力拳的五劲运用得如此出神入化，不仅也暗自赞叹女婿的练武天赋，庆幸自己得自张家的拳术后继有人，没辜负自己师父的破规传授。

"能儿，来，歇会儿，咱爷俩唠唠。"窦老板爱惜地说。

"好，爸。"

李能拍了拍手上的灰尘，笑着走过来给窦老爷子拿了条凳子。

"您坐。"

"怎么样，这次去山西贩布还顺利吧？"

窦老板边坐边问道：

"娘子关那边现在匪患严重，抱犊寨的人没有为难你吧？"

"一路还算顺当，抱犊寨现在也收敛了很多，对过往的小商贩大都睁一只眼闭一只眼了。"

李能边给老爷子倒水边答道。

"喔，凡事要多加小心啊，能不动手就不动手，少个仇人的好。"

"是，爸。"

"直隶署六月初要举办招贤比武大会，能儿你找时间也去看看吧，多长长见识。你的家传孙膑拳和功力拳都已大成，要想提高就得多出去走走，我那几年在外避祸期间，曾听别人说，有一种叫心意六合拳的，讲究意气力六合，非常厉害，可弥补气力上的不足。"

"心意六合拳？"李能眼睛一亮，心想，能让自己的岳父看得上的拳技肯定错不了。

"爸，您给说说，这是个什么拳？"

"我也不清楚，当时只顾避祸了，哪敢打听啊！"

"喔……"

李能有点遗憾，接着说道：

"爸，我这次来就是想和您商量，我也想报名参加比武大赛。"

"这个……"

窦老爷子犹豫了起来。

"掌柜的，府衙来人了，找李少爷。"

只见一个伙计急匆匆地来到后院道。

"走，出去看看。"

窦老爷子对李能说道。

大厅，不再有嘈杂声了，习惯了大声说话的江湖人也变得安静下来，在大厅的入口处，站着三位衙门打扮的人。前面一位五十多岁，面白须长，头戴黑缎瓜凌帽，衣着蓝绸马褂，上等麻衣裤，黑色缎面鞋，手里拿着刑字折扇，傲然不拘，后面站着两位捕快打扮的衙役差人。

"方师爷，稀客，稀客，欢迎光临小店。"

刚进入大厅的窦老板看到此人满脸笑容地说：

"伙计，快给方师爷和两位官差沏茶。"

"老师，您可好！"李能也鞠躬施礼道。

"好！"

"窦老板，我找能儿有事商量。"方师爷边回礼边说道。

"喔，那咱们进里屋说。"

"能儿，给方师爷及两位官差引路。"

方师爷，大名"方志远"，因祖上避祸不仕，在三十岁入幕深州府衙，做师爷已近二十年了，也是李能在学馆读书时的道学师父。一手唐拳绝技，武艺高强，据说唐拳传自闯王李自成曾孙李天祥。

在内堂，五人坐定。

"老掌柜，能儿，我给你们介绍一下。"方师爷指着与自己同来的两个官差说道。

"这一位，是饶阳捕快班头，铁腿胡春礼，戳脚门高手。"方师爷指着其中一名体格健壮年长个高的差官介绍道。

"幸会！"胡捕头抱拳，瓮声说道。

"这一位，是安平捕快班头，向捕头，一手内八卦出神入化。"

"方师爷过奖了，幸会！幸会！"身材略瘦的向捕头也抱拳施礼道。

窦老板与李能一一回了礼。

李能也接着说，"老师，有什么事，您派人知会一声就行，何必自己辛苦。"

"能儿，此事非同小可啊。"

"喔？您说。"

"是这样的，近几日我要押解八十万捐银上交直隶署。现在直隶地区情况复杂，江湖上人员鱼龙混杂，极不安全，州府大人要我选派武林高手护送，我想带你与我同去。"

方师爷看着窦老板和李能，用征求的语气说道。
　　李能心中一动，抬头看向岳父，道："爸，您看呢？"
　　窦老板哪能不知道女婿的心思，微微一笑，说道："我看可以，你刚才还要报名参加招贤比武呢。这次有方师爷带着，我没意见。再回去问问你母亲的意见，也告诉莲儿一声。"
　　"比武就不用了，这次我们去了直隶总督署，护银高手会被直接选入总督护银队的。"方师爷解释说
　　"好，老师，什么时候走？"李能问道。
　　"时间等州府大人确定，为了保密，走时通知，你先回去准备吧。"方师爷说。
　　"好，能儿，你抓紧回去吧。现在正好正午了，我们老哥俩及两位捕头大人喝一杯。"
　　"好的，岳父。老师您坐，我就先回去了。"
　　方师爷点点头。
　　"二位捕头，先告辞了。"李能抱拳施礼道。
　　"公子，不客气。"
　　胡、向两位捕头半起回礼道。

第三章
大道武林

深州居直隶、山东之间，可谓四通八达，是直隶重要的商道往来中心。

在城东及王家井，李家都开有棉布绸缎庄和镖社，产业颇丰，由夫人窦玉莲及舅父的两个儿子负责打理。李老夫人习惯窦王庄的清净生活，在窦王庄与两个孙女享天伦之乐。

李能逐一安顿好店铺生意，带夫人玉莲回到了窦王庄老宅。

刚到宅院门口，就听到院内传来孩子们的笑声与老夫人、老妈子们的说话声。

"奶奶，藏好了没有，我们要找了。"

"咯咯咯……"

"好了，好了，你们找吧。"

"小姐们，你们慢点，慢点……"

李能和妻子玉莲相视一笑，推门而入。

"爸爸，妈妈。"

正在院子里找奶奶的两个小女孩突然看到进来夫妻二人，高兴地飞奔而来。

"奶奶，爸爸、妈妈回来了。"

李能一手一个，趁势抱起了两个孩子。

"闺女们，干吗呢？这么高兴。"

"捉迷藏！"两个女孩异口同声地说。

这时，听到声音的老太太也从耳房笑眯眯地走了出来。

"回来啦！"

"妈。"玉莲边说边搀扶住了老夫人的胳膊。

"走，回正屋。"老夫人高兴地说。

老宅子，院落不大而精致，标准的北方四合套院，高墙，深院，平顶，青砖贴面，一进门，有照壁，两侧耳房各六间，穿过过道，就是家主居住的正院正屋。东、西各四间房，供居住，正北为客厅正堂。

待老夫人坐稳后，李能问道：

"母亲，老舅没来？"

"这个月你老舅轮值月头，出去摊差去了。"

李能眉头略皱了一下，老夫人看到，问："能儿，找你老舅有事？"

"母亲，是这样的，近期我要和方师爷押捐银去保定，原想走时托付老舅一下，多照看一下您。"

"喔，走多久？"老夫人问。

"多则三个月，少则一个半月，方师爷说现在确定不了，也许还要押镖去京城。"

"我没事，身体还硬朗着呢，再说这几年你外出访师学拳、跑山西做生意，我不也没事嘛。"

"就是，你去吧，照顾妈还有我呢。"夫人玉莲也接着说道。

"妈也听你老舅说了，这次直隶总督署发榜招贤，天下高手汇聚，你去历练历练也好。"老夫人接着说。

"这次把你父亲的镔铁枪带上吧，路上以防万一。"

"好吧！"李能心感惭愧地应道。他知道，这么多年来，母亲为了完成父亲的遗愿，为他吃了不少苦。

从深州到保定，将近300里，北上要经饶阳和安平。这一天，方师爷带着李能及州府的12名衙役押着捐银出发了。他们要逐一去饶阳与安平，分别和胡、向二位捕头会合，把深州所辖四地的捐银汇齐后再解往保定署。

近段时间以来，从深州到保定的官道上，行人、车辆马匹比往日多了三倍有余，有骑马的，有坐车的，有步行的，或三五人一群，或一人匆匆独行，人喊马嘶，分外热闹。

由于官道多穿越村社集镇，地处平原，沿途随处可见卖水歇脚的窝棚和吃饭打尖的小吃摊。在这些地方明显之处，都张贴有官府文书，大意是前往参加直隶总督署比武招贤的武林人士，只要能提供官府路引和门派师承，各地县府和官府铺舍驿站都可以免费吃住。

此时的李能与方师爷一行，正在饶阳驿站边歇脚，边等着胡捕头。他们一行除了李能和方师爷之外，其余人员全部是标准的公人差官装束，围在靠院门口的一张桌子边默默地喝着水，吃着茶点。

饶阳驿站不大，在外面临时摆放了三五张桌子，供往来人员歇脚，李能他们来时，已经有三张桌子坐满了人，也许是在官府驿站的原因，没有一个像往日一样吵闹的，大都默默地在喝水歇息，偶尔低声说上几句话，或熟人间打个招呼。

李能和方师爷坐在离人群稍远一点的一个角落的一张桌子边，视线正好能观察到驿站的全貌和进出驿站的人员。

方师爷，一身人畜无害的老学究常人服饰，一手折扇，一手烟袋，一会儿端起碗喝口水，一会儿吞云吐雾一番，眯着眼，怡然自得。

李能看着他，忍住笑，问道：

"老师，这次衙门下了大本钱了，比赶考学子都优待，对参加比武招贤的还提供免费吃喝，不怕匪徒混进来啊？"

"哼，你哪知这其中奥妙，这次怕有一大部分绿林高手要折损在这比武招贤会上！"

"啊？"李能吃惊地看着他师父。

"这里人多嘴杂，以后告诉你。一路上你多看少说，看我眼色行事吧。"

"喔，好的，老师。"李能疑惑地回应道。

师徒俩喝着水，唠着嗑，说话间，饶阳捕头胡春礼带着三个捕快押着捐银过来了。两拨人马会合后，略做调整，大家一看时间尚早，就决定继续赶路，去安平与向捕头尽快会合。

胡捕头带队，一行人均骑着马，押着三辆银车前行，李能和方师爷坐着一辆蓝布帘子的马车在后随行。

车内，李能还是忍不住问道：

"老师，刚才您说的究竟是怎么回事？"

"你以为官府真是为他们提供方便吗！"方师爷适当地压低了声音说。

"那彦成老谋深算，这一招毒辣啊！"

"怎么说？"飞羽疑惑地问。

"那彦成明里广发招贤榜，暗里已经严令直隶所属州县加派人手，紧盯那些武林人士，发现异常，都已暗暗锁定，你看为什么沿途突然出现这么多歇脚的摊贩，这里面有一多半都是各地衙门派人假扮的。其目的就是识别武林正派人士与绿林人士，各地都有八百里加急，武林人士的一举一动都会被逐一上报直隶总督署。"

李能一听，倒吸了一口凉气。

"这么厉害！"

"那彦成把这叫作明松暗紧，打草惊蛇，定点剿杀，捐银只是诱饵。"方师爷继续说着。

"你知道我为什么叫你出来吗？"

"为什么，师父，不是让我帮你押银吗？"

"这只是一个原因，主要的是我叫你出来怕你被卷进这次清剿中。"

"啊，为什么？"李能吃惊地问道。

"这一次搞比武招贤，就是为了一举清除匪祸，深州也是这次官府的重点清查州府，你这几年到处找人学艺求教，接触的人太多，我怕你被人利用。"

李能听得阵阵冷汗。

"你知道这些就行了，有什么我会提前告诉你的，另外别和胡、向走得太近了，发现他们有什么异常就及时告诉我。"

李能疑惑地点点头，不再说什么，陷入了沉思中。

方师爷瞥了李能一眼，又自顾自地抽起烟来了。

申时左右，一行人到了安平前沿驿站，安平捕头向文华已经领着三个捕快等候多时了。大家商量，今天就暂时在驿站休息一晚，明早再走。

驿站已经住满了武林人士，因为向捕头提前做了安排，捕快们住通铺，两位捕头和李能、方师爷各一间。

方师爷是州府下来的师爷，晚饭驿站专门给安排了两桌酒席，大家累了一天，也都想喝点，方师爷也没反对。捕快们一桌，两位捕头和方师爷、李能一桌，安顿好值守，大家就开始吆五喝六地喝了起来。

酒过三巡，菜过五味，大家压住了饥，慢慢地话就多了起来。

"师爷，您老见多识广，给说说，这次比武招贤大会，估计会有多少门派参加。"胡捕头说道。

"是啊，给说说。"向捕头也是满脸的兴趣，急忙附和道。

"这个嘛，也不好说。"方师爷抬起头来，见大家都有兴趣，咳嗽了一声，清了清嗓子，慢条斯理地打开了话匣子。

"这次招贤榜文主要是直隶总督署发的，只发到直隶地区的七州三厅十二府和山西部分地区，参加的武林人士不外乎这些地方的人。"

"对，对，有道理。"大家频频点头，附和道。

方师爷接着说：

"在这些地区，武林门派大致有八闪、六步、地躺、八极、劈挂、戳脚、梅花、谭腿、少林、地煞、罗汉、二十四大战拳、拦手、鹰爪、太祖长拳、螳螂、查拳、华拳、迷踪、六合、连拳、三皇炮锤、孙膑拳、八卦拳等二十多个门派，我估计，报名的武林高手出不了这个圈。"

"你们有门内师兄弟们报名吗？"方师爷突然抬头望着胡、向二位捕头说。

"没有！没有！"

"老师，这么多拳种门派参加，比武就得分输赢胜负，一招不慎，就把门派的脸面和地位给丢了，这一场比试下来，恐怕会断了许多门派的江湖路吧？"李能也插话道。

"每个门派拳种都有自己的特点，输赢胜负不在于拳本身，而在于人。"

"武技又称手搏之道，有大道、小技、末技之分。"方师爷带着微醉继续说道。

"能儿，你这几年经常访师交友，其实还是没脱得了末技之道啊！"

"啊，那您说说！"李能心里有点不服地说道。

"末技角力，小技制人，大道诛心，但这三者，又不可偏废，既可独立，又可相辅，阴阳也！"方师爷摇头晃脑地半眯着眼说道。

胡、向二位捕头听得糊里糊涂，感觉云遮雾罩的。

"扑哧"一声，胡捕头差点喷出一口酒来。

向捕头的脸也憋得通红。

"竖子不可教也！"方师爷瞪了胡捕头一眼。

"您说，您说！"胡捕头赶紧赔起笑脸，抱拳说道。

"哼！不说了，睡觉！"说完，方师爷扔下三人，摇摇晃晃地进了驿舍。

李能也感觉有点头晕，顺势站起身子，打算和二人打个招呼也要离去。向捕头一把拉住李能的胳膊，半眯着醉眼，开口道：

"兄弟，你看，现在时辰还早，咱们哥仨再坐会儿吧！"

"就是，别急嘛！"胡捕头也拉住了李能的胳膊说。

"喔，那、那……那好吧。"李能不好意思再推脱，只好就又坐了下来。

"来，再倒上，喝，这才是好兄弟嘛。"向捕头高兴地边说边给三个都加满了酒。

"兄弟，你家学深厚，师承多门，还是方老夫子的爱徒，以后还得多多关照哥哥们呀！来，哥哥敬你！"向捕头说着，端起酒杯冲李能一举，一仰头，把杯中酒倒进了嗓子里。

"就是，兄弟，哥哥也敬你，多多关照！"胡捕头见样学样，端起手中的酒，仰头喝了下去。

二人喝完酒，都支棱起发红的眼，看着李能。

"二位捕头，客气了，小弟以后还得请二位捕头多关照！"李能见状，赶紧端起酒杯回敬对方，把杯中酒也一口喝了进去。

"哈哈，好！痛快。兄弟，来咱们喝。"胡捕头满脸通红，咧开嘴哈哈一笑，"啪"地拍了李能一把。

"好说，好说，一家人不说两家话，来，兄弟，喝酒。"向捕头眯着眼，微微一笑，也慢条斯理地应道。

"哈哈，你二位就别客气了，来，咱们干了这一杯。"胡捕头端起酒杯，还没等二人反应过来，就一口又喝了。

"哈哈，胡兄痛快，喝！"

"喝！"李能无奈，也只好干了杯中酒。

酒到微醺，胡捕头摇晃着端起酒杯说：

"兄弟，在深州地界你号称小拳王，今天乘着酒性，你给露两手吧。"

"对，露两手，让弟兄们开开眼，你们说呢，弟兄们？"向捕头也对着其他捕快们说道。

"对！"

"好！"

"露两手吧！"

众捕快们也敲桌敲碗，嘻嘻哈哈地起起哄来。

李能看着边喝酒边起哄的捕快们，连忙站起来，端着酒杯给大伙儿鞠了一躬，笑着脸说道：

"二位哥哥，各位差官，小弟咋敢在高人面前班门弄斧，贻笑大方，我敬大家一杯，谢谢抬爱了！"

向捕头看了胡捕头一眼，努努嘴，胡捕头会意。"腾"地站起来，一把抓住了李能的胳膊，道：

"兄弟，别客气，怎么，看不起这些弟兄们？"

李能毫无防备，只感到一股大力从胡捕头手上传来，差点被胡捕头拽了个趔趄。急忙一个千斤坠，腰身一沉，稳住了手臂，杯中酒只是在杯里晃了一下，说道：

"胡捕头，别误会！"

胡捕头一看李能在自己五分力道的突袭下竟然没洒一滴酒，暗暗地又加了三分力度，说：

"兄弟，好功力！"

李能腰脊一挺，双臂一震，便挣开了胡捕头的手，继续端着酒，说道：

"哥哥，笑话了，小弟敬你！"

胡捕头一个趔趄，差一点摔倒，感觉脸上发烧，估计自己的脸羞红了。好在大家都喝了酒，谁也没在意，端起酒杯与李能对碰了一下，一口喝了下去，尴尬地说道：

"不客气！不客气！"

旁边的向捕头见状，也站起来，手一搭李能的双臂，笑嘻嘻地说道：

"来，兄弟，咱俩也试试手。"

说罢，也不等李能应允，脚下挂风，右脚一招穿墙脚，踢向李能右肋。

李能身体急忙左转，右腿急提，使了一招圈点腿，以踢带挂，在截挂住向捕头袭来右腿的同时，右脚不落地，随即向右，脚尖直奔向捕头的下阴点去。

"好！"

向捕头大喝一声，向后急撤右步，躲过李能右腿的袭击。同时，弓左腿，左拳挂着风，直冲李能的面门捣去。

李能不敢大意，身向后仰，避过向捕头的拳头，合双掌托击。同时，右腿叶里藏花，飞踢其头。

"怎么回事？还不睡觉！"

众人正看得精彩之间，突然，方师爷的声音从屋子里传了出来。

向捕头一听，急忙"呼"地一下，跳过一边，李能也收住了腿劲，二人都停了下来。向捕头一伸大拇指，哈哈一乐，说道：

"哈哈，李兄弟，你的戳脚厉害，哥哥佩服！咱们今天就到这里吧。"

李能也见好就收，忙抱拳，客气道："向大哥好功夫，小弟佩服！"

向捕头回了礼，转身对着喝酒的众人喊道：

"好了，今天就到这里吧，早点歇息了。"

众人虽然酒兴未尽，但刚才方师爷已经发了话，只好悻悻地散了。

第四章
暗流涌动

保定，古称"上谷、保州、保府"。明惠帝建文四年（1402年），都督孟善加固城墙，以砖石砌城，筑女儿墙堞口3710雉。隆庆年间（1567—1572年），张烈文等三任知府将土城逐步改建成砖城，加固并增筑城楼，从战略防御出发，根据当时条件和地利，确定城池形制，城周基本呈方形，唯西城南部向外呈弧形凸出500米，整个城池形似足靴，故又有"靴城"之称。

保定城池与太行山脉的狼牙山峰遥相呼应，使保定城形成了西峙太行，东抱白洋的天然战略要地之格局。保定是河流纵横的丰水区，境内河流众多，支流密布，属大清河中支水系，均源于太行山区，形成扇形河网，自西向东汇入白洋淀，经大清河，可达天津等地。

保定与北京相伴而生，保定之名取自"保卫大都，安定天下"，历来为京畿重地和"首都南大门"；有"北控三关，南达九省，畿辅重地，都南屏翰"之称。

这几天的保定府分外热闹。

按照总督署的命令，在进入保定府的陆路关口和水道码头以及保定府东、西、南、北四门，均加派了人手。督标中军署负总责，左营、右营、前营、后营和城守营五个营，各司其职，守城绿营官兵比平日里多了三倍有余，四门都加双岗，一组八人，每门两组，由一位千总带队，负责对进入的商贾客流、武林人士等进行查验。

距离六月八日招贤比武的日子还有三天，也是保定府一年一度的跤会举办期间。

这几天，保定府城里各路武林人士及看热闹的、做生意的、赶码头的人络绎不绝，特别是三三两两的武林人士更是比往日多了数倍有余。

马匹的嘶鸣声，沿路商贩的叫卖声，人来人往的嘈杂声，不时还夹杂着野狗的叫声，使得本来就不大的保定府一下子就拥挤了起来。

南大街及东、西大街上的人更多，这几天正值端午节来临之际，卖粽叶的、糯米的、红枣的、艾草、保定三宝的比比皆是，使得本来就不宽敞的街道一下子就拥挤起来。

而一些大户、商号、跤社等也都开始准备赛龙舟和跤会的比赛活动。

比武招贤、端午节、赛龙舟、跤会这几件事让整个保定府都沸腾起来了。

据说北京奕亲王带着八位大内侍卫和蒙古跤高手也要来参加跤会和比武大会。

各地住保定府商号住满了，中州、三晋、山东几大会馆住满了，客店住满了，连文庙、大慈阁都住满了三山五岳的人。

直隶总督署内，总督那彦成正在召开会议。

为了防止意外发生，在督署大街的东西辕门，都有重兵守卫，以往人群可以聚集的大旗杆下，今天也被清空了。督署东西广约130米，南北深约220米，占地总面积30000平方米。在这一区域，被划为禁地。

在督署大堂正堂，左手，坐着从京城来的奕亲王，那彦成在右手恭敬陪坐。左右两侧分别依次是直隶藩司、臬司、保定知府、清苑知县及提督、总兵，参将、游击及八位大内侍卫等官员，大家都肃穆垂手站立。

这时，奕亲王正在讲着话：

"各位大人，本王这次来是奉皇上密旨，比武招贤的目的就是彻底消除京侧匪患，当然，这次比武也是为选将补员，皇上对那总督上的折子十分赞赏，能料敌于谋，防患于未然，实属股肱之臣，难能可贵！"

"谢皇上赞赏！"那彦成急忙站起来叩谢。

奕亲王接着说道：

"这次随我来的还有八位大内侍卫高手及我大清一等勇士搏奇巴图鲁苏和泰，由他们做此次比武招贤大会的护擂擂主，具体安排就请那总督说吧。"

"喳！"

八位大内侍卫和苏和泰抱拳回应道。

"是，王爷！"

那彦成也急忙回应。

那彦成接着说：

"本督这次奏请皇上设擂比武的目的，我想各位都已经明了了。"

"是，大人！"

各位官员应答道。

"据报，这次报名比武者计有五百三十五人，我的计划是这样的"，那彦成向奕亲王恭请了一下继续说道，"这次比武招贤大会与保定跤会同时举行，会场设在城东大校场，本督打算把这五百多人通过抽签分成十二组，每组四十人，分三轮无规则生死对抗赛，第一轮胜出一百二十名，胜出者，获武勇称号，赏银一千两；胜出者继续抽签，分十组，每组十二人进行第二轮无规则对抗比赛，胜出三十人，胜出者获武英称号，赏银三千两；第三轮由二轮胜出者继续抽签，分三组，每组十人，继续抽签进行无规则循环决赛，取前三名，赏劲勇巴图鲁称号及四品顶戴花翎，赏银五千两。"

在总督府议定招贤会的时候，飞羽与方师爷一行也来到了保定府清苑金台驿馆。驿馆接递皂隶协助捕快们安顿车辆驮马，方师爷带着两位捕头去保定府仓大使署联系银两交割事宜。飞羽一人无事，洗漱完毕，看时辰还早，就自己出了驿馆，打算到周边转转，虽然自己跑商道和押镖时也经常来保定府，可事务缠身，也就一直没有顾及其他，今天难得空闲，顺便也听听这次来保定府的各路人物的情况。

金台驿，亦名"金台马驿"。位于莲花书院东，县衙东南，紧邻穿行街及大慈阁，处于清苑县衙繁华地段。该驿始建于宋代。"金台"二字取自战国时燕国燕昭王立志中兴，采纳谋士郭隗的建议，建黄金台以招贤纳士的典故，初期称"金台顿"。金元后改名"金台驿"，从明起历经修缮，一直沿用至今。该机构负责接待使客、递送公文、飞报军情、转运军需。平日驿站备有马匹若干，马匹分上、中、下三等，各悬挂小牌，写明等级，凭符牌应付。驿站置铜铃，遇紧急公务，将铃悬挂马上，飞骑传送，前方驿站听到铃声，立即安排供应。

飞羽出了驿馆，此时街上行人众多。保定府是一座水城，水道多，街道狭窄短促，各色打扮的人使原本就不宽敞的街道变得更为拥挤。在不远处的穿行街基本都是卖谷物、鱼虾等摊贩和商铺，在驿馆周边的两侧街道上也有不少卖小吃水果的摊贩点，叫卖声此起彼伏，热闹异常。

飞羽看了看方向，就随着人流顺步向大慈阁方向踱去。

大慈阁在北大街南端，又名"大悲阁"，是保定府最高大的建筑。其始建年代，据《保定府志》载，宋淳祐十年（1250年）大慈阁为蒙古河北东西路都元帅张柔所建。乾隆年间被焚后又多次重修。大慈阁占地1600平方米，主要建筑有山门、天王殿、钟楼、鼓楼、大慈阁。大慈阁高31米，气势雄伟，昔人有"燕市珠楼树梢看，祇图金阁碧云端"之诗句。列为保定府八景之一，称"市阁凌霄"。

大慈阁最出名的是糕点、酱菜和素面。大慈阁糕点始于元太祖二十二年（1227年），大慈阁糕点虽历史久远、世代相传、味美色佳，但最初只有皇帝、大臣、大慈阁僧众等少数人才能食用。分外用糕点、内用糕点两大类。外用糕点主要用于进贡、馈赠、恩赏等。内用糕点分为应时糕点、常年糕点、到门糕点、宴席糕点、节用糕点五类，各类皆独具特色。应时糕点是根据花卉开放季节而制作，有春季的藤花饼、百合饼；夏季的薄荷饼、绿豆饼；秋季的菊花饼、桂花饼；冬季的萝卜饼、豆沙饼等。常年糕点有大酥合、菊花酥、百合酥等。到门糕点是专作宾客上门款待用，如一口盅、棉花糖。宴席糕点是根据宴席的性质而做，如寿宴用"寿"字饼、"如意"饼等。节日糕点有元宵、月饼等。

李能想去大慈阁看看，打算给两个女儿及玉莲买点糕点和酱菜。沿路，三三两两的武林人物也向大慈阁的方向走去。大家都开开玩笑、嘻嘻哈哈地边走边聊，都是一副轻松、怡然自得的样子。

这时，在大慈阁正面前的一根立柱旁，正围着一大群人，在人群中央，三个衙役正在对着人群说着什么。在周边的人也逐步往这里聚集着。飞羽也跟着人们到了人群边，一看，人群足有三十多号人，有男有女，基本都是各地来的练家子。人们纷纷议论着，仔细一听，原来大家在议论督署衙门刚刚张贴的比武告示。

"无规则比赛，那会打死人的啊！"

"就是啊，这刀剑无眼，几十个人一起乱打，火气上来了，肯定会伤人、死人的。"

"这总督府不像是比武招贤，倒像是在借刀杀人啊。"

"我看也不一定，比武哪有不受伤的，只有这样，才能分出高低来。"

"是啊，也对。"

"能拿到巴图鲁称号，那也算是练武人的一个目标啊。"

"是啊,巴图鲁,这可是大清朝最高勇士的称号,能得到,那可是祖坟冒青烟了。"

"是啊，三轮打下来，实打实的比武，这绝对是名副其实的巴图鲁。"

"是啊，练武人，怕受伤就别练了。"

"你这说法不对了，练武人就一定得不怕受伤吗？"

"……"

李能听着大家的议论，突然想起方师爷在路上和他说的那些话，不仅心里一动，出了一身冷汗。好厉害的那彦成啊，这真叫杀人于无形！这次比武大会，恐怕要引起多地武林人士的内斗，一旦出现比武杀人现象，必然要引起武林大乱，李能越想越感到恐怖。

此时的李能，也无心买什么东西了，比武大会三天后就要在城东大校场开始了，还是回去找方师爷问问情况吧，看看能有什么办法，可以防止这次比武大会出现内斗杀人的情况。

酉时，方师爷和两位捕头回到了驿馆。吃罢晚饭，李能急忙来到方师爷的房间，把白天大慈阁的情况和方师爷讲了。

方师爷沉吟片刻，说道：

"能儿，这次总督府的目的就是要引起中原和直隶武林的内讧，官府好坐收渔翁之利。今天保定府衙门也要求各地来的捕快和官府高手在比武大会期间协助做好比赛的弹压和秩序维护。据府衙消息，有许多已经混进了比武报名的选手中，这些人要在这次比武大会期间劫银库，以策应西北叛乱。"

"喔，有这事？"李能吃惊地问道。

"是啊。"方师爷喝了口水继续说道：

现在来到保定府的各地武林人士，良莠不齐，好坏莫辨，我们先静观其变吧。"

"也是，毕竟乱了，倒霉的还是老百姓，好吧，我听师父的按排。"李能不无忧虑地回道。

"好，能儿，这几天多上点心，明天咱们去清真寺街的马家酱菜园拜访一位保定跤高手。"

"好，师父，我也一直想见识见识保定快跤，据说这保定快跤是糅合了贴身短打和蒙古摔跤的技法，非常厉害。"

"是啊，保定快跤，技法独到，近身短打，手法狠辣，也叫散手跤。它重视快速技术，是大架式出场（跤架）。保定跤上盘手法上擅用——撕、崩、捅，把位占先，下盘腿到，上下配合，天衣无缝，打闪认针，妙计连珠，以快打快，刚中有柔，猛中含智，绵里藏针，长于以小制大，左道旁门，散揸相合，潜移默化，瞬间将对手制于末路。保定府一直是兵家必争之地，保定快跤是战场上的杀技。这次来保定，要是不知跤、懂跤，寸步难行啊。"

李能以前也对保定跤有所了解，但内心并没有觉得有多么了不起，现在听方师爷这么一讲，心里不仅对保定跤有了一个全新的认识。心里也就存下找机会会一会跤行高手的想法了。

保定快跤，从元、明两朝到清道光年间，发展到了全盛时期，这时在保定府，以马家、常家、平家三大家为首的跤场数十家。在保定府，从七八岁的孩子到四十多岁的成年人，都在学练快跤。每天下午五点到傍晚，大家或在田间地头，或在寺庙门口，或在跤场，三个一群，五个一伙，学跤，练跤。摔跤，成了保定人的家常便饭。"保定勾腿安天下"，京城的王公贵族的保镖护院，都是从保定府聘请的。遇到争端，大家一比画或一亮号，不是同乡就是同门，互相理解，纷争也就平息了。所以，许多保镖护院们都要想方设法和保定快跤挂起钩来。在保定府乃至在整个直隶地区，保定快跤圈俨然成了一个能左右水陆码头、镖行护院甚至军旅的大势力了。

第二天一早，方师爷便与李能直奔清真寺马家酱园。在路上，三三两两的武林人也都往这个方向走。

"师兄，听说今天保定府马、常、平三大快跤家族在马家跤场举办精英选拔赛，要选出冠、亚、季三名选手，参加后天的比武招贤大会。"

路上两个武林打扮的人边走边聊。

"对，这三家是保定府快跤界的霸主，比赛百年难得，今天去观战的人肯定少不了，咱们早点去。"

李能边走边问：

"师父，这三家您怎么看？"

"不好说，各有千秋，这三家家主的跤术都已达到了大道无形，不是一般人能比得了的。这次比赛估计是他们门内弟子们借比武大会互相较艺考察。保定跤虽然分出多家，但其实他们祖辈基本都是同出一门。"

"喔。"

说话间就到了清真寺，这时在清真寺门前广场，已经围了数百名武林人士和众多看热闹的人。场中间有一排圈椅和一张八仙桌，有几个戴小白圆帽、穿白衬衫青坎肩的弟子模样的年轻人正在做着比赛前的准备。

方师爷带着李能，绕过清真寺和人群，继续往莲花池附近走去。

在莲花池东侧，有一排店铺，有卖烧饼的，有卖酒的，还有卖粮的等。其中一家黑匾金字，书"马家酱菜"，门庭若市，方师爷带着飞羽就直接进了这个店铺。店铺里，几个伙计正在忙着招呼客人。看到进来的他们二人，其中一个伙计笑脸相迎过来招呼：

"客官，请里面走，您二位要点什么，我们这里的马家酱菜那是在直隶府出了名的。"

"找你们掌柜的。"方师爷也微笑着回应道。

伙计一看二人的打扮，一个像官府的师爷，一个像公人，也不敢怠慢，忙对着方师爷躬身说：

"好的，您二位坐，我给您通传一下。"

"不用，你直接带我们去你们掌柜的跤房就行。"方师爷摆摆手说。

伙计一听，知道这是圈内人，就没再说什么。回道：

"好，二位请，我给您带路。"伙计说完，就恭敬地带着他们二人穿过店铺后面向内院走去。

保定有声望或有一定实力的人，一般家里起盖会馆或跤馆，前店后场，都会把宅子建得阔大富丽，很有气势声望。这是直隶保定商人的一个标志。这就是一种排面，一种架势，拉开了一站，就有了压人一头的气场。

保定的商人在生意上讲究"以义制利""虚虚实实"。其认为经商首先要守信，其次要讲义，最后才是取利；另外就是要有着一种"勾腿"思维，上面其实是虚晃，以假示真，下盘却扎实暗打。在经商处事中要变成能够把万物一切踩在自己脚下，把所有的名誉、钱财流通，当作自己生命流通的一个重要组成部分，有着四两拨千斤的架势。这些根源就在于保定的摔跤文化。

保定人在北京天桥卖艺，快跤王都是保定人，各个王府大院的保镖和武师也是保定人。商场就是搏击，保定贴身短打，就是在不利的条件下能创造商机，这不是小聪明，而近乎是一种商业智慧了，具备了这样的素质，在任何地方都足以独当一面。练得好还要叫得好，卖艺就得吆喝，所以闯荡天下的保定人口才都好，而且说话特带劲，很有感染力，效果就是哄一片，唬一片。

刚过了中院，就听到后院传出来了说话声。

"记住，所谓快跤，就在于一个'快'字，何为快，首先心要快，眼要快，手脚要快，跤就是打……"

"好！妙！不愧是快跤王！"方师爷边走边说道。

后院的说话声戛然而止，同时院门"吱呀"一声，出来了两个年轻人。

"哪位朋友到访？"一个儒雅的声音也同时传了出来。

"呵呵，师弟，多日不见了。"方师爷边回应边一闪，丢下飞羽，一步就跨进了院子里。这一举动，把刚出来的两个年轻人和带他们来的伙计看愣了。

李能也急忙向那两个年轻人抱了抱拳，跟着进了院子。这时，就听到一个人惊喜地说道：

"啊呀，师兄，什么风把你也给吹来了。"

李能进到内院一看，一位清瘦挺拔、略带儒雅气息的半百老者，此时正双手抓着方师爷的两条胳膊、摇晃着高兴地说着话。

方师爷看到李能也进来了，就说道：

"来，能儿，快来见过师叔。"飞羽也急忙上前，道：

"是，师父。"

半百老者也转过身来，惊奇地看着李能对方师爷说道：

"师兄，你破例收徒了？"

"师弟，这是我深州学馆的学生，李能，字能然。来，能儿，见过你师叔，快跤王马殿阁。"

"能然见过师叔！"李能抱拳施礼道。

"喔，师侄儿，无须多礼。"马殿阁上下打量着李能，点点头说道。

"来，师兄、师侄儿，先屋里坐，大虎，上茶。"马殿阁边招呼方师爷和李能，边对旁边的一个徒弟说。

进了屋，等大家都落座后，马殿阁又接着问道：

"师兄，你们这次来保定府是参加跤会还是参加比武大会，安顿住下来了没，没有，就住我这里吧。"

"来了两天了，住金台驿馆了，是衙门里的公事。"方师爷回道。

"喔。"马殿阁一听是衙门里的公事，也就没再说什么。

"今天来找你一是想看看你，我们还得在保定府待几天，二是带能然见见你，这个孩子是个武痴，以后还得请师弟多帮衬帮衬。"方师爷接着说。

"师兄说哪里话了，自家师侄儿，好说好说，再说师兄也是个中高手啊。"

两个人客套了几句，聊了会儿家常，马殿阁看了看时辰，该进跤场了。就对方师爷和李能说：

"师兄，侄儿，走，咱们先看跤去。"

"好。"

这时，在莲花跤场，已经是人山人海了。

今年跤会不同于往年，因为和督署衙门的比武大会同时举行，莲花跤场的跤会是为了三日后的比武大会选拔参赛选手。各跤馆和跤队都知道，选出来的选手们都要与山东、直隶及中原地方的武林高手进行比赛，这是决定今后在保定府跤界地位和实力的选拔赛，故而大家格外重视，都派出来自己的最强团队。

马殿阁带着自己的徒弟和方师爷、李能一行进入了会场。这时，跤场里各家参赛选手都已准备妥当，等待着比赛的开始。今年的跤会主席是马殿阁。大家看到马殿阁入场坐定后，都拱手施礼，纷纷打着招呼。

"马师傅好！"

"马掌柜好！"

…………

马殿阁向着大家微微点头回礼后。说：

"各位同好，承蒙大家看得起马某，忝为本届跤会主席，殿阁在此谢谢大家的信任！下面我就这次跤会的比赛规则和比赛顺序说一下。大家知道，这次跤会的目的是参加三日后的比武大会选拔参赛选手的，被选出的选手将代表保定快跤新一代的最高水准，所以，希望各位参赛选手全力以赴，拿出你们的最好技术来。"

"好！"各家参赛队的选手们都情不自禁地高声喊道。

"好，时辰不早了，咱们开始比赛吧，下面请常家掌柜的宣读比赛规则和注意事项。"马殿阁高兴地说。

不一会儿，跤场上就热闹了起来。

"绊子、绊子……"

"粘跌、粘跌……"

"啊呀，常家的慢了一步，可惜了。"

"看，还是马家的斜打厉害！"

"平家的环肘用得也不错。"

懂行的看门道，不懂的看热闹，整个跤场是喊声、叫声、嘘声、评论、争吵声，一片声起。

台上的李能看得也是津津有味，保定快跤，确实是名不虚传，不禁心中有点技痒，用眼角偷偷地瞄了一眼方师爷。方师爷这会儿乐呵呵地正与马掌柜聊天，还不时地对场中比赛的跤手们评价一二。好像有所感应，方师爷突然回头看了李能一眼，继续与马掌柜聊着。

响午时分，比赛已经接近尾声。方师爷突然看向李能，微微一笑，说道："你不是也想试试手吗，比赛马上要结束了，一会儿你与选出的选手们交流一下，怎么样？"

李能眼睛一亮，想也没想，一扫刚才的靡样，身子一挺，满口应道："好啊！师父，我听你的安排。"

方师爷也没再继续说什么，点点头，低声与马掌柜说着什么。中间，马掌柜朝李能的方向看了一眼，与方师爷又商量了几句，不时地频频点头，脸上一副欣然的样子。

第五章
跤场风云

六月的保定府，凉爽阳和，还没有到炎热难挨的时候。

保定府内河道纵横，坑洼积水处众多，街道短而狭窄。大量外地武林人士和看热闹的人群涌入，使得本来就狭窄的街巷更加拥挤了，也凭空增加了保定府的热度。保定府的居民们明显地感到，这几天的保定府比往日热了许多。街道上巡查的兵丁捕快也比往日多出了不知多少倍。

拥挤的街道，燥热的天气，来来往往的兵丁，让保定府的居民们莫名地感到了一丝紧张。

距离比武大会开始还有半天的时间，选拔参加比武大会的跤赛也结束了。这两天，在方师爷的引荐下，李能与马殿阁也熟络了很多，而且在跤艺上也有了新的提高。

在马家跤场，李能正在与马殿阁的一个徒弟试手。

这个徒弟叫马图，在跤赛上得了第一，要代表马家参加比武大会。二人时而纠缠在一起，时而突然分开，互相转着圈子，背、分、挑、裹、抱等技法看得人眼花缭乱。周围围着十几个马掌柜的徒弟，不时地为二人喝彩叫好。

"师兄，你这徒弟儿真是个学武的天才啊，这一天半，就把保定快跤的诀窍弄明白了，比我这些弟子们强多了。"马殿阁与方师爷坐在旁边，边看边聊。

"嗯，能儿确实有很高的练武天分，这次带他出来，就是想让他再历练历练，多学点好东西，师弟的散手跤是保定府的一绝，摔打结合，无人能敌啊。看看师弟的这些徒弟们，哪一个都是个中高手啊。"方师爷回应道。

听着自己师父与方师爷的对话，马殿阁的其他徒弟们个个面露得意之色。

这时，李能与马图又缠抱在了一起，二人互相抓着对方的跤衣，谁也奈何不了对方。

方师爷开了口，道："能然，你们二人都收手吧，马图师侄还要参加比武大赛呢，大家多留点精力应付比武吧。"

李能一听，收了劲，说道：

"马师弟跤艺了得，能然初学乍练，能得马师弟给喂手，实在是感激不尽了。"

马图也收了劲，抱拳客气道："能然兄跤法虽然生疏，但功力精纯，小弟也佩服得很。"

"呵呵，好，你们年轻人都能虚怀若谷，前途无量啊！"马殿阁看到二人惺惺相惜，朗声一笑，高兴地说道。

方师爷也接过话：

"师弟，时候不早了，今天就不打扰你们了，大家刚比赛完，该歇歇了，养精蓄锐，明天还要参加比武大会呢。"

"好的，师兄，今天就不留你们了，你们明天也要护场，早点休息吧。"

"好，师弟，我们先走了，明天见。"

"师叔，各位师兄弟们，告辞了。"

二人告辞离去。

六月八日，一早，城东大校场已经是人山人海了，按以往，官府举办比赛活动，是要限制人数的，但这一次总督衙门不仅没有限制人数，还鼓励除了武林人士外的其他普通百姓们观看。只是增加了许多兵丁捕快，从保定府督署衙门去大校场的沿途一直到大校场四周，三步一岗，五步一哨，由兵丁捕快们在维持秩序。李能也被安排在了大校场内圈，协助兵勇们维持秩序。

在大校场内中心区域，面南靠北搭起了一米高、见方二十米的比武高台，高台四角竖立起四根八米高柱，高柱上挂着四面旌旗，上面均写有"比武招贤"大字，微风轻吹，旌旗"哗啦啦"作响，旗下分别站立着四位大内侍卫，作为震擂擂主的搏奇巴图鲁苏和泰居中而坐。

在距高台五米处的正北面，是三米高的评判台，在台上已经坐下来数位督署官员及总督那彦成，只有中间留有个空位，显然是给奕亲王留着的。

在高台三面，用粗硬木桩围起来了三处见方三十米的空场地，用作首轮比赛场地。而整个大校场也用木桩围了起来，只留东西两门供参加比赛的武林人士和捕快兵丁出入，在两个入口处分别由十名捕快高手和衙门高手把守。

此时，在四周外围已经站满了观看比赛的人。参加比武大会的近500名武林高手也已经陆续入大校场，在兵丁们的引导下，按青、红、黑、紫……12色分列站立在评判台左右两侧。

巳时，一阵锣鼓声从城中传来，众人均回望，不多时，一片旌旗飘扬，一队人马移了过来。

在队伍前面，六名旗官骑马开道，分两列打头，后面仪仗队分列手举立瓜、卧瓜、根骨朵，红罗绣五龙曲柄盖，红罗绣四季花伞，红罗销金瑞草伞，红罗绣四季花扇，青罗绣孔雀扇，10根旗与枪，2根大旗，4根豹尾枪，4把刀，护卫着一顶大轿缓缓走来。在大轿后面，紧跟四匹高头大马，马上坐着四名大内侍卫。

"王爷来了。"观看的众人一片惊呼。

一直在台上等候的那彦成一看，也急忙带着一众督署官员走到东入口迎接。

待奕亲王坐定后，那彦成便吩咐帐下师爷宣读比赛规则。

督署师爷走到评判台前，清了清嗓子，道：

"各位武道侠士，王爷与督公有好生之德，为了避免在比赛中出现死伤情况，规定本次比赛一律使用木质兵器，比赛点到为止。"

"好！"此话一出，台下一片叫好声。

李能一听，也松了一口气，暗暗感到庆幸，不禁对奕亲王和那彦成产生了一丝好感。

督署师爷接着说道：

"本次比赛首先比协同对抗。参赛选手按十二色分成十二队，每对四十人，四十人为一组，进行循环对抗比赛，现有东、西、中三个比赛场地，每场地两组比赛，分两轮，最后选出一百二十名武勇选手，胜出的选手们按公布的比赛规则，可进行下一轮比赛，胜出者获武英号；获得武英号者，就有资格挑战擂主晋级了。"

督署师爷说完比赛规则后，看奕亲王和那彦成再没有其他要求后。就直接宣布说：

"放号炮，比赛开始！"

"咣、咣……"

听到号炮，整个大校场突然安静了下来。随即"哗"一声，赛场一下热闹了起来。

这次比赛，对每一个参赛选手来讲，都是陌生而刺激的。共500多人，打乱门派、地区、拳种限制，用抽签的方式临时组队，队与队之间相互对抗，不管是同门还是朋友，一旦被抽到互相对抗的不同组，那就是敌人或对手，在同一组互相监督下，比赛中谁也不能留情。虽然比赛使用了木器刀具，但对于每一个武林高手来讲，木器的杀伤力不亚于铁制兵器，其凶险程度有时更大。木器兵器，反而会降低使用者的谨慎程度，为了赢得比赛，谁都会全力而为。所以在比赛前，每一个人都被要求签下生死状。

此时，在东、南、西三个比赛场里，参加比赛的双方都已经进场了。

但在三个赛场，双方都没动手，大家谁也不摸底，谁也不敢主动进攻。特别是还有许多人互相之间也不认识，拳技高低不一，也不知道怎么配合，都站着发愣。

外面观看的人群们看着这些傻站的选手，也都"哈、哈"地笑了起来。

站在中央赛场边的李能也是"扑哧"一声，差点笑出声来，旁边的方师爷瞪了他一眼，说："打起精神，别放松。"

"是，师父。"李能急忙点头回应道。

此时，台上的奕亲王也皱了皱眉头，看了那彦成一眼。那彦成笑脸对奕亲王说："王爷，这种情况我们已经考虑到了，您放心吧。"

"好。"奕亲王点点头。

那彦成转头对师爷汪祖辉说："汪师爷，按议定的继续。"

"好，东台。"师爷汪祖辉躬身回道。

接着，汪师爷下了观赛台，来到中心擂台上站定，对三面参赛的武林选手们说道：

"各位武林侠义，本次比赛的主要目的：一是为朝廷选拔人才，学成文武艺，如今朝廷正是用人之际，当今圣上德布华夏，百姓生活安定，可仍有鼠肝虫臂之辈包藏祸心，要危害大清安危，故而那总督秉承圣意，广开门路，为朝廷选贤纳才；二是直隶地区乃故燕赵之地，武风浓烈，武者多侠义之辈，我大清虽有禁武戒斗之规，但对于维护大清安危、百姓疾苦的正直侠义之士，当今圣上都要给予荣誉，故而在今日借保定府跤会期间，举行比武招贤，只要在比武大会上获得晋级资格者，朝廷都会授予巴图鲁荣誉称号和五品以上官位。希望各位侠义积极参赛，比出真功夫来。"

"好！"

"好！"

"好啊！"

"……"

听了汪师爷的话，台下无论是参加比武大会的选手还是普通百姓，都不约而同地纷纷喊好。

看着群情振奋的人群，汪师爷继续说道：

"各位参赛武林侠士，为了统一号令，下面的比赛以号炮为令，给各队一刻钟的时间，选出队长，由队长统调各队人员的协同配合，号炮一响，队长为先进行比试较艺，胆小退缩不前者，逐出赛场，武界除名。"汪师爷边说边看着台下人众的反应。

"好！"

"同意！"

台下众人一听，纷纷交头接耳，互相商量起来。参赛者虽然被打乱重新分组，但大多数是直隶地区的武者，有的虽然不认识，但经过这几天报名联络，都已经渐渐地熟络了许多，根底也知道一二。特别是那些从抱犊寨下来的大小头目及三个当家的等人在各个组里为数不少，怕时间拖久了暴露，故而不再反对，和其他武林人士纷纷表态赞同，跃跃欲试起来。

看到这种情况，汪师爷就接着说：

"好，既然大家没有意见，那么就开始比赛，从现在起，一刻钟后，号炮一响，比赛开始，大家开始选队长，准备吧。"

"嗡"的一声，台下各个小组开始商议起来。

由于大家都是武林同道，许多还是同门师兄弟，实力的高下虽然一下也分不出来，但在武行里，辈分最是重要，最为人不耻的就是欺师灭祖和不尊师重道，故而各组很快就选出了组长，基本都是在某一拳派里的名人或其长辈。由于抱犊寨报名的人数众多，在每一组里，三位寨主都被选为了其所在组的组长，虽然相隔较远，但三位寨主都以别人看不到的手势互相传递了消息。对于他们来说，这次参加比赛，目的在于搅乱比赛大会，吸引督署衙门的注意力，配合劫抢捐银。

在大寨主铁臂苍龙裘然这一赛场上，四十名队员，抱犊寨就占了二十多人，其余是保定府及周边的跤手们，与其对阵的是由山东华拳高手蔡子华为首的河南、山西等地四十个武林高手，大家也大都是门人弟子或师兄弟们。

此时，对阵的双方也已经商定妥当，只等号炮一响，先由裘然一方进攻，蔡子华一方防守。由于这种比赛大家都是首次经历，而且配合的双方都是第一次接触，根本就没有什么协同意识。一些人还嘻嘻哈哈地不以为然。特别是蔡子华组更是没有一点防守意识，连蔡子华本人虽然看到裘然带着的人以三人为阵，结成了一打一防的阵营，但心里却不以为然。

就在大家嘻嘻哈哈之际，"咚"的一声，比赛的号炮响了。所有的人无论是比赛的武林人士还是看热闹的人群，突然安静了下来。场外所有人的眼光都看向了三个赛区。

此时的三个赛区，大家也是浑身一激灵，不禁都紧张了起来。毕竟是格斗比赛，虽然不至于一下子死人，但受伤是免不了的，对练武的人来讲，受伤是平常事，但今天不一样。这就像是大家都在往一个有数的台阶上去挤，有实力，挤上去了，就能赢，挤不上去，就被淘汰了。而且武人好名，对面子极度看重。故而此时大家突然意识到，这不是儿戏！三组对阵的双方慢慢地认真了起来，互相观察着对手，围着自己的一方，互相慢慢地转着圈，试探着、寻找攻击对手的时机。

突然"呀"地一声，在南赛场的裘然率先向对手蔡子华攻去。只见裘然一个箭步，双臂一抡，手中的长棍从上向下，向蔡子华劈去。其余的人一看裘然动了手，也纷纷拿起手中的棍，如风一样卷向蔡子华的小组。

蔡子华刚一愣神，裘然的棍就到了头顶，慌乱中，蔡子华手中的木刀急忙上撩，身子一偏，勉强躲过了裘然的棍。蔡子华是华拳高手，十二路华拳和一手无极刀也勇绝齐鲁。华拳最讲究"精、气、神"三华贯一，角搏时要先有"得气、得机、得时、得势"四得之预备。蔡子华没想到在自己愣神之间，吃了一个暗亏，不尽有些羞恼。而裘然的棍一招横扫千军，又劈了过来。已经反应过来的蔡子华毕竟是华拳高手，不退反进，顺步斩刀，劈向裘然握棍的双手。裘然出身洪洞通背门，缠丝抖翎劲已经炉火纯青，手中的长棍已经与身体合为了一体，双臂一缠，棍身一抖，就绞开了蔡子华的刀。

裘然本来就是要拿蔡子华立威，所以下手时毫不留情，多年的土匪生涯，实战经验丰富，处处攻向蔡子华的要害。而蔡子华，虽然已经稳住了阵脚，不至于再手忙脚乱了，但由于在比赛前就没有必战的杀心，斗志并不坚强。参加比赛，也是抱着碰运气的心态来的。虽然由于裘然的重手逼迫，激发出了斗志，但打得还是捉襟见肘，再加上实战经验欠缺，"四得"皆缺，不到五个回合，就被裘然的棍子一下子把手中的木刀磕飞了，蔡子华一个趔趄，差一点就被裘然的棍子扫倒。

看着蔡子华的颓样，裘然竟然也把棍子一丢，拍了拍双手，对着蔡子华说：

"来，我们空手再比。"

蔡子华的脸一下子涨得通红，羞愤地喝道：

"狗贼狂妄，看拳！"说罢，腰如蛇行，一招鱼跃龙门，前手掌如蛇信，直取裘然双眼。

裘然不避不接，顺着蔡子华的前穿手臂，一缠一绕，推胸掌直撞蔡子华。只听

"嘭"地一声，蔡子华一下被裘然重重地劈出三米，一头栽倒场上，"噗呲"一口老血喷了出来。

蔡子华一倒，其他组员的气势顿时弱了下来，本来也没有多少斗志，看蔡子华倒了，顿时都纷纷心萌退意，不到片刻，就被裘然的小组打得七零八落，受伤倒地的一片，剩下几个人，也是勉力支撑了。

裘然一看，哈哈大笑，道：

"直隶武林，莫过如此！"

圈外的李能听了，心中略有不满，不经意间"哼"了一声。旁边的方师爷看了李能一眼，没说什么。而周围其他看热闹的人们，也发出了"嘘嘘"声，表达不满。

此时，再看其他两个赛场，情况也是差不多，由于大家都没有心理准备，也不习惯协同合作，比赛一开始，就被抱犊寨的人占了优势。随着裘然赛场的结束，其他两个赛场的比赛也接近了尾声，无一例外，败下来的都是各地武林高手临时组成的小组。

这时，人群中有人突然发现，这一轮比赛的三个赛场上，每个赛场赢了比赛的组配合似乎非常默契，好像事前都演习过一样，而且出手狠辣，毫不留情，被打败的那些人都或多或少地受了伤，有个别的竟然被打断了手脚。赛场上受伤的人躺了一片，地上和人身上鲜血淋漓，都发出了痛苦的哀号和呻吟声。

周围的人此时也议论纷纷，群情激奋，一片指责：

"太狠了，这不像是比赛。"

"就是啊，这就像是谋杀。"

"这些人是什么人，不像是正道武林人士啊！"

"啊呀，是土匪，是抱犊寨的土匪下来了！"

"啊，真的假的？"

"不好，就是土匪。"

"快跑啊，土匪来了！"突然，人群中有人大喊起来。

这一喊，看比赛的人们一下子都慌了，纷纷四散开来，圈内的人群开始向外挤去，而外面的人还不知情，不知道发生了什么事情，还想往里挤着看热闹，这一下，整个赛场就开始乱了起来。

裘然一看，自己的人已经暴露了，于是一咬牙，冲着另外两个赛场上的印青和蒋坤喊道：

"二弟，三弟，弟兄们，咱们拼了！"

"拼了！"

"拼了！"

"拼了！"

"杀狗官！活捉那彦成！"

就在这时，赛场外的人群中突然有一百多人，也纷纷冲了进来，其中有几个人分别冲到三个赛场上，呼啦一下，打开了随身带着的包裹，扔进赛场，"叮当、叮当"，里面全是刀枪兵器。裘然的开山钺、印青的遮铁扇、蒋坤的镔铁棍也都被带了进来。兵器在手，裘然一众人等立马精神起来，在裘然的带领下，"呼啦"一下，冲向了奕亲王和那彦成所在的台子。

此时，在台上的奕亲王略显慌乱，问道：

"怎么样，能控制住吗？"

"王爷，放宽心，已经做好准备了，这些人一进城，我们就盯上了。"那彦成回答道。

说罢，那彦成一摆手，擂台上汪师爷随即拿出身上的红色彩旗，向上一挥，只听"咚"地一声号炮，响了起来。随即，"呼啦"一下，在高台周边，一下子围上来近千名绿营兵勇，个个手拿刀枪，组成三堵人墙，把高台紧紧地护卫了起来。与此同时，在擂台上的四位大内侍卫和苏和泰护卫着汪师爷退到了高台上。

裘然一看，就明白自己上当了，急忙对印青和蒋坤说：

"二弟，三弟，不能硬拼，一会儿我们佯攻一下，立马撤胡，混进人群，分三面冲出去，在西门外十里洼会合。"

"好，大哥，"二人应道。

这时，整个赛场已经是一片大乱，特别是普通的老百姓，一听抱犊寨土匪，早已吓得六神无主，再加上混进人群里的土匪们的有意捣乱，已经聚集了数千人的大校场一下子变得拥挤不堪，而有的土匪们乘机砍杀、抢夺人群，一下子就造成了几十人的伤亡。看到血和死人，人群就更乱了。

李能这时候也有点懵，看着一下子就乱起来的赛场，不知道该怎么做，只是护着身边的老百姓，不被土匪伤害。而在混乱中，要遮护住已经吓疯了的人群，手脚也难以展开。正当李能手忙脚乱之间，方师爷不知从哪里钻了出来，拉了一下李能道：

"能儿，擒贼先擒王，走，去截那裘然去。"

"好！"

李能跟着方师爷，就向赛场高台方向冲去。

第六章
惊变佛堂

保定之兴，缘于其为兵家必争之地。从地理上说，保定位于河北平原的中部，"临城四野，地势坦平"，恰好处于太行山与华北东部白洋淀泊群之间的束腰地带，从而造成其"北控三关，南通九省，重山西峙，群川东汇"的险要形势。

保定府城外四野平坦，只有府城西接太行山，且有一亩泉河经流保定府，故而保定府城西地形相对复杂，城外河道众多。护城河宽三丈之余，但由于河泥淤滞，河深虽有丈五，但实际已经不足一人之高，而且出城后草木树丛高深，利于隐蔽。在保定府内，只有西门与东门，处在一条直线上，是从大校场出保定府的最短距离。所以，铁臂苍龙裘然选定了西门作为出城之处。但那彦成也是老谋深算，早已料定西门必是抱犊寨匪众的必由之路，故而在西门布下了重兵把守，决心要把一干匪众困死在西门瓮城之内。而八位大内侍卫和巴图鲁苏和泰在确认奕亲王没有危险后，也来到了西门重点防守。

在城内大校场虚晃一枪后，铁臂苍龙裘然便与神算子印青、疯魔棍蒋坤各带数十名喽兵分别从南、北、东佯装撤退。他们打算把绿营兵的力量分散开了，然后化整为零，快速集结在西门，内外夹击，强攻突围。

方师爷也带着李能及胡、向两位捕头和七八个捕快从城东的大校场追踪出来。不久，就发现了铁臂苍龙裘然及其带着十几个抱犊寨的喽兵，一路尾随，不一会儿，就追到了南大街附近的王字街。

南大街是保定府的商业街区，街上两侧都是各种店铺和沿街商贩，由于保定府水道多，故而街面并不宽敞，街道狭窄拥挤，特别是王字街，由于地处商业街区，人口稠密，街道上人来人往。

在王字街东南角的观音堂，这会儿上香祈福、看病的普通百姓和达官贵人已经络绎不绝起来。观音堂一直香火旺盛，据说观音堂的住持无幻禅师医道高超，多年来一直为八方无钱的百姓免费诊病。被无幻禅师治愈的疑难杂症已达数万人次，无幻禅师被百姓们誉为在世活观音。

方师爷及李能一行远远地跟踪裘然等人，只见这十几个人到了观音堂山门，并没有立即进去，裘然似乎吩咐了其中一个人几句什么话，就见那个人快步地进了观音堂。而裘然带着其他人在山门两侧的树荫下静静地站立着，也没有打扰其他进出的人群，似乎是在等进去的人的消息。看到这里，方师爷也示意李能等人不要再动，观察着对方的动静。

不一会儿，就看见刚才进去的那个人出来了，他来到裘然身边，在裘然耳边悄悄地说着什么。裘然点点头，然后一挥手，其他人都突然隐藏消失在人群中，而他自己则带着刚才出来的那个人又快步地走进了观音堂。

看着消失在人群中的裘然的背影，方师爷马上对李能和胡、向捕头说：

"能儿，你和我进去，胡捕头和向捕头各带四人搜索其他匪众，尽量不要扰民，避免打草惊蛇。"

"是！"

胡、向二位捕头回应后，立即分兵向观音堂四周里外收去。

"能儿，咱们走，把兵器收起来。"

"好的。"

李能边答边收好了手中的镔铁枪，这杆枪，是父亲传下来的。为了适应步战与携带方便，李能的父亲把大枪改成了一长一短的两根套枪，不用时，可以拆开装进袋子里，非常方便。

李能和方师爷两个人随着进香的人群进了观音堂山门。

这观音堂，占地宏大，寺内绿荫丛丛，松柏高大挺拔，花木瑶翠，鹤鸣献瑞，宝相庄严。一进山门，从南往北，依次为天王殿、弥勒殿、观音亭、大雄宝殿、念佛堂、藏经楼。东西两侧分别是九层舍利宝塔、客堂、斋堂、当阳宝塔、数间寮房。

整个观音堂，当真是：

美奂美轮天花散彩，

宝相绝唱宝塔佛光；

香火永续千年之焰，

明灯常照大地永昌。

随着一众人流，李能和方师爷进了天王殿，看着宝相庄严的天王巨像，李能心中不胜唏嘘。天王殿内，在袅袅升腾的缕缕青烟中，善男信女们喃喃低语，虔诚地叩拜礼佛，一片平和，却不知殿外暗藏刀兵，杀机四伏。二人也收敛心神，拜了拜天王，慢慢地向里走去。

过了大雄宝殿，人流渐渐地稀少了，偶尔只见步履缓缓的沙弥往来出进，也少了许多人声嘈杂，再往北，就是念佛堂了，此时，正值佛堂晚课时间，不时从佛堂里面传出佛号声。裘然和他的人也低垂着头、双手合十，静静地站立在佛堂外面等候着谁。见状，方师爷也急忙止住了要上前的李能，等在了大雄宝殿内。

过了约半个时辰，屋内传出一声长长的佛号，晚课结束了，随即，僧众们从里面陆陆续续地走了出来。过了片刻，一位方面大耳、面相端庄的接近天命的僧人走了出来，正是观音堂的住持方丈无幻禅师。禅师抬头看了一眼裘然，说：

"你跟我来！"

"是，师父。"裘然嘱咐了一下另外一个人，就随禅师向后面的方丈室走去。

看到这一幕，方师爷眼神一紧，自语道：这无幻禅师不可小觑呀！

"什么？"李能没有听清，问了一句。

"别说了，我们也过去。"

说着，方师爷便出了大雄宝殿，向方丈室的方向走去，李能见状，也急忙跟了上去。刚走过念佛堂，与裘然同时进来的那个人突然从去往方丈室的走廊门后闪了出来，一伸手，就拦住了方师爷的去路。没等其开口，方师爷二话没说，袖袍一抖，一掌就劈在了其脖颈上。李能也疾步上前，接住已经被劈昏过去的这个人，顺手就放在了门后墙角，二人随即快步走向方丈室。

刚接近方丈室门口，就听到无幻禅师的声音从里面传了出来。

"阿弥陀佛，你们怎么能这么做！我已经不再是你们的人了，你走吧。善哉！善哉！"

"师父，想当初您被尊为'武皇'，登高一呼，万人响应，何曾惧过他人，如今恳求您出山，我等誓死追随。再说这次我们带出来的都是我教遗孤，是您当初把他们送上抱犊寨的，这次您再不帮他们，恐怕这些遗孤凶多吉少啊！"裘然也低声地哀求着。

方师爷听得心头吃惊，没想到裘然竟然是这无幻禅师的徒弟。而这无幻禅师还竟然是"武皇"冯克善。这要是被裘然说动冯克善再出山，恐怕又会引得江湖大乱了。刚刚安定了的天下恐怕会再燃烽火，受害的还是老百姓。想到这里，方师爷突然发了话：

"无幻禅师，方志远拜见！"

"什么人？"里面有人喝道。随即禅室门一开，裘然先闪了出来，无幻禅师紧跟着也走了出来。

"禅师，是我，方志远。"

"阿弥陀佛，善哉善哉，方施主找老衲何事啊！"无幻禅师出来一看，见是方师爷和李能两个人，微笑着说道。

"师父，这位是？"裘然戒备地问道。

"进来再说！"无幻禅师看了一眼裘然，对方师爷继续说道："方施主，请！"

四人进门落座，方师爷便抱拳道：

"今日得见昔日武皇，方志远幸甚！"

裘然一听，"腾"地站了起来，便有拔刀相向之意。

无幻禅师微微一笑，摆手让裘然坐了下来，说道：

"昔日已成黄昏恋，雪白枝寒雪染成，今日只有无幻，再无武皇冯克善了。"

"师父？"裘然急促地又要说什么。

无幻禅师摆摆手，继续说道：

"裘然啊，今日你等虽然混进了保定府，但尚未造成大恶，快快想法出城去吧，为师我已经无能为力了。"

无幻禅师接着又看着方师爷说：

"这位方施主真人不露相，想必也不是无故找到这里的吧！"

"禅师慧眼，实不相瞒，我等是追踪贵徒而来的。"方师爷抱了抱拳施礼说道

"尔敢！"裘然愤然喝道。

"裘然，不得无礼，方施主深藏不露，是得道高人，你该庆幸今天能毫发无损地到了这里。"无幻禅师急忙又喝住了想要动手的裘然。

裘然又愤愤不平地勉强坐了下来。

看着方师爷和李能，无幻禅师继续说道：

"方施主，有话请直说，小徒无礼，老僧代为赔罪了！"

"禅师客气了，好，我就有话直说了，是这样的……"

方师爷毫无隐瞒地把这次比武招贤的目的及那彦成的打算说了一遍。

听完这些话，裘然此时被吓得冷汗淋漓，庆幸自己及时带着弟兄们退出大校场，要是比下去，即使赢得了比赛，恐怕也会横尸校场的。但一想到那彦成已经在四门布置了重兵防守，特别是在西门要对自己一网打尽，不禁急得两眼通红。想到此时自己被方师爷都能跟踪追到这里，说明其他几股人马恐怕也是被咬住了。而且看来师父也不认识这两个人，一旦动起手来，师父不帮也得帮。想到这里，不禁恶向胆边生，想着先把方师爷这两人击杀，去掉尾巴，再逃也许还有一线生机。刹那间，裘然一招夜叉探海，从椅子上一弹，直取李能双目。

变起腋下，本来二人就都坐在下手，面对面相距不到五尺，李能猝不及防，急忙一招猫洗脸，身子带着椅子向右侧一扭，堪堪躲过裘然的双指。同时，右脚踢向裘然的前腿。

电光火石之间，两个人已经过了数招，虽然李能被动后发，却也没有落后多少，两个人，基本上打了个平手。

"孽障，住手！"

"能儿，住手！"

无幻禅师和方师爷同时喊道。

但此时，裘然已经像着了魔一样，一招紧似一招，招招直取李能的要害，根本没有停下来的意思。

与此同时，禅房的门也突然被打开了，那个被方师爷劈晕的人带着五六个抱犊寨的喽兵涌了进来。

裘然一看，边打边说道：

"动手，拿下那个姓方的！"

"是！"进来的五六个抱犊寨的人齐声应道。说罢，纷纷拿着刀枪，冲向方师爷。

李能一看，有点着急，一掌逼退裘然，情不自禁地喊道：

"师父！"

方师爷却不动声色，微微一笑，看着无幻禅师。

"阿弥陀佛！"一声长长的佛号，无幻禅师缓缓地站了起来，接着说道：

"菩提本无树，明镜亦非台，造业者，终得业报，罢了，罢了。"禅师边说边迈步向前，身形一晃，已经站在了裘然与李能二人的中间，脚下一缠，一招穿墙脚，就把裘然踢了出去。

"师父！"裘然趴在地上，不甘心地喊道。

"大哥！"

"寨主！"

抱犊寨的喽兵们纷纷喊道。

"师父！"裘然爬前几步，抱住无幻禅师的腿哀求道。

"师父啊，您就再出手一次吧，您不出手，我等就都要死无葬身之地啊！"

"冤孽啊，想当年我为了一私之念，一己虚名，不仅没有给百姓带来一丝好处，还害得无数人家妻离子散，如今我虽勤修数十年，却依然受你等所累，脱不了红尘牢笼。"无幻禅师面色悲戚地说道。

"徒儿，为师今已年迈，再不复有当年之勇了，既不能度人，老衲只能以身事佛，舍此残缺之身，替尔等消业除恶了吧！"无幻禅师说罢，只听得一声闷哼，双腿一盘，跌坐在地上。

"师父！"

"禅师！"

在众人纷纷的惊呼中，只见无幻禅师面色一下子变得淡然若定，口中念念有词道：

"兀兀不修善，腾腾不造恶，寂寂断见闻，荡荡无无著。"随着无幻禅师的声音越来越低，渐渐地头往下一顿，竟然当众溘然幻虹化仙而去。

裘然一看，悲愤大呼：

"师父啊，是徒儿害了你呀！"

方师爷此时站了起来，看着跌坐在无幻禅师身旁的裘然说道：

"裘寨主，你好自为之吧！别辜负了禅师的心！"说罢，又对着李能道：

"我们走吧！"

二人刚过念佛堂，就听到方丈室里传出一声佛号：

"阿弥陀佛，方施主果然是高人，老衲失礼了，快请进！"

同时，方丈门一开，一个小沙弥惊讶地看了二人一眼，头一低，施礼低声说道：

"阿弥陀佛，二位施主请！"

李能吃惊地看向方老师，却见方师爷微微一笑，二话没说，迈腿走了进去。那小沙弥把二人迎进方丈室，自己却没有再进去，把门一关，自己静静地守在了外面。

李能随方师爷进去一看，本来刚刚羽化仙去的无幻禅师，此时好好地端坐在蒲团上。

"老禅师好厉害的龟息功！"方师爷微微一笑，边迈步往里走，边说道。

"阿弥陀佛，雕虫小技，难逃高人法眼，二位施主，快请落座。"

落座后，方师爷便不再说话，静静地看着无幻禅师，李能此时也是震惊地看着眼前端坐的禅师，不知道说什么好。

待见二人坐定，无幻禅师一声佛号后，主动地说了起来。

……

听着无幻禅师讲述自己的过往，李能与方师爷只感到匪夷所思。没想到昔日武举后人冯克善，只因一念之差，得了个武皇虚名，却落得一个妻离子散、家破人亡、流落匪窝的境地，不禁为之唏嘘不已。

"现在，老衲托身空门，只想安度晚年，在余生用这残破身躯，为受苦长生略尽微薄之力，今日没想到裘然来投，不得已，只好假死相拒了。"

看着叙说着自己颠沛半生经历的无幻禅师，李能忍不住插嘴问道：

"大师，那以后你怎么办？"

无幻禅师看了方师爷一眼，无奈地说道：

"这观音堂老衲是不能再待下去了，只能继续云游四海了！"

这时，方师爷深深地看了一眼无幻禅师，说道：

"大师，虽然这世上少了一个武皇冯克善，但却又多了一个济世救人禅师，天道好轮回，苍天饶过谁，今如此，也不失一个好去处啊！大师，我们就告辞了。"

"善哉！善哉！"无幻禅师双手合十，深深地鞠了一躬。

第七章
枪锁烟雨

　　陉阳驿，位于保定府西南，距保定府50余里，是明代设立的一个歇脚驿站。现在已经废弃不用多年，但由于一直属于官道驿站，故而道路相对好走，也是返回抱犊寨的必由之路。

　　驿站在常年累月下，已经逐渐发展成了一个有百十来户人口的村庄。由于地处交通通道，在驿站村道路两侧，经常会有不少摊贩在卖一些农家自产的物品，在村北入口处，还有一个简易小吃店，供过往行人打尖歇脚。小吃店有五六间土房，黄泥土围起来的大院，一个马槽，一口井，院内还搭着一些凉棚，门口竖着一根杆子，上面挂着一串红色灯笼，其中有三个灯笼上写有"陉阳驿"三个字。

　　这一日，天刚起亮色，村子里的狗突然疯狂地叫了起来，由于此处属于古官道驿站，对于狗叫，村民们已经习以为常了，对村子并没有引起多大的惊扰。但有早起的个别村民却看到，村口小吃店，早早地冒起了炊烟，一个佝偻着腰的老者带着两个伙计正在忙碌着。细端详，却见在小店内外，突然多出了数十个人。这些人在晨光朦胧下，静悄悄地坐着。村民们怀着好奇之心，往小吃店方向没走几步，就被躲在暗处、手里拿着闪着亮光的刀的陌生人拦住了，吓得村民们一个激灵，都躲回了家里。

　　这些人，正是经过一天一夜拼死冲杀逃出保定府的抱犊寨匪众，二三百人，如今只剩下他们这数十个人了。大家个个披头散发，满脸疲惫，浑身是血与泥。裘然、蒋坤、印青也都在内，三人谁也顾不上说话，坐在凳子上喘着粗气，这身狼狈，早已没了昔日的威风。

　　"把暗哨多放出去几个，抓紧吃点东西，早点走，这里距保定府太近了。"裘然继续吩咐道。

　　"是，大哥，已经放出去了。"印青答道。

　　不一会儿，那小吃店老板端着一些吃的东西送了过来。

　　"三位寨主，快吃吧，弄好了。"

　　"好，老蒋头，这几年你辛苦了。"裘然看着店主脸色变得温和了些说道。

　　这个小吃店，其实就是抱犊寨的一个暗桩，目的就是打探消息，为抱犊寨采买物品。这老蒋头，是三寨主蒋坤的一个远房亲戚，来陉阳驿已经快十年了。

　　一天一夜的血战，大家太累了，好不容易有个缓一口气的机会，大部分喽兵们都昏昏欲睡，哪有心思吃饭。裘然也是强提精神，看到这个情况，急忙又对蒋坤和印青说道：

"二位贤弟，快叫醒大家，此地不宜久留。"

无人应答，仔细一看，二人也已经昏睡了。裘然无奈，只好自己抓紧吃了一口。吩咐店主老蒋头带着店里的伙计给大家盯着点。自己也是实在忍不住困意，就进小吃店的房子里睡觉去了。

直隶总督署府，那彦成正在听取各方报来的消息……大堂上，那彦成吩咐各官员：一要继续打探漏网的土匪余众的逃跑去向；二为了不引起大的混乱，不再出动绿营官兵，由直隶总督署和清苑县等各地捕快负责继续追剿与捕拿。所有人都累了一天一夜，众人按职责安顿好那彦成命令的两件事后，也就纷纷地找地方先歇息去了。

李能和胡、向两位捕头及七八个捕快从大会开始的那一天，就一直由方师爷带着参与大会的护卫以及后来的追剿乱匪行动。根据眼线密报，得悉了抱犊寨余众的去向，在稍事休息后，又约了几个跤馆高手，打算从陉阳驿的南村口堵截裘然一干人马。

李能和方师爷一行十几个人，都骑快马，直奔陉阳驿。为了不打草惊蛇，众人决定从保定府南门绕行陉阳驿，去堵截裘然等匪众。

此时正值夏初之际，保定府城外清风荡漾，柳絮飞舞，沿途河荡碧水潺潺，农夫收禾，渔夫撒网，小儿嬉戏。官道上人来人往，丝毫没有匪乱的不安，不知内情的人还议论着要进城观看比武大会呢。

"老二，干吗去？"

"进城卖点干货，顺便看看比武大会。"

"看比武大会，别去了，听说昨天比武场上闹匪了，抱犊寨的人混进来了。"

"啊，真的假的？"

"真的，打了一天一夜……"

路人们说话间，就见从保定城南门冲出十几匹快马，马上人都是一身公人、捕快的打扮，有的手擎长枪，有的拿刀，风驰电掣般地从几个路人身旁掠过，踏、踏、踏飞奔着往西南方向掠去……

艳阳高照，众人却感到了一阵冷意，便匆匆地散去了。

李能和方师爷一行，策马飞奔，直扑陉阳驿。

沿途又遇到清苑县衙的几个捕快，他们也是刚刚得报，说在陉阳驿有一群来路不明的人在歇脚，清苑捕头刘班头正打算带着几个人去查看。两班人马简单交流，决定兵分两路。刘班头道路熟悉，就带着李能、方师爷及三个跤手直奔陉阳驿南出口，而清苑县衙的其他三个捕快随胡、向二位捕头等人，从陉阳驿的东、北、西三个方向分三组搜索推进，一发现匪踪，发号炮为信。

不到一个时辰，刘班头就带着李能、方师爷一行接近了陉阳驿南村口。

此时已近正午时分，日头直射下，马儿也跑得口中白沫连连，鼻孔大张，呼哧呼哧地直喘粗气。几个人下了马，牵着马悄悄地潜行到距村口百米处的几棵大树下停了下来。几个人一商量，决定先由刘班头潜进村，查看一下具体情况，其他人边歇息调整边在四周埋伏起来，然后再做打算。

正午时分，陉阳驿村也开始热闹了起来，鸡鸣狗吠，村里有了三三两两的村民。但村民们大都聚在自己家门口，指指点点，探头探脑，一片紧张的样子。从今天天刚亮，就有村民们一传十、十传百地，大家几乎都知道村里来了一批带刀枪的陌生人，而且这些人还不许村民随便进出，只能在自己家门口活动。现在这些人都聚在村北口的小吃店里，正在吃午饭。

在小吃店附近的村民悄悄观察，发现这些人满脸都是桀骜不驯的样子，身上衣服褴褛，血迹斑斑，有的还披头散发，说话豪横。这更增加了村民们的惊异与担忧，不一会儿，村民家家户户都把门窗死死地关了起来，再也不敢出来了，只是从门缝观察着外面的动静。鸡犬声也渐渐地少了起来，村里突然又陷入了一片沉闷，空气中也开始弥漫起了丝丝紧张和萧杀。

裴然三人正催着众喽兵抓紧吃饭，这时，一个喽兵行色匆匆地从北村外跑了过来，低声在裴然耳边说了几句。裴然面色一变，马上对印、蒋二人说道：

"二位贤弟，招呼弟兄们，别吃了，快走！"

"啊！好，弟兄们准备扯呼！"二人急忙招呼众匪。

"你我三人，各带一队人，先从东、西、南三个方向冲出村外。"裴然吩咐二人道。

一阵纷乱嘈杂，抱犊寨一干人在裴然三个寨主带领下从三个方向向村外跑去。

清苑县刘班头正和方师爷说着村里的情况。

不一会儿，就看到一个高约八尺的壮汉手持浑铁枪，带着一群衣襟褴褛、手拿刀枪的人跑了过来。

方师爷一挥手，李能手拿镔铁枪与另外同来的三个跤手、刘班头等"呼啦"一下，抢到村口，堵住了裴然一干人的去路。

裴然一看，领头的又是在观音堂的那两个人，不禁恶向胆边生，开口骂道：

"我等与你无冤无仇，何敢相欺太甚！再不让开，老子与你们拼了！"

李能刚要发话，身边的方师爷开口了：

"裴然，你不好好地在你的抱犊寨蛰伏，竟然与人暗中勾结，意欲祸乱，我等岂能让你们的阴谋得逞，还不束手投降！"

"呀呸，老东西，坏我好事，看枪！"

裴然说着，脚下一蹬，一招毒龙出海，提枪直刺方师爷咽喉而来。

"师父，我来！"李能见状，挺枪迎了上去。

"铛"的一声，就看半空中火花四溅，两杆枪撞在了一起。

随即，裴然噔、噔、噔地后退了三步，方稳住了身形。只感到手心发麻，大枪差一点脱手。

周围人的耳中也是一阵轰鸣。

李能身子也是微微一震，心里对裘然的劲道也是赫然一惊，"好功力！"

裘然稳住了身子，眼露精芒，大喊：

"好功夫，再来！"手中枪花一闪，直奔飞羽面门。

李能双臂缠绕，镔铁枪突然像面条一样，化出朵朵枪花，袭向裘然。

一刹那，半空中劲气飞舞，枪花忽隐忽现，二人你来我往，厮杀起来。枪风激荡，空气嘶鸣，火花飞溅，周围的人纷纷后退躲避。

二人打了十多个回合，依然不分胜负。裘然心里发急，不敢耽搁太久，就虚晃一枪，收枪跳出圈外，喊道：

"这位英雄，我们再徒手比过，如何？"

裘然号称"铁臂苍龙"，铁砂掌可掌毙千斤公牛，一身横练功夫已经登峰造极，通背戳脚拳独步绿林。他看李能貌像文人，虽然气力不小，枪法了得，但其身体稍有瘦弱，比自己低了半头。故而想以己之长尽快结束厮杀。

李能刚要答应，一旁的一位跤手突然上前一步，说道：

"贼头，休得张狂，爷爷我来与你比比！"说罢，不等裘然应答，就一个箭穿，手一探，抓向裘然。

飞羽一看，原来是马殿阁的大徒弟小霸王马图。

这马图，在比武大会前的保定府跤会上力克众雄，夺得了本次跤赛的第一名。本想在比武大会上一战成名，赢个"巴图鲁"的名号，没成想，比武大会不仅被抱犊寨土匪给搅黄了，而且自己的一个师弟在保定府城里的混战中被土匪所杀，可谓恨上加恨，故而当方师爷找马殿阁搬请人手时，马图主动请缨。刚才事急，马图没来得及插手，这次一看裘然主动提出要进行手搏，正中下怀，心中一急，不管不顾，就冲了上去。

裘然一愣神之际，衣领就被马图一把抓住了，急忙一个反拿，擒住马图抓来的右手，一招大摔碑手，劈向马图的脖颈。马图左手反拨护颈，一个斜打，反劈裘然右颈。电光火石之间，裘然乘马图变招之时，一个点脚，直踢马图丹田，就听"嘭"的一声，马图被裘然一下子踢出数米，摔倒在地。

马图的另外两个师弟，一个急忙护在马图身前，防裘然二次击打。另一个把马图扶了起来，马图嘴角慢慢地流出了鲜血，已经昏迷了过去。

那裘然倒也没有继续追打，依然站在原地，冷笑着看着李能和方师爷几个人。

方师爷一看，自己这边伤了一人，对李能说道：

"能儿，这裘然横练功夫厉害，你还是用枪对付他吧，我得看一下马图伤势。"

"师父，我先试试他的手上功夫再说。"

"不要和他硬碰。"

"好！"李能边说边走到了裘然的面前，站立。

"来吧，请！"

"好！"裘然话音未落，抬脚就向李能的迎面骨七寸踢去。别轻看这一脚，这是戳脚门的绝技，抬腿就踢，迅疾如风，着力点小，伤害大，令对手防不胜防，往往在对手还没有反应过来的情况下就被踢断了腿。

李能对戳脚并不陌生，戳脚早几年就在深州一带流传，而且一直都传言是"武皇"冯克善化名所传，今日看来，裘然这一踢，证明传言果然不假。

李能见状，不躲不散，前腿像蛇一样，一个缠绕，脚跟外侧一挂，就截住了裘然踢来丁腿。

裘然一看，吃了一惊，急忙变换招式，大开大合，用通背的身法加劈挂的大摔碑手疾风暴雨地攻向李能，偶尔还夹杂一些戳脚踢法。这裘然不愧号称"铁臂苍龙"，这一趟拳使出，让人看得眼花缭乱，只感觉拳风呼呼作响，四周的人不时都能感到股股劲风扑面。

"好！"抱犊寨的喽兵也一下子精神万分起来。

在裘然的拳风腿影中，李能依然似缓还急，从容地随着裘然的拳技腿法变换着自己的招式，打得从容不迫。方师爷一看，也放下心来，专心救治起马图来。

不多时，又听"嘭"的一声，两道人影突然分开了。裘然略显狼狈，右臂低垂，似乎受了伤，嘴角也沁出一丝血迹。李能也是微微地喘着粗气，看上去气息也有些不稳。二人打得又基本不分胜负，李能略占上风。

方师爷阵营的人不急不躁，目的就是要堵住裘然等人，使其不能及时逃脱，而且看到这些人人数不多，知道必是裘然分路出逃，故而也是等其他方面堵截的消息。而裘然不同，他急着要逃出去，时间丝毫不敢耽搁，一看自己一时无法取胜，不由得又急又躁，早已没了气定神闲的样子。

顺手再次操起大枪，大喊一声：

"弟兄们，分开冲出去，杀！"

说罢，挺枪直取李能。

其他喽兵一听，也是纷纷呐喊：

"冲出去，杀啊！"

然后队形一乱，四散逃亡。

方师爷一看，也喊道：

"能儿，擒贼先擒王！"

"好！"李能随即又持镔铁大枪与裘然战在一处。

那裘然根本无心恋战，手中大枪虚晃一枪，不进反退，一个倒挂七星，磕出李能的镔铁枪，顺势使出八步赶蝉的轻功，借李能枪势，反向又消失在村里。

李能刚要上步去追，方师爷止住了：

"能儿，穷寇莫追，帮一下其他人。"

李能这才一看，刘班头和马殿阁的另两个徒弟每人分别被三四个喽兵正围攻着，都显得有点吃力。方师爷一边照料着马图，还不时地一边击退企图偷袭马图的喽兵们。

看到此处，李能随即加入了混战中。

第八章
瘦雨台峰

六七月份的直隶，风和日丽，阳光明媚，蓝天白云下绿波荡漾，草长莺飞。

经保定府一战，蠢蠢欲动的匪患余众再次偃旗息鼓了。而抱犊寨的三位寨主在陉阳驿被打散后，也一直没有机会再聚集到一起。那彦成在保定府比武大会召开的同时，趁裘然三人不在之时，联合山西道和真定府集结了数万兵马，密密地兵发抱犊寨，也一举铲除了这个盘踞数十年的顽疾。

直隶地区又平静如初了。

李能经过这次保定府一战，对自己的功夫也有了新的感悟。特别是与裘然一战，也真实地验证了自己功力上的不足。那裘然在危难困身、身心疲惫之时，还能与自己打一个平手，可见其功力深厚。放在平时，自己也不一定能赢了裘然。这些年，自己在直隶、深州地区也是遍访名师高手，功力拳技的提高好像是遇到了瓶颈一样，再往前进步一点的可能性也没有了，这困惑感已经有多时了，下一步该往哪里发展，李能一直不得要领。

李能把这种困惑告诉了方师爷，方师爷看着李能，沉吟片刻，缓缓地说道："大道证于心，这几年，你一直苛求进步，渴求功力的提高，殊不知欲速则不达。树欲静而风不止，你的心有点乱了，求得多了，反而不知道自己真正需要什么。心乱，则身疲，疲于奔波忙乱，故而不知己所终也。清养灵根静养心，相由心生，以后你该以修心养气为主，法天地万物以求道。保定府的事情已毕，回去以前，我带你去五台山养养心吧。"

"是，师父。上次就听您讲起道，这段时间以来，我也一直在琢磨，这道究竟是什么！"

"呵呵，孺子可教也。今天不早了，好好休息一晚上，咱们明天一早就出发。"方师爷安顿道。

"好，师父。"李能应道。

从保定府到五台山，路程350多里，沿途多山路。

五台山地处太行山北端，方圆500多里，由众多大山和群峰组成，其中有五座山峰最高，山顶平坦，《名山志》载：五台山五峰耸立，高出云表，山顶无林木，有如垒土之台，故曰五台。山中气候寒冷，台顶终年有冰，盛夏天气凉爽，故又称"清凉山"，为避暑、修行胜地。唐代高僧慧祥在其《古清凉传》卷上，引《仙经》云：

五台山，名为紫府，常有紫气，仙人居之。

　　从东汉开始，五台山逐渐成为青庙和黄庙共处的佛教道场。有寺院80多处，其中有名的有显通寺、塔院寺、菩萨顶、南山寺、黛螺顶、金阁寺、万佛阁、碧山寺等。五台山风光壮美，梵宇林立，置身其中，可谓"松亭亭，泉淙淙，云山雾海沉浮中"。楼阁姿容秀，正是：

　　古刹晨昏天香飘，

　　佛寺早晚金钟鸣；

　　西来缥缈佛仙客，

　　客居云海扫明台。

　　无论是普通百姓还是修行之人，均会来五台问道，以解惑求安。

　　这五台山有五大主峰，以五方命名。处五台山的北部，山势切割深峻，五峰耸立，峰顶平坦如台。五峰分别是：东台望海峰、西台挂月峰、南台锦绣峰、北台叶斗峰、中台翠岩峰。

　　这五座峰，东有离岳火珠，北有玉涧琼脂，西有丽农瑶室，南有洞光珠树，中峰则有自明之金，环光之壁。五座主峰一说是代表着文殊菩萨的五种智慧：大圆镜智，妙观察智，平等性智，成所作智，法界体性智；二说是代表着五方佛，即：东方阿閦佛，西方阿弥陀佛，南方宝生佛，北方不空成就佛，中央毗卢遮那佛。不同的山势，不一的意境，会给修行者不一样的感悟，可使修行人调五志，养五情，除五害。

　　李能和方师爷经过三日的跋涉，终于到了五台山台外的台怀镇。

　　这几天，也正是五台山举办"跳布扎"和"骡马市"的日子，前来朝圣拜佛、做生意的众多，几乎把整个台怀镇都挤满了。

　　二人先找了个歇脚的小店，安顿住了下来，简单地吃了一口，先歇息了半晌。正午一过，二人收拾了一下，就出了门，打算先在台怀镇走走看看。

　　这台怀镇地处由五大高峰东台、西台、南台、北台和中台形成的怀抱之中，故名"台怀"。

　　在五台山，人们把台怀地区（即台怀乡）称为"台内"，其他地区则称"台外"。据徐霞客的《游五台山日记》记述："北台之下，东台西，中台中，南台北，有坞曰台湾（湾与怀的音义皆同），此诸台环列之概也。"

　　台怀镇距东台望海峰三十八里，距西台挂月峰四十四里，距南台锦绣峰五十六里，距北台叶斗峰四十里，距中台翠岩峰三十八里，是登台顶的中心。

　　李能和方师爷住在了镇北一座小峰——灵鹫峰下的杨林街。

　　这杨林街在台怀镇最热闹，是商铺、住宿、饭店等买卖集中的地区。各地来的人基本都吃住在这里。

　　二人出了店门，此时，虽已近酉时时分，日渐西去，然镇中依旧人声鼎沸，夕阳的余晖洒落一地，暮鼓梵音犹如天籁坠地，敲击着攘攘众生。

　　街市上，到处都是各色人等，三三两两，勾肩搭背，接踵摩肩。两侧店铺林立，有卖燕麦蚕豆粮食的、有卖蘑菇蕨菜台参的、卖降龙木及佛珠手串的，各种物品，应有尽有。叫卖声此起彼伏，行人、车辆、马匹挨肩擦背、熙熙攘攘。人群中有朝香的善男信女，有买卖东西的商贩走卒，有紧身打扮的武林人士，还有各家寺院的僧人头陀。

看着纷乱的人群和嘈杂吵闹的集市，李能有点莫名所以，不知道师父带自己来到这闹市之中，如何养心修性。虽然自己没有来过五台山，但早年多往返于深州、直隶、山西等地区，虽说没有专门逛过集市，但自己贩卖布匹，也经常逗留于市井商贾之间。实在想不出来在这些地方如何修行养性。李能站在街市上，左顾右盼，一时竟然无所适从了。

方师爷瞅了眼有些发愣的李能，也不解释什么，微微一笑，说道：

"走，咱们先随意逛逛。"

"好吧！"李能无奈地应道。

随即，二人一前一后，顺着镇中贯穿南北的清水河边道旁小道，随着路上行人，缓缓往南走去。

清水河，又称"鲜虞"，源于五台山的紫霞谷及东台沟。经金岗库、石咀、耿镇、石盆口、胡家庄，与坪上汇入滹沱河，贯穿南北，河宽50到100米，全长200多里。

平日里河水清澈，流水潺潺，不急不缓，给喧闹的小镇带来了一分宁静与舒缓，使得小镇也张弛有度。

在一片喧闹吆喝和梵音暮鼓声中，方师爷慢慢地、一步三晃地走着，也不说什么，看似没有目的，却又不乱迈一步，就这么闲庭信步地只管往前走。

李能跟在后面，也只能慢慢地走，走着走着，竟然不自觉地也随着方师爷的节奏迈步、出腿走了起来……

"北冥有鱼，其名为鲲。鲲之大，不知其几千里也；化而为鸟，其名为鹏。鹏之背，不知其几千里也；怒而飞，其翼若垂天之云……"

走着走着，方师爷突然抑扬顿挫地诵读起了庄周的《逍遥游》，步态也随着诵读而轻盈了起来，悠忽之间，李能竟然有一种跟不上的感觉。不一会儿，就走得气喘吁吁了。再看方师爷，依然那么气定神闲、行云流水般地走着，但步子，却有了一种飘然的节奏，一步，竟然是李能的两步之多。

李能有点愣了，看着余晖下方师爷悠忽渺然、似乎御气而行的身影，自己的身体直呼呼地定在了那里，似有什么要从心里呼之欲出。身与心、心与意、意与气突然与天地有了一种忽然贯通的感觉，纷乱的思绪在暮鼓梵音中也陷入了一片空明。

"傻子！嘻嘻。"

一阵嬉笑声好像从远处传来。

李能一愣，突然回过神来。左右一看，却是有两三个小孩正围着自己在说笑着。而远处的方师爷也正回过头来微笑着看着自己。

李能冲着几个小孩呲牙一笑，"哄"的一声，孩子们笑着跑开了。

"师父！"李能边说边向方师爷跑去。

"怎么？入定了。"方师爷微笑着问道。

"是，看着师父，不知怎么回事，脑子突然就变空了。"李能疑惑地说。

"老子说，道法自然，天地之间的万物，自己本来就是道，只是归、去不同罢了。悟道者，也就是不执相，相由心生，心空，则觉明，觉明，则神清。"

方师爷一边说，一边继续向前走着。

李能听着，多少还有许多不明白。不过，觉得方师爷的话虽然玄妙，却也没有以前那么难懂了。

"师父，咱们去哪里？"李能边走边问道。

"西台挂月峰，不登挂月峰，不算到盘山啊！"方师爷笑眯眯地说道。

"西台挂月访故人，一峰独尊四峰小；天台极目云缥缈，峰峦叠嶂月皎皎。"

老夫子边走边吟道，李能哑然失笑，随着方师爷加快了脚步。

挂月峰，距台怀镇20多里。虽然方师爷和李能的脚程比常人要快，但等看到了西台时，已渐暮色苍茫了。

此时的挂月峰，远远望去，在暮色下，犹如一只开屏孔雀，在山光雾色中，隐隐约约，翩翩起舞。

这挂月峰，是盘山绝顶，远望，上锐下削，形似圆锥。随着二人走近，却是群峰攒簇，高低蜿蜒，犹如巨龙缠绕；在山坡上，古树奇松，绵延婉约。

在暮色中，二人踏阶登临，随阶而上，松枝树影景姿绰约，云雾飘浮，低头再看山下，又是丰溪萦绕，水流潺潺，波光粼粼。

登临中，随着山势升高，空中开始飘落起了霏霏小雨，极目远望，已是万壑腾烟，缥缈流荡，茫茫雾气随身流淌，在烟波浩渺中远处的峰峦若有若无。

二人到了山顶，李能顿觉眼前一亮，细雨依然零落，但在台顶上却一片清明。

虽然冷月瘦雨，却清晖皎皎，浓雾不在，碧空幽深，银星万点，明月如镜，西巅高挂，美轮美奂。

皎月下的法雷寺肃穆庄严，伴随着梵音远唱，如临仙境，空静清明。

细数历代文臣武将，高人隐士，在登临挂月峰时，莫不被挂月峰一步一景、一步一悟而感慨万千。如明戚继光在登挂月峰查看地形时就见景而作《登盘山绝顶》，其中吟道：

霜角一声草木衰，云头对起石门开。

朔风边酒不成醉，落叶归鸦无数来。

但使雕戈销杀气，何妨白发老边才。

勒名峰上吾谁与，故李将军舞剑台。

看着眼前美景，李能深深地陶醉在其中。一时间，忽觉得自己心空如镜，登山时的疲惫一扫而无。绝顶之上，豪情顿起，欲踏云海，临九州，遨游穹隆。

忘情之中，李能情不自禁，一声长啸，身形一动，皎月下，展开手脚，龙行虎步，演化起拳法来。

…………

"阿弥陀佛，小施主好矫健的身手！"

不知过来多久，突然一声悠然佛号，渺渺传来，李能的身形戛然而止，回过神来。

茫然一顾，见方师爷身边不知什么时候多了两位僧人。其中一位华面长髯的老僧双手合十，面带微笑，正在对自己说话。

李能急忙上步向前，低首合十回礼，不好意思地说道：

"让禅师见笑，李能失礼了！"

方师爷见状，对李能摆摆手，道：

"无妨，大师乃得道高僧，不拘虚礼。"

"大师，这就是小徒，李能，字能然，深州人士。能然，见过大师。"

"大师好！李能有礼。"

"能然，释静贤大师佛法高深，武学精妙，早已达虚无归一之境了，若有缘，你就多向大师请教请教吧。"

"是，师父。"

"方施主过誉了，老衲虚度光阴，学识浅见，那堪'请教'二字啊。"

"来，五峰，你也见过故人吧。"

释静贤大师边说边往旁边让了一让，指着李能对另一个僧人说道。

"是，师父！"

"故人……"

就在李能疑惑间，那僧人上前一步，对着方师爷和李能又双手合十施礼说道：

"阿弥陀佛！方老施主、李施主，别来无恙。"

"不敢，不敢。"

李能忙回礼，方师爷也是面带微笑，微微回礼道：

"放下屠刀，大道证心，恭喜裘寨主得了一个好归宿啊！也恭喜大师又得一高徒！"

"啊！裘寨主，裘然？"

李能吃了一惊，仔细一看，果真是那裘然！

此时的裘然，已青丝落去，戾气全消。月色下，满面柔和，平静而沉稳，看着李能，微微颔首，随即后退到了释静贤禅师的身后。

"方施主，咱们禅房里聊吧。"

"好，禅师请！"

"阿弥陀佛，二位施主，请！"

释静贤禅师边说边在前面引路向禅房走去。

这释静贤禅师，是前朝武官之后，医武道同修。入五台遁入空门避世，其父与方师爷之父交好，故二人是世交，境遇却也相似。

方师爷一直对裘然等没有赶尽杀绝，实有同情之意。而那裘然能入五台拜释静贤为师，也是方师爷带李能等人在陉阳驿堵住裘然，把其逼入绝境后，密约裘然为其推荐所故。

　　方师爷边走边简单地和李能说了一下这中间的来龙去脉。

　　至此，李能恍然大悟，难怪陉阳驿一战，再没了裘然的踪迹，抱犊寨数万人马，一下子烟消云散。

　　道上，裘然看了方师爷一眼，一副欲言又止的样子。方师爷微微一笑，说道："五峰大师，可是还在挂怀你那几位兄弟？"

　　"阿弥陀佛……！方施主，让你见笑了，贫僧一时尘缘难断，见到方施主，不免想起故人来了。"五峰和尚面色微红，看了一眼旁边的释静贤大法师一眼，急忙高诵佛号，稽首应道。

　　释静贤大法师面带微笑，口出偈语道："相本无相，诸相非相，亦无非法相……"

　　五峰一愣，随即展眉一笑，道："阿弥陀佛！师父，我懂了。"

　　双手合十，对方师爷稽首一礼，说道："方施主，我着相了！"说罢，又紧走几步，跟上释静贤大法师的步伐，缓步而去。

　　方师爷微微回礼，随后看了李能一眼，微笑着说道："空而不空，不空而空，不着相既为道，你好好琢磨琢磨。"说着，看看走在前面的五峰大和尚，不由赞叹道："这个五峰，将来的武学成就恐怕也不在你之下啊！"

　　看着前面的五峰，李能不禁有些走思了。

第九章
天地心意

虽已入夏，但挂月峰的清晨，依然凛冽而清冷，半空中还印有淡淡的残月斜影。

李能已经早早地起来了。

在清冽的晨风中远眺，有光在萌动生发。

片刻，一轮光影从远处的山峦后缓缓升腾、放大。刹那间，红霞漫天，耀眼而明亮，随即，一缕暖意融融而来，清冽冷风也悄然而逝。

法雷寺，晨钟鼓荡，余音袅袅，如雷贯耳，万物诸生，刹然皆醒。

鼓荡的晨钟，顿时使得李能心气荡漾。渐渐地，腹中有股暖意缓缓地升起。丝丝地，随血脉贲张而生生周流，暖意融融，流遍全身，冷意一扫而空。

温融中，李能不禁凝神吐气、身躯舒展，虎步腾挪。

双拳一并，弹、旋、缠……一力化五劲，霸王举鼎、顺手投井、乌龙探海……招招刚劲、势势分明，五十三式功力拳随性演化开来。

晨风光影下，李能越演越快。身影、拳影、腿影，互化互叠，开合鼓荡，招招贯刚猛迅疾，犹如狂风骤雨，摧枯拉朽，卷袭而过。

随拳势，劲风呼啸，如刀、似剑般地把清冽的晨风撕裂成片片絮状。

突然，一道人影，直接切入到李能的身影拳风中……

"嘭"的一声，两道人影刹那分开，李能更是猝不及防，只感觉自己的半个身子都有些麻木了。

定睛一看，却见是五峰和尚站在距自己数尺开外的地方，微笑着稽首道：

"李施主功力深厚，贫僧佩服！佩服！"

李能揉着自己的手臂，莫名地看着五峰和尚，一时不知该如何回应。

"哈哈，能儿，是我把五峰大师请来，试试你的功力。"

方师爷和释静贤禅师从寺里走了出来，一边往出走一边笑着解释道。

"善哉！善哉！小施主拳法精纯，气息绵长，腿法刚猛凌厉，外家功夫已达炉火纯青的地步了，恭喜！恭喜！"

一旁的释静贤禅师也微笑着对李能说道。

李能见状，急忙抱拳回礼，道：

"让大师见笑了！李能一时兴起，胡乱练了一会儿，还请师父和大师们多多指点。"

"静贤法师，这次我带能然来拜访，就是希望大师能给能然指点一二的，怎么样？大师，就给说说吧。"

方师爷趁热打铁，借势对释静贤禅师说道。

"阿弥陀佛！方施主言重了，施主也是个中高手，老衲在此岂不是班门弄斧。"

释静贤禅师微笑着说。

"大师师出名门，家学渊源，深谙儒、释、道、武四家精髓，自成一体，岂是我等凡夫俗子可比拟的？能儿虽也是子继父体，功夫已然精纯，但终究还是靠力气打磨，难达武道之大成啊。老夫已是江郎才尽，还是请大师给他点拨一二吧。"

方师爷恳切地说。

"这……"释静贤禅师沉吟片刻，接着说道：

"好，老衲就班门弄斧了。"

"观小施主身形拳法，均出自少林。无论南拳北腿，皆以打磨力气、熬筋练骨为主，以后天修炼之力摧动手脚身步法，劲力刚劲明快，一招一式威猛刚烈。然劲虽精纯，但难以延绵不绝，劲刚而易断，后劲攻击常常不足，如刚才五峰突然切入攻击，你二人均崩裂而开，气血翻涌，这是你们二人劲气刚有余而柔不足之故也！"

李能和五峰互相对视一眼，均点头，深以为然。

"天地有阴阳，劲力有刚柔，阴阳调和，刚柔相济，才可达绝相空明之境啊！"

释静贤禅师看着李能与五峰二人，继续说道：

"今后你二人均可从柔处着手，向内找劲，以六合之法调剂阴阳，求中和之道。"

"何为六合之法？"

李能和五峰不约而同地问道。

释静贤禅师看了一眼方师爷，稍一停顿，说道：

"六合之法乃吾门不传之秘，也罢，今日就都传与你二人吧！"

方师爷一听，急忙对李能二人说道：

"能儿，这是你天大的造化，快谢过大师！"

李能一听，满心欢喜，忙抱拳施礼道。

"谢大师垂爱！"

"谢师父！"

五峰也急忙低首施礼。

"阿弥陀佛！"

释静贤禅师一声佛号后，缓缓说道：

"佛度有缘人，小施主宅心仁厚，又深得武学三昧，你与五峰二人都已成就外家高境，然刚易折，今后当以修心、养性、练气为主，以德炼化刚戾之气。"

"是！"

李能和五峰齐声应道。

方师爷此时插话道：

"大师，你们聊，我去走走。"

"方施主，你乃老衲方外至交，但听无妨。有不当之处，还请施主施教一二呢。"

释静贤禅师见方师爷要回避，挽留道。

"呵呵，好，好啊，今日能听大师门内武道秘辛，老夫真是三生有幸啊！在此也谢过大师了！"

方师爷一听，满脸笑意，高兴地抱拳感谢道。

"老衲出身心意门，吾祖乃前明武将姬隆风之副将，明亡之后，姬祖带吾祖等几人避祸终南，隐姓埋名……"

说话间，红日早已挣脱开了远处山峦、云海的束缚，勃然而出，高高地挂在了半空。整个挂月峰在万道霞光的照射下，开始变得灼热起来。

一个小沙弥也从寺院走了出来，来到释静贤禅师身边，合十低首道：

"师父，素餐准备好了！"

"阿弥陀佛，方施主，咱们先用餐，禅房再叙吧。"

"好，禅师请！"

说罢，一众人在释静贤禅师的带领下进了法雷寺。

在法雷寺的方丈室里，李能他们几个人正在听释静贤禅师娓娓讲述着自己所传承的心意秘术。

"姬祖师在当时号称'神枪''万人敌'。手中霸王点钢枪，单人匹马，阵中冲杀，无人能敌。为了护卫村民，姬祖曾单人匹马击破流寇数千贼兵，一提'姬神枪'，众皆胆寒。后退隐于终南山。

姬祖终南隐身后，一直都在传授着自己的军中枪术。这枪术，乃岳武穆之师周桐所传，以马战杀敌为主，并不适合步战。在隐身后，姬祖师等已经没有了驱马征战的环境和机会，故而姬祖师带领吾祖一干部将对此枪术不断进行改进，以马下步战和徒手格斗为主，教习后人。在修炼中，姬祖偶得葛洪《抱朴子内篇》一书，从玄而道，效法天地阴阳的变化和各种动物争斗夺食之法，得内修养气之妙。

随着姬祖师年近古稀，祖师完全解决了行走江湖长枪不便携带的弊端，不断化枪法为拳法。从人枪合一的角度一步一步地完善了自己的拳理拳法，独辟蹊径，以心达意，由内及外，拳枪一理，创立了终南心意门。

终南心意门，立枪为本，后天返先天，以心求道，以意达心，心意一体，内外兼修。训练之始，当问心求意。心动，意动；意动，则形动。心之所指，意之所求，达心意须动形。心为主宰，意为元帅，形体四肢百骸为兵丁。有枪与无枪，兼要拳枪一体，拳即是枪，枪即是拳。以意为先心为主，手中虽无刃，胸藏百万兵。

归根到底，心意拳，须以六合为要：

从身体形体的动作上，要做到手与脚合，肘与膝合，肩与胯合；

而在内意内气与劲力的调动与配合上，要达到心与意合，意与气合，气与力合。

这就是心意门秘传的六合之法。

我们这一门之所以也称作心意门，就是以拳为名，拳叫心意拳，枪称心意枪，经过百年来的传承，大江南北，虽已开枝散叶，但皆秘传。"

释静贤禅师娓娓道来，李能几人听得津津有味，心驰神往，恨不得马上就能学到。

看到李能急不可待的神情，释静贤禅师微微一笑，继续说道：

"吾这一门拳术，以调心养气为主，不是一朝一夕就能掌握的，练拳容易改拳难，小施主，老衲教你一套禅密功法，此乃黄庙密宗无上养气心法。修炼至极致，可达天人合一之境。至于心意拳法，老衲已遁入空门，不再入世，拳法早已生疏，不再适合江湖行走所需了。要想学得这门拳法，小施主可往晋中戴家求取。这戴家尽得心意拳之奥妙，历时两代传承，已达炉火纯青之境了。"

"喔，谢大师！"

李能虽然略有失落，但知道大师说得有理，而且自己也不可能长时间待在五台，故而心中释然。特别这两天五台山的所经所历，使自己的心境也改变了不少，今日听释静贤禅师这么一说，心中已然豁然开朗，感觉困扰自己多时的那个瓶颈已经消失不见了。

随即，几人纷纷你提我问，偶尔李能和五峰也相互喂手，交换心得，方师爷和释静贤禅师点评指导，方丈室内一片祥和融融。

"武艺道法，贵在张弛有度，中和平衡。修心养性，练气化精，须得体内与体外并行，不偏不倚……"

边说边看着演化拳法的李能，静贤禅师心中暗暗赞叹。

"此人今后武艺必得大成！善哉，善哉！"

第十章
祭祀风波

自五台山回来，不知不觉，已一年有余。

这一年多来，李能几乎足不出户，除了打理家中生意，就整天磨着方师爷请教易学之道、养心调息之法。一边琢磨、研习释静贤禅师所传的心意六合与禅密功法。

从学武至今，李能的整个身心几乎都醉心于对家传通背拳和方师爷、岳父所传武学的习练。闲暇之余或借贩卖布匹外出之机，求访名师，淬炼功力。

十几年来，李能为了追求高强的武技，一直都处于高度紧张的训练状态中。李能心里清楚，自己虽然集数门拳法于一身，可从没有考虑过拳与拳的融合贯通及内在的关联，只知道武技多了不压身。多年来，就等于在数门武学中往返罢了，距离武学大成乃至神明还遥远得很。这次保定府、五台山的种种经历，李能决定先潜下心来，把这十几年的所学做一个全面系统的总结，看看能不能找到一条适合自己的武学之道。

通过一年多的沉淀与总结，李能自己感觉对武术真谛的领悟有了一次突破性的进步。

中华武术，不是单一的肢体运动，更不是简单的打打杀杀。

中华武术，从修炼层次来讲，可分武技与武道两个层面。这两个层面，既有高低层次的划分，也有相互关联渐次递进的过程，只有这两个层面达到融通自然，后天返先天，才能达到中华武术的最高成就，由大成走向神明，拳无拳，意无意，无意之中是真意，得一而至归虚之境。

所谓武技，就是战场上临阵杀敌或与对手要分个你死我活时所需要的力量、速度与技巧的叠加。一力降十会，一招制敌定生死，先敌而至，每一项都需要经年累月的磨炼与淬炼，这犹如打铁磨刀一样，只有经过千锤百炼才可成钢。

中华武术，本来就是源自中华先民的生存与生活中。捕猎、耕种、争斗、治病养生等诸多的日常活动。特别是人与人之间、人与动物之间你死我活的争斗，更是催生、促进了武技的产生与发展。力量大的能战胜力量小的，力量小的要想取得争斗的胜利，就得从技巧方面超越对方；手脚快的，能战胜手脚慢的。经过对无数次争斗经验的总结，中华先民们逐渐地创造出了专门用于争斗捕杀的一系列训练方法和搏杀技术。

最初的武术，本质是一样的，正所谓"一门技，万家拳"。无论有多少不同的拳种门派，归根到底，修炼武术的初衷就是为了争斗搏杀。武术本是杀人技，虽然偏颇，但却是武技的魂。没有了这个魂，与舞何异！

武技成为道，求的是不留痕，没有形，如婴儿取食，自自然然。术是外在的，道是内存的。天有道，地有道，人有道，万事万物均有道，武技当然有武道。武技大成者，首先要求的武道，若进阶而神明，当三道合一以至虚。

时光匆匆，眨眼间，已至道光九年九月。

深州的九月，可谓桃李芬芳。

深州蜜桃，九月熟，十多万株深州桃树，遍布深州二十多个村庄。九月的深州，是桃的海洋。据记载："深州之桃，饶阳之绣，安平之绢，皆一境之独胜也。"

深州蜜桃，个头硕大、色泽鲜艳、肉质鲜嫩、口味香甜。因含糖量高，汁浓，用刀切开后果汁突出果面而不外溢。故有言深州蜜桃："刀切不流水，口咬顺嘴流。"刚摘下时，桃香四溢，而挑摘后，桃香只能存留3天。

故而来深州贩买蜜桃的各地客商基本都云集在采摘蜜桃的七八天之中。每年的这几天，在深州产桃村子的家家户户，都住满了前来买桃的客商。

这一年，不同于往年，知州张杰于道光三年就任深州知州后，就鼓励桃农们广栽桃树，十万株的桃树，也是他到任后鼓励桃农们陆续栽种起来的。今年大部分都已经到了盛果期，为了助民售桃，广开销路，知州府早已发下榜文：

一、于道光九年九月七日、己丑牛年八月初一，在欧阳公祠祭祀欧阳珣公，祭祀三天；

二、祭祀期间，同时举办开桃节，节日首日举办"沐皇恩赛桃大会"，由各村选出本村品质最好的蜜桃参赛，要赛大、赛鲜、赛甜、赛形。选中桃状元的，作为贡品选送京城。

李能从保定府回来后，因方师爷带领的深州护银队在保定府阻贼有功，直隶总督府对知州张杰进行了大大的褒奖。张杰十分高兴，原本是抱着捐银安全送到就好的目的安排的，没想到不仅捐银安全送达，还受到了直隶总督署的褒奖。

张杰高兴之余，一直要延请李能做知州府武术总教习，李能推辞了一年多。最后，实在无法推辞，在方师爷的劝说下，就做了知州府总教习，负责对深州府捕快们的武术教习与训练。

这次祭祀及开桃节，李能带领深州捕快负责地方秩序的维护，方师爷负责全面协调调动。

此时的李能，已过而立之年，剑眉星目之下，貌相沉稳刚毅，精气神内敛，一身的修为又得到了精进。

深州知州府堂内，知州张杰端坐正堂，方师爷侧旁站立。作为礼让，张知州专门给李能在堂下左首安排了一个座位，李能端目而坐。堂下分两侧站立着四地的捕头捕快共计五十多人。

环视了一下堂上众人，知州张杰开口说道：

"各位，本府这次主持欧阳公祭祀，开办开桃节，主要是秉承皇恩，造福于民，扬我深州蜜桃之名，宣爱国济民之鸿旨。故而望各位齐心努力，各司其职，助本府办好这次盛会！"

"是，尊府台大人之命！"

众人同声高声应道，李能也站起来，抱拳颔首，点头回应。

"好，下面请师爷安排具体事项。"

张知州看众人气力饱满，非常满意地说道。

欧阳公祠，位于深州城南三十里的坟抬头村北，是为了纪念宋吉州庐陵人、宗宁间进士欧阳珣所建。

欧阳珣，曾任南安军司录和监官知县，后以荐上京师。

当时金兵大举南侵，朝廷准备割让绛、磁、深三州之地以求和。

欧阳珣率人上疏进谏，慷慨陈词："祖宗之地，寸土不可与人。战败而失地，他日取之理直，不战而割地，他日取之理屈。"但朝廷为奸臣所误，拒不采纳，并强以欧阳珣为使，前往深州主持割地事项。

到了深州城下，珣放声恸哭，对守城的官兵说道：

"朝廷被奸臣所误，迫吾割地讲和，吾是抱死而来。国难当头，众人精忠报国，坚守勿懈。"金使臣大怒，随即将欧阳珣押到金国的京城，活活地用火烧死了。

深州百姓为了纪念这位为国捐躯的民族英雄，遂在深州的贾城西处为他修了一座衣冠墓以纪念。

明景泰年间，都宪萧启归朝驻真定行台，阅郡志，见载欧阳珣墓，于是作七律诗一首以寓感怀之意，并刻石于墓前。

诗云：

归朝驻节在行台，郡志时时一展开。

见载吾乡先达事，乃为昔日宰臣摧。

议和大节终难屈，临死丹心誓不回。

遥望深州高冢处，令人感怀重徘徊。

清道光三年，知州张杰到任以后，便详尽地规定了祀祠条例：

一、由祠旁赵邢村、贾村西等十六村选人经理祀祠；

二、用书院马场地二顷四十六亩地租共二十四千六百文备祭品；

三、每年二月春祭，九月秋祭；知州亲往主祭。

己丑牛年八月初一，晨，天微亮，赵邢村和贾西村等十六村村民们在两村乡长老赵头和贾头的带领下就早早地忙碌起来了。有的摆放香炉，有的打扫欧阳公祠周边杂草、杂物，有的维持陆续到来的村民们的秩序，有的摆放供台……

每年的祭祀，特别又值白露，祭祀活动不仅是对爱国济民的欧阳珣的纪念，也是祭大禹神、吃龙眼、喝白露茶的日子。这一天，各村的村民们都早早地起来了，穿戴整齐，成群结队地往欧阳公祠走去。

欧阳公祭，对村民们来讲，多年来也已经形成了一个固定的节日。特别是知州张杰到任以来，由知州主祭，更增加了祭祀活动的庄重。而且在祭祀期间，正值蜜桃成熟采摘季节，桃农丰收的喜悦给本来严肃的祭祀活动增添了一分喜气，这也许正是欧阳公当初舍生取义的本愿吧。

已时三刻，知州张杰在李能的护卫下，乘轿带领方师爷和一干捕快衙役出现在了赵邢村路口。为显庄重，张知州下了轿，步行向欧阳公祠走了过来。各村乡绅大户依次分列两旁拱手相迎。

"见过知州大人！"

"知州大人好！"

"……"

"好！好！"

"各位乡绅好！"

"大家好！"

张知州微笑着点头回应道。

到了欧阳公祠前，在张知州的带领下，大家依次净手、整理衣服，做着祭祀前的准备。

不一会儿，方师爷来到张知州身边，低声说道：

"府公，吉时到了，开始吧？"

"好，开始吧。"

方师爷略整衣服，走到祭台右侧，面对台下众人大声宣布：

"吉时已到，祭祀开始，奏乐！"

一刹那，鼓乐齐鸣。

随着鼓乐声，方师爷逐一喊道：

"上香！"

"献饭羹！"

"奉茶！"

"……"

"知州张大人宣祭文！"

祭祀活动在知州张杰的主持下，有条不紊地进行着。数千村民们个个肃穆，怀着对恩人、英雄敬仰的心，在知州张杰的带领下，黑压压的一片，在欧阳公祠前跪了下去。

此时，空中耀眼的晨光也被一层灰色的云遮住了，一股微风刮过，天淋淋的竟然开始下起了小雨。

看着这景象，李能的双眼开始湿润了起来。心中万分感慨，数百年来，能被老百姓记住的，只有那些真正为老百姓谋福祉的人啊。百姓虽贫，心却是亮的！

祭祀快近尾声时，一个捕快急匆匆地走了过来，在方师爷耳边说了几句话，方师爷一愣，急忙对知州张杰说道：

"东翁，出事了，在北安庄、杜家庄、旧州等几个村有人闹事抢桃，有许多村民被打伤了。"

"噢……"

张知州沉吟片刻，继续说道：

"师爷，你带着李教习和胡、向二位捕头各带十几个捕快分别去几个闹事的村看看，能劝说平息的就不要动手，这次开桃节涉及深州的名誉和桃农的收入，要尽量大事化小，温和解决。"

"好，东翁！"方师爷应道。

"有什么变故及时报我！"张知州又叮嘱了一句。

"是，东翁！"随即，方师爷便叫上李能安排人手去了。

北安庄村、旧州村和杜家庄村都地处深州镇北，相互为邻。北安庄村紧邻深州镇，其他两村紧邻两条官道。这三个村都盛产苹果、梨和桃，是有名的水果村。

今年的开桃节赛场就设在北安庄村。从欧阳公祠去北安庄村将近30里，方师爷和李能带着十几个捕快，从官道策马直奔北安庄村查看情况，其他两个村分别由胡捕头和向捕头各带十几个捕快前往处理争端。

官道上，沿途行人众多，络绎不绝，大多数都是各地买卖水果、蜜桃的商贩和挑担摆摊果农，偶而也有卖吃食的。

走出没多久，就听到沿途的人们纷纷嚷嚷地谈论着抢桃的事。

"听说了吗，村东冯老爹家的桃被抢了。"

"听说了，那可是冯老爹留着参加比赛的桃啊，也不知道是哪里的人，个个都是硬手。"

"是啊，老爹的儿子会两手，都被打吐血了。"

"不只北安庄，听说还有好几个村的桃也被抢了，还有的桃树也被砍断了。"

"唉，造孽呀，桃树今年刚刚结果，眼看就要有收成了。"

"这么乱，这比赛还能搞吗？"

"……"

听着村民和往来商贩的议论，李能和方师爷也加鞭催马，加快了速度。

一进村口，就看到在官道上围着四五十号人，在外面基本都是北安庄村的桃农们，从人群之中，不断传来了叫骂声和村民们的喊叫声。

"老东西，给脸不要脸，再不放手，小心爷打断你的腿！"

"不许打人！不许打人！"

"太不讲理了，让他们赔钱！赔钱！"

"……"

飞羽和方师爷等人下了马，几个捕快走上前去，冲着人群喊道：

"让一让，让一让，李教习和方师爷来了。"

"官府来人了，好啊。"

"师爷来了，师爷，给我们主持公道呀！"

"李教习，这帮人动手打人了，你得给我们做主呀！"

"让一让，让方师爷他们进去！"

村民们边让路边你一言我一语地说着，还不时地提醒着拥挤的村民们让路。

李能和方师爷等人进去一看，有七八个壮汉正站在一个商贩老板模样的后面，指着对面五六个桃农叫骂着。其中一个老头正手揪着那个老板模样的人的衣领，两个人正互相拉扯着。老头身后，两个人正搀扶着一个年轻人。地上撒满了被踩烂的鲜桃，有两三棵桃树也被打断了许多树枝，带着桃散落了一地，周边东倒西歪地扔着许多装桃的筐子。

一见方师爷和李能等人进了人群中，那老头撒开手，"扑通"一下，跪在了方师爷和李能面前，哽咽着说道：

"师父，李教习，你们得给我做主呀！这帮人太不讲理了，你看看，他们不仅打断了桃树，还把我家小子也打伤了。"

李能见状，急忙一步上前，把老头扶了起来。道：

"冯老爹，快起来，听师爷来断。"

此时，方师爷手摇折扇，看着那几个人微微一笑，抱拳道：

"听各位口音，也是直隶本府之人，吾乃深州府师爷方志远，有什么事和我讲吧。"

那几个人看到来了几个衙门捕快的人，刚才的张狂气势早已收敛了许多。这会儿一看方师爷自报名号，那个为首之人也急忙抱拳作揖，满脸堆笑地说道：

"见过师爷，小人们哪敢受师爷大礼，不敢！不敢！"

边说边对身后的那几个大汉们说道：

"你们退后，不得对师爷无礼！"

那几个人满脸不忿地往后退了几步，双手抱臂，站在了那为首的人的身后。

接着，那为首的人继续对方师爷说道：

"师爷，小人是直隶河间府人，姓黄，叫黄有财，这次带了几个随从家人是来深州贩桃子的。您也知道，桃子一旦采摘下来，就不能存放太久。我等多家比较，这次看中了这老冯家的桃，与这老冯头也说好了，看中哪个，进园子自己摘，我等采摘到这几棵树下时，这老冯头就不让我们摘了。这是他们违约在先，不能怪我们。"

"你！你们……"

老冯头气得手指着黄有财几个人半晌才说出话来。

"师爷，冤枉啊，摘桃子时是由我们家人陪着他们摘的。摘这几棵时家人就告诉他们，这几棵是留着参加比赛的，他们不听，非要强摘的。"

就在方师爷和李能听这两拨人各自理论时，突然，一阵急促的马蹄声从官道南传来。没多久，就见一名捕快急匆匆地骑马向这边飞奔过来，好几次，奔马差一点就把路人撞到了。

这名捕快边跑边喊：

"师爷，师爷，出事了！"

眨眼间，骑马的捕快冲到了人群前，一拉缰绳，"吁……"马喘着粗气刚一站定，这捕快就跃了下来，三步并作两步，跟跟跄跄地跌撞到方师爷跟前，上气不接下气地说：

"师爷，不好了，知州被劫了！"

"啊！怎么回事？慢慢说。"

众人大吃一惊，方师爷也看着这捕快吃惊地问道。

捕快喘了口气，接着说道：

"欧阳公祠祭祀结束后，知州大人不放心桃园闹事之事，就带我等去西魏村查看情况。可刚到西魏村边，就被一群外地客商围住了，说要找知州大人申冤评理，当知州大人下轿问询情况时，突然不知从哪里来了十几个蒙面的黑衣人，打倒我等。等我们醒来时，知州大人和那群外地客商就都不见了。无奈，我们几个一方面探查知州大人的下落，一方面分别报与师爷和各位捕头。"

"噢！"

方师爷听到这里，眉头紧锁，片刻，突然抬起头来环顾四周，仿佛想到了什么。问道：

"黄有财那帮人哪里去了？"

这时，飞羽等人才发现，不知道什么时候，黄有财那帮人突然不见了。

其他捕快一看，纷纷在人群中寻找问询，刚才大家的注意力全被知州被劫持的消息吸引住了，包括村民们谁也没注意到，黄有财七八个人就这样突然凭空消失了。

就在这时，胡、向二位捕头也带着其他捕快过来了。一问情况，那些闹事的人突然都纷纷退走了，说不买了。

方师爷看着李能和其他人说：

"派出捕快，四处查探消息，看看这几天有多少从直隶河间地区来的客商，特别是那些闹事的人，总会有蛛丝马迹的。其他人回府衙，这帮人既然没有当场杀人，那他们劫持知州大人就一定有所图谋，他们会给我们送消息的，咱们回去等。至于比赛的事，告诉各地参赛乡长里正，先做好准备，等找到知州大人后再定。"

"好！"

众人纷纷应答，分头行动，李能也跟着方师爷等人暂时骑马向府衙赶去。

第十一章
铁血丹心

道光九年，本是一个值得喜庆的年份。

对道光帝来讲，自己的宠妃祥妃为自己生下了一位小公主。帝室添人进口，也意味着大清帝国人丁兴旺，国运昌盛。

而这祥妃，姓钮祜禄氏，来自满洲镶黄旗，其七世祖是清朝开国元勋弘毅公额亦都，六世祖是额亦都第十子益尔登，弘毅公府可以说是八旗世家中的翘楚，被誉为"凤巢之家"，清朝历史上曾出过六位皇后。祥妃生女，可见皇族正统血脉的繁盛。

然而这一切，对于道光帝来讲，都不再能引起自己内心的任何波动。用心静如水来形容道光帝继位以来的心情，一点也不为过。

自康乾盛世以来，经雍正帝和嘉庆帝两朝，大清朝到了道光帝手中，已经开始走下坡路了。

在内忧外患下，道光帝颇思励精图治，振衰除弊。

对内整顿吏治，提倡节俭，亲自带头，力扫奢靡之风，开始着手改革漕运盐政，解除对部分矿藏开采的封禁。

对外采取强硬措施，开展了严禁毒品鸦片的斗争。从即位初，就不断发布上谕，对外严禁鸦片的输入，对内禁止鸦片的贩卖、吸食和罂粟的种植。

这些政策措施，虽然起到了一些作用，但对于普通老百姓来讲，土地、财产不仅没有得到保障，还被豪强地主、官吏大势兼并、剥夺，日益生活在穷苦潦倒之中。没了土地财产，而又随时都有可能失去生命，为了寻求生活资源与生存的机会，老百姓们不得不背井离乡，成为流民。有的甚至铤而走险，拉帮结队，或占地为匪，或抢夺官吏土豪。

这次在深州开桃节祭祀期间发生的抢夺和劫持知州的事件，其实就是流民所为。

方师爷之所以不急不躁，心中早已笃定这一点。流民劫持知州，只为图谋生活所需和财物，绝不会害命。但是需要小心应对，一招不慎，就会激起民变。所以在安排人手打探消息之后，就带李能等人回到了知州衙门，把详情和自己的判断禀告了王同知、李同判及刘千户后，四人稍做商定，决定先静观其变，等待对方的信息。

一个时辰后，外出打探的捕快们都陆续回来了，情况和方师爷猜测的基本吻合，这次事件，确是流民所为。这帮人大约有三百，现在全部聚集在了兴隆寺。

兴隆寺，是东汉开国皇帝刘秀所建。在东安庄清晖头村。

兴隆寺建成后，香火鼎盛，远近闻名，经过历代维修和扩建，雄伟壮丽。从山门算起，沿中轴线从南至北共有五座建筑，其中第四座最大，这就是大雄宝殿了，面宽约20米，进深约7—8米，高20多米，瓦为绿色琉璃瓦，柱础直径约75厘米。整个兴隆寺，一次可容纳数百人进香。

兴隆寺门前是一条东西走向的由正定到德州的运粮官道。来往的马匹车辆较多。据说，凡是过往马匹车辆，在此必须停下，把车轴上的油刮下少许，抹到石狮的嘴里，不然就会翻车。

这些流民来到兴隆寺已经十多天了，可能由于人数众多，寺内食物不足，才导致哄抢和劫持知州事件发生。

了解完情况，大家心中稍微稳定踏实了一些。但按大清朝律例，州府主官被劫持，属谋逆造反大罪，一旦处理不好，被劫持官员被害，州府其他人等也都有渎职之罪。所以大家的心情依然十分紧张，特别是王同知和李同判，作为文官，对这种突兀起来的劫持毫无心理准备，出了这事之后，慌乱无比，该怎么办，没有一点头绪。而刘千户虽说是武官出生，但绿营兵的调动，是需要知州同意而后请示正定守备的，一来一往所耗时日没有五六天也下不来，一时也没了主意。此时，大家都看着方师爷，师爷虽然没有官衔品级，但作为知州张大人亲自延聘西席，是知州心腹，所以大家都等方师爷拿主意。

方师爷环视了一下大家，然后缓缓地说道：

"三位大人，一个字，稳！流民所求，无非就是谷物钱财，对于州府大人，他们劫而不杀，说明他们意不在取命，更不是叛乱造反。但是我们也不能小瞧这些流民，这一次看他们动静，很有调度章法，绝不是普通流民能做到的。他们借祭祀和开桃节之际，先悄然进入深州，也没有乱窜，而是聚集在兴隆寺统一调配。先在各处一个时间点生事制造混乱，分散官府的注意力和人马兵力，让我们没有思考的余地，然后等我们人手分散后，在一地集中人力，堵路喊冤，趁乱劫持了知州大人。而且这些人中一定有武林高手，不然怎么能把训练有素的捕快一下子就放倒，而且那老郑头的儿子功夫也不弱，能被打伤，对手武力可想而知。"

众人听着方师爷的分析，都觉在理，大家纷纷说道：

"是的，师爷说得对。"

"就是啊，咱们这些人在李教习的指导下，武力都提高了不少，可还是着了道，对方确实有高手。"

"师爷，你吩咐吧，我们听你的。"王同知、李同判和刘千户也同时说道。

"好！"方师爷看着大家，继续说道：

"同知、同判二位大人坐镇府衙，负责总调度联络，筹集粮草钱财，准备对流民进行赈济。刘千户先吩咐兵勇把守住深州出入要道，对兴隆寺远远围住即可。各捕头带领自己所属人员劝住村民，暂时不要外出，特别是兴隆寺附近的村民，要让大家都待在家里，不要出门。然后由我和李教习带五六个捕快去和兴隆寺流民谈判，借机看看张大人什么处境。然后再做打算，各位大人，看看这么安排合适不合适？"

王、李、刘三个人简单合计了一下，觉得方师爷提的办法合适，考虑得也周全，就决定按照这个方案采取行动。于是大家就按各自的分工行动了起来。

此时已至戌时，天已经渐渐地暗了下来，日影西下，光晕下的兴隆寺披上了一层淡金色的外衣。周围也已经了无人迹，只有一些兵勇、捕快们在周边活动。偶尔官道上会有行人车马经过，也很快会被捕快兵勇们劝阻绕行。

兴隆寺已经被完全地封闭隔离起来了，暮色下，静静地矗立在那里，悄无声息，大门紧闭。

寺内空地，天王殿、祖师堂、东西配殿等都黑压压挤满了人，大部分是流民，老弱妇孺、年轻壮实的都有。还有一些被堵劫在寺里的香客，这些香客也有三十多人，都被流民们全部集中到了一个禅房里做了人质。

有二十几个流民从内把守着大门，还有十几个分别隐藏在寺内钟鼓楼几个高处放哨瞭望。在东南角的烽火台上，流民们也设置了瞭望哨。整个防守甚为严密而有章法。

在大雄宝殿里，昏暗的灯光下正坐着八九个人，全部都黑巾蒙面，其中有一个没有蒙面的，却身着官服，在大殿神像后的暗处坐着，被绳子紧紧地捆绑在一把椅子上，正是知州张杰。

张知州的嘴被布堵了起来，浑身泥土，身上的官服也破了几个口子，整整一天了，水米未进，显得有些萎靡，耷拉着头，双眼紧闭，无力地委顿在椅子上。

这时，一个带有山东口音的蒙面人看着他们八九个人中间的两个人开了口：

"两位大侠，你们看这知州大人饿了一天了，咱们别闹出人命啊！"

"是啊，咱们下一步该怎么做，知州衙门会来人吗？"

又有一两个山东口音的人也附和着说。

"没事，你们先给那个知州弄口水喝，死不了人的。已经把消息放出去了，衙门会来人的，再耐心等会儿。"

其中一个被称为大侠的、操河间府口音、身体稍消瘦的人回道。

此时，天已经完全黑了下来。无论在官道上还是在对面的兴隆寺里，都悄无声息，住在附近的农户也是家门紧闭，只是偶然有一两声犬吠声。由于大家都知道了兴隆寺住进了流民，而且还把知州大人给劫持了，故而家家户户的家里都漆黑一片，谁也不敢掌灯，就怕殃及池鱼。

李能和方师爷带着五六个捕快也已经来到了兴隆寺附近。他们几个先在兴隆寺对面的村子里找了一户靠近路边、能观察到兴隆寺的农家，在里面隐藏了起来，打算先合计一下。

一进农家，方师爷便向跟随进来的一个在附近监视兴隆寺的捕快领班问道：

"六子，怎么样，对面有什么情况吗？"

"回师爷，自从封禁以后，兴隆寺再没有出进过人，就在半个时辰前兴隆寺里出来两个人,在大门口观察了一会儿,又回去了。倒是在兴隆寺东南角的烽火台上有三五个人,有时候也能看到兴隆寺院内钟鼓楼上和墙头上偶尔会有人探头张望。"

那个叫六子的捕快领班恭敬地答道。

"好,你们做得好,没有引起对方的恐慌!"

方师爷带着赞许的神情说道。

"眼下要弄清楚这么几件事情:第一要先确定知州大人的情况,想办法与知州大人取得联系;第二,要摸清楚这些人是从哪里来的,有多少人;第三,他们劫持知州大人的目的是什么,想干什么。只有把这几件事情搞清楚了,我们才能做出应对措施。"

方师爷环视着大家,缓缓地说道。

"现在天色已经黑了下来,估计劫持知州的流民们也已经累了,警惕性会松下来了,眼下我们要先派一个人潜进兴隆寺,首先得确定知州大人的安全情况,然后再做打算。"

听到这里,李能抬头说道:

"师爷,我去吧。对兴隆寺我比较熟悉,而且我是总教习,还兼顾知州大人的人身安全,恐怕这会儿知州大人最希望的是我能在他身边。"

"好!李教习去最合适。你准备一下,马上潜进去找到知州大人,把他护卫起来。你一旦得手,马上给我们发信息!"

方师爷点头赞同道。

"好,师爷。"

说罢,李能马上紧了紧身,换上夜行衣,背插夜行刀,"吧嗒"一声,门帘一动,身形就闪了出去,悄无声息地往兴隆寺靠去。

此时天已过亥时,天大黑。周围寂静无人,兴隆寺在夜色中变得朦胧起来。整个村子外和路上已经空无一人了,只有不时从村子里面传出来的几声犬吠声才会偶尔打破这种死寂与沉闷。

李能闪展腾挪,几个穿跳,眨眼间就来到了兴隆寺的前门。身子轻轻一纵,悄无声息地就到了庙门边,屏气宁神,把耳朵贴在门上。从里面隐隐地传来说话声:

"哥,这次劫持知州大人,这可是犯的死罪啊,我害怕!"

"别怕,族长不是说了吗,我们又不造反,只是想和官府谈判,拿到去关东的印票。"

"可咱们抓了知州大人,官府不就更不给发印票了呀!"

"唉,这也是没办法的事情,我们现在这么多人,又没有带多少粮食,再这么走下去,迟早会被当作流民抓起来的,不如冒险一试吧。"

"唉,就是啊,快没活路了。"

"别说了,打起精神来。"

"……"

李能一听，心里有了点底，知道这些流民暂时不会伤害知州大人。于是，就贴着寺院的墙往寺后摸去。

　　兴隆寺有自己的寺产，在寺周边，除了正门前一条官道外，在寺其他三面周边都是兴隆寺以桃园为主的寺产，这些桃树将寺围在了中央。李能将身形隐藏在桃树的阴影下，快速向寺院后墙潜去。

　　寺院后墙，有一处暗门，暗门直通大雄宝殿，是寺院避祸时所用。对于兴隆寺的情况，因李能与兴隆寺住持方丈虚云老和尚比较熟悉，故而知道这一暗门。李能估计，这帮流民虽然有一定的调度章法，但对于兴隆寺的整个格局也不会掌握太多。所以，先从暗门试试看能不能进去。

　　不一会儿，李能就潜到了暗门所在的院墙处。李能先隐在距暗门五六步远的几棵桃树后，掏出几粒飞蝗石，手一抖，朝暗门处先弹出一粒。

　　"噗"地一声，飞蝗石落在了寺院墙下。

　　"噗，噗"，李能又连续弹出两粒飞蝗石，一前一后，落在了暗门左右两侧的墙角。在寂静的夜里，飞蝗石弹落的声音显得格外清晰刺耳。

　　李能观察着暗门四周的动静，除了刚才飞蝗石发出的声音后，周边左右又陷入了寂静中。心中暗自舒了一口气，心想，看来这帮流民没有对寺院后院进行监视，不然这么清晰的声音是一定会被听到、发现的。为了保险起见，李能又一次弹出一粒飞蝗石，这次把飞蝗石直接弹进了院墙里。

　　"噗"，"吧嗒"，飞蝗石连续发出两声，跌落进寺院里。

　　等了片刻，还是没有动静。李能立刻从桃树的后面闪出身形，一个提纵，就来到了寺院的暗门处。

　　这个暗门是嵌在寺院墙里的，被堆放着的一些杂物遮挡了起来，不知道的根本看不出来。李能轻轻地移开了一些杂物，暗门就露了出来，相较高大、厚实的寺院墙，这个暗门不大，仅能容一人略低头猫腰通过。暗门是双扇门，从里面横插着一根门闩，李能观察了一下，轻轻用手推了推门，门闩插得很紧，没有丝毫的空隙。于是，李能紧了一下夜行衣，分开双腿，后背紧紧地靠在了暗门上，靠住暗门试了试，感觉靠踏实了，舌尖轻抵上颚，丹田一提，脚下五趾抓地，虎背紧贴着暗门一个沉靠，就听得"咔嚓"一声，暗门的门闩就被震断了。稍停片刻，听一听寺内也没有什么动静。李能便轻轻地推开了暗门，一个闪身，就进了寺院。

　　寺内暗门周边，也堆着一些杂物，用来遮挡。李能移开这些杂物，探头向外看去。在月光下，大雄宝殿静静地矗立在距暗门的二三十米远处。透过杂物，可看到高高的大雄宝殿直插夜空。在高台上和两侧的僧房、廊桥里，隐隐约约的有不少人影在晃动，不时地还传来喻喻的人语声。李能隐身在大雄宝殿的暗影里，慢慢地向大殿一侧的方丈室摸去。

　　快要接近方丈室时，一个沙弥从大殿的方向走来。李能立刻隐身在禅房的一个角落里，打算等小沙弥过来先问问情况。不一会儿，沙弥就急匆匆地走了过来。仔细一看，正是方丈虚云老和尚的衣钵沙弥慧然。

于是低声唤道："慧然师傅！"

正在低头急行的慧然一愣神，四周一顾，看到不远禅房廊柱后黑漆漆地站着一人，正在向自己招手。慧然近前一看，认出了是方丈的好友府衙教习李能。

忙合掌稽首道："阿弥陀佛，是李教习到了。"

李能急忙问道："慧然师傅，方丈在哪里？你见过知州大人吗？"

"阿弥陀佛！李教习，你来得正好，方丈和知州大人这会儿都被困在了大雄宝殿里，你想办法快救救他们吧！"慧然也急切地回道。

"慧然师傅，别急。你详细说说大殿里的情况，他们有多少人？知州大人身体怎么样？在大殿的什么位置。"

李能边安慰慧然，一边问道。

"李教习，大殿里现在有七八个人，其中有两个人看着知州大人，其他几个人说要等衙门里的人过来谈判。这会儿我正要给知州大人去弄水喝，知州大人一天没吃东西了，有些疲惫，不过生命危险暂时没有，他们都在大殿神像的后面，方丈正陪着呢。"

"嗯，慧然师傅，你看这样……"

李能斟酌道："你先去多准备点水和吃的东西，我帮你拿着，把我带进大殿去。"

"这……好！"慧然迟疑了一下，应道。

大殿里，几个领头的流民还是继续黑巾蒙面，高度紧张下，这会儿也显得精神不济，都跌坐在大殿地上的蒲团上休息着。知州张杰这会儿也自由了一些，捆绑的绳子被取掉了，由虚云方丈陪着，在大殿神像的后面盘腿而坐，闭目休息着。看着他的两个人也斜靠坐在大殿神台后的墙角里，头一顿一顿地打着盹。一整天了，所有的人都显得疲惫不堪了。

就在这时，大殿里的灯火晃了晃，从殿门外一前一后地进来两个人。

"谁？"一个蒙面的流民低声喝到。

"阿弥陀佛！是小僧慧然，小僧给大家弄了些水和吃的东西，大家都饿了一天了，吃点吧。"

进来的慧然师傅急忙说道。

说着，慧然和已经换了一身僧服的李能把手中盛粥和水的木盆、碗筷等都放在了大殿里的一张空桌子上。

看到吃的东西，几个流民纷纷围了过来。其中一个看上去似带头的流民说道：

"也好，大家都抓紧吃点东西吧，据报衙门里已经有人过来了，大家抓紧做好准备，以防不测。"

慧然见状，也趁势对这个流民说道：

"好汉，给知州和方丈也吃点吧，别闹出人命来。"

这个流民稍一沉吟，道：

"好，给他们送过去一些。"

慧然一看，流民同意了，便对李能说道：

"慧空，来，你拿一下碗，给方丈他们盛点粥送过去。"

"是！"李能上前一步，低头应道。

刚才发话的那个流民看了一眼李能，也没再说什么，就接过慧然递过来的粥吃了起来。

李能拿着粥碗，慢慢地来到了大殿后。昏暗中，知州张杰精神有些萎靡，此时，正双眼紧闭，盘腿坐在地面的蒲团上。飞羽见状，心中也暗暗地赞叹了一声，身处危险的困境中，张知州还有如此定力，了不起！

此时虚云方丈已经听到了前面的对话，知道自己弟子慧然回来了，听到叫慧空过来，就睁开了眼睛，看向神像右侧。只见一个人影手里端着东西，往自己和知州这边走了过来。昏暗中虽然已经模糊看不清了，但老方丈对自己寺内的每一个弟子都很熟悉，看到这个人影，虽然感觉不像是自己寺内弟子，但也觉得有点熟悉，心里一动，也没有说话。

李能慢慢地靠近知州大人，弯下身子，低声说道：

"大人，是我，李能。"

随即直起腰，提高了声音，对着虚云方丈和知州大人说道：

"师父，张大人，吃点粥吧。"

"阿弥陀佛，慧空，你先给张大人端过去。"

听到虚云方丈这么一说，大殿里一直暗暗观察着李能动静的那两个领头的流民，也放下了心来。对着后殿负责看守知州张杰和虚云方丈的两个流民说道：

"老杜、小三，你们两个也过来抓紧吃点东西吧，一会儿还得打起精神把他们给我看好了。"

"好！"

刚才一直紧盯着李能的两个流民边应声边向殿前走去。

此时的张杰也已经睁开了眼睛，当他听到李能的声音后，心中一振，已经全无倦意了。看着李能，点了点头，就接过李能递来的粥碗，大口地吃了起来。

李能这时贴着张杰的耳旁，低声地把方师爷的计划和整个情形大概地禀报了一下。

知州张杰，安乡监生，于嘉庆二十五年（1820年）由广宗知县迁任深州知州。

张杰到任后，均减征役，清庙田，设义学，裁杂差，修河堤，防水患，增桃田，倡导节俭爱民、兴文重教。

张杰以为：做天下事，不为名难，做实事难，能够顺利地开始难，善始善终更难。国家设官、养士，两者都重要，当思为官一任，职责何在？故而在任之内，张杰作为一任知州，一直克己勤勉，深受深州百姓爱戴。

这也是李能愿意做张杰私人护卫及捕快总教习的原因。

张杰此时已吃罢粥，身子的精神也已经恢复了许多，在吃粥之际，心中已经有了计策。于是，就对李能低声说道：

"李教习，一会儿你与我出去，会会这些流民，虚云方丈，在我们与流民交涉之间，烦请派人出去通知师爷，让他们带人把守住寺院各个出口，不允许放走一个流民。"

"好！"

"好！"

李能与虚云方丈同时应道。

就在这时，大殿前传来说话声：

"老杜，小三，别吃了，到后面继续盯着去，快后半夜了，别出了岔子！"

"好！"殿前一通响动，随即就看到两个人影随着晃动的蜡烛火焰走了过来。

李能见状，一步闪到了菩萨像坐台后的黑暗中。手臂一探，一把就锁住了前面一个人的喉咙，双指一紧，就听"噗"的一声，就把这个人掐得闭了气，这个人身子一软，就瘫在飞羽的脚下。后面的人刚一愣神，李能脚尖飞点，一脚就点在了那人的心窝，"啊……"的声刚发出半声，也"扑通"一声，跌倒在地。

"老杜，怎么回事？"

殿前的流民此时也听到了后面这个叫老杜的在摔倒前发出的声音，就大声地问道。

"阿弥陀佛，杜施主不小心摔倒了。"虚云方丈急忙回应道。

"小心点！"殿前那个流民说道。

这时，张杰稍调整了一下身心，整了整衣服，就对李能和虚云方丈说道：

"走，方丈、李教习，咱们出去。李教习见机行事，有可能的话先控制住他们那两个领头的。一会儿一乱，还烦请方丈尽快派人出去。"

"好！"李能和虚云方丈同时应道。说罢，张知州身子稍微一顿，就迈步向殿前走去。李能和虚云方丈也紧随其后，走出殿后。

此时，在大殿神像前的蒲团和凳子上，横七竖八地坐着七八个人。经过快一天一夜的折腾，这些人都累了，虽然有两个看上去是头领的流民还坐在大殿一侧的椅子上，但也是萎靡不振。在昏暗的灯光下，大家吃了东西后，基本都昏昏欲睡了，有个别的已经打起了呼噜。

随着蜡烛火焰的闪烁，神像和东倒西歪的人影都影影绰绰、或有或无地闪现在大殿四周的墙壁上，烟雾缭绕中，显得有些诡异。

"啪嗒、啪嗒……大殿右后侧，穿来了凌乱的脚步声。紧靠在大殿右侧神龛打瞌睡的一个流民，身体突然一激灵，被惊醒过来。

"谁？"这个流民愣怔中。双眼猛睁，吓得喊了一声。

"怎么回事？"

"谁？"

"呼啦"一下，所有打瞌睡的流民都被惊醒了。

"怎么回事？"坐在椅子上的一个头领立起身、满脸戒备地扭头问道。

"阿弥陀佛！"一声佛号从神像后传来。

"各位施主，莫要惊慌，是老衲和张知州。"

"是老方丈啊！"

从大殿后的暗影中，虚云方丈边说边和知州张杰慢慢地走了出来，李能紧随其后。

流民们看着从暗影中走出来的三个人，一片愕然。惊异中，其中一个流民口气愠怒地问道：

"老方丈，你们怎么自己出来了，老杜和小三呢？"

"老杜，小三，怎么回事？"这个流民随后大声地向后面喊道。

见无人回话，这个流民脸色一变，对旁边正站起来的一个流民说道：

"不好！老三，快，把他们控制起来！"

那个叫老三的流民见状，也是急忙站了起来。抢步上前，一把推开了走在前面的虚云方丈，伸手就向张杰抓去。

这老三的手刚挨到张知州的衣领，只觉得眼前一花，自己出手的半边身子一麻，手就被一只如钳子般的大手紧紧抓住了。老三心中一惊，急忙猛抽右手，同时出左手，一拳捣向对方。

哪知对方头一偏，躲过自己的拳头，顺势一个大跨步，就挤进了自己的中路。老三来不及后退，顿觉得胸口一痛，身子一歪，差点摔倒。这老三心中更惊，急忙借势倒退了一步，稳住身形，嘴里喊道：

"二哥，有硬点子！"

随着老三的喊叫，那个叫二哥的也一个箭步，手拿一把镏铁扇，"嗖"的一下，蹿到老三的旁边。同时嘴里喊道：

"弟兄们，抄家伙，把他们围起来！"

昏暗中，"叮当、哐当"，只听得一阵兵器碰撞声，五六个流民纷纷围了过来，把知州张杰等三人围在了中间。

听到这几个流民的对话，此时已挡在张知州身前的李能心中一动，转头低声对张知州说道：

"大人，看样子这群人不都是流民，这里有土匪。"

"对于土匪，手下不要留情，该杀则杀。"知州张杰平静地说道，昏暗中，眼神里也流露出了一丝冷意。

"是，大人！"李能说罢，上前一步，把知州张杰和虚云方丈护在了自己的身后，同时，手臂轻轻地碰了一下虚云方丈。

虚云方丈马上会意，说道：

"阿弥陀佛，几位施主，佛门之地，休动刀兵。"

在神像前正收拾碗筷的慧然和尚也哆哆嗦嗦地说道：

"阿……阿弥陀佛，各位施主们，有话慢慢商量，不要玷污了佛门圣地啊。"

"一边去！"一个拿刀的流民一把推开了慧然。

眨眼间，在老三和被称作"二哥"的流民带领下，众流民已经把张知州和李能三人从三面围堵在了大殿观音神像前。

虚云方丈见状，就势对慧然说道：

"慧然，你出去吧。这里没事，出去告诉寺院僧众，稍安勿躁，待在禅房，不要出来。"

"出去！"看着正在走进人群中的慧然，那个老三也喝道。

"是，师父！"慧然说完，小跑着退出了大殿。

"老三，先把殿门关起来。"随即，那个叫二哥的流民吩咐道。

说罢，这个被称作"二哥"的手一挥，"呼啦"一声，合上了手中的镏铁扇，拱手施礼，面对着张杰三人，继续说道：

"张大人，得罪了！我等众兄弟原本无意冒犯。山东大旱，我等人户为了谋生活命，打算出关谋生，印官衙门不给我们发放民票，故而今日我等铤而走险，出此下策，实为求见知州大人一面，望大人海涵。"

张知州见状，往前走了一步，沉声喝道：

"尔等流民，扣押朝廷命官，扰乱地方治安，惊扰百姓，实乃重罪……印官衙门拒发民票，乃恪守朝廷禁令，尔等咋敢聚众闹事！还不速速放下手中兵器，本府可酌情从轻发落！"

"狗官，你如今在爷爷手上，还敢口出狂言，三爷我先把你拿住再说。"

旁边的老三骂骂咧咧的，又要向张知州冲去。

李能身形一晃，又挡在了张知州前面。同时，"呼"的一声，一招野马奔槽，直向老三撞去。那老三被李能凌厉的拳风吓得一激灵，"腾、腾、腾"地倒退了几步，嘴里喊道：

"你究竟是什么人？"

昏暗中，老三惊异地瞪着眼前两次把自己击退的人。

"老和尚，你这弟子好本事啊！"吃惊中，那个二哥也对虚云方丈说道。

"阿弥陀佛！此人非老衲弟子，乃深州府衙门捕快李总教习。"虚云方丈应道。

李能又上前一步，把虚云方丈和张知州护在身后，略一抱拳，对那二哥和老三说道：

"我是李能，两位不是流民，看样子是道上的朋友吧？"

"李能！哈哈，好！好！这真是踏破铁鞋无觅处，得来全不费功夫啊，我们兄弟几个正要找你呢。"那个老三突然狂笑起来。

众人听得一头雾水，李能也是一愣，跨步抱拳拱手道：

"朋友，既然是找李某的，那就冲李某来。请问尊姓大名？哪里的朋友？"

"朋友！嘿嘿，我等高攀不起！"被叫作"二哥"的也是一声冷笑，接着说道：

"姓李的，三年前的陉阳驿可曾记得？"

"陉阳驿！"李能心中一动，恍然大悟。

"你们是抱犊寨的人？"李能吃惊地问道。

"没错，我是铁扇子印青，那是我三弟，疯魔棍蒋坤。"

那二哥指着那个被叫作"老三"的人，继续说道：

"姓李的，想当年，我们兄弟三人在陉阳驿被你一杆枪堵得上天无门，入地无路。最后害得我们寨破人亡，我们大哥至今杳无音信。为了躲避官府追杀，我们兄弟两个也是流落他乡，今天，咱们就好好地算算这笔账吧！"

"对，今天你只要能再赢得我们兄弟俩，我们兄弟甘愿束手就擒。"老三蒋坤也愤愤地说道。

第十二章
义侠神枪

这蒋坤生得面黑身高，四肢粗壮，一条大辫子盘在脑后，阔嘴牛眼，一套疯魔十八棍法独步绿林。这套棍法源于隋，隋大业寺僧人以此棍法大破群盗，故以少林棍法名扬天下。

这蒋坤本晋州人士，家境颇为富裕，年少时好勇斗狠，父母难以管教，便花重金托人将其送入少林寺学艺，以图收其野性。怎奈这蒋坤劣性难改，在少林寺学艺三年，便吃不得苦，偷偷逃出了寺院，这一下天马行空，到处强取豪夺。

一日路过抱犊寨，被寨中下山的喽啰截住，索要钱财。喽啰们却被蒋坤打得毫无招架之力，丢盔卸甲。无奈，一方面派人上山传讯，一方面继续缠斗着蒋坤，不让其走。等印青到了后，看到喽啰们大部分都已经被蒋坤打得丢盔撂甲，遍体鳞伤，或躺着或趴着，满地呻吟。而蒋坤手持黑铁棍，傲然指着被打趴下的众喽啰们骂着：

"什么天下知名抱犊寨，老子看狗屁不如，你们就这点能耐，还敢劫道，都快回家抱孩子去吧！"

印青见状，一言不合，二人动起手来，打得不分输赢。打到最后，二人竟然惺惺相惜，握手言和了。从此，蒋坤便跟随印青，上山为盗，成了抱犊寨的三当家。

这蒋坤平日里与印青相处最为融洽，经常互相切磋，无意中，他们二人竟然练成了棍扇合一的双人打法。这种打法，大寨主裘然都难以取胜。故而遇强敌，这二人便以棍扇合一的招数对敌，鲜有敌手。抱犊寨的三个头领中，也数这二人关系最好，蒋坤一向唯二头领印青马首是瞻。而且二人一文一武，一刚一柔，一长一短，配合起来，往往使对手顾此失彼，眼花缭乱，防不胜防。

陉阳驿一战，二人就是凭借棍扇合一的打法才逃出层层围堵。二人原打算回抱犊寨，却在途中发现了大量清兵已经把抱犊寨围了一个水泄不通，无奈，二人就带着二十几个喽兵逃到了山东梁山东平湖地界隐匿了下来。

二人这一隐，就是将近三年。在这三年中，二人也没有闲着。一方面寻访高人，不断锤炼自己的武功，完善二人的棍扇合一技法；一方面派人打寻裘然的下落，收拢从抱犊寨溃散潜逃出来的喽兵们。

这梁山东平湖，是宋江聚义的地方。到了现在，虽然已经没有了八百里的浩渺水泊，但梁山本身的地势就显得极其亘长。四峰七脉纵伸于苍翠之间，层峦叠嶂，四面排开，在日光的反射下显得愈发宏伟。而梁山特殊的地形——即山中岩层特有的放射状断层则使得各处乡村均分堆而聚，互相之间联系不紧，更增加了其隐蔽性。在梁山地区，寺院众多，如法兴寺、建福寺等。这些寺院为了护寺与发展，平日里就以招募武僧为主，故而也给印青和蒋坤的隐匿与武艺的提升提供了便利。

在梁山，武艺皆以棍术见长。梁山的棍都叫"杆棒"或"哨棍"，杆棒是长兵器中的短兵器，短兵器中的长兵器，如果步战，正好横扫众人，多为绿林豪杰、步军头领所喜爱。

印、蒋二人隐匿到梁山后，如鱼得水。本来在梁山地区，数百年来，多为绿林豪杰所青睐，据说梁山一百零八将的后人就有多人在此隐居。印、蒋二人到来以后，一方面把其他喽兵安排在了附近的各个寺院隐身修炼；同时积极打探、联络当地的绿林豪杰或梁山一百零八将后人，沟通感情，学习武艺。数年下来，在梁山地区，隐隐地已经形成了一股不可小觑的势力。由于二人出手豪放，对于当地普通老百姓也是多有帮助，俨然二人也成了他们隐居之地的首领了，邻里众人如遇矛盾纠纷，会找二人进行调解、讲和。

二人来到梁山地区后，深谙韬晦之道，约束喽啰从不主动挑起事端，很少引起官府衙门的注意。三年来，二人的日子过得倒也自在。而且其中有不少喽啰也开始结婚生子，对于大家来说，平静的日子就是一种享受，许多人已经渐渐地没有了匪气。老婆孩子热炕头的生活成为这些人可望而可求的事情了。而且随着时间的推移和武技的磨炼，印、蒋二人也少了许多锋芒与匪气，逐渐变得更加沉稳与和善了。

可惜天不如人愿，去年夏涝，黄河大堤决口，一下子淹没了数千顷田地房屋，虽然朝廷也是积极救济，但对于狭小而又相对独立的分散于梁山各处的村子来讲，朝廷的救济根本到不了这里。

夏涝不到一年，印、蒋二人所在的村子就开始闹起了粮荒，寺院也少了很多收入。这对于印、蒋二人等一百多人来讲，吃喝生存就成了问题。印、蒋二人经多方打探与商议，决定往关外迁移。可这时拉着这一百多人再出走，已经不再是精干的队伍了，而是拖家带口的流民了。

由于粮荒，谁也不愿意再留下，于是二人决定把愿意走的都带上，这一决定，连那些村子里的原住民也都要走，人数一下子就增加到了近三百人了。这么庞大的队伍，走到哪里都会引人侧目，使得各地官府衙门也是高度关注，可由于印、蒋二人武艺超群，近三百人的队伍中有近半是原抱犊寨的人，训练有素。故而山东各地官府衙门也是睁一只眼闭一只眼的，能给民票就给民票，不愿意强行阻拦，在大灾之年，都怕激起民变，更不愿意收留，给自己增加负担与麻烦。所以二人带着这近三百人马浩浩荡荡地一路前行，来到了直隶深州地界。

刚进深州，就遇到了深州知州张杰要举办蜜桃节与大祭。二人怕引起混乱，一进深州，就把人马安排在了兴隆寺，同时，也托人联系深州发放民票的衙门，打算换了民票就悄然离去，二人也知道深州知州张杰清廉刚正，对于流民盗匪从不留情，所以也不敢做太久停留，更不敢暴露身份与行踪。

但十多天来，由于二人所带的人数众多，民票衙门不敢擅自做主，又正值各级衙门都忙于蜜桃节，无暇顾及二人申请办理过境民票的事，故而衙门主事一直没有过问。因而双方发生争执，民票衙门的衙役就把印、蒋二人的十多个弟兄直接扣押了起来，这才引起了二人的愤怒。

这些人毕竟还是土匪出身，而且十多天来，这么多人的吃饭也成了问题，兴隆寺也提供不出多少食物了。面对这种情况，二人一商量，就决定一不做二不休，借这次深州蜜桃节劫持知州，换取自己被扣押的弟兄和过境民票，大不了拼一个鱼死网破。

印青本来就有些手段，多年来在抱犊寨一直都是以谋士自居，经过一番策划，于是就上演了一出蜜桃节智劫张知州的大戏。可是等他们把张知州劫持到手后，看到张知州丝毫没有慌乱的感觉，也不和他们对话，一直沉默不语，看似胸有成竹的样子。这才感到这次劫持知州太鲁莽了，这张知州也成了烫手的山芋了，扣也不是，放也不是。故而快一天一夜了，一直把张知州扣在了兴隆寺，商量下一步的对策。众说纷纭下，印青一时也没有主意。整个劫持计划，下一步怎么走，已经变得骑虎难下了。

现在听李能这么一报名，印青心中突然有了灵感。他看着李能，大声说道：

"姓李的，我们这次来，就是找你报仇来了。因为你，害得我们兄弟三人亡命天涯，到现在，我们也不知道我们大哥的音讯。而抱犊寨数万家眷弟兄，也是被你害得寨破人亡。今天，你得给我们一个交代！不然，你们几人休想离开这里，大不了，我们拼一个鱼死网破！"

蒋坤听着印青这些话，虽然有些不太明白，但他一向都是听印青的。故而也顺着印青的话说道：

"就是，姓李的，你要是不给我们一个交代，今天，你三爷我就绝不放过你们！"

张知州和李能虽然听得有点糊涂，但明显的感觉就是这二人的做法与其他盗匪确实有点不同。与专门打家劫舍、穷凶极恶的匪徒还是有区别的。

见状，张知州开口了：

"你等二人休得猖狂，三年前李教习是奉本知州之命押运捐银送往直隶府。至于抱犊寨之变乃是你等不安分守己，意欲谋反，与他人何干！"

"张大人，你可别忘了，你现在是在我们的手上。凭一个李教习就想走，嘿嘿，你们得看看我这棍答应不答应！"

蒋坤冷笑道。

"三弟，休得无礼！"印青接话继续说道：

"张大人，你也知道，我们这些人都是从刀头添血走过来的，要是被逼急了，别看我们人少，但我们这三百多人真要是杀出去，把你这深州搅个天翻地覆的能力还是有的。我想，张大人你也不想看到在你的治下再出现叛乱的事情吧。俗话说，狗急了跳墙，兔子逼急了咬人。我们这次出此下策，把您张大人请到这里，实属无奈。"

张知州一听，这印青口气似有示弱缓和之意。说心里话，张杰也不愿意把事态扩大。此际的张杰最不想看到的就是在自己的管辖范围之内发生匪乱。举办蜜桃节，就是为了安定人心，褒扬农商。更重要的也是为了在自己的政绩上添一笔重彩。故而印青的话可谓说到自己的心里去了。

于是，张杰略一沉吟，说道：

"本府一向以民为重，听尔等口气，似有冤情要陈。好，今天本府也给你们一个机会，把心中所想和所有情况都说出来，本府可视尔等情况再做处理。"

"咣当"一声，大殿的门这时被推开了。光影摇动下，一个流民急匆匆地跑了进来。

"二爷、三爷，不好了，我们被官兵围住了！"

"什么情况？别急，说清楚了！"印青沉声道。

"二爷，在寺外不知道什么时候突然黑压压地来了一大批人，天太黑，看不清有多少。不过很奇怪，这些人也不说话，只是把寺全部都给围了起来，不知道是在等什么。"

"哦！"印青看了一眼张知州三人，对进来的流民又吩咐道：

"去！告诉外面的弟兄们，不要慌。只要官兵不围攻寺院，咱们就不动！他们的知州大人还在咱们手里呢。"

"是，二爷。"来人说完，就急匆匆地出去了。

"二哥，要不我出去看看去？"蒋坤也问道。

"不用，咱们保护好知州大人就行了。"印青意味深长地看着张知州三人说道。

张知州见此情形，微微一笑，开口说道：

"外面的人都是我府衙的捕快兵勇，现在已经把兴隆寺围得水泄不通了，你等还不弃械投降吗！"

多年的配合，一旁的蒋坤刚才听印青说完保护好知州大人的话后早已心领神会。此时一听张知州的话，正好借题发挥，立刻假装勃然大怒，喝道："姓张的，敢威胁我们，抱犊寨的人什么时候怕过事，今天，三爷我先拿下你再说。"

蒋坤说着，身形一晃，脚下一个抢步，蒲扇般的大手探出去，径直抓向张知州的肩膀。张知州一愣神，就感到右臂一麻，身子一个踉跄，往蒋坤的怀里栽去。

在蒋坤动手的一刹那，张知州身侧的李能大喝一声："蒋坤，你敢！"

边说，右手一抖，"嗖"的一声，一颗飞蝗石直奔蒋坤的面门而去。

蒋坤大骇，抓张知州的手一松，急忙向左一扭头，就听"哎呀"的一声，蒋坤虽然堪堪躲了过去，飞蝗石却打在了蒋坤身后的一个喽兵脸上，"噗"的一下，一股血从那喽兵的脸上溅了出来。

李能也顺势扶住了张知州，护在了前面。

蒋坤一看不仅自己没得手，还被李能伤了一个喽兵，一下子恼羞成怒了起来。

"姓李的，敢坏三爷的大事，你拿命来吧！"蒋坤说着，身子一动，像离弦之箭一样冲向李能，同时，右脚"呼"的一下，带着一股劲风，直踢李能的心窝。

李能不躲不闪，心窝微微一收，双手一个十字绞，锁住蒋坤踢来的脚。身子一带一挺，嘴里低喝一声"去"！蒋坤呼的一下，就被摔出五尺开外。

"嘭……哗啦！"一阵撞击磕碰声，蒋坤撞在了一个供桌上，"扑通"一下，一头栽倒在地。

"三弟！"

"三爷！"

"……！"

旁边的印青和其他喽兵边喊边围到了蒋坤的身边。

蒋坤一下子被摔蒙了，半天才缓过一口气来，刚想挣扎着起来，右脚一阵剧痛，"哎呀"一声，又跌坐在地上。

旁边的印青见状，兄弟十指连心，心中又急又气，扭头向李能喝道：

"姓李的，你把我兄弟怎么了？！"边说边起身一展手中的铁扇，"哗"的一下，划向李能的脖颈。

印青这把铁扇，在绿林里也是数一数二的厉害。一身八卦功夫，配合铁扇的招数，刁钻而奸猾。

这铁扇是由纯铁制成，分量很重，是折扇形，上面雕刻着八卦图。扇子折合起来时可刺、砍、挑、压、拌、点穴；打开后还可以接挡暗器。

印青这扇子运用得非常巧妙，他不以拙力与李能相争，一出手就走开了八卦的游龙步，使用巧力从刁钻的角度攻向李能。

一时间，李能也感到有点手忙脚乱，几个回合下来，面对印青竟然有左支右绌、力不从心的感觉。

李能不知，这印青所练，乃冯克善所传离卦八步云盘功法。印青为了避人耳目，掩盖武学痕迹，很少与人动手，这也是他经常与蒋坤合战迎敌的主要缘故。

这离卦八步云盘功夫，源自道家先天内丹功法"转天尊"。在元《七真言行传》中，就有全真七子之一丘处机真人"在洞中绕走不停"的修炼记载。它以松柔连绵为特点，多走旁门，在阴柔中发出冷、弹、脆、快、硬的打法特点。印青用遮铁扇更是把这八部云盘功夫的打法特点发挥到了极致。

缠斗中，李能一边招架，一边琢磨印青的这种打法，潜意识里总是感觉在哪里见过，可在手忙脚乱中，也一时难以想起。

而这印青边打边心惊不已，暗暗赞叹李能的功夫了得。他自己的功夫自己知道，这种功夫在江湖上流传不广，基本属于秘传。而且自己这三年来在梁山访高人，拜名师，这内八卦功夫在梁山地区已经鲜有对手了。而且感觉越打，李能的应对越来越自如，此人似乎不是在与自己交手，而是把自己当作了陪练。

电光火石之间，两个人已经过了数十招。表面看，印青频频出手，李能只有招架之功，毫无还手之力了。这时已经缓过劲的蒋坤在喽兵的搀扶下也站了起来，带着手下人为印青在一旁助威加油。但印青自己心里最为清楚，照这样再打下去，自己不仅不能取胜，就是自保都有问题了。

这个李能太妖孽了，空手对战自己，越战越勇。不仅如此，十几招下来，竟然把自己的路数招式都已经摸熟了不少。自己每一次的攻击，都能被李能巧妙地躲过，自己一出手，还不断陷入险境。在不断的走转交手中，印青都感觉到自己的招法竟然慢慢地被李能克制住了。

这时，又见蒋坤生龙活虎、好像没有什么大碍的样子，印青的心中不禁悄然萌生了退意。说心里话，印青不到万不得已，实在是不愿再与官府起冲突了，更不愿把事态再扩大。

就在印青分神之际，李能也渐渐地摸清楚了印青武功的路数了。"当啷"一声，飞羽抽出了夜行刀，不再躲闪，以大开大合之势，一招横扫千军，"呼"的一下，就见昏暗中，一道黑亮的刀光直奔印青的脖颈而去。随着李能的刀风，大殿里的烛光也拼命地摇曳晃动起来。

印青大骇，就连旁边的蒋坤也被吓得叫出了声：

"二哥，小心！"

慌乱中，印青急忙使出一招风摆荷叶，身子诡异地向后一仰，才堪堪避过飞羽的刀刃，但脖子也已经被刀风扫了一下。

"咳咳咳……"避过飞羽这一刀的印青惊魂未定，只觉得被刀风扫过的地方一阵刺痛而发痒，不禁咳嗽起来。

"二哥！"

"二爷！"

"……"

慌乱中，众流民把印青围了起来，有的查看印青有没有受伤，有的戒备地盯着李能。

李能一招逼退印青，也没有继续追杀。怕在昏暗中张知州再有所闪失，退了一步，又提刀护在了张知州的身前。

张知州见到此情形，又提步上前，喝道：

"你等还不放下兵器，还要顽抗到底吗？！"

此时的众人，已经彻底被李能的气势压住了，在灯光的暗影中，大家面面相觑，都看着印青、蒋坤二人，等着他们拿主意。

其实这些人在山东梁山隐居了三年，早已没了过去为匪时的恶气，大多数人本来就是普通老百姓，只是由于生活所迫，才不得不为匪为盗。一旦生活有了着落，谁也不愿意再过那刀头舔血的日子。

对于蒋坤、印青二人而言，也已经被李能打得没了再战的信心，特别是印青，本来也不愿意与官府硬抗。二人见状，印青看了一眼蒋坤，然后面对大家，黯然地说道：

"罢了,弟兄们,咱们就听知州大人的吧!"

说罢,就把手中的铁扇一丢,对着张知州抱拳施礼,恳求地说道:

"大人,一人做事一人当,绑架大人的事与其他人无关,都是我出的主意,杀剐任凭大人处置。只是求大人放过我三弟与其他人,他们也不愿意再为匪了,大家这次出来就是为了找一个能吃饱饭的地方,劫持大人也是不得已而为之啊!"

蒋坤一听,"扑通"一声,又跌跪在了地上,爬了两步,抓住印青的手带着哭腔哽咽着说道:

"二哥,你我兄弟,同生共死多年,这件事怎么能让你一个人担着,生死蒋坤都陪着你。"

说罢,蒋坤又对张知州说:

"大人,绑你的人是我,刚才也是我先对大人动手的,要杀就杀我吧,把我二哥放了吧!"

"大人,求求你,饶了我们吧!"

此时,其他喽兵们也纷纷跪倒在地上,向张知州恳求道。

张杰一看,大局已定,就转身对虚云方丈说道:

"劳烦大师出去把方师爷等人叫过来吧,告诉他们,继续按兵不动。"

转头又朝着印青等人说道:

"好,识时务者为俊杰,将来对于你等的处置,本府会酌情考虑的,本府一向以百姓为重,只要你们能改邪归正,不再为匪为恶,本府会给你们一个安身立命之所的。"

"喔、喔、喔……"一阵鸡鸣声传来,深州的天又要亮了。

这正是:

神技消祸兴隆寺,
闻道鸡鸣见日升。

第十三章
侠骨柔情

转眼之间，已经快到腊月年关了。

李能协助张知州安置好印青、蒋坤等一帮流民后，衙门里也没有了什么大事，就向张知州告了假，打算去山西进一些年货和布匹。每到年关，是店里生意最好的时间段，也是一年农忙后家家户户添置新衣和生活用品的时候，更是人们最舍得花钱的时候。

今年的收成不错，在张杰这几年的治理下，深州开始呈现出一片民富繁荣的景象。

深州一直以来都是地少人稀，而且大部分田地都是佛道庙产。在深州全境，每一个村子几乎都有寺庙道观，百姓田少而贫。在道光三年，张杰曾还田于民，兴办义学，大兴农商，增添人丁。深州的人丁大多数是从山西、山东等地移民过来的，这也是张杰能够安置印青、蒋坤所带来的数百人而朝廷予以同意的原因。

接近年关的深州府，分外的热闹。

街上的各家店铺已经开始悬灯结彩、扎龙灯狮兽、备高跷等，做迎新的准备了。农忙后的人们也忙着碾米、磨面、杀猪，打扫屋子，蒸制干粮，逛集市办年货。

街上的行人比往日里多出数倍，每家店铺的门前都是车水马龙，人来人往，出出进进，人喊马嘶，一派节日的气象。

在各条街巷的店铺门前，伙计们的吆喝声此起彼伏，满脸堆笑地向过往的行人推销着自家的东西。

街上熙熙攘攘的人群，有卖东西的，有买东西的，每一个人都是笑容满面，乐呵呵地逛着、看着、选择着自己需要的东西。大一点的小孩子们三三两两地、东一头西一头地在人群中钻来钻去，打闹嬉戏；小的则磨着自己的父母，要买这买那。

在深州，城北人性情朴实敦厚，以农桑为主，城南人性格机敏，大多从事手工作坊和绸缎等商铺买卖。深州人大多好尚儒学，民风淳朴，男耕女织。平日里生活节俭，慎重务实。邻里和睦互助，勇敢仗义。

接近正午时分，深州的天空晴朗而高远，空气里的凉意虽然已经散去不少了，但阴冷潮湿的感觉还是很浓。

在城南万寿宫旁的一处绸缎店里，生着炭火的店铺里暖洋洋的，炭炉上正在烧着一大壶水，快要开的水"滋滋"地冒着白气。几个人正围坐在炭炉四周，边喝着开水，边闲聊着，还有几个人正在挑选着自己打算要买的绸缎布匹。

李能在店里一边招呼客人，一边和妻子玉莲商量着去山西进货的事。

"他爹，这眼看就要进入年关了，你这一走，往来少说也得二十多天，要不今年就别去了，家里现在这些存货也够卖。"

飞羽沉吟着应道：

"夫人，我尽量快去快回，这两年我在州府做事，店铺生意都靠你打理，实在是辛苦你了。年后上元节适逢皇后千秋节，皇帝特批要在上元节为皇后祝寿，与民同乐。张知州已经安排了，一过了年，就要我解押一批贺礼赴京。年后也没有补货的时间了，这次我赶得紧点，去太原府多进一些货。"

夫人玉莲一听，鼻子一酸，自从嫁给李能以后，夫妻两个也是聚少离多，自己的丈夫志向高远，对武学的喜爱到了痴迷的地步，一听说哪里有高手，就一定要前去比试求教。虽说夫君武艺高强，可强中自有强中手，一旦失手，伤筋动骨是其次，因为比武而丢了性命的事也经常发生。丈夫每次出门，自己都是提心吊胆的。特别是在夜里，自己独守空房，常常辗转反侧，难以入眠，既有感情的寂寥，更有对夫君的忧思。今天夫君又要出门，可依着夫君的性子，找人比武是少不了的，但自己又不能把丈夫困在家里。看着夫君希冀的眼神，玉莲的心一软，无奈地点了点头，同意了。

见妻子不再反对了，李能心中高兴，知道妻子在担心自己。看着玉莲略带凄婉幽怨的眼神，心中的愧意涌了上来，说道："要不，我别去了？"

瞬间，玉莲觉得一股暖意在身体里游走开来，嘴里轻轻地一哼，道："快去吧……"说罢跑进了后堂的内屋。

看着玉莲的背影，店铺的客人都哈哈大笑起来。个个都伸出大拇指喊道：

"好！"

"哈哈，嫂子害羞了！"

玉莲这么一跑，李能也是不好意思，感觉脸也有点发热，见众人插科打诨，急忙抱拳道：

"各位，见笑了，见笑了！"

众人也是纷纷回应。

"教习辛苦了！"

"是啊，没有李教习，深州早就被土匪祸害了。"

"就是，李教习是我们深州人的大恩人啊！"

"不敢当！不敢当！"李能急忙给大家施礼道。

"哈哈，什么事？这么热闹？"随着一个大嗓门的声音，一个铁塔般的人一撩门帘，一头撞了进来。

众人一看，马上闭口不言了，"哄"的一下，散开了。

进来的人一看，大环眼一瞪，"怎么！老子又不吃人，躲老子干什么！"

李能见此情景，脸一沉，急忙上前制止道：

"贤弟，对乡亲们休得无礼！"

来人看李能的脸有点沉，忙又自找台阶，打趣道：

"哥，我逗他们呢，不当真，不当真。"说罢又转身作了一个罗锅揖，对店里的众人笑嘻嘻地说道：

"各位，老少爷们儿，失礼了，对不起！对不起！"

店里还留着买东西的人急忙赔笑，道：

"不敢，不敢！"

"三弟，你又惹什么祸了！"门帘一撩，随着声音，一个精瘦、穿长衫的人摇晃着走了进来。

一前一后进来的这二人，正是蒋坤和印青。

这二人看上去心情不错，都红光满面、精神头足足的。

李能看到这二人一前一后地走了进来，也忙上前两步，笑着拱手招呼道：

"印二哥，没什么，蒋兄弟和大家开玩笑呢。今天是什么风，把你们二位给吹来了？快请里屋坐。"

说罢，又冲后堂里屋喊道：

"夫人，来客了，弄点酒菜，我和印二哥、蒋兄弟喝一杯。"

"好的！"听到声音的玉莲边说边走了出来，也微微弯腰施礼招呼二人道：

"印二哥，蒋兄弟，你们好！快请里屋来吧。你们先聊，我给你们弄吃的去，饭菜马上就好。"

"呵呵，弟妹好！能然兄弟，弟妹，那我们二人就不客气啦。"

印青笑呵呵地边问好边说。

进来后堂，李能请二人坐下落定后，重新抱拳，微笑着问：

"印二哥、蒋兄弟，今天有空过来，看来把你们的人已经都安置妥当了。"

印青满面笑容，乐呵呵地应道：

"能然兄弟，这次全靠你从中周旋，知州大人不仅没有怪罪我们的劫持之罪，还格外开恩，同意我们自愿投亲靠友，还在深州给我们没有投靠去处的人划地置屋，让我们这些人有了一个落脚的地方。兄弟，你的大恩我们无以为报啊。"

"是啊，是啊！大家都过够了刀头舔血的日子，这次能为弟兄们寻得了一个好归宿，全靠哥哥出力呀。以后有用得着我们兄弟的，任凭哥哥吩咐。"旁边的蒋坤也是满怀感激地附和着。

"言重了，言重了。"李能急忙谦虚地回道。

"这次能够顺利地解决了劫持事件，主要是我师父方师爷出的主意。知州大人非常信任方师爷。再说了，我们这也是受裘然大哥所托。"

"对了，能然兄弟，我们二人这次过来，一来是看望兄弟，代表我们那几百口人表示感谢。二呢就是想请兄弟详细和我们说说我们大哥的事，这边安置弟兄们的事基本差不多了，我们兄弟二人想找我们大哥去，快三年了，没有裘大哥的一点音讯，我们不踏实啊！"

看印青和蒋坤急迫的样子，李能无奈，只好安慰道：

"印二哥，蒋兄弟，这段时间不是我不告诉二位，实在是裘大哥不让说。他说，他与红尘再无牵挂，也让我有机会见到二位，替他转达他的一句话，'放下屠刀，立地成佛！'今天，你们不仅做到了，而且还把抱犊寨的其他兄弟们都安置得妥妥当当，我想，裘大哥知道了，一定会高兴的。我只能说，他真的很好！"

看着李能坚决不说的样子，虽然印青心里着急，但也是没办法。

一旁的蒋坤更是急得抓耳挠腮，就差一点给李能跪下了。

"哥哥呀，你就行行好，告诉我们吧。"

"不行！我李能一诺千金，怎么能违背自己对裘大哥许下的诺言，蒋兄弟，不要再为难我了。"

"这……"

一下子，三个人有点僵持了起来。

"吃饭了！"

这时，玉莲端着菜进来了。

李能见状，趁势站了起来，急忙岔开话题，对二人笑着脸，说道：

"印二哥，蒋兄弟，走，咱们先吃饭喝酒吧。"

印青看了蒋坤一眼，无奈地摇了摇头，苦笑着说：

"好吧，兄弟，就听你的吧。"

第二天寅时，在窦王庄，李能早早地就起来了，照往常一样，练罢拳，就开始收拾行装，喂马备车，准备出发了。

昨晚李能就回到了窦王庄老宅，把要去山西太原府进货的事告诉了母亲，所以早上起来就带了一个伙计，直接出门了。

此时的天还是黑漆漆的，从窦王庄出来，李能与伙计赶着马车沿着小路向束鹿的方向走去。

"东家，天冷，您坐车棚里吧。"

"不用，你坐车上赶着走吧，我后面跟着就行。"

"那怎么能行啊，东家，哪有伙计坐车东家跟车的。"

"没事，你上车，走吧。"

伙计拗不过李能，只好上了马车。

李能看伙计坐稳了，"啪"的一下，一拍马屁股，"走了！"

马儿一惊，"踏、踏、踏……"撩开四蹄，急奔起来。

晨曦中，马儿越跑越快，坐在车上的伙计只觉得耳边的风"呼呼"刮过，树影如浮光掠影一般，飞速地向后略去。

"东家，您在吗？"伙计急得喊了起来。

"在，放心，走吧。"

伙计定神回头一看，只见李能在车的右后侧不紧不慢地跟着。

看到这，伙计暗暗地咋了一下舌头：我们这东家，功夫真厉害！

不到一个时辰，二人就进了束鹿地界，李能打算让马儿歇歇脚，两人顺便吃点东西再走。

此时，晨光已经开始一点一点地洒落在了大地上。

入冬后的清晨，空气凛冽袭人，随着日光如炽，寒气渐渐化作了薄薄淡淡的雾，如蝉翼轻纱一般把束鹿裹包了起来，周围的一切变得迷迷蒙蒙起来。

轻雾中，村道上的行人寥寥无几，只是偶尔有一两只野狗急匆匆地追逐着跑过，把那雾好像突然撕成了一片片，飘落得没了踪影。

李能与伙计二人进了束鹿村口，突然，一道裹着薄雾的人影闪了过来。

"哈哈，哥哥，等到你了！"

随着话音，一尊铁塔一下子就矗在了马车前。

"咴咴……"这一下，把拉车的大红马吓得扬鬃朝天直叫唤。

"哎呀！"车上正左顾右盼的伙计也差一点掉了下来。

李能定睛一看，满脸讶异。

"蒋兄弟！你怎么来了？"

说罢，又左右看了看，"印二哥呢？"

"嘿嘿！"蒋坤就像一个大孩子一样，用大手挠了挠后脑勺，然后一拉李能的胳膊，"走，哥哥，我先带你吃饭去，印二哥没来，我自己来的"。

李能虽然被蒋坤的突然出现搞得有点愣怔，不过，自己也正打算先歇歇脚，吃点东西，于是也就没有再说什么，安顿伙计，赶着马车，跟着蒋坤向村里走去。

不一会儿，三人就来到了一户人家的门前。这户人家面南靠北，紧邻村子东西走向的官道。门口两侧各竖着三个拴马桩。这房子、院墙等看上去都是刚做了翻修不久，门楼高大方正，青砖黛瓦，门头两侧还挂着一对红灯笼，大门两侧对开，各有一个青铜狮子兽头。

蒋坤安顿伙计把马拴在了石桩上后，就迈步上了门前台阶。

"啪啪啪……"一阵敲门。

"来了，来了。"里面传来了一个女人的说话声。

话音刚落，"哗啦"一声，门打开了，一个身穿兰花棉袄的清秀女孩儿走了出来。

女孩儿看到是蒋坤，脸突然没来由地一红，双手捻着衣角，声音一下子变得有点局促不安了，柔柔地问了一句：

"三哥，你们来了！"

"啊，啊，那个……是！"铁塔般的蒋坤也是突然扭捏了起来，说话的声音一下子低了好多，黑脸"腾"地一下冒出了些许汗珠。

"咳咳！"

台阶下的李能看着二人的样子，暗暗好笑，也不说破，轻轻地咳嗽了一声。

蒋坤一下子缓过神来，急忙一闪身，让出台阶下站着的李能，一指李能，对女孩说道：

"啊，那个……秀娥妹子，这就是我们常说的，咱们的大恩人李教习，李能大哥。"

秀娥一听，两只水汪汪的大眼睛一亮，急忙快步走下台阶，给李能弯腰施礼，柔柔地说道：

"哎呀，恩人，急慢了，快请进屋暖和暖和吧。"

李能微微一笑，带点打趣地说道：

"不急慢，不急慢，没打扰到你们就好。"

"恩人！"秀娥小脸一红，白了一眼还在台阶上傻站着的蒋坤。娇嗔地说道：

"三哥，你看你，还不请恩人进屋啊。"

"啊……啊，对，对，……大哥，快进屋吧。"

李能看着二人的样子，心里一阵温暖，感到刚才身上的冷气一下子就没有了。

"哈哈，好，走吧。"

开心一笑，就跟着秀娥、蒋坤进了院子。

一进院子，正面是青砖照壁，麒麟青石浮雕栩栩如生。过了照壁，一个宽敞整洁的大院让人眼前一亮。在院内两侧，放着两排兵器架，刀、枪、棍棒样样齐全，中间青石板铺道，把院子划分出东西两处练拳的场地。在正面，是一排五间正屋，东西也有侧房各三间，整个格局朴实而方正。

李能边走边看，心里一阵欢喜，为蒋坤这些人能有一个这么好的结局感到高兴。

这时，正面的屋子里走出来一个花甲老者。老头精神矍铄，腰板挺直，头发虽然花白，但脸色红润。看着走进来的蒋坤、飞羽他们，发出了爽朗的笑声。

"哈哈，三当家的，迎到李教习了。"

"哎呀，老族长，和您说了好多次了，以后千万别再叫我三当家了。"

走在前面的蒋坤急忙不安地摆着手，惶恐地说道。

"就是，爹，三哥说了好几次了，您都不听！"旁边的秀娥也有点埋怨道。

李能走到前面，抱拳施礼。"老族长，打扰了！"

"不打扰，不打扰，三当家的昨天就过来了。说李教习要去太原府办货，就在我这里等上了。这不，今天一大老早地就出去迎了。李教习是我们这群流民的大恩人，能在家中迎到李教习，是老朽的福气啊。"

老族长边说边把众人迎进了正屋，待众人坐下，秀娥就给端来了热水，并给每人递过一块毛巾。在飞羽擦洗之际，蒋坤也把老族长的情况给飞羽介绍了一下。

这老族长姓吴，据说是梁山军师吴用的后人，吴用在宋江的坟头自杀后，其后人就把他掩埋在了梁山脚下，世世代代守护着宋、吴二人。

这次也因为黄河决口，不得已老族长才带着族人们想跟着印青、蒋坤等人出来谋个活路。这一次要不是李能从中调停，又差一点断送了族人的活路。如今带着数十族人，被张知州安排在了束鹿地界。

这蒋坤在梁山之际，就一直对秀娥心存好感，故而也非要跟着老族长众人在一起过活不可。因蒋坤孤身一人，老族长也只剩下父女二人，故而由蒋坤和印青出钱，把这个老宅子盘了下来，翻修后，蒋坤和老族长父女合住了进来。

昨天听蒋坤一说，李能要去太原府办货，可能要路过这里，故而就和蒋坤商量，早上迎住李能，吃点早饭，也算代替族人们表达一下感激之情。

李能听罢，这才明白蒋坤突然出现的来龙去脉了，不禁心中一热。满脸歉意地对老族长与蒋坤说道：

"老族长，蒋兄弟，李能何德何能，怎么敢让众人如此劳心费力，实在是不敢当啊。"

"当得起！当得起！"老族长满怀感激，不住地说着。

这会儿，秀娥已经把饭菜做好端了进来。老族长赶忙招呼李能二人吃饭。此时阳光也从窗外投射了进来，整个屋子里充满了暖意，大家乐呵呵的，边吃边聊。

暖屋，热饭，温润的阳光，满屋的欢声笑语，两个人在旅途中的倦意也被彻底地消融了。

第十四章
捻香聚义

　　太原府,又称"并州",五代北汉都城,是唐高祖李渊起兵之地,后改为山西省会,隶属于山西承宣布政使司,府治阳曲,下辖一州十县。据记载:太原府"控带山河,踞天下之肩背,为河东之根本,诚古今必争之地也"。

　　在通向太原府大南门的官道上,李能和伙计赶着两辆马车在余晖的照射下,带着长长的影子,出现了。

　　夕阳西下,黄昏中,官道上行人已经寥寥无几了。

　　冷嗖嗖的风开始刮了起来,路两旁光秃秃的树枝被风吹得发出"哗哗"的声音,依官道两侧一处紧挨一处搭建的土屋瓦舍,有不少房屋已是残垣断壁的样子了,在暮色苍茫中,大南门外的状况看上去更加凋敝不堪了。

　　在这凄冷的官道上,伴随着行人与车辆的经过,不时惊起散落在道上找食的乌鸦,一群一群的,"哇呀,哇呀"地飞起飞落,此起彼落。

　　太原府的官道是条土路,路中央被过往的车辆日久累月地碾出了两道深深的车辙,顺着崎岖不平的官道向前望去,土路上曲折的两条车辙就像两条长蛇一样蜿蜒盘旋着伸进了大南门昏暗的门洞里。远远地看上去,暮色中的大南门就像一座大山黑黢黢地矗立在官道的尽头。

　　大南门,又称"迎泽门",位于太原府南城墙的中部,是太原府八门之一。

　　李能带着伙计进了大南门。

　　顺着大南门街往里走,依次是南市、活牛市、麻市,这个时候的大南街整条街都已空无一人了。

　　街市两侧店铺的灯笼也亮了起来,在微弱灯光的照射下,飞羽带着伙计和马车往麻市边的通顺巷和帽儿巷的方向继续走着。

　　在通顺巷、帽儿巷几个地方,集中了太原府八成以上的麻、布匹、衣帽、服装和食品等店铺,是太原府的集市中心,飞羽除往返于太谷、祁县、榆次几个地方外,也经常来这里补货。

　　紧邻这几个巷子,就是鼓楼大街和县前街、府前街。这几条街上,是太原城中官署、学府、庙宇极为集中的街巷。不长的街面两侧,分布有太原府衙、阳曲县衙、府文庙、府学、县学、黑虎财神庙……衙门、学府、庙宇等,牌坊高大别致,一座接一座,上写熙朝毓秀坊、龙光宠锡坊、湛恩汪岁坊、三晋首邑坊……

李能和伙计边走边聊，车轮碾过坑洼不平的路面，发出了"咣当、咣当"的声音，在寂静、空荡荡的街市里，这声音显得格外响亮。

　　不一会儿，二人就来到了通顺巷。

　　在巷子的东北角与鼓楼大街南的交口处，坐落着一处规模宏大的面向西北坐朝东南的连体吊脚式楼阁。

　　在夜色中，透过隐隐约约楼阁四周的几棵参天古树，灯火闪烁下，可见中间是一座气派十足的三座连体阁楼式建筑。楼阁的重檐翘角隐约在暮色中，像极了欲飞的鸟儿，整个楼阁台楼环廊，主楼高耸，拔地插天。

　　那主楼外形似八卦，共分三层，八个角，八个面。每个角挂着铃铛，夜风中，发出连续不断的"叮铃叮铃"声，而那饰有铃铛的塔尖，一声不响地有力地挺向那幽蓝的夜空，仿佛想把那一弯明月勾下来。

　　在台楼门前青石铺就的广场上，耸立着一栋四根立柱支撑的三门牌坊，在道旁灯笼的微光照耀下，隐约地可以看到牌坊中门头有一匾额，上面有"致远堂"三个字。

　　这致远堂，据说大有来头。

　　掌柜的复姓慕容，名长空，据说祖上是西燕帝胄之后。历经数百年朝代更替，这致远堂便是后周慕容延钊将军后人为了结交四海八荒的英雄好汉所建，在阳曲已经百余年了。

　　阳曲，一直被称为"三晋首邑"，地处忻州与晋中盆地之脊梁地带。扼晋要冲，是太原门户。东、西、北三面环山，南部低平，为兵家必争之地。

　　在阳曲建堂，由此可见慕容后人之眼光远大。只可惜时不与我，累经数代，都是满腔抱负空对月。但历经数代人励精图治，这慕容家已经是财力雄厚，势力非比寻常了。致远堂总堂口，设在太原府的鼓楼大街，这鼓楼大街，地处太原府核心要地，贯通南北，扼守东西。这致远堂一般外人只觉得它是一所豪华讲究的馆驿，根本看不出它另有奥秘。

　　多年前，李能在往返于太原府各地经商之际，偶然与慕容长空结识。这慕容长空也是一位武学大家，二人在交流中于武学上惺惺相惜，于是就结成了莫逆之交。每次一入太原府，李能总是要去拜会慕容长空，交流武学心得。

　　说话间，二人已经到了这致远堂楼下。致远堂门外值夜更的门卫看到有人车过来了，马上就迎了过来。

　　"客官，是要住店休息吧？"其中一个门卫和善殷勤地走上前来，向走在前面的李能问候道。

　　"是老蔡吧？"李能笑盈盈地问道。

　　"啊呀！是李掌柜，什么风把您给吹来了？"

　　老蔡眼神一亮，也认出了李能。接着，转身又对也迎过来的另一个门卫说道：

　　"小六，快过来帮李掌柜的牵马、拿行李，这可是咱家堂主的贵客呀！"

　　"哎，好嘞！"一个年轻的后生紧走两步，也迎了过来。

"李掌柜,这小六你不认识,是今年堂主新招来的,小六,快过来见过李掌柜的。"

"李掌柜的好！"小六急忙弯腰施礼道。

"不客气,不客气！"

说话间,李能二人在老蔡的引导下,进了致远堂。通过大堂的接待大厅,向内进阁楼走去。

沿着过道,两侧墙上都放着一盏油灯,倒也不黑。二人跟着老蔡,不一会儿,穿过二进带院子楼阁,来到了致远堂的第三进楼阁的院子。前面二处楼阁,只招待一般的普通宾客,而这个楼阁,从不招待外客,只接待像李能这样与致远堂有密切关系或慕容长空单独吩咐过的客人。

此时第三进楼阁的院子里,却是灯火通明,在周围挂着的盏盏灯笼亮光映照下,李能注意到,在整个院子里,看上去黑压压地聚集了百十多人。这些人三三五五地聚在一起,手里都拿着什么东西,兴奋又低声地在议论着什么。在院子的正北,楼阁的大堂前,有五六个人在忙碌着摆放供桌、香炉、供品等一些祭祀用的东西。

"怎么,慕容堂主今晚又要出捻？"李能转头向老蔡问道。

"是的,李掌柜。"

此时,大堂正屋,走出来四五个人。中间一个人颇为高大,身材修长伟岸,面如淡金,剑眉星目,身披团龙大氅,脚蹬云头快靴,步履生风地走在前面。

"堂主出来了,李掌柜,您等一下,我去告诉堂主。"旁边的老蔡对李能道。

"不用,老蔡,先别打扰堂主,你有事先忙,我在这等会儿。"飞羽说着,就在旁边的一个角落里站了下来。

"我没事,李掌柜,那我陪着您。"老蔡边说也边站在了李能的旁边。

看到慕容长空走了出来,院子里的人渐渐停止了议论和说话,大家都静静地看着走到台阶上的慕容长空,脸上都带着希冀的表情。

慕容长空缓缓地环顾了一下四周的人群,略一抱拳,开口说道：

"各位,正值年关,本堂事务繁忙,原不再打算开堂出捻。但看到大家专门从远道而来,又神困人疲,缺衣少粮,老老少少,实属不易,故本堂主与各位长老经过商议,承大家恳请,决定开堂出捻。"

"好！"

"谢谢堂主！"

"谢谢各位长老！"

"……"

院子里的人们"哄"一下子,情绪高涨了起来,互相激动地拍打着对方,有许多人纷纷跪了下来,不断地磕着头,嘴里激动地唠叨着：

"感谢堂主啊,给了我们活路了！"

"有活头了,堂主啊,您就是我们的再生父母啊！"

"……"

"老蔡，这是？"看到这里，李能有点疑惑地问道。

"噢，李掌柜，是这么回事"，看着李能疑惑的样子，老蔡笑着继续解释道，"今年安徽地区大旱，河南和山西一些地方又遇到了水灾，这些受灾的地方有许多人都跑了出来，他们也不知道听谁说的，只要入捻加入了我们致远堂，就可以受到致远堂的庇护，吃喝不愁。这不，快要到年关了，呼啦一下子，老老少少的就来了一两百人，天天蹲在致远堂的门前，死活不走，求堂主收留，这光景看来，堂主和长老们同意了。"

"喔！"李能听罢，也没再问什么，继续观看着。

这些年来，李能虽然和慕容长空走得很近，慕容长空也是刻意结交，但李能心里隐隐约约地总觉得哪里有点奇怪，感觉慕容长空结交自己，有什么打算，故而心里多了一丝界限，对于致远堂的事务从不多问。虽然也知道致远堂经常利用出捻开堂的方式收留各种各样的江湖人士和流民，但一直没有机会看到过，今天也打算趁此机会了解一下，所以也就没叫老蔡去通知慕容长空。

对于致远堂出捻开堂的规矩，李能也是知道一些。这种收留门人弟子或异姓兄弟的结交方式，源于慕容家族的一个老祖。

这个老祖在安徽及中原地区落魄流浪中，常常用黄麻纸捏成油捻子，粘上油脂后点燃，用来为人们作法驱灾，祭祀天地，作为谋生的手段。后来又陆续遇到了几个和他一样落难的浪者，大家在交流中，纷纷感到在这乱世中，弱者只有互相信任、联合起来才能在夹缝中求得一丝生存的机会，于是大家便搓捻为香，点燃祭天，叩拜结盟。

渐渐地，历经数代，就形成了以后致远堂开山门的规矩了，流传至今。为了控制入捻人数，不引起朝廷注意，致远堂总堂一般三年开堂一次，而在各地都设有香堂分舵，分舵一年一开。无论总堂还是分舵，每次开堂，所收人数不求数量，认精为主。据说，如今的致远堂门徒人数已聚集了数千之众，遍布河南、山西、直隶、安徽等地。而像今天慕容长空亲自开堂出捻，实属少见。估计这也是这百十多人激动的缘由了。李能边心里琢磨，边看着院内正在举行的出捻开堂仪式。

只见台阶上一个身着半棉长袍马褂、面白少须的半百老者开口说道：

"各位，自古道，天地玄黄，各有一统。今日我致远堂在此上告天地，下请祖宗，本着尊天道，救残黎，平众生的法统，由第七代堂主慕容长空率我等在此出捻开堂，一为我致远堂增人添丁，延续血脉，二救黎民于危难，不断人伦。现在，请随我号令，整衣冠，捻香执礼，拜山门！"

随着这位老者的话音，台上慕容长空几人和台下的众人都纷纷地整理了一下衣服、帽子，微微躬身，双手抱拳，手中握着三缕捻香，静静地看着那老者，等待着他的下一步指令。

…………

随着仪式的举行，一旁的老蔡也不断给李能介绍着这次开堂的来龙去脉和仪式程序。

李能看着台阶上的几个人，除了知道那个主持仪式的老者名叫乔千九外，其他几个自己都不认识，就边看边问老蔡。

老蔡见李能在问自己，不禁满脸都显露出了开心的样子，胸脯一挺，满心欢喜地说：

"李掌柜的，你算是问对人了，我老蔡跟着堂主几十年了，也算是致远堂的老人了，致远堂里就没有我老蔡不知道的事情！"

"呵呵，好，老蔡，你就给我介绍介绍吧。"李能微微笑了笑，对着老蔡客气地抱了抱拳应道。

老蔡急忙弯腰作揖，但依然是满脸喜色地说："哎呀，李掌柜的，您客气了，我这就给您说说。"

"您看到了吧，今天开堂，与往日大不一样，不仅慕容堂主亲自参加，而且致远堂的各位长老和各地的舵主也都到齐了。您看，除了您认识的乔长老外，台上堂主两侧的其他四个人，都是致远堂四位长老，而在台下前面站着的八个人，那就是各地的舵主们，堂主和各位长老们就不说了，单就这八位舵主，那在各地可都是一方豪杰，义薄云天，功夫了得啊。"

"喔，是吗，致远堂还有八位舵主？"李能疑惑而吃惊地插了一句。

"那是当然！"老蔡继续说道。

"致远堂门下弟子有数万人，这八位舵主分别执掌一方，各分舵也有五位长老，各舵下又有数个档口和档主。"

老蔡顿了一下，又指着人群中最前面的八个人接着说道：

"您看到没，左首精干瘦小的那位，就是咱们皖北亳州舵舵主飞天鹞子朱不沾，东乡出身，手中一把铁尺，点穴功精妙，轻功绝技'贴壁挂画'更是独步武林。第二位舵主，您别看那位身体矮胖，却天生神力，两把紫铜大锤，足足有六十多斤，挥舞起来，滴水不进，沾着死，挨着亡，堂主以下，谁也不敢轻易招惹，人送外号疯虎唐进，执掌山东分舵。"

"喔，疯虎唐进，这个人我知道，听说有一年在山东成武鲁、豫、皖、苏四省的较艺大会上，这唐进以一敌十，一对紫金锤所向披靡，获得四省霸王的称号，没想到这唐进竟然还是你们致远堂分舵的舵主。"李能回应着老蔡，心中也是暗暗惊讶。

"嘿嘿，那是啊，李掌柜，我们致远堂高手如云，我再给您说说其他几位。"老蔡得意地继续说道。

"您看，紧挨着唐舵主的就是苏北分舵舵主神拳铁腿郭进之，天罡拳所向披靡，为人仗义，曾经为亡友报辱妻之仇，一人就斩杀了七个人。山西分舵舵主您认识，碛口十友镖局总镖头王崇古，精手搏术与公议拳。"

"是，这王镖头我认识，公议拳非常精绝，采破十八打着实厉害，摔拿法更是老辣。"

李能看着正在进行中的开堂仪式，应道。

这会儿，在乔千九的指引下，由慕容长空带领着众人依次举行着各种烦琐复杂的仪式。

致远堂能隐秘地存在数百年，主要靠的就是他们从上到下都已经形成了一整套完善的组织体系与帮规纪律。他们的家族，早已不再是那个单纯慕容家族了。历代的慕容家主已经逐渐意识到，单凭他们的一己之力是永远不可能再谋什么大燕国了。与其图一个遥不可及的空梦虚名，不如现实一点，如何更好地活下去。只有有了雄厚的钱财实力，才能让自己的族群后人活得更好。

而到了慕容长空这一代，更是走向了完全的教门行会特征了，有完善、复杂的帮规仪式，有等级、辈分的区别，收徒也分区域按辈分。设立家庙，凡入帮者，不论何姓，一旦入帮，均为慕容家子孙，因此不仅仅是入帮会，而是入家族，这使得致远堂有别于其他帮派会社，师徒兄弟间感情特别亲切。

李能在老蔡的陪同与解说下，虽然致远堂开堂的程序繁多复杂，反而没觉得无聊，兴致勃勃地看着。

时间足足过去了有一个多时辰，致远堂的开堂仪式才结束，此时，已经快半夜时分了。他们举办这类开堂收徒的聚集活动，一般都是在晚上举行，以掩人耳目。

旁边的老蔡看到仪式基本结束了，就笑着对李能说道：

"李掌柜，您稍等，我给您通报堂主去。"

"好，麻烦你了，老蔡。"

"您客气了，您稍等。"

老蔡边说边穿过了院子里的人群，向慕容长空快步走了过去。

大堂台阶上的慕容长空此时正和几个长老与舵主们说着什么，几个人不断点头或议论着。

片刻，就看到大家各自又都忙活了起来。

站在台阶下等着的老蔡看到就剩下慕容长空和乔长老两个人了，就满脸笑容地对着慕容长空说道：

"堂主，河北的李掌柜来了。"

慕容长空虽然已近六旬，但由于功力深厚，保养得又好，在院子里四周灯光的照射下，脸现淡金，双目开合间星光隐约，浑身上下弥漫着一股王者之气。

听老蔡一说，满脸惊喜道：

"能然来了，老蔡，怎么不早说，快，我老兄弟在哪儿？"

慕容长空边略带责备，边问着老蔡，边抬头在四周的人群中张望。

远处的李能看到慕容长空在找自己，忙走下门前的石阶，穿过院子里的人群，向慕容长空走去。

"哎呀，老兄弟，你来了怎么不早说！"

正在四处张望的慕容长空这时也看到了走过来的李能，一个跨步就到了李能的跟前，一把就抱住李能的双膀，边摇晃着边高兴地说道。

看着慕容长空的笑脸，李能从心底突然涌起了一股暖意。几日来旅途的劳累也顿然消失了，任凭慕容长空摇晃着自己。下意识紧紧地把住慕容长空的两臂，感激地说道：

"慕容大哥，多日不见，你还好吧？"

"好！好！老兄弟，你来得正好，这次致远堂的弟兄们都来了，正好你都见见，以后大家多亲近亲近。"

"好，慕容大哥，我对致远堂的各位豪杰也是仰慕已久，没想到这次都能见到，小弟太荣幸了！"

"哈哈，不用客气，老兄弟，你是我的兄弟，也就是大家的兄弟，都是一家人。"

随即，慕容长空抓着李能的手，转脸对众人说道："走，兄弟们，咱们到大厅，和咱老兄弟认识认识。"

"好嘞，堂主。"

"走啦！兄弟们。"

致远堂在场的长老和舵主们纷纷应和着，簇拥着二人，有说有笑地、陆陆续续地都走向大厅。

致远堂的大厅，平时不开，只有在致远堂有重大活动或议事需要时才开启，李能也是第一次被慕容长空邀请到这大厅。

致远堂本身就规模宏大，又是以会馆形式对外经营，虽然属于会所性质，一般出进致远堂的人不是达官显贵，就是商贾富豪，但毕竟还是居于人多眼杂的闹市环境，为了隐秘与安全，致远堂的议事大厅设在了第三进吊脚楼阁的三楼。

不一会儿，众人就陆陆续续都聚集到了议事大厅。

这议事大厅，是致远堂的核心要地和中心枢纽。整个大厅外围都采用卯榫结构，用高档的小叶紫檀建造，从外表看，坚固、厚重而又不失柔润、细腻，端庄大气，气势恢宏。

在四周都布有暗门暗孔，用于设置暗桩观察监视周围的情况。李能随着慕容长空上去的时候，就发现这几个地方有人影闪现。同行的慕容长空也注意到了李能的异样眼光。微微一笑，一边走，一边给李能做了简单的介绍。

进入大厅，整个全套黄花梨家具摆设，一股淡淡的药香扑面而来，进入大厅的一刹那，李能感到精神一振，疲惫的感觉也消失了许多。

看着李能讶异的神色，慕容长空笑着解释道：

"老兄弟，这大厅的家具摆件都是选用上等海南黄花梨木做成的。这黄花梨可是有醒神护脑、舒筋活血的功效啊。这些弟兄们平日里都是耗神费力之人，到这里议事，大家也能边议事边休养。"

"大哥给兄弟们想得真周到，难怪大家会全力效忠致远堂。"

李能听罢，不禁由衷地赞叹道。

"呵呵，老兄弟，只要你愿意，致远堂也欢迎你加入。"

慕容长空顿住脚，笑呵呵地看着李能说道。

"是啊，李兄弟，欢迎你加入我们致远堂。"

"就是啊，兄弟，加入我们致远堂吧。"

众人见状，也是纷纷热情地插言邀请。

李能见状，颇为尴尬，只能"嘿嘿"地笑着回应。

"一个大男人，这么不痛快，扭扭捏捏的，还不如我们女人呢！"

伴随着清脆银铃的话音，大厅门口的灯火突然跳跃闪烁起来。一道倩影带着一股淡淡的香风，穿过众人，几步便扑到了慕容长空和李能的跟前。

还没等李能反应过来，"咣"的一声，肩膀上就挨了一记粉拳。

"能然哥，还记得小妹不？"

毫无防备的李能被这粉拳打得一阵咧嘴。定睛一看，只见这女子大约二十出头，身披雪白貂绒大氅，低垂鬓发，斜插着镶嵌珍珠碧玉的簪子，身穿淡绿色的长裙，袖口上绣着淡蓝色的牡丹，银丝线勾出了几片祥云，下摆密密麻麻一排蓝色的海水云图，胸前是宽片淡黄色锦缎裹胸，身子轻轻转动，长裙散开，洒落出阵阵香风。

一拳打出后，右手一拢鬓角发丝，身子微微一扭，左手压右手，边说话边抿嘴微微一笑，给李能又施了一礼，举手投足间如风拂杨柳，婀娜多姿。

正是：

"淡扫蛾眉眼含春，腰肢如柳香风鼓。"

灯光下，女子皮肤细润如玉，柔光若腻；樱桃小嘴不点而赤，娇艳若滴；腮边两缕发丝随风轻动，又凭添了几分诱人的风情。一双灵活转动的眼眸，正笑盈盈地看着李能，带着几分调皮，几分淘气。

这光景，把李能看得有点发愣、发痴。半张着嘴，不知该说些什么。只觉得这女子面熟，却一时想不起来在哪里见过。

旁边的慕容长空见状，"哈哈"大笑道：

"燕儿，不得无礼，不要逗你能然哥了。"

"是燕儿妹妹呀！好几年没见了，长成大姑娘了。"飞羽听慕容长空这么一说，这才认了出来眼前的女子，略显尴尬，笑着说道。

"哼，能然哥，才几年没见啊，你就把人家给忘了。"

燕儿嘴一撇，娇嗔地跺跺脚说道。

李能这时确实感到颇为尴尬，看着慕容燕娇嗔的模样，一时不知道该说点什么。

这个女子是慕容长空的独生女儿，叫慕容燕。

慕容长空也是老来得女，一直对这个女儿娇宠不已。李能也只是在慕容长空给慕容燕举行15岁笄礼的时候见过一面，因为当时慕容长空一直把李能看作老兄弟，对李能也不避嫌，在慕容燕举行完笄礼后就留李能在家中住了几天。

那时的慕容燕刚刚过了及笄之年，家中没有兄弟姐妹，平日里只有几个丫鬟、老妈子和女教师伺候、教导，内心早就烦透了，虽然父亲对自己一直娇惯，不过在大礼上自己也不敢太过放肆。故而一直克制着自己好玩的天性，在阁楼的闺房里，被女子礼仪礼教关了15年。

举行完笄礼后，也算是到了成年，各种限制就少了许多，这一下子慕容燕就像刚从笼中飞出的小鸟，什么都新鲜。

特别是看到李能谦恭帅气，仪表堂堂，而且功夫又好，那颗少女的心也莫名地"怦怦"跳动不已。虽然是情窦初开，仍不失贪玩的性子，但慕容燕在不知不觉中，就喜欢追着李能玩，整天飞羽哥长、飞羽哥短的，伴在李能的身边。

飞羽对这个小妹妹也颇为无奈，开始虽然有些尴尬，但慢慢地也发现，这慕容燕虽然一直被慕容长空娇惯宠爱，但却知书达理，冰雪聪明。而且家传的剑法也很有功力，一套越女剑法一旦使起来，密如蛛网，泼水不进；纵横逆顺，静如处子，动如脱兔；进如猛虎，退如白猿，剑走阴阳，势分开合。森森剑气如惊魂一瞥，无形无影，却杀气逼人。

李能也是嗜武之人，不知不觉地在慕容府上，比预计的时日多待出好几天。

没想到，这一晃，就五六年过去了。五六年里，李能几乎每年也都会往返于冀州、直隶、山西几地。但由于生意繁忙，虽见过慕容长空几面，但也再没有见过慕容燕，李能也没好意思相问，慕容长空也没有再提起过。这样下来，对五六年前的那段际遇，李能渐渐地也有点淡忘了。真没想到，在今天的致远堂议事大厅里，自己会再次见到慕容燕。

看到气氛有点尴尬，一旁的乔长老笑着对李能说道：

"老兄弟，你可别小瞧了大小姐。现在，大小姐是塞北致远堂的总堂主。这些年，大小姐在塞北为咱们致远堂拓土开疆，立下了汗马功劳，在塞北的德胜口，只要一提'雪燕飞虹'的大名，那可是无人不知，无人不晓。"

"乔叔叔，你别乱说，让能然哥见笑了。"刚才还一身豪气的慕容燕俏脸一红，突然也变得扭捏起来了。

看到慕容燕这副娇嗔的儿女状态及李能的尬样，大家也都哈哈大笑起来。

"好了，大家都坐吧，老兄弟，来你挨着老哥哥我坐。"

慕容长空高兴地招呼大家，随即，拉着李能的手，向上位走去。大家见状，也都呼啦一下，各自找自己的座位纷纷落座。

这致远堂内部的布局，也是非常有讲究的。

在厅堂正中靠墙悬挂着一幅字画屏风，顶书"致远堂"三个大字，下面是北宋王希孟的《千里江山图》，两侧则配有杜甫的名对"满眼河山，大地早非唐李有；一腔君国，草堂犹是杜陵春"。

从这一屏风的内容，不难看出数百年来致远堂的千里江山梦。在屏风前，设一长案，案上放置一座黄花梨木武侯关羽雕像，像前摆放着正散发着缕缕青烟的檀香炉和其他祭拜供品。

在长案前，置一茶几，两侧对称放两把官帽椅，在大厅东西两侧，以正中的屏风为中线，各放置了八套带茶几的太师椅。

慕容长空这时正拉着李能向中间的官帽椅走去。李能一看，急忙对慕容长空说道：

"堂主，我就坐到右侧末位吧，都是老哥哥，能然可不敢造次僭越！"

"无妨，你是我的老兄弟，也是今天唯一的客人，你就听哥哥我的安排吧。"

旁边的乔长老也微笑着说道："老兄弟，你就听堂主的安排吧。"

李能本想再说两句，但没等开口，就被慕容长空抓住手臂，硬生生地摁在了右首的官帽椅子上。

一旁刚安静一会儿的慕容燕看着李能被慕容长空生拉硬按的窘态，"扑哧"一声，又笑出声来，她这一笑，又把李能搞了一个大红脸，也只好无奈地坐了下来。

慕容长空转头瞪了慕容燕一眼，慕容燕吐了吐舌头，对着李能又做了一个鬼脸，咯咯笑着，跑到自己的座位上也坐了下来。

见众人坐定，慕容长空略微清了清嗓子，环视了一下众人，然后缓缓开口说道："众家兄弟，年关将至，咱们致远堂在今天不仅新添了人口，而且还迎来了我的老兄弟，可谓三喜临门。特别是我这老兄弟，能在我致远堂开山门的档口来到我们总堂，更是为我致远堂喜上添彩。大家也许不知道，我这老兄弟不仅功夫过人，而且侠肝义胆，学识渊博，在深州府，有'义侠神枪'的美号。不过今天时辰已然不早了，咱们今晚就在这议事大厅摆酒，一为众家兄弟和我老兄弟接风。二是大家一年没见了，好好地叙叙旧，热闹一下。三也是为新入致远堂的弟兄们摆个欢迎酒。大家看如何？"

"听堂主的！"

见大家没有意见，慕容长空转头问李能道："老兄弟，你一路辛苦，累不累，累就早点歇息。今晚致远堂众兄弟相聚过后，明天大家就要各奔东西了，待久了，怕引起注意，惹出不必要的麻烦。另外，你现在也算是给朝廷办事，与我们这么多人相聚也得小心一点，别把你连累进去。"

李能听得心头一热，没想到慕容长空处处替自己着想，心中满怀感激，急忙说道：

"堂主，我不累，今天能见到致远堂的各位舵主，是我的荣幸。特别是哥哥们还把我当作致远堂的家人对待，我更是万分地感谢。能得堂主如此看待，是我的福气。我没问题，一切听堂主的安排。"

"老兄弟，痛快，那就听哥哥的安排吧。"

随即，慕容长空转身就与乔长老商量起举行晚宴的事了。

这档口，慕容燕又笑嘻嘻地凑到李能跟前。

第十五章
并州夜宴

看着又凑了过来的慕容燕，李能也适应了慕容燕的刁钻古怪性子。刚才的那股尴尬劲，也淡淡地没有了。看着眼前笑盈盈的慕容燕，好像又回到了五六年前两个人一块练拳舞剑的那个时候了。自己的嘴角也不禁扬起了一丝温暖的笑意。

见慕容燕站到了自己身边，李能想要站起来，刚起身，就被慕容燕又一把按住了。

"能然哥，你别动。坐着歇会儿，和我你还客气什么呀。"

"嘿嘿，好。"李能讪讪地笑了笑，又坐了下来。

"燕儿妹妹，五六年不见，没想到你变化这么大，我差点没认出来。"

"哼，你有娇妻美眷的，哪还能记得小妹我呀。"

慕容燕有点娇嗔地伸出葱白般的玉手，用食指轻轻地点了飞羽的肩窝一下。这一下，把个女儿家柔弱娇媚，又略带幽怨的天性，不自觉地全部展露了出来。说完，慕容燕自己也好像感觉到了什么，脸"腾"地一下红了起来，身体也不自觉地扭动着，手脚都不知道要往哪里放了。满身的侠女豪情，瞬间，就消失得无影无踪了。

李能也有点不好意思了，不过自己作为过来人，为了缓解尴尬，用手轻轻地拍了拍慕容燕的肩膀，笑了笑，略带歉意地说道：

"燕妹，真没想到这几年你是去了塞外了。愚兄我一直忙于俗事，来去匆匆，还请小妹见谅啊！"

"没啥，你的消息我倒是常听我爹爹提起，说你这几年不仅生意做得好，武功也达到了炉火纯青的地步了。枪逼抱犊寨、独闯兴隆寺，还博得了义侠神枪的名号。如今，又做了深州府衙捕快的总教头，连我爹爹都刮目相看了。"

"那都是虚名，也是慕容堂主的抬爱，我还是喜欢自在一点，能抽出更多的时间研究研究武学，小妹的越女剑现在应该更加高妙了吧。"

"你呀，就是一个武痴、武呆子。只要你不走，我哪天就练给你看，我与你切磋切磋，咯咯咯……"说到这，慕容燕又突然捂嘴笑了起来。

看着咯咯咯笑着的慕容燕，李能突然想起一件事了，自己也"扑哧"一声，笑了。

那还是在五六年前的一天，李能想看看慕容燕的越女剑法，就提出要陪慕容燕练练剑。慕容燕也是女孩儿天性，毫不推迟谦让，二话没说，就点头同意了。

两个人就在慕容家的练功场比画了起来，当时慕容长空也在，就叫下人搬了把藤椅坐在一旁，饶有兴致地看着两个人比画，偶尔还出言指点慕容燕两句。

依李能的想法，与慕容燕比画剑法，有点陪着小妹妹玩的心思，也就没有当真，就是想看看传说中的越女剑法究竟是什么样的。飞羽并不知道，慕容燕的越女剑法，是慕容长空亲自所传，是专门用于临阵对敌的杀技，出剑无痕，剑不空回，招招必杀。

一开始，李能并没有当真，更没有尽力，也就是比比画画，左支右架，想陪着慕容燕把越女剑法练一遍而已。旁边的慕容长空似乎也看出了李能的心思，却不点破，依旧是偶尔指点一下慕容燕的招法，看上去，就好像是一个师父在点拨两个徒弟，进行着剑法对练。

慕容燕可没想这么多，今天好不容易逮到一个有临阵经验的对手愿意陪自己练，而且这个对手又是一直被父亲赞口不绝的人。人长得还帅气，更不想被李能比了下去，失了面子，被眼前的帅哥小瞧。

少女心，海底针，李能哪知道慕容燕此时的心思。

所以，比试一开始，慕容燕就灌注了全部精神，放开手脚，把一套越女剑法使得是淋漓尽致。忽而抽、带，忽而提、格，忽而击、刺、点、崩，或绞、或压、或劈，各种凌厉的招数全都往李能的身上招呼。

开始的时候，李能还能看清慕容燕身形的顿挫、起伏与转折，剑法的一招一式。但在慕容长空的不断点拨下，慕容燕的剑法越使越凌厉，剑气纵横，剑风呼啸，有时候如电闪雷鸣一样的迅疾，有时又翩若惊鸿般轻盈。

李能本来就不善剑法，又带着轻视的心态，一开始还能自如应对，但到后来，就多少有点手忙脚乱了。在慕容燕的剑气中，一个不留神，就听"刺啦"一声，一道剑气就把李能大腿处的裤子给划了个口子。

这一下，把旁边看热闹的慕容长空吓了一跳，急忙喊道：

"燕儿，快住手，别伤着你能然哥！"

电光火石之间，慕容燕也被吓到了。"当啷"一声，急忙把手中的剑丢在了地上。慕容燕的这一惊天举动，把旁边几个看热闹的小丫鬟们逗得"咯咯"乱笑，慕容长空看着自己突然有点傻愣着的女儿，也哈哈地笑了起来。

李能顿时闹了个大红脸，根本没想到，慕容燕的越女剑法使开了竟然如此地凌厉。慕容燕要是再有点临阵对敌的经验，就算自己认真应对，恐怕也占不到便宜。

想到这，李能面中现正色，虚心地对慕容燕说道：

"燕子妹妹，若要有时间，我真得向你请教几招，这几年你的越女剑法肯定到了炉火纯青的地步了吧！"

"不敢，不敢，慕容燕可不敢在义侠神枪面前托大！"慕容燕看着一本正经的李能，咯咯一笑。

面对精灵古怪的慕容燕，李能着实有点招架不住。无奈，只好不时嘿嘿地讪笑着，与眼前的这位大小姐东一句西一句地聊着。

"燕子，别净顾着和你能然哥聊天了，快带能然兄弟入席吧。"

也不知多久，在两个人聊天的档口，大厅的八仙桌已经摆满了一桌子的酒菜，大家也开始入席了。

慕容长空正站在主位边冲着慕容燕和李能摆手，招呼二人入席落座。

"来，老兄弟，你坐到我这里来。燕儿，你去招呼一下大家。"慕容长空指着自己右旁边的一把椅子，继续对李能和慕容燕说道。

有了刚才让座的经历，李能也就没再做过多的客气谦让，按照慕容长空的安排，坐在了慕容长空的旁边。慕容燕招呼完了大家，也紧挨着飞羽坐了下来。

慕容长空等大家坐好后，看着自己左手边空着的座位，对大家说道：

"众家兄弟们，稍等一下，老禅师也马上过来。"

"哎呀，今年老禅师也要过来，太好了。"

"是啊，这几年难得一见禅师了，没想到今年会在咱们总堂见到。"

听着大家的议论，李能心中好奇。不知这要来的老禅师是谁，能让慕容长空和致远堂的所有分舵舵主等着。由此可见，这老禅师的威望和影响，在致远堂里非同一般。

一旁的慕容长空看了飞羽一眼，笑眯眯地说道：

"老兄弟，这老禅师也许是你的故人啊！"

"啊？"

听慕容长空这么一说，李能更加好奇了。

究竟是谁啊？

心中飞快地转了一圈，一点印象也没有，也没想起会是谁，只好耐住性子，和大家一起等着。

"阿弥陀佛！善哉！善哉！老衲何德何能，劳慕容堂主和致远堂各位舵主久候。"

过了片刻，从大厅外传进来了一声低沉而撼人心肺的佛号声与说话声。

话音刚落，大厅的门被推开了。在一名致远堂弟子的引导下，伴随着一股冷气的吹入，灯光摇曳，走进来一老一少两个人。老者，是一个身材高大的僧人，面色红润，颌下飘着雪白的长须，右手牵着一个十几岁的小孩童，施施然然地走了进来。

老和尚一进门，就低头合十，说道：

"阿弥陀佛，慕容堂主，各位舵主，久违了。"

看着进来的老和尚，李能禁不住"腾"地一下站了起来。

"武皇冯……"

旁边的慕容长空轻轻地拍了拍李能，李能这才感觉自己有点失态了。面色一红，又急忙坐了下来。

"是无幻禅师！"

慕容长空含笑，轻轻地点了点头，也急忙站起来迎向无幻禅师。

"阿弥陀佛！禅师辛苦了，快请就坐。"

与此同时，大厅里所有的人都站了起来，恭恭敬敬地抱拳施礼。

"禅师好！"

"禅师辛苦！"

"……"

"阿弥陀佛！各位舵主快快请坐。"随即，禅师在慕容长空的陪同下走到了主桌的客卿位置。

李能看到无幻禅师走了过来，也急忙抱拳施礼，刚要开口问候，无幻禅师却微笑着先开了口。

"李施主，一别数载，还记得老和尚吗？"

"啊，记得！记得！"李能不停地点头，还有点没有从吃惊的状态里走出来，磕磕巴巴地回应着无幻禅师的问话。

"小施主，你也坐吧！你师父可好？"无幻禅师边坐边笑眯眯地与李能说着话。

"我师父很好，禅师也一向都好吧！"半晌才缓过神来的李能，这会儿也把自己的情绪理顺了，等禅师和慕容长空坐下后，自己也坐了下来。

对李能来讲，在这里见到无幻禅师，到现在还如同在梦里一样。这无幻禅师，早已成了传说中的人物了，是神龙见首不见尾的人。

自从几年前在追捕抱犊寨的人时，在保定府的观音堂匆匆有过一面之缘后，无论是江湖武林中还是祠堂庙宇里，再也没有了这无幻禅师的音讯和身影。

这几年来，李能也没有再把这事放在心上。毕竟这无幻禅师的身份特殊，一般人们都不会刻意去关注和议论，都怕会引火烧身。没想到，今晚在致远堂的总堂里又见到了，而且看样子，这无幻禅师在致远堂的地位不低，从致远堂上至慕容长空，下至各地舵主，都对无幻禅师恭恭敬敬的做派来看，这无幻禅师在致远堂一定有着不一般的影响。

李能自己这边胡思乱想的时候，致远堂的晚宴已经开始了。

大家都是江湖人物，性情豪爽，又是致远堂年终各地大佬们的聚会夜宴，有资格参加这场晚宴的人虽然人数不是太多，但也有将近二十人，一喝起来，也是热闹异常。

在炽热温暖的大厅里，大家你来我往，传杯递盏，觥筹交错，有的人不一会儿就喝得耳热眼花、醉眼迷离了起来。

李能陪着无幻禅师和慕容长空、乔长老等几位致远堂的前辈。

因为无幻禅师不喝酒，所以大家也是浅尝辄止，边喝着茶，边陪无幻禅师聊着天。那个无幻禅师带着的小孩童这会儿也坐在了禅师的旁边，边吃着禅师给夹的吃食，边左顾右盼地，好奇地看着大家。

从大家的聊天中，李能渐渐地也听出了一些端倪。原来无幻禅师不仅是致远堂的太上长老，还是慕容燕的师父。在慕容燕去了塞北德胜口后，有一段时间一直是无幻禅师陪着她。

正琢磨之际，李能突然感到后肩一紧，就像被一只钢爪紧紧地扣住了，半边身子都突然有点发麻。

随即,一颗满面通红、散发着一股刺鼻酒气的大脑袋从身后凑了过来。

"兄、兄弟,来、来,和哥哥我喝一杯。"

李能一扭头,想要趁势先挣脱开被扣住的肩,却突然感觉,自己一点劲也使不上了,身子根本动弹不得。心中暗暗吃了一惊,不知此人是谁,好大的力气,单凭一只手就把自己摁住,动弹不了了。

沉下心,仔细一看,竟是那山东分舵的舵主唐进。

这唐进不知道什么时候转到了慕容长空他们这一桌,迈着踉踉跄跄的步子来到李能身后,一手拿着酒杯,另一手就把李能的肩膀给抓住了,连扶带抓地把半个身子压到了李能的身上。

李能一瞧,这唐进喝得有点多了,浑身都冒着酒气,双眼发红,大脑门油光锃亮的,嘴里一个劲地嘟囔着:"兄弟,来,来和哥哥走一个。"

见状,李能急忙身体往起一站,手一翻,挣脱开了唐进的虎爪,顺势扶住了唐进,道:"唐大哥,小弟实在是不胜酒力,这杯酒哥哥就饶过小弟吧。"李能说着,打算扶唐进坐下。

"哥哥,您先坐!"

"咦!"

唐进有点发红的环眼里突然精芒一闪,讶异道:"兄弟,你有把子力气呀!来,咱哥俩再试试!"

不等李能回应,唐进的双膀一较力,双手一翻,"扑通"一下,就把毫无防备的李能又压回到椅子上了。

这一变故,李能的脸"腾"地一下就红了起来,尴尬中,心中比试争斗的好胜心也被唐进激了起来。

二人的这般动作,把周围的其他几个致远堂分舵的舵主们惹得哈哈大笑,有的还起着哄:

"老兄弟,和他比比,这家伙谁都不服。"

"就是啊,老兄弟,据说你一杆铁枪威震天下,今天帮我们压压疯虎的气焰。"

"哈哈,唐舵主,今天你可有了对手了,别在吹堂主第一你第二了。"

这你一句我一句的,一下子就把唐进的斗志也给撩拨起来了。本来就有点酒劲上来了,这下子,酒壮英雄胆,唐进不由分说,按压李能的手又加了一把劲,"来吧!兄弟,你要是还能起来,我就叫你哥"。

此时的李能,心中的斗志也更甚了。心里想,好你个唐进,我和你第一次见面,又是在你们致远堂,这种场合下当着这么多人,虽说你喝了点酒,但也不能这么欺人太甚吧。好,今天我就和你试试,看看你的天生神力究竟有多强。

"爹爹,师父。"旁边的慕容燕这时有点坐不住了,眼里满是担忧地看着慕容长空和无幻禅师轻轻说道。

而慕容长空和无幻禅师只是微笑着相互对视了一眼，却没有开口。

慕容燕一看二人没有劝阻的意思，也只好撅起嘴"哼"了一声，也没敢再说什么，怕让李能分心。

这时，大厅里的所有人都盯着二人，酒也不喝了，只是乌泱泱、乱哄哄地给二人喊叫着助起阵来了。

李能一看这架势，也就不再客气了。

双膀借着唐进的按劲，微微往下一沉，牙关紧咬，双脚五趾抓地，丹田一紧，然后晃动双膀，腰脊发力，"起！"一招霸王举鼎，"呼"的一下，一股冲天劲意带着劲风拔地而起。随着这股劲道，唐进被带得一个趔趄，差点就被李能冲开自己的双手，自己本来就没有李能高，李能再这么一挺身，自己的脚跟都差点被拔离了地。

"好！"唐进兴奋地大喝一声，一个铁板千斤坠，"你再给我坐下吧！"

李能感觉被唐进这么一压，就像是一座山一样又压了下来。而且自己被唐进紧扣着的双膀也开始发木、发麻了起来，这唐进的五根手指，就像五根铁签一样，死死地扣进了自己的肉里。

李能急忙调动丹田气息，微微吐气，催动气血，用意念导引来缓解被扣部位的麻木、疼痛的感觉。同时，自己也双手反扣，紧紧地扣住唐进的双臂，腰脊沉挺，硬生生地顶住了唐进压下来的山岳之劲。

二人就这样你抬我压，来回对拆了十招，谁也没有再把对方压制住，只好都半蹲着，互相双臂紧扣，胶着在了一起。

片刻，李能的脸色开始逐渐涨红，双腿有点微微地颤抖了。唐进见状，双膀一抖，身子往下一坠，又努力施加了半分力，想把李能再次压进椅子里。

就听到"咔嚓"一声，李能身下的椅子由于承受不住二人的气劲，突然碎裂了。但李能身形只是晃了一下，硬是又把唐进压下来的劲道给抗住了。

"阿弥陀佛！善哉！善哉！唐舵主，李施主，你们二人的角力就到这里吧。"

旁边端坐着的无幻禅师说着，站起身来，双手往二人的手臂上一搭，"砰"的一声，就硬生生地把胶着的二人给分开了。

李能身上一轻，如释重负地吐了一口气。

"谢谢禅师，让禅师见笑了！"

"李施主功力深厚，气息绵长，能抗住唐舵主的突然袭击，实属不易，难得难得！"

"哈哈，小兄弟，你有如此手段，我唐进佩服，你这兄弟，我认定了！"

一旁的唐进也微带喘息着赞道。

"是啊，是啊，小兄弟，了不起！了不起！"

"唐舵主可是从不服人的，你这兄弟我们都认了。"

大家伙七嘴八舌地又吵吵了起来，面对大家的称赞，李能脸红不已，自己心里清楚，要不是无幻禅师出手，今天自己就要丢大人了。不禁苦笑一下，面露愧色，说道：

"谢谢！谢谢各位舵主抬爱，谢谢唐舵主手下留情。"

旁边的慕容燕这会儿也松了一口气，走到李能身边，拿出自己的手帕替飞羽擦了擦额头的汗，又转头对唐进嗔怪起来。

"唐叔叔，你这么大人了，怎么偷袭能然哥啊。你看看，把能然哥给累的。"

"哈哈，燕子，你可别怪我，你要怪，就找他们算账去。"唐进哈哈大笑，边说边指着那几个正在做好人的舵主们。

"燕子，和我们没关系啊。"那几个舵主急忙躲避着慕容燕的眼神，纷纷喊起冤来。

"哼！你们几个都没正经。"慕容燕娇嗔地跺了跺脚。

李能有点莫名地看着慕容燕，"燕子妹妹，他们这是……？"

"嘻嘻，呆子哥，你还没看出来，他们这是有意试探你呢。"

"喔！"

李能这才恍然大悟，脸上的愧色更重了，忙又给在场的几个舵主施了一礼，窘意万分地说道："各位哥哥。唐舵主，小弟刚才有点鲁莽了，不知哥哥们的好意，实在抱歉。"

大家正说笑间，慕容长空这时拍了拍手，站了起来，亮声说道：

"大家静一下，借此机会，我想说一件事情，刚才大家也看到了，我这老兄弟功力深厚，虽然现在为朝廷做事，但为人侠义豪爽，也是我同道中人，刚才我和太上长老商议了一下，想正式邀请李能老兄弟加入我们致远堂，大家可有异议？"

"没有意见，欢迎老兄弟加入。"

"同意，没意见！"

众人一听，都七嘴八舌地表态同意。

见众人没有意见，慕容长空目光炯炯地看向李能，问道："怎么样？老兄弟，愿意加入我们致远堂吗？你要同意，我们大家今天义结金兰。"

"这……"

面对这突然的邀请，李能有点不知所措。虽然在进入大厅前，慕容长空就说过要邀请自己加入致远堂的话，但自己还真没当真。现在慕容长空这么郑重地发出邀请，李能一时也不知道怎么办好了。

"能然哥，你就加入我们致远堂吧。"一旁的慕容燕也抓着李能的衣袖，不住地摇晃着李能的胳膊，满怀希冀地说道。

"阿弥陀佛！小施主，致远堂也是以侠义道为宗旨，在乱世中，大家只有拧成一股绳，才能为众生做一些有意义的事情啊！"

一旁的无幻禅师也开口相劝道。

这时，大厅里突然安静了下来，大家都静静地看着李能，等待着李能的表态。

看着众人的眼光，李能突然有点惭愧。自己何德何能，让致远堂的一众英雄等着自己的一句话。想到这里，李能的心里升起了满满的侠义豪情，激动地说道：

"堂主，禅师，各位舵主，能然只不过是一介布衣百姓，今天能得到致远堂各位英雄的青睐，好生感激。只要大家不嫌弃，李能愿意追随堂主和各位哥哥们。"

"好！"

听完李能的一席话，大家一片叫好。

慕容长空见李能同意了，就对大家继续说道：

"好！各位兄弟们，今天除去燕儿和禅师，我们正好是十八人，那我们就歃血为盟，结为异姓兄弟吧。"

"我也要加入。"突然，一个还稍带稚嫩的声音响了起来。

众人循着声音一看，原来是无幻禅师带着的那个幼童，正扑闪着两只大眼睛，看着众人，大家见状，被这孩子逗得纷纷笑了起来。

"香儿，你还小，等你长大了，把功夫练好了，爷爷就让你加入。"旁边的无幻禅师用手摸着香儿的头，柔声说道。

"嗯，香儿听爷爷的话。"

众人看着爷孙俩，一种温馨的感觉油然而生。

这正是：

岁末寒夜十八友

荣华富贵义中求

善恶美丑不须辩

天公地道除污垢

第十六章
小年夜话

腊月二十三，宫中和民间都开始祭灶，过年的重头戏从这一天就开始了。

腊月二十四，紫禁城举行了封宝典礼，开始安设万寿灯、天灯，燃放烟花爆竹，整个紫禁城的里里外外一片喜庆。

太监和工人们来来往往，在乾清宫前挂大宫灯九盏，乾清门五盏，日精门、月华门各挂一盏，此外，在乾清宫的廊檐、围廊下张挂了小宫灯120盏，栏杆灯194盏……天色一暗，高悬的彩灯在夜色下莹莹发光，与月色交辉，照亮了整个紫禁城。

乾隆帝曾为紫禁城中争相辉映的灯写诗云："彩灯左右列丹墀，万寿灯明丹升上，""全年腊月二十四，缚架悬灯声扰攘"，可见紫禁城过年的热闹劲。

二十六这一天，皇宫上下都张贴了春联、门神，挂宫训图，恭奉坤宁宫萨满神位至堂子。在宫中的东、中、西三路，仅各宫门的门联，翰林院的院士们加班加点地写了1377副。

在紫禁城的带动下，各级官府也都陆续封了印，开始筹备进宫贺岁的贺礼及安排各类庆祝活动。

宫内，皇后亲力安排，从一进入腊月开始，年轻的宫女和太监们就准备着过节祭祖、祭祀、祭灶、冰嬉、放花炮等各种活动所需要的物品。

再说李能，自太原府十八友结义后，禁不住慕容长空和慕容燕父女的挽留，在太原府又多盘桓几日，才往回返。

紧赶慢赶地，到深州时，已届腊月二十三小年。在王家井镇与岳父打了个招呼，把代岳父采购的一些年货用品和开店所需放下后，就急忙和伙计赶着货车往家里赶去。

一路上，沿路遇到的村民们不断和李能打着招呼，有的还买点李能刚进回来的年货。

冬季的日头下山早，不一会儿，李能和伙计架着两辆马车，就隐进了乡村原野暮色苍茫中了。

也许马儿也感受到了家的温暖，不用伙计吆喝，四个蹄子撒着欢儿地往回跑，马脖子下的铃铛不断发出"叮铃铃、叮铃铃"的清脆响声。没有了庄稼遮掩的原野，四周游荡着的凄凄冷气，随着马儿急促的呼吸，变换成了能看到的、马儿鼻孔中不断呼出的阵阵白色气雾。

这正是：

身在异乡为异客，

一朝得还马蹄急。

斑斓的暮色下，窦王庄已是炊烟袅袅。

"汪、汪汪"，村里游荡着的一条野狗突然叫了起来，不一会儿，就引得村里所有的狗都吠了起来。

在窦王庄，玉莲在家中的厨房里正和丫鬟们一起忙碌，准备着祭灶的东西。屋内炉灶里的炭火烧得通红，从炉灶大锅上的笼屉边缝里，正"呲呲"地冒着白气，一股浓浓的麦香弥漫在整个屋内。

"妈妈，你看我剪的窗花好不好？"

"妈妈，你看我的！"

一股冷气突然从厚厚的门帘穿了进来。

门帘，被从两侧各自掀开一角，两个粉团玉琢般的小女孩一左一右挤进半个身子，两个人的小手里都一手拿着一张剪好的窗花，一手拿着一块带把的麦芽灶糖，小脸红扑扑的，笑吟吟地跑了进来。

"大丫、二丫，你们慢点。"

一声虽然苍老但慈爱的声音，也紧随着两个小丫头的脚步穿了过来。

随着话语声，"啪嗒"一声，厨房厚厚的门帘又被撩开了，冷雾中，李老夫人颤巍巍地拄着拐杖走了进来。

老夫人虽然已近古稀，但精神依然矍铄。这几年在儿媳玉莲的悉心照顾下，身体反而比之前强健了许多。特别是有两个孙女承欢膝下，心情出奇地好。虽然儿子大多数的时间在外奔波，也没有子承父业，但看着儿子日渐成熟，不仅使几近破败的家业又兴旺发达了起来，自己也成了被人尊崇的侠义之士，老太太已经非常的心满意足了，对故去的老将军也有了交代，没有辜负自己丈夫的遗愿。

这一整天，老夫人都在教两个孙女剪窗花玩。

在北方，小年的活动多种多样，都是为了过大年做准备。剪贴窗花非常讲究，在这一天，家家户户都会早早起来，扫房、祭灶神、吃饺子，然后大姑娘、小媳妇们就会凑在一起，在家里长辈的教导下，学习怎么剪窗花，一般都先把所要的各种颜色的纸折叠起来，在折叠好的纸面上画好要剪的图案，再循图去剪，也有高手，不用画图案，就可以直接剪出各种窗花来。

窗花的内容多以各种动、植物等为题材，如喜鹊登梅，燕穿桃柳，孔雀戏牡丹，狮子滚绣球，三阳开泰，二龙戏珠，鹿鹤桐椿，五蝠捧寿，犀牛望月，莲年有鱼，鸳鸯戏水，刘海戏金蝉，和合二仙等，花样繁多，样子讨喜。

两个小丫头跟奶奶学剪窗花玩了一天，都拿着自己剪得最好的窗花，争先恐后地跑来找妈妈评判来了。

家里除了两三个丫鬟，其余的老妈子和帮工、佣人们也都回家过年去了。有丫鬟们帮着，扫房、祭灶、蒸馒头这些活儿虽然琐碎，做起来倒也不太累。小丫头一整天没见妈妈了，就找借口，和奶奶说要让妈妈给评一评，看谁剪的好看，还没等奶奶答应，就都一溜烟地从上房跑出来了。

忙活中的玉莲抬头看到两个女儿，气吁吁、忽闪着两只大眼睛的样子，身上的疲倦一扫而空。爱怜地蹲下身，把两个女儿搂在怀里，"噗，噗"，在两个女儿的脸蛋上一人亲了一口，嗔怪地说：

"大丫，二丫，你们跑这么急干什么，看看把奶奶累的！"

说罢，又转身对丫鬟说道：

"翠儿，快去扶老夫人坐下！"

"好！"旁边正在揉馍的丫鬟翠儿放下手中的面团，拍了拍手上的面粉，走过去把老夫人扶着坐了下来。

"这两个小鬼头，我就知道她们都腻歪我了。"

老夫人坐下后，喘了口气，心疼地看着儿媳，又继续说道："媳妇啊，你也歇会儿吧。这一天把你累的，你说能儿也该回来了吧！"

"妈，我不累。大丫、二丫一整天都缠着您。让您费神了，您就多歇会儿吧。"

玉莲说着，又给老夫人倒了杯水，继续说道："妈，夫君走的时候说过，就这一两天回来，应该快了吧。"

"唉，这个孩子，把家里这么一大摊子事都交给你，他自己整天地在外面跑，苦了你了，孩子！"

老夫人拉着玉莲的手，心疼地说着。

"妈，您别这么说，夫君在外面做的都是侠义之事。我爹说了，在家相夫教子，这是做女人的本分，我该为夫君分担这些。"

"唉，好媳妇啊！"

老夫人说着说着，眼圈有点发热了。玉莲也是心头一热，要过年了，自己的丈夫也该回来了，这几年，夫妻二人聚少离多，玉莲也想念自己的丈夫了。

有道是：

冷风凄凄，断枝坠满地。苦酒遍尝孤寒醉，小窗不睡。

桃花朱唇依旧，夕阳不照罗衫。紫燕欲归还远，银屏昨夜才暖。

想着、想着，怀抱女儿的玉莲不禁痴了。炉火、灯光的印照下，脸飞红霞，泪眼迷离。

看着痴了的儿媳，一旁的老夫人也是不禁深深地叹了一口气，"唉……"

自己知道，相思之苦难熬啊！如风中细雨，淋淋漓漓，飘飘落落，剪不断，理还乱。

"汪、汪汪"，院子里的大黄狗突然兴奋地叫了起来。

"爸爸回来了！"

"爸爸回来了！"

两个小丫头像扭麻花一样从正在愣神的玉莲怀里挣脱出来，就要往屋外跑去。

"妈，估计是他回来了，您坐着，我看看去。"

回过神的玉莲有点羞涩地擦了一下眼角的泪珠，高兴地说道。

"行，你们去吧，我回正屋等着你们。"

老夫人爱惜地看着自己的儿媳，边说边缓缓起身。

"翠儿，你先扶老夫人回去。妈，我们先去了。"

"好！"老夫人微笑着点了点头。

"是，夫人！"翠儿也高兴地应道。

说罢，玉莲就牵着两个小丫头的手急切地向外迎去。

"唉！苦了这个孩子了。"看着拉着两个孙女的手急匆匆走出去的玉莲的背影，老夫人多少有点无奈地叹息了一声。

此时，天已经彻底黑了下来。在李家大院的院门内，大黄狗看到玉莲带着孩子过来了，一下子就跑过来，"汪、汪"地叫着，又跑到大门口，扭头又冲着玉莲"汪汪"地叫。

"妈妈，你看，大黄说了，爸爸回来了！"两个小丫头指着大黄，高兴地蹦跳起来。

"啪，啪啪！"院门外传来了敲门声。

刚走到院子中间的玉莲身子一震，不自觉停下了脚步，眼里的泪又止不住地流了出来。

"啪，啪啪！"敲门声又一次响了起来。

"妈妈，妈妈，爸爸回来了。"

两个小丫头仰起小脸，急切地看着玉莲，四只小手也不停地摇晃着玉莲的胳膊。

"走，给爸爸开门去。"玉莲急忙用袖子擦了一下眼角的泪水，快步向院门走去，身边大黄也高兴地汪汪叫着，跟着三人穿前奔后地跑向大门口。

"玉莲，是能儿回来了吗？"身后传来了老夫人急切的声音。

"妈，您等一下，我这就开门！"玉莲一边回应着老夫人的问话，一边忐忑地拉开了大门的插销，"吱扭"，随着院门的打开，夜色下，李能朗眉星目的脸庞和伟岸修长的身形一下子出现在了玉莲的面前。

"爸爸、爸爸！"两个小丫头都伸出双手探向李能。

顷刻间，玉莲怔怔地站在大门里，一股莫名的感觉从心底涌了上来，心中一酸，眼里的泪，又止不住地流了出来。

看着流泪的妻子，李能心中一热，一脚跨进院门，伸手就把妻子和孩子紧紧地拥进了怀里。

"夫人，我回来了！"带着歉意，在玉莲的耳边轻轻地说道。

"爸爸！"

"爸爸！"

一双小女儿两颗小脑袋紧紧地扎进了飞羽的怀里，四只小手也紧紧地拉扯着飞羽的衣服。

低头望着贤妻娇羞红润的脸颊，怀抱娇儿，这一刻，李能感觉一路上的奔波劳累，一下子全部化为了乌有。北方汉子的万丈豪迈，也顿时变成了绕指柔情。

正是：

天未老，情烈烈

心似蛛丝网，中有千千结。

正屋，李能安顿好了货物后，就急忙来向老夫人告了安。也把一路的一些事和老夫人大略地都唠了唠，只是隐去了致远堂十八友结义的事。毕竟致远堂还是带有江湖帮会性质的，自己的父亲李将军，当年也是受到这些江湖人的影响，才被免职的，所以，怕再度引起老夫人的不安，李能就没有细讲。

听李能说完，老夫人点了点头，爱惜的眼神上下看了李能一遍，说道：

"能儿啊，前几天方师爷捎话来了，让你这段时间在家好好地歇息几天，过了年，知州大人要你进京出趟公差。"

"好的，母亲！"

"能儿，抓紧吃饭吧，你也累了，吃过饭你们早点歇息。这几天你不在，家里家外全靠玉莲一个人张罗，今天大家都辛苦了，全都早点歇息吧。"老夫人又关切地继续吩咐着。

"好，母亲！"

深州的冬夜是冷嗖嗖，尽管屋子里点了炕火，也加了暖盆。但无处不在的寒意，依然弥漫在屋子里的每一个犄角旮旯。

一家人吃过晚饭，飞羽陪女儿玩了一会儿，孩子们困了，陈妈就带着孩子们去睡觉了。

此时，屋子里只剩下了夫妻二人，一天的喧嚣突然地安静了下来。两个相互思念的人儿猛然独处，一时间，竟然都有些慌张，互相看着对方，一句话也说不出来了。

借着灯光，看着青丝蓬松、又略显羞涩的妻子，李能发觉，自己的妻子原来有这般的天姿国色。心里浓浓的爱意柔情渐渐地升了起来，而且变得越来越浓了。情不自禁，李能轻轻地握住了妻子柔若无骨的手，满目柔情地看着妻子湿润的双眼，满怀歉意地说：

"夫人，这段时间辛苦你了！"

抬起婆娑泪眼，脸透红霞的玉莲，痴痴地望着自己眼前的这个男人。剑眉星目、气度脱俗，而此时的他，却又如此地柔情蜜意，心如小鹿乱撞，浑身都酥了，身子就势一歪，软软地依进了李能的怀里。

一个抱着，一个偎着，两个人就这么痴痴地对视着。

屋子里的温度骤然升了起来，四周乱窜的冷风，也都识趣地溜走了。

空气中，开始升腾、弥漫起了浓浓的爱意。

夜幕下，月儿掩住了半个脸庞，漫天游荡着的冷风也悄悄地住了。

小院子里，一片静谧。

此夜，将无眠！
这正是：
乱世浮生难等闲，
惜爱娇娥轻一笑；
为君把酒劝斜阳，
且向月影留晚照。

第十七章
双雄初会

日子就像黑龙河的水，永不停歇，缓缓地向前流淌着。

李能回到家中，已经大半年有余了。

这期间，除了押送贺礼去了一趟直隶总督府外，基本再没有出去过。在家中半年多来，李能一直都在沉淀着自己的武学修为。

自从太原府与疯虎唐进和慕容燕较技比试后，李能意识到，对于武学技艺的理解与掌握，自己还有巨大的缺陷与不足。特别是当你面对的对手，是一个力量型对手或技巧型对手的时候，再依仗一力降十会的技法显而易见是不行了。

多年来，李能一方面外出访师问友，与高手交流切磋，提升自己的实战经验，一方面，深研家藏的武学典籍，特别是对家传梨花枪的修炼已经达到了炉火纯青的地步。

几年下来，在深州乃至整个直隶地界，已经少有对手，而且武林贺号"义侠神枪"。不仅自己的老母亲非常欣慰，李能对自己的功夫也颇为自负。

特别是五台山一行，自己对于武学的认识又有了一个新的视角，开始将道家的修炼法门、医易之理与自己的家传枪法、拳法尝试着进行融合，在师父方师爷的帮助下，枪法化拳法，已略窥门径。但自己着实没想到，在太原府，差一点就败北致远堂。

在修为的提升上，李能感到自己遇到了瓶颈。武道修为的提升，单靠自己埋头苦练是不行的，还必须有名师的指点，现在自己的岳父和师父方师爷，早已表示，再无可教自己的东西了，自己也算是先天神力，而且外家功夫已经达到了登峰造极的地步，但在太原府，自己差一点就大意失荆州了。

在家中的半年多来，虽然一直在闭关修炼，但总感觉停滞不前了。

李能感到，自己虽然掌握了戳脚、功力、孙膑、通背、保定跤法以及家传梨花枪、越女剑法等多门拳法技艺，并且尝试把自己所学拳法、枪法等进行融合，但要想走一条属于自己的武学之路，似乎还没有摸到其中的法门诀窍。这种停滞，看来自己也陷入了所谓的武学低潮期了。

欲速则不达，就是这个道理。李能不打算自己再钻牛角尖了，决定找机会还得出去走走，到天下各地再访高人隐士。特别是在整理父亲留下的枪法拳谱时，看到父亲留下的半篇残谱上，提到了内家拳法和调息养气法，就一直琢磨其中的道理，但一直不得要领，那就出去访访，看能不能找到原谱。

七月，深州的天气异常闷热，树上的知了一阵又一阵"吱吱喳喳"地不断发出激昂高歌的叫声。除了忙碌的人们外，街面上走动的行人不是很多，大家都躲在屋里或树荫下纳凉。

这天晌午时分，收到昨日印青和蒋坤的传话后，李能安顿好店铺的生意，就一早来到了衙署府的捕快科房。

刚到门口，就看到科房的门窗都敞开着，印青、蒋坤和几个捕快们正在里面喝茶聊天。

这段时间，衙门里的事情不多，捕快们就都坐在捕快科房里，纳凉扯闲篇。

"你们听说没有，这段时间不知道从哪里来了一个汉子，在饶阳到处挑战武林中人，据说在饶阳的戳脚门、少林门、华拳门的高手们中，没有一个人能斗得过这个汉子。"

其中的一个捕快探寻地看着众人，说道。

"听说了，说此人的拳脚非常厉害，动起手来，身如鬼魅，飘忽不定，出手刁钻狠辣。"

"是啊，据说饶阳戳脚门的曹掌门都出手了，还是没有赢过此人。"

"是吗，此人这么厉害。那曹掌门的拳法可是得至老灿亲传，鸳鸯腿、玉环步如武松再世啊。"

"少林门怎么样？"

"据说更惨，当时少林门的掌门不在，只有几个弟子，这些人轮流上阵，连人家的衣角都没摸着，就一个个地被打出了数丈之外。"

"……"

众人正聊得热火朝天，不时地发出阵阵惊叹声。

印青眼尖，一抬头，看到李能穿过府衙大门，正往里走，就站起身道：

"李教习来了。"

印青边说边走了出去。

众人也都扭头随着印青向外看去，只见李能身着一身白色棉麻短袖便装走了过来。

李能看到印青等人都陆续走出来了，就笑着对印青和大家说：

"印二哥，众位兄弟，大家这几日都好吗？"

"兄弟，你过来了。大家都很好，这几日事少，这不，众人正在聊闲篇呢。"

印青笑盈盈边说边把李能让进了捕快科房。

李能坐下，环顾了一下四周，略带讶异地问印青，"咦，印二哥，蒋坤兄弟哪里去了？"

"喔，昨日被府爷派往饶阳出官差去了，应该快回来了。"

印青给李能递过一碗凉茶，解释道。

"好热！好热！快给俺弄碗凉茶来喝。"

印青的话音未落,蒋坤的大嗓门就从门外传了进来。

李能和印青相视一眼,不禁莞尔一笑,真是说曹操,曹操就到啊!

满脸大汗的蒋坤三步并作两步地,进了院,也顾不得许多,一把接过旁边一个捕快递过来的一碗凉茶,咕嘟咕嘟地,一口气就喝了下去。

长长地呼了一口气,"舒坦!"一屁股就坐在了科房外的台阶上,边喘气,边缓神。手里也不知啥时候多出一把扇子来,噗呲噗呲地扇了起来。

这一波操作下来,可谓一气呵成,把周围的众人看得都有点愣怔。

李能笑着看着蒋坤,问道:"兄弟,事儿办完了?"

"哎呀,哥哥!"一看到李能,蒋坤一轱辘,又蹦了起来。

这一下,把大伙儿都逗乐了。

李能也被蒋坤的样子逗乐了,笑着说:

"事都办妥了吧,先去回禀大人去吧,一会儿出来咱们再聊。"

蒋坤不好意思地挠了挠头,抹了一把脸上的汗,"好,我这就去。二哥,羽哥,我一会有事还要和你们说。"

"行。快去吧!"

李能和印青都点了点头。看着进入内堂的蒋坤,印青等人又回到了房子里。

"兄弟,有个事你心里得先有个准备。"

印青收敛起了脸上的笑容,一脸正色地对李能说道。

"二哥请讲!"李能看着印青一脸的严肃样,不禁有点茫然与好奇,这是卖什么关子吗?

"是这样,这段时间你一直在家闭关修炼,对外面发生的事知道得少。现在,在饶阳武林界出一件大事,刚才大家议论的也是这件事。"

"喔!"李能不禁有点好奇,会有什么事情?看这印二哥满脸严肃的样子,难道还与自己多少有些关系吗?

"这几日在饶阳,来了一个武林高手,专门向深州的各个武林门派进行挑战。还放出了话,不打遍深州武林,誓不罢休。"

"有这样的事,不知此人是谁?从哪里来的?"李能心里一顿。

"目前不清楚,蒋坤这次去饶阳,也是想顺便打探打探消息,也许一会儿就知道了。兄弟,你现在是咱们深州武林的扛把子,此人一定会找上门的,这次给你传话,就是想让兄弟你提前有个心理准备。而且大家伙也合计合计,看看有什么对策。目前,此人已经把饶阳的武林人物都打了个遍,饶阳武林中,几乎没有一个人是其对手。"

"喔!"

李能听罢,心里也是暗暗吃惊。饶阳的几大门派,那可都是深州武林中响当当的硬手,特别是戳脚门的曹掌门,要是动起手来,就连自己也没有把握取胜。如此看来,此人的武功一定不在自己之下啊。

看着若有所思的李能,印青也是忧心忡忡。

"兄弟，你看这样行不行，此人要是来深州挑战，就由我和三弟先出面，试探一下他的斤两，你仔细观察，找找其破绽，好心里有数。"

　　"多谢印二哥与众兄弟们的关爱，这件事咱们到时候再说吧，这个人来不来还不确定呢。再说，此人真的要指名道姓地挑战我，谁也替不了，不急。二哥，众兄弟，放心吧。"

　　看着大家关切的眼神，李能的心头热乎乎的。平日里，这帮兄弟虽然在深州街面上也是呼三喝四、颐指气使的，但对于自己的关心，还是实打实的真情流露。

　　东大街李家的棉布绸缎庄，夫人玉莲正在店里。这几年，李能多忙于衙门里的事，绸缎庄的生意一直都是玉莲在打理。

　　绸缎庄坐北朝南，在整条街比较突出。铺子也是前店后院，占地有一进院落之宽，临街巽位开门。

　　广亮式门楼造型宽大，门头的砖雕精美，"李记绸缎庄"的黑漆金字招牌在日光下闪闪发亮。

　　墙上的四个拴马桩上拴着两三匹健马，不时地仰头发出"咴儿、咴儿"的嘶鸣。为了通风，店门敞开着，里面人影晃动，伙计和玉莲都忙活着招呼客人。

　　"伙计，掌柜的在吗？"

　　正在门前跑前跑后、忙活着迎送客人的伙计柱子，耳边突然传来了浑厚的问话声。柱子扭头一看，一个就像半截铁塔一样的汉子正站在拴马桩边，手里牵着一匹黄骠马，看样子要拴马，正看着自己。

　　这个汉子一身江湖武林人物打扮，白色对襟短褂，黑色棉麻灯笼裤，脚蹬圆口千层底黑布鞋，马背上挂着褡裢和剑袋。紫棠色的大脸，剑眉星目，阔嘴厚唇，黝黑发亮的大辫子吊在胸前，脸上虽然渗出微微汗珠，也略显风尘之色，但依然难掩精壮强悍的本色。

　　柱子忙上前几步，接过这个汉子手里的缰绳，把马拴好。

　　"壮士，您好！我们掌柜的现在不在店里，不知这位壮士找我们掌柜的什么事？小的可以代为转告。"

　　"喔！"汉子的脸上虽然略显失望，但依然和蔼地对柱子说道：

　　"伙计，这样吧，请你转告你们掌柜的，就说有致远堂的故人来访，我明日再来。"

　　说罢，汉子解下刚拴好的黄骠马，丢下有点懵懂的柱子，转身就向东走去。

　　"嘚嗒、嘚嗒……"随着马儿发出沉稳的马蹄声，汉子的背影渐渐地远去了。

　　愣怔的柱子站在原地，心里突然有些许不安。在绸缎庄，柱子所接触到的武林人也不少，但在那些武林人物中，都没有这汉子身上所散发出来的那种压抑感。

　　"柱子，干吗呢？"

　　从店里传出来了玉莲的喊话声。

　　柱子一激灵，恢复过神智，急忙跑进了店。

　　"夫人，刚才店外来了一个武行中的人，要找掌柜的，我告诉他说掌柜的不在店里，这个人就留下了一句话，扭头就走了。"

柱子的话语有点急切，就像倒豆子一样，叽里咕噜地把刚才的事和自己的感觉都向玉莲复述了一遍。

"致远堂！"

玉莲心里念叨了一句，这三个字有点熟悉。好像是夫君从太原回来以后，和自己聊起"十八义"结拜的事的时候，就提到过致远堂。

难道是他那十八义里的哪位兄弟到了？也不对呀，要是十八义中的人，那就更不至于二话没说，只撂下一句明日再访的话扭头就走了，自己好歹也是李能的夫人，不能不进来和自己打个招呼就走。

玉莲越想，也是越想不通，心里也有点急了起来。

"柱子，你到衙门去吧，抓紧把这个事告诉老爷，别耽搁了。"

"行，夫人，我这就过去。"

柱子也跟着着急，就急忙放下手中的东西，匆匆找李能去了。

此时，已近正午时分。

深州的七月，沉闷而湿热，一出门，就是一身的汗。

蒋坤和几个捕快正吵吵着要下馆子去，大家与李能也是有几天没见了，纷纷争着要自己掏钱请李能吃饭。李能本想回去，可看到大家都是热情高涨的样子，也不好扫了众人的兴，就提出，要自己请大家，蒋坤不乐意了。

"能然哥，你这是看不上大家呀。下馆子是我们哥几个提出来的，让你请，这不是打众兄弟们的脸吗？"

"就是呀，总教习，您就听我们的吧！"

其他捕快们也都吵吵着、附和着蒋坤的话。

一直在旁边和李能商议应对比武事情的印青，眼见众人争执不下，就笑眯眯地看了看众人，开了口：

"教习，各位兄弟，谁也别争了，咱们大家凑份子钱吧，加上李教习，有一算一。"

"好，那就按凑份子钱来吧。"

李能眼见争不过大家，更不愿过分驳了兄弟们的心，也就笑着同意了。

"行，同意！"

"同意！"

蒋坤张了张嘴，刚要说点什么，看到印青给自己递了个眼色，就把到嘴边的话又咽了回去，不情愿地嘟囔了一句：

"呃……那好吧！"

大伙看着蒋坤憋回去的样子，又哄笑了起来。

"掌柜的！掌柜的！"

捕快的科房外传来了柱子的叫唤声，一名捕快正带着柱子急冲冲地往里走来。

一进门，柱子就看到了李能。

"掌柜的……"柱子刚要继续往下说,就看到飞羽给自己递了个眼神,立马换了语气。

"那个……掌柜的,家里有客人来了,夫人叫我来找您回去。"

"喔,那好吧!"

李能满脸歉意地看着大伙儿,站起身,向众人施了一个抱拳礼,道:"印二哥,蒋兄弟,各位兄弟们,不好意思了,我今天要失约了。"

"兄弟,那你就快回去吧,我们改日再约。"

印青和众人也都站了起来。

看着李能的背影,印青的眉皱了起来,若有所思地对蒋坤说:"兄弟,你下午找时间悄悄地找那柱子问一问,李兄弟家里来了什么人了。"

蒋坤一愣,看着印青,"二哥,你是说那个人找上门来了?……"

印青点了点头。

东大街李记绸缎庄,院内灯影浮动,已是傍晚时分,深州的暑天开始有点凉意了。忙活了一天的玉莲和李能刚吃过饭,夫妻二人坐了下来,准备歇歇。

看着自己的夫人,李能轻轻地握住玉莲的手,深情地抚摸着玉莲有点湿润柔软的手掌,柔声地说道:

"夫人,这些年你跟着我,让你担心、受委屈了,不管今天来的那个人是谁,他既然提到了致远堂,就应该没有恶意,你就放心吧!"

听着男人发自肺腑的告白,玉莲满足、温顺地坐在李能的身边,娇躯软软地靠在自己男人的宽厚胸膛上,把李能的手放在了自己的腹部,慵懒而又娇羞地看着李能,说道:

"夫君,你要有儿子了!"

"是吗?!"李能一阵惊喜,下意识地抱紧了玉莲,大手轻轻地抚摸着玉莲白皙而又柔软、微微凸起来的腹部。

玉莲情不自禁地娇喘了起来,双眼迷离,脸透桃红,红润而又鲜艳欲滴的双唇,随着玉莲渐渐扬起的头,探向了李能……

月色下,院子里宽绰疏朗,月光开始透过四周屋顶上的翘角飞檐,一点一滴地洒落在了院子里的角角落落。

李记绸缎庄的院子里,经过了一夜的沉寂,暑湿之热中又多了些灵动清新的舒适之气。

这一天,注定是不平凡的一天。

对李能来讲,更是彻底改变自己武学道路的一天。也许李能自己也没有意识到,自己追寻几十年的武学之道,会在这一天发生根本性改变。

就在这一天,就因为李能自己的一个决定,造就了中华武术浩浩星河中,又一颗璀璨夺目的新星诞生。这颗新星,对已经流传了上千年的中华武术产生了继往开来的影响。

清爽的晨风徐来，树上的鸟儿不时地发出"啾啾"的鸣叫声，欢快地在桃树的枝杈间跳来跳去，肥硕的大黄狗来来回回穿梭在里外院子里，时不时叫两声，冲着忙碌的伙计们摇摇尾巴，撒撒欢。

李记绸缎庄又像往日一样，有条不紊地要开张了。

在后院，院门紧闭，院内，只有两条人影在不断地交错攒动。

只见二人，一个似流星赶月，飘忽不定，像陀螺一样，滴溜溜乱转；另一个又忽而似浪里行舟，险之又险，忽而如阵战烈马，横冲直撞，快攻猛取。

原来在清晨时分，昨天的那个汉子在天还蒙蒙亮的时候，就找上门来了。二人一聊，李能才弄明白，这个汉子姓董，字明魁，也是直隶人。前几年一直游历江南，在一次与人的比武较艺中，结识了致远堂的堂主慕容长空，慕容长空爱惜其武艺，就力邀董明奎也加入了致远堂。

在致远堂，这董明奎不时地就会听到堂下兄弟议论，在致远堂有一个十八弟，武艺超群、急公好义，如何如何的好。不禁心生好奇，也暗自留意，一直想找个机会，会会李能。这次正好要去致远堂山东分舵办事，路过深州，故而就直接找来了。

这董明奎也是嗜武如命之人，家传武艺，功夫也是了得，更喜好找人比斗，通过实战来磨炼武技。在江南游历期间，曾得遇高人，又学得一手转掌技法，一路比斗下来，罕逢敌手。

一进深州，就听到在街巷市井，只要一提"义侠神枪"的大名，大家都赞不绝口。这一下，更是激起了董明奎的比斗心。但又怕李能借故推脱，不肯应战，故而先放出风，要一人力挑深州武林，在饶阳，闯了戳脚门和少林门，想逼李能出面。

今日一早，起了个大早，到了"李记绸缎庄"，原本想堵住李能。没想到一通报，李能不仅见了自己，还同意与自己进行比斗，心中暗自窃喜，以为自己的计谋成功了。他可没想到，李能之所以愿意约见他，也是因为自己有了要出门游历的想法，这送上门来的，又何乐而不为呢？

武人比斗，既可明比，也可暗比。

明比，就是找人做居中公证，先立下生死文书，然后邀请双方各自的亲朋好友，共同见证比斗双方的胜负输赢，生死各安天命。

暗比，一般就是两个人闭门比试，不邀第三个人参加，胜负输赢，只有比试的二人知道，互不伤害。这其实就是一种朋友之间的技艺切磋，大家都点到为止。

这次李能和董明奎就是暗比。

此时，二人的比斗，已经进入了白热化的状态了。

只见董明魁，身似游龙临空，手似流星幻变，或盘或旋，拧翻走转，见招破招，见式破式，招招精妙。面对飞羽的凌厉攻势，避实就虚，围圆打点，丝毫不乱。在其四周，劲风激荡，气浪翻滚，空气好像被撕裂一样，不断发出"呼呼"的破空之声。

二人越战越勇，拳来脚往，斗得酣畅淋漓。

李能越比，内心越是心惊。没想到这个董明奎，年纪虽然比自己小两岁，但拳脚功夫竟然如此了得。

对方看似拳重脚沉，但身法多变，围着自己，游走盘旋，灵巧诡秘。每一招每一式，都是从自己意想不到的方位袭来，其拳意劲力，或如高山坠石，势如奔雷，迅不可挡；或如落盘玉珠，又四射飞扬，冷弹刁钻，防不胜防。而其气息，又绵延鼓荡，似江海暗流，汹涌澎湃，无穷无尽。

李能一边见招破招，拆解着对方的攻势，一边暗忖：这数十招下来，此人对自己的拳法路数好像摸透了似的，自己出的每一拳、每一脚，都能提前预判，提前堵截，有时自己还没出招呢，刚有意动，就被对方截了下来，或者提前变换了攻防角度。而对方所用拳法，自己却闻所未闻，自己的每一次攻击，都犹如在水中摸鱼一样，往往是一擦着对方的边，就被对方滑了过去，像极了一条滑溜的鱼。看来要想破此人的拳网劲幕，不能再顺着对方的路子、被对方牵制着打下去了，再这样下去，只能白白地浪费自己的气力，用不了几招，自己就会因拼尽气力而败下阵来。

想到此处，李能没有犹豫，立即收拢拳脚气息，决定不再对对方的拳幕采取长桥大马式的左冲右突了，打算以静制动，摆脱对方的牵制。随即，李能眼神微凝，双眼紧紧地盯着对方不断游走的身形，腰胯松沉，双脚虚提，双臂内裹，双手呈持枪状，身体犹如骑在马背上一样，不断地变换着角度，蓄势而待。

正在游走的汉子突然发现李能变换了招式，不再对自己布下的拳幕劲网进行突破了。而是采取了一种蓄力微动的身法紧紧地盯着自己，不禁"咦"的一声，心中微微一愣，身形一顿，手脚就慢了下来。

说时迟，那时快，李能腰胯一拧，身体就像离弦的箭一样，一招野马奔巢，就听"呼"的一声，一道黑影，夹裹着一股劲风，直奔对方而去。

那汉子一看，李能在自己微一愣神之际，就夹裹着疾风冲了过来。一刹那，一个硕大的拳头就到了眼前，不禁大喝一声"好"！

双眼精芒一闪，身体诡异地一扭，就避过了李能的拳风，左掌封，右掌攻，就听"嘭"的一声，二人的双臂就缠在了一起。

李能脚下较劲，腰胯抖动，双膀一晃，就拔起了千斤之力，打算借机崩开对方的封堵。可对方也只是微微一晃，李能就感觉从对方的两臂上同样传来了千斤力，硬生生地抗住了自己的崩弹力。

李能心中暗暗惊异，没想到对方不仅身法变化多端，拳法独特，而且劲力也是如此霸道，在气力上竟然也与自己平分秋色。

此时，院子里的空气好像突然被抽离了一样，"呼呼"的拳风戛然而止。只有二人身上的衣衫随着双方劲力的催动，发出了"咧咧"的呼啸声。

过去武人比试，向来都是出手不留情，比的既是技艺高低，更是面子名声和生计。一旦有一方败了，那么就等于失去了在武林中生存的机会。武艺，在过去，就是一个人谋生的技能，这也是为什么当师父的总会留下一些连徒弟都不会传授的秘法绝招，教会徒弟，饿死师父，说的就是这个缘由。

"明奎哥！能然哥！"

就在这时，一道银铃般的声音随着后院大门的打开，传了进来。一袭白衣倩影飘了进来，随后，是笑盈盈跟进来的玉莲。

"慕容燕！"

李能和董明奎几乎同时说了一句。

二人相互对视了一眼，然后同时撤劲，松开了互相较力的双臂，脚步一撤，同时闪身出了圈。

略定了一下气息，李能抱拳朗声说道：

"兄弟，你拳法了得，气息绵长，哥哥我自愧不如，今日我们就此停手吧，改日我们兄弟二人再切磋，你看如何？"

"哥哥，您客气了！您的功夫博采众长，拳有枪意，已登峰造极，直隶武林怕已无敌手了。小弟我这几年只不过是游历江南，得遇道家高师，略窥养气门径而已，实在是不值得一提啊。"

董明奎也稳住身形，急忙抱拳回礼，谦虚地回应道。

说话间，慕容燕和玉莲已经来到了二人身边。

还没等玉莲开口，慕容燕就娇嗔地跺了一下脚，叽叽喳喳地开口了：

"好你一个董明奎，把我一个人丢下，你自己就跑过来了，哼！"

李能看着有点尴尬的董明奎说道：

"这个明奎兄弟啊，你这一大早就跑过来逼着我动手，可一句也没告诉我，咱们的燕女侠也来深州了呀。"

"嘿嘿、嘿嘿，这个……"

看着噘嘴跺脚的慕容燕和坏笑的李能，董明奎满脸涨红，结巴着不知道该说什么。

两个人一唱一和，把个刚才还霸气威武的汉子，一下子就变成了一个像犯了错的小学生了。两只手也不知道该往哪里放了，只是不停地左一把、右一把地擦拭着脸上的汗水。阳光下，董明奎本来就紫棠色的大脸，一下子变得更加黑红透亮了。

旁边的玉莲看得有点不忍心了，便含笑递给董明奎一条毛巾，柔声地说道：

"兄弟，别理你哥，你燕子妹妹也是逗你玩呢，快擦擦汗，咱们吃饭去。"

"啊，好，好，谢谢嫂子，还是嫂子好，嘿嘿！"

董明奎憨笑着，急忙接过玉莲递过来的毛巾，胡乱地擦了起来。

这一下，把慕容燕又逗得"咯咯咯"地笑了起来。

李能见状，急忙打圆场，"好了，好了！都洗洗，燕子妹妹，咱们一会儿边吃边聊吧。"

"好，嫂子，咱们走吧！"

慕容燕也不嫌热，就像糖葫芦一样黏着玉莲往房间里走去。

此时，在东大街上，印青和蒋坤也急急忙忙地赶过来了。二人也打探到，在饶阳挑战各武林门派的那个汉子，此时已经来到了深州，故而急忙赶过来，想看看什么情况。

一进绸缎庄，蒋坤就嚷嚷开了。

"柱子，你们家掌柜的呢？"

"蒋爷，印爷，您二位来了！"

柱子满脸笑意地应道。

"二位爷，我们家掌柜的在后院正招呼客人呢。"

"喔，从哪里来的客人？饶阳吗？"

蒋坤瞪大眼睛，一把抓住了柱子的胳膊，急切地问道。

"哎呦，蒋爷，您轻点。不是饶阳，是从山西过来的客人。"

柱子边往后缩，边呲牙咧嘴地答道。

"山西来的客人？"

蒋坤丢开了柱子的胳膊，狐疑地看向印青。

"二哥，难道那小子没来？"

"应该来了，咱们还是进去看看吧。"印青又看向柱子，继续说道：

"柱子，带我们去看看。"

"这个……"

柱子有点为难，迟疑着说道：

"二位爷，我们掌柜的和那个客人在后院，不让我们进去。已经大半天了，这不，刚才一个女孩也找掌柜的来了，说是那个客人的同伴，夫人带着也去后院了。"

"走吧，磨蹭什么，有什么问题我给顶着。"

蒋坤不由分说，一把拉过柱子，向里走去。旁边的印青笑着摇了摇头，跟在后面也走了进去。

后院客厅里，李能和玉莲陪着董明奎、慕容燕，四人正在聊天。

"明奎兄弟，小妹，你俩就在深州多待几天吧，不要急着走嘛！"

"就是，慕容妹妹，多待几天吧，嫂子给你做好吃的。"

李能夫妻恳切地挽留着二人，特别是玉莲，拉着慕容燕的手，一脸真诚。

凭女人的直觉，玉莲也看出了慕容燕对自己的夫君多了些许柔情蜜意。自己的夫君虽然有意克制着，但玉莲还是能从一些细微处发现，夫君对慕容燕也有着不一般的喜爱之情。

身为江湖儿女，玉莲不是一个小肚鸡肠的平庸女子。自己的夫君经常出门在外，要是身边能有一个知冷疼热的女人多一份关照，玉莲并不反对。而且也看出，慕容燕这次出门，并不是办什么事，就是来找自己夫君的，故而对慕容燕更是一再挽留。

这时的慕容燕，早已没了一进门时的豪气，就像一只小猫一样，龟缩在玉莲的身边，脸如扑粉，低眉垂眼，走与不走，一句话也不说。

董明奎瞅着慕容燕的样子，感觉好笑，再没有情商的人，此时也看出来了，这丫头就没打算走，只是自己不好说出来而已。

明奎微微一笑，开口道：

"能然兄，小弟就不再停留了。这次与兄长比试，小弟受益匪浅。哥哥无论是武德，还是人品，都高洁不群，拳法绝伦，以后有机会，小弟一定还要找哥哥学习、请教的。至于慕容燕妹子，我看就先留在这里吧，能然兄既然要去山西访师，届时，就让妹子与你同回吧。"

说完，明奎又看向慕容燕，问道："慕容妹子，你看这样行不行？"

慕容燕满脸飞霞，头一低，声音细如蚊鸣，回道："我听明奎哥的。"

"好！妹子，嫂子高兴。"玉莲紧搂一下慕容燕，高兴地插了一句。

看着满脸真诚的董明奎，听着这发自肺腑的言语，李能心头感动。

是啊，这个董明奎虽然外表魁梧强悍，但心境为人，却是一片睿智坦荡。一身功夫，独到精绝，日后一定会成为一代宗师的。看来自己也该出去走走了，探天地之秘，寻武道之魂。

想到这里，李能接过董明奎的话，诚恳地说道：

"好吧，兄弟，那我就不强留你了。你走后，哥哥我就出去走走，武艺一道，贵在海纳百川，兼收并蓄。哥哥现在遇到了精进的瓶颈，今日与兄弟一试，也所得甚多，心有所悟。武艺虽然是安身立命之本，但也是修身养性之途，须循天地变化之道，才不至于乖张而背离人道。"

"哥哥讲得好啊，修习武艺，须有名师提携，小弟这几年游历江南，幸遇高师，习得这内家神功，才得以循天地之理，养道体，调气息变化生机啊！哥哥若是去山西游历，不妨去山西的祁县走走。在那里，一直有一种内家拳法，在戴姓一族内秘传。不过，我听我师父提起过，这戴家秘传的拳法，外人一般很难学到。江湖也传言，只见戴家拳打人，不见戴家人练拳。这种拳法，据说就脱胎于枪法，我见哥哥的拳法也有枪意，不如前去那里一试。"

"好，谢谢兄弟，哥哥我也有此意。"

这边李能与董明奎相谈甚欢，那边玉莲与慕容燕也是情真意切，不一会儿，两个人就以姐妹相称了。两个人互相拉着手，贴着身，也在低声地说着女人们的悄悄话。

"妹妹，以后常来看看姐姐，你姐夫经常出门，偌大一个家，就扔给我了，姐姐是出不去了。"

"行，姐，只要你不嫌弃，燕子一定常来看你。"

"……"

"掌柜的，印爷和蒋爷过来了！"

此时，院外传来了柱子的喊声。

"兄弟！"

"哥哥！"

印青和蒋坤也几乎异口同声喊道。

李能心中一热，知道二人来，是担心自己与董明奎比武有所闪失。便对董明奎笑了笑，说道：

"兄弟，给你引荐两位朋友。"

"好，哥哥。"

随即，二人一同站了起来，来到院子里。

看着把手相谈的李能和董明奎二人，印青和蒋坤的眼色流露出了一丝惊异。没等二人开口，李能上前一步，笑容满面地对二人说道：

"印二哥，蒋兄弟，来，我给你们引荐一下，这位也是好兄弟，直隶文安的明奎兄弟。"

"明奎兄弟好！"

"二位捕头好！"

大家都是武林人物，也没有其他许多客套，回屋落座后，不一会儿，都熟络了起来。

正是：

惺惺相惜，江湖儿女显奇情；

情投意合，英雄美人共连理。

第十八章
关山奇遇

道光十二年，秋日，深州又进入了瓜果飘香的季节。

这几日，李能已经筹备齐了一批蜜桃、韭黄、花生等特产，打算入晋后边贩卖边访师；另一方面，又去岳父家里打了个招呼，李能自己也知道，这一次出门，会走较长时间。故而打算和岳父商量一下，准备把自己的绸缎庄等一切事宜托付给岳父。

玉莲也不能把主要精力再放到店铺里了，一是玉莲已经有了身孕，距离临盆的日子也不远了，需要休息静养，另外自己的母亲年纪也大了，需要玉莲在家里搭把手，替自己照料母亲和两个女儿。

李能按部就班地做着西去入晋的一切准备，同时，也向知州张杰辞去了捕快总教习的职位。

这段时间里，慕容燕一直陪着玉莲，就像一个小跟班一样，玉莲走哪儿，慕容燕就跟到哪儿。粗活、脏活、累活，各种活儿，都抢着做。脸上经常是黑一块，白一块的。一个傲气逼人的大小姐，活脱脱变成了一个打杂的伙计。

董明奎自出门游历，已经有十多年没回老家了，山东的事情一了，因思乡心切，就直接返回了老家文安。

这一回去，没曾想惹出了一件人命案子，迫得董明奎隐姓埋名，去了京城。也就是因为这一隐匿，才使流传后世的绝学八卦掌能一放异彩，更有了京城八卦太极双绝会、八卦换形意等武林佳话。

窦王庄，李家大院的院子里，李能、玉莲、李母及慕容燕等几人正坐在院子里纳凉。

明天就要出门了，这次出门，不知道自己会走多久，李能看着已经怀有身孕的妻子和年迈的老母，心中有点迟疑了。

"母亲，我这次出门，恐怕最少也得一年半载才能回来。有道是，父母在，不远游，儿子不能常在您膝下尽孝，心中实在是有愧啊！"

看着满脸愧意的儿子，李母颤巍巍地伸出了手，慈爱地抚摸着李能乌黑油亮的发辫，"呵呵"地笑了。

"儿呀，好男儿志在四方，李家世代都是为国效力、叱咤风云的一方豪杰，到了你父亲这一代，家道中落，就留下你一个独苗，你更不应该儿女情长，偏安于一隅之地啊！做你想做的事，走你自己认准的路，就是对母亲最大的孝！"

"母亲！"李能深深地垂下了头，哽咽着，不知该说什么好了。

从母亲的话语里，李能不仅感受到了一位母亲的刚强与气节，更感受到了母亲对自己的期盼与希望。

旁边的玉莲微微低着头，双眼含着晶莹的泪花，瘦弱的双肩一耸一耸的，止不住地、轻轻地抽泣着。

慕容燕也是两眼发红，看着坚强的老太太和温婉的玉莲，鼻子微微发酸。

晚霞西照，映红了西去官道上的半边天际。

云腾漫卷，层层叠嶂，官道两侧的太行山连绵起伏，山势如龙，山上郁郁葱葱，花团锦簇。

官道上，蹄声轻疾，车轮滚滚。

"能然哥，前面过了娘子关，就入晋了，咱们歇歇脚吧。"

"好，咱先入关，到里面找个地方休息一下。"

李能和慕容燕二人，出来已经快一天了，二人都是练武之人，身体硬朗，又多带了两匹马，轮流驾车，所以脚程很快，天刚擦黑就到了娘子关下。

这娘子关，原名"苇泽关"，因唐朝平阳公主曾率兵驻守于此，平阳公主的部队当时人称"娘子军"，故得今名。它位于晋冀两省交界处，是万里长城的一个险要关口，是平定州的东大门。关上有对联云："雄关百二谁为最？要塞三千此关名。"它有"三晋门户"和"天下第九关"的称号。

关内居民大多都是明清历代"军户"后裔，民风淳朴而强悍。关内街道、民宅大都保持着唐代风貌。二人牵马进了关口，此时已到了掌灯时分，借着狭窄街道两旁店铺和居民的屋子里映出的微弱灯火，李能和慕容燕沿着高低不平的一条碎石窄道，来到了一家客栈的门前。

客栈的门头依稀可见"瑞祥客栈"四字，大门虚掩，透过门缝，看到客栈里灯火通明，人影晃动。在院子四周的几个角落和马槽上方，挂着五六盏气死风灯。在马槽里，拴着八九匹马，旁边停放着三辆装着东西的马车。

李能抬手敲了敲虚掩的门，冲里面喊道：

"伙计，住店！"

"伙计！"

"来了！"

一个身着白色汗衫的伙计小跑着拉开了门。

伙计上下打量了二人一眼，见是一男一女，风尘仆仆的样子，就满脸笑意地问道：

"二位客官，要住店吗？"

"是啊，伙计，有干净的客房没有，要两间。"

"两间？"

伙计有点讶异地看看李能，又看看慕容燕，满头的雾水。心里想，这小子，是不是有毛病啊，身边带着这么一个大漂亮，要两间房。

"看什么看，伙计，要两间，有没有？"

一旁的慕容燕被看得脸上有点挂不住了，不知为什么，一听李能要两间房，心里也莫名地有点恨意。哼！本姑娘这么个大美女跟着你，竟然还要两间房，好小子，看我逮到机会再收拾你！所以，就把一股无名火烧向了那倒霉的伙计。

伙计一看说话的这位，心里一激灵。好家伙，这姑奶奶，人虽漂亮，可一身劲装打扮，一手拉着马缰，一手握在腰间的剑柄上，一看就是武林人物，此刻冲着自己杏目一瞪，在昏暗的灯光下，仍然寒气凌厉。吓得伙计急忙低头作揖，道：

"哎呀，姑奶奶，您别生气，客房有，有，您二位里面请！"

这伙计一急，就把心里想的"姑奶奶"三个字也顺嘴说了出来。

这下把个慕容燕给气的，柳眉倒竖，满脸寒霜，怒斥道：

"小二，你说谁是姑奶奶呢？"

"呃、呃……这！"

伙计一看这姑奶奶真恼了，吓得结巴着不知该说什么了。

李能见状，也摸不着头脑，不知道慕容燕为什么突然生气了，这关隘要地，怕惹出事情，就急忙插话打劝道：

"燕妹，就一个伙计，别和他一般见识了，咱们进去吧！"

"哼！"

慕容燕瞪了李能一眼，心里想，一个呆子，我是和伙计生气吗？但这话自己一个大姑娘家的，怎么好意思说出口。就恼恨恨地把马缰绳往李能的手里一塞，自己"腾腾腾"地进去了。

旁边的伙计吓得吐了吐舌头，接过李能手里的马缰绳，带着李能进了院。

李能边走边吩咐伙计，"小哥，两间房子要连在一起的，以便我们互相有个照应，给马多加点夜草。"

说完，李能从褡裢里拿出一些散碎银子，交给了伙计，"你给安排去吧，余下的不用找了，你留着吧"。

伙计一听，立刻眉开眼笑地接过银子，"好嘞！客官，您放心吧"。

这个客栈，规模也颇大，全部都用石片建成，分前后两进院子。前院的东侧，是拴马的马棚与放置车辆的地方，西侧一排房子，是供给客人存放货物的地方，正中台阶上的一排房子，是接待大厅和餐厅，后院则是住宿的客房。

安顿好伙计以后，李能与慕容燕二人，一前一后地进了大厅。

大厅里面，灯火通明，人声嘈杂，到处都弥漫着一股烟气和酒气混杂的味道。环顾四周，二人见里面摆放了十几张桌子，其中有七八张桌子旁都已经坐了人，便走到大厅角落一个较为清净的桌子旁坐了下来。

"二位客官，要点什么？"

二人刚坐下，一个满脸是汗的堂倌就笑盈盈地走了过来，殷勤地一边给二人倒水沏茶，一边询问。

"燕妹，你吃点什么？"

"随你，能然哥。"

不知为什么，慕容燕的脸突然变得红了起来，听李能问自己，竟然一反常态，变成了一副娇媚的女儿态。低声细语地应了一声，就微微低头，双手揉着衣角，抿着嘴再也不说话了。

看着慕容燕的娇羞柔姿，李能也是莫名其妙地心头一热，虽说自己已经是一个过来人了，但此时此刻，也有点慌张，心突突地跳了起来。

稍稍平复了一下心态，李能看向一旁站立等待的堂倌，温和地说道：

"小哥，那就要两碗水磨面，一条鱼，三个小菜吧，小菜你们看着做。"

"好嘞，二位，您稍等就好。"

"水磨面两碗，鱼一条，小菜三个……"

堂倌唱完菜单，给李能、慕容燕二人又斟满了水，忙着又招呼别的客人去了。

就在这时，外面那个伙计也过来了，给了李能两个房牌，满脸堆笑，讨好地说道：

"爷，您二位的房间已经安顿好了，这是房牌，马也给您喂了，货物也放好了，爷看看，还有什么需要做的事情没有了？"

"没了，辛苦了！小哥，你忙去吧。"

"不辛苦，不辛苦，爷，那我走了，有需要小人的，您尽管吩咐。"伙计看到李能如此地和善，感激得又是作揖又是点头的。

看着两个房间号牌，慕容燕白了一眼李能，心里暗暗发狠，哼！呆子！

秋风吹来了阵阵凉意，一天的酷热渐渐地消退下去了。

客栈里也静了下来，除了马儿吃夜草时偶尔发出的"噗呲"声外，前后院一片寂静，所有的人在凉爽的秋意中都沉睡了。

洮河水碧波荡漾，映射着皎皎孤月，河水轻盈而欢快地流淌着，不时会有鱼儿"扑啦啦"地跃出水面，追逐嬉戏；月色中，远方的山峦叠嶂，夜香袭人，秋虫呢哝，娘子关的夜，更显迷离而宁静。

娘子关依山临水，雄踞东西，两翼的边墙犹如两条巨龙，沿着山脊蜿蜒盘旋，扶摇直上。

巍巍山峦，绵延边墙，涓涓桃水，就像天之父、地之母一样，亘古不变地呵护、养育着方圆数百里的万千百姓人家。

突然，在关下一户人家的大院里，传出了一片惊慌失措的嘈杂声。

"不好了，不好了，新娘子不见了！"

一刹那，这户人家的院子里灯火通明，人影攒动，引得村子里犬声四起。一阵忙乱中，就见从这户人家的院子里，匆匆跑出三四队人影，个个手持火把，就像灯线一样从不同的几个方向散去，不一会儿，几缕灯线就消失在了茫茫夜色中。

娘子关的夜又一次沉寂了下来。

为了避开暑热，天一擦亮，李能和慕容燕就早早地起来了。二人收拾好货物，吃罢早饭，结了账，赶着马车，在晨幕中出发了。

娘子关村依山而建，人们大多都顺水而居，有"人在水上走，水在屋下流"美感意境。由于山上山下温差巨大，此时的道路上，晨雾弥漫，白茫茫的空谷山道中，只闻猿声啼鸣，河蛙鼓噪，马蹄轻急，车轮滚滚。

颠簸在崎岖狭窄的山路上，伴随着弥漫缭绕的雾气，在车辆的起落震动中，李能突然有一种光阴沉浮的感觉。回头看了一眼车厢，里面又传出了慕容燕轻轻的鼾声。心中微微一笑，这丫头，一路上还嗔怪自己，埋怨起得太早了，这会儿，又开始补觉了。

"哕儿哕儿……"突然，马儿一阵惊嘶，头部摆动不已，前蹄一下子抬了起来，车子剧震，激烈地晃动起来。

沉浸在遐思中的李能一个激灵，急忙一勒手中的缰绳，"吁……"

随即一个健步跳下马车，身子前蹿，双手牢牢地抓住了头马的笼头，嘴里发出"吁……吁……"的声音，轻轻安抚着受惊的马儿。

"能然哥，怎么了？"

车上的慕容燕这时也从车厢里跳了出来，轻轻地落在了李能的旁边。

"不知道，马受惊了。雾太大，看不清楚。"

此时马儿的鼻翼还在"呼哧呼哧"地喷着粗气，在李能不断的安抚下，渐渐地安静了下来。慕容燕使劲地挥了挥手，驱散了一下眼前的浓雾，慢慢地向马车前看去，但车前依然是雾气弥漫，一片模糊，没看出有什么异常来。

就在两人诧异的时候，车的右侧传来了微弱的呼救声。

"救命呀！"

"救命呀！"

有人呼救！李能和慕容燕二人相视一眼，"燕妹，你护住马车，我过去看一下。"

荒山远郊，如此偏僻的山道上突然出现的呼救声，出于武林人的本能，李能与慕容燕二人并没有放松警惕。慕容燕点点头，一手接过李能递过来的马缰绳，一手按在了腰间的剑柄上，看着李能的身影隐入了右侧的雾海中，随即杏目圆睁，警惕地环顾着四周的动静。

不一会，马车右侧的云雾一阵翻滚，不断地向四周飘逸散去。随即，就见李能身背一人，一手还搀扶着一个女子，缓缓地走了过来。

到了车前，没等慕容燕开口，就听李能急促地对慕容燕说道：

"快，燕妹，拿金创药出来，有人受伤了。"

说着，李能把后背的人轻轻地放在马车的前辕上。而那个女子一边哭一边抓住受伤的人的手，嘶哑地呼唤着：

"念霖哥！念霖哥！"

慕容燕仔细一看，不禁吸了一口凉气。

只见此人浑身是血，衣服破碎，双眼紧闭，呼吸微弱。在左腿上，有一条深深的伤口斜划而下，血肉翻飞。乌黑的血虽然已近凝固，但稍微一动，就会有血喷射出来。见状，慕容燕急忙取出金创药与药布，与李能二人紧急施救起来。

"快，裹上棉毯，放进车厢里！"

待慕容燕取出棉毯，二人把受伤的人小心地放进了车厢里。李能转头对还在旁边低声哭泣的那个女子说道：

"姑娘，别哭了，没事了！你也进车厢里吧，先暖和一下，有什么事咱们一会再说。"

"好的，谢谢二位恩公！"女子低声应了一句，浑身哆嗦着在慕容燕的搀扶下，进了车厢。

安顿好二人，李能与慕容燕一商量，决定再走一段路，现在山上气温较低，大家穿的衣服都不多，再带上两个受伤的人，不能停留了，先出了山区再说。

车厢里被占了，慕容燕与李能二人只好并排坐在马车的前辕上，车小，二人只能紧紧地贴在一起。

伴着马车的起伏颠簸，二人的身体不时地左倾右斜，摩擦挤靠，再加上慕容燕时不时地刻意借势往李能的怀里挤，这一路下来，不知是天热，还是被慕容燕挤得，李能浑身出汗，满脸通红。

慕容燕斜眼瞧着李能尴尬的窘样，心里暗暗好笑。哼！小样，姐姐都同意了，看你往哪里跑。就这样，二人各怀心思，又走了一段路后，李能就把马车停在了路边的一片树荫之下，逃离似的跳下了车，要拴马歇脚。

"哎吆，能然哥，人家的脚麻了，下不去车了。"

正要迈步的李能听到身边的慕容燕一声娇呼，硬生生地顿住了脚。扭头一看，慕容燕正慵懒地斜倚在车厢上，一手扶着车厢，一手轻轻地捶打着玉腿粉足，双眼迷离，绣眉轻皱，晨光下，粉颈香汗晶莹，纯粹的一幅美人倚窗图。

正是：

美人斜倚户，

鬓发挂玉珠；

香风氤氲醉，

粉臂罗衣乱。

这一下，看得李能面红耳热，心头的小鹿突突乱跳，本来轻盈的脚步，也一下子变得迟缓起来，痴痴呆呆的，不知如何是好。

"扑哧！"

慕容燕忽而抿嘴一笑，犹如万朵桃花忽开，又如春风扑面。

"呆子！"

伸出纤纤玉手，罗袖半褪，粉臂轻扬。

"你扶我下来呀！"

吐气如兰的一声娇呼，心醉神驰的李能下意识地走了过去，抬手轻轻地扶住了慕容燕的玉臂，慕容燕顺势一歪，就一下子躺进了李能的怀里。

李能的脑袋"嗡"的一下，变得空白了。

李能怀里的慕容燕，整个人在此时也变得浑身无力，双臂紧紧地抱着李能的腰身，粉脸紧贴在李能宽厚的胸膛上，男人的体香，让这个叱咤风云奇女子，一下子变成了一个闺门弱女了。

二人就这么静静地站着，天地间的一切变得飘忽空洞起来。

"念霖哥，你醒了！"

车厢里突然传出来的一声惊喜呼叫，把二人飘逸了的神魂拉了回来。

二人互视了一眼，就走到了车前。李能刚要抬手去撩车帘，车里那女孩儿已经伸手撩开了帘子，探出来半个身子，满脸欢喜地冲着李能说道：

"恩公，念霖哥醒来了，谢谢恩公啊。"说着，女该儿又轻轻地哭了起来。

经过数小时的休息，看样子这个女孩儿已经恢复过来了。虽然脸色略显苍白，但容貌倒是极美，琼鼻朱唇，明眸皓齿，五官精致，此时的眼中，不再有惶恐不安的神色了。

慕容燕急忙上前，握住女孩儿的手，柔声地安慰着。李能打开了车厢的侧门，就看到受伤的男人脸色苍白，正无力地半倚在女孩的怀里，满眼慌乱。

"别慌，我们不是坏人。"

"是啊，念霖哥，就是这位恩公救了我们。"女孩儿也急切地解释着。听到女孩儿说话声，男子一把抓住女孩儿的胳膊，仰面慌急而又微弱地问道：

"啊！琳妹，你没事吧，咱们现在是在哪儿？"

女孩儿紧紧地抱着男子，把头扎进男子的怀里，"哇"的一声，哭了起来。

有道是：

西风紧，马蹄疾，欲海漫漫泪沾巾。

花蕊红，蜂翅轻，落红点点湿衣裳。

第十九章
人世悲情

寿阳的官道上，蹄声轻急。

炎炎烈日下，马儿挥汗如雨，李能不忍心催促马儿疾奔，就在道旁找了一片树荫之地，打算休息一下再走。现在车上又多出两个人来，秋老虎散发出的阵阵热浪，让马儿有点不堪重负了。

陈念霖，李能和慕容燕在路边救下的男子，腿上的伤口已经好了许多。虽然瘦弱，但毕竟年轻，伤势痊愈得也快，此时正一拐一拐地帮着飞羽往下卸马鞍。杜茜琳，与陈念霖同行的女孩儿，也欢快地跟在慕容燕的身后，听慕容燕使唤着做东做西的。经历了生死，二人已经对李能、慕容燕完全地信任了。此时的二人，俨然就是李能和慕容燕的两个小跟班了。

一路上，二人把自己的经历陆陆续续告诉了李能和慕容燕。

原来二人都是娘子关下平定东武庄人，本是青梅竹马的一对。早年，二人的父母交好，情同手足，故在二人还未出生的时候，双方的父母就指腹为婚，相约两家出生的孩子，若是一男一女，就结为亲家。天如人愿，两家的孩子几乎同时出生，陈家生了一个男孩，取名念霖，杜家生了一个女孩儿，取名茜琳。孩子们一满月，双方父母就交换了聘礼文书，正式地成了亲家。

这陈家祖上曾经为官，虽然到了陈父这一代开始走了下坡路，但毕竟也是瘦死的骆驼比马大，家境在村子里也是数一数二的。陈父祖上为后世儿孙在平定老家东武庄置办了不少田产，所以到了陈父这一代，即使不再为官，可守着这数百顷的良田，就是在平定，也算是小富人家了。

陈家历代单传，陈父也是无兄无弟，只有一个姐姐，早已远嫁阳曲。陈父年轻时曾在冠山书院读书，结识了同村杜大户的儿子，二人同行同住，家境殷实相近，日子久了，就效仿古人，撮土为香，结为了异姓兄弟，陈为兄，杜为弟。后来，陈父为了侍奉父母，打理田产，就没有再继续考取功名，回乡做起了富家郎。

而杜大户，虽然家境殷实，但总是觉得自家历代都无做官之人，出门在外，总觉得低人一等，实在心有不甘。故而坚决要求其子考取功名，以光宗耀祖。只可惜天不遂人愿，杜家儿郎数次考试，都是名落孙山。无奈，杜大户只好捐银为儿子谋了一个监生的虚名。

时光荏苒，转眼间昔日的富家郎和杜监生都已做了各自家的家主。

《孟子》云:"道德传家,十代以上,耕读传家次之,诗书传家又次之,富贵传家,不过三代。"

显然,陈家、杜家的祖上深得孟子警示的精髓,为了家传万代,都重视对自己后辈儿孙们的教化培养,耕读同修。分别做了各自家主的陈、杜二人,也都是勤勉持家,把各自的家族经营得风生水起,蒸蒸日上。

特别是陈家主,头脑灵活,为人和善,数年下来,不仅自家的田产又增加了数百顷,而且在平定州的三个县里,都有了自家的生意,陈老爷的大名,可谓户户皆知。

看着陈家日渐发达,杜监生也是不甘落后,心中憋足了劲,要与自己的义兄比比。自己好歹也是一个监生,虽说是捐来的,可总比自己那位陈大哥布衣白丁一个要强吧。

然天不如人愿,杜家并没有像陈家那样发达起来,虽然在东武庄乃至平定州也不算是小户了,但依然脱不了土财主的帽子。杜监生心中的那个急恨,与日俱增。时间久了,对陈家主竟然也莫名地生出一丝妒忌与不服气来。每当哥俩见面,听着陈家主滔滔不绝地说着自己的生意经,杜监生的心里就会莫名其妙地抽抽几下。

对于陈家主来讲,由于历代单传,自己除了一个远嫁的姐姐外,再无亲人,所以,在陈家主心里,已经把杜监生看作了自己的亲兄弟一样了,更不会想到自己一直看作亲弟弟的杜监生,心里会没来由地对自己生出那么多的嫉妒来。

二人就这样日复一日地交往,偶尔两家人还凑在一起聚聚。说来也巧,兄弟二人的夫人几乎同时怀孕,在一次酒酣之际,双方就指腹为婚,要结儿女亲家,亲上加亲。

一日,陈家主上门找到了杜监生。

"兄弟,我有一批货款要去雁门关外的大同府催收,估计得数月,念霖小,留下你嫂子一人照料,我不放心,故而愚兄想把念霖和你嫂子托付于你,请兄弟帮哥哥照顾一段时日,至于家里的田产生意,我留下了管家,平日里有他们照料,你帮哥哥盯着就行。你看如何?"

"大哥,一家人不说两家话,念霖虽小,也是我未来的姑爷,照看他我是理所应当,而嫂嫂更是没的说,长嫂为母,哥哥出门,我岂能不管,放心吧,哥哥,家里的事情一切有我。"

杜监生白胖的脸上满是和善的笑意,一腔的慷慨陈词。

就这样,陈家主把妻儿安顿给自己的义弟后,就带着一个伙计,直奔雁门关外去了。

此时的念霖,刚及总角之年,虽然小,却聪明伶俐,有过目不忘之能。四书五经、诸子百家、诗词歌赋都已能倒背如流,活脱脱一个天才少年。陈家主走后,杜监生也经常把念霖接到自己家里,与自己的女儿小茜琳一块玩耍。这茜琳也是一个乖巧的小女孩,扑闪闪的两只大眼睛,粉团团的脸,只要念霖一来,就跟在念霖的身后再也不愿意分开。两家夫人看着一对金童玉女,更是满心的欢喜,急盼着两个孩子快快长大，好结为实打实的亲家。

陈家主是在六月份走的，转眼间，已经过去半年了，众人算计日子，按理说，年关将至，该回来了。这几日，念霖也是天天盼日日想，期盼着父亲。杜监生来念霖家叫了几次，念霖说什么也不出门了，就是要在家里等自己的父亲回来。无奈，杜监生安抚了几句，就回去了。

这天傍晚时分，在杜家大院门前，突然出现了一个乞丐模样的人。就见这个人面黄肌瘦，头发纷乱，衣裤破了好几个口子，步履蹒跚、摇摇晃晃地上了台阶，刚要举手去敲门，却一头栽倒在杜家黑漆大门上，就听得"咣当"一声，把虚掩着的大门撞开了，整个人顺势也跌了进去。

"汪……汪汪……"院子里犬吠声四起。

几个下人和护院纷纷从两侧的耳房里跑了出来，奔向大门口。杜监生也披了件上衣，从内院的正房走了出来，大声地喝问道：

"怎么回事！出什么事了？"

片刻，就听前院有人高声回应道：

"老爷，没事，是一个乞丐饿晕了，跌进咱家院里来啦。"

"去，安顿他给点吃的，别死了人。"

杜监生一听，微皱眉头，吩咐着刚过来的刘管家。

"行，老爷，您回去吧，我去安顿。"

等刘管家来到前院，就见在大门里的台阶上半躺着一个人，几个下人和护院正掩着口鼻，围在旁边，不知该如何是好。见到刘管家到来，其中一个护院迎上前说道：

"管家，这个人没见过，不知道是从哪里来的，估计是饿晕过去了，你看怎么办？"

刘管家走近看了看，见此人呼吸微弱，嘴唇干裂，面色黄黑，浑身散发出阵阵酸臭气，破破烂烂的衣服黑乎乎的，也看不出什么颜色，正半倚着门口的石鼓，嘴里断断续续地说着："水……水……"

刘管家皱着眉，对旁边的人说："快！给他点水，老爷说了，别死在咱家，等醒了再给点吃的，打发走！"

说罢，刘管家抬腿就要走，刚一迈步，就见那乞丐不知道哪来的力气，突然挣扎着爬起身来，一把抱住了刘管家的腿，"陈……陈老爷……"说完，就又晕了过去。

这电光火石的操作，把刘管家和旁边的众人都吓了一跳，"他说什么？"刘管家一边死劲地抽着腿，一边问众人。

众人忙里慌张地帮刘管家掰开了乞丐的手，其中一个下人看着刘管家有点奇怪地回道：

"管家，这个乞丐好像说陈老爷什么的。"

"陈老爷？"刘管家心中一激灵。

"哎呀，不好！快，快快你们先把他弄醒，我去找老爷去。"

说完，刘管家急急忙忙地往后院跑去。

后院正屋，刚吃过晚饭的杜监生与自己的夫人也正在聊着陈家主的事。

"老爷，你说亲家公该回来了吧，这半年多了，怎么一点音信也没有。"

"应该快了，雁门关外这几年还算平静，陈大哥应该不会有什么事，关外货款难追，再等等吧。"

"唉！可怜了念霖那个孩子了，天天盼着陈大哥，这几日都没心思带着琳儿玩了。"

"小孩子嘛，一阵一阵的，过几日就没事了。"

"东家！东家！"院外传来了刘管家的声音。

"什么事？进来说吧。"

刘管家气喘吁吁地走了进来，"东家，恐怕陈家主有消息了。"

"是吗？快说说，怎么回事？"杜监生和夫人听得浑身一震，几乎异口同声地问道。

刘管家缓了口气，接着说道："东家，就是刚才跌进咱们大院的那个乞丐，嘴里一直念叨着陈老爷，我估计这个人一定知道陈东家的消息，这会儿又晕过去了，正在救着呢，我过来问问老爷，该怎么办。"

"太好了，终于有消息了！"旁边的杜夫人情不自禁地拍了一下手，高兴地叫了出来。

"喔……这样，一会儿等那个人清醒过来，你把他直接带到这里来，看看究竟是怎么回事。"杜监生沉吟片刻，说道。

"好的，东家，我先过去了。"

看着离去的刘管家，杜监生疑惑得又像是自言自语、又像是对夫人说，"这个人奇怪得很，既然是陈大哥的消息，不去找陈家报信，怎么会跑到咱们家里来了，奇怪！"

"管他呢，只要是亲家公的消息，告诉谁不一样啊。"一旁的夫人沉浸在喜悦中，并没有太在意杜监生的话。

"奇怪！……"杜监生依然若有所思地沉吟着。

"东家，人带来了。"正在沉思中的杜监生听到院子里传来了刘管家的说话声，此时的杜监生也急切地想知道究竟发生了什么事，就急忙冲着屋外的刘管家大声说道：

"快把人带进来！"

乞丐跟在刘管家的身后进来了，此时的乞丐，已经换了一身干净的衣服，手脸也洗干净了，看样子饭也没少吃，除了头发和辫子还显得蓬乱以外，这会儿看上去精神了许多，四十多岁的样子，个子中等，身形偏瘦，虽然疲惫，可依然透着一副生意人的精明。

看到杜监生，也没等刘管家介绍，就急忙抢步上前，恭恭敬敬地拱手给杜监生施了一礼，开口道：

"杜老爷，我姓赵，是从关外丰川卫过来的，是受陈老爷所托，过来给您传个口信。"

"喔，是赵掌柜的，快请坐，管家，快上茶！"杜监生一听，就急忙站了起来，拱手回了礼。

刘管家一听，也是急忙给来人沏茶、让座。心里想，好在刚才没有怠慢多少，要是按乞丐把此人赶出去，那自己就真是吃不了兜着走了。

看来人坐好后，杜监生也并没有急着催促对方，而是端起茶，轻轻地抿了一口，看着对方，等着来人开口。

"杜老爷，我是在丰川卫与陈老爷结识的。我也是山西人，十多年前从忻州走西口去了丰川卫，我在丰川卫的忻州巷开着一家皮货店。在两个月前的一天，在我隔壁的一家客栈里，突然传出来一阵吵吵声，其中一个人哭着到处求人，说他的东家病了十多天了，看了好几个大夫，也不见好转，而且病势还越来越严重了。因为带的盘缠所剩无几，所以求大家帮忙接济一些。陈老爷也会给大家写下欠条，一旦病势好转，会归还大家的。但是，在丰川卫，住店的都是一些南来北往生意人，行无踪、居无所的，谁也没办法拿出钱去接济别人，大家也都是无奈。看到这种情况，我实在是不忍心，就接济了他们一些，就这样，一来二就的，我们就熟悉了。这两个人，我想你们也猜到了，就是陈老爷和他的伙计。"

说到这，这个赵掌柜喝了一口水，润了润嗓子，继续叙说着。这一通话，也把几个人的心渐渐地揪了起来，谁也没有打岔，静静地、紧张地看着这赵掌柜，等着他的下文。

"陈老爷得的是疟疾，这个病不容易好，特别是在丰川卫，天气寒凉，人疏地广，找一个好的大夫不容易，虽然距离大同府不远，但谁也不愿意冒着生命危险，大老远地过关来，所以，陈老爷的病就这样反反复复地拖着，一直不见好。"

"那后来又怎么样了？"一旁的杜夫人实在忍不住了，边抹着眼泪，边焦急地询问。

"就在一个月前，我正好要回忻州，陈掌柜的虽然想走，但又怕路途遥远，把病体耽搁了，故而就托我来给杜老爷和陈夫人母子带个口信，顺便也请杜老爷帮忙筹措一些银两，托我回丰川卫的时候带过去。"

众人听到这，稍稍地松了口气。

"赵掌柜的，那您怎么会是刚才那种情形啊？看样子赵掌柜的在路上也经历了不小的磨难啊！"就在这时，刘管家插话问了一句。

"哎！我也是一言难尽啊，我回到忻州办完事后，怕把陈老爷的病体耽误了，就带着一个伙计往这里赶，没成想在半路上遇到一群官兵，非要征用我的马车与伙计，没办法，我只好独自步行过来，走得急，盘缠也大部分被官兵抢走了，一路上翻山越岭的，就成了来的那个样子了。"

众人听罢，一阵唏嘘，杜监生站了起来，向着赵掌柜恭恭敬敬地作了一揖，"赵掌柜的，您辛苦了，大恩不言谢啊！"说罢，转头对刘管家吩咐道：

"老刘，你去取一些银两，交给赵掌柜的，作为这一路的谢礼。另外，赶紧安排酒席，把念霖和嫂子也接过来，今晚咱们得好好地谢谢赵掌柜的。"

……

"那天晚上，当我和母亲去了杜家，见到那个赵掌柜以后，我母亲一听我父亲病体严重，心一下子就乱了，我那时年岁又小，就一切都听岳父杜监生的安排了。我想，当初我父亲请赵掌柜的先找杜家，也是基于这个原因，再说了，两家已经联姻，在我父亲看来，陈、杜两家，就是一个大家庭了，再说，他走的时候，就把我和我母亲都托付给杜家了。"

刚及弱冠之年的念霖，在此时，却像一饱经风霜的老者，眼神空洞，悠悠地盯着远方，娓娓叙说着自己的往事。茜琳靠着念霖，双手紧紧地握着念霖的胳膊，眼圈红红的，不时地低下头抽泣着。

听着念霖的叙说，李能和慕容燕的心头也是一阵难过，没想到，这个刚刚弱冠的年轻人，会有这样的遭遇。

"几经周折，我父亲终于拖着病体回来了，到家时，我记得那时候我父亲已经是形销骨立了，是被众人抬着回到家的。这一趟关口外行，几乎把命丢在了那里。回家后，我父亲就把在外的生意全部都兑给我岳父了，偿还岳父为营救我父亲而出的一切花销。但是，我父亲回来以后，病势依然没有控制住，一直都是病恹恹的样子，根本就再没有体力与精力做其他事情了。为了看病续命，又把祖上留下的田产陆陆续续卖给了我岳父许多，就这样，我的家慢慢地败落下来了，而我父亲拖着病体又熬了几年，在我弱冠之时，撒手人寰了。我的母亲也因为悲伤过度，在我父亲病的这几年，又负重操劳，在去年，也走了。而我呢，随着家道败落，父母双亡，一下子就从一个富家公子变得一文不名了。"

念霖继续平静地说着，好像在给李能和慕容燕在讲一个与自己无关的故事一样，脸上已经再也看不到一丝的波澜了。

"而我的岳父大人，也终于露出他的丑恶心事了。"

突然，念霖脸上的表情开始扭曲起来，口气也变得冰冷与愤恨了许多。抱着他的茜琳这时也开始激动起来，浑身哆嗦着，把念霖抱得更紧了，生怕念霖突然从自己的怀里飞走一样。

看着念霖僵硬、扭曲的身体，慕容燕也被吓到了，手也情不自禁地紧紧抓住了坐在旁边的李能的胳膊。

李能见状，急忙轻轻地拍了拍念霖的肩膀，柔和地安慰着念霖。

"来，兄弟，喝点水吧。"

念霖接过李能递过来的水，轻轻地抿了一口，长长地吐了一口气，脸上的神色慢慢地恢复平静了。

"在我父亲病重的那段日子，曾经想给我和琳妹完婚，可我的岳父大人却百般借口，就是不同意，我父亲是带着满腔的遗憾走的。在这以后，杜家就再也不提我和琳妹的婚事了，直到我母亲去世时，我那岳父大人告诉我，等我守孝三年之后就给我们完婚。当时我父母双亡，我也没有心情去考虑婚事，就这样，我就在家里为父母守孝了。"

"在这三年里，我孤苦无依，边守孝，边读书，因为不懂农桑稼穑，把剩下的一些田地也渐渐地荒废了。经常吃了上顿，没有下顿，勉强活命。这三年里，好在有琳妹不离不弃，日日接济，伴我在寒窑冷屋里苦撑度日。"

此时的念霖，声声哽咽，两眼发红，情不自禁地边说边爱怜地抚摸着茜琳的秀发，声音中充满了柔情与感动。

李能和慕容燕看着这一对苦命鸳鸯，心里有种说不出的苦楚。

"这三年来，我已经习惯了琳妹的陪伴，因为有了琳妹，才使我有了继续活下去的勇气和希望，我知道，在我的生活、生命里，我已经不能再没有琳妹了。"

念霖顿了顿，紧紧地搂着茜琳，继续说着。

"就在五天前，琳妹的丫鬟突然找到我，告诉我，说我的岳父大人竟然把琳妹又许出了，许给了娘子关把总的傻儿子做小了。"

说到此处，念霖情不自禁地又抱紧了茜琳，生怕茜琳被谁抢去。茜琳紧紧地依偎在念霖的怀里，双肩耸动，低声地哭泣着。

看着眼前这双紧紧依偎在一起的小情侣，慕容燕在不知不觉中抓紧了李能的手。李能被念霖的故事也深深地感动了，下意识地与慕容燕的手握在了一起。

艳阳下，天高鸟远，白云缥缈，寿阳官道旁的一片林间草地上，四人就这样坐着、聊着、歇息着。

远处的马儿边吃草，边不时地发出"呼哧呼哧"的吐气声，一会儿刨一刨蹄子，一会儿昂首嘶鸣几声，好像也在为念霖鸣着不平，又好像在安慰着这一对凄苦的人儿。

突然，宁静被一阵急促的马蹄声打破了。

周遭的大地上，产生了微微的震动，在李能他们经过的寿阳官道上，远远地升起了浓浓的尘烟，这片尘烟，就像一团乌云，翻滚着、向李能他们的方向席卷过来了。

四人刚要起身查看，就见一哨人马呼啸着、顺着官道疾驰了过去，眨眼之间，犹如一阵烟尘，突然刮过。

李能看了看念霖二人和慕容燕，起身说道："天不早了，咱们收拾一下，也走吧。"

"好！"三人也都站起了身，开始收拾行装。

"念霖兄弟，你们确定要去阳曲投奔你们的姑姑？再往下走，离平定就越来越远了，现在返回去还来得及。"李能低声地询问着帮自己收拾东西的念霖。

"能然大哥，我们拿定主意了，就去阳曲。我姑父是阳曲的县令，现在也只有他们，能帮助我和琳妹了。"念霖用一种坚定的神情说道。

"好吧！"看到念霖满脸的坚定神色，李能心中暗暗赞叹，也就没再说什么了。

四人赶着车，上了官道，刚要继续赶路，就见前面又出现了一团烟尘，四散飞扬，尘雾中，十几匹人马又席卷了过来。李能他们急忙往道边靠了靠，打算让过这些人。

"吁……"

"吁……"

没想到，这些人马停在了李能他们面前，突然不走了。

李能刚要上前搭话，就听身后的茜琳一声惊呼，转头一看，念霖与茜琳紧紧地搂抱在了一起，二人浑身瑟瑟发抖，脸色一下子变得苍白了起来。

随即，就听到头上传来一声狞笑，"嘿嘿，小子，这次看你们往哪里跑！"

"腾、腾、腾……"

来的这十几个人，纷纷都跳下了马，"呼啦"一下，不由分说，就把李能四人围在了中间。

这些人，头皮都剃得锃亮，短袖青衣打扮，手里拿着清一色的鹿皮柄腰刀。

其中一个领头模样的青衣人看着四人，对念霖森然说道："小子，这一夜，害得我们好找啊！你好大的胆子，敢拐带我们把总的儿媳妇，你这是不想活了。还不乖乖过来，让我们绑回去，听把总发落，把总高兴了，兴许会留你一个全尸。"

念霖脸色苍白，在茜琳的搀扶下，勉强站着，牙齿把嘴唇咬得青紫，哆嗦地用手指着来人，嘴里呼哧着，半晌说不出话来。

"你……你……！"

"你个大爷，小子，你过来吧。"领头的青衣人一个跨步，就到了念霖的跟前，探出蒲扇般大手，就抓向念霖的肩头。

李能见状，急忙上前一步，一把就抓住了青衣人伸出的手："朋友，有话好说。"

"咦！"

青衣人用力一摔，竟然没有挣脱李能的手，急忙手腕一拧翻，就要反扣李能的手腕。

李能手一松，抬腿变掌，一股凌厉的掌风直奔青衣人的胸部。

青衣人吓了一跳，急忙后退了一步，跳了出去。站定后，稍稍喘息了一下，三招之间，就让自己落了下风，青衣人瞪着李能，有点色厉内荏地喝道："你是谁？敢管我们的事。"

"你们是守关的边军吧，大清条例规定，守关的边军不许随意出关，你们跑出来就是为了强抢民女、祸害百姓的吗？！"李能微微一笑，神态自若地看着青衣人。

"你！"

看着气定神闲的李能，青衣人眼神闪烁，心里不禁暗自嘀咕起来。眼前的这个人绝不是一个普通人，能一口喊破自己一行人的来路，怕是多多少少也和官面上有些关联。

自己虽说是奉命出关，可也是为了把总的私事，要是被上面知道了，把总没事，自己肯定就是一个替罪羊了。再说看眼前此人功夫不弱，要是硬动起手来，恐怕自己这些人也讨不了多少好去，不如先放低一点姿态，看看这人和那两个人是什么关系再说。想到这，青衣人立马收起了手中的腰刀，脸上挤出了一丝笑意，抱拳冲着李能说道：

"朋友，我们也是奉命行事，只是出来请回我家少主新娶的夫人。这样吧，只要新夫人能跟我们回去，那么，这小子我们就不管了，看在我们把总的面子上，还请朋友能行个方便。"

"那不行！什么新夫人，明明是你们把总和杜监生互相勾结，把人家未过门的媳妇给强嫁、强娶回去的。行什么方便，这事，我们今天管定了。"

没等李能回话，一旁正在安慰念霖二人的慕容燕，也手持越女剑，指着青衣人气呼呼地说道。

青衣人这时才仔细地瞧了一眼慕容燕，心中大骇，急忙抢前一步，"大小姐，怎么是您！"

"怎么，你认识我？"慕容燕一愣。

"大小姐，我是致远堂山西分舵的人，有一年在我们分舵见过您一面。"青衣人恭敬地回道。

"喔，那就好办了，这个人你不认识吗？"慕容燕一指李能，继续说道：

"他是咱们致远堂的十八爷，侠义神枪李能。"

"啊呀，这真是大水冲了龙王庙了，十八爷，小的是王舵主的兄弟——王孝文。家兄经常提起你的大名，今日得见，三生有幸啊！"

"原来是王兄弟，失敬失敬！"

三个人一通寒暄，李能这才知道，这王孝文现在是娘子关的一名营官，手下带着二三十人，也是致远堂山西分舵在清军中的一名暗坐。现在看来，致远堂的弟子不仅遍布在多个行业中，这慕容长空的局布得真是太大了。

"大小姐，十八爷，你们走吧。"

"我们走了，你……？"

"没事！大不了不干了。早就想脱了这身皮了，要不是大哥不让动，我早就走了。"

李能和慕容燕见王孝文不像是太为难的样子，便又与王孝文寒暄了几句，带着念霖二人离去了。

望着离去的几个人，王孝文旁边的一个亲兵忍不住问道："大哥，放走了他们，咱们回去怎么交代啊？"

"笨蛋，就说咱们没见到，不就行了。你们也看到了，就咱们这几个人，还不够人家喝一壶呢，为了一个傻子，再搭上咱们一条命，值吗？"

"不值！"

"不值！"

"好，大家回去都嘴紧点，走了！"
这真是：
人间多是肮脏事，尘世代有悲欢泪；
救苦解难雪中炭，急公好义侠客情。

第二十章
月夜戴家

李能自深州出发以来,风尘仆仆,已经走了十多日,在太原府与慕容燕、陈念霖夫妻三人告别后,就驾车直奔祁县。

入了祁县境,李能在一条老街找了一家客店住了下来。打算明天先把手中的货出了手,再换一些路费盘缠,顺便也可以在城中打听一下去小韩村戴家的路。

另外,李能自己也多留了一个心眼,想在祁县城先听听大家对这戴家的风评怎么样。寻访名师,拳技的高低只是一方面,拳师的武德人品更是主要的,自己在直隶武林也算是个侠义人物,不能因为求师心切,而误入恶门。

饭罢茶后,虽然天色已晚,但屋子里依然闷热,一时半会儿也无法睡觉,李能就出了客店,借着街面上的灯光与月色,信步闲逛了起来。

李能住店的这条街,是祁县最繁华的一条街。

街面上晋商云集,钱庄、当铺、酒肆、绸缎庄、茶庄、漆行、粮行、杂货店等,七八十家店铺都聚集在了这条短短的街上。

此时的街面上,依然有不少行人像李能一样,出来纳凉游逛。而在街两侧的酒肆茶馆里,更是人头攒动,喧嚣声不断,或喝酒行拳,或高谈阔论,热闹异常。许多店铺门前的矮凳方桌旁,也三三两两地坐满了人,忙碌了一白天的人们,也纷纷地走了出来,开始喝喝茶,聊聊天,享受着一天中最为惬意的时光。

李能走走停停,东瞧瞧,西看看,不知不觉地,就走到这条街的尽头。

在这里,行人基本上就没有了,两侧店铺早已插上了门板,四周开始变得黑黢黢的了。虽然在远处的幽暗中,还有几盏气死风灯发射着微弱的光,隐隐约约地能看到周围小街细巷的轮廓,但与刚才的灯火通明、热闹纷乱相比,突然产生了一种深邃幽静的感觉。

李能转身刚要返回,突然,左侧的一个窄巷中,若有若无地传出来几声沉闷的撞击声和断断续续的说话声。李能心中一动,不禁倾耳细听,分明就是武人交手时棍棒等兵器的磕碰声和呼喝声。武人天性,也是一时好奇,就循着声音寻了过去。没多时,李能就来到了这条窄巷子的中端转角处。

这时候,磕碰声与说话声就更清晰了,在这个转角处,临街的是黑乎乎一堵高墙,大约有数十米宽,声音就是从高墙里传出来的。

李能过了转角处的高墙,又往里绕了十几步远的样子。豁然间,眼前一亮,就见两盏灯笼闪烁着暗红色的光出现在眼前。灯光下,是一高大的挑角门楼。李能挪步凑了过去,仔细一瞧,门楼上挂着一块题名长匾,上书"太汾镖局"四个大字。

李能心中一喜,在致远堂时,就听慕容长空给自己提过,说是戴家在祁县还有一家镖局,就叫太汾镖局,是戴家家主戴隆邦所创。戴家主现在虽然已经半退隐,回到了小韩村,但太汾镖局的赫赫威名,在江湖上早已如雷贯耳,没想到自己来祁县的第一天就误打误撞地遇到了。

此时大门虚掩,李能有点犹豫不定,从内心来讲,着实想推门进去,一探究竟。可自己在夜里贸然进去,怕引起误会,特别是在人家关起门来练习拳技之时,进去探访,更是触犯江湖大忌。

江湖传言"只见戴家拳打人,不见戴家人练拳",这说明戴家传拳,一直都是背人密传的,现在进去,那就更是不合适了。思酌片刻,李能决定还是暂时离开这里,等明天白天再过来拜访。想到这里,李能左右看了看,辨认了一下方向,抬腿就往回走去。

"站住!"突然,身后穿来了一声轻喝。

李能一愣,略停顿了一下脚步,打算继续往前走。

"喂,前面那个人,说你呢,再不站住,我就不客气了。"后面的话音继续传来,而且还带着一丝恼怒、威胁的腔调。

李能心中有点不高兴,心里想,怕什么就来什么,自己想躲着走,看样子还躲不掉了。不过后面这个人也太不讲理了吧,不站住就要不客气了,这么霸道!不过自己初来乍到,强龙不压地头蛇,忍忍吧。无奈,苦笑了一下,慢慢地转回身,就见在自己刚才停留、徘徊的那个门楼台阶上,正站着一个人。

灯光下,一身练家子打扮,个子不高,身材纤细,一看,就是一个女子。李能刚要上前搭话,那人却扭头冲着里面喊了起来:

"师兄,快出来,有人偷窥!"

这一喊不要紧,夜深人静中,女子本来就尖细的嗓音显得更加嘹亮刺耳。李能被这一嗓子弄得有点发蒙和无措,急忙上前,朝着那女子走去,想要解释一下。

那女子见李能向着自己冲了过来,心中一惊,急忙后退一步,"噌啷"一声,手中明晃晃地亮出了一把剑,嘴里尖叫了一声,"你站下,别过来!"

边说边左手一扬,"嗖"的一声,一支飞镖带着寒光直向李能射来。

"你……"

李能身子一闪,躲开了这支镖。顿住脚步,刚要张嘴说话。

"蹭蹭蹭……"眨眼间,院子里又冲出来了七八个人影,呼啦一下,就把李能围了起来。

其中一人,二话没说,手持一把钢刀,寒光一闪,"呼"的一下,带着劲风,径直向李能的脖颈劈来。

"你!"

李能一惊，心中不禁恼怒了起来。这些人怎么这样狂傲，都是二话不说，就提刀相向。自己也没做什么逾越武林规矩的事情，就是在门口停留了一下，就要有性命之忧，这戴家镖局也太蛮横无理、草菅人命了吧。要是自己再一味地忍让，恐怕今天一时半会儿的还走不了了。

电光火石之间，李能一个侧步，闪过对方的刀锋，右手的折扇一点，直击来人持刀的手腕，同时，抬起左脚，直踹对方腹部。

就听"砰"的一下，持刀的汉子根本来不及反应，就被李能一脚踹出了数米。身子像一个麻袋包一样，一头就要栽下去。"铛啷啷"，手中的刀也脱手掉在了地上。

"师兄！"

"师兄！"

围上来的其他人一阵惊呼，眼看持刀的人就要撞向台阶了。

"嗖……"

突然从院内蹿出一个黑影，在众人惊呼之间，持刀人就被这个黑影轻轻地一托，扶住了。

"师父！"

"师父！"

围着李能的其他人这才松了口气，纷纷退向两侧，给来人闪出了一个位置，手里拿着家伙，全都怒目看向李能，再也不敢轻易出手了。

"爹，这个人偷窥，还打伤了师兄！"刚才叫李能站住的那个女子跑向来人，带着惊恐的语气说道。

真是恶人先告状，李能无奈地摇了摇头，看其他人都不再动手了，自己也就没有再移动身体，静待刚出来的那个人怎么说。

围上来的几个人都二十出头，身着练功裆裢，腰扎练功绑带，灯笼长裤，厚底洒鞋，手里拿的刀枪棍棒各类兵器都有，裸露的赤臂和脸上都是晶莹的汗珠，一看，就是刚刚练功的样子。

刚来的那个黑影人也正在查看那个被踹飞的人的伤势，看样子有五十多岁的模样，手里拿着一根长长的旱烟枪，长方脸，八字短须，锃光的头皮在月光下泛出了淡淡的青光。脸色虽然看不清楚，但看刚才的动作身手，把自己一脚踹出去的一个大汉用一只手就能轻描淡写地托住，功夫绝对了得。

来人这会儿已经查看完那个师兄的情况，基本没什么大碍，心知一定是李能手下留了情。就把他交给别人扶着，自己抬起头，仔细地打量起李能来了。

见李能手中并没有兵器，身穿短袖汗衫，身体修长，手里拿着一把折扇，不像个夜行人的样子，倒像是一个书生。

随即，把大烟枪在鞋底上一磕，顺手往腰间一插，双手微抱，缓缓地开口道："朋友，是哪条道上的？深夜到访所为何事？为何还打伤我的徒弟？"

李能见来人问话的语气虽然有点刚硬，但还能以礼相待。而自己也确实在人家门前站了片刻，还打了对方的徒弟，多少也有点理亏，便收敛起了怒意，抱拳还礼，面带笑容应道：

"不好意思！刚才情急出手，还望见谅！我是从外地过来的客商，因为夜里闷热，一时难以入睡，就出来纳凉闲逛，没想到信步到了这里，引起了这位姑娘的误会，打扰各位了。"

"哼，看你方才鬼鬼祟祟的样子，就不像好人。爹，别信他的。"刚才那个女子这会儿撅着嘴，拉着老者的胳膊摇晃着，狠狠地瞪着李能。

"霞儿，别闹，这条街上的外地客商倒也众多，偶尔走错路也是常事。再说了，在祁县，还没有敢主动来太汾镖局闹事的人哩。"老者边说，边瞟着眼前的李能。

"霞儿，你们几个扶你师兄回去吧，这里没事了，我和这位朋友再聊两句。"

"是，师父！"周围的几个人收起了手中的兵器，稍有不甘地怒视了李能一眼，扶着那个师兄都进院子里去了。

"爹，我不！我要陪着你。"叫霞儿的女子依旧抓着老者的胳膊不撒手，还使劲地跺了一下脚，用鼻子哼了一声，死死地瞪着李能。

老者也没再说什么，看了李能一眼，慢条斯理地抽出腰间的大烟枪，装上烟丝，点上火，"吧嗒、吧嗒"吸了两口。那大烟枪的烟锅头马上就冒出了星星红火，片刻间，就在老者的脸前形成了一团红光。随即，一缕白烟从老者的鼻孔如飞龙吐雾一样飘了出来，在老者的脸前又慢慢地变成了一团雾，红光与团雾交融，竟然形成了一种朦胧迷离的状态。老者眯起了眼，瞅着飞羽，慢条斯理地问道：

"敢问客商尊姓大名，听口音好像是冀州那边的人吧。"

"我姓李，叫李能，直隶深州府的人，敢问老师傅贵姓？"李能微微一笑，应道。

"我姓郭，太汾镖局的一个管事，夜里没事，带着几个孩子们玩玩，刚才让客商受惊了，抱歉！抱歉！"

李能听罢，心中暗想，这太汾镖局确有能人啊。看刚才那几个年轻人，身法快速，一起一落，动作干净利索，一看就得到过名人指点。而眼前这郭老者，精神头硬朗，眼神明亮，就看那根大烟枪，恐怕也得有三四斤，全身都是精铜打造，一看就是一杆奇门兵器。江湖上使这种兵器的人，一般都是点穴高手，身法轻灵，出招都是"快、准、狠"的手段。飞羽正琢磨着，就听那郭姓老者继续说道：

"看客商气势逼人，出手迅猛，刚才那么多人围着，不急不躁，神态自若，功夫也很了得呀。"

"老师傅眼光锐利，在下只是学过一些皮毛，可惜下的功夫不够，没练出个样子来。"

"刚才还说自己不是一个坏人，现在漏底了吧。哼！说吧，是不是感觉自己的功夫不够，就过来偷拳来了。"一旁的霞儿眼睛一翻，不失时机地又捅了一刀。

"霞儿，不得乱说，看这位客商的功夫，恐怕比你们所有人的功夫都要高，咱们这不知名的小拳，人家怎么会看得上。"

"姑娘说笑了，在下确没有心存偷拳之念。刚才也是偶然看到太汾镖局四字，才略停留片刻。太汾镖局在江湖上威名赫赫，黑白两道，哪个不敬？本想进去拜访，又恐深夜进入，引起误会，故而在贵局门前犹豫了片刻，正要离去，却被这位姑娘叫回，又被刚才那位仁兄突袭，不得已自卫出手，实在抱歉！"

"嘿嘿，我就说嘛，绝没有路过这么简单，本姑娘还能看走眼？！"

李能越解释，这霞儿姑娘越是一副不依不饶的样子。刚才手中的剑也不知哪里去了，此时是双手叉腰，柳眉倒竖，理直气壮地申斥着李能。

"好了，霞儿，这位李壮士不是你说的那样，别闹了。"郭老者止住了那霞儿姑娘的申斥，又对着李能微微一笑，颔首道：

"这位小兄弟，老夫托大，还请见谅！刚才看小兄弟的出手，干净利索，功力不弱，虽然兄弟你无心偷拳，但毕竟在太汾镖局门前动了手。我那几个徒弟也不成器，承蒙兄弟手下留情，老哥哥感激不尽。只是人言可畏，如若兄弟就这样离去，老夫和几个不成器的徒弟倒是无所谓，但日后今日之事要是传出江湖，恐怕折损了太汾镖局的名头，你看这样行不，兄弟再露两手，和老哥哥我切磋一下，假如老哥哥败了，无话可说，愿赌服输，若赢个一招半式的，也能给太汾镖局留点颜面。以后你我还是朋友，太汾镖局随时欢迎兄弟来做客，老夫定当作陪，如何？"

李能一听，得了，自己还是惹上麻烦了。这姜还是老的辣，这郭老者几句话就把自己的嘴堵得死死的，不答应比试还不行，人家拿太汾镖局的江湖名头作赌，这是不比不罢休的架势啊。不过自己本来也想探听探听那戴家拳的底，看看是不是真像江湖传言的那么神奇，选日不如撞日，比就比吧，自己就是来学拳的，要是输了，那就更不枉此行了。

"好，就听前辈的安排，那能然就斗胆献丑了。"

说罢，李能冲着郭老者拱手施了一礼，随即紧了紧衣裤，拉开了架势，双眼盯着郭姓老者，等着老者的反应。

"小兄弟，你先来吧！"也不见老者怎么动作，就是随意那么一站，手里继续拿着大烟枪，吸了一口，冲着李能点了点。

李能也不再客气了，知道这老者功夫了得，更不敢掉以轻心。一出手就使出了全力，身形快如闪电，手中的折扇直奔郭老者的檀中穴点去。

"来得好！"

郭老者赞了一句，也不躲闪，手中的烟枪顺着李能的折扇，也直接刺向了李能的檀中穴。

李能心中一惊，感觉就像自己送上去的一样，根本来不及躲闪，就感觉胸口一阵灼烧刺痛，就被郭老者的烟锅头烫了一下。

李能低头看着抵在自己胸前的烟锅头，心里虽然有点发蒙。不过转念一想，对方的烟枪比自己的折扇足足长出两尺有余，所谓的一寸长一寸强，自己又是全力一冲，不被烫伤才怪呢。

郭老者好像看穿了李能的心思一样，笑了笑，说道："一寸长，一寸强；一寸短，一寸险。这样，你继续用你的折扇，全力过来，我赤手再与你对上一招。"

"好！"李能也二话没说，心里颇有点不服。心里想，我这次手脚并用，看看你怎样一个破法。

随即，又抢步全力上前，速度比刚才也快了数倍，夹着一股劲风，呼的一下，整个身体都腾空跃了起来，手中的折扇直奔对方的双眼，脚下起右腿，直击对方裆下。

"不错！"

还是不见郭老者怎么躲闪，但其整个身子却突然幻成了一道残影。李能只感觉自己的胸口一麻，"砰"的一下，自己就跌落了下来，而且手中一空，折扇就到了郭老者的手里。

李能呆住了！

自己习武数十年，难道就这样不堪一击，连对方的一招都接不住？沮丧之余，又暗自庆幸，看来自己这次来祁县是来对了，不管今后有多难，我一定要学到这戴家拳法。想到这里，李能也顾不上胸口的麻木，马上给郭老者跪了下去，诚恳地请求道：

"郭师傅，我这次专程来山西，就是想学戴家拳法的。刚才在镖局门前徘徊，是想进去拜访，又恐引起误会，故而打算先行离去，再找时间过来。我想跟您学习拳法，还请您能答应。"

郭老者急忙把李能扶了起来，微笑着说道：

"兄弟，老哥哥早已看出来了，你肯定也是来拜师学艺的。但我这点能耐做不了你的师父，你的外家功夫已经很了不起了。你要想学戴家拳，就得找戴家人，老哥哥只是戴家的一个外姓亲戚，承蒙戴家老夫人照顾，只学了点戴家拳的皮毛，当不得人师。"

郭老者的话明显就是拒人于千里之外，态度坚决。李能也不好再坚持，不由自主地在脸上露出了一些失望的神色。

郭老者好像看出了李能的心思，沉吟了一下，又说道：

"小兄弟，戴家拳不好学啊。戴家拳传男不传女，传内不传外，要学戴家拳，真是比登天都难啊。你我也算有缘，要么你这样吧，明天晚饭过后，你再来镖局找我，我帮你出出主意，也算报你对我徒儿手下留情之恩了。"

一听郭老者的话，李能不由得眼神一亮，满心激动，连声应道："太好了！太好了！太谢谢师父了，能然明天一定过来。"

"呵呵，小兄弟，别叫我师父。我们先以兄弟相称吧。你看，现在时间也不早了，咱们就这么说定了。你先早点回去休息吧，咱们明天再见。"

"好的好的，郭大哥，能然告辞了。"

辞别郭老者，李能兴冲冲返了回去。

"爹，就这样让他走了，还邀请他明天再来？"一旁的霞儿不解地看着自己的父亲，满脸的不高兴。

　　望着渐渐消失在黑暗中的李能，郭老者点了点头，自言自语说道：
　　"此人处变不惊，进退得体，说话不卑不亢，功夫也不弱，日后必非常人啊！"
　　"走吧，回去吧！"看着还撅着嘴的霞儿，老者笑了笑，径直走向院门。
　　"哼！等你明天来了再说！"霞儿不满地跺了一下脚，也悻悻地随老者回去了。

第二十一章
过往今来

第二日，天刚见亮，外面的街上就传来了嘈杂的人声和车马的喧闹声，赶早集做买卖的人，开始陆续往这条街里涌了。

李能也早早地起来了，开始收拾带来的货物，打算一会儿出去找找买家，先把手中的货尽快出了手，以便晚上准时去赴约。没多久，店里的伙计也准备好了洗漱的水和早饭，李能洗了把脸，吃过饭，就兴冲冲地出了店门。

昨晚回来后，由于高兴，李能几乎一晚上都没有睡踏实。没想到自己的一个无心之举，就结识了太汾镖局的郭老者，虽然与郭老者只是点到为止地交了两招，但那老者所用的功夫自己闻所未闻、见所未见，到现在，都不知道自己是怎么被郭老者击中的，这戴家的功夫确实太神奇了。

而且那老者待人宽厚有度，颇有长者风范，想那戴家主本人应该也错不了。今天再出去走走，顺便再打听打听，如若戴家主确是高风亮节的人，不管有多艰难曲折、用多长时间，自己一定要拜其为师，把戴家拳学到手。

这个时候，街道开始变得拥挤了起来。

赶集的行人与拉运货物的车辆混杂同行，街道本来就窄，沿街又摆出了许多卖货的摊点，时不时地还有不断进出的粮车、货车通过停留，"借光"求让路的和卖货的吆喝声此起彼伏。李能在人流车马中左躲右闪，寻找着早上从店伙计那里打听到的大集市。

在人流的磕磕碰碰、推推搡搡中，李能终于找到了位于街东头北端的大集市。这个集市看上去是一个大的方形广场，顺街而设，东进西出。

此时，在这里进出的人流、车马货物更多，里面更是拥挤不堪。进去后，几乎没有一块可以单独容身的地方，人挨人，摊连摊，黑压压的一大片。集市里人声鼎沸，叫卖声不绝于耳。这个集市里进行交易的货物以粮食、农具、山货特产和日用品为大宗，其他的如铁器、瓷器、漆器及果品食品等物品也应有尽有。

李能挤出了满满的一身汗，终于联系到了一位做中间商的买家。双方约定好了价格，对方也付了定金，李能便带着买主往出走，想赶时间尽快完成交易。

这会儿，街上的车马也少了一些，没有刚才那么拥挤了，李能和买家边走边聊着，都是生意人，很快二人就熟络了。

"张老板，向您打听一个事儿？"李能向走在身边的买家问道。

"李掌柜的，您客气，您说！"

买家是一个四五十岁的中年人，一身缎子面长衫，发辫乌黑油亮，中等个头，发福的身子紧紧跟在李能的身旁，气喘吁吁地，边走边用手帕擦拭着脸上的汗珠。

"张老板，在祁县的镖局有几家，您能给说说吗？"

"这个呀，我最清楚了，在祁县，您要是找镖局，我可以给您介绍几家。"一听李能打听镖局的事，在这个张老板圆胖的脸上马上堆满了笑意，连忙殷勤地回道。

"好，您就给说说，祁县的镖局哪几家口碑最好。"

"在祁县，有官府正式印信批文的镖局，大大小小的共有八家，其中最大的有两家，还有一些跑单镖、黑镖的。"张老板拉开话题，便要给李能做详细介绍。

"张老板，您就先给我说说最大的那两家吧。"看着张老板要大说特说的架势，李能急忙提议道。

"呃……好吧！那我就先给李掌柜讲讲这最大的两家吧。"张老板咽了口唾液，略有不甘地翻了一下眼睛，克制住自己要展开话题大说特说的冲动。

"要说这最大的两家，一个是兴隆镖局，据说总镖头是神拳无敌张黑五的后人。不过这个总镖头一直住在京城，在祁县，是总镖头的侄儿副镖头张庆之主持，兴隆镖局有八大镖师，平时养着数十名趟子手，镖路主要是跑京城、直隶、张家口，专门押送银镖、票镖和物镖。第二家就是太汾镖局了，规模比兴隆镖局还大，镖师更是众多，基本都是戴家子弟。镖路通贯南北东西，是小韩村的大户戴家戴老爷子从赊店回来后开设的。这戴家不仅在祁县有镖局，以前在赊店还有家镖局，叫广盛镖局。戴老爷子回乡开了太汾镖局后，基本就不再外出了，隐居在小韩村，闭门不再见客，只是专心侍奉老母，研习戴家拳。太汾镖局的事务也就慢慢地不再插手了，全部交给了儿子和他的侄儿们打理。"

听着张老板的介绍，李能心里琢磨，看来要想拜师戴家，必须得去小韩村走走了。但这戴家老爷子闭门不见外客，却是一件不好办的事，自己总不能硬闯吧。

"让一让，让一让。怎么走路的，往哪儿撞！"突然一声呵斥声从李能的后面传来。

李能一愣，转身向后看去。

只见一对人马从后面"踢踏踢踏"地、急匆匆地走了过来。在前面，四个趟子手开路，中间是一辆四架马带车厢豪华马车。

因为天热，车厢上的窗户半开着，隐约能看到里面坐着一个人。在车辕的两侧，插的是黑底红字、猎猎作响的太汾镖局的镖旗。紧随车后，跟着两个劲装打扮、持枪骑马的年轻汉子。

发出呵斥声的是前面的一个趟子手，正在把一个不知怎么推车插入镖队前面的老汉往外撵。

"是太汾镖局要出镖了，李掌柜，咱们给他们让开点吧。"一旁的张老板见状，急忙说道。说着的同时，自己也紧走两步，往街道的边靠了靠。

"这太汾镖局的人有点霸道啊！"李能也退到了一侧，看着正在经过的镖队，自言自语顺口嘀咕了一句。

刚好，两个骑在马上的人正经过李能的身旁。

"小子，你嘀咕什么！"其中一个年轻一点的人瞪向李能，一拉马缰绳，说着就要停下来。

"师弟，别惹麻烦，护镖要紧！"另一个年纪稍大一点的急忙劝住了年轻人，边说边深深地看了李能一眼，催着马继续往前走去。

"哼！"

原本要停下来找李能理论的年轻人，又扭头狠狠地瞪了李能一眼。鼻子一哼，双腿一磕马腹，向前追去。

"好险啊！李掌柜的，要不是他们走镖，你今天这顿打，恐怕要挨定了。"旁边的张老板擦了把脸上的汗，心有余悸地对李能说道。

"说句话就要打人，都不顾做镖行的规矩了。"李能望着远去的镖车，皱着眉问道。

"李掌柜的，你不知道，这两个人是太汾镖局的一龙一虎。大一点的叫戴龙，人称飞天龙，小一点的叫戴虎，人称跨山虎。这二人都是戴二间总镖头的徒弟，一身功夫那可是厉害得很啊。太汾镖局在中原一带可是黑白两道通吃，连祁县的官府都给空着一份面子，时间久了，这些年轻的镖师就变得骄横了，唉！与戴老镖头那时比，待人确实是大不如前了。"

"噢！那戴家就放任不管吗？这么骄横，就不怕没人找他们护镖？！"

"戴老镖头隐居后，就不再过问镖行的事了，镖行前有老镖头的名号顶着，后有二间总镖头的功夫压着，江湖道上哪一个不给个面子？只要是太汾镖局的镖，就从来没有人敢劫。何况他们这么骄横，只是对普通人而言，对雇主客商可从不这样。只要是不丢镖，雇主客商谁还在意他们骄不骄横？甚至有的雇主客商还很欣赏他们这种骄横，说是什么骄横一些，就没有人敢惹，镖就更安全。"

李能一听，虽说内心对这种做法不以为然，但现实又何尝不是这样。自己也做过护镖的营生，这世道，它就是一个弱肉强食、欺软怕硬的乱世！弱者和普通老百姓永远都是最底层的被欺辱者，除非你自己能变得强大。

说话间，两个人就回到了店里，李能把货物全部清点移交给了张老板，自己只留下了一匹马和一辆车以后备用。

看看时间已接近晌午，就安顿小二给自己打水和准备饭食，自己回到房间开始整理从深州带过来的拜师礼物和一些特产，准备晚上去太汾镖局的时候给郭老者带一些礼物。

夏季天长，午后，李能闲暇无事，就来到了客栈的大堂。找伙计沏了壶茶，在柜台旁的一张桌子旁坐了下来，打算理理思路，琢磨一下今后怎么做，顺便也打听打听小韩村的情形。

祁县午后的气温虽然也很高，但与深州比较起来，少了些潮湿与闷热。此时，在客栈的大堂里，还零星地坐着七八个喝茶聊天的人。

"哎，你们听说了吗？太谷的孟家出事了。"

"孟家能出什么事！那可是太谷的富户，家资数百万，又有官家背景。"

"我也听说了，好像孟家的大爷被关外的土匪给被绑票了，说要五十万两的赎银才肯放人。"

李能临桌的三个人正窃窃私语。

"你们的消息已经过去好几天了，知道不，就在今天上午，孟家已经派人找太汾镖局的人护着镖，出关外赎人去了。"另外一张桌子旁的一个人接过了话头。

"对，我也看到了。太汾镖局今天出镖了，领头的镖师就是镖局的一龙一虎，戴龙和戴虎。"

喝茶的李能心中一动，也难怪，自己今天上午在街上遇到太汾镖局的镖车，所有的人看上去都透着一丝紧张，行走匆忙，原来是押着重镖要出关外赎人。

"唉，还是孟家财大，说五十万两就五十万两，咱们跑一年，也赚不了人家的一个零头啊。"

"赵掌柜的，你知足吧，赚得少点，命还在，赚多了，小心被绑票。"

"哈哈哈……"

大堂里的人一阵哄笑。

李能也是莞尔一笑，笑着问店掌柜："老掌柜，这太谷孟家都来找太汾镖局出镖，看来这太汾镖局的名头是大得很了？"

客栈掌柜的是一名六十多岁的老者，花白的发辫一丝不乱。脸色红润，精神矍铄，手里端着一个小抿壶，正斜倚在柜台旁听着大家的聊天，时不时还插科打诨地插上一两句话。

一看，就是一个非常会做生意的人。见有人问自己，马上把身子往直站了站，脸上透出了温和谦恭的笑意，看着李能，颇有点自豪地说：

"那是啊，李掌柜的，我们这太汾镖局在祁县这方圆几百里的范围内，那可是家喻户晓，人人皆知。没听说过吗，要保平安镖，就找戴家人。"

"戴家人这么厉害！听口气老掌柜的也是戴家人了？"李能有点意外地问道。

"小伙子，一看就是刚来的。这老掌柜的，可是戴家的老人，太汾镖局的镖师们，见了老掌柜，都得叫声叔。"

旁边的一个五十多岁的茶客，带着一点鄙夷、教训的口气插了话。

"喔，失敬！失敬！"李能一听，急忙站了起来，给老掌柜的鞠了一躬。

心里想，又是戴家人！自己来了两天，也真是与戴家人有缘分，自己有求戴家，既然是戴家的老人，自己可不能托大。

"哎呀，李掌柜的，您太客气了。都是大家抬爱，戴家的孩子们懂礼，叫一声叔罢了。不敢当！不敢当！"这戴老掌柜的倒是谦恭客气，急忙摆着手谦让道。

"老掌柜的，您请坐，我虽初来乍到，可戴家的名头已经是如雷贯耳了，听说戴家拳更是独步武林啊！"

戴老掌柜的见李能这么客气，又是从直隶过来的客商，心里想，给这客商多少介绍介绍也行，以后还能揽点生意做也说不定。于是，就瘸着一条腿，一拐一拐地坐到李能的对面，把手里的小壶放在桌子上，"咳！咳！"地清了清嗓子，便摆开了龙门。

原来这老者是戴家的一个远亲，从小就跟着戴家老家主，也会几手戴家拳和养气功法，只是从不示人。

老掌柜对人，永远都是和和善善、客客气气的。再说了，外人一听是戴家人，谁也不敢轻捋虎须，自找不痛快，多年来，客栈的生意是越做越好。但老人也不贪大，就守着自己这一亩三分地，乐得个轻松自在。

老掌柜慢慢地呷了一口茶，眯起了眼，思绪随着自己的讲述，好像又回到了当年跟随戴老镖头走镖时，英气勃发的年代了……

"戴家自己有独特的家传拳法，一直以来都注重养气之道，故而戴家都是高寿之人，不仅戴老镖头自己已过古稀之年，而且其老母依然健在。在小韩村，戴家七代同堂，数百口人，家境殷实富足，是当地的第一大族。戴家拳是戴老镖头师从曹继武学习心意六合拳后，又结合自己的家传武艺所创。最初，戴家拳一直在直系家族中传承，旁系和外姓人别说是学拳，就是看看人家练拳都不行。老镖头回到祁县后才慢慢改了一些规矩，开始传给戴家旁支与戴家外姓亲属，但这些旁支与戴家外姓亲属，只能学一些养气保命的粗浅功夫。不过，就这些粗浅功夫，也足够用了。老夫也是因为当年跟随老镖头转战东西，才学的一点粗浅功夫，受用至今啊。"

老店主又呷了一口水，环顾了一下周围已经听得入迷的飞羽和其他人，颇为得意地继续唠叨着。

"在二十多年前，老夫随着广盛镖局的镖车押镖从赊店出发，途经沧州府。那时候，赊店广盛镖局的名号在江湖上已经响彻南北，老镖头也正值壮年巅峰之际，我们所过之处，黑道的朋友只要一听是广盛镖局，都礼让送行。大家押着镖，有说有笑，那个轻松惬意。趟子手们在前面个个都趾高气扬，一声吆喝下来，可谓神鬼皆敬啊。"

此时的老店主，双眼闪着亮光，腰挺得直直的，满脸的神采飞扬。李能等众人看着老店主意气风发的神态，也不禁心驰神往，好像自己也走在了护镖的队伍中，挺胸昂首、鄙视苍穹一般。

"人啊，就是不能太得意了，得意得过头了，就会忘乎所以、惹出事端了！"

老掌柜就像说书一样，突然，话锋一转，脸色变得凝重起来。众人也跟着心头一紧，死死地盯着老掌柜的嘴，急切地想要继续听出一个究竟来。

此时的老掌柜，好像也陷入了对往事的回忆之中。眼神慢慢地变得空洞，双唇微动，嘴角的肌肉下意识地抽动着，神色开始灰暗下来。

"我们那时候都年轻，有的入镖行不久。干镖行，镖师的功夫高是一个方面，但要想万无一失，黑、白两道和官府都必须得有人、有靠。平安镖不是靠镖师打出来的，是靠着关系人情买出来的！"

　　老掌柜说到这，停顿了一下，端起茶又抿了一口，点起了一袋烟，然后深深地吸了一口，稍待，把吸进去的烟又从鼻孔中吐了出来，随着弥漫开去的烟雾，继续幽幽地说着：

　　"沧州府，那是有名的武乡，一直就有一句老话，叫'镖不喊沧'，这些大家都知道，而且老镖头在大家出门时就专门交代过押镖的镖师。但那时，大家都年轻啊，年轻就气盛，镖师和趟子手们谁也没把老镖头的话放在心上，有的还不服气。所以，大家依旧嘻嘻哈哈地不当回事，边喊镖边进了沧州府。"

　　老店主说到这里，面色更加黯淡了。

　　"唉！说来也巧，镖车进入沧州地界没多久，就与一队迎亲的人马迎面遇到了一起。进入沧州的路窄，双方一边是八抬大花轿和鼓手，一边是装镖银的镖车，让也让不过，错也错不开，一下子就顶到一起了。也是咱们的人年轻气盛，不仅堵住了对方的去路，趟子手们嘴里还"合吾、合吾"地喊着镖，毫不相让。而对方呢，也急着赶时辰回去办喜宴，鼓手们也没有停歇下来，依然继续吹打着锣鼓，往前挤着走，这一下子，两边的人马就混杂在一块了。我们的人也是护镖心切，更怕这些人是装扮成娶亲的黑道人来劫镖，看到有几个人就要挤到镖车边上了，镖师和趟子手们就"呼啦"一下，全都抽出了兵器，把镖车围在了中间，而且还把两个挤到镖车前的娶亲鼓手给踢了出去。这两个娶亲的鼓手也是猝不及防，被踢得一下子就摔出去丈把远，不仅把手中的锣鼓丢在了地上，二人也一头栽倒撞在了路边的石头上，一下子就晕过去了。"

　　老掌柜停顿了一下，神色也显得紧张了，好像又回到了当时的情景里，用舌头舔了一下发干的嘴唇，也没再喝水，用空洞的腔调继续往下说着：

　　"这一脚，也给镖局惹下大祸了！唉，对方一看自己的人被打伤了，一下子就急眼了，不仅二三十号娶亲的人全都围了上来，且有的手里拿着棍棒，就朝着我们招呼乱打。"

　　说到这里，老掌柜突然停了下来，陷入了对往事的沉思中……

　　众人听得正津津有味之际，见老掌柜停下来不讲了，个个都急得抓耳挠腮的，有两个急性子的还不断地催着问："老掌柜的！老掌柜的，快说呀，后来怎么样了？"

　　在众人的催促追问下，老掌柜看了大家一眼，精神颇为一振，无光的眼神里似乎有光又亮了一下，接过李能递过来的茶，喝了一口，又缓缓地开了口：

　　"你们想想，这些人，就是一群普通的百姓，哪里是镖师和趟子手们的对手，没几下，就被我们都打倒制伏了。虽然有一些人都受了点伤，但这也是我们都手下留了力道，把围上来的人打退就行，不然，不一定会死伤多少人呢。我们一问娶亲的那个领头人，就是那个新郎，才知道大家确实误会了，可是也没办法，事情发生了，最后众人一商量,也取得了对方的同意,就赔了对方一些银子,各自散去了。"

"喔……"正当众人都松了口气的时候,老掌柜迷离着眼,好像又自言自语地说了起来。

"我们当时也和你们现在的想法一样,以为这就没事了。虽然赔了点银子,但镖车没出事,对方也接受道歉离去了,于是大家伙押着镖车,丢掉了刚才的紧张,又有说有笑地上路了。在路上,趟子手们依然不时地喊两嗓子镖号,就这样'合吾、合吾'地喊着镖,大摇大摆地进了沧州府,这一路上,行人对我们纷纷侧目以对,不时地还对着我们指指点点,交头接耳地谈论着什么。但大家谁也没有在意这些,不仅这样,不少人还觉得自得骄傲,感觉自己成了沧州府名人了。"

"好!广盛镖局不愧为名震中原的第一大镖局啊。"

听到这里,客栈里的众人齐声点赞称道起好来了。只有李能的心里隐隐地觉得有些不妥,下意识地摇了摇头,对大家的称道不置可否。心想,走镖,最大的忌讳就是张扬,入城不喊镖,而且沧州民风彪悍,拳家无数,这广盛镖局的人怕是要吃大亏了。

老掌柜看着大家,也是黯然地摇了摇头,又瞅了李能一眼,抱了抱拳,颔首赞叹道:

"李掌柜的是一个明白人啊!"

"老掌柜的,谬赞了,晚辈也跟过几天镖,略懂一些道上的规矩。"

"喔,没想到李掌柜的文武双全啊。难得!难得!"

听李能这么一说,老掌柜的眼光闪烁了一下,意味深长地冲着李能点了点头,接着继续往下讲了起来。

"就像李掌柜的所说,我们当时确实是犯了镖行行镖的大忌。可那时大家都不知怎么的了,那时好像都昏了头,就那样肆无忌惮地进了沧州府,找了一家客店,歇了下来。可是,在夜里就出事了,我们所有的人都被蒙药蒙翻了,等我们醒来,镖银已经不见了,在空荡荡的镖车上只发现了一张写着'索要镖银,佛儿肚里找'的纸条。大伙儿一看,明白了,这是得罪道上的人了,按理说,我们这么多人,一次不可能全部都被蒙翻,这一定是惹了众怒了,有可能是对方买通了店里的人,里应外合一块做的。不过这是我们自己的猜测,没有真凭实据,也不能找客店去要,一时间,众人不知道该怎么办了,特别是那个'佛儿肚里找'是什么意思,大伙儿更是一头雾水,面面相觑。"

"老瘸子,又在讲咱俩那点糗事呢!"

一声洪亮而略带苍老的声音打断了老掌柜的话,正听得入迷的众人谁也没注意到,客栈里突然多出了一个人,此时正站在门口冲着老店主吹胡子瞪眼呢。

李能顺着话音,抬头一看,咦!这不是昨天晚上自己在太汾镖局遇到的那个郭老者吗?

那老者也看到了李能,咧嘴一笑,道:"呵呵,小兄弟,没想到你就住在老瘸子这里，真是人生无处不相逢啊。"

李能急忙站了起来，施礼道："哎呀，就是，前辈，您快往里坐。"

"呵呵，好，既然在老瘸子这里遇到了，我们就在这里聊聊吧，正好，让这老瘸子也帮你出出主意。"

郭老者说着，也过来和李能、老掌柜坐在了一起。围着老掌柜的其他茶客一看这三个人好像有事要谈，虽然有点不舍得离开，还想听听下文，但还是都与老掌柜打了个招呼，散开了。

老掌柜看看李能，又看看郭老者，讶异地问道："郭老怪，你两个认识？"

郭老者笑着一指李能，道："你问他！"

李能讪讪一笑，就把昨晚的事和老掌柜说了一遍。老掌柜听完，呵呵地笑了起来。对着郭老者眨眨眼，调侃地说道："老怪，我早就说过，就你教的那几个徒弟，仗着太汾镖局的名头唬唬别人行，遇到真格的，非吃亏不行。怎么样，应验了吧。"

"哼，老瘸子，你少得意，那是老夫没时间教他们，不然，这小子非被打趴下不可。你问这小子，是不是？"

郭老者脸一红，脸上的胡子扎煞着，瞪着老掌柜，气呼呼地盯着李能说道。

"就是！就是！是晚辈取巧，最后还不是被郭前辈给打趴下了吗？"李能急忙顺着气鼓鼓的郭老者，点着头，一副肯定的样子说道。

"真的？"

老掌柜一脸的狐疑，左看看，右看看。

"真的！真的！确实是真的。"

李能尴尬地连声应道，心想，自己被郭老汉给打了，这倒是真的。至于打了人家徒弟的事，还是少说为妙吧，还没进戴家学拳呢，就把人家门里的徒弟先打了，这事做得有点过头了。

看着李能满脸涨红和郭老汉吹胡子瞪眼的样子，老掌柜哈哈一乐，不再逗郭老者了。

看着郭老者正色地问道："行了，老怪，说吧，来找我干什么？"

郭老者看了李能一眼，正要开口说话。李能见状，急忙起身，就要避开。却被郭老者一把按住了，说道："小兄弟，没事，你坐着吧，也许还需要你帮忙呢。"

"喔，好的。"

等李能坐了下来，郭老者接着说道："老镖头传过话来了，孟家的事恐怕咱们也得做好出关的准备，关外情况有些复杂，老镖头担心戴龙和戴虎二人经验不够，让你我早做准备，一两天就动身。"

"喔，这么严重，行！我这里没什么准备的，随时都可以走，就我们两个人吗？二闾不去了？"老掌柜问道。

"二闾在镖局坐镇，老镖头的意思是由我们两个人，再带上一两个人接应就行，茶马道咱们经常跑，问题不大。再说，戴龙他们也有十几个人呢。"

"那带谁去呢，我这里没人，你那几个徒弟不行，镖局的其他几人呢？"

"镖局的其他几人大多出去了，镖局也不能走空，二闯不能出去，所以老镖头不得已才叫我们两个老梆子出面。我们带两个人吧，一个就从我教的那几个孩子里选，至于另一个嘛……"

郭老者说到这里，突然沉吟了起来，有意无意地瞟了李能一眼，停着就不往下说了。

李能坐着，正不知道该怎么好，人家镖局内部的事，虽说自己是被郭老者留下了的，但也不能当回事地去听，正尴尬的时候，见郭老者突然不往下说了，似乎还瞟了自己一眼，心中一动，就看向二人。

见二人正笑眯眯地盯着自己，突然眼前一亮，急忙说道："二位前辈，我也走过镖，对关外也略知一二，要是您二老信得过我，我算一个。"

二老相视一笑，郭老者伸手拍了拍李能的肩膀，赞许地说道："小子，孺子可教也！哈哈，那就这样吧。你两个抓紧准备吧，我回去安顿其他事情去了，咱们明天就走。"

看着走出去的郭老者，老掌柜笑着对还有点发愣的李能说道："别管他了，你先安顿一下，晚上我找你再细说。"说完，也径直丢下李能，一拐一拐地往后院去了。

看着走了的二人，李能一时还没有缓过神来，怎么自己就这样阴差阳错、莫名其妙地做了太汾镖局的临时雇工了。

是天意！还是……

第二十二章
塞北风云

雁门关北上的官道上，烈日炎炎，一杆黑底红字的镖旗顺着旗杆耷拉着，只是偶尔随着马车的颠簸才晃动那么几下，马儿的蹄声听起来也是无精打采的样子。

戴龙、戴虎一行人为了赶时间，马不停蹄地已经走了三天了。

日光炎炎的北上官道，路人寥寥，两侧地里的庄稼在烈日的烧烤下，也都深深地把头藏在了怀里，忍受着炎热的灼烧，有的叶子虽然已经变得乌黑了，但依然坚持挺立着倔强的身躯。

戴龙策马上前，来到了镖车旁，冲里面大声喊道：

"孟公子，前面就要到大同府了，您看怎么走？是先在大同府住下，打听一下消息再走，还是直奔交银的地方。"

"戴镖师，救人要紧，咱们就别打听什么消息了，就按绑匪的要求，直接去丰镇厅吧。"从车的窗户里露出一张面容憔悴、淌着汗水的脸，眼神里满是焦急和惶恐。

"好，那就听公子的，咱们就直奔丰镇城。"

"戴镖师辛苦了，多谢！多谢！"车里的孟公子一听，憔悴而又焦急的神色略平复了一些，不住地说着感谢的话。

"不用谢，孟公子，您是我们的雇主，拿人钱财，替人消灾，这是我们镖局应该的。"戴龙说完，又和戴虎商量了一下，然后对着众人喊道："兄弟们，大家都加把劲，咱们去丰镇厅歇息。"

"好嘞！"

丰镇厅，过去称衙门口，是经大同府进入关外察哈尔草原的第一站。

阴山山脉横亘在大同府与丰镇厅之间，长城边墙就是修筑在这条山脉的山脊之上和必经的各隘口、要道之间。大明及清初年，大同府是守护长城边墙的重要门户，也是北方游牧民族进入中原内地的第一道关口。

这里四季分明，水草丰美，是阴山北麓的一块富裕之地。乾隆十五年，改称丰镇厅，三十三年归大同府管辖。

丰镇厅虽然归属大同府管辖，但这里毕竟已居于边墙之外，管理混乱，多强盗土匪，孟家的大爷就是在这里落脚时，被当地的一股土匪给绑了票。

八龙山，丰镇厅九俱牛沟处的一座山峰，因有八座连脉高峰而得名。每一座高峰，山势陡峭险峻，整座山脉方圆连绵三十里，南接大同府的阳高县。长城边墙就雄踞在各座山峰的山脊高端，曲折盘绕，云雾中，如巨龙蜿蜒飞腾。

在北山峰的峰顶，地势平缓，是一处相对平坦的高山草地。花草芬芳，绿意盎然。山下黄水河如银练缠绕，流水潺潺，波光粼粼，一派世外桃源的景色。

就在这桃源佳地，赫然矗立着一座灰黑色砖砌山寨。与周边的景致相较，显得格格不入。

这座山寨的规模看上去不是很大，城堡式样，寨宽也就数十丈的样子，四周灰色高墙环绕，背靠山峰后的长城边墙，高墙的四个角建有瞭望台，不时地有人影晃动；高墙的每一段都有防御的垛口，垛口上插满了黑色旌旗，山风中，"呼啦啦"地作响；山寨的前面只看到一个供出入的寨门，大门深深地砌在两侧厚实的围墙里，紧紧地闭着。门洞上，横着一块褐色大匾，上书"黑龙寨"三个大金字。

寨里的大厅里，居中的一把虎皮椅子上，正坐着一个满脸胡子的光膀汉子。牛眼，阔脸，青皮头，上身只穿着一件乌黑的对襟褡裢，腰扎四指宽的牛皮腰带，红色灯笼裤，两条腿交叉着搭在椅子前面的一张条桌上，双脚不停地晃动着。此时，正在询问着下面站着的一个寨兵。

"狗娃，二爷怎么说，那姓孟的家人来了没有？"

"大爷，二爷说那姓孟的已经把信传回去了，咱们的人一直暗中跟着呢，估计这一两天孟家的人就带着银子来赎人了，二爷让您安心地等好消息吧。"

"哼，银子没到手，老子安心个屁！告诉老二，让他一有消息就传回来。另外多留个心眼，别让姓孟的人把衙门的狗招来。"

"是，大爷，我这就去。"

丰镇厅盛记巷，一处晋商聚集的小街，百米多长的一条狭窄小街上，左右两侧都是各式各样的店铺。这些店铺都是临街开门，每间铺子的门面都不宽，铺子也不高，但这里却是丰镇厅最繁华的街巷之一。

巷子东头的同盛客栈，一间僻静的独立客房里，李能和郭老汉、戴老掌柜及一个年轻的镖师正在屋里等着太汾镖局的车队。四人长途奔袭，马不停蹄，比戴龙、戴虎的车队还提前到了。

这一路上，四人风餐露宿，互相照应，再加上李能坦诚相交，以师尊之礼相待二老。把自己的来历和目的毫不保留地都告诉了郭、戴二老，更加得到了二老的信任与爱护。而且，也不知道为什么，李能总觉得那郭老汉对自己更是照顾有加，处处为自己着想。虽然心中有些疑惑，可觉得郭老汉所说所做对自己也没有什么坏处，故而也就没再深究其中的原因了。

此时，天色已近黄昏，午间的热浪已经渐渐散去了。丰镇厅这个地方，夏季早晚的气温非常舒适，街面上的人也开始多了起来。在两侧街道上，摆有各种小吃摊点，吆喝声此起彼伏，热闹异常。

听着外面的喧闹声，郭老汉开口说道："老瘸子，贤侄，走，咱们出去吃点东西吧，丰镇厅的小吃也是非常有名的。既来之，则安之，咱们边吃边等他们吧。"

"老怪，我看你是又想喝酒了吧，当年要不是你喝酒自大，老子这条腿怎么会被沧州那疯子一镖弄瘸。"

戴老掌柜又开始和郭老斗起嘴来了，这一路上，两个人就像打不散的冤家，形影不离，却又一路斗嘴，吵吵嚷嚷的，给枯燥的旅途平添了不少乐趣。

在来途的路上，二十多年前广盛镖局押镖去沧州府的那段经历，李能也断断续续的从二人的斗嘴中弄明白了。

原来当时领头的镖师正是这二老，郭老是戴老镖头的妻弟，爱喝点酒，性格直爽，待事、待人总是大大咧咧。戴老掌柜是戴老镖头的同族兄弟，性格沉稳，精于谋略。

镖被劫后，等二人弄明白字条上"佛儿肚里找"的意思后，距镖银丢失已经过三天了。二人商议，打算先礼后兵，于是，就带了一些礼物，前往沧州东光县铁佛寺找对方协商。双方见面，二人才知道，祸事的根源竟然还是与娶亲队发生冲突的那码事。

当时，对方提出，要想讨回镖银，广盛镖局必须自己摘下镖旗，在沧州府的大街上游街道歉。

这事二人哪能同意，一言不合，双方又动起了手。令二人没想到的是，对方竟然是一位巴子拳的高手，且有备而来。几个照面下来，就把二人带去的几个人又全都擒了下来。

二人无奈，只好先在附近找了个客栈住了下来，并派人回赊店，把在沧州府遇到的事禀告了戴老镖头，看看老镖头的意思。

到了晚上，二人沉闷生气，喝酒解愁，酒至半酣，郭老借着酒意，趁戴老昏昏欲睡之际，自己偷偷潜进了铁佛寺，打算给对方来个偷袭。

没成想，刚一进去，就被对方发现了。

对方勃然大怒，数十人围着郭老乱斗，郭老寡不敌众，不一会儿，身上就多处受伤，委顿在地，眼看就要被擒。

恰好戴老到来，手挥短棍，冲破了对方的阵势，拉起郭老就逃。刚冲出寺门，戴老的腿就被白天那巴子拳高手用飞镖击中。好在对方也没有再追出来，二人就这样仓皇逃离东光县，也不敢再回原来的客栈住了，就在一僻静处找了一个地方隐匿起来，等着戴总镖头的信。

等到老镖头派二间到来后，二间凭借高超的戴家拳折服了对方，顺利地讨回了镖银，但戴老的一条腿也从此瘸了。

所以，二人只要一斗嘴，戴老就提自己的腿，而郭老自知理亏，也就乖乖地认输。李能看着二人，常常被逗得哑然失笑。

黄昏的晚霞已经填满了整个街巷，在街边的小吃摊上，三三两两的食客正在吃饭。稻谷、面食和肉食的香味混合成一股异香，四散飘荡。

四人来到街上，马上就被这股异香吸引住了。郭老馋得不住地咽口水，就像小孩子一样，一溜烟地窜在前面，东瞧瞧，西看看，看着哪一个小吃摊上的东西都想吃，嘴里还不断地嚷嚷着：

"瞧这面条，红油臊子宽板面，啊呀，好！好！"

"这个也不错，金黄米粥老咸菜，麻花蜜酥，好吃！好吃！"

"快来，这里还有手把羊肉，大锅茶！"

"啊呀，这……这……这吃什么呀？"

后面的三个人看着前面到处乱窜、不断抓耳挠腮的郭老，都忍不住哈哈地笑了起来。

李能走到郭老跟前，笑嘻嘻地说道：

"郭老，您看这样，今天我做东，咱们把您爱吃的都要点，您再喝点，怎么样？"

"啪"的一声，郭老一巴掌拍在了李能的肩膀上，拍得李能一晃悠。

"好！还是小兄弟孝顺，没白疼你。你说，咱们去哪家？"

看着猴急、高兴得差一点就跳起来的郭老，戴老鄙视地斜了一眼。

"呸！老没正经。"

转头对着李能呲牙一笑，眨了眨眼，嘿嘿乐了："小兄弟，要是你做东，嘿嘿，我老汉也没意见，说吧，吃什么？"

天，这不都一样猴急吗？看来今天这大头是当定了。看着这一对老冤家，李能也着实无语。唉！谁让自己有求人家呢，大头就大头吧。

四人选了一家大一点的摊点，李能就忙着叫菜。

郭老也没闲着，一推那年轻的镖师，"去去去，顺子，帮着你能然哥弄吃的去，想吃白食呀。"

说罢，自己跷起了二郎腿，点了锅烟，又开始和戴老头两个人，你一言、我一语地斗起乐子来了。

等酒菜上桌，四人就是一通酣畅淋漓的吃喝。两个老头也不知是喝酒喝的，还是斗嘴斗的，都是红光布脸，满嘴流油。只有那叫顺子的年轻镖师，也不知因为是郭老的徒弟，还是与李能不熟，吃相却比较拘谨。腰身挺得直直的，除了埋头吃饭外，很少插话，还时不时观察着周围来往的行人。镖行都有自己的规矩，李能也没有过多的相让。

夜色渐渐地暗了下来，各个摊点和一些店铺，开始点起了灯。

就在这时，巷子的入口处，行色匆匆地走进来一个人。灯光下，这人衣服多有破烂之处，走路还一瘸一拐的，边走边焦急地找着什么……

旁边的顺子这时看到了此人，身体一僵，急忙用腿磕了磕郭老，低声说道："师父，咱们的人找过来了！"

"好，别声张，你带他先进屋，我们随后进去。"郭老安顿完顺子后，向戴老递了个眼色，二人又若无其事地继续聊天，李能也注意到了三人的动静，没说什么，继续吃着饭。

片刻，郭老低声对飞羽说道："小兄弟，你先在外面盯一下，我们进去看看怎么回事。"

"好！"

"老瘸子，你喝多了，走走走，我扶你进去吧。"郭、戴二老互相搀扶着，摇摇晃晃往客栈慢慢走去。

李能叫摊主倒了碗水，自己慢慢地喝了起来。

一会儿，顺子出来了，"能然哥，我师父叫你进去。"

"走！"李能结了账，跟着顺子也回到了客栈。

在房间里，二老满脸凝重，眉头皱着，不时地在交谈着。刚来的那个人，一副疲惫的样子，坐在椅子上，神情紧张地看着二人。

见李能进来，郭老没等李能相询，就直截了当地说道："小兄弟，镖车在守口堡附近又被劫了，孟少爷也一同失踪了，有个事想跟你商量一下。"

李能心中一惊，急应道："老爷子，您说吧！"

"好，小兄弟，实不相瞒，这次出来我们是一明一暗，镖车是明镖，我们是暗镖。明镖就是为了吸引黑道的注意力，明镖只有孟少爷跟随，镖车上没有镖银。我们带着镖银走暗镖，这个事孟少爷自己也不知道。假如我们两路人马都没出事，就在这里会合，然后交镖银赎人。但现在孟少爷失踪了，交镖银赎人的时间也就在明日，一旦没有按时间交赎银，怕土匪们撕票。"

郭老看了戴老头一眼，继续说道："我和老瘸子商量了一下，打算分两路：你、老瘸子和顺子一路，查找孟少爷的下落。明日我带着戴龙、戴虎他们去交赎银救人。假如交银赎人顺利，我们就可以与你们会合，再共同寻找。"

李能思索了一下，说道："老爷子，我们三人都人生地不熟的，恐怕一时半会儿也查找不到什么线索。要是绑匪看到镖车里没有银子，那孟少爷就危险了。"

郭老和戴老互相看了一眼，郭老微微一笑，点头赞许，说道："小兄弟，你考虑得对。不过，你们先去趟得胜堡，慕容燕那丫头已经回到塞北致远堂了，你们找她帮帮忙。"

"致远堂！燕儿！"

李能瞪大了眼睛，惊愕地盯着郭老。这表情，把个郭老看得有点发毛了。

"咳！咳！"

郭老咳嗽了两声，刚要说话，旁边的戴老冷笑一声，接过了话茬，道：

"哼！小兄弟，是这样的。我也是刚刚知道，这老怪物和致远堂的慕容长空不知道什么时候就有了交情，老小子一直也瞒着我们，要不是这次事情紧急，恐怕这老怪还不说。你以为他有多么好心，一路地照顾你。他那是受了慕容长空和慕容燕所托，才对你照顾有加的，哼！"戴老说着，鼻子里又狠狠地哼了一声，扭头瞪了郭老一眼。

李能听到这里，心头一阵发热。自己对致远堂并没有什么奉献，没想到慕容长空和慕容燕却对自己一直在暗中呵护。难怪郭老对自己处处照顾，还主动邀请自己参与护镖。

"好了，老瘸子，我都告诉你了，你就别再瞪我了，小兄弟，你看，有慕容燕那丫头帮忙，应该没什么问题了吧。"

"没问题了，前辈！"

李能的心里突然多了种冲动，恨不得马上见到慕容燕。西行的一路上，那丫头娇嗔作怪的样子，一想起来，就历历在目，心头发热。不知什么时候，自己对那丫头生出了意惹情牵、相思无限的情意了。

丰镇厅距得胜堡大约有二十里地，三人怕夜长梦多，连夜就往得胜堡赶去。

得胜堡是长城边墙的一个重要关口，到了道光年间，战争防御的意义已经淡了，大清已没有多少驻军了。这里，已经逐渐演变成了万里茶道上的一个商埠码头。

到了得胜堡，周围黑黢黢的，只能看到得胜堡的一个轮廓。三人在堡的北口停下，堡门虚掩半开，也没有兵丁值守，行人可以自由出入。进了堡，这会儿堡里已经没有多少行人了，整个堡里十分安静。急促的马蹄声此时显得分外响亮，三人也顾不得其他了，穿过堡里的南北大街，直奔南门外的致远堂。

致远堂距得胜堡南门也就半里之地，三人瞬息而至。

在马背上，李能环顾四周，眼前乌泱泱一片建筑，占地足有四五十亩。四周由高墙围砌，高墙上的每个垛口都挂着一盏巨大的灯笼。远远望去，犹如一条盘窝着的巨龙。

三人下了马，来到入口，竟然也是一座门楼式建筑，大门宽厚，一左一右两个门丁正拢着双臂，半倚着门打着瞌睡。

顺子走上前，用手拍了拍其中的一个门丁，"喂，兄弟，醒醒！醒醒！"

"谁呀！"门丁抬手揉了揉眼，睡眼蒙眬地打量着眼前的三个黑影。

"我们是从太原府过来的，找你们的慕容堂主。"李能走上前说道。

"找堂主？太原府来的？"

这会儿，另外一个门丁也醒了，凑上前上下打量着李能。

"对，我叫李能，找你们慕容堂主。"

"李能……哎呀！是深州府的李教习吗？"后来这个问话的门丁一个激灵，马上直起身子，躬身问道。

"对，是我。怎么，你认识我？"李能看门丁的样子，有点讶异地问道。

"这两天我们堂主早就吩咐过，说您也许要过来，让我们一直关注着您的消息呢。您快请，跟我进去。"

说话间，两个门丁接过了三人的马匹，领着三人兴匆匆往里走去。

跟在后面的李能满脸的黑线，总感觉自己就像是被算计了一样。这丫头，看来厉害得很呢！

进了大门，往里走，周围黑乎乎的都是高低错落的各式房子或院子，怕有二百多间。七转八拐的，三人就被带到一处亮着灯火的独立小院前。

刚到院门前，就见里面的一栋小楼里人影一阵闪动，乌泱一下，从小楼里跑出来四个女孩。眨眼间，就来到了院门前，一边两个，齐声说道："恭迎李教习！"

李能一愣神，正要说点什么。

一道人影又一闪，香风扑面而来，"能然哥！"随着话音，慕容燕笑盈盈的脸庞出现在眼前。

"燕妹！"李能心中一阵荡漾，一时间万语千言，竟不知说点什么好。

二人四目相对，都一下子痴了起来。

"咳！咳咳！"

身后的戴老爷子见状，心中微微一笑，猛咳了两声，朗声问道："小兄弟，这位就是老怪说的慕容燕姑娘吧！"

"老爷子，怠慢了，快进屋吧。"

戴老的一句话，惊醒了发痴的二人。慕容燕俏脸一红，急忙招呼三人进屋。

虽然天黑，李能也觉得自己的脸有点发烧了，心中没来由地一阵慌急，尴尬地应道："啊……！是，老爷子。这就是燕妹。喔，不，不，不，是致远堂慕容燕。"

"嘻嘻！"

"嘿嘿！"

四个姑娘和顺子也偷偷乐了。

几人进了屋，慕容燕听完戴老说的情况后，沉思片刻，缓缓开口道：

"老爷子，能然哥，我觉得，镖车与孟家少爷被劫，应该是另外一股土匪所为。在这边墙附近的大山里，大大小小隐匿着十几伙土匪。你们不要急，我这就去安排人，连夜出去打探，一有消息就告诉你们。你们先在致远堂休息，等消息。致远堂在这边墙内外还算有点名气，山里的土匪们多少还是给我们个面子的。"

戴老沉思了一下，看了李能一眼，开口道："好，就按慕容姑娘说的办，给姑娘添麻烦了。"

见二人没有其他意见，慕容燕立马收敛了脸上的笑意，吩咐旁边站立着的一个女孩，"秋月，你去安排吧，告诉咱们的暗线，马上行动，天亮前告诉我确切消息"。

"是！小姐。"秋月应了一声，身形一闪，就消失在门外的夜色中了。

看着出去的秋月，李能心中暗暗赞叹，不愧是慕容燕的贴身护卫，从这秋月的举手投足之间，就可见致远堂的实力非同一般。旁边的戴老，也是不断点头，心中吊着的一口气也算是暂时松了下来。

第二十三章
联袂访镖

黑龙寨的聚义厅，灯火通明。

大寨主人屠子胡进依然光着膀子，正瞪着牛眼呼哧呼哧地生闷气。旁边坐着一胖一瘦的两个人，大气也不敢出，战战兢兢地等着人屠子发话。

"哼，究竟是哪个王八羔子干的，竟然连老子的银子也敢劫！"

憋了半天的人屠子说话了，坐着的两个人也终于松了口气，他们知道，自己这顿毒打算是躲过去了。

"大哥，我派人查去了，应该很快就有消息了。"瘦得像一根麻杆一样的人缩了缩头，立刻谄笑地说道。

"老二，你不是一直派人盯着吗，怎么还在咱们的眼皮子底下丢货了。"

人屠子看也没看说话的瘦子，满脸凶狠，依然是一副不依不饶的样子，怒气冲冲地瞪着另外一个矮胖的人。

矮胖子一哆嗦，两只小眼睛里都是惧色，半张着嘴，结巴地应道：

"大……大哥，谁知道那帮倒霉蛋，放……放着官道不走，突然改走守口堡了。那镖车刚过黄水河桥，从桥下突然蹿出来十几个人，个个都是高手。太汾镖局的那几个倒霉蛋还没反应过来，就被全撂倒了。后面的两个镖师也让四五个人围住了，等他们冲散那几个人，镖车早就被其他的人劫进猴子山去了，咱们的人也没敢露面，就马不停蹄地跑……跑回来报信了。"

"嗯……！"人屠子气哼哼地发着沉重的鼻音，牛眼骨碌碌地盯着矮胖子乱转，也不知道在想什么。

矮胖子吓得头也不敢抬，浑身筛糠。

"大哥，咱们弟兄仨共患难多年，二哥肯定不会独吞的。是吧，二哥？"瘦麻杆阴阴地插了句话，满脸的不怀好意，死盯着矮胖子。

矮胖子一听，狠狠地瞪了瘦子一眼，腿一软，立刻跪在了人屠子面前，哭天喊地地号了起来：

"大哥啊！镖车真的被劫了，小弟我没有独吞啊！多年的兄弟了，大哥你还不了解小弟吗？大哥啊！冤枉啊……"

"行了！别号了，哭丧呢，老子也没说你什么，滚吧。"

"谢谢大哥！谢谢大哥！"

矮胖子急忙爬了起来，抓起衣襟顺势擦了把满头、满脸的汗，扭头又狠狠地瞪了瘦麻杆一眼，乖乖地坐了下来。

人屠子瞪着牛眼，看向二人，气恼地说道："你两个说说，咱们下一步该怎么办？"

瘦麻杆看了一眼矮胖子，嘿嘿地阴笑道："大哥，你看这样行不行？肉票不是还在我们手里吗？明天让二哥继续等着和孟家的人接头，看看他们怎么说。银子是太汾镖局押过来的，找银子他们比咱们还着急呢。我呢，再抓紧打探打探，究竟是哪个王八蛋劫了镖车。要是咱们把那银子和孟家二少爷都找到，那几十万的赎银不就是咱们的吗？孟家的两个少爷都在咱们手上，咱们还能再敲他一笔赎银。"

"哈哈，老三，还是你有脑子。行，就这么办！老二，你明天继续和他们谈，告诉他们，没有银子，老子立马撕票。"

"行！大哥。"

矮胖子咬牙掐指地瞪着瘦麻杆，心里那个恨呀。可当着人屠子的面，也不敢发作，只能在肚子里把瘦麻杆的十八代祖宗骂了个遍。

瘦麻杆看着苦着脸的矮胖子，晃了晃脑袋，裂开嘴，露出七零八落的一嘴黄牙，笑着跑出了聚义厅。人屠子也没再搭理暗地里较劲的二人，打着哈欠，回屋睡觉去了。

天刚放亮，李能迷迷糊糊听到院子里响起了说话声。心中一激灵，睡意全无。昨夜与慕容燕聊得有点晚了，没想到现在睡过了头，多少有点懊悔。急忙起来，简单收拾洗漱了一下，来到屋外。

戴老和顺子已经在院子里了，正在和秋月说着话。见李能出来了，戴老爷子冲着李能一笑，还没开口，顺子就高兴地对李能说道："能然哥，咱们的镖车有消息了！"

"那太好了！老爷子，顺子，镖车在什么地方？"李能精神一振，忙问道。

"秋月姑娘还没细说呢！"戴老爷子看向秋月。

秋月冲着飞羽盈盈一笑，施了一个万福礼，笑眯眯地说道："李教习，我们堂主一会儿就过来，让我先来，把镖车的消息告诉你们，免得你们担心。"

"好，秋月姑娘，辛苦了！那你就说说情况吧。"李能点了点头，说道。

秋月看着三人，继续说道："镖车和那个孟少爷是被黑施沟的出云豹、钻山豹二兄弟给劫去了。这二人手下有百十多号人，一直隐匿在黑施沟。这黑施沟在边墙北端，有数十里长，沟里有沟，大多都沟深林密。黄水河从主沟中间穿过，两侧是高山密林，里面有三百多户人家，都以打猎捕鱼为生，爬山跳涧，身手敏捷，无人能比。黑施沟只有南北两个出入口，在北出口处，有一座数千米的高峰，人称黄石崖，站在崖顶，一眼就能看遍整个沟，出云豹和钻山豹的百十多人都是聚为匪、散为民，是这里土生土长的人，盘踞沟里几十年了，易守难攻。官府清剿了数年，不仅没有剿灭二人，还折损了无数人马，时间久了，官府也就睁一只眼闭一只眼地不管了。"

听着秋月的讲述，戴老店主和李能的眉头紧皱了起来。照秋月说的，这事就不好办了！三百多户人家，有百十人为匪，这黑施沟简直就是一龙潭虎穴啊！而且对方敢抢镖车，说明根本就没把太汾镖局放在眼里，官府都剿灭不了，单凭一个小小的镖局，去对阵黑施沟，恐怕也是蚍蜉撼树。而且最让人头疼的是，匪隐于民，即使能进去，你知道谁是匪？谁不是匪？

看着紧锁眉头的二人，秋月嘻嘻一笑，"老爷子、李教习，不用发愁，一会儿我们堂主过来，她会有办法的"。

"是吗？！"二人眼前一亮，狐疑地看着笑嘻嘻的秋月。

李能心想，一个丫头，能有什么办法！见戴老的眼神也随即暗了下来，看来戴老店主和自己的想法也一样。是啊，致远堂虽规模势力宏大，但也绝对不会为了太汾镖局的一趟镖，而蹚这股浑水。

几人说话间，客舍的院外也开始出现了躁动，马蹄声和人们的说话声纷至沓来。

秋月欢快地说道："我们堂主来了！"

秋月的话音还未落，几道俏丽的身影就出现在了众人眼前。

慕容燕为首，一身红衣白裤绸缎劲装，脚蹬黑马靴，手里拿着一根红色马鞭，英武而不失妩媚。后面跟着五个女子，同样是清一色的淡绿色劲装，黑马靴，个个英姿飒爽。

还没进门，慕容燕银铃般的声音就响了起来，"戴老爷子、能然哥、顺子，大家都睡好了吧？"

"睡好了！睡好了！"

"燕妹，刚才秋月说你有办法，能帮我们要回镖车和孟家少爷？"没等慕容燕继续说话，李能有点急不可待，又怕慕容燕不知情托大，故而有意提醒了一句。

慕容燕心有所感，柔情地看了李能一眼，抿嘴一笑，说道："我是有个办法，我先说说，咱们商量一下，看行不行。"

"慕容姑娘，你太客气了，致远堂能帮太汾镖局打探消息，老汉已经是感激不尽了，要是姑娘能帮我们再出个进入九龙沟的主意，那真是太好了。"

"是啊，燕妹，要是有好办法就说说吧。"李能看慕容燕这么笃定，安心了不少。心中也好奇起来，想看看这丫头有什么好主意。

"好！能然哥，我先说说。"

慕容燕停顿了一下，略理了一下思路，看着三人，开口道："黑施沟沟叉纵横交错，河道水流湍急，山高林密，二豹防御严密，最忌外面的生人进去。戴老爷子腿有暗疾，行走不便，能然哥和顺子兄弟对沟里的情况又不熟，你们要是贸然进去，别说要镖，就是想全身而退，恐怕也不容易。"

慕容燕又顿了一下，见三人都点头称是，就接着说道："致远堂与黑施沟打过数次交道，每年黑施沟的粮食谷物和布匹牛马等都是托致远堂代为筹集。那二豹虽然为匪，但黑施沟普通百姓人数众多，所需物品还得从外面购买交换。所以，我想，为今之计，只能先由我们进沟去摸摸情况，再做打算。而且我们进去，二豹绝不会想到是为了镖车被劫的事情的。"

三人听慕容燕这么一说，确实合情合理。但找镖是太汾镖局自家的事情，让慕容燕一个女孩子带人深入险地，几个老爷们却躲在一旁，也太丢人了。所以，三人听完，几乎不约而同地都摇头不同意。

戴老店主更是撅起嘴上的胡子，少有地瞪起了眼睛，略显激动地说道：

"丫头，你的好意我们领了，但进去找镖是我们镖局的事情，老汉再不济，也不能躲在小丫头的背后乘凉。这不行，还是我们三个自己进去，先礼后兵，能不动手，我们尽量不动手。"

"是啊，燕妹，你们进去我们更不放心，这样吧，你给我们安排一个向导，带我们进去就行。"

看着二人态度坚决，慕容燕沉吟片刻，抬头说道："戴老爷子，能然哥，要么这么办，戴老爷子就留在致远堂坐镇，顺子哥也留下，做联络。我带着秋月、春月和能然哥一块进去，二豹虽然强横，但对致远堂还是礼让三分的，有我去，二豹应该还有所顾忌的。"

"这……"

戴老店主张嘴还想说什么，李能点头道："戴老爷子，这样也好，我对镖行的规矩还是知道一些的，有我和燕子妹妹进去，问题不大。再说了，咱们进去的人还是少点好，免得引起对方的怀疑，等进去以后，我们再见机行事。"

李能和慕容燕说的都是实情，确实也没有比这更好的办法了，戴老店主思索半晌，于是就不再坚持了。老爷子心怀感激，轻轻拍了拍李能的肩膀，对二人说道："好吧，李小子、慕容姑娘，就按你们的意见办吧。老汉也不多说了，在此先行谢过了。"

"老爷子，您客气了，致远堂与太汾镖局也往来多年，帮这点忙是应该的，您就安心等消息吧。"

几人商量完，李能稍事收拾了一下，带上必需的物品，与慕容燕三人打马出发了。

担心黑施沟土匪在沿途设有暗柱，为了不引起注意，四人沿着长城边墙的内侧，寻小路直奔守口堡。在边墙内侧的这一段，地况相对平缓，沿途还有一些零星住户。这样一来，也方便中途休息，补充饮水食物。

这一段路大约有百十里，四人为躲开黑施沟设的暗桩，专寻沟叉河道或小路行进，马儿也不能放开了跑，曲曲绕绕的，费了不少的时间，直到午后时分，才穿过猴子山口，进了黑施沟。

一进沟，暑气突然全消，波涛翻滚的河水顺着数十丈宽的沟道汹涌而下。急促的流水不断拍打、冲刷着河道两侧的山石，滚落的山石伴水流而行，发出了隆隆的轰鸣声，声音在山谷间回荡，响彻云霄。在河道两侧，群山绵延，层峦叠嶂，绿松翠柏顺着山坡鳞次栉比、层层而上，花草漫山遍野。这个地方，若不是有土匪隐匿，何尝不是一处无争无斗、鸟语花香的世外桃源。

顺着河道右侧的一条山石小路，四人牵着马，磕磕绊绊的，逐渐地往沟的深处摸去。约莫又走了八九里地，已经快深入到黑施沟的腹地了。此时，天色也渐至黄昏，前面的地势又变得开阔了一些，四周都是丛林树木，黄昏夕照，树影婆娑，蝴蝶蜂儿翩翩起舞，忽如仙境一般。

李能和慕容燕商量了一下，决定把马儿暂时隐藏在这里，四人先休息片刻，待天色暗一点再徒步进去。

由于沟深林密，山谷里的天黑得很快，不一会儿，夜色开始逐渐地变浓了。

四人换上夜行衣，带上刀剑，慕容燕和秋月、春月二女又辨了辨眼前的道路，带着李能，顺着一道林间小路，便往里蹚了下去。

此时，四人打起了全部精神，全神贯注，一步一探，绕过土匪设的卡和巡查的暗哨，慢慢地往里蹚着。李能虽然多年在外，江湖经验丰富，但潜入山谷密林寻找匪巢，还是第一次，心中不免多少有点紧张。再看身边的慕容燕和秋月、春月三女，却如履平地，走走停停，潜潜隐隐，十分的精熟老到，不免暗暗地赞叹不已。

密林间，月色依稀，四人悄悄地又绕过了土匪的两处暗卡，又往前蹚进去一里多路，来到了密林的边缘。慕容燕一摆手，四人停住脚步，在丛莽中隐下了身形。慕容燕往密林外远一指，低声地说道：

"能然哥，看！那里就是二豹的隐身之地。"

借着斜月星光，李能抬首远望，约半里地的远处，数米宽的黄水河波光粼粼，在河上，架有一座吊桥，高高地悬在半空。在吊桥东侧，是一片村子的轮廓。细细观察，可隐约看到，在村子四周，还建有一人多高的围墙。围墙上，间隔不远，就搭有一座用来瞭望示警的高台，在台上，有人影火光还偶尔闪动。

看着远处村子的情景，李能心中暗自吃惊。没想到区区数匪，防御的阵势竟然如此严密。自己与戴老爷子要是贸然闯进来，不仅救人无望，恐怕自己几人也得折进这匪巢。

"咦！"

旁边的慕容燕突然低声轻呼一声，一碰李能的胳膊，"能然哥，你快看，在围墙下有几道黑影。"

顺着慕容燕指的方向，李能定睛细看。果然，有四五道黑影在距吊桥远处的围墙暗影下，正在来回盘桓，看样子试图想要爬上去。要不是李能、慕容燕几人身在远处观察，根本不会注意到那几个黑影。

这是什么人？

李能和慕容燕面面相觑，首先可以肯定，这几个黑影不是太汾镖局的人。官兵更不可能，二豹现在虽然为匪，但很少出去劫掠，基本以自保为主，在周边也没有引起太大的民愤，故而大同府已不再对这里实行武力围剿了，主要以安抚为主。

究竟是谁？

几人正疑惑之际，忽见那几道黑影"蹭蹭"几下，顺着一处隐蔽的围墙，已经爬了上去。转眼间，几个起落，就消失在夜色下的村子里了。

看到这里，李能对慕容燕说道："燕妹，走！不管他们是谁，咱们也进去吧，别让那几个人搅乱了。"

"好！"

说罢，四人杀紧腰带，戴上面罩，持着兵器，一猫腰，蹑足潜踪，"嗖嗖嗖……"伏身向村子的方向潜去。

到了河边处，四人伏下身，李能摸起一块石子，一抖手，丢向吊桥的对岸。"吧嗒"一声轻响，石子落在吊桥边的草丛里。

"刷刷刷……"从吊桥后的门楼里，窜出了三四条人影，分散在河边，四处张望，手中刀光闪烁。

其中一人发话喊道："哪里来的朋友？亮个万，再要戏耍，爷们就不客气了！"

李能一听，暗自一乐，敢情前面那几个黑影也扔过石头。这会儿，又听一个公鸭嗓子的说道："朋友，再不亮万，咱哥们就要用暗青子招呼了。"

几人又等了一会儿，见还没有动静，就听公鸭嗓子的人打了声呵欠，说道："哥，回去吧，估计又是哪家的小子乱扔石头玩，这些小兔崽子们，天天戏耍咱们，要是逮住了，非揍这些兔崽子们一顿。"又有一人笑着说道："你还敢揍人，忘了上次豹哥揍你了？"一人又说道："今晚还是小心一点吧，也不知道二当家的劫来个空车干什么，这倒好，银子没捞着，又多了个病秧子，这要是让黑龙寨的人知道了，非得干一家伙。"四人一边说，一边走，又退回了门楼的暗影里。

黑龙寨！

李能心中一动，刚才那几个黑影莫不就是黑龙寨的人？看来得抓紧进去，听刚才几个匪徒的议论，恐怕那孟家少爷也病了，再要让黑龙寨的人抓走了，后来的事就不好办了。想到这里，李能低声对慕容燕说道："燕妹，还有其他道吗？咱们得抓紧进去。"

"有，再往河的上游走一段，那里水浅，我们可以涉水过去。"

"好，咱们抓紧走！"说完，四人提气轻身，顺着河道，向上游纵去。

几个起落，四人就来到了慕容燕说的地方。此时河水已经变得平缓，水中的游鱼在月色下清晰可见，河中零零星星地散落着一些露出水面的巨大石块。李能估摸了一下，依四人的功夫，通过这里应该没什么问题。

丢出一块问路石，等了一下，没有动静，一挥手，轻声道："燕妹，咱们过去吧。"

"蹭蹭蹭……"

四人展开轻功提纵术，夜色中，如巨鸟翻飞，惊魂一瞥间，就到了对岸。

星月当空，离开密林树冠的遮挡，此时的河岸，反而明亮了许多。

四人借助河岸的巨石堤坝和稀疏的树木，渐渐接近了村子边的围墙。到了围墙下，李能才发现，围墙高大厚实，有三米多高，全部由巨大的石块砌成，石块与石块之间的缝隙连一把刀都插不进去，更别说攀爬，难怪刚才那几道黑影在墙下盘桓了半天。

捡起一块石子，李能又丢了上去，"啪嗒"响声过后，墙上没有一点动静。四人侧耳细听，墙上依然寂静无声。

李能向慕容燕做了个手势，一指上面，又指了指自己，我先上！见慕容燕点头，就轻轻吸了口气，四肢往墙上一搭，展开了壁虎游墙功，揉身而上。数息间，便到了墙顶，探头见四下无人，便一个燕子翻身，跃上了墙头，身形随之伏下。

借着月色，李能又仔细观察了一下四周，这墙顶足有十几米宽，四下依然寂静无人。便探出手臂，给墙下的慕容燕三人打了个信号。墙下三人见状，立即施展身法，也迅速地爬上了围墙。

四人潜身在围墙顶的黑暗处，向村中望去。月色下，村中情形依稀可辨，星星点点，有几处还有灯光在闪烁。村子范围极广，沿沟中谷坡向上分布，层层圈圈的房屋，竟然有八卦之象。身在高处，隐隐听见村中有马嘶、犬吠之声，村口要道和入口处都有黑影来回走动，似在把守巡逻。

四人不敢拖延停留，抖出手中飞爪绳索，坠下围墙，借着村中的矮墙、草垛，在秋月的带领下，悄悄地摸进了村子。

不一会儿，四人就摸到了一处较大的石头院落附近。几人隐在暗处，细细打量。在院门前，有四五棵一人多抱的大树，高耸入云，右侧是一排马厩，里面有十几匹马正在静静地吃着夜草。院子的围墙呈半圆形，里面又套着小院，房子都是依山而建，居村子的最高处。院子、房子全部都用石块垒成，顺着山坡，如台阶分布。在每一层的两端，对称的有两个角楼，楼上亮着灯，不时有人影走动。

慕容燕努了努嘴，轻声道：

"哥，这就是二豹的家，也是这个村子里最大的户族。这二豹姓董，老大出云豹董平，使刀。老二钻天豹董贵，使铜。董家上下五十多口人，都住在这里。这院子里家家户户，都相连、相通，一户有警，全院相助，外人进去，都很难出来。"

"喔……"李能紧皱眉头，盯着那院子，飞快地思索着进去的办法。

贸然进去肯定不行，首先，不知道孟家少爷是不是被藏在这里，其次也不能进去乱找。按慕容燕所说，这高墙大院里的家家户户，都同气连声，一旦弄出点动静，马上就会引起整个董家的注意。董家大部分都是普通百姓，一旦动起手来，也会伤及无辜。

犹豫之际，那院墙里传出一阵嘈杂声。接着，紧闭着的大门"吱呀"一声打开了。红光闪现，两个提着灯笼的人走了出来。四人急忙把身形藏在马厩的阴影里。

红光移动，那两个人边说话边走了过来。

"大，那个孟少爷能救过来吗？"一个年轻的声音问道。

"死马当活马医吧，唉！可怜的后生。"回答的是一个苍老而沙哑的声音。

"大，你那是给马吃的草药，人吃了管用吗？"

"我也不知道，二当家的非要我看，我能有什么办法。唉，只是可惜了那个后生了。"随着一声无奈的叹息，二人说话的声音渐渐地远去了。

见二人走远，李能低声问道："燕妹，这两个人认识吗？是干什么的？"

"认识，是村子里的一个老兽医，经常托致远堂给他采买一些东西，我们的马匹有病也找他治。"

"那太好了！这样，燕妹，叫秋月和春月在这里继续盯着，咱俩去找那老兽医打听打听里面的情况。"

"行！"慕容燕点头赞同，嘱咐了一下二女，就和李能往老兽医走的方向追了下去。

第二十四章
辣手毙贼

待李能和慕容燕返回，已近午夜。

微弱的月光渐渐淡去了，天，已经黑得快伸手不见五指了。

山谷中，微风乍起，清冽冽，竟生出了丝丝凉意。马厩中的马儿不时地打着响鼻，嘴里还偶尔地咀嚼一下。

董家大院，已变得漆黑一片。黑乎乎、阴森森地矗立在半山坡上，角楼的灯光飘忽黯淡，诡异地忽长忽短，忽明忽暗。

山谷里的夜，不仅阴冷，还寂静得让人心惊。

秋月和春月二女躲在马厩的一个角落里，不知道是冷的还是害怕，正抱在一起，瑟瑟发抖。看到飞羽和慕容燕回来，二女才长长地出了口气。

春月带着颤音说道："小姐，你可回来了！你不知道，你们走了没多久，又来了三个黑衣人，蒙着面，全都潜进了这院子。都好半天了，不知道为什么，里面竟然一点动静也没有。"

李能与慕容燕对视了一眼，"黑衣人？"

"是！和咱们在村外看到的一样，手里都拿着兵器。"秋月补充道。

"怎么办？咱们还进去吗？"慕容燕悄声地向李能问道。

"不知道进去的是些什么人，现在里面的情况不明，咱们还是等等看。"李能面色凝重，思索了一下说道。

"好！"三女刚点头，李能突然向三女做了一个噤声的手势。身子一闪，几个纵身，就窜到了靠近围墙的一棵大树后。随着两声闷哼，李能腋下夹着一团黑乎乎的东西，又快速地返回了马厩。轻轻一扔，黑乎乎的东西掉在了地上。

"嗯……"那团东西竟然开始蠕动了起来，三女仔细一看，竟然是一个瘦小的蒙面黑衣人。

见黑衣人要醒，李能抽出匕首，抵在黑衣人的脖子上，低声威胁道："不许出声，否则捅了你！"

借着微弱的星光，黑衣人躺在地上，看着眼前的几个黑影，惊恐地点了点头。

"我问，你答，不许撒谎！"李能把匕首又往下压了压，黑衣人感到脖子上一阵刺痛，吓得拼命地点头。没想到这一点头，"刺啦"一声，黑衣人的脖子就被匕首的刀尖划出一道口子，黑衣人猛地一痛，"啊……"惊恐得张大了嘴，就要嘶吼。

李能急忙堵住了黑衣人的嘴，狠声道："不许喊，再喊捅了你！"

黑衣人吓得连连眨眼，再也不敢动了。

李能松开了堵着黑衣人嘴巴的手，低声喝问道：

"你们是什么人？进去干什么？"

"我……我们是八龙山黑龙寨的，进去找……找镖。你们是谁？"黑衣人哆嗦着说道。

"你们来了多少人？"

"三……二十多人。"黑衣人这会儿稍稍定下了心，言辞闪烁不定起来。

李能也感觉到了，手腕一硬，匕首的尖刃又往黑衣人的肉里进了一分。黑衣人顿时感觉脖子上又一痛一凉，吓得急忙改口道："爷！爷！轻点，轻点。我说实话，我说实话。"

"哼！再耍滑头，我要你命。说！"李能眼神凌厉，狠狠地低声怒喝道。

"三十人，是三十个人，进去两个打探消息，其余的都在村子里的几户人家里等着消息呢。"

旁边的秋月和春月听了，心中一颤，三个黑衣人只进去两个，自己二人竟然没有发现。好在刚才二人没敢动，要是一动，非被留下的这个黑衣人发现不可。

"砰"，李能一翻腕，用匕首柄敲昏了黑衣人，捆住手脚，顺手又薅了几把乱草，揉成一团，塞进黑衣人的嘴里，把人丢在了马厩的料槽后面。

看着慕容燕和其他二女，李能沉声道："黑龙寨潜进来找镖一定另有打算，我们不能再耽搁了，现在必须得进去了。燕妹，你们怎么看？"

"黑龙寨是一股地地道道、无恶不作的土匪，专门以劫掠和杀人越货为生。特别是大寨主人屠子，更是凶残，曾经一人就灭了一个五十多人的商队。董家与黑龙寨一直争斗不断，现在被人屠子发现是董家兄弟劫的镖，双方肯定会有一场火拼。"慕容燕语气凝重，低声说道。

"对！我们过来寻镖救人，不到万不得已，要尽量避免伤人恶斗。特别是黑龙寨的土匪已经进去了，一直没有动静，里面的情况不明，我们要是再不打招呼，强行闯入，一定会引起董家兄弟的误会。我看这样，咱们直接敲门讨镖，亮明身份，敌人的敌人就是朋友，董家面对黑龙寨这个强敌，肯定不会再轻易树敌的。"

三人听李能这么一说，也觉得有理。

慕容燕开口道："行！能然哥，就以我致远堂的名义登门拜访，进去以后咱们看情况再说，董家兄弟应该给这个面子的。"

"好！燕妹，那咱们就行动吧，我不是还是致远堂的十八爷吗？"李能低低轻声一笑。

"哼！美的你，跟我来。"天黑，虽然看不清慕容燕的表情，但听口气，就是一脸的不屑，秋月、春月二女也是低头捂嘴轻笑。

四人不再隐藏身形，摘下面巾，跟着慕容燕径直向大门方向走去。

此时，午夜已过，董家大院里依然静静的、无声无息，只有角楼上那几盏油灯还在忽明忽暗地闪动着，微光下的房子影影憧憧，显得格外诡异。那两个潜入董家的土匪如泥牛入海，像被黑暗中的怪兽一口吞食了一样，再没有一点动静了。

四人到了门前，黑漆漆的院门紧紧地关着。秋月看了慕容燕一眼，慕容燕点点头。秋月走上前，对着门，就直接敲了起来。砰砰砰敲门声，一下子，就在寂静的山谷里回荡起来。

"啪啦啦……"院子里传出松油炸裂的爆响，随之，里面一阵骚动，哗啦一声，院门齐刷刷打开了。

人影在火光中穿梭闪动，还没容得飞羽四人定神，眨眼间，就被十几个拿着刀枪棍棒的家丁围堵在了门前。

"哼！兔崽子们，还真敢来呀。"

台阶上，随着骂声，人群中分开一条通道。火光下，一个豹头环眼、三十多岁的汉子，上身套着一件虎皮背心，腰扎皮带，胳膊上的肌肉鼓鼓的，手里拎着一把三股钢叉，大踏步走了出来。

"董二哥，这么大火气，谁惹你了？"慕容燕一见，上前一步，看着来人，笑盈盈地说道。

"咦！是慕容妹子，你怎么半夜三更的跑进黑施沟来了？"来人正是黑施沟的二当家董贵，也是这董家嫡出的二少爷。

董贵惊讶地看着被围在人群中的四人，除了那个高个子精壮男子外，另外两个女子自己都见过，慕容燕的贴身护卫秋月和春月。

"董二哥，你这些人拿刀、拿枪地围着我们，这是要干嘛呀！"火光中，慕容燕身形未动，抬手指了指周围的人，依旧笑嘻嘻地看着董贵。

董贵看了看灰暗的四周，见只有慕容燕四人，用左手挠了挠蓬乱的头发，有点尴尬地嘿嘿一笑，对周围的人挥了挥手，道："去去去！都什么眼力劲，没看到是慕容妹子吗？还围着干嘛，都滚回去吧！"

众人被骂得一缩脖子，心里想，我们早就认出是慕容姑娘了，你不发话，谁敢走。众人纷纷收起手里的家伙，一溜烟地跑了回去。董贵也把手里的钢叉交给了一个寨兵，高兴地说道："妹子，走，咱们进去说。"

此时的董家前院，灯火通明，四周墙上的火把都点了起来。

四人随着董贵进了院子，李能左右仔细一看，暗自心惊。好家伙，在院子里的各处暗影中，寒光闪烁。各个角落，藏的都是寨兵，见人进来，依然静静地守在那里，竟然没有引起丝毫波动。看这架势，先前进来的那两个土匪怕是早就被擒住了，难怪半天一点动静没有。

董贵带着四人来到前院的一处石头房间，里面亮着灯，董贵边走边冲里面喊道："大哥，不是黑龙寨的人，是慕容姑娘来了。"

石屋内空间不大，布置的东西也很简陋。在墙的正中央，挂着一颗巨大的狼头，顺墙立着许多兵器、猎具，两侧墙上的松油灯散发着刺鼻的油烟味。地上散放着七八张木凳和树墩做成的桌子，有四个人正围坐在一起，看样子正在商量着什么事情。四人和董贵一样，都穿着兽皮，身上还挂着一些兽骨制作成的装饰品。

中间的一个人一见慕容燕四人进来，高兴地站了起来，伸开双臂，迎向慕容燕，哈哈一笑道：

"妹子，什么风把你给吹来了？来，快坐。"

慕容燕欢快地上前，与此人双臂相交，咯咯笑着说道："董大哥，深夜打扰，你不会怪我吧？"

"怎么会呢，只要是妹子来，随时都欢迎。"

说话间，几人又重新落座，董平笑呵呵地看向李能，问道："妹子，这位朋友眼生，不会是妹子的心上人吧，哈哈。"

慕容燕粉脸一红，娇羞道：

"董大哥，你说什么呀，这位……这位是我师哥。也是太汾镖局的李镖师，深州李能。"

"太汾镖局！"

屋内的董家兄弟与另外两个人一听，脸色一变。满脸警惕地盯着李能和慕容燕四人，所有人脸上的笑容，一下子都凝固了。

李能见状，看着董家兄弟几人，抱拳一礼，朗声道："二位当家的，实不相瞒，兄弟这次拜山，就是为了孟家少爷来的，还望几位当家的能给个薄面。"

"薄面！呵呵，李镖师好大的面子啊。"董贵一声冷笑，满脸不屑地瞪着李能。

"二弟，李镖师是慕容妹子的师兄，说话客气点。"董平一脸凝重，看了慕容燕一眼，沉声说道。

慕容燕和李能二人心里明白，董家兄弟这是要慕容燕给个交代。

二人互相看了一眼，慕容燕开口，柔声说道："董家二位大哥，小妹和师兄这次进沟确实有点唐突。不过事情紧急，也是急于和两位哥哥见面商量，故而连夜赶来，希望两位哥哥不要见怪。"

董平上下打量着一身夜行衣打扮四人，嘿嘿地冷冷一笑，"慕容妹子，看你们这一身行头，是把哥哥这里当作龙潭虎穴了吧！"

看董家兄弟神情，显然是对四人夜访不满，慕容燕也被董平的一席话说得颇为尴尬，一时不知如何应答。

李能脑中突然灵光一闪，想起外面被自己擒下的匪人，心中有了对策。面露微笑，看着眼前的董家兄弟，不急不忙地开口道："二位当家的，你们错怪慕容妹子了。"

"是吗？"董平几人都抬眼瞅着李能，并没有继续插话，神情冷冷地等着李能的下文。

李能看了慕容燕三人一眼，不慌不忙地说道："二位当家的，事情是这样的。太汾镖局在塞外也有一些朋友，镖车被劫后，我们的朋友就已经打探到是黑施沟出的手。同时，也探到黑龙寨要袭击黑施沟。昨天，我们住在致远堂，和慕容师妹说起了这个事，没想到慕容师妹与你们黑施沟还有一层渊源。慕容师妹就希望我们与你们能联手，先对付黑龙寨，想必你们现在也知道了，镖车里根本就没有镖银。慕容师妹怕引起黑龙寨的注意，又想急于通知你们，就带我们几人连夜赶了过来，没想到引起了二位当家的误会。"

"是这样的吗？"董平狐疑地看向慕容燕。

慕容燕听李能一说，心中一乐，差点笑了出来。真没想到，我的能然哥原来也能瞎编啊！旁边的秋月、春月二女听得也是一阵愣神，心里想，是这样的吗？

见董平投来了征询的目光，慕容燕满脸的委屈，叹了口气，说道："唉！二位哥哥，看来是妹子有点多管闲事了。既然这样，你们两家自己看着办吧。早知道这样，我就不该用热脸贴你这冷屁股了。"

"这个……"董家兄弟看着李能，又看看慕容燕，不知该不该相信，也愣在了原地。

见状，李能瞟了董平一眼，平静地说道："二位寨主，今晚你家进贼人了吧。"

董平瞅着李能，应道："是，你怎么知道？"

"二位寨主，你现在叫人去马厩里看看，那里还有一个贼人，被我们擒下了。"

"喔！"董平脸色一变，看向董贵，沉声说道："二弟，叫人去看看。"

屋内几个人谁也没说话，都静静地坐着。

片刻，从外面进了一个寨兵，贴到董贵的耳边说了一句什么。

"腾！"董贵站了起来，双眼怒睁，瞪着李能，怒声道："姓李的，你把我们看作小孩子了，耍着玩呢？"

坏了！

李能一看这架势，顿感情况不妙。飞快看了慕容燕一眼，低声说："估计那黑衣人跑了，沉住气。"

慕容燕神色凝重，点了点头，也没说话。

李能不动声色，面无波澜，看向董贵，依然平静地问道："二当家的，怎么回事，能说说吗？"

"大哥，那马厩里没人！"董贵没搭理李能，转头看向董平。

董平面沉似水，双眼死死地盯着李能，沉声道："李镖师，给个说法吧！"

李能看着董平的双眼，不动声色地问道："大当家的，进入你们院子里的贼人，是两个黑衣人，都擒住了。对吧？"

董平的脸色不易察觉地一变，冷冷地应道："对，一个没跑！"

"问出什么没有？"

"没呢，正在问。"

李能脸色微变，急道："大当家的，那你们得做好准备。据刚才我们擒住那个黑衣人交代，他们这次来了三十多人，算上跑掉的那一个，现在藏在村子里的就还有二十八个人。这些人我们在村子外就发现了，个个身手都不弱。"

董平刚要张嘴说什么，吱呀一声，门突然被拉开了。一个二十多岁的人跑了进来，急急地对董平说道："大哥，问出来了，就是黑龙寨的人，在村子里还有二十多个人，都是高手。"

"哼！怕什么，只要他们敢来，老子见一个，就杀一个。"董贵一拍木墩，脸色狰狞地说道。

"就是，咱们官兵都不怕，还怕这些黑龙寨的杂碎？"屋子里另外两个一直没说话的中年大汉也齐声附和道。

董平扫了李能四人一下，继续问来人，"铁柱，他们交代没，其余的人藏在哪里？"

"他们也不知道，只是说在外面留了一个人，传递消息，外面那个人应该知道。"

心头一凛，李能和慕容燕对视了一眼，这一层自己也确实没想到。看来，对黑龙寨这帮人不能小觑。

董平看向李能和慕容燕，脸上的神色已经缓和了不少，满脸歉意，说道："慕容妹子，误会你们了。现在黑施沟大敌当前，你看，能否给我们一些时间？等我们先处理完这件事，咱们再谈。李镖师，你放心，那孟家少爷我们会好生保护的。"

慕容燕看向李能，李能微笑着应道："大当家的，言重了！我没意见，就按你说的办吧。"

"好！痛快，李镖师，你这个朋友我黑施沟交定了。"

董平一拍桌子，咧嘴高兴地说道。转头又对董贵说道："二弟，这样吧，你安顿一下，先让慕容妹子和李镖师他们休息一下。咱们先商量一下，怎么对付黑龙寨的那帮人。"

"行！"

董贵点点头应道，面对李能、慕容燕四人，又挠了挠那蓬乱的头，满面惭色，不好意思地说道："啊……那个慕容妹子，李镖师，误会你们啦，你们看？咱们走吧。"

"咻……咻……啪、啪啪。"

突然，外面传来三声急促的鸣镝声。随着，锣声、人的喊声四起，"有贼人啦！有贼人啦……"

"铛……铛铛铛……"

董平、董贵四人脸色一变，屋内几人都站了起来。

"不好！黑龙寨的人杀进来了，二弟，你快带慕容妹子们下去。"董平急催道。

董贵刚要说话，李能"蹭"地解下后背的枪袋，说道："二位当家的，我们留下来，帮你们。"

"对！二位哥哥，我们帮你们。"慕容燕随着李能说道。

"哈哈，好！那就多谢了。"董平高兴地一拍李能。

说完，大手一挥，眼露神光，豪情万丈地大喝一声："走！咱们会会这帮兔崽子去。"

院内，灯光火把四起，人影闪动，数十个黑衣人从院墙的不同地方纷纷跃了进来。有的与院子里的寨兵打了起来。刀枪、棍棒的撞击声，人的厮杀呐喊声，片刻间，院子里已经乱成了一片。

董家大院依山坡高低分布，从下到上共有四层。第一层最是宽敞，主要是下人、寨兵居住。还有演武场、花园、仓库等。

此时一二层院子有几处又突然着起火来了，噼里啪啦，火势越烧越大，上下一片通红。进来的黑衣人有七八个被堵在了一层，与十几个寨兵正在厮杀。二层也有四五个人在作对拼斗，三四层虽然暂时没有黑衣人上去，但火势沿坡溯风而上，眼看就要烧上去了，哭喊声、惊叫声响彻整个院子。

董平脸色铁青，站在台阶上观察着院子里的情况。

董贵手持钢叉，早已窜到了那七八个黑衣人那里。骂声如雷，"兔崽子们，给爷爷拿命来！"话音未落，手里的钢叉如一条黑龙冲着一个黑衣人直贯而去。

这个黑衣人还没来得及躲闪，就听"噗呲"一声，就被董贵的钢叉叉到了半空。董贵一抖手，哄一下，把黑衣人丢飞了出去。

七八个黑衣人一愣，就听其中一个黑衣人大声喊道："弟兄们，围住他！"其他人纷纷丢下寨兵，向董贵围了上来。

李能站在台阶上，四周一扫，沉声说道："大当家，黑龙寨还有人没露头，你多注意，我上二层去。"

"好。李镖师，拜托了。"

"燕妹，注意安全！"

说罢，李能双手一拧，手中的镔铁枪就合在了一起。身形一晃，人已窜出了丈远，跳上一堵矮墙，穿蹦跳跃，几个闪落，就到了第二层的通道口。

目光及处，原来是一老一少两个人，正死死地缠着四个黑衣人苦斗。老者持斧，年轻人持剑，二人身手都不弱。特别是老者，手中一柄薄刃开山斧，大开大合，划出道道残影，劲风呼呼作响，随着劈砍，口中爆喝连连，几乎把四个黑衣人的攻势都挡了下来。

但李能看得出，这四个黑衣人并没有使出全力，左躲右闪，目的在消耗那老者的气力。老者这会儿的攻势虽强，但力度已经弱了下来，用不了几息，就会被黑衣人压制住。而那个年轻人只有十七八岁的样子，身形瘦小，眉清目秀，虽然剑势伶俐，但力量不足，打得有点左支右绌，有时还得老者照应。

四个黑衣人这会儿也看出年轻人的不足之处，四个人突然互相身形一错，不再群殴，两两对一，一下子就把老者和年轻人分了开来。

这一下，场上形势突变，对阵老者的两个黑衣人也并不与老者死斗，只是缠着不让其脱身。而缠斗年轻人的两个黑衣人却开始痛下杀手。手中刀，刀刀不离年轻人的要害。刚一照面，就听"刺啦"一声，那年轻人的衣袖就被一个黑衣人的刀锋给扫裂了，随之，一股血就从年轻人的手臂处喷射出来，年轻人"啊"的一声，因刺痛惊呼出口。

李能一听，怎么是个女孩子。

那老者心中也是一急，虚晃一招，就要往年轻人那边靠拢。可被身边的两个黑衣人死死缠着，怎么也脱不开身，急得哇哇大叫，手脚一乱，砰的一声闷哼，老者也被其中一个黑衣人狠狠地踹了一脚。身子一歪，差一点摔倒，寒光一闪，另一个黑衣人的刀便从老者的头顶斜劈下来。

"铛……"

一阵金铁碰击声，一柄黝黑的枪头挡在了老者的头上。老者惊魂之际，呼的一下，一道人影就到了老者身边。

来人正是李能，看了老者一眼，道："你没事吧？那边我过去！"

没等老者回应，呼的一下，李能挺枪就冲向了女孩子那边。

老者扫了一眼，见李能已经护住了那女孩儿，心中一安。精神随之大振，又大喝一声，"崽子们，来吧！"手中的斧子呼呼响，与两个黑衣人又缠斗起来。

围杀女孩儿的两个黑衣人一看，又上来一个汉子，也没说二话，就都舍了那女孩儿，"呼啦"一下，两把刀就直冲李能剁来。

"来得好！"

李能大喝一声，枪出如龙，空中劲气翻滚，一道黑色闪电，直奔最近的黑衣人刺去。

黑衣人大惊，手中刀急忙使劲一磕，就要往后退去。刚一挪脚，就觉得自己的脖颈处一凉，一痛，耳中听得"噗呲"一声，一柄长枪就洞穿了自己的喉咙。

嗤！

黑衣人身体一僵，双目圆睁，脖颈处的血像一股血箭，喷射出来。

另一个黑衣人一看，大惊失色，扭头就要跑。李能的手中枪就像一道黑色的匹练，一反手，对着黑衣人拦腰横扫。

砰！

另一黑衣人的身子一下子就被扫了出去。

"噗"的一口血，从黑衣人的嘴里喷了出来，一歪，一头栽了下去。

与老者交手的两个黑衣人一看，吓得亡魂皆冒。妈呀，这是来了杀神了，比土匪还凶！两个人交换了一下眼神，趁老者愣神之际，扭头撒腿就要跑。

呼！

又是一道黑色闪电，一柄长枪以一个极快的速度就洞穿了一个刚要起步的黑衣人的胸膛。

黑衣人带着枪，满眼的惊惧，硬生生地又往前跑了两步，扑通，一头栽了下去。

李能来到了黑衣人的身边，猛地拔出长枪。

嗤！

鲜血飞溅。

剩下的黑衣人扑通一下，就栽倒在地，冲着李能拼命地磕着头，吓得一句话也说不出来，嘴里呜呜呀呀的，满脸涕泪交流。

老者和女孩儿也是满脸的震惊，特别是那女孩儿，一手捂着嘴，惊愕得半天说不出话来。天哪！刚才还穷凶极恶的三个歹人，这转眼间就都成了一具具冰冷的尸体。

院子里的混战还在继续着。

此时，慕容燕带着秋月和春月也上了二层，看到李能，慕容燕满眼关切，"没事吧，能然哥。"

"没事！"

李能看向老者和女孩儿，女孩儿正瑟瑟发抖，站在老者的旁边，一手捂着还在流血的胳膊，惊惧地看着自己。老者见李能看向自己，急忙放下手中的斧子，连连抱拳施礼，不住地说道："这位就是李镖师吧，老汉谢谢了，谢谢了！"

慕容燕这时也走到女孩儿身边，拿出金创药，进行包扎，秋月和春月手持短刃，警惕地护在身边。

"杀呀……！"

"贼人又进来了！"

喊杀声和人声的嘈杂声从二层的内院又传了出来，老者脸色一变，"不好！又有贼人进来了。"

说罢，看了李能和慕容燕四人一眼，二话没说，又提着斧子，往里冲去。刚包扎好的女孩儿低声对慕容燕说了声谢谢，也跟着老者冲了进去。

"走！我们也进去。"李能狞声说道。

二层内院，也极为宽大，院连院，房套房，全部是石头砌成。

整个院子里虽然火光四起，但还没有完全向里蔓延开来。起火的地方基本都是各处存放木头干草等易燃物的地方，估计是进来的贼人为了引起混乱，故意点燃的。院子里到处都是灭火和搜索贼人的寨兵与村民，烟火中，大家井然有序，丝毫不乱。

"围起来！"

一声怒吼声从里面传来，紧接着，二层所有的寨兵都往里院的一个方向涌去。随着几个寨兵，李能四人也很快就追到一处独立的院子里。

此时，在这处院子的周围，已经围过来了二十多个寨兵。董平也不知道从哪里上来的，和刚才那老者、女孩儿都在里面。寨兵们手里的火把将小院照得雪亮，在寨兵们中间，有七八个黑衣人正手持刀枪，满脸狰狞地与寨兵们对峙着。

慕容燕突然说道："能然哥，你看，这里好像是老兽医说的那个地方。"

李能环顾了一下四周，确实与那老兽医描述的一致。院子独立，靠山而建，是整个二层院子里最不起眼的一处。

"看来黑衣人已经得手了，我们得随机应变，一定不能让孟少爷出事。"李能面色凝重，边说边观察着眼前的情势，心里飞快地思索着对策。

此时，董平也看到李能过来了，朝着李能颔首示意，点了一下头后，继续对着被围起来的黑衣人怒声喝道："钻天鹞，哪来的狗胆，敢夜闯我黑施沟，把人给老子交出来！"

"嘿嘿，董老大，是你先黑吃黑，吃到我黑龙寨的头上了，让老子交人，狗屁！"一声阴恻恻的声音从那群黑衣人的中间传了出来。

"放屁！老子劫的是太汾镖局的镖，与你黑龙寨有狗屁相干，快给老子放人，否则，老子今天就灭了你！"

旁边的李能听得一头黑线，这是什么鬼！自己这正主就在眼前，这两家是一点也不把自己放在心上啊。为了抢镖，还硬杠上了。

"动手！"董平不再废话，一挥手，吩咐自己的人就要往上冲杀。

"董老大，你敢！你要是硬来，老子今天就豁出去了。"

随着声音，从这群黑衣人中间走出一个瘦得像麻杆一样的黑衣人。冲着自己的身后一摆手，喊道："来呀，把那小子给我拉过来。"

哗！几个黑衣人闪出一个口，一个华服锦袍的年轻人被几个黑衣人推搡着走了出来。

火光下，年轻人一脸病容，双眼满是惊恐。嘴里被塞满了东西，不断挣扎着，扭动着被五花大绑的身子。

看着就要冲杀过来的寨兵，瘦麻杆黑衣人一把揪过年轻人，手中的峨眉刺顶在其脖子上，瞪着董平，狰狞一笑，狠声说道："董老大，你要是敢过来，老子就戳了他！"

董平一摆手，止住了要冲上去的寨兵，也没开口说话，阴沉着脸，瞪着瘦麻杆黑衣人，眼神闪烁不定，不知心里在想着什么。

李能一看，一股不安从心里升了上来，心想，这年轻人一定就是孟家少爷了。此时，董平要是不管孟家少爷死活，与黑龙寨的人死磕，这少爷恐怕就活不成了。

看着脸色阴晴不定的董平，李能沉声道："大当家，不能伤了那人！"

董平瞟了一眼李能，没回话。刚才李能一眨眼就绝杀了黑龙寨的两个人，心里已经开始对李能深深地忌惮起来。心想，自己此时要是不管不顾冲上去抢人，恐怕这个看上去一脸和气的镖师，也不会与自己善罢甘休的。

于是放缓脸色，看着李能，沉声问道："李兄弟，你说怎么办？"

"让他走！"

"让他走？"董平犹豫了一下。

"对！"

看了一眼面无表情的李能，董平虽心有不甘，但也不敢再造次，冲着自己的寨兵一摆手，大声说道："让他们走！"

寨兵们愣了一下，随即向两侧退去，中间空出了一条通道。

瘦麻杆黑衣人嘿嘿地狰狞一笑，一手抓着年轻人的肩膀，一手的峨眉刺紧紧地抵在年轻人的脖子上，在众人的注视下，带着其他的黑衣人慢慢开始往外退。

董平扭头看向默不作声的李能，低声说道："李兄弟，黑龙寨要是把人带走了，那镖车的事就与我黑施沟再没关系了。"

李能点点头，没有回话，眼睛盯着正在退走的瘦麻杆黑衣人。

说话间，以瘦麻杆为首的七八个黑衣人已经退到了一层大院的院门口。这时，又有七八个黑衣人从远处的黑暗中掠了过来。瘦麻杆黑衣人看了一下自己身边的十几个人，神色一下子放松了许多，看着远远跟上来的董平、董贵兄弟，得意地咧嘴讥讽道："董老大，董老二，欢迎去我们黑龙寨做客，哈哈哈……"

董平脸色煞白。

董贵激怒，"王八蛋！"一挺身就要冲出去。

"二弟，别冲动！"董平一伸胳膊，拦下董贵。

"哈哈哈……"

瘦麻杆大笑着在十几个黑衣人的护卫下冲出了大门。

"李兄弟，你看……"董平看着冲出院门的一杆黑衣人，扭头说道。

咦！人呢？

李能和慕容燕四人突然不见了，就在众人愣神之际，突然，黑施沟的夜空中响起了一声凄厉的惨叫。

"啊！……"

第二十五章
小村结庐

这一天，晨曦荡漾，微风送爽，雀鸟开始在枝头喧噪欢唱。

小韩村，戴家。

哗啦一声，大门打开了，一个身穿白布大褂的古稀老者缓步走出了院门。老者站在台阶上，仰头看了看透过院前榆树枝头洒落下来的晨光，深深地吸了一口清气，然后步履平稳地向城中走去。

官道上，尘土飞扬，十几匹马风驰电掣般地急驰着。

祁县城内，车水马龙，行人熙熙攘攘。作为川陕通衢之要冲、三晋富庶之地、商贸中心，每天往来的茶马商贾以万计。

在太汾镖局的客厅里，从塞北返回的郭老汉、戴老掌柜及一个四五十岁的中年人，正与一个七十多岁的居中老者相谈。

"姐夫，此子的外家功夫已经达到登峰造极的地步了，这次能把孟家二少爷救回来，真是功不可没啊！"郭老汉深深地吸了口烟，感慨万分地说道。

"是啊！大哥，在黑施沟，要不是此子头脑机敏，杀伐决断，出手又狠辣，别说从黑龙寨的土匪手里抢人，就是那黑施沟的董家兄弟恐怕也不会轻易放人的，此人绝对是个难得的人才。"戴老掌柜在旁边也是赞叹不已，对郭老汉的话颇为认同。

"此人真的有这么厉害吗？"旁边的那个四五十岁的中年人惊讶地看着二人，疑惑地问道。

"二闾，此人绝对的不一般，以后有机会，你见见他，就知道了。"

叫二闾的汉子没有再说话，只是轻轻地"喔"了一声。

"好！这次能圆满走完这趟镖，你们哥俩也辛苦了。对于你们说的这个人，咱们镖局一定要给足酬银，至于接纳此人入镖局的事情，我看还是先放一放。此子身份颇为复杂，功夫也不弱，我们还是多了解了解再说。你们也知道，我戴家拳不传外人，一旦此人入了镖局，难免要接触到戴家子弟，要是被谁把戴家拳法泄露出去，那我们的罪过就大了。"居中的老者面沉似水，不急不缓地说道。

这老者，就是戴家老镖头戴隆邦，一早从小韩村来到镖局，就是因为接到郭、戴二人返回的传信，急急过来了解详细情况的。

这次塞外走镖，牵扯到太谷孟家两位公子的性命，戴老镖头也不敢掉以轻心，亲自安排，设局明暗走镖，又把戴家两位老镖师也派了出去。十几日前，突然接到孟家二少爷又被劫了的传信，心急如焚。昨日又接传信，说众人已经安然返回，这才松了口气。刚才听二人一通细说，知道了大概情形，老镖头这才彻底放下心来。

不过，看二人口中如此地赞叹李能，心中也好奇起来。又顿了一下，对郭老汉说道："兄弟，要么这样吧，等这李能从太谷回来，你带他回趟小韩村，我见一见。"

"好！好！"郭老管事和戴老店主对视了一眼，会心一笑，急忙应承道。

说心里话，经过这几十天的相处，这二老对李能着实喜爱，要不是碍于家规祖训，李能想学戴家拳的事，二人也会包揽应承的。现在听老镖头提出来要见一见李能，心头都是一亮，替李能高兴，看来这小子的机会来了！

太谷，孟家。

太谷县有孟、武、曹、王四大家族，都是晋商巨贾。特别是孟家，更是集官、商、文于一体，是四大家族中的翘楚。

孟家客厅，孟老太爷正在与李能说话，在旁边陪着的是孟家二公子。

"李教习，真是多谢你了，你是我孟家的恩人啊！要不是你，我孟家的文魂怕就是要回不来了，"孟老太爷感激涕零地说道。

"老太爷，恩人二字，李能万万承受不起。受人所托，忠人之事，营救二公子，是李能应该的。"

"好！李教习不挟恩图报，人品高洁，人品高洁啊。"孟老太爷频频点头，赞叹不已，转头又对孟二公子说道："文魂啊，以后你要与李教习多结交结交。现在朝局动荡，四海不宁，要想立足，单凭锦绣文章是不行的。"

"是，爷爷！"旁边的孟二公子连连点头。

"老太爷，二公子现在已经安全返家，身体虽有小恙，休息几日就可痊愈，李能这就告辞了。"

"好！文魂，你去送送李教习吧。"

"是！"

出了孟家，孟二公子双眼湿润，紧紧地抓着李能的一只手，颤声说道："大恩不言谢，大哥保重！"

"你也保重！二公子。"李能看着眼前满脸病容的二公子，也是一阵心痛，轻轻拍了拍二公子的手，转身离去。

小韩村，戴家大院。

在客厅，李能在郭老管事的陪同下，见到了戴老镖头，太汾镖局的总镖头戴二间也在旁边作陪。寒暄过后，老镖头没说话，只是静静地看着李能，客厅的气氛略显压抑。

李能看着眼前端坐的老者，七十多岁，站起的话，身高足在五尺开外，须发长髯，面庞瘦长而红润；剑眉柱鼻，二目棱威凛凛，开合间，神光如电。身穿蓝绸长衫，云字头白底便履。虽过古稀之年，却精神矍铄，毫无老暮之色。细腰扎背，坐在椅子上，腰板挺得直直的，不怒自威。

李能见老镖头没有开口，便站了起来，走到老镖头身前，深深一揖到底；然后往旁边撤后一步，起敬躬身说道："前辈，弟子久闻戴老镖头高义，戴家拳威名，今有幸得见前辈，实在是三生有幸。"

戴老镖头用眼光从头到脚，已经把李能细细地打量了一遍。见此人剑眉朗目，身材高挑，一身粗布蓝袍，虽是一武者，却儒雅温和，没有丝毫一般武人的粗鄙之相，内心已经多了一丝欢喜。

等李能说罢，立刻拱拱手，微欠身躯，脸上稍展笑意道："小友莫要客气，这次你助拳太汾镖局，老汉感激不尽。至于威名，更不敢当，那都是江湖朋友抬爱，更不值得一提。小友快快请坐，莫要再多礼了。"

待李能重新落座，戴老镖头继续说道："小友若无急事，可以在这里多盘桓几天，也让老汉尽尽地主之谊。"

李能一听，这老爷子是在打发自己呢。来的路上，郭老汉就已经告诉了自己，入太汾镖局是不可能了。拜师的事自己还没开口呢，要是就这么被老爷子给打发走了，也太不甘心了，不行，这次就是耗也得耗着这老爷子。嘿嘿，我就顺坡下驴，看你老爷子怎么说。

"前辈，我这次来祁县没有别的事情，就是专程过来拜见您的。弟子从小习练家传枪术与拳技，可历经十数年，仍难登大雅之堂。听闻戴家拳独步武林，有养生保命、巧夺天工之妙；老镖头功夫高绝，德艺双馨，故而弟子特意从深州府来，想求名师教我。"

李能的话刚说完，戴老镖头的脸一下子就沉了下来。

看着李能，冷冷地一笑，道："呵呵，看来小友也是有心人了！只可惜那些都是江湖传言，恐怕要害小友白跑一趟了。老汉这点拳技不过是山野小技，也就是自家个闲来活动活动腿脚罢了，哪敢在人前逞强，更不敢误人子弟。小友莫要再信那些无稽之谈了，再说，小友的功夫已经非常强悍了，在我们这种小地方，恐怕也是很少见了。镖局一事，已经耽误小友的不少时间，光阴如金，老汉实在是不敢再耗费小友的时间了。若是无事，就请小友速速回去吧。"

说罢，戴老镖头将茶杯一端道："小友，请喝茶！"

得！这是直接下逐客令了，屋里的气氛一下子冷了下来。

旁边的郭老汉呵呵一笑，打起了圆场，"老姐夫，小友刚从塞外返回就去了太谷，这马不停蹄的，肯定也累了。我看这样吧，就让小友在我家先歇息上几日再走，再说小友这一次为咱太汾镖局也是立了大功的，咱们得好好请小友吃顿饭啊。"

"好吧，那就请小友再逗留几日吧。"说完，戴老镖头站起身，冲着李能微微一点头，就径直出门走了。

一旁的戴二闾总镖头站起身，探手往李能的肩上轻轻地一搭，微笑着说道："小兄弟，你不错！"

李能刚要回应，突觉一股巨大的力道犹如泰山压顶一样，从二闾的手上传来，腿一软，就要栽倒。心中一惊，也来不及多想，急忙脚下用力一撑，尾巴骨往上兜翻，腰脊发力，硬生生地又挺直了身子。

"咦！"

戴二闾总镖头诧异地看了李能一眼，随即又是一笑，把搭在李能肩上的手抬了起来，又轻轻地拍了两下，对旁边的郭老汉笑道："师兄，这个小兄弟确实不错！你们聊吧，我走了。"

郭老汉哈哈一笑，道："二闾，师兄的眼光不错吧。好，你忙去吧。"

戴二闾走后，郭老汉拍了一把还在发蒙的飞羽，笑嘻嘻地说道："小子，别傻了，能得二闾夸你一句不错，难得呀！看来你小子入戴家，有希望了。"

看着李能疑惑的眼光，郭老汉解释道："小子，你不知道，所谓的戴家拳，是由两代人定型完成的。老镖头结合自己的家传拳法把学自曹继武先师的心意拳做了改进，先创了戴家拳。而戴家拳的完善，是二闾和老镖头一块完成的。所以说，你能抗住二闾的一掌，不容易呀。二闾话少，从不轻易夸人。在戴家，戴老镖头早已不再传拳，都是由二闾传艺授徒的。今天二闾考较你，看来老镖头也动了收徒的心思了。"

"真的？"

李能眼神一亮，满心激动，热切地看着郭老汉。

郭老汉哈哈一笑，一把拉起李能，道："别多想了，走吧，先去我家。"

郭老汉的家紧邻戴家大院，中间就隔着一条街，近前一看，是一处私塾模样的建筑。院子里有几个小孩儿正在玩耍，一见郭老管事，撒腿就跑。

"老夫子回来了！老夫子回来了！"小孩儿们边跑边喊。

见李能疑惑地看着自己，郭老汉嘿嘿一笑，道："这私塾是戴家开的，老夫平日里以教书为主，镖局只是偶尔去，帮着记记账目，多混俩酒钱哈。以后你也喊我老夫子吧，走，去后院，那里有一间空屋，你先暂住在那里吧。"

安顿好后，郭老夫子看着情绪略低落的李能，意味深长地一笑，说道："小兄弟，戴家拳传男不传女，传内不传外，这是戴家老祖定下的规矩，是谁也更改不了的。你要想学拳，不下点功夫怎么行，不管哪门拳技，都是别人历经千辛万苦修炼出来的，更是用以保命谋生的手段，哪会轻易外传啊。记住，只要功夫深，铁杵磨成针。"

说罢，郭老夫子轻轻拍了拍飞羽的肩头，走了出去。

看着老夫子的背影，李能若有所思。是啊，自己寻名师，名师也在寻高徒，要是单凭自己一句要拜师的话，对方就轻易地答应了，恐怕自己也会心里不踏实。戴家拳，我一定要学到手！

戴家内院，郭老夫子又见到了戴老镖头。看着沉思中的戴老镖头，郭老夫子问道："姐夫，你觉得此子怎么样？"

"嗯！此子不骄不躁，品貌端正，双目澄明，不是奸佞之人。"戴老镖头瞟了一眼郭老夫子，点点头，继续问道："怎么，他住下了？"

"住下了，我让他住在私塾的后院了。"郭老夫子边说边拉了把椅子坐了下来。

"姐夫，此子提出拜师的事情你是怎么想的？"

戴老镖师看着郭老夫子，面沉似水，沉吟片刻，缓缓吐出四个字："祖训难违！"

"是啊，祖训家规是戴家后人为人处世的根本。可是，姐夫，你想过没有，如今百年过去了，戴家后人开枝散叶，已经各奔东西，戴家拳在族人内传承也遇到了青黄不接的窘境，如今虽然有二间还能继戴家拳的衣钵，但单靠他一人也是独木难支；而今，江湖强者辈出，这次塞外遇险，可见镖业日渐艰难。恪守祖训固然要紧，可祖训也捆住了手脚，如无源之井，时至日久，就会枯竭的。祖训是人定的，我辈后人应当遵循，但更应该视情形改之啊！"

郭老夫子说到此处，停顿了一下，见戴老镖头神色未动，就喝了一口水，继续说道：

"我知道，姐夫你志向高远，志在使戴家拳发扬光大，可观我戴家族人年轻一代中，有此志向者甚少。何况我戴家拳也是姐夫得自姬氏心意，与姬氏心意其他支脉相较，戴家拳偏安一隅已近数十年，并没有如其他姬氏心意支脉那样，广为流传。如若再闭门，只在族内相传。那么，在日后的武林中，恐怕就不会有我戴家拳的一席之地了。姐夫，就那李能，若是单比武力，除了二间，在我戴家其他年轻一代中恐怕已经无人能敌了。此人是不可多得的武学奇才，我戴家若有此人加入，我可断言，日后戴家拳中兴，当非此人莫属。"

听着郭老夫子的话，戴老镖头眉尖不断耸动，双眼神光灿然。

"说得好！"突然一声爽朗的人语声打断了二人的交谈，叮当，叮当，伴随着环佩玉器的碰击声，一位银丝素裙的老妇人在戴二间的搀扶下走了进来。

"娘！"

"姐姐！"

二人一看，都急忙站起身来，躬身施礼。

戴家老祖宗戴老夫人来了。

只见老夫人，银发华鬓，一脸的慈爱沧桑，微微下陷的眼窝里，一双深褐色的眼眸，透着一份坚毅与凛然。

老夫人坐下后，看向站立着的二人，开口说道："隆邦，戴家祖训不是闭门自珍，是防止所传非人。芸芸众生，何其广大，戴家只不过是其中的沧海一粟而已。戴家拳也不是戴家的拳，如佛陀普度，戴家拳更要有佛意，你追求拳道之极致，心就不能太小了。"

听着老母亲的话，老镖头的心间轰然一震，继而豁然开朗，急忙给母亲深深地鞠了一躬，惭愧地说道："母亲，隆邦懂了！"

"姐姐高义！"一旁的郭老夫子也是深深一揖。

"好了，你们继续聊吧，二间，陪奶奶再走走。"老夫人欣慰地看了二人一眼，在戴二间的搀扶下，欣然离去。

二人目送老夫人离去后，又坐了下来，戴老镖头看向郭老夫子，沉吟片刻道：

"此子外家功夫不错，但练久了，心性容易浮躁，劲力刚而不韧，气脉华而不沉，现在学练戴家拳还为时过早。我看这样吧，收徒之事暂时就放一放，让他找点事做，先打磨打磨他心性，去去他的棱角傲气再说。"

"这样好！我来安排。"郭老夫子点头赞同，随后，二人又商量了一会儿，各自散去。

私塾后院，李能正坐在屋里愁思莫展，自己这次虽然有备而来，也做好了被拒的心理准备，打算一次不行，就两次、三次地去找，只要自己坚持，总会获得老镖头的同情。可听老镖头的口气，以后根本就不打算再见自己了，在江湖上，自己好歹也算小有名气，不可能做那死缠烂打的事情，下一步该怎么办？就这么待着也不行啊，自己带的盘缠总会用尽的，镖局也进不去，自己在这里又人生地不熟的，拜师学拳总不能饿着肚子，看来得先找点什么事做，解决了吃饭的问题后，再考虑拜师的事。

正想着，吧嗒，门帘被挑开了，见是郭老夫子、李能急忙起身，"前辈，您回来了，快请坐。"

"小兄弟，想什么呢？没出去走走？"郭老夫子笑呵呵地问道。

"没有，夫子，能然想请您帮个忙，您看……？"待郭老夫子落定，李能给老夫子倒了杯水后，坐下问道。

"呵呵，帮忙应该的，你帮了镖局那么大的忙，镖局还没好好感谢你呢，说吧，什么事？"

"前辈，是这样的，我想在小韩村落下脚，想请前辈帮我介绍点什么事情做。"

"喔！说说看，你什么打算？"郭老夫子意味深长地看向李能。

李能端正神色，看着郭老夫子，眼神坚定地说道："前辈，我这次来，就是专程拜师，学习戴家拳的。老镖头虽然拒绝了我，但我还是想住下来，等老镖师哪天开恩，能将我列入门墙。但我也不能坐吃山空，想找点事做，把吃饭的问题先解决了。"

"好！小子，有志气。就凭你这股劲，老汉帮你。"郭老夫子一听李能的打算，眼睛里满是赞赏，高兴地频频点头。

想了一下，接着说道："现在已近暑季，戴家在小韩村东头还有一块空置的菜地待种。我就替戴家做主了，把这块地租给你吧。以后菜地的收入，你留一半，剩下的交给戴家就是。"

"行！我租。"李能一听，兴奋地连连说好，满口应承。

租戴家的地，太好了，自己正发愁，即使在小韩村住下来，以后与戴家怎么接触，正没个理由呢，这是送上来的方便啊！这老爷子真是自己的福星。这要是租上戴家的地，不就等于自己能经常进出戴家吗？太好了。

看着高兴得手舞足蹈的李能，郭老夫子暗自一笑，立即正色地说道："好，那就这么定了。"

数十日后，夕阳西下，红云吐雾，如金般的余晖洒落在田野、村落和房舍上。村里，炊烟袅袅，树影斜斜，村道上，行人、牧牛拖着沉重的步伐，缓缓归来。

在小韩村东头，一处篱笆墙在苍茫的暮色中隐约可见。

篱笆墙内，搭着两间茅草屋。在茅草屋前，一年轻的汉子正挥汗如雨，手中的斧头上下翻飞，身边，堆着一堆已经劈好的木柴。

旁边的矮木桌上，放着一把黑漆色陶壶和一碗水，碗中的水，随着汉子斧落木裂的震动，荡起了一圈圈的涟漪。桌子边，卧着一只小黑狗，正静静地、目不转睛地盯着那汉子。

放眼草屋四周，到处都流淌着水茵茵的绿色。韭菜吐芽，菠菜努嘴，黄瓜秧分叶，豆角苗破土，畦畦朝气勃勃。特别是大白菜，种满了整个篱笆墙内，个个叶大如蒲扇，一片扎眼的翠色。

戴家大院门前，一个四五十岁的汉子，正陪着一位古稀老者站在大院的台阶上，静静地凝视着远方的暮色。

"爹，李能都安顿下来了，您还有什么要吩咐的？"

"先让他打磨打磨心性，这个孩子的外家拳练得是不错，功底扎实。要想再进一步，只需要一个契机和一些巧要，以后你也多指点指点他。"

"好的，爹。那拜师的事……？"

"这个事不急，等合适的时机再说吧！"

"好的！"

第二十六章
拳在山川

时间如白驹过隙，转瞬间，已至深秋。

田野里，麦浪滚滚；地头间，欢声笑语。秋黄喜人，秋黄醉人，金黄的谷子笑弯了腰，红彤彤的高粱不住地点头，野菊花妩媚多姿，白的、黄的、紫的，争奇斗艳。

田间地头，到处都是忙碌的人影，割麦的、打谷的、赶车拉运的，一派秋收的景象。

在小韩村东头的篱笆墙内，李能直起腰，擦了把脸上的汗水，环顾四周，菜园子里的蔬菜大部分都已经成熟了。

茂盛鲜嫩的蔬菜把畦田遮蔽得严严实实，西红柿披上了红纱，茄子姑娘穿上了紫色的衣裳；豆角架上碧玉串串，辣椒红得像根根火炭；大萝卜迫不及待地钻出了地面，大白菜白白胖胖的像个娃娃，黄瓜绿得要滴下水来；一群群小蜜蜂，嗡嗡地唱着小曲，成对的蝴蝶在金黄的蔬菜花上翩翩起舞。

几个月下来，李能明显感觉到，自己的心态平和了许多，内心深处的那种焦虑与不安正在渐渐消失。

在这片菜地里，生活突然变得简单、平静了。

日出而作，日落而息。翻地，浇水，施肥，除草，日复一日，每一天都是昨天的延续。就是这不断的重复，种下的每一粒种子，却发生了天地之差的变化。种子的形在变，量在变，质在变，从须弥芥子到郁郁葱葱。生命的力量，在简单与平静中，是如此巨大。大地不仅承载了万物，大地也在生发、改变万物。

不仅如此，李能还欣喜地发现，随着心境的变化，自己的气脉也从断续浮沉，变得越来越凝实悠长了。过去不论是练拳还是练枪，到了一定程度，气息总会有不继的时候。现在，这种不继的感觉竟然少多了。多年的气血迟滞，在不知不觉中也已经豁然贯通了。如今，二百多斤的菜担子，从菜园到戴家20多里地的距离，自己挑过去，不仅毫无气喘的感觉，而且脚下还轻快平稳，这应该就是大道生于野的道理吧。

"老农哥，牛哥和大奎要斗力了。歇会儿，咱们看看去？"一声吆喝打断了李能的沉思。顺着声音一看，是邻近麦田里做帮工的三四个年轻人。与自己说话的，是一个叫二子的十五六岁的后生。几个人正站在两块地中间的小道上，笑嘻嘻地朝自己招着手。

"好！看看去。"李能也朝着几个人咧嘴一笑，大声应道。说罢，拿起挂在篱笆墙上的汗衫，随着几人说说笑笑地往谷场的方向走去。

这几个月来，李能与村里的大人小孩都熟了，特别是李能时不时地把自己种的菜送与众人，更得到了村里人们的喜欢。李老农，就是村里的人们给李能起的诨号，比李能小的，都会喊一声老农哥或老农叔叔。

不一会儿，几个人就到了打谷场。此时的打谷场上，已经围了二十几个人，正围成了一个圈，"上啊！上啊！"地叫喊着。

在圈内，一高一矮两个年轻的后生，活像两只斗鸡，扎着两臂、躬着身，盯着对方，你来我往、一揪一扯地转着圈。

高的，体胖，势沉力猛，正是那大奎；矮一点的，精瘦灵活，动作敏捷，正是牛哥。

看样子，二人也是刚进场。牛哥走位轻松，脚下几乎没有声音，而大奎每出一步，脚下就发出咚咚的沉闷声。伴随着二人的盘旋走转，打谷场的地上也被掀起了阵阵尘土。这二人的角力，看不出半点武功的路数，用的好像都是市井打架的招数，也就是纯粹的力量、气势与心智的比斗。

李能一边饶有兴致地看着二人的比斗，一边琢磨着，自己比斗时的化解之法。看着看着，李能突然心中一愣，怎么自己想的许多破解方法，好像都不如这二人现在的一拳一腿，来得管用实际。

二人的角力，没有丝毫的多余动作。就那么简单，简单得直截了当，无论是还击，或是防守，都毫无花招，也不好看。就像自己的枪技，临阵杀敌，拼的是一击必杀。自己一枪在手，可以勇往无敌，枪离手，就感觉处处掣肘。

道生一，一生二。本，却在道一啊！看来自己的拳技还得从枪入手。戴家拳，据说就是化枪法为拳法。可是……想到这里，李能心中有点黯淡。

过去好几个月了，戴老镖头还是不见自己，自己虽然进去戴家多次，找戴家下人想打听打听戴老镖头在哪里，可下人们都是摇头不答。

郭夫子好像也刻意躲着自己，自己找三次，最多见一次。而且一问老镖头，也是顾左右而言他，笑眯眯的，就是与自己喝酒。而那戴老店主，也是与郭老夫子一个样，不是喝酒就是与自己天南海北地摆龙门阵，这两老爷子，真不知葫芦里卖的什么药。

而自己呢，也越来越像个菜农了，不由得苦笑了一下，算了！不想了。只要能让自己经常出入戴家，就有机会。

"让一让，让一让！……"一阵嘈杂的嚷嚷声从身后传来。

愣神之际，一股大力就从身后传来，一个踉跄，就被身边的几个人拥着向侧退去。李能急忙一沉气，稳住了身子。扭身一看，是五六个敞胸露怀、头皮剃得青亮的年轻人，正推推搡搡着挤了进来。李能皱了下眉头，上下打量着挤到自己身前的这几个人，向旁边的二子询问道：

"二子，这些是什么人？"二子瞄了一下进来的几个人，把嘴探到李能的耳旁，压低了声音说道：

"老农哥，他们是城里三点会的，每年一到这几天，就下来催租。"

"喔！"听罢，李能也没再问什么，继续看向圈中的斗力比赛。

这会儿，二人的角力已进入了白热化阶段。两个人紧紧地缠抱在一起，你脚下一个绊子、他踢一脚，都想试图把对方放倒。李能发现，牛哥虽然比大奎矮了半头，瘦了许多，但劲力却丝毫不输对方，再加上身体灵活，每次被大奎缠抱住，不仅不与大奎较死劲，还会常常出其不意地把大奎绊摔出去，快速诡异的劲法竟然不弱于那保定跤。

场上热闹的气氛也到了高潮，人们这会儿分成了两派，轰轰吵吵地大声叫喊着，为各自支持的一方加油助威。那几个三点会的人引起的一点骚乱，就像一朵浪花遇到翻天巨浪，也早被场子里人们欢乐的气氛吞没了。

李能看得正在出神之际，突然感到自己的胳膊肘被人碰了碰。随即，耳边就听到一个声音："老农哥，押一把，猜猜谁会赢。"

转头一看，二子站在身后，正端着一个簸箕，笑嘻嘻地看着自己。在簸箕里面，放着一些长短不一的秸秆小短棍。

"这是……？"

见李能有点迟疑，二子又笑嘻嘻地说道："老农哥，就是随便玩玩。你看，短秸秆代表是牛哥，长秸秆是大奎。你要是觉得牛哥能赢，就买短秸秆，要是大奎能赢，就买长秸秆。起价一文钱，玩玩吧？"

看着二子希冀的眼神，李能也不好拒绝，就顺手掏出十文钱，交给二子，说道："我买短秸秆！"

"短秸秆！老农哥，你确定？"二子惊异地看着飞羽，随即，又补充了一句："买牛哥的人少啊，老农哥，不换了？"

"不换了！"

看着李能坚定的神态，二子嘟囔了一句，拿出一根短秸秆，交给了李能。摇摇头，又忙活着找其他人去了。

"谁买？谁买？十赔一，十赔一啦……"在人们的叫喊哄笑声中，又夹杂进了二子若有若无的吆喝声。

……

"能然哥？"一个熟悉的声音自耳边响起，慕容燕！

李能扭头一看，果然是慕容燕，同行的，竟然还有那郭老夫子。二人此时正站在李能的身后，笑眯眯地看着自己。李能急忙转身走到二人身边，惊喜地问道："郭老、燕妹，你们怎么来了？"

"能然哥，怎么？不欢迎啊。"没等郭夫子说话，慕容燕撅起嘴，瞪着李能说道。

"不敢！不敢！"看到慕容燕古灵精怪的样子，李能急忙赔笑说道。

"哼！不敢是几个意思。是不敢不欢迎？还是怕我吃了你？还是怎么着？"

得,怕什么来什么,这丫头可真招惹不得啊!李能讪讪一笑,"燕妹,又说笑了,你什么时候过来的?"

看着满面赭红、有点手足无措的李能,慕容燕"扑哧"一乐,"好啦,能然哥,逗你呢。我今天刚到,顺便来看看你和郭老夫子。"

"丫头,你这是口不应心啊,你是来看我的,还是来看这小子的。搞清楚啊!"郭老夫子翻着白眼,乐呵呵地说道。

"老夫子,就是来看你的嘛!"慕容燕俏脸一红,娇羞起来,双手拉着郭老夫子的胳膊,摇晃起来。

"慢点,慢点,丫头,快把我的老胳膊摇断了。"

老夫子假装疼痛,夸张地又呼喊了起来。

"哼!不理你了。"

慕容燕小嘴一撇,撒开老夫子的手,转手又抓住了李能的胳膊,往李能的身上一靠,扬起粉嫩的脸,说道:"能然哥,想我了没有?"

"好恶心……"

没等李能回话,老夫子一弯腰,做出了呕吐的样子,打趣道。

"你……"

把个慕容燕气得,举起粉拳,就要捶打老夫子。

"哗……"

就在三人玩笑间,人群中突然传来一阵嘈杂声。

"牛哥赢了!"

"牛哥赢了!"

"唉,大奎这笨蛋,白长肉了。"

"笨蛋!"

人群中吵吵嚷嚷声一片,有的高兴,有的沮丧。

这时,二子气喘吁吁地从人群中挤了过来,见到李能,满眼开笑,兴冲冲地说道:"老农哥,你真有眼光!给,你赢的,一百文。"说着,从兜里掏出一百文铜钱,递给了李能。

李能微微一笑,接过铜钱,又数出十文,说道:"二子,这十文给你。"

二子急忙一推李能递过来的钱,笑嘻嘻地说道:"老农哥,钱你留着吧。嘻嘻,不瞒你说,我也跟着你买了牛哥,也赚了不少哩。老农哥,厉害!"

二子伸出一个大拇指,冲着李能比画了一下,又匆匆地挤进人群中去了。

"老农哥?"

慕容燕奇怪地看向李能,突然咯咯地笑了起来,边笑边用手指着李能的脸,道:"啊呀!哥,几个月不见,你还真成了一个老农了。咯咯……咯咯咯……"

李能看着笑得快直不起腰的慕容燕,莫名地摸了一把自己的脸,没什么呀!

旁边的郭老夫子笑呵呵地看向李能,心中暗暗点头。这小子,几个月下来确实改变了不少。脸色虽然黝黑了许多，但看这精气神，却更加凝实沉稳了。嗯，不错！

"还钱！敢耍爷们？"

"啪！啪啪……！"

"哎吆！你们打人。"

前面的人群中，突然一阵哗然。叫骂声、哎哟呼痛声，从人群中传了出来。

"呼啦"，人群突然闪出一个口子，许多看热闹的人，纷纷往两边躲闪。随即，一道人影"呼"的一下，就从人群中摔了出来。

"扑通！"正好跌落在李能三人的脚下，三人定睛一看，此人满脸、满身是血，手里还拿着一个破簸箕，瘫在地上呼哧呼哧地喘着粗气。

咦，二子！

李能一愣，急忙蹲下去查看情况。

地上的二子见是李能，就像溺水的人，突然抓住一根救命草一样，眼神一亮，紧紧抓住李能的胳膊。挣扎着立起半个身子，惊恐地看向人群中。张开破裂的嘴唇，哆哆嗦嗦地指着人群说道："老农哥，他们……我……"

李能扶着二子，低头刚要说话，"呼……"一道黑影一闪。接着，一股劲风，突然扑面袭来。

随着一声惊呼，"能然哥，小心！"

电光火石间，李能拖着二子，稍稍一侧身，先避过了袭来的劲风。紧接着，右手一挥，直接切向那道黑影。

"咔嚓！"

"哎哟！"

伴随着一个人的惨叫，一个人歪倒在了李能前面的地上。

"哗啦！"

冲过来四五个人，把李能几人围在了中间。

"小子！你敢动手打人，找死！"

"围住他！"

李能扶着二子，缓缓地站起身。环视一顾，发现围住自己的，正是刚才三点会的那几个人。被自己劈倒的那个人，这会儿也在两个人的搀扶下，趔趔趄趄站了起来，恶狠狠的，正盯着自己。

李能拉住了要上前理论的慕容燕，看着眼前的几个人，面容平静地说道："朋友，得饶人处且饶人，你们几个人打他一个人，说不下去吧？"

"嘿嘿！小子，怎么，你想出头？"其中一个满脸横肉的人，恶狠狠地盯着飞羽，咧开嘴狞笑着说道。

李能没有搭理三点会的几个人，低头向二子问道："他们为什么打你？"

刚缓过劲的二子，惊魂未定地看着三点会的几个人，带哭腔说道："老农哥，他们刚才押了大奎，都输了，就让我赔钱。我和他们理论了几句，他们就动手打我。"

李能眼神冰冷，看着眼前的几个人，沉声问道："朋友，是这样的吗？"

那个满脸横肉的冷笑一声，"呵呵，小子，是这样的。咋样？你想咬毛！"

"哈哈，小子，来咬呀！"

"咬呀！小子，敢和杜二哥杠，看来你是不想活了。"

另外几个三点会的人，讥讽地看着李能几人，也乘势起哄嘲笑起来，不时地，还用手里的棍棒对着李能比比画画。

这会儿，打谷场上，又陆续聚拢过来了许多村民。看着几个人的嚣张样子，村民们也渐渐被激怒了。又见有李能出头，胆子也更大了。其中有不少年轻的村民，特别是和二子相处得比较好的那几个年轻人，更是举着手里的镰刀、鞭杆，冲着几个三点会的人怒骂了起来。

"揍他们！"

"揍他们！"

"……！"

见惹起了众怒，三点会的几个人也开始面露惧色了。那个满脸横肉、被唤作杜二哥的人看着李能，色厉内荏地说道："小子，我记住你了，你等着！"

说罢，冲着其他几个人一挥手，"咱们走！"急忙分开人群，灰溜溜跑了。

"好！好！……！"

看着惊慌失措地跑掉的几个人，村民们兴奋起来。老实巴交的村民们，做梦也没想到，三点会的人，也有怕自己的一天。

大家围着李能三人，拍手呼喊，"李老农！李老农！……"二子抓着李能的手，一个劲儿地说着："老农哥，谢谢！谢谢你！"

李能笑了笑，道："二子，不用谢，是大家的功劳，要谢，就谢大家吧。"

"谢谢大家！谢谢大家！"二子瘸着腿，面向众人，不住地弯腰鞠躬。

看着欢乐的人群，郭老夫子心中感慨。真没想到，这小子在小韩村，竟然有这么高的威望了。欢喜地看着李能，乐呵呵地说道："小子，走吧！带你见一个人。"

见人！

"谁？"

李能疑惑地问道。

"走吧，见了就知道了。"郭老夫子笑了笑，没有回答，径直往打谷场外走去。

"走吧，能然哥。"旁边的慕容燕也笑嘻嘻地拉起飞羽的手，向前追去。

此时，天色已至午后。火红的霞光映满了天际，田野地头上，忙碌的人影依然未减。秋收的喜悦使人精力倍增，望着沉甸甸的谷穗，滚滚的麦浪，人们心头的喜悦，完完全全地都洋溢在了脸上。孩童嬉戏，追逐着满载稻谷的滚滚车轮；鞭声嘹亮，马儿轻快地迈着四蹄。

在远处的一片田野边，一道伟岸的背影正静静地站立在那里，远远望去，好似天地间的一柱雕像。

郭老夫子走到了距这道背影半里地的距离，停了下来，转身对李能说道："李小子，你自己过去吧。"

这！

李能疑惑地看着郭老夫子，不知道这老爷子葫芦里卖的什么药。

"去吧，能然哥，你来小韩村干什么来了？"旁边的慕容燕轻轻地说了一句。

轰！

飞羽心头一震，前面是戴老镖头！

是戴老镖头要见自己？李能看向郭老夫子，郭老夫子笑眯眯的，冲着李能点了点头，拿烟枪的手，指了指前面的那道背影，努了努嘴，不再言语了。

李能的心，"怦怦怦"一下子，就飞快地跳了起来，看了郭老夫子与慕容燕一眼，快步地向那道背影走去。

……

"来啦！"

轻轻的一声问候。

李能心中一颤，"师父！"

"过来吧！"戴老镖头没有转身，又轻轻地说了一句。

李能走到戴老镖头的身边，老镖头看着李能，轻轻地说道："能然，这段日子，你辛苦了！以后先跟着我学拳吧，至于拜师的事儿……咱们以后找机会再说。"

"是，师父！"李能激动的声音有点发颤，戴老镖头终于同意了，只要老爷子教自己，什么时候拜师就不急了。

"能然，你看看，能看到什么？"老镖头抬胳膊用手指了指四周的山川天地，轻轻地问道。

这？

李能顺着老镖头手指的方向看去，云霞漫天，满目秋色。

没等李能回答，老镖头又轻轻地说了一句：

"我看到了拳，拳在山川天地间！"

"拳在山川天地间！"

李能轻声地重复了一句，疑惑地看向戴老爷子。

戴老爷子微微一笑，颔首道："拳道，是人道；人道，就是天地道、自然之道。你的外家功夫已修炼到了极致，等于把人道修到了极致。若再想进一步，就得从天地道入手，修自然之道。"

"自然之道？"李能在心中咀嚼着戴老爷子的话，突然想起了五台山释静贤大法师说过的话。心念一阵激动，满眼希冀地看着戴老爷子。

戴老爷子把眼神向远处的天地间放了出去，继续缓缓说道："能然，学艺先学拳，次学棍。拳棍的东西懂得了，则其他如刀、枪等技艺就明白易学了。但拳法一道，虽是手搏之术，但极不易入手，最忌花法太多，一招一式即可。我戴家拳简单，没有太多的花法。今日我先传你蹲猴式桩功与劈拳一式，你先从头学起。你看如何？"

戴老爷子回过头来，两眼射出炯炯神光，看着李能。

李能急忙点头，连连说道："行，师父，我听师父的。"

"好！我先来说说蹲猴桩……"

此时，晚霞已经映红了天际，落日的余晖铺洒在大地上，温暖着大地上的万物生灵。

慕容燕痴痴地看着余晖中的李能，对郭老夫子的话一句也没听见。

"丫头！丫头！"无奈的老夫子又大声喊了两句。

"嗯……"慕容燕猛然被惊醒了过来，愣怔了一下，粉脸"腾"的一下，变得通红。

"丫头，又痴了？你得把自己和这小子的关系搞清楚，别把自己耽误了，你那老子也不管你？"

郭老夫子看着娇痴的慕容燕，满目心疼，不禁埋怨起慕容长空来了。

"夫子，您就放心吧！我都见过玉莲嫂子了，玉莲嫂子让我在这边照顾好能然哥的。"慕容燕一脸娇羞，拉住郭老夫子的手晃了起来。

"好好好！别晃了，再晃，我的老胳膊老腿就要散架了。李能这小子，也不知道哪里修来的艳福，让一个黄花大闺女死心塌地地等。哼！"老夫子愤愤不平地嘀咕着，一边迈开腿，往回走。

"走吧，别看了，咱们先回去吃饭去。"

随即，又补了一句。

"好吧！"慕容燕有点不舍地又看了一眼余晖中的李能，迈步追了上去。

第二十七章
道心寂寞

春去冬来，寒暑易节，莽莽平原，萧条旷野，又铺上了一层厚厚的严霜。茫雾中看去，寒鸦独立，枯枝零落，天地间的清冷寒气渐渐地多了起来。

在初冬的凌晨，隐隐闪出了一片连陌千里的田野，田地上，霜封万物，恰似琼瑶裹地，雾气缭绕，又如白云漫卷。

对稼穑农人来讲，又一个冬闲要开始了。

琼瑶素裹的田陌中，一道篱笆栅栏隐隐若若，断断续续。

栅栏里，一道人影或隐或现，一会儿立起，一会儿蹲下，引得人影四周的浓雾不断地翻滚开合。

细看，是一个身穿灰棉袍、腰扎黑带、头系白肚毛巾的农人正在地里劳作。道道白色气雾从其鼻孔喷涌而出，农人的脸上和须发上，也结上了一层厚厚的白霜。

地上，是一大片挂霜的冬菜，菜叶开裂，大如蒲扇，裹霜如雪，棵棵紧实硕大。此时，这个农人似蹲非蹲、似站非站，以一种奇怪姿态，正一棵一棵地砍着这些菜。在他的身后，砍下的菜已经堆了一大堆。

随着旭光升出地平线，浓雾也开始淡了一些，在这片篱笆墙菜地西的十数里处，一座小村庄的轮廓隐约露出了面容，村子四周，老树参天；村子里，屋瓦相邻，炊烟袅袅。

村道上，随着浓雾涌动，一个壮实的汉子，正挑着一副担子，从浓雾中走了出来。

汉子肩上的扁担弯如弓弦，扁担两头，沉沉地坠着两个大箩筐。箩筐里面，装着满满的冬菜。看那扁担的弯度，这两筐菜足有三四百斤。但看那汉子行走的模样，毫无负重的样子。步履轻快，身形沉稳，上下起伏、晃动的担子丝毫没有影响到汉子稳健的脚步。

这汉子，正是已入戴家门两个年头的李能。

拳在山川天地间！

戴家拳的精髓在于，从日常生活中去心悟与体感。此时的李能，边走边感悟着师父说的"形如槐虫，势如挑担"的拳经要诀。

练戴家拳，先修心，要由心达意。所谓的拳在山川天地，就是心在山川天地，要明心见性。

李能边走，边想着师父的每一句话。两年多了，李能已经喜欢上了这种修炼方法，正如师父所讲，只有师法自然，才能心达天地。

日复一日的耕作、播种。单调得不能再单调了，但生命的气机，就是在这种单调的重复中孕育出来的。

单调却不简单，只有用了心的单调重复，才会达到一种极致的变化。

这两年多来，师父不仅只教了蹲猴与劈拳这两个拳式，而且还要求自己要忘掉以前所会的一切拳法。要自己从零做起，从一开始。随着时间的过往，李能才真正体悟到了大道至简的道理。

迈着向前的步伐，感受着肩上的担子上下起伏的动势，与自己前行的前进力形成的那种挣扯力。李能要做的就是不断地去控制这两种力，让不同方向的这两种力达到一种动态的平衡。渐渐地，李能达到了一种忘我的境界，并且不断地形成了一种新的前行劲势。本来包裹着飞羽的浓雾，竟然也被这劲势裹挟着向前滚动。一人，一担，在雾隐中变得虚幻了起来。

"老农哥！老农哥！"村道东侧拐角处的一处院门前，二子正不断挥着手，招呼着李能。

翻滚的浓雾戛然而止，李能在二子的身前停下了脚步，顺手用袖头擦了一把脸上的汗，气定神闲地笑着问道："二子，这么早，又给东家赶车去呀？"

"是的，老农哥。先进来吃早饭吧，顺便给我家也留些冬菜。"二子热情地说道。

自从那次打谷场上李能出面，为二子挡下那几个三点会的人以后，二子一家都对李能感激万分。特别是二子的母亲，听二子说李能是一个人来的小韩村，就经常喊李能到自己家里吃饭。不仅如此，还不时地帮李能做些缝缝补补的活。二子也成了李能的贴身跟班，一有空，就跑到李能的菜园子里去帮忙，还不时缠着李能教自己一些拳脚功夫。

李能随着二子进了家，二子的母亲车王氏看到李能进来了，高兴得嘴也合不拢了。老太太一边给李能掸着身上的薄霜，一边慈爱关切地招呼着李能，"能然，快坐下，快坐下。你看看，满头的汗，可别着了风寒！"

二子兄妹五人，二子最小。二子母亲中年守寡，一把屎一把尿地拉扯着五个孩子，也十分的不易。李能也经常把自己园子里的菜送给二子一家，时间久了，老太太也就不把李能当作外人了。吃的、喝的，只要自己有，就少不了李能的一份。

李能感受着二子母亲的关爱，心里暖洋洋的，思绪不禁又回到了深州。

俗话说，穷文富武，两年来，李能只是在去年年终回过深州一次。把自己拜师的情况及以后的打算，对老母及玉莲详细说了，二人非常支持。玉莲更是全力承担起了家里、店里的一切营生。那次回去，李能最高兴的就是，玉莲给自己又生了一个儿子，李家也终于有后了。一家人其乐融融，小家伙胖嘟嘟的，十分可爱。走的时候，李能也给小家伙起了名，叫太和，取广大和合之意。

李能一边和二子聊天吃饭，一边心里琢磨着，等太和再长大一些，就把玉莲母子和老母亲都接过来，省得自己两头分心。

对拳术的追求，已经成了李能的首要目标。特别是拜师戴老镖头后，李能更是倍加珍惜，一刻也不愿意离开师父。求师难，求明师更难，经过两年多的习练，李能已经被戴家拳独特的功法体系深深折服了，通过戴家拳，李能也开始迈进了一个全新的拳法世界。

　　从二子家出来，李能又来到了郭老夫子的私塾。来得早，郭老夫子的私塾还没有开门，李能把十几棵冬菜放了私塾的大门口，便又往村子里走去。

　　这段日子，李能天天一大早起来，练完拳，都会把砍下的冬菜挑到村里，给那些提前打招呼的村民们送去。冬菜，是小韩村村民们家家户户必不可少的越冬蔬菜，一到初冬，家家户户都会储备上许多，这几天，也是李能最忙的时候。

　　"老农，又送菜来了。"

　　"进来坐会儿吧，老农。"

　　"老农哥，喝碗水再走吧。"

　　"……"

　　每到一家，村民们嘘寒问暖地和李能打着招呼，几年下来，李能在小韩村里，很受村民们的喜欢，早已把李能当作小韩村的一员了。热情、赤忱、勤劳、乐于助人，是小韩村村民们对李能的一致认同。要不是李能告诉村民，自己已经有家室了，村里的好几个大娘都抢着要给李能做媒了，即使是这样，村里的大姑娘、小媳妇们一见李能，也都是欢天喜地、眉开眼笑的。

　　不一会儿，李能的两箩筐冬菜基本都送完了，只剩下村西的张老财家要的二十几棵了。

　　这张老财是村里的大户，财势比戴家都要强上几分。戴家以镖业为生，做的是刀口舔血的营生，在小韩村并没有多少土地。而这张老财却是实打实的土财主，家有田产数千顷，张家大院数百间青灰砖房，可谓财大气粗。

　　特别是张老财用银子给自己的大儿子捐了一个八品虚衔顶戴，这一下子，张家更是有了官身，张老财的名声在小韩村的方圆百里都是响当当的。

　　到了张老财家院门前，雾气早已经散去，初冬的寒意在旭日的照射下也消散了不少。

　　张老财的院子是一处砖瓦重叠、工整秀丽的四合大院，挑角斗拱的大门楼，两侧是精雕青石的大狮子，从外表看，不亚于王府贵胄的深宅大院。

　　李能上前刚要敲门，大门吱呀的一声，慢慢打开了，里面走出一个身着青衣棉袍、四十多岁的人。抬头看到是李能，略带点埋怨的口吻说道："老农，怎么这么晚了才送来？昨天不是告诉你吗，要早点送来。今天大少爷要回来，厨房里还等着用菜呢。"

　　"大管家，不好意思！不好意思！今天送的人多，多耽搁了一会儿，您看，我给送后厨去吧？"李能急忙笑脸赔着不是。

　　"哼！快送进去吧。"大管家用鼻子哼了一声，没再说什么，就出门走了。

张老财家后厨，热火朝天，下人们为准备饭菜，正忙忙碌碌做着各自的活。其中一个管事的老者，看到李能挑着菜走了进来，就急忙冲着李能喊道："老农，快把菜放到这边来。"

李能顺着声音找去，见是后厨的管事老宋头，就应了一声："好的，宋管事。"

按老宋头的指定放好菜后，李能正要打算离去，老宋头笑眯眯地看着李能说道："老农，今天我这后厨人手不够，你要是不忙就帮半天工吧。"

"这……！"

看李能迟疑，老宋头又急忙接着说道："不让你白帮工，管饭，给工钱，怎么样？"

看着老宋头期盼的眼神，李能笑了笑，"好，工钱就不要了，管饭就行。"

啪！

一听李能同意了，老宋头立即眉开眼笑，一拍飞羽的肩膀，乐呵呵地说道："好好好！饭没问题，工钱照付。"说罢，又立即对做面食的一个半百老者大声喊道："董师傅，给你找了一个帮手，有什么事让老农帮你。"

"好！"董师傅头也没抬，嗡声应道。

李能把手里的菜挑子放到厨房外，很快来到正在揉面的董师傅身边，问道："董师傅，我该做什么？"

满头大汗的董师傅抬头看了李能一眼，说道："老农，你等一下，我把这些面切好再说。"

"好！"李能笑了笑，等着董师傅的安排。

这个张老财的后厨院子，李能也进来过几次，不过以前都是把菜交给老宋头后就走了，从没进过厨房。

李能环顾四周，心中也暗自惊讶。

厨房真大！大约有五间房的样子，储物间、灶台、白案、红案分得清清楚楚，各有各的专门空间。

特别是那灶台，一个小锅、三口大锅一字排开，灶台口的火苗此时正烧得通红，一个炒菜的师傅带着两个徒弟正在菜案边忙活着。两口大锅里，已经炖了满满的肉，正咕嘟咕嘟冒着热气，肉香弥漫，浸透了整个屋子。还有一口大锅，正冒着热气，看样子是要蒸煮什么。

还有两个老妈子正在清洗着碗筷和一些蔬菜，大家忙得谁也顾不上说话。只有灶台一侧的风箱，正被一个光着膀子的汉子拉得呼哧呼哧地响。

李能环视了一圈，眼神最后停在了那个拉风箱的光膀汉子身上。

这人半蹲在一个很大的风箱前，虽然在屁股下放着一个矮凳，却没有坐在上面。屁股离凳子有一指的高度，不细看，根本看不出来。这人就像扎了个半马步，两腿一前一后，稳稳地蹲着。双手一上一下，紧紧地握着满把粗的风箱拉杆，双臂微曲，随着腰身的微动，一屈一伸地拉着风箱。

伴随着此人前后的拉动，灶台里的火竟然保持在了一个持续稳定的热度上，火苗也没有丝毫的闪烁，通红的火光映照在汉子满是汗水的脸上，汗珠也晶莹透亮了起来。

再细看，这人呼吸均匀深长，没有半丝气喘不定的样子。而两个臂膀的肌肉一块一块的，随着屈伸，一会儿鼓起，一会拉长，充满了劲力。

李能看着这奇异的一幕，心中着实震撼不已。

"老农，来帮我把缸里的面铲出来。"一道声音从耳边传来。

李能回过神来，董师傅正站在一个黑色大陶缸前叫自己。

李能急忙走了过去，陶缸里装了足足有一百多斤醒发好的面，面色白黄黏稠，就像一缸面糊，表层上还起了密密麻麻的气泡，正咕嘟咕嘟地冒着一股酸气。李能看着这一缸面，有点傻眼，这么一大缸子面，黏稠酸软，没有丝毫的着力点，这怎么弄出来？！

看见李能发愣，董师傅微微一笑，说道："你先看着。"

说罢，就见董师傅从一个面袋里用碗挖出满满的一碗白面，均匀地倒进缸里。随即，两手抓了一把面粉，互相搓揉了一下，然后把发面上的干面粉在四周一抹，两只手左右开弓，往面里一插，随即快速地勾起一大块面团，放在干面上，叠压一下，继续插入缸里，又勾起一块面团，再叠压……就这样一插一勾一压，董师傅的双手越来越快，眨眼间，一大缸黏稠的面糊就被董师傅揉搓成了一整块大面团。

"让一下！"

董师傅一声吆喝，双手一阵缠绕，双膀一晃，呼的一下，缸里一百多斤的大面团忽悠一下，就轻轻地落到了案板上的干面粉堆上。随着面团的落下，干面粉竟然没有四散飞扬。再看缸里，空空的，滴面不沾，董师傅的两手，也是干净如洗，没有一点残面的痕迹。

"你学着弄那一缸小的，我先调碱，一会帮我揉面做馍。"李能的耳边又响起了董师傅的声音。

"好！"

李能惊叹之余，兴奋地应道。行行出状元，没想到这董师傅做面的水平这么高，力道、速度拿捏得这么准确。李能忽然心有所感，看来这和面也不简单啊。大道万千，始于足下，拉风箱、和面，哪一样不是和劲力有关？

师父说自己刚劲有余，柔力不足，看这董师傅和面，有点意思。飞羽眼神闪烁，兴冲冲地打开了另一个发面的缸。

……

古城中，寒气逼人，行人匆匆。

一个小酒馆，门楣上黄灿灿的三个大字"天一阁"。

酒馆内，李能靠窗而坐，在其身后依墙角落，立着一根扁担和箩筐。

在桌子上，是一盘平遥牛肉和一碗臊子面。天气寒冷，李能要了一壶酒，自己正在自斟慢饮。

也许是天气寒冷的原因，酒馆里的人不是很多，大家都静静地吃着各自的饭食，少了往日的热闹。

李能轻轻地呷了一口酒，眼光看向窗外。

街上行人寥寥，步履匆匆；寒风偶尔卷过，杂物翻滚，纸絮飞扬；野狗夹着尾巴，也只是在道边的垃圾堆里嗅一下，便急急地跑走了。

又要过年了，不知玉莲母子与自己的老母怎么样了！每逢佳节倍思亲，自己走后，家里家外都留给了玉莲打理，真是苦了妻子了。

有多次，李能就要打退堂鼓了。内心深处，常常纠结反思，自己放弃一切，远离家乡，抛下妻儿老母，不顾一切追寻武道，究竟是对是错？这一切值得吗？

扪心自问，李能不止一次地迷茫。自己的年龄其实早已过了学武的黄金期，三十而立，如今自己三十已过，近不惑之年，本该家业有成。可如今，却远离老母与家妻、儿女不顾，远来祁县拜师学武，自己这样做，是不是太自私了？

自己在深州，乃至整个直隶，也算小有虚名，不仅有自己的绸缎庄，在衙门里有教头的头衔，本衣食无忧，体面风光。可如今，为了学拳，变成了一个人人呼来喝去、面朝黄土背朝天的稼穑农夫。

真是造化弄人，自己原以为即使拜师学武，多则不过五年，少则三年，可看现在情形，什么时候能学到戴家拳精髓，怕是遥遥无期啊。戴老镖头虽然收自己做了徒弟，但两年多了，除了教自己一个劈拳的架势外，就告诉了自己一句"拳在山川天地间"的话，除此之外，就再也没有教过自己什么了。

想到这里，李能苦笑了一下，摇了摇头，端起一杯酒，仰头喝了下去，一口烈酒入喉，火辣辣的感觉直逼心底。

怎么办！难道就这样半途而废？

一边是自己追寻的武道，一边是自己的面子与老母、妻儿。

数杯烈酒下肚，李能的心底涌上了阵阵的思愁。

有道是：

寒风乍起，他乡远客苦寂寥；

前路漫漫，青山叠嶂困英雄。

"大兄弟，又一个人喝闷酒呢？"香风缭绕，小酒馆的老板娘施施然走了过来，笑眯眯地看着飞羽。

李能环顾四周，除了老板娘和两个店伙计，原来酒馆里只剩下自己一个食客了。

不知不觉，竟然已过午后。

冬日的阳光，透过窗户射了进来，小店里暖洋洋的。

李能拉回思绪，不好意思地说道：

"霞姐，你们要打烊了吗？我这就走。"

"呃！兄弟，和霞姐你还见外。走什么走，今天店里清闲，你一个人喝酒有什么意思，姐陪你再喝点。"

说罢，老板娘扭头冲着另外两个伙计喊道："大张，小丽，再弄两个下酒菜，今天咱们陪能然兄弟再喝点。"

"好嘞！"

大张高兴地应到，麻溜地跑后厨又弄菜去了。小丽也是兴冲冲地赶紧又拿了三副碗筷，放在了李能的桌上。

"这……"

李能迟疑了一下，刚想要说点什么，霞姐已经一屁股坐在了李能的对面。

这霞姐，俏脸生春，柳眉轻皱，伸出一根葱白般的玉指，轻轻地一点李能的脑门，眼含嗔怪却面带笑意地轻斥道：

"这什么这！你陪姐喝点，这行了吧。"

李能心头一暖，酒意舒张。心中愁思略扫，精神一振，张目道：

"好，陪霞姐喝点！"

"这就对了，来来来，咱们都坐下，开喝！"

老板娘爽朗一笑，冲着小丽继续说道："丽丽，打酒！"

第二十八章
酒馆波澜

小酒馆里，炉火通红，火炉上大茶壶的壶嘴，滋滋地，往外冒着白花花的热气。寒日暖屋，酒烈心热，李能胸中的愁绪，在烈酒的烧灼中，再渐渐地化去。

小酒馆的老板娘霞姐，此时，也是俏脸飞霞，杏目迷离。一个刚入不惑之年的女人，正是半老徐娘，风韵犹存的年纪。美艳而成熟，精明而干练，经过岁月刀的雕琢，稚嫩柔弱的花蕾早已长成了一支风中腊梅，前凸后翘的身材更是惹眼的火热。

小酒馆是老板娘自己开的，李能是老主顾。老伴娘深通人情世故，只要李能送来菜，就必留下李能吃顿饭，喝点酒，时间久了，李能就把老板娘的小酒馆当成了自己在祁县城里的一个落脚点。

每当李能在孤寂无聊之时，也会来小酒馆坐坐，有时也会把戴老店主约来，几个人一块喝喝酒，聊聊天。特别是自从李能拜入戴家后，戴老店主更不把李能看作外人了，常以师哥自居，无论是老店主还是郭老夫子，一想喝酒打牙祭，就会把李能招过来。李能也喜欢来这里，老板娘的热情与体贴，让李能经常流连忘返，恍然有一种家的感觉。

老板娘的小酒馆不大，上下两层，一层是用来吃饭喝茶的地方，摆放着八九张桌子，清一色实木桌凳。二楼不高，是一个敞开式的小戏台，一楼吃饭，二楼唱戏，每天晚上都会有武戏的表演。

来这里吃饭的人既是食客，也是看客。霞姐的小酒馆，其实就是一帮票友聚会的地方，大家都是一个圈子里的人，不为吃喝，只为唱戏玩票，聊天谈心。

老板娘天生丽质，大张厨艺高超，别看就是一碗刀削面，却被大张做出了数十种味道，小酒馆的卤肉，更是一绝，十里闻香，一点也不为过。

李能经常来这里，就是喜欢看这里的武戏表演。这里的武戏，不同于一般意义的虚拟套路，是实打实的武技格斗。上台表演的人，都是经过了严格训练的功夫小子或客串的格斗高手。

晚上，是小酒馆最热闹的时候。每到晚饭时间，这些桌子就会坐满了人，大家喝酒聊天，看武戏表演，兴趣盎然。

"大兄弟，姐我阅人无数，在你第一次来我天一阁的时候，就觉得你不是一个普通的菜农。你胸有大志，如今只是潜龙在渊而已。你虽然困居在这个地方，那是因为你有所图谋，成大事者，必先劳其筋骨，饿其体肤，舍得舍得，当该如此。"

"就是，兄弟，一看你就不是一般人，吃得苦中苦，方为人上人，喝！"厨子大张，醉眼蒙眬地端起酒杯，碰了一下李能手中的酒杯，一仰头，嗞的一下，把自己杯中的酒又一口喝了下去。

听着二人的劝说，李能心里豁然贯通。是啊，自己这是怎么了？这么一点委屈就受不了了，谁的功夫也不是白来的。戴家能破例收自己这个外姓人入门，已是自己天大的造化了，自己若不抓住机会，恐怕会遗憾终身的。菜农怎么了，菜农就不能学习武艺了吗？自己还是自己，对，做好自己，不忘初心！

"霞姐，大张，谢谢了，敬你们，喝！"李能心情激荡，满目神采。

"哈哈，好！我们喝！"

屋外，又开始飘起了雪花，漫天飞舞，路上行人匆匆。

"兄弟，看到没，这就是人生啊，谋生，求活，不管是风吹日晒，还是寒日冬雪，哪个不飘零？"

霞姐看向窗外，对着李能说道。

李能默然。

"吧嗒"，门帘一挑，一股冷气钻了进来。

"好冷！"

随着话音，一只手撩开了棉布门帘，一女两男从门帘的缝隙中挤了进来。

为首的女子，身披黑绒大氅，内穿一身紫色紧身棉裙，身材高挑丰满，该凸的凸，该翘的翘，鹅蛋脸，桃花眼，一进门，顾盼生辉，边搓着两手，边说着话，一个手腕上还挂着一根马鞭。

"吆，是花奴妹妹！你们怎么来了？"老板娘看到来人，兴冲冲地迎向那女子。

花奴？

李能疑惑地看向来人，听师兄二闾说过，他有一个女儿，就叫花奴。前两年已经远嫁外地，自己来了以后，也一直没有见过。

"嘻嘻！花伶姐，想我没？"

"想，死丫头，一有男人就忘了姐妹了。"

"嘻嘻……"

说话间，两个女人已经兴奋地搂抱在一起，说笑打闹了起来。

"走走走！妹子，认认你师叔。"

两女打闹了一会，霞姐拉着花奴的手，来到李能的身边，笑嘻嘻地说道。

师叔！

花奴愣怔了一下，看看霞姐，看看李能，满脸的诧异。

李能一见霞姐把花奴拉到了自己的桌边，心道，果然是自己那个没见过面的师侄女，就急忙站了起来。

"妹妹，你没见过吧，这是你爷爷新收的徒弟，李能。"

"李能！外姓人？"

花奴瞬间瞪大了两只眼睛，惊讶地看着李能，凝神问道。

"霞姐，你没搞错吧，他会是老顽固的徒弟？"

李能满脸尴尬，站在二女跟前不知道该怎么说。

"丫头，怎么说话呢，姐还能乱说？看看把你师叔说的，都不好意思了。"

霞姐瞪了花奴一眼，看着二人的样子，"扑哧"，捂嘴就笑。

"呃……那个师侄女，你好！前年承父不弃，拜入师门的。"

李能下意识地搓了搓手，尴尬地看着眼前的花奴，笑笑，说道。

"不好意思！不好意思！小师叔，我确实没听爷爷说过，他又收徒弟了。"

花奴见李能和自己说话，急忙应道，紧接着，又补了一句，"还是一个外姓人！"

李能脸上刚露出来的笑意一下子又凝固了，这师侄女儿，怎么说话呢？师叔就是师叔，还加一个小字。

"师妹，这李师叔确实是师爷新收的徒弟，这个事我知道。"

和花奴一块进来的两个人，其中的一个人此时插话道。说完，这个人又冲着李能抱了抱拳，上前一步，客客气气地说道：

"李师叔好，还记得我吗？戴明。"

"记得！记得！上次师兄带着你去过我的菜园。"

"对，师叔，那次我陪师父去菜园看你，师父还让我给你演示了劈拳架势。"

"菜园？你种菜的？不像呀。"

一旁的花奴疑惑地上下打量着李能，又看看戴明。

李能无语。

"来来来，别都傻站着了，你们几个都坐下聊吧。"

霞姐见大家都认识了，就催着众人坐了下来。接着又对大张和丽丽说道：

"大张，丽丽，再弄点菜。"

"好嘞！"

几人重新坐下，片刻工夫，大张就端上来了几样精致小菜和一大盘卤肉拼盘。

霞姐看了花奴一眼，讪笑着说道：

"嘿嘿，妹子，好菜有了，缺好酒。"

花奴看向同来的另一个人，道：

"老穆，带酒了吗？"

"没有，夫人。"

老穆面无表情地回道。

花奴看向了戴明，又嘻嘻一笑，道：

"师哥！你看……"

戴明看着二女，心里一阵哆嗦，哼，这两个女土匪，每次喝酒，都得自己出血，出大血。

李能看着几人，就见丽丽抿嘴偷笑，大张咧着流着口水的嘴，盯着戴明的口袋。

老穆也是用同情的眼神看着戴明，五个人都不说话了，只是静静地看着、等着。

戴明用无奈的眼神看着几人，心里直抽，最后把眼光停在了李能的脸上，满怀希望地说道：

"小师叔？"

"我没有！"李能直接无视拒绝。这小子，也跟着花奴叫起自己小师叔了。

"唉！"

戴明长叹一声，摇着头，嘴里嘟囔着，"遇人不淑，遇人不淑。"

慢慢地从怀里掏出一瓶青花汾酒来，满脸的肉痛！

酒馆里的炉火更旺了，冬日天短，天色渐渐地暗黑了下来。

食客又开始多了起来。

大张和丽丽又里里外外地忙开了，霞姐也不时地穿梭在几张桌子间，不断地与进来的客人嬉笑斗嘴。

"咚！咚！咚！"

三声鼓响，武戏要开始了。

李能看了一下桌子上的戏单——《武松打店》，心里好奇，不知今晚谁扮武松，霞姐肯定是要扮那孙二娘了。

心里正在琢磨之际，一旁的戴明笑嘻嘻地说道：

"小师叔，霞姐对你不错呀！"

花奴嘴角上扬，也是似笑非笑地看着李能。

一旁的老穆也是满眼的羡慕。

李能扫了三人一眼，心里莫名地一慌，什么鬼？这三人好像都不怀好意啊。

"哪里！哪里！不能瞎说，不能瞎说，我们就是买卖关系。"

李能露出满脸苦笑，急忙辩解道。

"啊，买卖关系！"

看着三人满脸惊诧、瞠目结舌的样子。李能的心中又是一抖，这些小孩儿，怎么把心思都用这上面去了。得了！自己又掉坑里了。

"菜！买卖菜……"

"哈哈哈……"

三人看着李能，笑得都直不起腰来了。

"小师叔，我们知道，你和霞姐就是买卖关系，没其他关系。就是有，也正常。"

花奴一本正经地又插了一句。

李能满头黑线，看来这个师侄女儿也不是个省油的灯啊！

"说什么呢，这么热闹。"

一句声如莺啼的话音打断了四人的说笑，霞姐一阵风一样，又笑盈盈地飘了过来。

"哈哈哈……"

"嘻嘻……"

看着花奴三人盯着自己，露出的猥琐笑意，霞姐瞄了一眼满脸锗红的李能，抬玉手轻轻一点花奴的额头，娇笑道：

"死妮子，又编排你姐什么呢？有本事，上台子去。"

"小师叔，你是常客，你上吧。嘿嘿，小师叔上，我就上。"

花奴瞅了李能一眼，是笑非笑地说道。

"这又是什么套路！"

看着二女，李能有点头大。

一旁的戴明用腿碰了一下李能，意味深长地笑着说道：

"师叔啊，师妹可是得了师父的真传的。"

李能眼神一热，立刻明白戴明的意思。戴明也知道，自己两年多了，除了种菜，就学了一个蹲猴桩和劈拳，一直没有机会深入接触戴家拳。戴明这是在帮自己，让自己从花奴处多了解了解戴家拳。

这两年多，自己与师父见的面不多，除了师父找自己外，其他时间都见不到师父。师父也没教自己别的，只给自己讲了一些如何从天地间感悟拳法道意和调气养气的诀窍。师父自己的门人弟子也不多，只教了自己的两个儿子和郭老夫子几人。

二间师兄门下的弟子倒是不少，除了两儿一女之外，还教了七八个族内徒弟。这些人中，除了戴明自己见过一次，其他徒弟们一直没有见过，包括这花奴。今日花奴主动提出要上台表演，应该也是想看看自己学了点什么。不过也好，自己也可以乘机学习学习戴家拳嫡系弟子的拳法。

想到此处，李能心意一转，瞅了戴明一眼，见戴明冲自己眨眼，就笑了笑，看着花奴说道：

"花奴，别拿师叔开玩笑了，师叔这点东西可不敢和你比，既不会唱，也不会说。虽说懂点功夫，也是花架子一堆，来这店里的任何一个人都是功夫好手，师叔可不敢上去献丑。"

旁边的戴明瞅着二人，心中微微一笑，心想，好家伙，这师叔的心眼也不少。嘿嘿，这是要欲擒故纵啊。

果然，花奴咯咯一乐，看向霞姐，拉着霞姐的手往前凑了凑，说道：

"怎么样？霞姐，安排一场，咱们佢演一出。"

"好啊，妹子，那感情好，不用安排，咱们就演这出武松打店。"

"这个……！"

花奴沉吟着看向李能。

"妹子，大兄弟，这出武松打店最好扮，全剧没有说唱台词，只比功夫动作，你俩演最合适。"

霞姐解释道。

"小师叔，上吧。"

旁边的戴明也兴匆匆地起起哄来,撺掇着李能。
"怎么样?小师叔,敢上吗?"
花奴的兴致突然提了起来,跃跃欲试地用眼角一挑,问道。
霞姐也忽闪着两只大眼睛,笑眯眯地看向李能。
见众人都瞧着自己,李能把心一横,道:"好!演就演。"
"好……!"
戴明和老穆二人一拍桌子,大拇指一挑,齐声赞道。
二女也嘻嘻一笑,互相看了一眼,四只手互相一拍。
"耶!"
李能的心一颤,怎么突然有一种上了贼船的感觉。
"各位!各位食客、票友,大家晚上好!今天的段子《武松打店》,就要开演了,表演者是霞姐、花奴、李能。大家欢迎啦。"
这会儿,小酒店的所有桌子都已经坐满了人。来得早的人,都已酒至半酣了,大家在酒意微醺中就等着武戏的表演呢。这时,听到醉花伶这么一讲,纷纷拍手鼓掌,喝爽的,借着酒意,都开始喝彩叫起好来了。
"好……"
冬的季节,是人们最悠闲的时候。特别是在一个富裕的小城来讲,在冬天,最好的享受,莫过于能待在一个暖洋洋的屋子里,听听小曲,喝喝小酒了。
在霞姐的这个小酒馆里,只要你喜欢,还可以自己上去客串一段。
这里的段子,基本都是按《水浒传》的故事情节,编排的小段子。脸谱简单,"小打扮"服装,全剧没有一句唱腔,都是念白,有的连念白也没有,只看表情动作。如《武松打店》这样的段子,就是只看表情与动作的。武打道具,全部是演员自己的真刀真枪,能上台的,都是经过严格训练的武术把式。
霞姐,人送艺名醉花伶,出身于温曲贺家的一个旁支,家传武秧歌绝技。别看平日里柔柔弱弱的,一旦上了场,少林剑舞和柔术堪称一绝。自从开了这个小酒馆,就把武秧歌与酒馆的经营结合了起来,搞得有声有色。小酒馆的独特经营方式,一下子就吸引了众多的武戏爱好者,在醉花伶的周围,渐渐地形成了一个相对固定的票友圈。
"铛……铛铛铛……"
一阵锣鼓声,二楼戏台的锣鼓手们敲响了开场锣鼓,《武松打店》要开演了。
一楼的戴明和老穆饶有兴致地盯着楼上,实在是想不出李能和花奴要怎么演这一出武松打店。
"铛……"
一道锣声,二楼的幕布缓缓地拉开了。
"完了!小师叔要挨揍了。"
戴明一阵无语,老穆有点莫名,看向楼上,好像是自己的少奶奶花奴出场了,不禁好奇地问道：

"怎么说？"

"老穆，你看啊，现在出场的是花奴，这就说明花奴扮的是孙二娘。你想，谁扮武松，肯定是小师叔了。武松打店，就是要先和孙二娘打斗的，这上去就是要真刀真枪地打啊。小师叔学戴家拳没多久，和师妹动手，不挨打才怪呢。你说对不对？"

"好像对！"

老穆挠了挠头，一副吃不准的样子。

"好！这个妹子标致，身段好！"

一楼贴近戏台的一张桌子处传出喝彩声，随即，"吧嗒"一声，一个红包落在了戏台上。

台上的花奴微微一愣，随即向抛红包的方向微微一蹲，施了一个万福礼。

"嘿嘿，小娘子上道，好！"

台下一个富家公子打扮的人手一抬，"嗖"的一下，又扔上一个红包来。

台上的花奴有点不知所措了，按理说，看客给台上的角扔红包，是有捧场之意。但现在还没开戏呢，就有人连续地往台上扔红包，这，就有点闹场的意思了。

后台的醉花伶也看出不对劲来了，急忙往台下仔细瞧去，脸色一变，心沉了下来。

是贺家班的人，为首的就是贺家班的二少爷，看这架势，来砸场子来了。

台下其他的客人也看出不对劲来了，大家都是武人，一见有人要挑场子，因为不知道原因，即使关系再近的人，也得一碗水端平。所以，遇到挑场子这种情况，其他人一般不会直接插手。人们开始站起来往后让，不到几秒，戏台下就剩下贺二公子的一桌五个人了。

醉花伶急忙从二楼后台走了下来，到了贺二公子的桌子边，脸色有点沉，看着贺二公子，沉声说道：

"二弟，你这是什么意思？"

贺二公子阴阴一笑，"嘿嘿，三姐，老弟我能有什么意思，来给你捧场啊！"

"兄弟，你要是真心捧场，三姐高兴，但要是另有图谋，就莫怪三姐翻脸不认人了。"

"三姐，你这么说话就不对了，好歹你也是贺家的人，怎么？要撑兄弟们了？！"

贺二公子森然一笑，慢慢地站了起来，随即，其他四个人也向外散开，把醉花伶围在了中间。

"蹭……"

人影一闪，台上的花奴出现在了醉花伶身边。

贺二公子眼神一凛，手中突然多出了一把铁骨折扇，"呼啦"一声，折扇打开，手腕一翻，伞面就遮在了自己的胸前，眼睛死死地盯着花奴，冷声道："怎么，小娘子可是要出头？"

"妹子，没事！"

醉花伶往前挪了半步，挡在了花奴的前面。然后嫣然一笑，手中的手帕轻轻一抖，笑嘻嘻地看向贺二公子，慢声细语地说道："呔！二兄弟，你这是要绑架你三姐吗？"

"不敢，三姐，是家主让我们来请三姐你回去的。"

贺二公子也突然笑了，扇子一合，满脸笑容地看着醉花伶。

"家主，哪来的家主，我醉花伶早已不是贺家的人了，他有什么资格做我的家主？！"

醉花伶脸色一冷，柳眉竖了起来，眼神里多了许多恨意。

"三姐……"

"三姐个屁，滚蛋！"

醉花伶突然一欺身，抬手一巴掌就向贺二公子的脸上扇去。

贺二公子一愣，怎么说动手就动手，一句招呼也不打，急忙一偏头，堪堪避过一道残影。

"呼"的一下，一股掌风擦脸从耳边刮过，耳轮子一阵生疼。

"哼，给脸不要脸，动手！"

贺二公子恼羞成怒，一声爆喝，手中的扇子一挥，"唰"的一声，扇骨上带着一股寒风，直取醉花伶的脖颈血管。

醉花伶往后一个漂移，躲过扇锋，刚要再次欺身而上，"呼"，一道拳风从后袭了过来。醉花伶本来就是往后移的，此时想躲，已经来不及了，心一横，就打算硬扛这道拳风。

心念刚一动，就听耳边花奴的一声轻斥："伶姐，你继续，我来！"

刹那间，几人就在店里混战起来。

"呼啪、咣当"声不绝于耳，凳子、椅子、盘碗一下子就东倒西歪地飞了一地。

酒馆里的众人一阵发蒙，这怎么从台上到台下一下子就打起来了，这是真打架还是演戏啊？演戏也不可能砸桌椅板凳呀，妈呀！这是真打架，还都是要命的功夫，都躲着点吧！

"呼啦"一下，所有的人都跑到酒馆外面去了。

剩下的李能、戴明和老穆也愣了，真没想到，这一会儿的工夫，这两个女人就和别人打了起来，这是演的哪一出呀！

"大兄弟，戴明，傻看什么，还不帮忙？"

"啊……！"

三人这才醒悟过来，戴明骂骂咧咧地一个箭步就蹿到了混战的人群中。

"哼！敢打戴家的人，都不想活了。"

李能也跳下戏台，直接冲进混战的几人中间，和戴明、老穆三人一起，挡在了二女的身前。

贺二公子见场中一下子又多出了三个人，也是一愣。手一摆，止住了正要冲上去的人，眼睛慢慢地眯了起来，阴狠地扫向三人，脸色也渐渐地沉了下来。这三个人气息沉稳，身体壮硕，两鬓鼓鼓的，一看就是高手，就自己几个人怕是难以讨到便宜。

心念一动，沉沉一笑，对着眼前的三人抱拳道：

"三位，我是贺家班贺年，在此处理家族内的一些陈年旧事，还请三位朋友给个薄面。"

李能、戴明和老穆三人互相对视了一眼，没有说话。

场面一下子静了下来，双方都没有说话。贺二公子哗啦一下，又打开了手中的扇子，微微摆动了一下，又停住了，突然想起现在是冬天了，摇扇子好像不合时宜。不过脸上的表情却放松了下来，看来这几个人还是有点忌惮我贺二公子的，想到这，心中不免有点得意起来。

醉花伶的声音打破了场中的安静。

"大兄弟，花奴妹子，你们就别管了，你们走吧。这是我与族内的私事，别连累了你们。"说完，醉花伶黯然一叹，又接着对贺二公子几人说道："与他们无关，让他们走，我跟你们回去。"

"好！三姐，你这就对了嘛。"贺二公子嘿嘿一笑，转头对另外几个人说道："让他们走！"

李能和戴明面面相觑，一时不知该怎么办。说实在的，人家的家事，外人是不应该插手的，强行插手，一旦处理不好，不仅不能落个好，也许还给自己惹一身骚，一个家族内部的事是很复杂的。

李能不知道，但戴明清楚，这贺家班在祁县也算是一个大户人家。武秧歌就是温曲村的贺家创立的，历经百年，在祁县有很大的势力，其地位不是一般人能轻易撼动的。

本来这武秧歌是不外传不表演的，醉花伶小酒馆的武戏就是脱胎于这武秧歌，如今贺家班的人找上门，这其中必有缘故。

戴明有点犹豫了，低声对李能说道："小师叔，你看，怎么办？"

"这个……！"

李能也一时难以决断，听醉花伶的口气，肯定是希望自己几个人出头帮忙的。但这家族纠纷有时候确实是难以分清谁对谁错的，自己与这醉花伶虽然相处得不错，可也没到那种两肋插刀的地步。看戴明的意思，也是不太想过多干涉。不过这家伙也狡猾，不仅把锅甩给了自己，还落了一个尊重师叔的名声。

"快点！滚蛋。"

贺二公子见几个人犹豫，心中一阵冷笑，看来这几个家伙是怕自己了，不禁胆气一壮，出口就骂了起来。

"啪！"

"啊呀！"

一个耳光的声音突然响了起来，就见贺二公子一声惨叫，一手捂脸，一个趔趄，差点栽倒。

场中的人都是一愣,就见花奴一手叉腰,一手指着贺二公子骂道:

"王八蛋!你骂谁呢?"

原来是花奴出手扇了贺二公子一个耳光。

"臭女人,你敢打人,兄弟们,灭了她!"

贺二公子一手捂着脸,暴跳如雷,恶狠狠地瞪着花奴,身子一欺,就向花奴冲了过去。

戴明心里一叹,完了,看来不能善了了,那就打吧。脚下车轮步,"唰"的一个箭窜,一道拳影就把冲上来的一个贺家人崩到了圈外。

看着眼前冲上来的一个人,李能也无奈地摇了摇头,顺着对方的胳膊,右手一个化带,抢步上前,"砰",就把这个汉子劈出了丈外。

"咦!"

身后的花奴瞪大了眼睛,这小师叔的功夫不赖呀!

几人如虎入群羊,身影翻飞,打得贺二公子的人手无招架之力,"哎呀!妈呀!"的哀声不断。

不到片刻,围在几人身边的贺家人都被打得东倒西歪,跌在四周,惨叫声一片。贺家二公子脸色铁青,手指着几人嘴唇哆嗦着说不出话来。

"你……你们……"

"来,再打呀,小子,敢欺负我霞姐。别人怕你们,戴家人可不怕!"

花奴手指着贺家二公子,满脸的嚣张。

戴明苦笑不已,心想,我的大小姐呀,你就别给戴家惹事了,师父也隐世不出,就是不愿意在这乱世之中再惹麻烦。

"行,你们等着,姓戴的,这事没完!"

贺家二公子满眼的怨毒,恶狠狠地盯了几人一眼,一转身就走了出去。其他几个贺家的人见状,也互相搀扶着,一瘸一拐地跟着贺二公子落荒而去。

看着贺二公子一杆人离去的背影,醉花伶神色黯然,一点也没有高兴的样子,默默地坐下来,眼里的泪顺着脸颊不断地流了下来。

花奴走了过去,轻轻地抱住醉花伶的双肩,也没有再说话。

李能和戴明、老穆看着满地东倒西歪的桌椅板凳,默默地收拾着。

酒馆外看热闹的人也都渐渐地散去了。

天,变得更冷了。

第二十九章
赊店走镖

今年的冬天比往年冷了许多，戴家在外的人们都已经返回了小韩村。花奴回来拜见了父母以后，就没再出门了，打算陪父母住上一段时间后再回去。

三人也没敢隐瞒，把与贺家班发生冲突的事都告诉了二闾总镖头。其间，花奴和戴明二人对李能的功夫还大大地褒扬了一番。二闾总镖头听了后，深深地看了李能一眼，除了轻轻的"喔"了一声，就没再说什么了。李能心中虽然有点忐忑，自己做师叔的，带着两个师侄儿打架，不好听啊。

花奴待在家中，除了向父亲请教一些拳上的事外，也没有其他事情。这一日，突然心血来潮，想要去李能的菜园子看看。

多日来，花奴一直很好奇，也不见李能经常来戴家，不知道李能的戴家拳是怎么练的。也曾问过父亲，但父亲只是笑笑，没说什么。

说去就去，花奴在戴家的练功房找到戴明和五昌兄弟二人，把自己的想法一说，戴明马上同意。

见五昌还有点犹豫，戴明满脸的阴笑，拍了拍五昌的肩膀，笑呵呵地说道：

"师兄，李师叔的功夫也了不得。别看小师叔连五行拳都没有学全，但就那一个劈拳，恐怕也不比你差。"

"是吗？！走，看看去。"

五昌一脸的不服。

小韩村，一千多口人，地处平原地带。

戴家在此地虽是大户，但戴家人行事一直很低调，戴老镖头自己更几乎是隐世不出，家中产业已经都交给了二闾和后辈儿孙们去打理。

祁县是大清朝最早出现钱庄票号的地方，商人们的交易也开始尽量避免使用大量的现银做交易，故而，镖行业务开始减少，同业之间的竞争也日益激烈。这个时候的祁县富豪大户，更需要的是为家族护院。

而对于戴家来讲，通过镖局业已经基本完成了资金的原始积累，其后人大都不再干这刀口舔血的营生了。开始以经商为主，镖局业务不再是戴家人的主营了，戴家拳的传承也渐渐地开始出现了断层。要想继续传承下去，变，是唯一的出路。戴老镖头对这一点看得很透。所以，老镖头对戴家拳以及戴家拳的传承开始进行了改变。

李能的到来，恰好迎合了老镖师的思路。两个兴趣、志向相同，又能承上启下、继往开来的人走到一起，注定会发生一场划时代的碰撞。这次碰撞，也注定了一场不同寻常的拳术革命。

在戴老镖头看来，戴家拳，既是道，也是法。练戴家拳，要以心入意，以意求道，以道寻法，要心、意、道、法合一，而这个境界，也是李能一直在苦苦追寻的。

菜园里，李能早已搭起了一座简易练功房。房内陈设简单，除了一些打磨力气的练功器材和刀枪外，再无别的东西。此时，李能正在房里练拳，一旁的凳子上，赫然端坐着的正是戴老镖头，老镖头的身边，站立着戴二闾。

老爷子身着棉袍，虎目剑眉，五缕长髯飘洒在胸前。一手拿着一个碧玉杆的旱烟锅，一手转着两个亮银铁胆，两只眼睛虽然眯着，但神光一刻也没有离开过练拳的李能。

看着眼前上下翻飞、腾挪的李能，老爷子的心里感慨万千。

练拳容易改拳难，短短三年的时间，这孩子身上的浊力已经去了一大半。自己的几个徒弟和儿子们虽然从小就跟着自己学拳，但以后在武学上的成就恐怕就不如李能了。

"师父！"

李能走完一趟五行拳，擦了把脸上的汗水，站到了老镖头的身边。

老镖头眼含欣慰的神色，看了李能一眼，微笑着说道：

"能然啊，你的外家功夫已经大成，它既是你武学建立的基石。但同时，也是你武学进一步突破的桎梏，你今后的路当是先破再立。"

"破？"

老镖头看着李能疑惑的神情，微微一笑，继续说道：

"是的，要先破！修炼戴家拳，可以说有三个境界，第一个是破形境，第二个是心破境，第三个是合一境。所谓破形，就是要破去你练拳多年来已经形成的行为习惯，戴家拳讲究束展，不同于外家功夫的大开大合。你来看！"

说着，老镖头站起身来，轻轻一拍李能的肩头，五尺开外的身躯，一束身，李能只感觉身边有轻风一荡，眨眼间，老镖头就消失在自己的眼前。

李能急忙顾盼前后左右，老镖头已踪迹全无。

愣神之际，李能忽听头顶上方传来老镖头的声音。

"这儿呢！"

李能顺着声音抬头一瞧，在身后的一面墙壁上，赫然见老镖头正用一根手指勾在一颗钉子上，整个身子像猿猴一样团缩着，轻轻地挂在那里。

老镖头的绝技，美人挂画！

还没等李能回过神来，又觉眼前一花，老镖头已经坐回了凳子上，好像根本就没动过一样。

看着李能震惊的神情，老镖头一笑，继续说道：

"这就是束展之功的形,要外练墩猴势,身动腾挪桦柱形,身体要有婴儿之柔,至柔再刚。你现在是刚猛霸道有余,柔化顺随不足,虽然有一力降十会之说,但戴家拳的力与你的刚猛之力是不一样的。你的力是断续的,是不可再生的。而戴家拳的力就像大海的浪头一样,汹涌澎湃、无穷无尽。它的根源就在有一个源源不绝的大海。于人来讲,就是丹田。戴家拳的每一拳,都有惊涛拍岸之势。你现在外家功夫大成,破形不易,但可以把戴家拳与你的外家功夫结合起来练,把二者融合,从其中找出一条属于自己的武道。"

听着老镖头的讲解,李能明白,老镖头这是因材施教。确实,这三年来,自己也感觉到,要是完全按照戴家拳的训练体系修习,是非常不容易的。特别是戴家拳的许多拳法拳理,与自己已经形成的拳法习惯,是完全背道而驰的。要让自己彻底忘记过去的拳法路数,更是不可能的。现在自己也有一种感觉,用戴家拳的功法拳理去改进自己的拳法,效果反而更好。现在听师父这么一讲,李能的心头又豁然贯通了许多。

老镖头也注意到李能的神色,心中暗自点头。这孩子,悟性是高,要是再磨炼上几年,戴家拳在这个孩子手中恐怕会有一个质的飞跃了。

想到这里,老镖头对李能继续说道:

"追寻武道至极的路要循序渐进地走,当下,你最主要的还是要把戴家拳吃透练精。这三年来,你身上的浊力已经去掉了不少,从现在开始,你要注重对意与气的训练,要破心。我戴家先祖,循天地阴阳、五行生克变化创拳,都是以意为先,以丹田为根,精修导引吐纳为主的。所谓心破镜,就是要走出自我心境的约束,不要拘泥于自己的一片小天地里。意是什么?意是沟通自我与天地自然的一个桥梁,天地有金、水、木、火、土五行,人的自身也有金、水、木、火、土五行。这五行生克运化,天地万物才周而复始,生生不息。人身有精、气、神三宝,这三宝就是人自身通过五行生克云化而产生的。我们修炼,就是要通过意把这两个各自独立的道统联系起来,合二为一,达到天、地、人三合,成就心破境。至于合一境,就是无形无相镜,你日后自知。这三个境界,其实不是按阶段划分,它是一个修行的整体,只不过是侧重点不一样,你要记住这一点,不要把它人为地分离开。另外,除了日常的修炼,还要通过不断的实战来提升境界。"

说到这里,老镖头扭头对身边的二间说道:"你就安排他进镖局吧,以后有些拳法你也可以教教他。我毕竟年纪大了,人老不以筋骨为能,不服老不行。"

"好的,父亲。"一旁的二间点头应道。

戴老镖头接着说道:"现在镖行业务虽然艰难,但对于武者来讲,也只有在镖行还有用武之地,也能多一些实战的机会。眼下大清朝时局动荡,不仅外洋势力入侵,据说南方又有人搞了个拜上帝会在蛊惑人心,在这诸多乱象中,要想保家安民,没有武力是不行的。以后你们二人也多切磋切磋,戴家拳不能丢啊!"

"是,师父!"

"是，父亲！"

"好了，你们二人再练一会儿，二间，你多教教能然，把其他拳法也陆续地传授给能然吧。"戴老镖头看着自己的儿子与徒弟，满脸的期许。

二人欣然答应，接着，二间就开始给飞羽讲解演示起了拳法，紧要关头，戴老镖头不时地出言指点几句。

"师叔！"

"李师叔！"

屋外传来了阵阵吆喝声。

老镖头一笑，对李能和二间道："是花奴那丫头过来了，去吧，把他们都叫过来。"

"好，师父。"

李能也是分外高兴，急忙出去迎接几人去了。

"郭师兄，您也来啦！"

屋外传来了李能的惊喜声，老镖头会心一笑。

片刻，几人跟随李能都进了屋子，屋子里的冷气随着人多，一下子就被冲淡了许多。

"爹，你什么时候来的，怎么？你也给小师叔吃偏饭来了。"

一进门，花奴满脸的讶异，睁大眼瞪着戴二间。随即，又一把拉起老镖头的胳膊，不住地摇晃起来。嘴里娇嗔地说着："爷爷，你偏心……"

老镖头哈哈一笑，满脸的疼爱，抚摸了一下花奴的头，先对郭老夫子笑着说道：

"维汉，你也过来了，正好有个事要和你说。让能然进镖局吧，就跟着你，先做个镖师。"

郭老夫子微笑着看了李能一眼，高兴地应道：

"好！好！好！我来安排，我来安排。"

旁边的戴明和五昌兄弟俩一听，也高兴地纷纷对李能说道：

"小师叔，恭喜啊！"

"哼！小师叔请客。"

花奴脸一板，突然冒出一句来。说得大家先是一愣，随后哄笑起来。

"我请！我请！咱们再去祁县城。"

"能然今天确实应该请客，不过现在去县城有点晚了。这样吧，咱们就在这菜园子里吃，炖几只鸡，喝点酒，先庆贺热闹一下。姐夫，你看怎么样。"

郭老夫子笑嘻嘻地看着老镖头说道。

"好吧！你确定就行了。"

老镖头面带微笑，瞅了郭老夫子一眼，点头同意了。

"好啊！"

几个年轻人一听老镖头同意了，兴奋得都跳了起来，花奴更是一马当先，带着几人吵吵嚷嚷地忙活开了。

看着几个年轻人欢快的身影，老镖头、二闾总镖头和郭夫子三人也露出了欣慰的神色。

郭夫子乐呵呵地说道："姐夫，过几日镖局不是去赊店接趟镖吗？那就让能然也跟着吧。"

"行，你安排吧。出去以后，戴家拳你也多教教他。"

"姐夫，这恐怕不好吧，能然是你的徒弟，我再教不合适了吧？"

"哼！你现在倒是作态起来了，这三年来，你教他的还少吗？！"

"嘿嘿，姐夫，你知道了。"

郭夫子一听老镖头的话，讪讪地挠了挠头，一脸尬意。

"哼！没你教，他怎么能学这么快？"

"嘿嘿！"

赊店，万里茶道的一个中转驿站。繁华鼎盛，是"豫南巨镇"。全镇有七十二条街，三十六个胡同，九门九寨，流动人口达十三万，有"天下店，属赊店"的称号。

赊店居伏牛山南麓，"依伏牛而襟汉水，望金盆而掬琼浆；仰天时而居地利，富物产而畅人和"。

戴家入镖行就是从戴隆邦老爷子在赊旗创立广盛镖局起步的。赊店作为贯通东西南北的中转驿站，商贾富户云集，货运财物流量巨大，镖业就成了必须的存在了。戴家祖上一直都是明清两代集官商巨贾为一体的富豪望族，到了18世纪，正值大清乾隆盛世，戴隆邦老爷子来到赊店，在其师兄马学礼的帮助下，创办了广盛镖局。

镖局历经乾隆、嘉庆两朝，发展盛极一时。等到戴龙邦老镖头感觉年事渐高后，就金盆洗手，退出了江湖，广盛镖局也就逐渐交到了戴二闾的手中。

广盛镖局在戴二闾总镖头的手里虽然已经撤回祁县，改为太汾镖局。但在赊店，还依然有相当大的影响，特别是晋商，一有重镖需要押运，首选的镖局还是戴家镖局，太汾镖局这次接的镖就是平遥蔚盛长票号在赊店分号的银镖。

最初，老镖头是不想接这趟镖的。这趟镖一接，恐怕就要跨年了，而且在这段时间，茶道上是最不安全的。特别是从赊旗店入晋的这段茶道上，匪患最为严重。

现在太汾镖局人手凋零，老镖头自己又避世多年，二闾坐镇太汾镖局，不能走镖，年轻的镖师中能独自扛起大旗的少之又少。但架不住蔚盛长老掌柜的多次拜请，老镖头才勉强同意出镖。不过，老镖头实在是不放心，为了以防万一，就请郭老夫子做了总镖师。

这一日的午后，在赊店闹市中心的山陕会馆，住进来六个人，正是郭老夫子带着的李能一行，同行的还有镖局的戴明、戴龙、戴虎和贾仁。

山陕会馆，建于清乾隆二十一年，地处赊店闹市中心。坐北朝南，南对繁华的磁器街，北靠五魁场街，东邻永庆街，西伴绿布场街。

会馆分前、中、后三进院落。

沿中轴线，依次是琉璃照壁、悬鉴楼、石牌坊、大拜殿、春秋楼。两侧相陪建筑有木旗杆、铁旗杆、东西辕门、东西马厩、钟鼓楼、东西长廊、腰楼、药王殿、马王殿、道坊院等。

对郭老夫子来讲，来赊店可谓故地重游。当年广盛镖局的种种，依旧历历在目。但如今，已物是人非，不仅戴老爷子已过古稀之年，自己也过甲子。唏嘘片刻，安顿几人住下后，郭老夫子便带着李能直奔蔚盛长票号。

二人出了会馆，便向对面的瓷器街走去，蔚盛长票号就在这条街的西头永庆街上。

虽然入冬，赊店街道上的人流并没有减少，反而多了起来。赊店，作为贯通南北的茶马水陆交通要冲，每天的人流都在数万以上。

在城东、城南，设多处码头，船只来往，千帆竞扬，桅杆如林。卸货分类后，再由马帮、驼队转发各地，通宵达旦，熙攘鼎沸。

可谓：

日间千帆竞过，

夜晚万盏灯明。

镇内的七十二道街，分行划市。山货街专营山货，铜器街专营铜器，还有一条街专业经营小食品麻花，就名之为"麻花街"。街内各家所营商品多为药材、白酒、茶叶、生漆、桐油、竹木、粮食、丝绸、布匹、食盐等。

据传，整个赊店，药材月销售量可达5万余斤；白酒月征税达五十课（其他相邻县份仅三课）；六家山货行日成交木材1000余立方米，竹竿5万余斤；八大粮行日成交粮食10万余斤；九家染行，最大一家日染青蓝布300余匹（一匹为12丈），四十八家过载行日夜装卸不停。

在这里，茶庄、茶舍就聚集有二十多家，榆次常家、祁县乔家的大德玉、大通玉等大茶行均设于此。

会馆除了山陕会馆外，还有福建会馆、湖北会馆、江西会馆、广东会馆、直隶会馆、湖南会馆、安徽会馆等十个各省会馆；此外，尚有行业会馆性质的老庙（戏剧）、火神庙（鞭炮行）、马神庙（马车行）、大王庙（船运行）等大中型庙宇十余座。

二人走在瓷器街上，放眼望去，整条街也就300多米长，青石板铺路，一眼可以看到头，宽不足10米。但是，在街道的左右两侧，却云集了北方的定窑、钧窑、耀州窑、磁州窑和南方的龙泉青瓷窑、景德镇青白瓷窑六大窑系及众多名窑的瓷器店铺。在各家店铺里，都有客商云集，不断有成批的瓷器搬进搬出。

不一会儿，二人就到了街西的蔚盛长票号门前。

这家票号是蔚盛长票号在赊店新开不久的第二个分号，票号青砖灰瓦白墙，深红门窗，坐西朝东，铺面临街，面阔3间，进深2间。因近年终，汇兑存取业务繁忙，票号门前人流银车不断，出出进进地忙碌异常。

二人一进门，就有伙计过来招呼。

看到二人都身着灰色长袍，一脸风尘的样子，伙计眼神一亮，兴匆匆地问道：

"老先生，可是来自祁县太汾镖局？"

好眼光，李能心中暗赞。

"是的，你们掌柜的呢？"

郭老夫子微微一笑，回问道。

"太好了，我们一直等您老来呢。掌柜的现在在正厅，我带您老去。"

说罢，伙计喜滋滋地领着二人穿过铺面，往里走去。

票号是一进院格局，院内房屋大约有十五六间。正厅是票号掌柜的待客、居住的地方。比其他房子都高出两个台阶，寓意"步步之高"之意。门头悬挂着一块蓝色的匾额，上书"乾健伸贞"四字。

三人进了正厅，就见一个身穿黑色棉绸缎服的略胖老者，正与两个账房模样的人说着话，在桌子上还放了一些账簿之类的东西。

老掌柜也抬头看向三人，眼神一亮，急忙站起身来，笑呵呵地就迎向郭老夫子，道：

"老哥哥，是你来了，这太好了！太好了！"

说着，一把抓住郭老夫子的胳膊，热情地抖动着。

"老侯，你在这里！"

郭老夫子惊讶地说道。

"是啊，票号刚开两年，事多烦乱，人手不够。"

二人边寒暄边坐了下来，待坐定后，侯掌柜看着李能问道：

"老哥哥，这位是？"

"喔，这是姐夫新收的徒弟，字能然，李能。"

"好！好好！名师出高徒，李镖师，辛苦了！辛苦了！"

侯掌柜的略作客气，也就没再多问，转头继续对郭老夫子说道：

"老哥哥，你看什么时候能走？"

"只要你们票号安顿妥当，我这边什么时间走都行。"

"好，老哥哥，那咱们三天以后启程，你们也多准备一下。"

"好，三天后启程。"

双方又商议了一些其他事项，办好了委托手续，二人就离开了蔚盛长。

"走，带你去原来发热广盛镖局看看。"

"太好了！师兄，我早就想去，看看师父、师兄们创业发起的地方，看看华中第一大镖局的辉煌。"

"唉！好汉不提当年勇啊，再厉害的英雄和辉煌也挡不住时代的洪流啊！"

二人边走边聊，没一会儿，就到了镖局所在的街口，在对面，就是原来的广盛镖局。

广盛镖局在瓷器街北端路西，距蔚盛长票号并不远，站在街口，一眼就可以看到。

在对面，是五间临街的二层门头，中间为高大门楼，门前树着一高高的旗杆，在旗杆上，已经没有了迎风飘扬的"戴"字镖旗。如今，就是一根光秃秃杆子，静静地矗立在那里，好像与天地诉说着，这里曾经发生的那些故事和过往的风云。

郭老夫子的心里五味杂陈，百感交集，带着李能慢慢地向对面走去。

李能跟在老夫子的身后，边走边打量着眼前的门楼房子。

黑漆朱红门楼，青砖灰瓦，屋顶的瓦片缝隙里还有许多枯草迎风摆动。门楼上的匾额写着"过载行"三个大蓝字，门前停放着一些装运货物的马车，有一些出出进进的人正在装卸着货物。

"师兄，这是？"

看着李能疑惑的神态，郭老夫子停下脚步，解释道：

"这里现在还是咱戴家的，不过在镖局撤回后，已经改成过载行了，大间在这里主持。"

"喔！"

飞羽恍然，戴老爷子有两子，长子就是这戴大间，难怪自己一直没有见过，原来在这里。

"走，进去吧。"

说着，郭老夫子抬腿就走了进去，李能也随后跟进。

里面还是原来的样子，一进三的大院落，全都是双层硬山式建筑。近百间房子，规模气势宏大，格局严谨，安全保密性绝佳。会客厅、签押房、仓房、镖头居室、镖师居室、练武场等，样样齐全。虽然有部分现在都已改做他用，但依然能够感受到当时镖局的盛况。

李能跟着老夫子边走边看，郭老夫子也不时指指点点，有点忘情地给李能介绍着里面的过往一切。

不知不觉，二人就走到了原来镖师们居住的地方。此时，天色已经开始暗了下来，院子里有十几个伙计和短工们正在洗涮、打扫着身上的灰尘，有两个看上去像是管事样子的人，正嘻嘻哈哈地在聊天。

二人看到郭老夫子与李能二人走了进来，一愣，随即停止了说笑。互相对视了一眼后，就见其中一个壮硕、短须、牛眼的人走了过来，迎住了二人，大手一拦，大声喝问道：

"干什么的？"

"呃……"

这句喊叫，如一个晴天霹雳，把说到兴头上的郭老夫子惊了一个愣神，硬生生地把到嘴边的一句话给咽了回去。

"扑哧！"

李能被逗得差点笑出了声，急忙板住脸忍了下来。

老夫子扭头瞪了李能一眼，随即转头看着眼前的牛眼汉子，不悦地说道：

"喊什么喊，想吓死老汉呀！"

"咦！老不死的，你还敢骂人。"

牛眼大汉骂了一句，大手就向郭老夫子的脖子掐去。

"哼！"

老夫子脸色沉了下来，一偏身子，让过牛眼汉子的大手，脚下一滑，就切进了牛眼汉子的怀中。

牛眼汉子只觉得眼前一花，自己"轰"的一下，就跌出了丈外。

"哗啦！"

院子里的一个柴火堆被牛眼汉子一下子撞得散了堆。

"怎么啦？"

院子里的其他人也被惊呆了，惊异地看向飞出去的牛眼汉子，懵懵懂懂地不知发生了什么事。

"老不死的，你还敢打爷，找死呀！"

散了架的柴火堆一阵翻滚，木头乱飞。牛眼汉子就像疯了一样，随手捡起一根木棒，跌跌撞撞地爬起来，满脸狰狞地又向老夫子冲了过来。

"小子，你上！"

老夫子一把抓住李能，推向牛眼汉子。

哪有这么坑师弟的？！

李能满脸黑线，还没来得及反应，眼看就要和冲来的牛眼汉子对撞到一起了。急忙借冲势，抬腿一招野马撞槽，崩向牛眼。

面对这一突如其来的操作，牛眼汉子一愣，前冲的身形刚略停顿，"嘭"的一下，自己又跌回柴火垛里了。

"老子不起了，有种你们过来打。"

牛眼汉子躺在柴火垛里不起了，色厉内荏地瞪着两只牛眼，惊恐地盯着李能和老夫子二人。

院子里的人都被惊动了，大家吃惊地看着眼前的一切，吵吵嚷嚷地叫喊起来。

"朱哥被打了！"

"这两个人是谁呀，敢跑到戴家打人。"

"快，快找掌柜的吧！"

"……"

这时，和牛眼汉子一块聊天的另一个矮瘦一点的人，急忙走了过来，冲着郭老夫子和李能拱了拱手，赔着笑脸，小心翼翼地说道：

"老爷子，老爷子，有话好说，有话好说，别和我们这些人一般见识。"

"哼！狗眼看人低的东西，不懂得尊老爱幼吗？敢掐我老汉的脖子。"

郭老夫子两眼一翻，瞄了那牛眼汉子一眼，又看向眼前的矮瘦汉子，撇了撇嘴说道。

"是是是，是我们的不对。老爷子，您看，您来这里是找人还是办事？我们都是这儿的帮工,主不了事的,您得找我们掌柜的。"

"我老汉就是进来随便转转,不知道吗?我老汉原来就是这里的镖师。"

矮瘦汉子吃惊地看着郭老夫子,心里想,我们哪知道你是什么人,进来就打人。

"哎呀!我知道,这老爷子就是掌柜的舅爷吧。"

人群中,一个有四五十岁的紫棠脸的人,突然插话道。

"看看,有识货的吧。"

郭老夫子冲着这个人一伸大拇指,满脸得意,李能无语地看着眉飞色舞的老夫子,心里一阵抽搐。

"怎么回事!"

一阵骚动,众人让出一条通道,一个四十多岁、微胖、身着绸缎锦袍的白面无须男子,走了进来。

"掌柜的来了!"

"舅舅,原来是您来了!"

完了,真是舅姥爷,这顿打白挨了,牛眼汉子的眼角不住地抽搐,垂头丧气地站了起来,偷偷左右一看,全是同情的眼神。

"呵呵,是大间啊,老舅正要过去找你呢,你看看……"

郭老夫子双手一摊,豁然一副受屈的样子。

戴大间一乐,快步走到老夫子的跟前,一把搂住老夫子,亲昵地说道:

"舅舅,你就别难为他们了,走,陪你喝点去。"

"哈哈,好,喝酒去。"

老夫子拉起戴大间的手,一副小人得志的样子,施施然往外走去。

第三十章
惊现匪踪

赊店的冬日，晨光刚一露头，就透出了温暖和煦的情意。空气清新，蓝天高远，朵朵白云，随风幻化出各种各样的姿态。或婀娜，或厚重，或如游丝缕缕，或如虎奔狼突，风云聚合，色彩迷离。

在广盛镖局的练武场里，正围站着六七个人，中间有两道人影在不断地腾挪走转。二人或分或合，或似白云飘忽，或似惊涛拍岸，又或似金箭穿云，比试正酣。

清冽的晨曦中，二人都是只攻不退，攻中有守，时而拳重如铁，时而身轻如燕，伴随着二人拳风、掌风的激荡碰撞，四周的时空中不断发出"呼呼"的声音，凝固的寒风冷气也被撕出一道道裂缝，薄薄的寒雾随着二人身形的变换，竟然也幻化出许许多多怪异的形状。

忽听场中"啪"的一声，两道身影一阵晃动。一个如风摆荷叶，一个似随风杨柳，悠忽之间，骤然分开。

"师弟，歇歇吧，你的五行拳已渐入佳境，我的戴家拳也荒废日久，已经战不过你了。"

说话之人正是戴老爷子的长子戴大间。

"呵呵，师弟，你能把大间打得认输，实属不易了。大间从小就随你师父在赊店走镖，那是得到真传的。咱们今天就到这里吧，准备一下，明日护镖回祁县。"

旁边的郭老夫子也乐呵呵地说道。

"好的，师兄！"李能心里高兴，忙应道。

随即，又看向戴大间，抱拳一礼，真诚地说道：

"师兄，请多指点指点，我入门晚，随师父的时间也不多，有许多拳理依然还是一知半解的，练得不好，让师兄见笑了。"

"师弟，不用这么客气，进得戴家门，就是戴家人，咱们师兄弟，不讲究这些客套。以后有时间，咱们师兄弟多交流就行。走吧，舅，戴明、戴虎，各位师侄儿们，咱们吃早饭去吧。"

一杆人簇拥着郭老夫子，说说笑笑地往餐厅走去。

戴大间，身形瘦长，面容清秀，四十多岁，多年来，一直就随在父亲戴老镖头的身边，足迹遍及南北十六省。镖局解散以后，就留下来把镖局改做了过载行，一晃，也有四五年了，与做镖业比较，戴大间更适合做生意，几年下来，把这个过载行又做得风生水起了。

虽然广盛镖局改做过载行了，但戴家镖师的老班底和镖局走镖的镖车、银箱等物件基本都在，只要有活，戴家镖队随时都能拉起来。

几人吃完早饭后，郭老夫子便带着李能等人，一边收拾走镖需要的镖车和马匹，一边等待蔚盛长票号的消息。

赊店到祁县，出赊店西北门，经洛阳北上至晋城、长治，将近一千三百里。沿途都是山区险道，平日里，这些地方常有盗匪出没，强抢过往行人。特别是河南西北山区，常年遭遇大旱，民贫如洗，铤而走险者比比皆是，大股、小股盗匪多如牛毛。

蔚盛长分号在年底前，要将一批现银运回祁县总号，长途运送，为安全起见，故而才重金托请戴家人护送。

即使戴家已经不再经营广盛镖局，但戴家拳的威名，在南北十六省的江湖道上，早已冠绝无敌。特别是在山西，广盛镖局、戴家拳就是晋商心目中的保险柜，是安全的象征。山西的商贾富户，家家户户都会想尽办法，不惜花高薪重金，也要请到戴家人为自己做护院保镖。

想当初，广盛镖局之所以在赊店落脚，与赊店山西商贾大户们的推动和支持是分不开的。而戴家本身就是集官商为一体的大户，戴老镖头来到赊店，也是起于商。几十年下来，广盛镖局、戴家人和山西的商贾富户们已经结成了一个荣辱与共、休戚相关的整体。

转眼间，三日已过，蔚盛长票号侯掌柜一行，在郭老夫子、李能等戴家镖师们的护卫下，押着密封好的银车，出了赊店西门，开始启程了。

数万两的镖银足足地装了十几个镖箱，分装在三辆密封的马车上。每一辆镖车上都插着一面黑面戴字旗，迎风咧咧作响。郭老夫子和李能居后，戴龙、戴虎居前趟路，戴明和贾仁居中。六人都骑着马，侯掌柜和家眷坐车，四辆车，六匹马，伴随着马儿走在沙石道上踏出的蹄声和脖子下的铃铛声，一行十数人，冒着寒风，缓缓地在西行的路上移动着。

沿途，老树枯黄，枝叶凋零。朔风刮过，吹得脸生疼。两侧茫茫荒野，枯叶漫天乱舞。隐隐伏牛山峦，黑漫漫连天接地。

马儿"呼哧呼哧"地打着响鼻，从鼻孔中喷出道道白气，马儿的头上，也渐渐地挂上了一层厚厚的白霜。

马上的几人虽然都身穿棉服，披着风雪大氅，但时间久了，依然抵不住刺骨寒风的侵袭。大家都用毛巾捂着脸，低着头，把身子紧紧地裹在大氅里，尽量减少身上热量的流失。

镖车沉重，每日最多走八十多里，在寒风中大伙儿晓行夜宿，经过十数天跋涉，这一日，镖车来到了黄河渡口孟津，郭老夫子和侯掌柜商量了一下，决定在孟津多歇息半日，人马都作一下休整，顺便去渡口打探打探情况，做一些渡河准备。

孟津，南依邙山，北邻黄河，据《尚书·禹贡》注："孟为地名，在孟置津（即渡口），谓之孟津。"

在商朝末年，八百诸侯从四面八方，来到河洛地区的黄河渡口，与周武王举行结盟伐纣仪式，故而称会盟处为"盟津"。

众人入住客栈后，时间尚早，郭老夫子便与李能二人，往黄河渡口方向走去。

孟津的冬季，暖阳如春，街上行人如织，步态悠闲。两侧的青砖瓦舍院院相连，错落有致。房前屋后、梁上檐下，砖雕、石雕、木雕、彩绘等一应俱全。古朴厚重，富丽堂皇。在一些院门前，三三两两的人们或坐或站，一边晒太阳一边聊天或打量着过往的行人脚夫。

二人边走边聊，没多久，就来到了黄河南岸。

一眼望去，河水云天一色，满目金黄；芦苇随风荡漾，河汊纵横交错；冬花在河岸星罗棋布，宛如跳动的精灵；在夕阳的余晖中，候鸟追逐嬉戏，上上下下飞舞，让寂静的黄河渡口，又平添了些许生机气息。

接近傍晚，摆渡过河的人少，二人找到摆渡船主，谈妥了价钱，因心系镖银安全，眼见夕阳隐没，天色渐暗，便没再多做停留，急匆匆地往回返去。

快到客栈门口，突见一个壮汉，挑了一副担子，正探头探脑地往客栈里面观看。见有人要进门，这个壮汉后撤一步，让开了门道，并冲着二人咧嘴笑了笑。此人身材魁梧，左侧脸上有一道疤痕，二人也冲壮汉点了点头，随即走进了客栈。

似乎心有所悟，走在前面的郭老夫子突然停下脚步，扭头又看向客栈大门，客栈门口空无一人，刚才的疤脸壮汉已经消失不见了。老夫子也没再说什么，和李能回到了房间。

房间里，戴明陪着侯掌柜的正等着二人。待二人坐定，戴明给二人倒了杯水，旁边的侯掌柜问道：

"老哥哥，怎么样，联系上渡船了吗？"

"安顿好了，今晚早点休息，明天补充一些东西后，咱们就过河。"

"好！老哥哥，听你的。"

就在这时，从外隐隐地传来篙杆拖地发出的摩擦声，"哗啦！哗啦！……"在寂静的街巷里分外清晰。

郭老夫子脸色一变，对李能和戴明说道：

"戴明，你送侯掌柜的回房间吧。师弟，你出去安顿一下其他人，抓紧吃饭，不要外出，镖不卸车，今晚要加双岗。"

看到郭老夫子脸色突然变得凝重起来，李能和戴明的心也沉了下来，感觉有什么事情要发生了。二人当着侯掌柜的面也不好细问，都默默地点了点头，分头各办其事去了。

房间里，郭老夫子点了锅烟，盘腿坐在炕上，眯着眼，默默地抽了起来。昏暗中，老夫子的烟枪头一明一暗、有节奏地散发出阵阵光晕，渐渐地，一团团浓浓的烟雾，把老夫子也完全罩住了。

冬日孟津，月夜天高旷远，空气澄澈，半空悬挂着的月牙，洁净明亮，清晖虽冷，也让人心旷神怡。

李能带着戴明、戴龙、贾任三人，守护在镖车周围，不敢有丝毫懈怠。月夜清明，客栈四周亮如点烛，即使如此，四人依然把眼睛瞪得溜圆，时时关注扫视着每一个犄角旮旯。

几人轮流值守，就这样防护了一个通宵，眼看天就要亮了，却一点动静也没有。

戴虎搓揉着双手，打了个哈欠，嘴里嘟嘟囔囔地说道："熟路熟店的，哪会有什么歹人，这老爷子，真是折腾人。"

李能摇了摇头，道："很难说，咱们大家还是小心一点的好。"

好不容易挨到天亮，众人开始收拾洗漱。吃罢早饭，侯掌柜便找了过来，要求起镖过河。大伙儿看向郭老夫子，老夫子皱着眉头，沉吟良久，对戴明说：

"一会儿出去，先不补充东西了，把戴字旗都收起来，直奔渡口。上船时镖不卸车，马不卸鞍，人随车走，两人护一车，把家伙都带好！"

"好！"

众人应允。

一路上，郭老夫子依然默不作声，而且一反常态，不仅自己护在了头车前面，还把多年不用的峨眉刺，也提溜在了手中。

李能盯着周围的动静，眼见郭老夫子如临大敌的样子，心也逐渐地沉重起来。

试探地问道："师兄，昨晚那篙杆拖地声是怎么回事？"

"篙杆拖地，贼入伙。水上人都有一个不成文的约定，不管是谁，只要你拿一根篙杆，大头拖地，入夜在街上拉着走，听到的人要是愿意，就二话不说跟在后面。等到人聚得差不多时，拖杆人就收了杆子，带着这些人去做些盗抢的营生。得手后大家平分，然后散伙，昨晚那声音就是有人在聚人。"

"喔！"

李能心中吃惊，突然想起昨日在客栈门口遇到那疤脸壮汉的事。心头一震，惊道："师兄，你是怀疑昨天那疤脸人？"

"对，无巧不成书啊！昨日那人绝对不是一个普通人，你没看他那两只眼睛，绝对是有功夫的人。"

李能点头，复又低声对郭老夫子说："师兄，能估计到是什么人吗？"

"难说！那人一看就不是一般的强盗。再说，也不见得晚上拖篙邀匪之人，和那个疤脸人是一伙的。"

李能领首称是，二人一时都陷入了沉思。

不到半炷香的工夫，一行人就押着镖车来到了铁谢渡口码头。

渡口码头，商铺云集，街两侧，经营铁、盐、煤、药材、酒、碗等货物的商号有数十家。大小羊肉馆也有十多家，铁谢羊肉汤远近闻名。进入渡口的各地客商，都会在这里停下脚，歇一歇，喝碗羊汤再走。

走在街道中，隐隐中，李能突然感到有数道眼神，从码头商铺处射了过来。抬头望去，商铺外人们都各自低头忙活着自己的事情，也没看到有谁在盯着自己，那感觉此时也凭空消失不见了。

李能摇了摇头，随大伙押着镖车往渡船走去。

铁谢渡口，河宽一里多。渡船全木制作，船身宽大，四周装围栏。运货驮队至此马不卸鞍，连货带牲口一起上船，横渡过河，需时一小时左右。

天公不作美，从早晨到现在，天一直都阴沉着脸。此刻，竟然零零星星地飘起了雪花，整个渡口，在雾雪中变得模糊起来。

此时，河岸渡口处，已经聚集了不少渡河的人马和驮队。或牵马拉车的，或独行挑担的，或三五成群的，有商贾，也有普通百姓，人们哄哄吵吵，热闹凌乱。渡口河道中，上百只大小船筏早已停泊在码头两侧，有的已经坐满了人，向对岸划去。

河中，船只往来穿梭，船帆林立，艄公的号子声此起彼伏，船桨翻飞，浪花飞溅，一片繁忙。

船上的李能抹了一把脸上融化了的雪水，看着荡漾起伏、东流不绝的滔滔河水，心中油然升起了一股思乡之情。今年怕是回不去深州了，每想到鬓发斑白的老母和忙里忙外的妻子，李能的心总会一痛。

"到岸了！"

一声吆喝声打断了李能的思绪。

船过黄河了。

待船上的客人走尽，镖车也下了船，众人稍稍地松了口气，简单地收拾了一下，押着镖车缓缓地向北岸的渡口外走去。

突然，李能又有了一种如芒在背的感觉，向四周观望，也没发现什么异常。悄悄地问了一下身边的戴明，戴明说没感到，李能就没再提了。不过，在心里，多加一分警惕。

出了北岸渡口，众人心里一阵轻松，马儿也好像感到了一种松快，蹄声变得轻急。虽说依然不敢放松警惕，但出来时的那种压抑和沉闷少了许多，大家的交谈便多了些说笑之语。

行进在北上的官道上，遥望远方，一道紫气蒙蒙、纵贯东北的山影映入大伙儿的眼帘，巍巍太行就在眼前。就要进入山西地界了，侯掌柜的从车厢里探出脑袋，高兴地对车旁马背上的郭老夫子说道：

"老哥哥，大家都辛苦了，等到了晋城，我请各位师傅们吃饭。"

"好！谢侯掌柜的了。"

没等郭老夫子说话，戴明几人已经喊起好来了。

众人话音刚落，从镖队身后传来了一阵急促的马蹄声。

"戒备！"

郭老夫子一声低喝。

大伙儿急忙收拢马车,靠向道旁,李能几人列马围在镖车前面,紧盯着后面渐渐靠近一团烟尘。

片刻间,一哨人马急冲了过来,到了镖车跟前,并没有停留,径直冲了过去。烟尘中,一个黑衣汉子突然扭头看了镖车一眼,那眼神,竟然有种似曾相识的感觉。

疤脸汉!

李能心头一凛!

"师兄,是那疤脸汉!"

李能急忙低声对郭老夫子说道,老夫子凝重地点了点头,脸色变得不好看起来。

第三十一章
夜袭栈店

听着渐渐远去的马蹄声，看着随风散去的烟尘，众人的心也沉到了底。

事情再明显不过了，镖车被人盯上了。

距怀庆府治河内县还有100多里，越往北走，山地越多，虽说也是官道，但比一般土路也好走不了多少。到处都是坑坑洼洼的，重车更是难行。对方在暗，不知道还有多少人，就从刚才过去的那些人看，对方的人数肯定少不了，若真要打起来，自己这边六个人显然不够。

怎么办？

众人一时没了主意，戴明四人的眼睛都直勾勾地盯着郭老夫子和李能，等二人发话。

郭老夫子点了锅烟，深深地吸了一口，紧锁眉头，闭起了双眼，半依在马车辕上，不知在琢磨着什么。

侯掌柜张了几次口，想说点什么，可看郭老夫子的样子，又把嘴边的话咽回去了，搓着双手，在一旁来来回回地踱着步，满面焦虑。

四周一下子静了下来，只有满天的雪花还在不断地飞舞。人身上，马身上，车上，都被裹上了一层厚厚的白霜。

"啪啪！"

片刻，郭老夫子把烟锅头在车辕上磕了两下，往烟袋里一塞，别在了腰上。

看向侯掌柜，开口说道："侯掌柜，你看这样行不行，再往前，马上就要到崇义了。我们先在崇义住下，不再往前走了。现在情况不明，一是需要打探对方虚实，看看盯上镖车的是一些什么人，从哪里来的？二呢，我担心凭我们现在的人手，怕是不够。所以，住下后，我需要找帮手过来。等把这两件事办妥了，我们再走。"

"好好好！老哥哥，全听你的，全听你的。"

侯掌柜擦了一把脸上的雪水，频频点头。

见侯掌柜的没有意见，郭老夫子又看向李能，一脸正色，征询道："小师弟，你看呢？"

"师兄，我没意见，听你的。"

"好！"

郭老夫子环视了一下众人，手一挥，大声说道：

"戴明、戴虎,你们前面探路;戴龙、贾仁,把镖旗挂出来;趟子手,喊号出发!"

"好嘞!"

见老夫子有了主意,众人精神一振,大声地应和着,挂旗的挂旗,拢车的拢车,一阵忙碌后,众人飞身上马,趟子手一声大喊:

"合吾!"

"轰隆隆!"

插着"戴"字旗的镖车又上路了。

崇义,怀庆府治河内县七镇之一,是北上河内县的必由之地。官道穿崇义镇中央而过。在镇中官道两侧,零零落落地开着几家饭馆子和客栈,供过往行人落脚或休息打尖。

等镖车到达崇义界时,天色也已经不早了。

远看,整个崇义在暮霭白雪中显得有点虚幻,房屋村舍都隐隐约约,只有一个大概的轮廓,一条湿滑泥泞的官道通向镇里。

"合……吾……!"

一声凤凰三点头的镖号响彻了崇义镇。还没睡的人们一听这声吆喝,就知道,镇里进镖车了。

沿着泥泞的官道,戴家镖车进镇子。

此前,探路的戴明、戴虎已经提前把整个镇子探查了一遍。在镇中官道的右侧,选中了一家山西张老客开的车马客栈,作为落脚地。

按理说,镖局护镖出行,一般都是走熟路、住熟店,从不走生道、住生店的。但这次事发突然,打乱了原定的护镖路线,只能事急从权。但也要提前踩好线,把周围的情况尽量探查清楚。

众人刚到客栈的大门口,张老店主带着一个伙计就迎了出来。

张老店主一身棉布灰袍,头顶深色瓜皮帽,六十多岁的样子,满是皱纹的脸上露出了和善的笑意,高兴地看着大伙儿说道:

"各位老客,快进来吧,快进来!"

旁边的伙计帮助大伙儿牵马搬东西,把镖车带进了院子里。一通略显忙乱的安顿后,除了值守镖车的贾仁和戴虎外,其他人都围坐在郭老夫子的周围,边吃饭,边商议下一步的打算。

郭老夫子环视众人,脸色凝重地说道:

"我们人手不够,又远离祁县,现在找太汾镖局的人过来恐怕来不及了。现在只能在附近找人助拳了,大家都想想,在这周边有没有什么朋友可以找的。"

众人你看我,我看你,都有点发愣。这一下子要找人助拳,还真想不起来,在这附近还能有什么朋友可找的。

李能心头一动,致远堂河南分舵不就在洛阳吗,找他们!

前日住足孟津,自己原本想找时间见见他们,没成想遇到匪情,走得急,没来得及过去。看现在这情形，若不找他们帮忙，还真过不去这个坎了。想到此处，李能抬头看向郭老夫子，恰好，郭老夫子也正看着自己呢。

老夫子见李能看向自己，嘴角不经意微微上扬，微笑着说道：

"小师弟，你有什么办法没有？"

看着郭老夫子嘴角微露的笑意，李能颇有点无奈。得了！自己又被这老师兄给算计了。其实自己就应该想到，当老夫子提出找人助拳的时候，就一定想到了致远堂，这老爷子和致远堂的关系也不是一般的铁啊。

"啊……"

李能迟疑了一下，理了理思路，开口说道：

"师兄，我返一趟洛阳吧，致远堂河南分舵就在洛阳，你看找他们助拳合不合适？"

"合适！再合适不过了。行，就这么定了，你连夜出发吧，早去早回。"

郭老夫子没有丝毫犹豫之意，马上就同意了。

"这……好吧！"

不一会儿，一阵急促的马蹄声刺破寂静的崇义街，向南消失而去了。

悦来客栈对面的一个细巷子里，一个黑影一闪而出，看了一眼李能疾驰而去的方向，瞬间又消失在了黑暗中。

夜深了，整个崇义镇静悄悄的。

冬季，人们都睡得早，特别是在这种小村镇，天一擦黑，大人小孩早早地就钻进了被窝。把被角都掖得紧紧的，深怕有一丝寒风钻进被窝，在这屋子里，也只有被窝里才是最保暖的。

在悦来客栈里，郭老夫子和戴明几人分班轮流守夜，绷紧了全身的毛孔。经历了白天的事，这次谁也没有了轻慢大意之心，不敢再有丝毫的疏忽。

屋内，郭老夫子虽然已过花甲，但精神矍铄。黑暗中，老爷子双目神光凛然，嘴里"吧嗒、吧嗒"地抽着烟，腰板挺直，静静地端坐在一张椅子上。炕上，戴虎、贾仁双脚朝外，一身紧身打扮，身边放着带鞘的刀，正在熟睡。

院外，戴明、戴龙不时地巡视在镖车的周围，盯着黑黢黢的各个角落。

起风了！

冬夜变得更冷了。

李能一人一马，又折返到了黄河岸边。

此时，刚过一更，渡口边还零星有夜渡黄河的散客，李能正好赶上了最后一班，急忙上了渡船。牵马站定后，便掏出麻巾，擦了把脸上流淌的雪水，开始给马儿擦身。一阵狂奔，马儿此时也是浑身淌水，直冒热气，鼻孔"呼哧呼哧"地直喷白气。李能爱惜地轻轻拍了马儿，马儿也用头蹭了蹭李能，好像是在回应李能对自己的爱惜之心。

致远堂河南分舵，设在洛阳东大街鼓楼附近。

等李能找到此处时,已经快三更天了。洛阳没有雪,夜空中,星月皎皎,李能借着月光,打量着河南分舵。从外面看,这里只是一处五间房宽的两层房子,在整个大街上,并不起眼。黑漆漆的门板关得死死的,没有一丝光亮。在中间房子的门头上,挂着一块横向牌匾,隐隐可见"致远堂"三个字。

李能上前敲门,敲门声在空旷寂静的街上格外刺耳。

片刻,忽听里面有了动静。

"咣当"一声。

"谁呀?这大半夜的。"

随着开门的声音,里面响起了一道苍老的人声。随即,门板上打开了一个小方洞,一双睡眼蒙眬的眼睛出现在洞口,边问边左右查看。

"老人家!"

"吆喝!谁?"

李能刚凑上前,就把老者吓得一激灵,头一下子又缩了回去。

"吧嗒。"

门洞也给关上了。

"老人家,别怕,我是从山西来的镖师。姓李,有事找你们翟掌柜的。"

李能急忙往后退了一步,放缓了语调说道。

"山西来的,姓李?"

里面的人疑惑地问道。

"对,姓李,叫李能,你和你们掌柜的一说,他就知道我是谁了。"

"我们东家现在不在店里,你有事明天来吧!"

里面的人把话说完,也没等李能回应,就听里面"咣当"一声,把门关上了。

任凭李能再怎么敲门,里面的人就是不理了。

李能又急又气,这可怎么办!

郭老夫子那边一刻也等不了啊,越早回去,镖车就越安全。这要是找不到帮手,丢镖不说,搞不好还要出人命。李能急得像热锅上的蚂蚁,在紧闭的门前团团打转。

……

三更过去了,崇义镇,已经披上了一层厚厚的雪。

整个镇子,萧杀清冷,夜月已经隐去了身影,镇子陷入了一片漆黑之中。

镇子外,是一望无际的旷野,白茫茫的连天接地。

旷野上,不规则地分布着许多杂树林和茂密的乱草地,犹如伏在雪原上数只巨大的怪兽伏,黑黢黢的,阴森得可怕。

一股夜风乍起,裹挟着雪花四处飞舞,杂树林里,突然闪出了二十多个人影。这些人,个个身着黑衣劲装,黑巾蒙面,手里拿着刀枪棍棒各种兵器,蹑足潜踪,开始慢慢地朝着镇子移动而来。

这些人潜行到距镇子还有三十多米远的几棵大树后,走在前面的一个黑衣蒙面人，手一扬，"刷"的一下，所有人都蹲了下来。

"猴子，你带三个人去灭狗。独眼，带两个人去放火，都按计行事。"

挥手的黑衣人眼神凌厉，压低了声音对身边的两个人说道。

"好！蟹哥。"

"注意，先灭狗，后点火，别弄出声音来。"

"没问题，蟹哥，你瞧好吧！"

片刻，七个黑衣人身形晃动，一瞬间就消失在镇子里了。

四更天，正是人们睡意正浓的时候。

悦来客栈里，静悄悄的，一片寂静。郭老夫子和戴明、戴龙正在屋里睡觉，屋子里的呼噜声此起彼伏。

后半夜是戴虎和贾仁及一个趟子手在值守，院外寒风凛冽，三人身披棉被，不住地来回走动。

"这天冷得鬼也待不住，两位镖师，再有两个时辰天就要亮了，那贼要来早来了，这会儿恐怕不出来了吧。"

说话的是戴大闯过载行的那个牛眼汉子朱全，这次跟着出来做了趟子手。

"不好说，还是小心点吧。"

来回踱步的贾仁停下脚，看着静悄悄的四周，心里七上八下的。贾仁在太汾镖局的年轻一代里，被称为"小诸葛"，心思细密，这也是这次被郭老夫子带出来的原因。见朱全这么问，就知道朱全想回屋子里避寒去。朱全是戴大闯的人，自己也不好硬说什么，所以就说了那么一句，想堵朱全的下话。

见贾仁说了一句话后，再不说别的了，朱全还不死心，就直接看着戴虎又说道：

"戴镖师，你说呢？要不咱们回屋歇会儿吧，即使有贼，也不是说来就来的，哪怕咱们进去先避避寒气，然后再出来。"

夜风搜骨，雪夜，寒风一起，戴虎被冻得也直打哆嗦。看看贾仁，哆嗦着嘴唇说道：

"小诸葛，要不咱们再在四周巡查一遍，要是没啥异常，就回屋少待一会儿。你听，整个镇上连狗叫的声音都没有，要是有贼人进了镇子，狗早就叫唤起来了。"

贾仁被冻得也有点坚持不下去了，听戴虎这么一说，也觉得有点道理。镖车刚进镇子的时候，在街道上就遇见过好几条狗，追着镖车叫唤个不停。再说，这客栈里也有两条狗呢，要是有人进来，狗子肯定会叫唤的，想到这，迟疑了一下，也就点头同意了。

随即，三人又仔细地把四周查看了一遍，也没发现什么问题，检查了一下镖车和门锁，都好好的，没啥问题，三人相视了一眼，便急忙躲回屋避寒去了。

"起火啦！"

突然，一声惊叫，打破了小镇的寂静。

郭老夫子一挺身，"呼"的一下，就坐了起来，嘴里喊了一声：

"快起！"

说罢，顺手拿起灶台上的茶壶，一抬手，"嘭"的一下，茶壶砸破窗户，飞了出去。

随即，老夫子一拉门，"蹭"的一下，就蹿了出去。

紧接着，已经起来的戴明、戴龙二人也相继紧跟着郭老夫子蹿出了屋子。

三人到了院子，四周一看，就见客栈隔壁，一股浓烟夹杂着火苗已经窜了起来，客栈的院子里，也已经飘来了阵阵烟雾。老夫子急看向镖车方向，镖车依然静静地停在那里，再看院子四周，也没什么异常，心中这才松了口气。

就在这时，戴明和戴龙也到了老夫子的跟前。

"去！检查一下周围。"

老夫子对二人说道。

二人没等老夫子说完，就已经跑向了镖车。

话刚说完，另一个屋避寒的戴虎、贾仁、朱仝三人也跑了出来。

"怎么了？"

"出什么事？"

三人一阵不安，这刚回去不到半个时辰，就出事了？

这么巧！

老夫子也没说三人什么，只是看了三人一眼，面无表情地说道：

"先把镖车护好！"

三人急忙和戴明二人把镖车围了起来，盯着四周，满眼戒备。

这时，客栈里其他人和侯掌柜也跑了出来。特别是侯掌柜，见镖车没事，先大大地松了口气。急走几步，来到郭老夫子跟前，看向着火的地方，焦虑地问道：

"出什么事了？老哥哥！"

"不清楚，老掌柜，你先回屋去，一会儿要是有什么事情别出来，等我招呼你。"

郭老夫子脸色凝重，和侯掌柜说完，又对跑出来的其他人喊道：

"没事的人先回屋子里去，回屋子里去！"

"回去吧！回去吧！"

侯掌柜边劝着别人，边回到了自己的屋子。

"救火呀！"

"来人呀！快来救火呀！"

"铛、铛……！"

就这一会儿工夫，隔壁的火越烧越大，浓烟翻滚，噼啪作响，熊熊大火把半个小镇都映红了，喊叫求救声响起了一片。悦来客栈的里里外外也都是浓烟，众人被呛得眼泪直流，不断咳嗽。

"咔、咔咔！"

"快，找湿布把嘴捂上。"

郭老夫子边说边掏出一块手帕，在地上的雪水里把手帕弄湿，捂在了嘴上。

这时，老店主披了一件衣服，也吃惊地跑了出来。看到浓烟中的郭老夫子几人，刚要说话，浓烟一下子就灌进了嘴里。

"老……咔……咔咔！"

"别说话，快，堵上嘴。"

老夫子急忙递给老店主一块湿布，顺便轻轻地拍了几下老店主的后背，帮老店主顺了顺气。

"啪啪啪！"

"啪啪啪！"

"张老西！张老西！"

院门外传来一阵急促的敲门声和女人的呼叫声。

张老店主一听有人喊自己，急忙就去开门。

郭老夫子看了一眼镖车边的戴明，吩咐道：

"你们护好镖，别乱动，我过去看看。"

说罢，老夫子也向院门口走去。

"哗啦"一声，老店主打开了院门，火光中，一个灰头灰脸的中年妇女披着一件棉衣，正惊慌失措地站在门口，扬着手正要拍门。

"金嫂，怎么回事？"

老店主急忙问道。

"老西，你快帮帮我，我的店着火了，怎么办呀！"

叫金嫂的女人就像抓住了一根救命稻草一样，一把抓住老店主的手，声音沙哑、带着哭腔急急说道。

"啊！好，好，别着急，别着急，我这就过去。"

老店主一听，拔腿就往外走。刚走两步，又突然折回身来，对正好走到院门口的郭老夫子说道：

"老客，你看能不能也帮帮忙？"

"求求你，帮帮忙吧！大哥，帮帮忙吧！"

金嫂也不住地给老夫子鞠躬，哭着央求道。

"呃……好吧！"

老夫子回身看了一眼院子里的戴明几人，又吩咐道：

"别大意，我过去看看！"

此时，小镇上也有许多人被惊醒了，有的人已经开始拿着水桶、脸盆等能盛水的东西往这边跑来。

着火的房子就在悦来客栈的隔壁，是那个叫金嫂的女人开的一个饭馆子。这会儿，房子周边已围拢过来不少人，有好几个人在一盆一盆地往着火的地方浇水、扬雪。

因为房子墙体都是用青砖砌成，再加上刚刚下过大雪，所以火势还没有完全蔓延开来。但由于没有大的灭火工具，燃火的地方一直控制不住，眼看就要把整个房子烧光了,一旁的金嫂就像疯了一样,不住地跺脚哭喊,要不是被老店主拉住,金嫂差一点就钻进火里。

在呼喊奔跑的救火人群中,老夫子奋起神威,头顶湿棉被,将周围人们递过来的水和雪一桶又一桶地浇在火上。有老夫子的加入,起火地方的火势也慢慢地变小了,逐渐变成了缕缕青烟。

"有贼啦!"

"有贼……!"

突然,一道凄厉的喊叫声响起,随即,就戛然而止。

紧接着,客栈里传出一阵金铁磕碰、撞击的声音和人的怒喝声。

人群前面,正蒙头扬水救火的老夫子,突然被一只手拉住了。老夫子一愣,跳出火圈,扔掉了满是黑洞的破棉被,满身汗水地看向拉住自己的人。

是老店主!

老店主惊慌地看着郭老夫子,结结巴巴地用手指着客栈说道:

"老……老……老客,刚才客栈里有人叫喊,说有贼了。现……现现在又没动静了。"

"轰!"的一下,老夫子的头大了。

"镖!"

就听一声轻叱,老店主只觉眼前人影一闪,老夫子就不见了。

第三十二章
孤身夜话

悦来客栈里，一片狼藉，后墙上一个大洞，一串凌乱、带血的脚印，在洞外的雪地上，向远处而去。

镖车歪歪扭扭地倒在了地上，装银子的镖箱和戴明几人都已经不见了。

趟子手朱仝斜靠在一辆镖车的轮子旁，浑身是血，呼呲呼呲地喘着粗气。

在地面不远处，还仰面躺着一个人，是客栈的小伙计。

雪地上一大摊子血，狰狞刺眼。小伙计的脖子上有一个口子，还汩汩地往外冒着血。

进来的老店主一看，"扑通"一下，就吓得瘫倒在院门口。

老夫子正在给朱仝包扎肚子上的伤口，朱仝的肚子被刀拉了一个口子，肠子都快露出来了，血把棉衣完全浸透了。气若游丝的朱仝一手撑地，一手紧紧地抓着郭老夫子的胳膊，断断续续地说着镖银被劫的经过。

"老……老爷子，这帮人太……太狠了，一上来就下死手。我们的人都……都被抓走了。"

"别说了，你先休息，保存体力。"

老夫子双眼血红，强忍心头怒火，不断安慰着朱仝。

这时，院子里围进来许多人，满脸的震惊，有胆子大一些的，帮着收拾院子了被打散的东西。侯掌柜哆哆嗦嗦地从屋子里走了出来，叫过两三个人，帮郭老夫子把朱仝抬进了屋子。老店主也醒过来了，在众人的帮助下，把小伙计的尸体先放进了柴房。

安顿好朱仝后，郭老夫子看向满面愁容的侯掌柜，神色凝重地说道：

"侯掌柜，这伙贼人劫镖，不同寻常，不仅计划周密，而且还敢直接动手杀人、劫人。手段如此狠厉，一般劫匪是不会这么做的，这说明贼人绝不是临时凑起来的乌合之众，这事我必须得和二闲镖头商量一下，再做打算了。现在你先在此处休息善后，等李能回来，我要马上去追查镖银和镖师们的下落，就不陪你了。"

"行！行行！老哥哥，你抓紧去吧，我这边你就放心，我就在这等着，哪儿也不去。"

侯掌柜毕竟是开疆拓土的商号掌柜，风雨变故经历得多，这会儿，神色已经恢复了正常，说话丝毫没有破绽。

郭老夫子看了侯掌柜的一眼，心里也暗暗称赞，这老家伙，说话就是厉害。

"好，侯掌柜，你就放心吧，太汾镖局一定会把镖银给追回来的，我走了。"

外出找帮手的李能，此时，却被困在了洛阳府。

原来，李能喊了半天，里面的老者就是不给开门，最后，自己直接睡觉去了。

李能一时心急，左右打量了一下这房子，门头虽然气派一点，但墙高也就八尺开外，心念一动，一个燕子穿云，"嗖"的一下，就蹿上了屋顶。

站在屋顶一看，心中吃了一惊。这院子的门脸看上去很不起眼，没想到里面竟然别有洞天。

夜色中，下面是黑乎乎的一大片院落，也是前店后院，有五进院落之多。虽然看不真切，但依然能看到，下面院套院，房挨房，东西南北中，尽然暗含五行八卦之相。见到这种情况，李能心中有点犹豫，于八卦之道，自己并不擅长，这种房屋布局，外人一旦贸然进去，就会触发生死机关，可眼下事情紧急，也顾不上许多了。

主意一定，李能便不再踌躇，仔细观察了一会儿房子、院落和连接通道的布局情形，确定了自己所在位置后，便飞身而下，直向坎位处的一段矮墙上落下。

落下后，李能再次打量四周，才发现这段矮墙比四周的房子竟然还低了一人多高。站在矮墙上，就算自己将近八尺高的个头长身查看，也看不到整个院子的全貌了。视线完全被周围高大的房子遮住了，严严实实的，一丝缝隙也没有，身处在院子里，犹如在井底一样。

李能没敢妄动，回想着刚才在屋顶记下的院内结构，又重新判定了一下自己所处的方向，拿定主意，便向左侧的一条通道摸去。

院内通道有宽有窄，每个通道的连接处，都有独立小门，或大或小，有的开着，有的关着，也有的半开或虚掩，李能边走边试，不敢有丝毫的大意。

走了一会儿，抬头向上望去，打算再确定一下自己的位置。可这一看，却傻眼了。整个院子里的房子都是飞檐斗角，几乎屋屋相连，都呈品字形状，把个院子的上空分割成了一个又一个的小方块，根本不可能分辨出东南西北来了。

无奈，只好凭着感觉，继续向里走了。

这院子，几乎都是一样格局和样式，有时还能借空中透下的微弱星光辨识出来，有时遇到乌云遮住，黑乎乎的根本看不清楚。整院子里都是静悄悄的，静得都有点诡异了。而且，走了这么半天，竟然没有找到刚才开门的那个人，就好像那人从来没有出现过一样。

这会儿，李能也辨不出东南西北了，只是在能通行的院子通道里摸黑穿行。

"吧嗒！"

前面的通道上突然传响起了飞蝗石落地的声音。

李能急忙一闪身，将身子隐在暗处，目不转睛地盯着发出响声的地方。

片刻，"吱"一声轻响，一扇小门被轻轻地推开了一条缝，一道黑影一晃，就从门缝处闪了出来。

就见此人蹑手蹑脚的，高抬腿、轻落步，步步为营，小心翼翼地、一步一步地往前蹭着。不时地左顾右盼或侧耳倾听一下，似乎在探察四周的动静。

李能心中哑然暗笑，在别人眼里，此时的自己也就是这个样子吧。不知道这个人是干什么的？潜进这个院子有什么目的？万一要是一个贼的话，还得出手擒下此人，自己好歹也算是致远堂的人呢。

李能躲在暗处，偷偷地观察着此人的一举一动，打算先看看，这个人究竟想干什么。

见这个人向右一拐，突然消失不见了。

李能急忙追了过去，原来是一处小院。有半间房大小，院中挂满了藤条，有假山流水，石桌石凳，像是一个休息消遣的地方。

李能小心翼翼地进了院子，侧耳听了听，除了潺潺的流水声外，什么声音也没有。又往前走了几步，刚想绕过假山，"呼"的一声，一道拳影含着疾风，如白蛇吐信一样迎面袭来。

李能急忙侧身一闪，刚躲过这道疾风，一个掌影又带着股劲风欺到了自己的眼前。飞羽身子一个横切，让过这道如刀般的劲气，脚下上步，双手一上一下，封住了对方的攻击。

"咦，你这拳法！"

对方惊异地轻叫一声，一个退步撤出了圈，借着微弱的星光，上下打量起飞羽来了。见飞羽也是一身夜行衣，身高八尺有余，背后插着一件兵器，也在打量着自己，就开口低声地问道：

"朋友，你不是这儿的人？"

"不是，你是干什么的？"

李能见对方撤出了圈，停下问自己，也就后撤了半步，略带戒备地回问道。

听李能如此回答，对方顿时松了口气，顺势往后一坐，坐在了一堵矮墙上。把手中的带鞘刀往墙上一放，长长地呼了口气，说道：

"朋友，看你也是刚进来，别折腾了，我已经进来一晚上了，还在这里绕圈圈，老子不绕了，爱咋咋地吧。"

这句话说的，把李能差点逗乐了。这人太逗了，看起来岁数不大，虽然也是一身夜行衣，倒也不像一个贼，而像是进来串门的。

李能也笑了笑，继续问道：

"你都进来一夜了，把院子都走遍了？"

"呸！你想什么呢？还都走遍了，就这一片儿，老子还没走出去呢，还都走遍了？！"

黑衣人一怒，说着说着，还带出哭腔来了。

李能好笑，乐了一下，惊异地问道："就这一片儿，你走了一夜？"

"你以为呢？对了，你从哪里进来的？"

见李能不相信自己，这人不禁有点气愤。又重新打量了一下李能，心想，难道这个家伙是从别处来的，破了这个阵了？

见眼前的人眼中神光闪烁，李能心中一动，不动声色地说道：

"喔！我从东边进来的。不过，你怎么知道你这一晚上就在这一片转圈呢？"

"你从东边进来的？东边……"

黑衣人想了一下，突然睁大双眼，定定地看着李能，有些不相信地说道：

"东边，那是后门，你是从后门走过来的？"

后门！李能心中也是一愣，难道自己走了这么半天，真的还在前门这边。见对方瞪着自己，李能不置可否地点点头，看了眼前的人一眼，心想，还得问问这家伙，怎么一晚上了，还在这一片绕圈子呢？不过，得换一个问法，免得这家伙怀疑自己。

想到这，反问道：

"难道你是从前面进来的？"

"是啊！"

黑衣人一声苦笑，继续说道：

"我从前门的屋顶下来的，你看，我一下来，就先落到了这堵矮墙上。"

黑衣人说着，站起来指了指自己身后的一堵墙。

李能仔细一看，确实是一堵矮墙。心中一愣，这堵矮墙不就是自己刚才跳下来的那堵墙吗？难怪，刚才就觉得这里有点熟悉呢，感情自己走了这么半天，又回到了原点。李能只感觉一阵肚子疼，看来被这家伙说对了。

就听黑衣人继续说道：

"你看，这里有三条通道，我都走过了，不管走多远，最后还得回到这里。每条通道我都走了两遍，只要能打开的门，就换着进去，到最后，还是回到这里。唉！算了，认栽了。"

黑衣人垂头丧气地低下了头，背靠墙，突然不说话了。

"算了，别灰心了。对了，你进来干什么来了？"

李能表示理解，过去拍了拍黑衣人的肩膀，安慰道。

黑衣人也没有再表现出什么异样，好像也认可了李能的话，也没有任何阻挡的动作，任由李能过来拍了一下自己的肩。

稍停了一下，黑衣人好像突然想起了什么，又蹭地一下站了起来。直愣愣地看向李能，抱拳说道：

"朋友，你的拳法可是戴家拳？"

李能一愣，"是的，你是……？"

"哎呀！太好了，我终于见到练戴家拳的人。"

黑衣人一激动，高兴地喊出了声。

"铛铛铛！"

"进人了！"

"进人了！"

一阵锣响人喊，院子里一下子就骚动起来。

"快！上房。"

黑衣人说完，一提气，伏身就要往屋顶上蹿。

"等一下！"

李能一把拉住了黑影人。

"你……！"

黑衣人一愣，莫名地看向李能。

李能刚要说话，"咣当"一声，小院子的一扇门突然被打开了。

火光一闪，冲进来三五个人，个个手提兵刃，手拿火把，"呼啦"一下，就把二人围在了中间。

此时，五更已过，院子里也逐渐变得清晰起来。

李能看了黑衣人一眼，然后冲着围上来的人开口说道：

"各位，我们不是坏人，也没有恶意。我叫李能，要见你们翟掌柜的。"

"什么李能不李能的，你们半夜闯进来，还敢说没有恶意。"

一个三十多岁的中年汉子举着一把刀，指着二人喝道："上！弟兄们，把这两个贼人给我拿下。"

挥着刀带头就要往前闯。

"等等，等等，果然是你？"

突然，一个苍老的声音响了起来。

中年汉子回头看去，眉头一皱，对着一个正从后面往进挤的老者好奇地问道：

"怎么！老翟头，你认识这个人？"

"不认识……"

"不认识！不认识你凑什么热闹，一边去，一会儿别伤着你。"

中年汉子不悦，看也没看，一边说着，一边顺手用拿刀的手一扒拉，就往后推老翟头。而老翟头仍在往前凑，说话间，那刀尖就直奔老翟头的脖子上戳了过去。

"哎呀！"

众人一片惊叫。

"嗖！"的一声轻响。

"哎哟！"

"当啷！"

紧接着，中年汉子一声惨叫，手中的刀掉在了地上，另一只手捂着拿刀的手，在原地直蹦。

是黑衣人打出了一粒飞蝗石。

李能看向黑衣人，估计也就二十出头，个子不比自己低，浓眉大眼，一身黑色劲装，正怒目瞪着那中年汉子。

"小子，你敢打我！"

中年汉子面露狰狞，呲牙咧嘴地冲着身边的几个人叫道："弟兄们，上，给我剁了他！"

"住手！"

一声大吼在人群后面响起，随着话音，一阵纷乱，从小门又走进四五个人来。

飞羽一看，进来的几人里面，中间一人正是致远堂河南分舵舵主翟不二。

翟不二也看到了李能，三步并作两步，就走到了李能的前面，一把就把李能搂住了。

"哈哈，老兄弟，真的是你呀！来来来，让哥哥瞧瞧，有什么变化没有。"

"九哥，急着想见你，就贸然闯了进来，别见怪啊。"

"见什么怪，见外了不是？哥哥这里，就是你的家，你想什么时候来就什么时候来，走走走，回屋去说。"

不由分说，翟不二搂着李能就要往外走。

"九哥，这位……"

李能迟疑了一下，转身看向身后黑衣人不知该怎么说。

"小虎子，别给老子藏着掖着了，你以为老子没看见你呀！"

翟不二扭头瞪着黑衣人笑骂道。

得，看情形，这二人认识，李能有点诧异。

"嘿嘿，翟叔。"

藏在李能身后的黑衣人，也讪讪地走了出来，蒙在脸上的布被翟不二一把就扯了下来。

"还蒙什么擦脚布，小子，服了没有？"

"服是服了，不过翟叔，你这五行八卦阵也不是铁桶一块，这位大哥就能从你的后门走到前门来。"

这个叫小虎子的黑衣人满脸崇拜地看向李能。

李能一脸的尴尬，好在天还没有完全亮起来，别人看不到。赶忙转过话题向翟不二问道：

"呃……这九哥，这位小哥是……？"

翟不二疑惑了一下，刚要细问，听李能问自己，便又笑呵呵地介绍道：

"老兄弟，这孩子也不是外人，是咱们瀍河大侠马老爷子的侄子，我们都叫他小虎子。这小子自诩尽得马老爷子的真传，三十六路定身拳和一套百花点将拳，在洛阳无人能敌。这不，这小子心高气傲，不服我的五行八卦阵，偷偷来破阵来了，哈哈。"

"翟叔，你！"

翟不二的大笑，让小虎子有点羞愤，一时下不了台，一跺脚，蹭的一下，蹿上屋顶，走了。

"这……！"

李能一愣，这小子也太爱面子了吧，一句话就气走了。

"哈哈，老兄弟，别管他，咱们走吧。"

这工夫，天已经大亮了，李能心中隐隐透着不安，不知道郭老夫子那边怎么样了，自己这里一耽搁，一天又过去了，自己得抓紧和翟不二商量助拳的事了。

客厅里，翟不二听完李能的讲述，眉头紧锁。

"疤子脸……"

翟不二沉吟片刻，抬头看向旁边坐着的另外一个三十多岁的阔脸汉子，说道：

"不三，你觉得会不会是……？"

这个叫不三的汉子是翟不二的亲弟弟，这兄弟二人都是少林俗家弟子。在洛阳地界是实打实的一方豪强，黑白两道通吃，翟不二、翟不三，可是响彻豫西的名号。

翟不三边思索边说：

"在豫西地界，数得上的人物按理来说也就那么几个，可这几个家伙自从闯完咱们的五行八卦阵以后，就一直都消停得很，没听说谁要搞什么动作啊。"

翟不二点点头，似乎自言自语地嘟囔了一句。

"难道真是他……"

翟不二双眼一睁，看向翟不三。翟不三却不说话，一副欲言又止的样子。

李能见状，精神一振，问道："九哥，有什么线索了？"

翟不二双眼神光灿然，看了翟不三一眼，神色凝重地说道：

"这个人可不是一般的人啊，戴家要是被此人盯上，恐怕要吃一个大亏了！"

"九哥，怎么回事，这么严重！"

李能神色一凛，忍不住追问了一句。

"这个人和戴家有仇啊，老兄弟，你可知五年前戴家为什么把广盛镖局从赊店撤走吗？"

"不是因为票号的原因吗？"

李能疑惑地问道。

"这只是对外说的原因，真正的起因还是因为戴家保的一趟镖引起的。"

"喔！"

翟不二看着李能，脸色也变得沉重起来，接着说道：

"有一年，戴家接了一趟官镖，走到山东地界时，就被劫了。当时劫镖的人就是这个疤脸人的父亲，这个人的父亲，就是豫东黑道上赫赫有名的红胡子。这红胡子虽说是黑道人物，可从不劫普通百姓，只与官府作对。以往，红胡子虽然经常劫掠官银或官家私人财物，但从来没有引起官府的重视，更没有派官兵围剿过。但这次的镖银可不一般，是朝廷征集的军饷。镖银一丢，就引起了朝廷的震动，严令当地官府破案追银。就这样，戴家镖局与官府联起了手，几经波折，戴老镖头擒住了红胡子，红胡子的人马也被朝廷几乎一网打尽。镖银虽然追了回来，广盛镖局也因祸得福，受到了朝廷的嘉奖。但就是因为这事，广盛镖局也与豫东黑道结下了梁子，豫东黑道的人也放出了话，与广盛镖局不死不休。为了避祸，戴老镖头不得已才把广盛镖局撤了，这才算平息了豫东黑道的怒火。但是，红胡子的后人却不做此想，多年来一直念念不忘，要为父报仇。这孩子几年前不知去了哪里，学得了一身功夫，前段时间找过我们哥俩，打听戴家人的情况，当时我们也没当回事，应付了两句就打发走了。没想到，这人还是与戴家对上了，唉！"

说完这些，翟不二不由得感慨万千，不住地摇头，对红胡子一事似乎扼腕不已。

见李能奇怪地看着自己，翟不二苦笑了一下，补充说道：

"兄弟，想当年，我们也是红胡子的人。眼看走投无路，碰巧被慕容堂主救了，就在豫西落了脚。"

李能听到这里，一时无语了。这事弄的，来这里找致远堂求助，这不是等于求到戴家仇人门上了吗？看来这事得另寻出路。

见李能不说话，翟不二心里明白，说实在的，自己这次真不想帮这个忙。一方是自己曾经大哥的遗孤，这边又是自己的结拜兄弟。前几日，自己已经拒绝了红胡子遗孤的请求，对方好歹也算是自己的侄儿，现在总不能帮着李能去杀自己的侄儿吧。

"兄弟，希望你能理解，我们哥俩就不与你同行了。前几日，我这侄儿也过来找过我们，想让我们参与，虽说被我们拒绝了，但过去的情分还在。这样，我们哥俩先去找一下他，劝劝他，争取让他放弃这次行动，你看行吗？"

李能明白，翟不二能这么做也是给了自己天大的面子了。自己与翟不二是兄弟，红胡子与翟不二也是兄弟，能做到两不相帮这一步，这翟家兄弟俩已经很不容易了。

人人都会讲"道义"二字，能做到的又有几人啊！再说，镖局走镖，还是以和为贵，能不动手的，最好不要动手。一旦动了手，分胜负生死，结仇为怨的事就少不了，就像这次，不就是动手分了生死的恶果吗？

见翟家兄弟还眼巴巴地瞅着自己，李能急忙站了起来，拱手说道：

"二位哥哥，让你们为难了。你们能出面做个中间人已经太好了，我这先行谢谢哥哥们了。我也不待了，这就赶回崇义去。"

见李能没有再相求，翟家兄弟二人也松了口气。二人也都站了起来，翟不二高兴地说道：

"行，兄弟，事情紧急，我们也不多留你了，那咱们就分头行动吧。"

"好！"

说罢，三人匆匆告别，分头行事了。

第三十三章
邙山染血

　　李能没顾上休息,离开致远堂后,就直奔洛阳城北门。
　　此时,沿街空旷无人,两侧店铺铺门紧闭,李能一抖缰绳,催马就要加速。
　　突然,街角人影一闪,一只大手伸了过来,一把就拽住了马笼头。马儿一惊,"咴儿"的一声嘶鸣,两只前蹄就抬了起来。
　　毫无防备的李能忽悠一下,差点就从马上摔了下来。
　　"吁……!"
　　李能急忙一蹬马镫,双腿一紧,稳住了受惊的马儿。低头下看,竟是那小虎子站在自己的马前,一手攥着马笼头,正抬眼望着自己。
　　"你这……?"
　　李能急忙跳下马,不解其意地问道。
　　"你别走,咱俩再比一场!"
　　小虎子瓮声瓮气地说道。
　　"对不起!我有急事要办,没时间在此耽搁。"
　　李能一头雾水,这叫什么事!还遇到一个拦路比武的,说完,重新跳上马背,双脚一磕,催马就走。
　　"咦!"
　　这马怎么磕,就是不动,再一瞧,是小虎子拽着马笼头没撒手。
　　李能又急又好笑,哪有这种死缠烂打的人啊!急忙又好言相劝道:
　　"这位小兄弟,我真的有急事,没时间再耽搁了。这样好不好,等我办完事,再回来专门找你比试。"
　　"不行!你不和我比,就不让你走。"
　　小虎子头摇得像拨浪鼓一样,一探手,把李能手里的马缰绳竟然也抢过去了。
　　"你……!"
　　这把李能气的,只好又下了马,打算与这小子再好好说说。
　　"好!"
　　没想到小虎子眼神一亮,抬手就是一巴掌,"啪"的一声,就拍在了马背上,缰绳一扔,马儿一惊,"跐溜"一下,就跑开了。
　　还没等李能反应过来,小虎子抱拳一个亮相,拉开架势,就要动手。

得！这小子误会了，以为李能跳下马要与他比武。

李能哭笑不得，急忙喊道："停！停停！你这是要干吗？"

"比武呀！不比你下来干吗。"

"你……！"

这句话，把个李能噎得差点背过气去。好家伙，这还挑出我的不是了。

这时，街上行人围上来好几个人，听说二人要比武，都纷纷起起哄来了。有的还认出了小虎子，更是鼓掌助威。

"大家快看，是马少侠。"

"马少侠要和人比武了！"

这一折腾，搞得李能比也不是，不比也不是，直愣愣地站在原地，一阵发蒙。自己是来搬救兵的，和这小子比武，这算什么事。

再说比武这东西，一个搞不好，打了小的，就会出来老的。武人都好面子和名声，每个练武人后面，都有一个大的宗门派别，输赢不是一个人的小事，是一个宗门的大事，是涉及这个宗门生死存亡的事。不管是谁开宗立派，凭的都是手上功夫的高低，输了，说明你的功夫就没有对方高，而人们只看表面，更不会看比武的人自己的水平高低，只看这个宗门怎么样。所以说，比武是比试双方谁也输不起的。

看着眼前跃跃欲试的小虎子，李能左右为难。

"虎子！又胡闹什么呢？"

人群后面响起了一道呵斥声，随着语声，一个老者分开人群，走了进来。

"是马老爷！"

"马老爷来了！"

众人交头接耳，边议论边纷纷后退，给老者让出了一片空位。

老者先是瞪了小虎子一眼，然后看向李能，满脸歉意，朗声一笑，说道："小友，侄儿胡闹，我这里赔礼了，望小友看在我老头子的面子上不要计较。"

李能也正打量老者，应该已过古稀之年。但老人依然精神矍铄，身着绸缎长袍，白边云头棉靴，脸色红润，雪白的五缕长髯飘洒在胸前，手里把玩着两颗亮银铁球，不住地"铛啷啷"作响，站在那里，不怒自威。

见老者正笑呵呵地与自己说话，急忙抱拳深施一礼，说道："老人家，小可怎敢受前辈之礼，我与令侄儿是不打不相识，惺惺相惜。互相切磋本是常事，只是今日我确有急事要走，实在是耽搁不得了，改日我当登门拜访前辈。"

"呵呵，好！好！老头子欢迎小友光临寒舍。今天就暂不留小友了，有急事你就抓紧赶路吧。"

"好的，老爷子，晚辈李能，这就告辞了。"

说罢，李能又给老爷子施了一礼，对小虎子点了点头，转身就要离去。

"等等！你叫什么？"

老爷子突然又叫住了李能。

飞羽一愣，停下脚步，回身对向老者，抱拳施礼，道："老爷子，晚辈李能。"

"李能？你就是隆邦新收的那个徒弟？"

"是，您认识我师父？"

李能惊奇地问道。

"哈哈哈，怎么不认识啊，我们都同出一个师门，虽过百年，那也都是姬龙峰祖师门下的传人，祖宗不能忘！再说了，我与你的师父熟得很啊，你的师父与我那可是正儿八经的师兄弟呢。呵呵！"

老爷子说到最后，自己忽然莞尔一笑，把李能也逗乐了。

"来来来，说说，怎么回事，你来洛阳干吗来了？"

得，看来老爷子来兴趣了，既然问，就说说吧，也许还能请老爷子帮个忙呢。李能心头一转，急忙把自己来洛阳的前因后果都讲了个明白。

"可恶，这帮土匪，敢在洛阳地界作案，眼里还有没有王法了。"

老爷子的一声怒斥，李能心中一喜，有门。

"这样吧……"

就听老爷子继续说道："你带上虎子先走，看看目前是什么情况，如果情况有变，你就告诉我，我来安排衙门出面，请官军配合，剿灭了这帮匪徒。"

飞羽听得精神一振，没想到，自己误打误撞，找到了这么一个强硬帮手。这真是踏破铁鞋无觅处，得来全不费功夫啊，急忙给老爷子又深深地施了一礼。

"太好了，太好了，能然谢谢师伯了！"

"好！别耽搁了，虎子，与你能然哥一块去吧。"

"好嘞，叔！"

虎子高兴得差一点蹦了起来。

二人快马加鞭，出了洛阳城北门，直奔铁谢渡口。

在路上，李能从小虎子的嘴里才弄清楚，原来这马老爷是姬龙峰祖师嫡传弟子曹继武在河南的弟子马学礼，算是自己师父戴龙邦老爷子的师兄。自己拜师一事，师父戴老爷子早就给马老爷传过话，而马老爷也经常念叨这件事，说马家心意拳虽然更多地保留了姬祖师的东西，但戴家拳在养气练气方面更有独到之处。这话被小虎子听到了，心中不服，念念不忘想要找戴家人比试比试。没想到这次在致远堂的八卦阵里，遇到了李能，这才缠住，不让离开。

沿途，道上行人寥寥。

一夜雨雪，黄土道变得泥泞不堪。路两边零星怪异的枯树上，萋萋枯叶仿佛走到了生命的尽头，耷拉着无力的脑袋随风晃荡。

顺着泥泞的官道，二人不到一个时辰，便来到了邙山脚下，穿过邙山，便是黄河南岸。

邙山横卧于洛阳北侧，黄河南岸，属于崤山支脉。东西绵亘190余公里，海拔250米左右。

邙山是洛阳北面的天然屏障，是军事上的战略要地。但邙山山势不高，临河、洛二水，土厚水低，所以，又是帝王们理想的埋骨殡葬宝地。白居易诗，"北邙冢墓高嵯峨"。俗谚说："生在苏杭，死葬北邙。"

在邙山及山下的洛阳盆地，就有八十多座从东周到北宋的帝王陵墓，除此之外，还有众多的帝王陪葬墓和历代名人墓葬。

邙山树木森列，树冠高大，苍翠如云，遮天蔽日，黑暗幽深。因陵墓漫山遍野，即使在白天深入其中，都给人一种阴森恐怖之感。

平日里，过往行人一到邙山脚下，从不多做停留，都会低头匆匆而过。无论是夏日还是冬季，只要接近邙山附近，就会有一股股阴冷气息袭人，常使人遍体透寒。

李能和小虎子二人快马加鞭，沿着邙山脚下的一条必经便道，迎风急驰。

山下阴风阵阵，两侧的树木一闪而过，冷气迎面袭人。马儿"呼哧呼哧"地喘着粗气，几个小时的飞奔，马儿奔跑的速度也明显地慢了下来。马上的李能也感到累了，奔跑了一夜，就是铁打的身体也吃不消了。

李能边跑边观察着四周环境，想找个能歇脚的地方，歇一会儿再走。刚转过一个弯道，就发现前面似乎有一处院落，一个大大的幌子随风来回晃动，隐约中可见一个"酒"字，是一个酒馆。李能渐渐地放慢马速，等小虎子赶上来，转头说道：

"虎子，咱们在前面那个酒馆歇一会儿，吃点东西吧。"

"行！师兄，我也累了，让翟不二那狗屁八卦阵折腾的，一晚上都没睡，是得歇会儿了。"

小虎子这么一说，把李能逗得"扑哧"一下，就乐了。

"哈哈哈！虎子，你也太不讲理了吧，那八卦阵好像是你自己闯进去的。"

"哈哈！师兄，那也得怪翟不二，谁让他在自家院子里还要搞个八卦阵呢。"

"哈哈哈……！"

兄弟二人在马背上说说笑笑，眨眼间便到了酒馆的门前。

酒馆门前的一根拴马桩上，也拴着三四匹马。二人看了一眼，就把自己的马拴在了另一根桩子上，掸了掸衣服上的尘土，走向院门。

李能上前，刚要抬手敲门，小虎子拦住道："师兄，不用，这里我熟，咱们直接进去吧。"

"那好！"

说罢，李能推门就要进。

"咦！里面插着呢。"

"是吗？"

小虎子走上前，也使劲推了一下，推不开，被插上了。

"奇怪，平时不插呀。"

"嘭嘭嘭！"

小虎子边说边敲门。

"嘭嘭嘭！"
"……"
敲了半天，才听到里面响起了一句不耐烦的沙哑说话声。
"敲什么敲！等一下。"
里面一阵纷乱的杂沓声，片刻，院里传来脚步声。
"哗啦！"
院门打开了，一个头发花白、满脸皱纹、看上去六十多岁的老婆子颤颤巍巍地走了出来。
"马婆婆，怎么才出来！快给我们弄点东西吃，饿死了。"
小虎子说着，就往里走。
马婆婆却一把拉住了小虎子的胳膊，使劲地往外拽，话语中带着颤音说道："马少爷啊！没东西了，没东西了，你们去别处吃吧。"
"马婆婆，我们饿坏了，有什么就吃点什么吧，这荒山野岭的，你让我们到哪里去！"
小虎子心生不快，哪有开饭馆子的往外撵客人的，说着，挣脱开马婆婆的手，大步朝屋子里走去。
李能虽然也看着奇怪，不过见小虎子认识这马婆婆，自己确实也累了，就跟着小虎子往里走。
身后的马婆婆看着走进了屋子里的二人，唉了一声，无奈地跟进了屋。
酒店是一个清真酒店，二人一进门，小虎子就大声吆喝道："马大哥，切三斤牛肉，两碗拉面。"
屋子里摆放着十几张桌子，在进门的三张桌子上，都坐上了人，共有七八个人。
李能和小虎子一进屋，这几个人的眼神齐刷刷地都落在了二人的身上。
李能扫了几个人一眼，棉袄、棉袍，各色打扮的都有，在桌子上或凳子边，都放着包起来的布包。在这些人的桌子上，都放着几碗面和肉菜、酒。
见李能看他们，这些人都又齐刷刷地把眼神收了回去，低头继续喝酒吃饭了。李能心中一动，暗自警惕，拉着小虎子走向一张后背靠墙、面朝这些人的桌子旁。
"咦！马大哥，你怎么不搭理我啊，不认识我了？"
小虎子冲着呆愣在柜台边的一个三十多岁男子的肩上拍了一把，奇怪地问道。
"呃……认识，认识！"
男子一惊，看了看那七八个，然后表情怪异地冲着小虎子笑了笑，忙点头应承道。
"那你给我们快去弄点吃的、弄点水呀！"
小虎子边催促边和李能坐了下来。
"呃……好、好！"
男子又看了那七八个人一眼，虽然嘴里不住地点头答应，可就是站在柜台边不挪窝。

小虎诧异地看了看那七八个人，正要说话，就听那七八个人中有一个白脸汉子开了腔。

"你这个掌柜的，这就是你的不是了，客人要吃饭，你怎么不搭理啊！"

"啊！好好好，我这就去，这就去。马少爷，您稍等一会儿就好。"

马掌柜听此人这么一说，好像如释重负一样，急忙跑着弄饭去了。

此时，小虎也感觉出异样来了，眼睛看向李能，低声说道："师兄，这几个人……？"

李能没有说话，不易察觉地点了点头。小虎子立刻明白了，这些人恐怕不是普通的过往行人，下意识地紧了紧拳头，眼神向对面几张桌子扫了过去。

对面桌子边，刚才说话的那个白脸汉子，见小虎子看他们，就冲着小虎子和李能点了点头，咧嘴一笑，道："二位，打哪儿来？"

李能冲着对方拱了拱手，面带微笑，说道："朋友仗义执言，多谢了！我们是从洛阳府来的，路过此处，歇一会儿就走。"

"好说，好说，出门在外，大家互相帮衬一下，应该的，应该的。"

白脸汉子应和了两句，就不再说话了。

酒馆里突然变得安静了！

那七八个人也都不说话，只顾低头吃饭。李能看了小虎子一眼，也没再说话，开始闭目养起神来。

此时，酒馆里只有李能、小虎子和那七八个人坐着。那马婆婆给李能二人开完门后，就再也没见进来。店里也没有其他伙计，刚才的马掌柜跑去后厨给李能二人弄吃的，到现在也没见动静。

小虎子等得有点不耐烦了，站起身就往后厨走，打算去看看怎么回事。可刚起身，"呼"的一下，对面那几个人也都站了起来，紧紧地抓着手里的包裹，眼露凶光、神色不善地盯着二人。

小虎子转身看向那几人，怒目问道："你们要干什么？"

"嘿嘿！二位，咱们今儿就打开天窗说亮话吧。我们盯你们已经两天了，今天，你们两个只要乖乖地待在这里，还能活命。否则，就别怪兄弟们不客气了。"

那白脸汉子这时站了起来，看着还在闭目养神的李能和小虎子，阴恻恻地说道。

小虎子嘿嘿一乐，回头和李能说道："师兄，太好了，他们自己送上门来了，这下，咱们也省事多了。"

白脸汉子听得一愣，这小子是不是傻啊！怎么还嬉皮笑脸的，难道我说的话还不够狠？

其他几个人也像看二傻子一样看着李能二人。

李能睁开眼，脸色沉了下来，沉声问道："你们把我们的镖车怎么样了？"

"镖车？嘿嘿，有我们蟹爷招呼着呢，我只负责招呼你。想不到吧，你一出崇义，我们就盯上你了。今天，你们两个就给爷留在这儿吧！"

白脸汉子说着，脸上杀机涌现，冲着其他几个一摆手，恶狠狠地说道："兄弟们，抄家伙，把他们围起来！"

其他几个人一听，马上打开手中的包裹，都是清一色的刀斧等短兵器。"呼啦"一下，从四面向李能和小虎子围了上来。

李能心里咯噔一下，不由得着急起来。自己出来已经一天多了，现在又被堵在这里，镖车恐怕是凶多吉少了。见对方拿着刀枪围了过来，和小虎子对视了一眼，低声说道："虎子，咱们得下死手冲出去，不能被困在这里。"

"好嘞！师兄，你瞧好吧。"

小虎子应了一声，话音未落，人"倏忽"一下，就出现在白脸汉子跟前。

白脸汉子只觉眼前一黑，一道拳风就砸了过来。来不及躲闪，急忙双臂一横，一个铁门栓硬抗小虎子的拳头。

就听"嘭"的一声，二人就撞在一起。

小虎子一个趔趄，往后倒退了两步，才稳住身形，拳头上的皮肉一下子就裂开了。

白脸汉子却稳稳地站在原地，一脸的不屑，冷冷说道："就这点能耐，也敢出来助拳！"

一句话，把小虎子气得双眼一下子变得血红，大喝一声："毛贼！尔敢猖狂，再来！"

脚下一动，势如猛虎，一大步又窜进了白脸汉子的中门，脚跟一较劲，一招一头碎碑直击其胸。

见小虎子来势凶猛，白脸汉子也不敢大意，两臂交错胸前，借小虎子的攻劲，身体向后轻飘飘地移了半步，一下子就化解了小虎子的攻势。

小虎子抢步上前，刚要变招，突然，"嗖"一道劲风，白脸汉子一招裙里腿，脚尖直点小虎子心窝。

此时，小虎子根本不招不架，完全是一副硬打硬进、拼命的架势。身子骤然一束一裹，化开了白脸汉子的攻击。同时，右手向下一切，一招鹰捉手，连顾带打，直奔对方的咽喉。

李能细观小虎子的招法，果然与戴家拳有很大的区别。特别是拳势中的顾打二法，一个如巨石激浪，狂暴刚猛；一个如滔滔江水，连绵不绝。踩、扑、裹、束、决五劲各有奇妙。势势熊形，把把鹰捉，小虎子越打越快，身形的动静开合已化为道道残影，围着白脸汉子越战越勇。

转眼间，二人已经过了十数招，你来我往，恶斗在一起。不一会儿，酒馆里的桌子、凳子被二人扫翻了一地。

李能和其他贼人纷纷后退，躲避着被二人打飞起来的桌凳。

就在这时，场中一高一矮两个贼人互相递了个眼神，一个拿刀，一个拿斧，从左右两侧偷偷地向李能袭来。

"呼！呼！"

两道劲风直斩李能。

李能冷笑一声，顺手拿起筷子，右手一挥，破空之声"嗖"地响起。

"噗呲！"

"啊！"

左边冲过来、拿着刀的贼人的一只眼睛里，瞬间就插进了一支筷子。这个贼人疼得惨叫声未落，"噗呲、啊……"声又一次响起，右边贼人的手腕上，也被李能插进去一根筷子。

其他贼人大嚇，一下子就愣在了原地，谁也不敢再上前了。

与小虎子战得难分难解的白脸汉子，抽空瞄了李能这边一眼，大吼道："堵住门，大家一块上，快劈了他们！"

此时，房间里已经一片狼藉，贼人们噼里啪啦一阵乱踢乱扔，用桌凳堵住了门。狞笑着，带着满脸杀气，围着二人，举刀乱砍乱劈起来。

这些贼人的身手都不弱，特别是那白脸汉子，功夫不亚于李能和小虎子二人。

李能和小虎子二人一夜没有休息，再加上长途奔袭，早已人困马乏，疲惫不堪了。而贼人们不仅人数多，又以逸待劳，时间一久，二人渐渐地有点力不从心了。

小虎子一个疏忽，后背就被贼人划了一刀，血一下子就从棉衣渗了出来。

李能虽然大枪在手，可在屋子里，根本发挥不出长枪突刺劈砸的威力。面对贴身近战中的贼人，反而没有他们手中的刀、斧灵活。打得也是左支右拙、狼狈不堪。不一会儿，李能的胳膊也被砍了一刀，血顺着手臂直往下流。

贼人们一看二人身手已经没有刚才敏捷了，而且渐现疲态。顿时气焰嚣张，大呼小叫，刀斧齐下。片刻，李能和小虎子身上的伤又多了起来。

李能的神色开始变得狠厉起来，瞅准一个空子，枪尖点地，突然飞身而起，在半空中一个大蟒翻身，枪芒一抖，直奔外围的一个贼人扎去。

这个贼人来不及躲闪，还没等出声，就听"噗呲"一下，咽喉就被枪尖贯穿。

李能双脚落地，两臂一颤，枪尖上挑着这个贼人直接往窗户上砸去。

"轰"的一声，酒馆的窗户就被砸开了，贼人也直接飞了出去。

这一击，把其他的贼人吓得亡魂皆冒，"呼啦"一下，纷纷往后退去。

借此机会，李能一拉小虎子，沉声道："走，出去！"

"嗖！嗖！"

二人蜻蜓点水，从窗户上的洞窜到了院子里。

刚落下脚，二人眼前刀光闪动，数道凌厉的劲风又迎面袭来。

李能手中大枪一圈，"铛铛铛"数声碰撞，眨眼间，几道刀芒就溃散了。

在二人前面，又出现了三个持刀的黑衣人。

"拦住他们！"

跟着追出来的白脸汉子大声喊道。

"蹭！蹭！蹭！"

屋里的贼人也跳了出来，和院子的三个黑衣人又把二人围了起来。

刹那间，二人又陷入苦斗之中。

李能枪出如龙，道道白练裹挟着凌厉的杀气直奔众贼而去。

小虎子身如猛虎下山，手中双刀舞得风雨不透。

二人的兵器一长一短，互相配合，远的枪刺，近着刀劈，一时间，将贼人的嚣张气焰压了下去。

此时，贼人们也改变了打法，在白脸汉子的指挥下，贼人们不再与二人近身纠缠，只远远地围着二人，不再给二人有突袭刺杀的机会。十几个贼人只是轮流抽冷子攻击一下，打算用游斗的方法消耗二人的体力。

李能和小虎子背靠背，又陷入了贼人们的包围圈中。

李能也清楚，若就这样下去，自己和小虎子根本坚持不了多久。白脸汉子和这些贼人的功夫都不弱，特别是白脸汉子，好像还没有尽全力。若不想法冲出去，恐怕自己和小虎子二人的命都得搭在这里。

擒贼先擒王，看来只有先把这个白脸汉子制服才行。可这小子滑溜得很，这么半天，除被小虎子逼着硬拼了一阵子后，就再也不出全力了。只是躲在其他贼人的后面，吆喝指挥，根本找不到与其贴身近战的机会。

看着躲在众贼后面的白脸汉子，李能心中一动，低声对背后的小虎子说道：

"虎子，一会儿咱俩同时往院门那里冲，吸引众贼围攻，我找机会杀那白脸汉子。"

"好！师兄。"

小虎子此时也累得呼着粗气，拿刀的手都有点哆嗦。

李能眼光扫向众贼人，刚好又有三个贼人呈三角方向挺刀向二人冲来，其中左边一个贼人的身后正是院门的方向。

李能低喝一声："虎子，左边，冲！"

说罢，李能挺枪，小虎子持刀，看也不看其他两个贼人，二人前脚带后脚，平飞着就杀向左边的贼人。

左边这个贼人一看二人眼露凶光，如饿虎扑食一样，挟着一股劲风双双直接杀向了自己，吓得腿肚子一哆嗦，"妈呀"一声，连滚带爬就往后退。

"快上，缠住他们，他们要跑！"

身后的白脸汉子大喊一声，带着头就追。

飞羽听声辨位，身体突然一扭，一招回马枪，枪缨如散开的花瓣，枪芒如电，一道白光就到了白脸汉子的胸前。

正在往前冲的白脸汉子怎么也没想到，李能的目标是自己。对方回身一枪，好像是自己硬撞在了人家的枪上一样。只觉得胸口一阵剧痛，耳朵里听到"噗呲"一下，自己就动弹不得了。低头一看，自己的胸前已经插进了一根镔铁棍。

白脸汉子抬起头，茫然四顾，眼前白茫茫的，四周的喊杀声一下子也消失了。

只有在眼前矗立着一道黑影，对着黑影艰难地抬起手臂，一张嘴，"噗"的一声，喷出一口血，头一低，身子一软，死了！

白脸汉子一死，剩下的贼人们都愣了，好像被谁施法定住了一样，傻呆呆地看着倒下去的白脸汉子，都一时不知如何是好。

片刻，贼人中不知谁喊了一声："扯呼！"

众贼人一下子醒悟过来，呼啦一下，立马四散奔逃。

李能见状，大声喊道："虎子，抓一个！"

"好！"

虎子也精神大振，一个起落，就到了刚才追着的那个贼人身边。

这个贼人吓得"扑通"一下，就跪了下来，惊恐万分地喊道："小爷，饶命啊！"

这时，其他贼人都已经逃得无影无踪了，李能也没有再去追赶，擦了擦枪上的血迹，来到了跪着的贼人旁边，说道："虎子，你歇一会儿，我问问他。"

"好，师兄。"

说完，虎子一屁股就坐在了地上，累得如脱了水一样，眼冒金星，直喘粗气。

李能强撑着身体，看着眼前还在磕头求饶的贼人，沉声道："别磕了，问你几句话，老实回答，就不杀你。"

"好好好！爷，您问吧，我保证不撒谎，一定实话实说。"

这个贼人被惊吓得已经是涕泪交加，磕得满头满脸是血，哑着嗓子应道。

"好！我问你，我们的镖队现在怎么样了？"

"这……"

贼人眼神闪烁，欲言又止地瞟了李能一眼。

"快说！"

李能喝道。

"好好好！爷，我说，我说。你们的镖队没了，连银带人，都被蟹爷劫了。"

"啊！什么时候的事？"

"就是昨天晚上！"

"我们的人呢？"

"你们的人也被抓了！"

"都抓了？"

李能心中一惊，一把揪住贼人的衣领，喝问道。

"没……没有，听说那个老头没抓着。那个老头太厉害了，蟹爷放了一把火，把那个老头骗出去后动的手。"

李能松了口气，郭老夫子算是自己半个师父，虽然现在改了称呼，但依然形如父子爷俩。这三年多，戴家拳的入门功夫基本都是郭老夫子教的。可以说，没有郭老夫子的帮衬，自己也入不了戴家，更别说拜师学艺。

"镖银和我们的人现在在什么地方？"

"蟹爷带着镖银往山里去了，你们的那几个人好像是被带到西山帝王冢了，蟹爷说要为父报仇。"

李能心中又是一凛，这个所谓的蟹爷要杀人灭口啊！难怪派人在这里堵截自己，看来此人不是一般的心狠手辣。

"西山帝王冢！具体在哪里？说！"

李能心中着急，枪尖抵在贼人的咽喉，厉声问道。

这个贼人感觉咽喉处一阵刺痛，凉嗖嗖有什么东西流了出来，吓得哀号了一声，颤声说道：

"爷……爷爷！饶命啊！就在邙山西那片，我就是临时入伙的，具体在什么地方，我真的不知道了，二爷他知道。"

贼人说着，用手指了一下地上的白脸汉子。

看贼人不像是说谎，李能也知道，这种机密的事情，这种临时入伙的喽啰、打手们是不可能知道的。见再也问不出什么话来了，"嘭"一下，李能一脚踢昏这个贼人，丢在了一边。

等小虎子稍稍歇了过来，二人在店里又搜寻了一遍，一个贼人也没了，不过，在柴房里发现了马掌柜和马婆婆尸体，二人被贼人也灭口了。

看着被杀的母子二人，小虎子强压怒火，恨恨地说道："早知这样，这伙贼人，一个都不能放过。"

李能拍了拍小虎子的肩，说道："虎子，咱们吃点东西，稍歇会儿，分头走吧。你得回洛阳府，把这里的事情告诉师伯，这伙贼人手段狠厉，这里出现了人命，不报官府也不行了。我得去帝王冢，想办法先把人救出来，估计我师兄郭老夫子也进山了，兴许能遇到。"

"这……师兄，你一个人行吗？"

"放心吧，这次咱们在暗处，没事，别担心。"

"那好吧，我快去快回，到时候带人进山找你，这里我熟。"

"好！"

说罢，兄弟二人互相包扎了一下伤口，休息了一会儿，小虎子就往洛阳府去了。

李能也紧了紧衣服，提枪上马，由西进入了邙山的茫茫林海。

255

第三十四章
野冢夜斗

　　明薛瑄《北邙行》诗云：北邙山上朔风生，新冢累累旧冢平。富贵至今何处是，断碑零碎野人耕。

　　入冬后的邙山山道，野草萋萋，朔风潇潇。

　　此时，天已过午后，山林中冷气袭人。在高大树木的遮挡下，林中阴暗潮湿，地上的枯叶已经落了厚厚的一层，山道湿滑，走了一段路后，李能下了马，只能牵马慢行。

　　沿着山间小道，李能边走边留下镖局特有的记号，既方便小虎子带人找寻自己，也预防自己在山中迷路。越往里走，树木越密，有的地方，远远可见隐隐坟丘堆土，阴风阵阵，鸟兽绝迹。

　　大概走了一个多时辰，穿过密林，李能来到一块较开阔的谷地边缘。在谷地周围，一些树上的枝条被齐刷刷地斩断，散落在地上。谷地上大片的枯草也被踩踏得七零八落，凌乱的脚印显示出打斗的痕迹。

　　李能急忙拿起一些地上的树枝查看，枝条断裂处还保留着新鲜感，说明这些树枝被砍断还没有多久。再看地上脚印，有深有浅，有的集中，有的分散，还有一些是长长擦痕。在擦痕尽头的泥地上和周边的枯草上，星星点点地凝固一些黑色的东西，李能取了一点，用手指轻轻一捻，是血迹。

　　李能站起身，向谷地四周查看，远处是一个巨大的封土堆，土堆后，山丘连绵叠嶂，一座高峰巍峨耸立。漫坡苍松翠柏，虽在冬季，依然郁郁葱葱。细听，隐隐有波涛汹涌之声。

　　李能又四处走了走，发现谷地右侧的枯草，也有被人踩过的痕迹。顺着这些痕迹看去，竟然是一条隐没在茂密枯草中的细道，蜿蜒曲折、似有似无，延伸向远处的山丘。

　　李能提枪牵马，顺着细道开始往里走。

　　此时，谷中开始暗了下来，阴风呼啸，枯枝败草沙沙作响。马儿一边走，一边不安地打着响鼻，时而仰头咴儿咴儿地长鸣，时而低头前蹄乱刨。李能全神贯注，双眼紧盯着前方，使劲拉着马缰绳，一步一步地向前走着。

　　越往前走，草丛越高，有的已接近一人多高。突然，前面草丛一阵晃动，"扑棱棱"飞起数只野鸡。马儿一惊，仰头往后一挣，差点挣脱缰绳，高度紧张的李能也被吓了一跳。见草丛太高，视线被遮挡，李能便飞身上马，朝前继续探去。

天色越来越暗了，细道两侧的枯草渐渐变得稀疏起来，视线虽然开阔了许多，但在暮色中，视眼之内能看到的，也变得越来越模糊不清了。远看影影绰绰，稀疏零落。走近一看，都是一些或高或低、用来祭奠的动物石像。这些石像伴随其主人，静静地沉睡在这群山厚土之中，年复一年，受着岁月轮回的洗涤。

又翻过一座山岗，地势变得开阔了。

飞李能抬头查看了一下天象，天空晴明，星辰闪耀。大体确定了一下自己的方位，估计是到了邙山的西部。这里的墓葬也变得更多了，大大小小，密密麻麻的，看着有点瘆人。别说是夜里，即使在白天，都少有行人。

穿过这片墓葬群，眼前豁然一亮，远处山坡下，竟然有了零星灯火亮光。李能感到精神一振，就连马儿也喷了几声响鼻，"踏踏踏"，欢快地迈着四蹄，顺着小道就往山下走。

"吁……！"

李能急忙拽住缰绳，身形飘然而下了。轻轻地拍了拍马儿的脖颈，马儿好像也明白了李能的意图，渐渐地安静下来，悄然立在了李能的身边。

李能伏身扫视四周，除了偶尔吹过的夜风，搅动着枯草，发出沙沙的声音外，一片寂静。摸出几颗飞蝗石，"噗、噗、噗"弹向四周，没有动静。又侧耳细听片刻，四周还是没有什么反应，心稍安，便牵着马，慢慢地往山下摸去。

黄河南岸与洛河交汇处西南侧的这段邙山，是邙山的头，绵延200余里。在洛阳北的邙山区域，墓葬最集中，在邙山西，是东汉北魏帝陵及帝陵陪葬墓。历经无数岁月，这些地方已经墓上有墓。墓地、耕地、居住地相互交错、重叠。特别是一些避世隐居或躲避官府的人们或土匪盗贼，更是把这里选作最佳的藏身之所。

李能蹑足潜身，慢慢地靠近灯火闪烁的地方。在距发出亮光的地方还有半里远，李能停住了脚步，担心马儿受惊发出声响，在四周看了看，找到一个树多草密的灌木丛，把马儿拴在了一棵矮树上，自己顺势坐了下来，打算歇会儿再走。

李能待的这个地方，地势较高，正好居山谷的谷坡上，李能一边歇息，一边打量着周围。虽然天黑，但借着微弱的星光，还能看清一点，发出亮光的地方应该在谷地，四周也都是茂密的灌木丛和枯草。

"唰！"

左侧山坡上的枯草，一阵轻晃。紧接着，一道黑影一闪而出。

李能急忙屏住呼吸，把身子又往低压了压，紧盯着发出声音的地方。

稍后，草丛轻晃，黑影就出现在了一丈开外的坡下，又是一闪，几个起落，就消失在谷地的亮光闪烁之处了。

见黑影一路畅通无阻，李能也不再刻意隐藏，顺着山道直往下，奔那亮光处掠去。

行进间，李能发现，在山道的一处草窝里，黑乎乎的堆着一团什么东西，靠近细瞧，竟然是两个人，似乎已经没了呼吸。李能吸了一口凉气，想必这两个人就是被那黑影所杀。看着眼前的这两个人，心里琢磨，这个黑影是谁？会不会是镖局的人！戴明他们都被抓了，难道是郭老夫子？想到这里，李能急忙起身，不再怠慢，径直向黑影消失的亮光处追去。

片刻，亮光消失了，眼前是一处黑乎乎的建筑物。李能没敢继续上去，停在了一棵树后，向前仔细观看。

建筑物像是一处陵园，四周是一人高的围墙，中间是一个拱形门洞，四角飞檐。李能先往墙内丢了一颗飞蝗石，没什么动静，便向门洞靠近。

大门虚掩半开，李能一侧身，闪了进去。稍停，借星光，四处打量，园内极为宽广，两侧都有对称屋舍，掩映在粗大的树木中，一片漆黑。中间一条神道，笔直向里延伸，神道两侧，对称立着两排雕像，黑乎乎的，也看不清是什么。

李能边左右观察，边小心翼翼地顺着神道往里走。

在神道两侧的雕像下，李能又陆续发现了几具尸体。细看，都是被人用重手法一击毙命的。难怪从远处看，里面有灯火亮光闪动，进来却毫无动静，原来人都死了。

李能不敢大意，继续往里走。

绕过一道牌坊，在不远处，看到一处大殿模样的建筑，隐约可见，一丝亮光从大殿的门缝里透了出来。李能慢慢地贴了上去，一股烟火味从门缝儿里钻了出来，里面隐隐有说话声。

"哥，蟹爷怎么把人弄到这里来了？这也太瘆人了。"

"凑合一晚吧，明天蟹爷要血祭，这里人迹罕至，安全一点。"

"哥，你说这些人和蟹爷有什么深仇大恨，非得杀人。"

"听说是以前的广盛镖局勾结官府，杀了蟹爷的父亲。蟹爷的父亲，是当年豫东黑道的瓢把子，据说被官府抓住以后，死得可惨了。"

"喔……！"

里面的说话声又沉寂下去了。

劫匪就在这里！

李能心中暗喜，看来戴明他们几个人，就是被弄到这里来了。

喜中有忧，现在时辰也不早了，得抓紧想想办法，不然就来不及了，特别是刚才在沿途发现的那些被杀的人，用不了多久，贼人们肯定会发觉的，到时候再救人就难了。也不知道那黑影是谁，现在干什么去了？自己一个人不大好办啊。

李能心中虽然有些慌急，但脑子里，依然极速地思考着下一步的对策。

"啪！"

李能感觉后背突然微微一疼，被什么东西轻轻地击了一下。

"蹭！"

李能一个灵猴转身，伏身而退，躲在殿前一根柱子后。回身向四处望去，就见神道右侧的一个雕像后，有一个黑影正在向自己不断招手。

李能犹豫了一下，向黑影处退去。

"师兄！"

李能低声惊呼，差点出了声，黑影正是郭老夫子。

郭老夫子一挥手，就向神道右侧一棵树后走去，李能急忙跟了上去。

"师兄……？"

李能刚要询问，郭老夫子摆了摆手，低声说道："别的事以后再说，你来得正好，咱们先救人。"

"好，师兄，人在哪儿？"

"人被关在后面的地宫里了，有四个人守着。"

"那这大殿……？"

李能指着前面的大殿疑惑地问道。

"是贼人歇脚的地方，里面还有八九个人。"

郭老夫子说着，抬头看了看天空，继续说道："现在刚过午夜，估计贼人们折腾了一天，也累了。我们先去地宫救人，你跟着我，一会儿咱们见机行事。"

"好！"

说罢，二人便一前一后，向地宫的方向潜去。

地宫在大殿的后方，距大殿还有数百米。沿着神道，不一会儿，二人就到了地宫前的一座祭坛处。郭老夫子停下脚步，把身形隐在暗处，等后面的李能上来，指着左侧的一排房子低声说道：

"祭坛后就是地宫的入口了，那四个贼人有两个在左侧的那排房子里休息，另两个守着地宫的入口。我们两个分开下手，你负责处理屋子里的那两个贼人，我处理入口的那两个。"

"好！师兄。"

"动手吧！尽量别弄出声来。"

老夫子说完，身子一伏，如灵猫一般，"嗖"的一下，就消失在祭坛的后面了。李能也没敢耽搁，身子压低，提枪也摸向左侧那排房子。

房子看上去不高，破破烂烂的，也就是能遮个风而已。李能贴近房子，从里面传出了一高一低的呼噜声。心中窃喜，慢慢起身向里面看去，黑咕隆咚的，什么也看不清。

轻轻地推了一下门，"吱扭"一声，门开了。

李能心中一惊，停下脚步，屏住呼吸。里面没什么动静，呼噜声依旧高低起伏地响着。

李能蹑手蹑足地走了进去，一股混杂着烟火气的霉味扑鼻而来。借着从破烂窗户透进来的稀疏月光，屋子是个里外套间。外屋空荡荡的，什么也没有，阴冷潮湿，烟气弥漫，呼噜声是从里屋传出来的。

李能慢慢移到里屋门口旁，门半开着。探头向里看去，在地上有一个火盆，上面还散发着微弱的蓝光，围着火盆，在两张破椅子上有两个人半坐半躺着，脑袋耷拉在胸前，酣睡正香。

　　李能放下手中大枪，蹑足进了屋，先走到靠近门口的贼人身后，双臂抱住贼人的头，一较劲，咔嚓一声轻响，贼人的脖子就被扭断了，头一软，呼噜声戛然而止。

　　旁边的贼人猛地睁开了眼睛，头往起一挺，懵懂之际，李能右手一挥，"咔嚓"又一下，一掌就劈在贼人的咽喉处，贼人头一歪，就要栽下去，李能一探手，抓住了贼人，轻轻地放回椅子上。

　　四周看了看，李能提枪便往屋外走去。

　　"嘭！"

　　"啊呀……！"

　　猛然，李能与一个人撞了个满怀。

　　"哼，你眼瞎呀！"

　　对方一个趔趄，随着一声怒骂，抬手一个耳光，就扇向李能。

　　李能也吃了一惊，来不及多想，看也没看对方扇来的耳光，就势欺身上步，右手钻劈，丹田鼓荡，"嘭"的一声，来人就飞了出去。

　　来人一个鲤鱼打挺，蹭地跃起身来，借星光瞧向李能，张嘴就骂："哼，海蛎子，你敢……"

　　"你！你是谁？"

　　"啊！是你，李老农！"

　　来人突然瞠目结舌，惊恐地瞪大了眼睛，似乎突然认出了李能。愣怔片刻，扭头撒腿就跑，边跑边声嘶力竭地吼道：

　　"快来人啊！戴家的人来了！"

　　"快来人啊……"

　　"快来……"

　　这突然的变化，还没等李能反应过来，来人一眨眼的工夫，就消失在了暗色中。

　　死寂的墓园被这一喊，就像突然被撕裂了一个口子一样，四周都产生了凄厉的回声。

　　李能急忙跑向地宫，刚到祭坛处，郭老夫子就闪身出现了，沉声问道："怎么回事？"

　　李能把经过简单一讲，郭老夫子一愣，不禁疑惑地问道："你说有人认识你？"

　　"是！这个人是祁县口音，不仅认出了我，还喊我李老农。"

　　郭老夫子眉头一皱，喃喃道："这会是谁呢，说你是李老农，也只能是小韩村的人知道啊。"

　　"师叔！"

　　二人正疑惑间，地宫入口处传来叫声。戴明、戴龙四人这会儿也互相搀扶着，从地宫口走了出来。

　　四人见了李能，顾不上伤痛，都激动地抱住了李能，哽咽着连声感谢。

"小师叔，谢谢你！"

"谢谢师叔！"

"别多说了，快走！"

郭老夫子急忙催促道。

"哪里走！"

"拦住他们……！"

"别让他们跑了！"

郭老夫子话音刚落，随着一片嘈杂的喊叫，数道黑影从大殿及黑暗中冲了过来。火光、刀光闪动，瞬间，六人便被数十人团团围在了中间。

仇人见面，分外眼红。戴明、戴龙几人提刀就要往上冲杀。郭老夫子一伸手，拦住了几人。然后双手抱拳，向对面一举道：

"朋友们请了！在下太汾镖局郭维汉，镖车路过贵地，前日不知贵窑设在何处，未能投贴拜访，我这里赔礼了。"

郭老夫子的话音刚落，贼人后面又是纷纷扰扰一阵乱动，火光闪动中，又有七八个贼人，簇拥着一高一矮的两个人走了过来。

在火光的照耀下，这些贼人个个黑巾蒙面，双眼都透着一股凶悍之气。只见那矮一点的蒙面人指着李能几人，向那高一点的蒙面人说了几句话。高个蒙面人望着被围起来的六个人，嘿嘿一声冷笑，厉声说道：

"赔礼就不必了，姓郭的，你可还记得当年的豫东红胡子？"

红胡子！

郭老夫子心中一惊，坏了，原来是仇家找上门来了。

到这时，郭老夫子心中才恍然大悟，难怪这伙贼人出手毫不留情，更不顾及劫镖不杀人的江湖规矩，敢下如此的狠手。

江湖黑道上的人心里都清楚，镖局走镖，不单单依靠功夫高。最主要的还是因为，任何一个镖局，其背后都有大背景、大靠山。不仅有财团支持，还有官府可以依靠。

另外，镖局和黑道是互相依存的。这世上，如若没有了黑道劫镖，谁还找人保镖。所以镖局与黑道有时还是一种朋友关系。黑道劫镖，从不下死手，更谈不上劫杀镖师。镖局遇到黑道上劫镖的人，也是先谈人情关系，好言好语，除非遇到特殊情况才会动武。

就像当年红胡子劫了官银，好言不成，才被官府追杀剿灭。但这仇，却算到了广盛镖局的身上。

当年的戴老镖头，就是怕红胡子的后人再找麻烦，才不得已把镖局撤回了山西。没想到，这次还是被红胡子的后人给盯上了。其实这次出来，就是想低调一些进入河南，才出来六个人，没想到还是出了事。

这是死仇，不打不行了！

郭老夫子回头看向李能和戴明几人，神色凝重地说道：

"这是广盛镖局在老镖头手中与豫东黑道结下的梁子，是个死仇。没想到，如今让你们给赶上了。一会儿打起来，我尽量多拖一些人，你们分头冲出去，不要和他们纠缠，镖银的事再说吧。"

众人一听郭老夫子如此凝重的口气，就知道这事已经不能善了了。大家神色严肃，握兵器手一紧，不约而同地点了点头，做好了死拼的准备。

郭老夫子呵呵一笑，对着高个子蒙面贼人说道："不知这位朋友怎么称呼？红胡子是豫东的一个劫匪，当年他是被官府剿灭的，与我太汾镖局何干！"

"姓郭的，少说废话！今天，这镖爷劫定了，人也杀定了。众家兄弟，一起上，砍了他们。"

高个子蒙面贼人厉声喊道。

"上呀……"

"砍了他们！"

"杀……"

众贼人哄哄吵吵，手持长短凶器，在忽明忽暗的火光映照下，满脸狰狞，咬牙切齿。犹如地狱的恶鬼，张牙舞爪地扑向六人。

"记住了，先冲出去再说！"

郭老夫子回头又叮咛了一遍，身形一纵，前脚带后脚，挟起一股疾风，就冲进了贼人的圈里。

"叮！铛！"

"哎呀……"

"吧唧！"

转眼间，就有三四个贼人飞了起来。火光中，只见一道黑影如鬼魅一般，在贼人中间来回穿梭闪现。贼人们只要被这道黑影挨着，不是暴跌就是飞起，一刹那，打得贼人晕头转向，一片惨叫。

见郭老夫子如此神勇，李能等人的战意，一下子就被调动起来，五人不约而同，大喝一声：

"杀……！"

挺枪持刀，纵身也杀入贼人中间。瞬间，陵园里喊杀声骤起，金铁交鸣声不绝于耳。

那一高一矮的两个蒙面贼人还没有加入厮杀，只是站在人群后冷冷地看着。高个子贼人眼神阴冷，手里持着一把鬼头大刀，眼神一直盯在郭老夫子的身上。

郭老夫子与李能六人，已经被贼人们完全分开，或三个人围一个，或四个人围一个，正捉对拼杀。插不上手的，要么围站在旁边持械助威，要么抽冷子上去补刀，六人渐渐地陷入了贼人的围杀中。

场中，刀枪棍棒的碰击声，人的厮杀喊叫声，混杂在一起，直杀得天昏地暗。

这期间，还不断响起一些肢体被割裂或骨头断裂的声音，撕心裂肺的惨叫声，在这阴森森的墓园里，让人听得头皮阵阵发麻。

片刻间，已倒下了七八个贼人，郭老夫子几人也杀得气喘吁吁，好几人都已经挂了彩。特别是戴明四人，被贼人抓住后，遭受了多次毒打和折磨，已经是遍体鳞伤的身体，现在，更是雪上加霜，虽然天黑看不清楚，但看四人的身形动作，已经迟缓了下来。

郭老夫子余光扫到戴明几人情形，心急如焚，可自己也正被三个贼人围着缠斗，根本脱不开身。再看李能，也被两三个贼人围着打，比戴明几人也强不了多少，场上的形势对自己六人越来越不利了。

"刺啦"一声，郭老夫子分神之际，胳膊就被一个贼人用刀也拉了一个口子，火辣辣的痛感，一下子就传遍了全身。郭老夫子一个游龙戏水，身子飘然而退，避开了另一个贼人的刀锋，反手一敲，"铛"的一声，烟锅就敲在了贼人的刀上，贼人只觉得手一麻，刀差一点就脱了手。

老夫子刚要上步变招，"呼"一道刀风，破空又从背后袭来。

是高个子蒙面贼人，乘三个贼人呈三角围袭，偷袭而来。老夫子避无所避，无奈中，手中的烟枪反手后背，"嘭"的一下，一股重达千斤的大力凶狠地劈在了老夫子的烟枪杆上。

"腾腾腾……"

老夫子向前趔趄了数步，才稳住了身形。

虽然硬生生地抗下了这道刀风，但老夫子只觉喉咙里一甜，"噗"的一口，血就从嘴里喷了出来。眼一黑，身子一歪，就栽倒在地。

"师叔……"

"师兄……"

李能和戴明几人见状，情急万分，纷纷脱口呼叫，想上前救援，却被贼人们死死地缠住。

"姓郭的，拿命来！"

高个子蒙面贼人一声大吼，手中刀光一闪，带着一股寒气，再次劈向老夫子。

倒地的老夫子勉强睁开双眼，看着斩向自己的刀锋，一股无力之感袭上心头。罢了！自己这条老命，看来是要交待到这里了。

"师叔……"

"师叔……"

与贼人激战中戴明、戴龙四人眼看郭老夫子就要命丧贼手，心中大骇，急得双目迸裂，更是发出了绝望的吼叫。

李能距郭老夫子最近，可被四个贼人缠着，也根本腾不出手来。情急之下，一声大吼，手中的枪如一道黑色闪电，带着夺目寒光，脱手直奔高个子蒙面贼人射去。

随着镔铁枪发出的破空声，"嗖"的一下，一缕寒芒，已突射到了高个子蒙面贼人的身侧。

这要是刺到，非得被对穿个窟窿。

高个子蒙面贼人虽然早已听到了戴明等人喊叫声，但根本不去理会，一心要劈了郭老夫子。

但此时闻听李能怒吼，用眼睛余光一扫，枪芒突现，心中骇然。急忙收刀侧身，顺势右手握刀横抽，左手压着刀背，向身前一挡，就听"铛"的一声，飞射而来的大枪，狠狠地钉在了刀身上。

枪虽被挡下了，高个子蒙面贼人只觉得自己双手虎口发麻，胸口发闷，脚下更是腾腾腾地退了数步，才勉强站稳。

高个子蒙面贼人惊异地瞅向李能，没想到，此人的力道如此霸道。

乘高个子蒙面贼人和众贼人吃惊之际，李能双掌横劈斜扫，"嘭嘭"两声，直接劈翻了身边两个贼人。身子一纵，如野马跳涧，便到了郭老夫子的身边。

"师兄，怎么样？"

此时，郭老夫子也缓过一些劲来。看着纵过来扶着自己的李能，有点劫后余生的感觉。

借着李能的手劲，缓缓地站了起来，轻轻一叹，苦笑着说道：

"唉，还是老了！"

随即，眼色一凛，又看向一旁虎视眈眈的高个子蒙面贼人，厉声说道：

"朋友，你报个万儿吧？即便是死，也让老汉死个明白。"

"好！姓郭的，那就让你死个明白，老子横江蟹童猛。"

说着，高个子蒙面贼人一把揪下了脸上蒙面巾。一张带疤的脸赫然露了出来，火光下，露出了狰狞快意的笑。

李能与郭老夫子对视了一眼，果然是孟津遇到的那个疤脸人。

此时，围斗戴明几人的贼人这会儿也暂时停下了手，只是围着四人，看着这边的动静。

戴明四人都呼哧呼哧地喘着粗气，浑身是血，勉强地站着，握刀的手不住地颤抖，眼神也变得恍惚了。

童猛环顾了一下郭老夫子几人，见六人都已经是强弩之末了。"嘿嘿"一阵冷笑，伸手一指四周贼人，满腔怨毒地继续说道：

"我这一杆兄弟，大都与那道光老儿有血海深仇。他们，都是当年豫东红胡子旧部或其后人，数年来，我们被官府逼得流离失所，隐姓埋名，天天都活在惊恐之中。这些，难道不是拜你戴家镖局所赐吗？！"

"杀了他们！"

"杀了他们！"

……

周围的贼人又是一阵鼓噪，群情激愤，举着刀枪，恶狠狠地盯着六人。

郭老夫子神色一黯，盯着疤脸贼人童猛咬牙说道：

"罢了！当年围剿红胡子一事，再谈是非对错已无意义。冤有头，债有主，如今你们既然要报仇，就尽管找我来报。他们几人与当年之事无关，能否放了他们，我留下。"

"不行，师兄。"

"师叔，我们不走。"

"我们不走，师叔，要死，死在一起。"

李能几人一听，知道已经难以脱身了。郭老夫子这是要牺牲自己，保全众人，纷纷反对。

疤脸童猛见状，神情得意，阴恻恻一笑，道："姓郭的，你看，他们不愿意走，嘿嘿，那就都给爷留下吧。"

说罢，童猛环视四周贼人，一挥手，恶狠狠地叫道："兄弟们，加把劲，死活不论，杀！"

"杀……"

"杀……"

转瞬间，混战再起。

童猛持刀又直接杀向李能和郭老夫子二人，郭老夫子一推李能，急促说道："这个人我顶着，你快去帮一下戴明他们。"

李能见老夫子已经恢复了不少，也没再多说，一个箭步，跳开童猛刀锋范围，持枪向戴明处冲去。

"截住他，别让他过去！"

疤脸边与郭老夫子厮杀，边向贼人们喊道。

"呼啦"一下，有三个贼人又冲到了李能面前，其中一个就是与童猛一起来的那个矮个子蒙面人，三人二话不说，举刀就砍。

李能这会儿有点急了，郭老夫子年纪本来就大了，功夫即使再高，也经不起这么多天的奔波苦战。眼下看样子受伤也不轻，与童猛缠斗根本拖不了多久。再看戴明几人，被贼人们三五个围着一个人打，剩下的也只有招架之力了。照现在的情形，再拖下去，六个人都得交待在这里。自己要是再被贼人们缠住，那戴明几人的危险就大了，现在必须速战速决，不能再与贼人们纠缠了。

念及此处，李能看也不看三个贼人砍过来的刀，咬牙强提精神，双臂抖动，一朵朵带着渗人杀气的枪花如层层叠叠的波浪，翻滚着就卷向三个贼人。

枪花过处，就听"噗、噗"二声，两股血箭，从最前面两个贼人的胸前喷了出来。

"呃……"

"呃……"

刹那间，地上就多了两具还带着余温的尸体。

正往前冲的矮个子蒙面贼人一看，怪叫一声，吓得扭头就跑。

李能脸色森然，根本没有搭理那个矮个子蒙面贼人。手中镔铁枪上下翻飞，指东打西，直接向围着戴明几人的贼人们杀去。

"嘭！"

"啪！"

"哎呀！"

"扑通！当啷！"

"妈呀！"

所过之处，贼人们一片哗然，纷纷后退。

眨眼间，李能就杀到了戴明身边。戴明此时已经累得半跪在地上，用手中的刀支撑着身体，"呼哧呼哧……"地直喘粗气。身上的衣服棉絮翻飞，不断地往外渗着血。

见李能杀到，戴明双眼血红，喘着气断断续续地说道：

"师叔，我……我还能撑一会儿。你……你快去看看戴龙、戴虎、贾任他们吧。"

李能抬头向戴龙三人看去，三人也是强弩之末了，摇摇晃晃地、无力地挥着手中的兵器。要不是贼人们想捉活的，围着三人有意消耗他们的力气，恐怕三人早就被砍翻了。

"不行！咱们几人得靠在一起，我俩一块杀过去。"

李能扶起戴明，深吸了一口气，说道。

"也行！咱们就杀过去。"

戴明借着李能的搀扶，咬牙站了起来。

……

墓园里，阴风骤起，呼啸着发出了凄厉的吼叫，枯枝败叶被裹挟着漫天飞舞。双方的恶斗已经到了最后时刻，而且还是一边倒，此时，六人已经完全被童猛带的贼人压制住了。

虽然六人又聚拢在了一起，但都已累得筋疲力竭了。大家浑身是伤，背倚着背，与贼人怒目对峙着。贼人们这会儿倒不急着攻杀了，只是围着几人，使用车轮战消耗着六人的力气。

看着身边浑身淌血的几人，郭老夫子神情悲怆，双眼含泪，低声长叹道：

"唉！镖路本是刀添血。没想到，我们老辈人种的孽，今天要连累你们来还啊。"

"师叔，我们不怕！"

"就是，走镖路，哪有不饮血的。"

"师叔，咱们和他们拼了，二十年后又是一条好汉！怕什么。"

听着五人怒吼，老夫子精神一振，顿时也豪气干云。

"哈哈，好！就是，怕什么！来！咱们再干，冲出去！"

"冲出去！"

"冲出去！"

"杀……！"

说罢，六人如怒狮出笼，一声大吼，又一次杀向贼人。

"快！拦住他们。"

童猛急忙大喊，持刀就要截杀。

"蟹爷！蟹爷！"

一个贼人急匆匆地从墓园外跑了进来，边跑边冲着疤脸贼人喊道。

童猛停下身形，看向来人。

跑进来的贼人满脸惊慌，低声和童猛说了几句什么。

童猛脸色一变，阴沉着脸看了一下又和众贼人混战起来的郭老夫子六人。低声说道："告诉弟兄们，能抓几个算几个，撤吧！"

"咻……"

一声凄厉的哨音响了起来。

"扯呼……"

"扯呼……"

正在恶斗的李能和郭老夫子几人一愣，就见贼人们突然如潮水一般，纷纷向墓园外撤去。

怎么回事！

几人正惊异之际，突然，在远处的山峦上，出现了无数的火光，时断时续地的还传来了隐隐的喊杀声。

第三十五章
暗度陈仓

贼人突然退走，几人一下子松了一口气，都瘫坐在了地上。喘着粗气，半晌都说不出话来。

一阵嘈杂声随着一团火光从墓园外传了进来。

"能然哥！能然哥！你在哪里儿？"

急促的叫唤声刚落，数十道人影，很快就出现在墓园里。

李能咬牙站了起来，定睛一看，在这些人的前面，有一个人影急匆匆的，边跑边喊，东张西望地找着自己。

是小虎子。

"虎子，我在这儿。"

李能忍着浑身的酸痛，无力地应道。

"哎呀！能然哥，可找到你了。"

小虎也看见了李能，一个箭步就奔了过来，一把抓住李能的胳膊，高兴地摇晃着。

"哎呦！兄弟，轻点，轻点，疼。"

这一晃动，李能身上的伤口被揪扯得一阵锥心刺痛，咧嘴喊道。

此时，天色开始渐亮，众人这才发现，除了一些刀枪棍棒，贼人尸体竟然都不见了。只有从地上杂乱的脚印和片片黑色的血迹，才能看出这里发生过一场恶斗。

随小虎子来的人是洛阳县的捕快们，大约有三十人。带头的是两个捕快班头，一个姓马，精干壮实，三十多岁，一个姓高，看样子不到三十，膀大腰圆。

马班头这时也走了过来，小虎子拉着李能说道："能然哥，这是我师兄，洛阳县捕快班头马奎。"

"马班头，我李能。辛苦了！"

"李师兄,应该的,抓贼就是我们的本分。我听师父说了,都是一家人,不辛苦。"

说着，李能带着二人到了郭老夫子几人前面，说道："马班头，这是我郭师兄，这几位是我……"

正要往下说的李能看着郭老夫子几人，突然愣住了。

"师兄，戴虎呢？"

"什么？"

"戴虎……"

郭老夫子几人互相环顾，戴虎不见了！

"这……"

"戴虎……戴虎……"

"快！快找找……"

众人惊异之中，急忙分开四下寻找。

一刻钟左右，大家再聚拢，互相面面相觑，谁也没找到。

郭老夫子脸色阴沉，看了众人一眼，缓缓说道："别找了，戴虎怕是被贼人又擒去了。"

众人都沉默了，戴虎这次要是被抓，恐怕凶多吉少了。

"郭老镖头，你们先回洛阳休息疗伤。这里的事就交给我们吧，我师父说了，戴家的事我们全力以赴。"

马班头看着郭老夫子，开口说道。

老夫子看了一下李能几人，个个浑身是伤。连续几天都没有好好合眼休息，别说找镖，现在动弹一下都疼。目前也只能按马班头说的做了，再说，回洛阳也得见见这位马师伯，等戴家来人，这事需要好好地合计合计了。不然，就这么找下去，还得出事。

念及此处，郭老夫子看向马班头，说道："行，马班头，就听你的，让你费心了！"

洛阳，南关外洛水北岸，矗立着一坐北朝南、占地面积近10000平方米的巨大歇山式崭新建筑。

中轴对称，布局前密后疏，建筑错落有致。由仪门、琉璃照壁、山门、舞楼、拜殿、正殿等建筑组成。这就是由马知县捐资主持，山西、陕西商贾富户集资重修的洛阳山陕会馆，是山陕商人们"叙乡谊，通商情，敬关爷"的社交场所。

洛阳是武侯关羽头颅的埋葬地，在山陕会馆山门的正上方，雕刻着"河东夫子"四个大字。这河东夫子指的就是关公，关公是诚信之师，敬奉他，也代表了会馆的行为宗旨。

郭老夫子和李能五人，在洛阳已经整整休养了四天了。

由于大家都是修炼内家拳的高手，身体体质本来就好，再加上心意门内独有的金疮药，众人所受的伤也基本好个差不多了。

这天，在山陕会馆的一间客房里，坐着八九个人。戴老镖头、马老爷子二间总镖头也赫然在座。此时，大家正在听马班头讲述这四天来有关贼人们的情况。

"师父，师叔，这几天贼人就像凭空消失了一样，一点踪迹都没有。在洛阳、孟津、邙山这些地方，我都放了明暗桩，水陆各个卡口也放了人。我估计，贼人们应该还在这一带隐匿着，肯定没跑出洛阳地界。"

戴老镖头神色凝重，看向马老爷子，恭敬地说道："师兄，你怎么看？"

马老爷子沉吟片刻，手捋长髯，看了众人一眼，开口说道：

"师弟，在这洛水南北，已经有两年没起过盗匪了。如今这批盗匪，绝不是临时纠集起来的，从盗匪专门针对戴家的情形看，恐怕你们一出山西，就被盯上了。"

"难道是山西跟过来的？！"

郭老夫子疑惑地插了一句。

"也不一定，从你们说的盗匪人数看，三四十人不太可能都从山西过来，目标太大。而且这些盗匪对这里的情况熟悉，说明肯定也有当地人参与。应该是两地合谋，联手作案。"

马老爷子缓缓地分析道。

"两地合谋……"

戴老镖头自言自语了半句，然后看向郭老夫子，疑惑不解地说道：

"你想想，广盛镖局撤回祁县，也就四五年的时间。这段时间，咱们在山西没得罪过黑道的人吧！"

"没有呀，与道上打交道也就是那次在口外的丰镇厅。但那次镖局没有和道上人发生大冲突，在黑施沟，李能他们也没暴露身份。"

郭老夫子边回想边说道。

旁边的李能心中突然一动，想起那天夜里在帝王冢地宫遇到的那个贼人，好像认识自己。

略犹豫了一下，李能先看向郭老夫子，低声说道："师兄，你还记得不记得，那天夜里在地宫我和你说的那个人。"

郭老夫子一愣，身体突然一僵。对啊！那个人肯定是祁县过来的。

随即，对戴老镖头和马老爷子说道："姐夫，马老爷，有个情况让李师弟和你们说一下吧，也许能找出点头绪来。"

"喔……！"

众人随着戴老镖头和马老爷子的视线，也都看向李能。

等李能讲完，房间里的人一时都陷入了沉默。大家面面相觑，要是按李能这么讲的话，这个贼人就是小韩村里或小韩村附近的人啊！

那这人，又会是谁呢？

"能然，你好好想想，这三年来，你在小韩村和谁发生过争执。"

戴老镖头眉头紧蹙，神情严肃地问道。

"这……"

"你再仔细想想，你与那个贼人在哪里见过？"

二间总镖头也在一旁提示道。

看着众人探究的眼光，李能陷入了沉思。

自己来小韩村三年多，大部分时间都在菜园子里，除了种菜，就是练拳，也没和谁发生过冲突呀，更别说动手结仇了。

动手！

难道是……？

见李能神色异样地突然抬起了头，大家都瞅了过去。

李能转脸看向戴明，说道："戴明，你说是不是那次在祁县……？"

"天一阁……！"

戴明脱口而出。

"对！只有那次，咱们和人动过手。对了，贺二公子，就是那贺二公子。"

李能眼神一亮，继续说道：

"师父，要说与人发生冲突，就是在祁县城天一阁醉花伶的小酒馆发生的那一次。在冲突中，那个贺二公子吃了亏，也留下了要报复的狠话。那天夜里，那贼人的长相虽然我没看清楚，但贼人说话的声音却像极了那贺二公子。"

"你确定？有多大把握……"

戴老镖头盯着李能，严肃地问道。

"这个……"

李能有点迟疑，要确定，自己还真没有十足的把握。

"姐夫，这个贺二公子的家，距小韩村不足五里，知道李老农名号的人，不外乎就是小韩村及周边的一些人。我看，八九不离十就是此人在作妖。"

郭老夫子插话道。

"这……"

戴老镖头眉头紧锁，沉吟不语。

"师弟，我看不管是不是此人，当下须分两步走。一、你速安排人手，回去摸一下此人的底，看看此人现在在哪里，顺便把票号侯掌柜送回去。二、让马奎他们继续抓紧追查，你们也留下几个人，找找洛阳道上的人。只要镖银运不出去，这帮人就跑不了。"

马老爷子斟酌着说道。

戴老镖头思索片刻，就按马老爷子的提议做了安排。

郭老夫子和飞羽、戴明继续留下，查访镖银和戴虎的下落，戴老镖头带着其他人返回祁县，探查那贺二公子的情况。

马知县，山西介休人，喜欢收藏，特别对金石尤感兴趣。

这一天，马知县正在内堂整理自己收集的一些碑刻、墓志、金幢等物，师爷吴仪敲门走了进来。

一进门，吴师爷满脸笑意，两条八字胡一抖一抖的，向嘴角两侧高高扬起。

"东翁，有大喜事啊！"

"喔，什么事？"

马知县头也没抬，依然专注于自己手里的活，只是淡淡地问道。

"东翁，东翁啊，我为您访得了一批石刻和唐宋石经幢，有200多种啊。"

"什么？"

马知县猛地抬起头，瞪着吴师爷。

"什么？你再说一遍。"

"石刻，唐宋石经幢，东翁。"

吴师爷又兴奋地说了一遍。

马知县腾地站了起来，死死地盯着吴师爷，片刻，又坐了下来，缓缓地开口说道：

"喔！此物在哪里？"

"贺公子，进来吧！"

随着吴师爷的话音，一个商人打扮的年轻人走了进来。

"贺进财见过大人！"

"山西人？"

马知县缓缓抬起头，看向眼前的人，话语中多了些亲切。

"是，大人，小人是祁县人。"

"喔！那我们是同乡了，师爷，给贺公子看座。"

"不用，不用，大人，小人站着就行，站着就行。"

贺公子受宠若惊，急忙连连鞠躬。

马知县深深地看了贺公子一眼，微微点头，继续说道："贺公子，你来见本县，所为何事？"

贺公子看了吴师爷一眼，急忙躬身行礼，满脸堆笑，低眉说道：

"大人，小人听闻您正在收集各类石刻、碑文，要建一座存古阁。这可是利国利民的天大好事，更是我山西人的骄傲。我们晋商深受大人恩泽，为建存古阁出一臂之力责无旁贷。故而小人与一众晋商经过多方收集，为建存古阁也集齐了一部分石刻、碑文。今儿来找师爷，特意报知大人。"

"好！好好！在这河洛圣地，我等晋人能齐心协力，为中华谋一福祉，你等能有此觉悟，可为晋商之楷模。"

马知县听贺公子这么一说，心中颇觉舒服，对贺公子的好感又多了几分。不仅大加赞赏，脸上也开始浮现出了笑意。

贺公子眉尖轻挑，悄悄瞟了马知县一眼，继续说道："大人，我等几人为表心意，还愿再捐银三千两，以助大人建存古阁。"

"好！贺公子，你们有如此心意，本县颇为感动。这样，就在洛水之滨，本县为你们搞一个捐赠仪式，以彰显你等晋商之高义。如何？"

"太好了，大人，到时我们把所捐之物全部运到仪式举办之地。"

"好，就这么安排，具体事宜你与吴师爷商议。"

"是，大人！"

"好的，东翁！"

距镖银被劫，已经过去二十多天了。

留下来的郭老夫子、李能和戴明三人，心急如焚。镖银丢失事小，即使找不回来了，镖局还可以按价赔偿。但戴虎失踪，事关生死大事，一刻也放松不得。可偏偏戴虎与贼人一样，不仅凭空消失，而且还消失得无痕无踪。

洛阳致远堂翟不二兄弟二人，自从与李能分手以后，就再也没有露面了。这二十几天里，李能也去找过多次，可每一次去，都被告知不在，这兄弟俩，也像凭空消失了一样。

马班头也不知道在忙什么，好几天都不见了，现在就像走进了死胡同一样，各方都没了音讯。

接近年关了，洛阳城里，家家户户都开始准备过年了。

在山陕会馆里，会馆的人们也都忙碌了起来，每年这个时候，会馆都要准备过年的家乡戏。山陕会馆也被人们称作"花戏楼"，每年年三十开始，在会馆的舞楼要连演三天大戏，供滞留在异乡的山陕客商和当地街坊、远近戏迷们观看，以慰乡愁，过戏瘾，畅叙情意。

三人待在屋里，一筹莫展。

郭老夫子吧嗒吧嗒地抽着烟，脸色阴沉，眼望着窗外，不知在想些什么。戴明躺在炕上，两眼直勾勾地瞪着屋顶，默不作声。

这会儿，已过午后，三人吃完午饭后，就一直待在屋里，再没有出去过。

李能看看二人，轻轻咳嗽一下，开口说道："师兄，要么我再去找找马老爷子吧。看看他那里有什么消息没有，这几天也没见小虎子过来了，我去找他们再打听打听。"

"好吧，你过去吧。"

戴明一听，一挺身坐了起来，说道："师叔，我和你一块去吧。"

李能看了一眼郭老夫子，见郭老夫子没反对，就应道："好，走吧！"

二人出了山陕会馆，便向东街马府的方向走去。

山陕会馆所在的这地方，是洛阳城南关，在洛阳城是最繁华的地段之一。特别是在会馆及周围街道，年关庙会已经开始多日了。

整个会馆所在地段，人流如织，叫卖声此起彼伏。在街道两侧的地摊和店铺里，提篮子、挑担子的，人进人出。在集市上，农器、家具、牲口、花木、棉花、棉布、绸缎应有尽有。

二人走在街上，满目都是攒动的人头，车水马龙，热闹非常。

但二人的心里沉甸甸的，一点也高兴不起来。戴虎在哪里？究竟是死是活！镖银找不到怎么办？像两个巨大的石头，压在二人心里。走路，都感到两条腿也像灌了铅一样，脚下是重的。

"听说没有，知县大人在千祥庵办了一个石刻、碑记等捐赠仪式，还贴出告示，鼓励大家都捐。捐得多的，不仅能上功德碑，还要颁发什么荣誉证书。"

"我也听说了，这个捐赠仪式主要是给一个山西客商办的。这个客商了不起，不仅捐出了数百件石刻，还捐了三千两银子呢。"

"这么厉害，这个人真是我们山西人的骄傲啊，不知道叫什么。"

"姓贺，人们都叫贺公子。"

在这几个边走边聊天的商人后面，正在闷头行走的李能、戴明二人，心中一动。

山西的贺公子！"

二人互相对视了一眼，李能紧走几步，追上几人，急忙问道："几位老乡，打听个事？"

……

洛阳城的城西，满目金黄。

落日的余晖铺满了整个西部山峦、村庄，袅袅炊烟扶摇直上，朦胧中，如人间仙境。

"嘀铃铃……嘀铃铃……"

余晖中，一队人马遥遥出现在洛阳西关的官道上。有骑马的，有牵马的。除了十几匹马的马背上骑着人以外，剩下的马匹身上，都一左一右挂着两个大箱子，整个马队大约有三十人。

马队不紧不慢地向前走着，在身后，留下了一道长长的影子，与远处的天地连在了一起。在光影的折射下，诡异地忽隐忽现，向洛阳城飘忽而来。

在据西关城门口半里地远的一个卡口处，有两名清兵正在卡口的岗哨位值守。其他几个清兵和两个捕快模样的人躲在卡口处的一个背风角落，正懒散地凑在一起闲聊。

"二位兄弟，你们在卡口都守了二十多天了，哪有个贼人啊。"

"就是，我要是贼人，早跑没影了，谁还敢进洛阳城？"

两个守城兵你一人句，我一句，有一搭没一搭地问道。

"鬼知道，班头的吩咐，听着就是。"

"几位，别说，贼人是真有。二十几天前，我们跟着马班头去帝王冢，贼人黑压压的一片，戴家的镖师们厉害吧，被贼人们围着打，那个惨呀。"

"是吗，有这么多贼人吗？"

几个守城兵看着说话的这个捕快，满脸都露着不信的神色。

"别不信，那几个镖师现在还在山陕会馆那边住着呢。就在前一天，那个李镖师请我们哥几个喝的酒。"

"站住！"

一声呵斥声打断了聊天的几人，众人扭头一看，是一队二三十人的商团人马来到了卡口。一个守城兵正一手抓着腰间的刀柄，一手指着这队人马吆喝呢。

众人见状，都神色一紧，也急忙围了过去。

"站住，哪里来的？干什么去？"

一个把总从哨卡的房子里走了出来，两眼一瞪，又喝问了一句。

马队在距哨卡十几米远的地方停下，紧接着，一个商人打扮的男人从马上跳了下来，紧走几步，到了这个把总面前，躬身哈腰，满脸堆笑，说道：

"几位官爷，辛苦！辛苦！在下是从山西来的商人，姓贺，参加知县马大人的捐赠仪式的。"

"是贺公子，马把总，马大人吩咐过，贺公子一来，就让进去的。"

一个捕快上前说道。

"喔，是吗？贺公子！你们箱子里装的都是什么，打开查验！"

马把总看了一眼这个捕头，眼神一转，看着贺公子，口气强硬，面无表情地继续说道。

贺公子脸色略变，就恢复了正常，看了看两个捕快，继续笑嘻嘻地说道：

"官爷，箱子装的都是捐赠给马大人的石刻、碑文和三千两银子，这要都打开，怕是不好吧。有些物件那都是价值连城的古物，最怕裸露见光，这万一要是损坏了，就不好向马大人交代了。"

"这个……"

一句话，说得马把总迟疑了起来。

一时，卡口陷入了尴尬的沉寂中。马把总的眼神，在贺公子身上和其后面马队的货担上来回游移。

贺公子也没再说话，满脸微笑，静静地看着马把总。

半晌，马把总盯向贺公子，手向后一挥，对着另外几个兵说道：

"去，过去看看，还有没有其他夹带。"

"是，大人！"

随着话音，三个兵向马队跑去。

这三个兵刚要靠近驮着货担的马队，一匹马突然上前，拦住了三人。三人一惊，急忙后退了两步。抬头一看，一个如半截铁塔般的汉子骑在马上，手中横着一对钢鞭，正怒目瞪着自己三人。

"当啷"一声，三人几乎同时从刀鞘中把刀拔出来半截。其中一个兵眼一瞪，喝道：

"大胆！你们想造反不成！"

"杜兄弟，没事，让兵爷们看吧，要是弄坏了，马大人也怪不到咱们头上。"

姓杜的汉子冷哼一声，策马站到一边，让开了道。然后双手握鞭，虎视眈眈地盯着三个兵。

三人听贺公子这么一说，不知该不该继续上前查看，回身看向马把总。

两个捕头见此情形，便上前打圆场，说道：

"马爷，你看这样行不行，我俩陪着贺公子去找马大人，即使有什么问题，也不会出太大的差错。"

这会儿马把总也犹豫了，假如真要在自己手里把东西损坏，自己还真的要吃不了，兜着走。听两个捕快这么一说，也乐意借坡下驴，落个顺水人情。

"那……好吧！"说罢，一挥手，招回了三人。

两个捕快冲着贺公子一摆手，说道：走吧，贺公子，我们带你去见大人。"

"好好好！"

在两个捕快的带领下，贺公子的商队进了洛阳城西关。

第三十六章
月黑冷夜

马府，规模宏大，整个院落犹如一条蟠龙雄踞在洛水河岸。远远看去，四对青砖雕刻的户对昂首向天，大有睥睨天下的气势。

在洛阳，马家老爷子的名号可谓家喻户晓。马老爷不仅家世显赫，自身还有四品军功，门下弟子更是遍及黑白两道和官府衙门。可以不夸张地说，马老爷子只要跺跺脚，半个洛阳城就得颤一颤。

在马府的练武场，马老爷子正端坐在一把太师椅上，看着场中的两个人在比试拳脚。

场中比试的二人，正是李能和小虎子。

二人所练拳法，都源自姬氏。但经过上百年、三代人的演化传承，到了李能和小虎子他们这一代，已风格迥异。

马家拳法，讲究鹰熊竞志。头拳、挑领、鹰捉、粘手四拳八势随机应变。小虎子气息沉稳，身法迅猛，招招不离李能的头、胸、腹等要害之处。静时，如山岳，泰山崩于眼前而面不改色；动，则似奔雷，有摧枯拉朽、席卷崩翻之势。虽然是切磋比试，点到为止，但小虎子的攻势迅猛不减，身动，如猛虎，劲气凌厉。

李能以戴家五行拳应对，越打，越是心惊不已。自入戴家三年来，与小虎子的比试，怕是自己最艰难的一次了。

数十个回合过后，李能有点气喘，汗也开始流了下来。

马老爷子突然开口说道："身游太空，无争无竞，意境浑然，不着纵影。心猿动，拳势斯作，动静虚实，刚柔起落……"

李能心中一动，是啊，自己虽习武多年，但毕竟已到了不惑之年，与小虎子比拼耐力，哪能不吃亏。两家拳法虽然都讲究快攻直取，硬打硬进，但小虎子所使拳法似乎更长于远攻直取，弓箭步以势夺人。自己何不以静制动，放小虎子进来，以五行相克之法破其攻势。

思罢，李能立即拳风一变，脚踩鸡步，上身前抱，形如灵猫，手随身动，调丹田气，游走百脉，转瞬间，调匀了呼吸，神光内敛，走起钻裹截三拳，与小虎子又战在一起。

此时，天色已暗，院子的气死风也灯点了起来。

李能和小虎子二人又战了三十多个回合。此时的李能，已经完全扳回颓势。越战，对小虎子的拳法越熟悉，毕竟二人算是同门，再加上马老爷子在旁边的指点，面对小虎子凌厉的攻势，完全可以应对自如了。

"好了，你们二人到此为止吧。"

一旁的马老爷出声阻止了二人的比试。

二人双拳虚晃一招，都退出了战圈。

"师兄，你的戴家拳法不错，小弟我差点就应付不了了。"

小虎子的话语听起来客气，可自负得意的神色明显地带了出来。

李能微微一笑，并没有在意小虎子的神色，挑起大拇指点头赞道："师弟，你的拳法凌厉，内力强悍，师兄佩服！佩服！"

"哈哈，师兄，好说，好说，以后我们师兄弟可以多切磋切磋，多……"

"放肆！"

一声怒喝，打断了小虎子有点得意的笑语，一旁的马老爷出声了。

"叔父，我……"

"你什么，你！你自己都不知道吗？你以为是你赢了你能然师兄了吗？"

"我……"

小虎子满脸委屈，瞟了李能一眼，没有出声，心里却有一百个不服气。

马老爷子看了小虎子一眼，继续说道：

"武者，以德为先，智、信、仁、勇、严缺一不可。姬祖创六合心意，修的是德之大道，非单纯的角力之技。你稍有所成，就沾沾自喜，心就已经小了，谈何大成。你与你师兄比试，输而不自知，更是无智。你从小就习练六合心意，已近二十多年了，而且还处于年富力强的年龄。你师兄呢，习练六合心意不过短短三年，却已达到小成，与你比试数十回合，仍然游刃有余，你哪来的骄傲？"

"这个……"

小虎子的脸腾的一下，变得红了起来。细细回想刚才比试的整个过程，确实如此。从表面看，自己气势汹汹，可每次的攻击，总感到自己的劲力如泥牛入海一样，一遇到李能的拳劲，就被化得无影无踪。

念及此处，急忙对着李能拱手一礼，不好意思地说道：

"师兄，是我夜郎自大了，还请师兄见谅！"

"哎呀！师弟，你客气了。与你比试，让愚兄获益匪浅，愚兄接触本门拳法时日尚短，以后还得请师弟多多指点啊！"

李能抓着小虎子的胳膊，真诚地说道。

"呵呵，好！你们师兄弟二人以后多加联系，特别是虎子，你更要多向你师兄学习。以你师兄的心境和德行，在拳法上，必定会成为光耀姬氏心意的一代宗师的。"

马老爷子看着二人谦恭互让，手捋胸前长髯，满心欢喜。

"走，咱们回屋去，说说你们镖银的事，马奎那边也该有消息了。"

"师父，劫镖的贼人有消息了！"

马老爷子的话音刚落,一道人语声就传了进来。随即,就见马奎和一个人穿过门洞,急匆匆地走了过来。

二人到了马老爷子三人身前,停下脚步,缓了口气,马奎看着与自己一块过来的人说道:

"马明,你和师父说吧。"

马明,正是卡口的那个把总,和马奎是亲兄弟,都是马老爷子的徒弟。

"师父,在今天傍晚时分,那个贺公子带着有三十多匹人马的商队进了洛阳城了。怕打草惊蛇,我们的人都在暗处盯着,眼下去山陕会馆了……"

听马明说完,马老爷子看向李能和马奎二人,吩咐道:

"能然,你抓紧回山陕会馆去吧,暗中再核实一下这个贺公子是不是你说的那个贺二公子。眼下事情有点复杂,即使是贺二公子,他勾结贼人的事也只是你一面之词,他要是不承认,谁拿他也没办法。马奎,你与马知县再议一议,虽然这次咱们撒了网,但还是要慎重一些,要保证马知县的安全。不过这个人既然露了头,咱们就看看他,想要干什么,狐狸的尾巴总会露出来的。"

"好的,师伯,那我先告辞了。"

"嗯……你抓紧回去吧,我和他们再议一议。"

洛阳初冬,夜色静谧,月牙儿斜挂,清晖洒落在空旷的街道上,树影婆娑。

微风带着深深的凉意,在洛阳城的大街小巷里肆意游荡。

"咚!——咚!咚!"

空旷的街道上,巡夜人的更声清脆响亮。

李能迈着匆匆的步子,行走在通往山陕会馆的道上。

洛水河,流水潺潺,两岸垂柳轻摆。

贼人终于有了消息,多日来,一直被压抑的李能也感到轻松了不少。

特别是在与小虎子的比试中,不仅让李能对自己所学的戴家拳法有了更深的体悟,而且还从小虎子的拳法中,又学到了马家心意拳法的一些精髓。

掌握或学习一门武技,对于李能这种已经有相当武学成就的人来讲,有时候需要的,就是个中高手的一句话而已。马老爷子虽然没有对自己进行更多的指点,但对二人比试的点评,已经让李能获益匪浅了。对于戴家拳法,乃至于姬龙峰祖师的整个拳学,都有了更为深刻的理解。

李能一边走,一边琢磨着刚才与小虎子比试时的一招一式,不知不觉,就到了距山陕会馆不远处的一条小巷口。

突然,小巷口寒光一闪,一把刀带着一股劲风,直奔李能的脖颈劈来。

李能下意识地退步侧身,"咻"的一声,刀锋擦脸而过。

"蹭!蹭!蹭!"

随即,从巷子里窜出来三条黑影。手里拿着透着寒光的夜行刀,从三面就把李能围在了中间。

李能稳住身形，冷眼扫视，月光下，三人都是一身夜行衣，黑巾蒙面，体态魁梧，眼露凶光。

心中暗暗吃惊，沉声喝问：

"你们要干什么？"

三人二话不说，只是互相看了一眼，其中一个举刀劈向李能。

李能不敢大意，侧身避过刀锋，脚下向前垫一步，一个崩打，直奔对方肋下。

蒙面人回刀反斫，向李能的右臂削来。

电光火石间，二人就杀在了一起。

这个蒙面人的刀法，精熟刁钻，凌厉迅猛，一出手，根本没有多余的动作，招招是杀招，奔的全是李能的要害。

李能没有带大枪，赤手空拳应对，已然吃亏，数招下来，就感到吃力不小。旁边的两个蒙面人虎视眈眈，也不停地变换着角度，看样子，只要拼杀的蒙面人露出颓像，就会加入。

李能一边招架，一边观察，心中极速地思考着应对的办法。这三个蒙面人围截李能，所选的位置正好是个胡同的死角，其他两条胡同的入口都被另外两个蒙面人堵死了。虽然距山陕会馆已经不远了，但在这个位置，也正好处于山陕会馆的西北角，中间还隔着不少的民居、店铺。即使冲出三人的包围，也很难一下子回到会馆。看来，只有先拿下三人中的一人，打破平衡才行。

李能用眼角的余光飞速地扫视了一下另外两个蒙面人，一个远点，一个近点。便借着躲闪蒙面人的劈杀，不经意间，慢慢向离自己稍近的那个蒙面人处退去，打算先擒杀此人。

"呼！"

与李能对杀的蒙面人的刀锋夹着杀气又斜劈而来。

李能急忙撤步后退，躲过此人的刀锋，顺势闪入街角的暗处，一抖手，口中喝道：

"看镖！"

劈杀飞羽的蒙面人一愣，手中的刀瞬间停在了半空中。

刹那间，不等三个蒙面人有所反应，李能脚下点地，一招蜻蜓点水，身体平飞而起。

三个蒙面人刚一愣怔，李能就到了距自己最近的那个蒙面人身前。前脚下插，蹭……逼入蒙面人中门，腰身反弓，双手前劈，就像离膛的炮弹一样，一头撞出。

"嘭……"

来不及做出任何反应，这个蒙面人便腾空而起，"嗖……"的一下，就一头栽进了黑乎乎的胡同里。

"哎哟……"

"当啷……"

里面传出了蒙面人的呼痛声和刀的落地声。

"哼，你小子偷袭！"

身后传来另外两个蒙面人的怒喝。

"呼……"

"呼……"

一左一右，两道劲风又向李能劈杀过来。

此时，这两个蒙面人见李能虽说是偷袭，但仅用一招，就将自己的一个同伴打得飞了出去，也都马上收起了轻视之心，举刀凶狠地杀向李能。

"哼！小子敢阴我，三才阵，一起上。"

被李能劈飞的另一个蒙面人，也踉跄着从巷子里冲了出来。嘴里骂骂咧咧，瞪着两只血红的眼珠，边往这冲，边冲着另外两个蒙面人厉声喊道。

说话间，三个蒙面人身形交错晃动，被撞飞的蒙面人居中，另外两个一左一右，三人、三刀，瞬间，把李能围在了中间。

三才阵，取天、地、人为名，形成了一个全时空领域的攻击阵法。此阵脱胎于大明戚继光的鸳鸯阵，中间一人为头，是正兵，主攻，左右两人是奇兵，协同正兵，防御策应或从侧翼攻击，三个人互相配合，奇正互换。

攻的人完全不用考虑防御的问题，只攻不守。而且三人中任何一个人都可以随时变为主攻手，三人如同一人，一人又可以化为三人，甚至九人、十八人……

主攻、助攻，虚虚实实，变化莫测。与人对敌，凶猛异常，既可以对抗多人攻击，以少胜多，也可以围攻群殴，以多打少。

三个蒙面人一催动起三才刀阵，顷刻之间，李能就陷入了漫天的刀影之中。

月光下，四条人影上下翻飞，三人三把刀，刀气纵横，劈、削、刺、撩，围着李能拼命厮杀。

静谧的夜，杀机四伏，刀锋割裂空气，嘶鸣声让人汗毛倒竖。

三个蒙面人配合得天衣无缝，简直浑然一体。游走在三个蒙面人的刀阵中，李能多次险象环生，差一点被砍伤。

自己的攻击，如同打在了一团棉花上一样，毫不着力。每当自己出手攻击其中一人，另外两个蒙面人，要么从侧面一左一右攻击自己，要么两个人同时从背后劈杀，搞得自己手忙脚乱，疲于应付。

李能左支右绌，打得实在憋屈，时间一久，不禁心浮气躁了起来。

"刺啦……"

"刺啦……"

一不留神，衣服就被蒙面人的刀锋割开了好几个口子，有的伤及皮肉，血开始慢慢地往外渗。李能心中吃惊，急忙调整心态，鼻子深深地吸了一口气，一股冷意清流在胸腹中流转，急躁的心渐渐地平复了下来。一边与三个蒙面人游走缠斗，一边极速地思考着对策。

三个蒙面人见李能逐渐露出了破绽，心中大喜，互相对视了一眼，也不说话，如走马灯一样，团团围着李能，更加凶狠地砍杀起来。

特别是被撞飞过的那个蒙面人，更是眼冒凶光，面对李能的攻击，根本不招不架，闷头劈杀，招招都往李能的要害处招呼。

李能一边招架这个蒙面人的劈砍，心中突然有了主意，看来要想破阵，还得从这个家伙身上入手。

电光火石间，被李能撞飞过的蒙面人在另外两个蒙面人的配合下，又一次挺刀猛进，刀尖直冲着李能心窝处扎来。

李能借势后退，卖了一个破绽，脚下踉跄两步，便向后跌去。

蒙面人见状，心中大喜，挺刀继续前冲，低喝一声：

"小子，拿命来！"

疾步上前，寒光一闪，力劈华山，再次劈向李能。

李能侧身躲避，蒙面人的刀锋"唰"一下，贴鼻而过。看蒙面人的招式用老，李能立即右手滚钻，格架其持刀的手臂，左手呈点穴手，鹞子入林，直击崩打，挟着一股锐利劲风，直接击向蒙面人的咽喉。

此时，正值蒙面人前冲之际，李能的拳势又急，如同蒙面人自己撞上一样，耳中就听"咔嚓"一声，蒙面人的身体一硬，双眼上翻，如同被定住了一样，举着刀，就僵住不动了。

另外两个蒙面人大惊，急忙上前救援，一个劈杀李能，另一个上前，护在了受伤的蒙面人身前，查看情况。

再看被李能击中的蒙面人，血正从其嘴角"咕嘟、咕嘟"地往外溢，翻白的双眼突然血红大睁。"当啷"一声，手中的刀也掉在了地上，身子一软，就栽进了正在查看其情况的蒙面人怀里，喉头不停地咕咕作响，已经进气少，出气多了。

"老四，别打了，三哥情况不好，快撤！"

查看情况的蒙面人，冲着正在劈杀李能的蒙面人喊了一句后，背起被称作三哥的蒙面人，扭头就走。

叫老四的蒙面人一愣，急忙虚晃一招，转身就要走。

李能见状，喝道："哪里走！"

说罢，捡起蒙面人掉落在地上的刀，脚下急步上前，同时，左手变鹰爪，随身子前探，直接扣向蒙面老四的后肩胛。

蒙面老四脚下不停，反臂平削，夜色中，"唰！"一道乌黑的寒光忽闪而现。

李能左手不停，右手刀斜着滚钻而出，"铿"一声，随着两把刀撞在一起，李能的左手也已经拿在了这个蒙面老四的肩上。

蒙面老四怪蟒翻身，挣开李能的鹰爪擒拿手，手中刀顺势反扎，就向李能的腹部点来。

李能见这老四的反应这么快，也不敢小看。便以静制动，等老四的招式用老，右脚一提，身体向左微倾，手臂一沉，"唰……"龙形大劈，刀锋斫向老四的右腿。

老四再想变招封架，却已来不及，只得翻身后窜，想要逃走。

李能哪能容老四逃走，收刀起脚，倐地一脚，照定老四后背踢去。

"嘭……"

这一脚，踢了个正着，老四"腾……腾……腾"，踉跄着前窜出五六尺远，扑通栽倒在地。

李能疾步上前，刚要擒拿老四。没想到老四使了个懒驴打滚，顺势翻滚不停，转眼就消失在了小巷里的黑暗中。

李能又四周查看一遍，三个蒙面人早已渺无踪迹。

小巷中，家家户户大门紧闭，更没有丝毫光亮，清冷宁静，刚才的凶险拼杀就好像是自己做了梦一样。

看着黑黢黢的巷子及夜色中的高墙飞檐，李能有一种恍然隔世的感觉。要不是身上伤口的丝丝刺痛，真的不敢相信，自己刚才竟然经历了一场生死格斗。

恍惚中，略带蹒跚的李能向山陕会馆慢慢走去。

这三个蒙面人究竟是什么来头？李能的心中阴云密布。这三人身手，绝非普通贼人所能，特别是那攻防配合的阵法和精绝的刀技，没有经过多年的专门训练是根本做不到的。而且从蒙面人的片言只语中和行动的迅疾中，李能感到，这帮人的来头非同寻常。

月牙儿隐入了厚厚的云层中，整个街道，彻底地暗黑了下来。四周，黑黢黢的，伸手不见五指。

冷风嗖嗖，李能加快了脚步。

第三十七章
波云诡谲

洛河，流水潺潺，芦苇簇簇。河岸上，锣鼓喧天，人山人海。

年关将至，大街小巷，赶集的，看热闹的，马车、驴车、手推车，人来车往，交织如流。喊喝声、叫卖声此起彼伏。大姑娘、小媳妇、老头、老太太这些平日里不出门或很少出门的人，也都跑出来凑个热闹。

特别是那些大姑娘、小媳妇们，个个丰臀细腰，打扮得花枝招展。身着艳丽长裙，手里轻捻香帕。走起路来，扭腰叠胯，一步三折。三五成群的，穿梭在街道的人流中，香风飘飘。把街上那些年轻的登徒子们，看得个个目瞪口呆、口水直流。

有些胆子大的，尾随追逐。还不时地说一些轻佻引逗的话，惹得小媳妇们反口回骂，周围的人们哄堂大笑，自己也是不以为耻，反而扬扬得意。

整个街道，一片欢乐祥和。

在洛水河边一个酒楼的二楼包厢里，正围坐着一桌子人。马老爷子、郭老夫子二人居中，李能、戴明、马奎、马明、小虎子分列而坐。在李能身旁，还空着两个座位。

此时，众人正在听李能讲被夜袭的事。

大家听得目瞪口呆，谁也想不到，在洛阳城里，还隐藏着这么厉害的杀手组织。真是一波未平，一波又起，这些人截杀李能的目的又何在？

马老爷子捻须不语，只偶尔端起茶杯，轻轻地喝上一口。郭老夫子"吧嗒吧嗒"地抽着手中的烟，也是默不作声。场中的气氛有点压抑，人人都紧皱眉头，思考着李能刚才说的事情和这些人的来头。

小虎子抬头瞅了一下大家，犹豫了一下，还是拿定了主意，开口说道：

"这个……李能师兄，那次我夜探致远堂的八卦阵时，好像听里面的人说到过这个三才阵。"

小虎子的话一出口，李能心中一愣，其他人的眼光也都齐刷刷地看向小虎子。

"在致远堂听到的？"

李能又疑惑地追问了一句。

"对！我当时正经过他们的一处暗哨，听他们说致远堂有一支黑羽队，专做黑道上的生意，中间就提到过三才刀阵。"

"这……"

众人也是满脸的疑惑，这不可能吧！

李能因为镖银被劫，还找过致远堂两位当家的，到目前为止，虽说致远堂那边还没有传来消息，但也不可能派人暗杀李能呀，这也太离谱了吧。

马老爷子看着小虎子，脸色凝重，缓缓说道："虎子，你当真听清楚了吗？这事可是非同小可呀。"

众人再一次看向小虎子。

"不会错，当时我为了听听八卦阵的事，还多停留了一会儿，说黑羽队接了一单买卖……"

"天！不会就是劫你们的镖吧……"

说到这儿，小虎子突然瞪大了眼睛，矢口叫出了声。

众人面面相觑。

"这个事我知道，翟……"

"哈哈，能然兄弟，不好意思，哥哥来晚了。"

接过小虎子的话，李能刚说了半句，一阵爽朗的笑语声，就从外面传了进来。

随即，包厢门吱呀的一声，被推开了，酒楼的伙计引着一个满脸笑容的汉子走了进来。

说曹操，曹操到。来人正是致远堂的大掌柜，翟不二。

"九哥，快请坐！"

李能急忙起身相迎，把翟不二让在了自己身边的空座上。

翟不二乐呵呵的，根本没有觉察到众人异样的眼光，一边坐，一边和马老爷、戴老夫子分别打了个招呼。

等翟不二坐定后，李能向外看了看，问道："九哥，翟三哥呢，他怎么没来？"

"堂里出了点事，他去处理了，别等他了。"

这时，郭老夫子清了一下嗓子，和马老爷子对视了一眼，面带戚然，开口说道：

"马老爷，翟掌柜，各位，这次镖银被劫，承蒙众人不弃，仗义出手帮忙寻镖，今略备薄酒，以示谢意。"

说着，郭老夫子冲着马老爷子和众人拱了拱手，继续说道：

"这次镖银被劫，是数年前的仇家所为。天道昭昭，循环报应，也怪不得别人。数年前，广盛镖局已退出豫南，本该休养生息，远离江湖。可戴东家碍不过商贾财阀情面，又勉为其难，不料遭此变故。前日戴东家已传来回话，要求我等回撤祁县。镖银的事就先放一放，等过了年后再想办法，要是实在寻不回镖，就变产赔镖。以后的江湖道上，恐怕就再也没有戴家镖局了，唉！我等已经老矣，是该退出江湖了。"

英雄暮年，其言戚戚，郭老夫子说着说着，声音开始哽咽起来。

场中的众人，心头也是一阵惨然，不知该如何相劝、回应。

看着郭老夫子数十日来日渐憔悴、苍老的面容，李能的心里颇不是滋味。

郭老夫子可谓自己戴家拳的启蒙恩师，在戴家，除了师尊戴老镖头和二闾师兄外，郭老夫子就是唯一一个对自己倾囊相授的人了。

戴家拳，以心意为先，对于已经习练数十年外家拳的李能来讲，一下子要改变已形成了的行为本能，谈何容易。这三年来，要不是有郭老夫子在旁指导相助，自己的戴家心意拳根本打不下如此坚实的基础。

……

这边，李能正在思前想后。

那边，马老夫子也点头叹息道：

"这次失镖，已是不幸中的万幸了。虽然镖银还没有找到，好在人都没有再出什么事情。练武的人，哪有不受伤的，只是你们失踪的那个戴虎怕是凶多吉少了，你们得做好心理准备。至于感谢的话，就不要再说了，同是姬氏门人，一家人也不说两家话，你们走后，这里的事情就交给我们马家吧。在洛阳的官面上，我还有一些薄面，有什么需要找官方的事情，我来办。"

"马老爷，那就麻烦你了。"

听马老爷子这么一说，旁边的郭老夫子收起戚容，满怀感激地回道。

翟不二突然站了起来，瞅了李能一眼，面带惭色，含着歉意，对着郭老夫子抱拳说道：

"郭老镖头，这次李兄弟找我助拳，我致远堂实在是有为难之处。想必李兄弟也与老镖头说起过。同是故人，我只能两不相助，还请老镖头见谅。"

"啊呀！翟掌柜的，你太客气了，你能两不相帮，就是对我们的最大帮助，该道谢的，是我们啊。快请坐！快请坐！师弟，快请翟掌柜的坐下吧。"

郭老夫子急忙站了起来，又是摆手，又是拱手，邀翟不二相坐，满脸谢意，丝毫没有受到刚才众人议论的影响。

旁边的李能也急忙站了起来，把翟不二按到椅子上，认真地说道：

"九哥，你太见外了。你能开诚布公地把你的私事告诉小弟，小弟早已感激不尽了。哪有再强逼硬邀的道理，你千万别多想了。"

"两不相帮！哼，鬼知道怎么回事，别害人就行。"

对面的小虎子忽然冒出了一句。

翟不二脸色一变，沉声说道："贤侄，你这话是什么意思，什么叫别害人就行？"

"哼！什么意思，你自己心里清楚。"

小虎子毫不示弱，瞪着翟不二，发狠地说道。

"你……你……"

翟不二为之气竭，手指着小虎子，气得说不出话来。

"虎子，你胡说什么！向翟掌柜道歉。"

马老爷子满脸怒容，对小虎子喝道。

"道什么歉啊，叔父，这事有什么可藏着掖着的，能然哥都差一点被杀了，不说清楚怎么行？"

"你……"

马老爷也被气得说不出话来了。

这时，翟不二才发现了场中的气氛有点不对。除了小虎子和马、郭两位老爷子之外，其他人谁也不说话，都用异样的眼神直勾勾地看着自己。

低头看了一下自己，也没什么毛病呀！

转头看向李能，迟疑了一下，疑惑地问道：

"兄弟，这是……？"

李能也露出了尴尬的神情，笑了笑，解释道：

"九哥，别放在心上。就是在昨天晚上，我被三个蒙面人截住了，大家都有点担心。没事了，你看，这都好好的，一件也不缺，哈哈。"

翟不二一听，这不对劲呀！十八弟话里有话。再看众人的神色，明显和自己有关。这究竟是怎么回事？得问清楚，十八弟的事情自己没帮忙，这要是再出点与自己有关的什么事，别说兄弟情义不保，在慕容堂主那里也交代不了。

想到这里，翟不二有点急了，蹭地站了起来，退后了一步，对着众人鞠了一个罗圈躬，神色动容地大声说道：

"各位，我翟不二是一个痛快人，咱们也不要打哑谜，更不要藏着掖着。打开天窗说亮话，我本人或致远堂哪里有做得不对的地方，就请直接说出来，我在这里接着，看看是哪里做错了，我改！"

"哎呀，九哥，言重了，言重了！你坐下，我说。"

李能一看翟不二急了，连忙站起来，生拉硬拽地把翟不二又拉回到椅子上坐下。众人也纷纷打劝，马老爷子更是呵斥起了小虎子。

不过，经过这么一闹，大家也都不再绷着脸了，郭老夫子磕了磕烟灰，展颜说道：

"好！既然翟掌柜的这么说了，那咱们也就有啥说啥，省得都搁在心里，影响兄弟、朋友间的情义。师弟，你就把昨天晚上的事，给翟掌柜的念叨念叨吧，咱们也请翟掌柜给出出主意。"

李能满脸歉意，冲着翟不二拱了拱手，开口说道：

"九哥，是这样的……"

听完李能讲述，翟不二的脸阴沉了下来。想到刚才在来的路上，就有人来通报，说黑羽队有两个兄弟受伤了，一个人伤势严重，翟不三这才急匆匆地赶去处理。世上巧合的事再多，也不会有这么巧的事，昨夜飞羽被劫杀，今天自己这边就有人受了伤。听李能刚才讲述，那三人所使的刀阵，就是三才刀阵。这阵法也是自己请高人，为黑羽队暗袭攻杀，专门研究出来的利器，其他人根本不知道。

翟不二坐不住了，羞愤交加，脸色沉得如黑漆一般，腾地站了起来，双拳一抱，说道：

"兄弟，哥哥这里给你赔不是了。劫杀你的人十有八九就是黑羽队做下的。刚才翟不三就是听说黑羽队有人受伤了才走的。这样，兄弟，在座的各位，你们要是信得过我翟不二，我这就回去，查看一下，究竟是怎么回事，只要是我的人做下的，我一定会给十八兄弟和大家一个满意的交代。"

说罢，翟不二也不再坐了，站着，等几人表态。看意思，要是众人不相信，他就要留下来做人质了。

被翟不二这么一说，大伙儿也不知道该怎么办好了，眼睛都看向了马老爷子和郭老夫子。

二老对视一眼，郭老夫子放下手中的烟枪，也站了起来，抱拳开口道：

"翟掌柜，我等哪有不相信你的意思。那就请翟掌柜尽快回去，看看究竟是怎么回事，别搞得大水冲了龙王庙，一家人不认识一家人了。"

"好！郭老镖头，我这就回去，看看究竟是怎么回事，几位等我消息。"

说完，翟不二也没再与众人告别，就急匆匆地离开了包厢。

看着翟不二离去的背影，众人更加糊涂了，黑羽队劫杀人的事，两个当家的居然都不知道，这是搞的什么鬼！

众人一阵苦笑，无奈，只好边吃边聊，坐等翟不二的消息了。

冬日天短，不知不觉中，天色已渐暮，等待中的众人开始焦急起来了。

"呼……"

随着一股冷风吹进，包间的门被推开了。店里的小二满脸笑容地走了进来，开口道：

"几位客官，哪位是李能，楼下有客人找。"

众人精神一振，翟不二传，消息来了。李能兴奋地站了起来，对马老爷子和郭老夫子说道：

"师伯、师兄，我先下去看看。"

"好！"

二老点头，李能兴匆匆地随着小二下楼去了。

半个时辰过去了，李能竟然也没了消息。小虎子坐不住了，站起来就往楼下走。

"我下去看看。"

楼下，食客已经坐了不少，伙计们正忙里忙外地招呼着客人。小虎子找到刚才上楼的那个伙计，刚要开口，这个伙计先道起歉来，又是作揖又是打拱，满脸赔笑地说道：

"哎呀！这位爷，实在是对不住了，你看，我这一忙，把刚才那位客官的话忘给您传上去了。"

"别废话了，怎么回事？让你传什么话？"

小虎子有点生气，不耐烦地打断伙计的话，急切地问道。

"那位李爷下来，和来找他的人说了两句话，就急匆匆地跟着那人走了。临走时让我转告各位爷，说他去致远堂了，让各位爷先走，别等他了。"

"就这么几句话？"

"是的。实在是对不起，我这一忙，就给忘记了，对不起！对不起！"

伙计连连弯腰，嘴里不断地道着歉。再抬头，小虎子早就不见了，心中总算松了口气，忙着又招呼别的客人去了。

马老爷子和郭老夫子听完小虎子的话，二人的眉头紧紧地皱了起来。

李能处事向来谨慎，这致远堂里一定是发生什么大事了。不然，李能也不会连个招呼都顾不上打，就这么急匆匆地跟着来人走了。

二人想到这里，马老爷子先开口说道：

"郭老弟，我看这个事不一般啊。这致远堂着实透着怪异，黑羽队劫杀人，这么大的事，两个掌柜的竟然都不知道，怕是那致远堂里，已经出现了什么变故。李能现在一个人过去了，怕是不妥，得派个人去接应一下。"

"是，我也觉得此事蹊跷，得派人过去，我们不能就这么干等着。"

郭老夫子点头称是，边说，边看向戴明几人，刚要开口，小虎子站了起来，说道：

"叔父，郭老爷子，我去吧，致远堂我比较熟悉，那里的五行八卦阵非常厉害，要是不熟悉的人进去，就出不来了。"

马老爷子点了点头，郭老夫子看向戴明，接着说道："戴明，你陪着小虎子过去，要是遇到什么变故，两个人在一起，也好有个照应，把兵刃都带上，以防万一。"

"好，师叔。"

戴明应到，小虎子也没反对。二人随即离开了酒楼。

马老爷子对马明、马奎又安顿了几句，二人也匆匆离去了。

包间里就剩下二人了。

伙计又上来点亮了灯，外面的天开始黑了下来，街上灯火阑珊，喧嚣、吵闹的洛阳城，又开始进入了安静的模式。

夜风横扫，更声初起。

房间里，二人的心，都莫名地颤了一下，四目相对，尽显忧虑。

英雄迟暮，岁月不再静好；老骥伏枥，豪情难酬千里志。

昏暗中，马老爷子和郭老夫子相对而坐。灯光摇曳，二人折射在墙上的影子被拉得又细又长，摇摆不定。

更声落了又起，酒楼的伙计也已经续了多次水。看着相对而坐的两位老人，张了张嘴，终究还是没有说出撵客的话来。

楼下的食客来来去去，渐渐稀少。劳累了一天的小二，无聊地斜靠在酒楼的柱子上，不时地打着哈欠。柜台后的老掌柜也是一副昏昏欲睡的样子。昏暗的灯光时不时地窜起一股火苗，伴随着"啪啪"的爆裂声，散发出妖艳的亮。

街上行人寥寥，漆黑的夜晚，深邃得让人感到不知所措。暗黑中，似乎隐藏着无数的眼睛。

夜风嗖嗖，吹得人脊梁骨发冷。蜷缩着身子的行人，脚步匆匆，又像在躲避着什么，在通过两侧店铺射出的光亮中，常常一闪而过。

第三十八章
风雪漫卷

小虎子和戴明二人，行色匆匆，背着夹着兵刃的包裹，很快就来到了致远堂的门前。

门口寂静无人，大门紧闭。

二人也没多想，疾步上前，小虎子二话没说，举起拳头，就擂起了门。

"砰砰砰……"

震耳的敲门声，引得街上的三五行人纷纷侧目。

"砰砰砰……"

"砰砰砰……"

连敲带砸，数下后，里面才响起了不耐烦的人语声。

"谁呀？已经打烊了！"

"找人！"

"找李能，午后被你们翟掌柜请过来的！"

"没有！我们翟掌柜没请人过来过。"

里面的人也不开门，口气冷硬，隔着门板闷声应道。

"不可能，就是你们翟不二掌柜派人去洪福酒楼叫的人，到现在已经三四个时辰了。你开门，让我们进去，我们找你们掌柜的。"

"砰砰砰……"

小虎子一边说，一边又使劲地擂了几下门。

"别敲了！告诉你没有，就没有。我们掌柜的在午间出去后，就一直没有回来过，我们也不知道掌柜的现在在哪儿。"

什么？

这怎么可能！

二人吃了一惊，小虎子举手还要敲门，被戴明拦住了。

戴明提高了声音说道：

"虎子兄弟，此事蹊跷。咱们不能在这里耗下去了，得赶紧把这个情况告诉马老爷子和我师叔。

"但是……我……"

"别耽搁时间了，咱们快走吧。"

戴明拉起还在犹豫的小虎子，扭头就向酒楼的方向快步走去。

拐过一个街角，戴明突然停下了脚步，回头看了一下身后，拉着小虎子就隐身在了街角的暗处。

"戴……"

小虎子有点莫名其妙，张口要问，就见戴明举手伸出一个手指放在了自己的嘴唇边，立马明白了戴明的意思，把要出口的话憋了回去。

戴明又指了指致远堂的方向，二人慢慢地蹲下了身子，探出半个脑袋，看了过去。

片刻，一个黑影闪出了致远堂的大门，就见这个黑影探头向四处张望了一下，一晃身，贴着街里的黑暗处，向街南掠去。

戴明、小虎子对视一眼，随即伏身，施展提纵术，向黑影掠走的方向追了过去。

黑影的速度非常快，穿蹦跳跃，又专门拣小巷窄街走，要不是有小虎子，戴明根本跟不上黑影。

二人远远地缀着黑影，不一会儿，就到了洛河北岸。

远见黑影伏下身子，轻轻吹了一个口哨。芦苇荡一阵晃动，一艘小船无声无息地滑了出来。黑影一个翻身，上了小船，与划船人似乎说了几句话后，便顺手拿起一根长竹，与划船人一起，催动小船，急速向对岸驶去。

二人也急忙赶到岸边，借着河水泛出的亮光，四下寻找，想找一只船继续跟踪，可黑灯瞎火的，一时半会儿哪能找到。眼看黑影的船要划到了河中心了，二人心急如焚，一下子也不知该如何是好。只能眼巴巴地瞅着那小船，离自己越来越远，渐渐地，消失在了夜幕中。

看着河对岸，戴明沉吟片刻，拉着小虎子蹲下，开口说道：

"兄弟，我们一下子也过不去，不如这样吧。你路熟，抓紧回去给二位老爷子报信，我在这里继续守着，那黑影肯定要返回来的，到时候我们抓住此人，再问不迟。"

小虎子迟疑了一下，也只能这样了，点头同意，与戴明说了两句注意安全的话，转身往酒楼返去。

追人之时，没感觉冷，而且还出了不少汗。这会儿停了下来，被冷嗖嗖的夜风一吹，骨头缝子里都感到阴冷。

"阿嚏！"

一个喷嚏忍不住打了出来，戴明被自己吓了一跳，蹲身查看，四周没什么反应，便急忙在河堤边找了一个能窝风的树丛，躲了进去。

洛河，古称雒水、洛水，黄河右岸重要支流。与其南的伊河合称为伊洛河。

黄河、洛河交汇处的广大地区，被称为河洛地区。而孕育、发展、繁荣、传承于河洛地区的地域文化被称为河洛文化，是中华文化的"根文化"。洛河流域，是华夏文明的发源地之一。

"爷爷，今天我们的运气真好，没想到能打这么多的鱼。"

"呵呵，是啊，丫头，我们托洛神娘娘福啦。"

"嗯，就是，就是，我回去多多给洛神娘娘上炷香。"
"哈哈哈……好！好！"
"……"
一老一少的对话声，哗哗的船桨划水声，由远及近，从洛河的河面上飘了过来。
芦苇丛中正冷得瑟瑟发抖的戴明，急忙猫起腰，轻轻拨开芦苇，向发声处看去。波光粼粼的河面上，一前一后两个人，划着一艘小船，正缓缓地向河岸靠来。
是夜捕的渔民，两个人一边说着话，一边划船，不一会儿，就到了距戴明躲藏处不远的岸边。船停稳后，两个人从船上抬下两个沉甸甸鱼篓子。虽然天黑，看不清两个人脸上的表情，但听二人对话，都是满心欢喜的样子。特别是那个年轻的，更是兴奋不已，围着老者，蹦蹦跳跳的，高兴得不得了。
"爷爷，咱们把这些鱼卖了，再加上那个叔叔给的船费，就能给我娘看病了吧？"
"能了，能了。唉，就是苦了我们巧儿了。"
老者爱惜地抚摸着孙女的头发，满腔的无奈与爱怜。
"爷爷，我不苦！"
巧儿拉着老者的胳膊，撒起娇来。
"呵呵，好，巧儿，咱们回去。"
老者呵呵一笑，把两个鱼篓套在一根扁担挑子上，矮身挑起扁担，打算要走走。
戴明一见，急忙走了出来，紧走几步，便来到了两人跟前。
黑乎乎的，突然钻出一个人，把两个人都吓了一跳。
巧儿紧紧拉着老者的衣服，躲在了老者身后。老者放下鱼篓，抽出扁担挑子，双手紧握，横着一拦，护住巧儿，颤声惊问道：
"谁？你想干什么？"
戴明见自己把两个人吓到了，忙后退了一步，放缓声音，说道：
"老人家，你们别怕。我不是坏人，我是山西来的镖师，想过河找个人。"
两个人见戴明黑乎乎的，长得虽然高大，说话倒是和善，心中的惊惧少了一些，又听是想要过河，便不再紧张。
巧儿长长地呼了口气，老者却没有放松戒备，双手的扁担挑子继续横着，护着身后的巧儿，又警惕地问道：
"你要过河？是一个镖师？"
"是的，我想过河，过去找一个朋友，我是从山陕会馆过来的。"
"山陕会馆？那里距这里也不近啊，这黑灯瞎火的，怎么要在夜里过河啊？"
老者的语气缓和了不少，边说边惊异地打量着眼前的戴明。
"爷爷，他也是山西来的镖师，是不是要找咱们送过去的那个叔叔呀？"
身后的巧儿拉了拉老者的衣袖，悄声地插了一句嘴。
话音虽低，但对于一个练武人的耳力来讲，早已听得清清楚楚。戴明心中一动，上前一步，急切地问道：

"老爷子，小姑娘，你们送谁去过对岸？"

戴明一着急，把老者又吓得后退了半步，双手一抬，扁担又举了起来，惊恐道："干什么？别动！"

戴明急忙也向后退了半步，放缓语气，把刚才的问话又重复问了一遍。

"我们是送过一个人，你找他干什么？"

老者警惕地问道。

戴明看老者的语气又缓和了不少，便忍住急躁的情绪，耐着性子解释道：

"老人家，我们是一块来的，他是我师叔，叫李能。是不是还有一个人，他们一块过去的？"

"对，还有一个人，那个人好凶，还骂爷爷。那个山西来的叔叔好，不骂人，还给了我们不少船钱。"

老者身后的巧儿这会儿不害怕了，从老者的身后钻了出来，叽叽喳喳地说了起来。

老者把巧儿往后拽了拽，看着戴明，疑惑地说道："不对呀！那个镖师不是山西口音，你倒是个地地道道的山西人。"

戴明给急乐了，这老爷子，警惕性也太高了，一看就是一个常走江湖的，思维精细得很。不过，看样子老爷子对自己没有那么害怕了，就继续耐着性子说道："对，老爷子，我师叔是河北深州人。"

"嗯……看来你确实是他的朋友。"

老者这才放下了心，一手拿着扁担，一手在身上摸索了半天，掏出一块什么东西，递给了戴明，突然左右看了看，然后压低了声音，很神秘地说道："给你，这是那个镖师交给我的。"

戴明接过，像是一块布条，有点莫名其妙，问道："老人家，这是……？"

老者看了戴明一眼，满眼的惊疑，低声说道："你不知道？这是那个镖师给船钱的时候悄悄地塞给我的，还说让我送到一个叫……叫洪福酒楼的地方，找一个姓郭的老汉。"

戴明一听，这个人肯定是李能没错，拿着布条又仔细端详，像是从衣服上临时撕下来的，其他的再也看不出还有什么异样。

这是什么意思？戴明疑惑不解地拿着布条来回翻看，旁边的老者和巧儿这会儿也不敢说话了，不知道怎么回事。

"戴师兄！戴师兄！"

两声短促的呼唤声从身后传来。

戴明回身观望，数道黑影正从岸北的树丛中摸索而来，应该是小虎子带人过来了。

"这儿呢！"

"唰！唰！唰！"

十几道黑影风驰云走，几个起落，便到了戴明三人身边。戴明旁边的老者一把把巧儿拉在身后，手里紧攥着扁担，警惕地盯着突然冒出来的十几个人。

　　来人正是小虎子，带着郭老夫子和马奎等十几个捕快。

　　戴明把布条交给郭老夫子，又让老者把情况详细地说了一遍。郭老夫子拿着布条，沉思半晌，说道：

　　"这是江湖上的一种暗语，小师弟怕我们找不到他，让老者给我们送布条，就是想通过老者告诉我们他的行踪。只是这老者不懂，要不是遇到戴明，等他打完鱼再送去，不一定又会耽搁多久。"

　　众人恍然。

　　马奎不禁哑然一笑，赞叹道："李师兄的心思真是缜密，这帮人遇到他，怕是要倒霉了。"

　　老者认识马奎，见有衙门中的人，胆子也大了起来，主动凑上前，自告奋勇说道："马大人，你们要过河吗？小老儿可以送你们过去。那李镖师对我们不错，你们早点过去帮忙。"

　　郭老夫子和马奎几人略一合计，一条小船一次也坐不下这十几个人，决定分两批过去。小虎子和马奎带着五个捕快先过，查找李能的下落，郭老夫子和戴明及剩下的捕快们随后。

　　见众人议罢，要过河用船，老者立刻手脚麻利地将船上的东西收拾妥当，搭上翘板，手持双桨立在船尾，一副严阵以待的样子，巧儿更是欢天喜地地持长杆站在船头，招呼众人上船。

　　隆冬时节，本该万物萧瑟，山荒树老。可唯有这洛河，依旧河水滔滔，奔流不息，让宁静的大地上多了一份灵动。

　　宽阔的河面，流水平缓，不急不慢，一片片的芦苇丛在夜风的吹动下来回晃动，"沙沙"声倏忽骤起。

　　船桨在老者的手里有节奏地摆动着，小船轻快平稳地掠过一片又一片的芦苇丛。不时，就会有受到惊吓的水鸟扑棱着翅膀飞起。

　　船上的人谁也没有说话，大家都紧握手中的兵刃，大睁双眼，警惕地观察着四周河面上的动静。

　　宁静的冬夜，凄冷萧杀。

　　天空漆黑，人们的头顶像扣了一口锅，只有四周露出了些许零星空隙，河对岸参差不齐的树影和高低错落的房屋轮廓，隐约可见。

　　人们裸露的手臂上、脸上，突然沁入了星星点点的冰凉。

　　下雪了！

　　漆黑的半空中，突然涌起阵阵白雾。顷刻间，蔓延至了整个河面。看着漫天的白雾，人们的心也开始变得紧张起来。

　　"哗啦……哗啦……"

"嘎……嘎……嘎嘎嘎……"

船桨激荡，水鸟夜鸣，只闻其声，不见其影，雾雪越来越浓密了……

再说李能，一下二楼，来人只说了一句，掌柜的有急难，让我请您过去。心中一急，二话没说，安顿了一句小二，就跟着来人出了酒楼，穿街过巷，径直向南急走。

路上多次询问，来人支支吾吾的，也说不出个所以然来。只是不断地催促着李能，跟着他快走。李能虽然有些疑惑，可想到翟不二说过，有事就会派人去酒楼传递消息，也就没有再多想。又见此人也说不出个所以然来，就不再继续追问了。心想，只要见了翟不二，就会一切明了。

出城过了河，李能心中渐感不安了，便开始警惕起来。一边走，一边暗暗观察四周，沿途虽然也有一些人家房舍，但已逐渐稀少。在道路两侧，枯草横生，碎石满地滚落，像是被大水冲刷过一样，残垣断壁随处可见。想起船上老者提到过，这里去年曾发过一场大洪水，看来果然不假。

越走人迹越稀少，穿过一片满是枯树杂草的地段，便来到了一片林子前。透过稀疏的枝叶，在林子深处，似乎是一处残败的庙宇。

那人突然放慢了脚步，天黑看不清对方的脸色，但听语调，话里却带着一丝紧张。回身对李能说道："李爷，到了，翟不二掌柜的就在里面。"

"在这里……！这是哪里？"

李能惊讶地问道。

"爷，这里是桃园的三官庙，翟爷就在里面那大殿里。走吧，我带您进去吧。"

黑暗中，带路人眼神闪烁，神色紧张地看着李能。

李能没有看到对方的脸色，迟疑了一下，说道："三官庙，那咱们走吧，你头前带路。"

"好好好！"

带路人如释重负，暗暗长出了一口气，连声答应道。

夜幕中，林中一片漆黑，枝枝叉叉的树枝交错勾连。脚下是一条黑黝黝的青石板路，笔直地往林中深处延伸了进去。

李能顺手捡起一根手臂粗的短树棍，跟在带路人的身后，全身戒备，慢慢地朝着林中深处的那座庙宇走了过去。

夜风吹来，林中枝条互相刮擦，发出了阵阵怪异的声音。前面那人不时地擦着脸上的汗，越往前走，呼吸也越来越变得急促起来。

跟在后面的李能瞄着带路人的背影，轻轻地问了一句：

"你怎么了？"

带路人的肩颤了一下，也没有回头，反而加快了脚步，应道："啊……那个，走得急，有点累。没事，快到了。"

大概又走了半个时辰，终于到了庙宇的山门下。

庙宇的山门半开，整个院子看上去已经破败，院墙断裂倒塌的地方不少，估计是被大水冲刷所致。不过看上去庙内的几处大殿都还完好无损。

破败的院落,黑黢黢的大殿,没有一丝光亮,夜色冷风中,更显阴森。

"怎么没人!翟掌柜的究竟在哪里?"

李能停下脚步,沉声问道。

带路人身体一僵,停下脚步,回过身,脸上挤出一丝笑意,应道:"爷,天冷,大家都在大殿里,翟掌柜的就在大殿里。"

李能看着眼前的大殿,大门紧闭,里面一点声音也没有,死气沉沉的,根本不像一个有烟火的地方。

翟不二跑到这里来干什么?

心中的疑惑越来越重,狐疑地又看了带路人一眼,这个人的脸上竟然露出了些许诡异的笑意,李能的心中一凛,一时不知该不该进去。

"快走吧,爷!"

见李能有些犹豫不决,脚下踌躇,带路人的心中突然着急起来,走下大殿的台阶,伸手就要拉扯李能的胳膊。

"你干什么!"

李能后退一步,大声喝止道。

李能的话音刚落,"吱扭……"一声,大殿的门,猛然被打开了。

从门里闪出七八条黑影。蹭蹭蹭……窜下大殿台阶,眨眼间,把李能从四面围了起来。

"哈哈哈!姓李的,这回看你往哪跑。"

一声狂笑,大殿里又出现三条人影。一高两矮,体态修长,手里都握着长刀,瞬息间,就到了大殿的台阶上。

随着这些人一现身,那个带路人一声狞笑,身形晃动,手一反,寒光闪动,直奔李能前胸刺来。

李能早有防备,不退反进,手中树棍由下而上,随着身体的前移,横着一拨,就挂开了带路人刺来的刀锋。同时,左脚直插对方中路,右脚跟蹬劲,左掌带着一股由丹田而起的螺旋力劈向对方前胸。

带路人在出手时,就是偷袭而去的,用的就是一击必杀技,招式已经用老。没想到在几乎是两人贴身的距离间,李能不退不防,直接以杀止杀,要想变招,依然来不及了。无奈,只好咬牙闭气,硬接飞羽这招。

"嘭……"

场中一声气爆。

腾腾腾,带路人连退数步,嗓子里一甜,"噗",一口血喷了出来。

"老六!"

一声惊呼,台上的三人身形晃动。

嗖嗖嗖!

两个人上前接住了就要倒下去的那个老六。

高个人手持夜行刀，盯着李能，怒笑道：

"姓李的，爷真是小瞧你了。没想到，你能连伤我兄弟数人。今天，就是天王老子来，你也得把命给爷留下来。"

李能环视四周，十几个人已经把这个破院的几处出口都堵上了。看身手，功夫都不弱，手里的家伙都是清一色的夜行刀，这想必就是致远堂的那个黑羽队了。

翟不二、翟不三兄弟二人究竟哪里去了？

看这架势，这黑羽队是铁了心要置自己于死地。难道这兄弟俩真的与劫镖的贼人合起手来了？不然，自己也算是致远堂的人，黑羽队的人即使没见过自己，但翟不二兄弟俩多少也应该和这些人提到过吧？怎么这些人和自己像有深仇大恨一样，一上来就下死手。

李能心中的疑虑越来越深，实在是想不明白，这中间究竟发生什么事了。

算了，既然想不明白，那就不想了，先打了再说吧，也正好拿这些人再试试自己的拳法。这段时间以来，对于马老爷子所传的一些拳法还没有完全吃透，同样是姬龙峰祖师所传拳法，但和戴家拳相比，各有千秋，现在正好做个比对。

思罢，李能冷冷一笑，一晃手中树棍，厉声说道：

"一群藏头露尾的东西，是你们先来找我的。怎么？许你们来杀我，我不能还手。你们真以为软柿子好捏吗？来啊，动手吧！今天，我倒要看看，是谁把谁留下！"

李能的话音刚落，查看老六的两个人中的一个，提刀冲了过来，嘴里还喊道："大哥，你暂且压阵，我先来会会他。"

"好，老二，你小心点，此人身手不凡，不要大意。"

说着，二人身形交错，互换了位置。这个老二也没再说话，提刀抢前一步，力劈华山，"呼"的一刀，劈向李能的脖颈。

李能侧身进步，避过老二的刀锋，手中的树棍斜着上挑，以棍为刀，棍头直点老二的右肋腋窝。

老二撤身，回刀反撩，以攻对攻，夜行刀划出一抹寒光，斜着斩向李能。

李能身似陀螺，平地掀起一阵旋风，回棍连磕带裹，手腕一翻，挥棍横扫，玉带缠腰，击向老二的胸肋。

转眼间，两人一招快似一招，忽分忽合，旋进旋退，杀在一起。

这老二刀法不凡，劈、撩、刺、斩、崩，一刀狠似一刀，一刀快似一刀，攻多守少，招招奔的都是李能的要害。

李能手持短树棍，也不与对方死拼对攻，气定神闲，进退沉稳，两眼炯炯，盯着对方。以棍为刀，展开劈、崩、钻、炮、横五行刀法，专寻破绽下手。

五行刀法，以意为先，以丹田内气为基，一旦催动，刀刀都带着具有强大穿透力的阴阳罡气。李能修炼的时间虽短，但已初窥门径，精气神内敛，丹田鼓荡，手中虽然是一截树棍，但在阴阳罡气的加持下，依然可以攻坚克锐，杀伤力不亚于老二手中的钢刀。

　　那老二手中的刀，每一次与李能手中的树棍磕在一起，就被震得手臂酸麻，气血鼓荡，脚下浮动，站立不稳。时间一久，老二左躲右闪，不敢再与李能手中的树棍硬杠，渐渐地，便开始落了下风。

　　一旁观战的大哥见状，对另一个矮个子说道："老四，你也上去，前日你与姓李的对阵过，熟悉他的路数。"

　　老四略一犹豫，便一咬牙，持刀杀向李能。

　　老四一上来，李能顿感吃力，虽然前天已经与黑羽队的刀阵对战过，但每个人的功力有别，所以，不同的人配合，攻击力也就不一样。今日这个老二的刀法明显高于前日三人，现在虽然是两个人配合攻击自己，可压力并不比前日小。这个老二刀法犀利，即使不敢与自己硬抗，但出刀的角度刁钻，有时候竟然无声无息，让自己防不胜防，老四再加进来牵制，数招下来，又被二人搬回颓势。

　　李能以一敌二，虽然吃力一些，可慢慢地也发现，在心意内力的加持下，把马家心意、戴家心意及自己本身拳法、枪法等糅在一起使用的话，往往会有出其不意的效果。

　　这一发现，好似突然打开一扇新的大门，让李能想起戴老镖头说过的一句话。拳本无定式，其道在心，拳须活用，不可死练。是啊，自己一直纠结此拳、彼拳，其实只要心意诚于中，何须再在意何形、何式呢？拳本武技，临阵迎敌至上，如自己手中的树棍，可刀、可剑、可枪、可斧，姬龙峰祖师所传的拳，以心意为名，其意原来在这里啊。

　　一念通，万法通，明白了其中的关窍，李能精神一扬，以心达意，形于外，手中树棍的威力顿时倍增。身形变化如脱兔，似猛虎、龙游、鹰击、燕抄、鹞翻，霎时间，如一道道幻影闪电，让场中的众人顿时眼花缭乱起来。

　　夜幕中，李能飘忽不定的身影，杀意四起，三个回合下来，那老二、老四便是险象环生，只有招架之功，再无还手之力了。

　　那领头的大哥心中大骇，原本以为自己的人长于暗杀，特别是在夜里，更具有优势，李能现在身形一变，快得几乎化成了一道残影，自己的优势马上变成了劣势。

　　急忙大吼一声："快，点火！"

　　"哄……哄……！"

　　数道火把哄然点亮，霎时间，光焰冲天，漆黑的四周顿时亮如白昼。

　　场中厮杀的三人身形一顿，都暂时停了下来。再看老二、老四二人，鼻青脸肿的，早已不知被李能揍了多少下，好在二人功夫扎实，配合熟练，不然，早被李能废了。

　　人人都倒吸一口凉气，这姓李的功夫着实了得，而且一次比一次厉害。那大哥也不禁踌躇起来，刚才志在必得的雄心一下子又弱了许多。

　　火光映射中，半空中飘飘落落的，飞舞着漫天的琼花，落在人们的脸上、手上，凉丝丝的。

此时，众人才发现，不知道什么时候，天，下雪了。

冷雪入身，众人的心也跟着凉了几分。

"快看，那边有火光！"

正在四处追寻李能的郭老夫子等人，这会儿也摸到附近，可四周一片漆黑，正感束手无策之时，正在搜索的一个捕快发现，在三五里地远的夜空上，突然出现了一片红光。

众人精神一振，在马奎等捕快的带领下，快速地向火光处摸去。

第三十九章
饮恨泣血

雪下得更大了。

洛阳城东,一队人马悄然出城,向东,渐渐地消失在了漫天飞舞的雪雾中。身后的车辙与马蹄印,被纷飞的大雪覆盖得无痕无迹,夜色苍茫,平静得好像什么也没有发生过。

风雪中,洛阳县捕头马奎与郭老夫子等人,正穿梭在一条满是枯草的小道上,快速地向发现火光的方向急进。

"头,像是三官庙。"

一个捕快说道。

"看出来了,注意隐蔽,别弄出声音。"

马奎吩咐道。

三官庙,处在有"水旱码头"之称的桃园街村的东北部,距村较偏远。坐东朝西,为三进式院落。魏晋时期,是为祭祀尧、舜、禹而建的。一进院正殿为三官殿,三开间,硬山式阁楼;二进院落有大王殿、三仪殿、十王殿、泰昌寺;三进院落为戏院。

此时的李能,正被十几个人,围在三官殿前的院子里恶斗。

火光中,院子里雪花飞舞,地上脚印杂乱,人影交错晃动,整个院子,充斥着兵刃的撞击声和大呼小叫的厮杀声。

对李能的围杀,已经到了白热化的程度。包括李能在内,大家都已经杀红了眼。十几个人中,除了三个拿着火把照亮外,其余的人,能上去的,都围杀了上去。在地上,横躺着三个被李能打倒的人,不知是死是活。

这帮人,是铁了心要把李能留在这里了。

李能以寡敌众,饶是自己拳法精进,在众多人围杀下来,已是一个多时辰,挥舞着手中夺得的夜行刀,也是守多攻少了。

一直站在圈外指挥的杀手老大,也渐渐变得不耐烦起来,要不是围攻的人众多,自己也早就加入对李能的厮杀中去了。

杀手老大抬头看了看天色,夜空中还是漆黑一片,雪下得更大了。透着火光往半空中看去,铺天盖地的雪花往下飘。又看了场中一眼,便喊过一个杀手,低声吩咐了几句什么。那杀手出了院子,转瞬就消失在了黑暗中。

厮杀中的李能,突然发现场中的情形似乎有些不对。打了这么久,这些杀手只是围着自己缠斗，好像就是要把自己困在此处一样，又好像是在等什么人似的。心中暗暗吃惊，这些人这样做，难道还有什么阴谋不成？也不知道自己的信息师兄他们收到没有，要是收到，这么久了，也该找来了吧。

哎呀！不好！

想到这里，李能突然心中一动，这些杀手要真与劫镖的贼人有什么联系的话，那就坏了！郭老夫子要是接到自己的信息，人们肯定得全部追到此处，在洛阳城里就没人了。在这大雪纷飞的夜里，贼人要是偷运出关，那可就中了贼人的调虎离山计了。

心中一急，李能的刀法就露出了破绽。

杀手老二和老四见状，夜行刀双双齐举，跃步劈向李能。眨眼间，二人刀锋上裹着凌厉的劲气，穿破雪幕，一左一右，飞斩到了李能的左右肩胁。

李能正在应对另外两个杀手的攻击，蓦然一动，耳畔听到风声，立刻转身拧腰，夜行刀缠头拦腰，疾如电扫，崩开攻向自己左侧杀手老二的刀芒。

紧跟着一长身，以攻为守，马步劈刀，寒光闪动，吐气开声，夹着滚滚雷音，刀锋直劈右侧杀手老四的胸项。

杀手老四后插半步，双手握刀，裹脑上架。两人刀相触瞬间，李能见其空门大露，随即左手化掌为刀，疾进步，"嘭"的一声，杀手老四还没来得及作出反应，膻中穴便被李能的掌刀劈中。

"噗……"一口血，从杀手老四的口中喷了出来，头一晕，仰面摔出，栽倒在地。

趁其他杀手们愣怔之际，李能不退而进，脚下点地，身子平飞前纵，两个起落，便进了大殿。

"快！拦住他，别让他进去。"

杀手老大大吼一声，蜻蜓点水，挥刀直追。紧跟着，其他杀手们也"呼啦"一下，往大殿里追。

李能一看，众杀手如此紧张，害怕自己进殿，便证实了自己的猜想，这大殿里必有猫腻。匆匆扫了一眼，三官殿里空荡荡的，什么也没有。一脚踢飞一个刚冲上来的杀手，疾步向二进院冲去。

刚到二进院门口，便见一处殿里有微光闪动，李能抬腿疾进。

"呼……"

乌光闪现，一道劲风，又迎头斜砸过来。李能微微一惊，急忙侧身偏头，刀向上封，"当啷"一声，两兵刃相交，激起一团火光。

腾腾腾，李能不禁倒退了几步，才稳住了身形。只感觉手臂发麻，虎口发热，夜行刀也差一点被砸脱手，禁不住倒吸了一口冷气，此人好大的劲力。

被这个人一耽搁，瞬间，李能又被追上来的杀手们围住了。

同时，二进院的内院墙后，闪出一杀手。火光照射中，此人身高体胖，拿着一对钢鞭，像半截铁塔，堵在了院门处。

"嘿嘿，小子，要想进去，先过了爷这一关。"

铁塔人咧嘴一笑，手中双鞭一晃，十字交叉，堵住了李能的去路。

李能转身盯着杀手老大，沉声问道："翟不二掌柜、戴虎都在里面？"

杀手老大沉默了一下，抬头说道："不错，他们都在里面。"

"为什么？你们这么做究竟是为了什么？难道翟掌柜的就没有告诉过你，我是谁吗？"

"为什么！你知道我们这些人是谁吗？我们这些人，无名无姓，没有身份。既不能抛头露面，更不能娶妻生子，三十六黑羽队，只有代号，我们，就是姓翟的兄弟俩养的杀人越货的工具罢了。"

杀手老大突然提高了说话的嗓门，情绪开始激动起来。

"……翟家兄弟早已忘记了我们的仇恨，过着锦衣玉食的日子。为什么？你说，为什么！卖命的事我们做，他们却去享乐。这就是为什么。少废话，今天，只要你和戴家沾点边，就别想再活着出去。"

说着，杀手老大纵步欺身，刀掌并进，利刃直刺李能面门。

李能眉头微皱，身形一侧，展刀抡劈。

"当啷"一声，把杀手老大的夜行刀弹开，腕下用力，弓左步往前平刺，直刺杀手老大的右肩。

杀手老大急侧身闪了开去，只觉得自己右手的虎口，一阵发麻，不敢再轻视直扎。进左腿改取斜撩，刀口由下向上连肩带臂砍向李能。

李能身体急右转，左腿提膝，右手刀往下一劈。

杀手老大不再与李能硬碰，往回退步，复向李能右侧进击，连环向上斜撩而出。

李能身形左转，手中刀往下一砍。未容对手变招，手中刀一搅，顺势朝杀手老大的中盘当胸扎去。

杀手老大忙向后跃，同时，右腿飞踢李能持刀的手腕。

电光火石间，两人连换数招，那铁塔般的汉子，突然从二进院的台阶上往下一跳，抡双鞭抽冷子砸向李能的后背，风雪中，劲风呼啸。

李能听到后背有疾风砸下，但要回顾，已然不及。

眼看着铁塔人的双鞭就要砸中李能，众杀手个个面露狞笑，等着看李能被砸翻的惨状。

"嗖……嗖……"

一声刺耳的鸣响，两道黑光同时掠过李能的头顶而至。

身后的铁塔汉子突然失声惨叫。

"哎呀……"

"啊……"

紧接着，"叮当"一声金铁声响，半空中激起一团火星。

院中所有人都吃了一惊，再看，铁塔汉子手中的一根钢鞭"当啷"一声，就掉在了地上。不仅如此，一粒铁菩提已经射进了铁塔汉子的右眼，铁塔汉子捂着眼，疼得弯着腰，发出了撕心裂肺的惨叫。

还没等众杀手反应过来，蹭蹭蹭，院子里突然涌进了十几条黑影，把杀手们团团围了起来。

"别动……！"

"放下刀！"

"县衙官差！"

"……"

喝止声响彻整个院子。

郭老夫子、小虎子、马奎等十几个捕快及时赶到了。

几人摸进二院之时，正好看到铁塔汉子从背后偷袭李能。郭老夫子抖手射出两枚铁菩提，一枚击中了铁塔汉子的钢鞭，一枚射进了铁塔汉子的眼里。

"哄……哗……"

院子里的黑羽队一阵纷乱，却没显现出丝毫的张皇失措。那老大更是哈哈大笑，满脸嚣张。看着冲进来的众人，一声冷哼，说道：

"老子等你们很久了，怎么才来呀。"

说着，对着院子里的黑羽队杀手们大吼一声："兄弟们，结刀阵！"

"唰唰唰！"院子里一阵人影晃动，瞬息之间，十数人五人一小组，组成了三个阵队，个个手持夜行刀，凶狠地盯着众人。

见到郭老夫子，李能把情况和自己的猜测简短地说了一下。郭老夫子听后，也是一震，心头隐隐感到了一丝不安。可现在也没什么其他办法，急忙和马奎、小虎子几人交换了一下意见，马奎立即安排一个捕快悄然赶回县衙，给马知县报信，请马知县尽快派人封堵各个出城要道。

安排妥当后，众人看向眼前的黑羽队杀手，个个眼神狠辣凌厉，五人一组，呈品字排开，老大居中指挥。再看每一组，左、中、右三人在前，中间一人持刀，左右两人一手持刀，一手拿着藤牌，后面两人也持刀相守。

大家面面相觑，一时不知道该怎样应对。特别是对马奎带来的捕快们来讲，平日里捉拿个市井流氓还行，哪见过这种杀人的阵仗。即使悍匪巨盗，一听是衙门的人，也大都退避三舍，哪像这些人，明知是衙门出公差，依然还要拼个你死我活。个个不禁眼露惧色，畏手畏脚，任凭马奎再三督促，都不敢上前。

黑羽队老大和杀手们见状，哈哈大笑，气势更加嚣张，凶悍之气更甚，开始不住地鼓荡叫骂了起来。

"一群孬种，来呀！"

"……"

"哈哈哈……！"

马奎被骂得恨从心头起，恶向胆边生，大喝一声："呔！狗贼们，休得猖狂，看爷擒你！"

说罢，一晃手中的两把铁尺，欺身而上。

"马爷，小心！"

李能见状，也持刀纵身，上前相助。

郭老夫子、戴明、小虎子和两个胆大的捕快，也手持兵刃，"呼啦"一下，全都冲了上去。

一声哨音自场中响起，随着哨声，黑羽队的刀阵如陀螺一样旋转起来，数息工夫，冲上去的几个人就被围进了刀阵中。

进入阵中，几人才发现，自己一下子就像陷入了千军万马的攻击之中。漫天都是刀光剑影，杀气上下纵横。几人本来是冲上来攻杀对方的，这一下，倒像是自己主动冲进刀阵，成了被攻杀的对象。面对攻杀，你还不知道对方的刀会从哪一个方向、什么时候袭来，防不胜防。一下子，整个情形就从几人主动进攻，变成了被动挨打的局面。

"哎呀！"

"啊……"

两声惨叫响起。刀阵中的几人忙中相视，都在苦苦招架防守，还没有谁被袭杀。

"啊……"

又一声惨叫，从刀阵外传来。借着火光，几人这才发现，刀阵外的十几个捕快挤在一起，正惊慌失措地四下张望。雪地上，黑乎乎的躺着三个人，正是马奎带来的捕快。

众人的心一下子提到了嗓子眼，还有杀手！

马奎见状，急得大声喊道："兄弟们，快冲出去。"

说话间，"噗呲"一声，马奎的前胸就被扎了一刀。

"哎呀！"

一阵剧痛袭来，马奎疼得脚下一个踉跄，一条腿就跪在了地上。"呼"，刀风骤至，斜肩又奔马奎的肩项劈来。

"当啷"一声金铁交鸣，一柄刀伸了过来，堪堪架住了劈向马奎的刀。

"师兄，你没事吧？"

是小虎子及时帮马奎挡了一刀。

"没事，师弟，死不了。"

马奎一咬牙，手中的铁尺使劲一撑，硬站了起来，挥舞着又迎向劈杀自己的那个杀手。

这些杀手，单兵作战能力虽然不弱，但参差不齐。可经过阵法的加持，五人抵一人，实力一下子就得到了巨大提升。同进同退，犹如一个人突然多了三条胳膊三条腿。特别是负责攻击的杀手，根本用不着考虑防守的事，自有其他杀手帮其护卫，自己只负责劈杀攻击就行。陷入阵中的几人，面临的压力有多大，可想而知。

不到片刻，进入阵中的两个捕快和戴明、小虎子都不同程度地挂了彩。目前，只有郭老夫子和李能两人还能自若应对，但也是攻少守多了。

刀阵外的捕快们还有人在不断地倒下，不知何时，院中又多出了十几个黑衣人，正在凶狠地围杀这些捕快们。

天空中，雪花纷飞；

院子里，刀光交错。

金铁交鸣声凄厉刺耳，厮杀呐喊声一阵紧似一阵。

火把散发出的光芒随着杀手的移动，忽明忽暗，摇曳不定。

激战中的李能心中一动，趁刚打退一杀手之际，掏出几粒飞蝗石握在手中，抖手一扬，"噗！噗……！"几声轻响。

"哎呀！"

"啊！"

台阶上拿着火把的两个杀手，突然扔掉了手中的火把，捂着脸不住地惨叫起来。院中没了火把的照亮，顿时又暗了下来。突然的黑暗，让刀阵的杀手们猝不及防，顿时都愣在了原地，一时不知所措。

"杀！"

李能一声大吼，挥刀直扑阵中心的黑羽队老大。

"杀……"

"杀……"

郭老夫子、马奎几人一愣之后，也相继反应了过来，呐喊着冲着还没反应过来的杀手们扑了过去。

一时间，院中喊杀声又起。

在李能等人的带动下，刚刚还惊慌失措的捕快们也精神大振，气势如虹，挥动着手中的兵刃，与院中的杀手们又混战在一起。

郭老夫子几人本来都是武林高手，若论单打独斗，不是一般杀手们所能比拟的。刚才受刀阵所困，受尽了众杀手们围攻的憋屈，这会儿抓住时机，又拼了命地冲杀，瞬间，黑羽队的刀阵就被冲出了缺口。

围杀眼看着就要得手，被李能这么一搅，又要功亏一篑。杀手的老大被气得哇哇直叫，两眼血红，躲过李能的一击。手中的刀如车轮滚动一样，卷着漫天飞舞的雪花，翻滚着与李能又对杀了起来。

正是：

刀锋漫卷飞天雪，

江湖有道豪侠义；

你说仙来他道魔，

各守心中方寸田。

在这场天昏地暗的厮杀中，双方杀得都红了眼。

刀刀见血，棍棍带伤，没一会儿，又死伤了几名杀手和捕快，就连李能和郭老夫子都挂了彩。

特别是郭老夫子，功力虽然深厚，可毕竟岁月不饶人，再加上前段日子在与贼人的争斗中，所受的内伤又没有完全恢复，今晚这么一折腾，心力逐渐交瘁，身疲体乏的感觉又上来了，只是苦苦支撑着，不让自己倒下。

与老夫子捉对厮杀的杀手老二，这会儿也看出了端倪。黑暗中，脸上狰狞一笑，跃步上前，双手齐握，刀风一紧，嘴里大吼一声：

"老不死的，你拿命来吧！"

"呼"的一下，一招力劈华山，恶狠狠地向郭老夫子当头劈落。

郭老夫子略一闪身，躲过劈下的刀锋，不禁气急怒笑，开口骂道：

"好你个兔崽子，你这是要拣软柿子捏啊。"

边说边在闪身的瞬间，手中的烟锅头子直接敲在了杀手老二一只握刀的手腕上。

"咔嚓……"

"当啷！"

伴随着轻微的腕骨断裂声，杀手老二惨叫一声，扔掉手中的夜行刀，向后急退。

郭老夫子一伏身，连环剪子腿，追踢杀手老二。

杀手老二躲闪不迭，"咕咚"一声，被踢倒在雪地上。

郭老夫子长身上前，将大烟锅一举，才待下敲杀手老二的头顶。猛然想起戴虎还在对方的手上，"得饶人处且饶人！"遂将烟锅一停，道：

"小子……"

一言未了，蓦觉背后一道寒风袭来。郭老夫子急回身，手中烟杆磕向袭来的寒风，是一个杀手正持刀劈砍自己。

郭老夫子霹雳怒喝："小子！敢偷袭你爷爷。"说罢，怒目抬腿，飞起一脚，踢向杀手的手腕。

人无害虎心，虎有谋人意。

就在这时，那倒地的杀手老二骤然一个银龙搅柱，从地上窜起。又一个虎跳，伸右掌，迅如电光火石，照郭老夫子的后脑猛然劈去。

郭老夫子躲闪不急，脑海一震，耳畔如闷雷响起，蓦地一阵昏惘，狂吼一声，手中烟枪回身急刺。"噗呲"一下，烟枪一下子就刺入了杀手老二的眼里。

杀手老二惨叫一声，向后一头栽了下去。

这一下，是郭老夫子激怒攻心，拼尽全力的一击，烟枪竟然穿透了杀手老二的颅骨，从脑后穿了过去。

随即，郭老夫子自己，眼一黑，也一头栽倒在了雪地上。

"师兄！"

"师叔！"

李能、戴明和小虎子几人大惊，个个怒骂着；挥刀逼退围攻自己的杀手，纷纷向郭老夫子靠来。

这里一乱，杀手老大和其他杀手也已看得清楚，郭老夫子被老二击杀倒地，纷纷大喜。又见杀手老二也同时栽倒，顿然大惊。杀手老大也怒吼一声，手中夜行刀一摆，众杀手持刀，喊叫着纷纷冲向栽倒的二人。

李能抢先一步，先来到郭老夫子身边，挥刀杀退刚刚偷袭郭老夫子的那个杀手。见戴明几人冲过来截住了其他杀手的攻击，就急忙低头查看地上的郭老夫子。

微光中，地上的郭老夫子两眼紧闭，口中吐着白沫，双手不住地颤抖。

"师兄、师兄！"

李能又连着喊了几声，郭老夫子此时已陷入了深深的昏迷中，对呼喊毫无反应。

抬头环顾四周情势，戴明、小虎子、马奎三人，已经与冲过来的杀手们又激战在一起。那杀手老二也被黑羽队的人抬进了大殿里。看样子，这些人已经拼了命了，个个悍不畏死，要冲破戴明三人防御，想要继续砍杀郭老夫子。

"噗呲……"

"噗呲……"

眨眼间，戴明和马奎又分别中了杀手们一刀。而刚刚激起点雄心的捕快们，又被黑羽队的杀手们给压制住了。情势堪堪危急，要再这么下去，这些人都得折损在三官庙里。

李能情急，对着厮杀中的几人大吼一声，道："戴明，虎子，快聚在一起，咱们突出去！"

说着，李能哈腰背起郭老夫子，手中刀风卷残云，挽起一片刀花，边向外急走，边杀向围上来的杀手们。

杀手老大见状，毫不留情，一阵急风似的，抡刀力劈三山，向着李能背上的郭老夫子便下死手。

小虎子飞身腾跃，疾步追来，大喝一声："看刀"，挥钢刀泰山压顶，力劈杀手老大。

杀手老大"蹭"的一下，急转身跃扫，回刀招架。二刀相交，"铛"的一声，火星四溅。

小虎子的刀刃竟然卷缺了一块，震得虎口发麻。杀手老大也大吃一惊，身形一滞。

借此机会，李能顿足飞身，如风一般，背着郭老夫子，冲出了二院。

戴明、马奎和其他捕快们也都"呼啦"一下，随着李能向院外冲去。

"堵住他们！"

杀手老大气得怒声大吼，带着众杀手们疯狂截杀。

戴明气急，大骂："狗贼，今天爷和你们拼了！"手挥铁鞭，横扫直劈。马奎更是咬牙切齿，双眼怒睁，一根铁尺劈打抽刺，劲气激荡。

瞬间，刚退到二院门口处的二人和三四个捕快，与堵截的杀手们又激斗起来。

这会儿，纷飞的雪花不知道什么时候已经停了下来。半空中，也开始泛起了像鱼肚皮一样的淡蓝色。

天要亮了！

李能众人与黑羽队的杀手们还在激烈地厮杀着。在三官庙两进院子里的雪地上，哼哼唧唧地躺着十几个杀手和七八名捕快。

双方已经打成了胶着状态，看着渐渐泛白的天空，杀手老大开始变得不耐烦了。往大殿的台阶上一跳，大吼一声："都住手！"

厮杀中的众人一愣，特别是黑羽队的人，被熟悉的声音一吼，全都齐刷刷地跳出了战团。蹭蹭蹭，围站在了杀手老大的身边，凶狠地盯着还在微微发愣的飞羽等人。

杀手老大看着台阶下有些狼狈不堪的李能等人，心中已经认定，此时，李能一定是这伙人里的主心骨。

便嘿嘿一声狞笑，说道：

"姓李的，我知道你的名号，我们与你也本无冤仇。截杀你，也是受人所托，不得已而为之。今天，你只要把姓郭的那老匹夫给留下，我便可放你一条生路。你看如何？"

李能他们这边，除了郭老夫子突遭暗算，昏迷不醒外，在雪地上，还躺着五六个淌血受伤的捕快。

劲敌当前，众人不免慌乱，现在听杀手老大这么一说，大家的眼睛都看向了李能。

特别是戴明，心中更是惶急，眼巴巴地看着李能，略带不安地张口说道：

"师叔，你……"

李能摆手，止住了正要继续往下说的戴明。把后背的郭老夫子轻轻地调了一下背着的角度，一摆手中的夜行刀，冷冷地看着杀手老大，大声喝道：

"我李能岂是贪生怕死、卖友求荣的人。我既入戴家门，就是戴家人，戴家的事，也就是我的事。我与戴家荣辱与共，与在场的众兄弟生死相随！来吧，今天，咱们就来个不死不休！"

"来吧！"

"来吧！"

"不死不休！"

"……"

被李能这么一喊，戴明、小虎子及众捕快们的精神头，一下子又上来了，情绪激昂，纷纷大声地喊道。

"嘿嘿，既然你们敬酒不吃吃罚酒，那虎爷我今天就成全你们。"

杀手老大见李能一脸油盐不进的样子，恼羞成怒，冷笑一声，对院子里的杀手们喊道：

"兄弟们，列阵！灭了……"

"轰隆隆……"

突然，一声震耳欲聋的号炮声打断了杀手老大的话音。紧接着，一个杀手急匆匆地跑了进来，边跑边喊："大哥，大哥，外面有官兵围上来了！"

杀手的话音刚落，庙外面就响起了纷乱的脚步声和兵器的撞击声。

众人的视线刚刚移到庙门口，"呼啦"一下，就见有五六个黑羽队的杀手，个个脚下慌乱踉跄，手里握着夜行刀，面朝庙门，往后倒退着进来了。

紧跟着，是一群官兵，手里齐举着刀、枪，"杀！杀！杀"齐声喊着号子，步步紧逼。为首的，正是把总马明。身披软甲，全副武装，满脸煞气，一步一步地逼了进来。

看到马明，捕快们个个都一阵惊喜，李能、戴明几人也都松了口气。

"好了！我们的援兵到了。"

不到片刻，杀手们就被数十号官兵团团围住，困在了大殿的台阶上下。看着渐渐逼近的官兵与李能等人，个个面露惊惧，手脚微微颤抖，不住地左右观望。

小小的院子，一下子拥进几十号人，别说是人，就是一只鸟，也飞不出去了。面对这么多手拿明晃晃刀枪的官兵，心中不慌那都是假的。

杀手老大站在台阶上，虽然铁青着脸，但此时看上去，神色不仅没有显出丝毫的慌乱，嘴角竟然还露出了一丝诡异的笑意。看着步步紧逼上来的李能几人及一众清兵，眼中凶光毕露，一挥手，低声说道："退！"便带头向大殿里缓缓后移。

李能这时已经把郭老夫子交给了马明带来的人，紧急送往洛阳城，找马老爷子救治去了。看着后退的众杀手，心中又隐隐升起了一丝不安。看到马明挥手示意官兵继续向前逼近，急忙一把拉住了马明的胳膊，指着后退的杀手们说道：

"马兄弟，得叫弟兄们小心点。你看，这些杀手们虽然惶恐，但脚下步伐不乱，后退有序，恐怕这里面有诈！"

"放心吧，李师兄，在我洛阳地界，还没有什么人敢公开与官兵为敌的。你们先歇会儿，看我拿他。"

李能听马明这么一说，也就不好再多言了，就点了点头，退到了侧面。

说罢，马明手一挥，大声喝道："弟兄们，围上去。有反抗的，格杀勿论！"

"是！"

众官兵喊声震天。

哗啦啦，随着兵器交错，人影晃动，三十多人分列三层，顷刻间就组成了一字长蛇突击阵。前排长枪，二排清刀，三排弯弓搭箭，个个嘴里齐声高喊着"杀！杀！杀……"的号子，气势如虹，一步一个"杀"字，迫向杀手们。

李能几人以及马奎和其他捕快们也紧随其后，向前逼去。

三官庙里，"杀"字声在四处不断回荡，刚刚放晴的天，似乎又突然阴云密布。

刀枪的磕碰声，人们粗重的呼吸声，脚踩在雪地上的吱呀声，掺杂交织，大战一触即发。

杀手们被逼得，又退到了二院的大王殿前。杀手老大脚一顿，停下了脚步，手一摆，其他杀手也止住了脚步，分两列站在杀手老大的两侧。看着围进来的官兵和李能等人，杀手老大的脸上露出了狰狞的笑容，俯身对旁边的老二低声说了几句，老二转身就进了大王殿。

等老二离去，杀手老大抬头看向围过来的众人，"嘿嘿"一声狞笑，冲着李能大声喊道：

"姓李的，你不是要与戴家人同生共死吗？这会儿，就让你先见见戴家的一个故人。"

李能心中一凛，急忙上前几步，喊道："你不要乱来，有什么事可以……"

李能的话还未说完，"呼"的一下，一个黑乎乎的东西，从大殿里被抛了出来。

"扑通！"

落在了众人脚下的雪地上，骨碌碌，滚了两下，才停了下来。

"人头……！"

"啊！人头！"

"……"

走在前面的兵丁们一阵惊呼，纷纷后退躲避，霎时便乱了阵脚。

李能急忙抢步上前查看，正是一颗带血的头颅，披头散发，狰狞的脸上，沾满了泥血，双眼怒睁，大张着嘴。

"戴虎……！"

旁边的戴明一声悲呼，一下子就跪倒在头颅旁，颤抖地伸出双手，抱起了头颅。

"狗贼……啊……！"

戴明抱着戴虎的头颅，仰面长啸，"噗"一口血喷出，身子一软，一头栽倒，昏了过去。

"是戴虎……？"

"戴明……"

"戴明……"

院中，众人一阵急乱，纷纷围了过来。李能也顾不上许多，急忙扔下手中的夜行刀，俯身一把扶起戴明，将还紧紧抱着戴虎头颅的戴明揽在怀里，一手伸指掐向戴明的人中穴，点按施救。

半响，随着李能的不断点按，在众人的急声呼唤中，戴明长长地呼出了一口气，慢慢睁开眼睛，茫然四顾。

"醒了！"

众人也长吁一口气。

"杀手不见了……"

又是一阵急呼叫喊，众人这才回过神来，回头一看，大王殿上早已空无人影，杀手们都不见了。

"狗贼……"

戴明也回过了神，抱着戴虎的头颅，狠声长呼。挣扎着站了起来，一推李能，抬腿就要追赶，可刚迈出一步，脚下一软，又跌坐在了雪地上。

抱着戴虎的头颅，戴明绝望地大哭起来，手指着大王殿哭喊着对李能说道："师叔，你要给戴虎报仇啊！师叔，你快追呀！"

看着戴明的样子，众人义愤填膺。马明对马奎说道："哥，你带着捕快们先搜查这里，我带人去追。"

"好！这伙杀手凶残，你注意安全。"马奎应道。马明挥手，带着绿营兵就要出发。

"马兄弟，等一下，我和你们一起去。"

李能边安抚着戴明，边起身说道。

"我也去！"

小虎子紧跟着喊了一句。

茫茫冷雾中，一行数十人，寻着杀手们留下的脚印，沿河急匆匆地追了下去。

第四十章
踟躅异乡

桃园街村码头，船杆林立，各种大小船只往来如梭，虽是冬季，码头上依然万分忙碌。

等李能几人及官兵们追到这里时，杀手们早已没了踪迹。

马明看了李能一眼，相询道："李师兄，你看，咱们下一步该怎么办？"

看着雾气茫茫的河面，李能满腔的无奈与愤恨，"回去吧！先看看郭夫子与戴虎吧。"

"呃……好吧！弟兄们，收队。"

马明犹豫了一下，还是给兵丁们下达了撤回的命令。

客栈里，郭老夫子气若游丝，正奄奄一息地躺在床上。一个老郎中坐在老夫子的床边，一手搭在老夫子的手腕脉关处，一手捻着自己颌下长须，正在给郭老夫子把脉。

在外屋，坐着马老爷子、李能、戴明等人，个个脸色凝重，默不作声。谁也没想到，不到短短的一天，会发生这么大的变故。不仅镖银彻底失踪，戴虎殒命，就连郭老夫子现在也是生死未卜，大家的心情压抑到了极点。

特别是戴明，心中更是难过不已。戴虎的殒命，对戴明的打击是巨大的，从小到大，二人就一直在一起，吃饭、玩耍、练功、走镖，几十年了，形影不离。哪成想戴虎会被人割了头颅，死得如此凄惨。这是戴明怎么也接受不了的。

看着默默流泪的戴明，李能的心情也是差到了极点。想当初，自己抛家舍业，风寒数载，才有幸拜入戴家，习练戴家绝学。可如今，习练戴家拳多年的戴虎竟然被贼人割了头颅，郭老夫子也被打成重伤。师父已过古稀高龄，如今遭遇到这么大的变故，也不知道能不能承受得住。想到这些，心中不免惨然，既为戴虎、郭老夫子痛心，又为师父担心。

"吧嗒！"

里屋的门帘撩开了，老郎中走了出来。

"薛神医，怎么样，还有救吗？"

马老爷子见老郎中出来了，急忙站起来问道。李能几人也都站了起来，眼巴巴地盯着薛神医的嘴巴，生怕听漏一个字。

薛神医脸色微松，慢悠悠地走到桌子边，在椅子上坐了下来，看着马老爷子，这才开口说道：

"郭老镖头昏迷不醒，是因脑后突然遭受外力重击，引起颅内震荡，内有淤血，再加急火攻心所致。好在老镖头内养功功力深厚，临受重击时，体内自然生出护体气劲，抵消了大部分的力道，才不至于被对手一击毙命。"

薛神医停下了话，看了众人一眼，见众人都点头，便又慢条斯理地继续说道：

"依老夫看，老镖头目前暂无生命危险，不过，一时半会儿也醒不过来，需要及时化血行淤，祛湿祛痰。不然，恐怕会长期瘫痪，招致卧床不起，早早殒命。"

"薛神医，您就给开方子下药吧，有什么需要我来办。"

马老爷子有点着急了。

"呵呵，马老弟，你放心吧，只要吃上老夫十几味药，保证又还你一个生龙活虎的师弟。"

马老爷子被薛神医说得老脸一红，赶忙道歉："薛神医，我一时心急，您得多担待一二啊。"

"呵呵……"

薛神医呵呵一笑，笔走龙蛇，唰唰唰，一张药方写了出来。

"好了！你们抓药去吧。"

待薛神医走后，马老爷子把李能、戴明两人叫了过来，看着二人问道：

"下一步你们两个有什么打算？看目前的状况，郭镖头一时半会儿也醒不过来，即使醒了过来，也不宜长途跋涉，只能留在洛阳养伤了。但戴虎的遗体需要尽快送回祁县，早早入土为安。你们看看怎么办合适？"

戴明面容憔悴，两眼通红，哽咽着对李能说道："师叔，我现在心乱如麻，精神恍惚，一切事情由你决定吧，我都听你的。"

见戴明这一说，马老爷子和众人都看向李能，"能然，那你说说吧。"

见大家都在看着自己，李能思酌片刻，说道：

"人死为大，戴虎惨死，须尽快入土为安，报仇之事也只能留待以后再做谋划。郭师兄又不能行动，还得留下来继续养伤。现在戴家镖局就我们两个人，人少势单，目前镖银下落不明，贼人更是踪迹全无，查访起来更是困难重重。戴明先护送戴虎的遗体回祁县，顺便给你师父报信，看看他有什么打算。另外，致远堂的两个掌柜失踪得蹊跷，迷雾重重，也需要你回去后，给太原致远堂的慕容堂主捎个口信。我留下来，一方面照料郭夫子，一方面继续查访镖银与贼人的下落。"

"师叔，你一个人留下来是不是太危险了？看现在的情形，贼人们的主要目的是复仇，你和郭师叔留在这里，要是再被贼人们算计，那可就太危险了。"

戴明忧心忡忡地说道。

"戴贤侄，你放心吧，在洛阳地界，黑白两道还是给我马家一些面子的。李师侄儿留在这里，有我们帮衬着，问题不大。倒是你这次回祁县，一个人也不行，我这边再给你安排上三个人，与你一块回去，路上也好有个照应。"

马老爷子接话说道。

"太好了，师伯。这次已经给您添了不少麻烦，现在还得麻烦您，我们真不好意思啊。"

李能、戴明满怀歉意，满心感激。

商量好以后，大家分头行事。为了方便照应，郭老夫子和李能也暂时住进了马府调养。

一晃，二十多天就过去了。

郭老夫子已经醒过来了，虽然还不能动弹，无法说话，但看样子，命是保住了。这二十几天来，李能一边悉心照料郭老夫子的饮食起居，端茶倒水，也抽空向薛神医学了不少经络医药及武道方面的东西。

医武一家，薛神医自己也是内家功夫高手，精通阴阳太极拳，以柔克刚，走化一绝。老爷子也喜爱李能忠勇憨厚的性格，只要李能相询，便毫无保留，倾囊相授。

二十多天以来，李能于武道一途又有了新的认识与感悟。在每天早晚空闲之余，都会潜心揣摩，刻苦修炼。一有所悟，就拉小虎子对练印证，二十多天下来，把小虎子折磨得够呛。

这一天，小虎子又被李能找来了，拉着小虎子就要求证。小虎子满面愁容，头一缩，身子一躬，装出一副惨兮兮的样子，不住地央求道："师兄，今天咱们就免了吧，前天接了你一记劈拳，直到今天，我这胸口还隐隐作痛呢。你的五行拳真可以独步武林了，小弟实在是被你打怕了。真不敢了，师兄，真的。"

看着小虎子可怜兮兮的样子，李能一阵好笑，这小子，现在越来越滑头了。一米七八的个子，做出这种表情，真是滑稽。

"扑哧……"

李能一乐，伸手拍了拍小虎子的肩，无奈地说道："好了，好了，别装模作样了，今天就饶了你，不练了，不过……"

"师兄，打住！打住！今天咱们说不练就是不练，讲拳都不行。"

小虎子还没等李能把话讲完，就截住了李能的话，同时，把头摇得像拨浪鼓一样，满脸决绝的神情。

兄弟二人正在说笑间，一个下人匆匆来到练武场，看到二人，躬身行礼，禀道："少爷，李镖师，马捕头来了，老爷叫你们过去。"

"好！马奎那里应该带来什么消息了，虎子，咱们快过去。"

李能一听，精神振奋，拉着小虎子，三步并作两步地，就奔出练武场的院子了。

"少爷，李镖师，老爷他们在客厅……"

下人急忙在后面喊了一嗓子，摇摇头，快步追了出去。

马府客厅，马奎、马明两兄弟正与马老爷子说着话。见李能拉着小虎子急匆匆地走了进来，忙起身打招呼。

马老爷子等几人重新坐下，脸色凝重，开口说道："能然，马奎他们探查到了一些贼人和杀手们的消息，但情况不容乐观。你先听听，然后再说。"

李能的心中一沉，点点头，看向马奎、马明二人。

马奎看了看马老爷子，搓了一下手，面色略带尴尬地开口说道：

"能然兄，劫镖车的贼人目前还没有消息。不过，据我们的暗探报，在你遇袭的那天晚上，有一队人马出了洛阳城的东门，因为雪大，出城以后，就消失得无影无踪了，估计是贼人把镖银运出洛阳了。再就是那山西的贺公子，捐银、捐碑也没有发现什么异常，马知县那边很高兴，还送了那贺公子一块'晋商楷模'的匾，前天才离去的，也没有发现其与贼人有什么勾连。现在就数致远堂那边离奇得很，按理说翟不二、翟不三失踪了，致远堂应该已经乱作一团了，可到现在，致远堂那边一片风平浪静，该做什么还做什么，好像根本没发生过什么事一样。我的人也暗中探查过几次，一点异常都没有。那些杀手的去向倒是有点眉目了，据当天码头上的一些船家说，那天早上，是有十几个人匆匆地上了一条货船，顺河道往西去了。现在能探到的，就是这个情况了。不好意思，李师兄，要过年了，弟兄们的心实在是收拢不到一块儿了。"

听马奎说完，众人陷入了一时的沉默。

李能也思索着马奎的话，这些线索，看似有迹可循，但一细查，却又毫无着力之处。就连那贺公子，也只是自己的猜测，根本找不到其参与的铁证。现在不仅走了，还被马知县授了一块"晋商楷模"的匾，那更是不好再查了。刚才从马奎的话音里也表明了，再动用捕快们去查恐怕也不行了。现在郭老夫子还没有恢复说话行动的能力，就是自己想出去查访，也走不开啊。

这该怎么办！

李能一时陷入了两难之中。

马老爷子也看出了李能的两难，轻轻地咳了一声，开口相劝道：

"眼下就要过年了，郭老弟一时半会儿也好不了，就先在这里待着养伤吧。能然，你也不要心急，再等等，看看你师父有什么安排。二十多天过去了，祁县那边也该有信过来了。查访贼人的事就先放一放吧，跟得太紧了，贼人们就都躲起来了。不如放一放，贼人们总会露出一些蛛丝马迹的。马奎、马明，你们两个那边还得安排人手继续探查，毕竟在洛阳地界出了事，衙门和官府有责任协助追查。至于马知县那边，我去和他讲讲吧，他这父母官，也该多出出力。"

众人又商议了一会儿，就散去了。

李能回到自己和郭老夫子住的院子，在郭老夫子身边坐了下来。老夫子看着李能，嘴唇不断地颤动，满眼是相询的神色。

李能给老夫子倒了碗水，扶老夫子躺在自己怀里，边喂老夫子喝水，边把刚才的情况给老夫子讲述了一遍。老夫子示意李能让自己躺下，然后闭上了眼睛，不知在想什么。

飞羽静静地坐在旁边，看着老夫子斑白的两鬓和消瘦的面颊，一股痛意从心中涌了上来。一个近古稀的老人，遭受了这么大的罪，镖行这口饭不好吃啊！

突然，李能感到自己的衣襟被扯了一下。低头一看，老夫子瞪着眼睛，正在拉扯自己。

"师兄……？"

"……马！"

老夫子喉头一阵滚动，张开嘴，吐出一个字来。

李能又惊又喜，老夫子能说话了，但这个"马"是什么意思？

李能又问了一句："师兄，您说的'马'是……？"

老夫子艰难地点点头，眼睛又向窗外转了一下。脸突然涨红了起来，挣扎着抬起头，颤抖着抬手指向屋外：

"马……马老……"

"您让我找马老爷子？"

李能急忙扶住老夫子，猜测道。

老夫子"呼"的松了口气，点了点头，顺势躺了下来。慢慢闭上眼，累得呼哧呼哧，直喘粗气，头上的汗也随之密密麻麻地渗了出来。

李能急忙找了块毛巾，张罗着要给老夫子擦汗，可刚碰着老夫子的面颊，就被老夫子瞪了回去。李能哑然失笑，看来这老爷子是心急得很，就简单地帮老夫子擦了一下汗，便出去找马老爷子去了。

过年，在洛阳又称"年下"，一吃"腊八粥"，就意味着要过年了。这一天过后，家家户户都开始购置年货、缝制新衣、洒扫除尘、祭拜灶神、烹调食品、张贴春联（门神）、守岁迎新等。

数日来，在李能的精心照料下，有薛神医神药的加持，郭老夫子的伤势已经快好了一大半了。

这一日，郭老夫子把李能找来，开口便说："小师弟，马上要过年了，咱们一时半会儿也走不了，还是先搬回客栈住吧。"

"这……？"

李能不解地看着老夫子。

老夫子没管李能的疑惑，继续说道："你马师伯与咱们过年的习俗不同，咱们在这里住了这么多天，已经很不容易了。我现在行动虽然不便，不过内伤恢复得也差不多了，你收拾一下，找辆车，咱们和你师伯打声招呼，就走吧。"

"行！"

李能一听，也觉得老夫子说的在理，便简单收拾了一下东西，搀扶上老夫子，来到了马老爷子的客厅。二人刚到门口，就听见里面传出了对话声。

"叔父，真的让师兄他们走吗？咱们这样做是不是太不义气了？"

"胡说！咱们对他们已经仁至义尽了，再不让他们走，难道还要把马家也牵连进江湖的仇杀中吗？"

"可是……？"

"可是什么！咱们毕竟是官宦人家，江湖的事还是少沾惹的好。别说了，你去告知一下，请他们今天就搬出去吧。记住，从今天开始，你也不能再掺和他们的事了。"

"……"

这说话的声音，明显就是马老爷子和小虎子的对话声。

李能一下就愣住了，怎么也想不到，马老爷子要往外撵二人走啊。

当老夫子提出来要走，李能还指望马老爷子能挽留一下，自己也顺势劝劝老夫子，继续留下来，现在看来，马老爷子也不想再留二人了。

李能的心里，顿感一阵凄凉，要过年了，不仅不能回去与家人团聚，还得继续滞留异乡，现在又落得个丧家犬的下场。唉！还是老夫子想得深远，这人心真是难测啊！

"吱扭"一声，门开了。

小虎子满脸涨红地走了出来，抬头一看，见是老夫子和李能二人，一下子就呆住了。本来就涨红着的脸，"腾"的一下，变得更红了。

"郭……夫子，能然哥，你们怎么在这里？"

老夫子看了一眼还在发愣的李能，笑呵呵地说道："啊，那个贤侄啊，老汉是来告辞的。你看这就要过年了，我们再待在马家也不方便，我们商量了一下，打算搬出去住了。"

"搬出去？这……这个……"

小虎子一时语塞，竟然不知道该怎么说好。自己本来就是要去通知二人搬走的，现在二人主动提出来了，倒也省去不少自己解释的尴尬。如今自己要是再挽留，也太虚伪了。

这会儿，客厅里传出了马老爷子的说话声："郭老弟，我今天偶感风寒，就不出去送你了。你的腿脚不便，也就不要再进来了，咱们都免了这些俗套吧。"

好！这马老爷子做得绝，门也不让进了。

"好的，马兄，感谢马家这多日的帮助，大恩不言谢，我们这就走了。"

老夫子的脸色始终都是波澜不惊的样子，说话的声音更是平静如水，大声地回应道。

"好，郭老弟保重！虎子，你代我送送你师兄他们。"

里面的马老爷子也是平静如水。

虎子满脸的尴尬，苦笑一声："郭叔，能然兄，实在是不好意思。走吧，我送你们出去。"

老夫子也再没说话，冲着小虎子点点头，拉了拉还在发呆的李能，在小虎子的陪同下，三个人默默地出了马府。

马府外，李能找好的马车已经等在了门口，在小虎子的帮忙下，二人合力把老夫子扶上了马车。

"师兄，我……"

小虎子满脸的愧色，张了张嘴巴，一时也不知道该说些什么。

李能这会儿反而平静了下来，伸手拍了拍小虎子的肩，笑了笑，说道：

"虎子兄弟，别多心，刚才我和师叔也正打算要找师伯辞行的，师伯偶感风寒，你就快回去吧，以后有什么需要师弟帮忙的，我一定来找你。"

见李能这么一说，小虎的脸上显出了一些轻松的神色，两只蒲扇般的大手握住李能的手，使劲地摇晃了摇晃，哽咽着说道：

"师兄，谢谢你，有事一定要来找我啊！"

"快回去吧，虎子，这么多日子，你已经帮了我们不少忙了，要说谢的，是我们该谢谢你和师伯啊。"

小虎子的赤忱，让李能凄冷的心一暖，哽咽中，情不自禁，把小虎子紧紧地抱在了怀里。

一阵风刮过，旁边的马儿昂首扬蹄，"咴儿、咴儿"地叫了两声，好像在抒发着自己心中的感动。

"得儿……驾……"

马夫一声吆喝，马蹄声骤起，车轮滚滚。

冷风中，飞羽肩扛长枪，身背褡裢，随在马车的后面，缓缓消失在了小虎子视线中。

第四十一章
龙门出殡

一进腊月，日子过得如白驹过隙，快得以秒来计算了。

眨眼间，又到二十三。

"二十三，祭灶官"，在洛阳城中，家家户户的主妇们，从下午开始，就带领着自己的姑娘、媳妇们，烙灶饼的烙灶饼，扫厨房的扫厨房，开始了一年中最重要的祭祀准备活动。

洛阳东大街的一个客栈，虽然住客稀少清冷，但客栈里，也并不缺少节日的气息。

店主姓刘，是河间府人。早些年间，这刘店主流落到洛阳城，被这客栈的张老板救了下来，留在客栈做了帮工。时间久了，张老板见其吃苦耐劳，为人机灵，就招这刘店主做了上门女婿，并把这客栈交给刘店主打理，自己过起了闲云野鹤的日子。刘店主和自己的夫人张氏相继生了一个儿子，一个女儿，一家五口靠着这个客栈，日子过得倒也平稳、祥和。

这几日，客人们逐渐减少，刘店主原打算等过了二十三，就准备关店歇业，准备过年的必需品了。特别是腊月二十五，是自己的老岳父张老店主70寿辰的日子。人活七十古来稀，刘店主和夫人张氏早就商量好了，要在二十五这天，给张老店主好好地庆一庆。

没想到，前天来了个客人，要包一处独院，刘店主原不打算接待了，可是相互一盘桓，二人竟然是同乡。老乡见老乡，两眼泪汪汪，刘店主二十多年都没有回过河间老家了，顿时觉得格外亲切。于是二话不说，便把客栈仅有的一处独院包给了这个客人。

这刘店主，四十五六岁的年纪，中等个头，身材微胖，面白无须，多年开店，养成了逢人自带三分笑的和善模样。由于要关店歇业十几天，客栈的伙计都已经放假回去了。二十三的一大早，刘店主带着儿子、女儿开始洒扫除尘，忙活开了。一年了，客栈的里里外外、犄角旮旯都需要清扫一遍，除旧迎新。

清扫已经接近尾声，刘店主停下手脚，捶打了几下有点酸困的腰部，对身边正在收拾工具的儿子说道："德子，你别弄了，去东院看看客人起来没有。客人要是起来的话，就请客人到大堂吃早饭吧。"

"好嘞！爹。"

德子，十六七岁，身量匀称，不胖不瘦，鼻直口阔，两道浓眉下，是一双炯炯有神的大眼，一副伶俐机敏的样子。答应完父亲后，一溜烟就向东院跑去。

到了东院，德子放缓了脚步，轻轻地走向院门。

院门紧闭，德子靠近院门，抬手刚要敲门，就听到里面有说话声和呼哈的喷气声。德子停下手，眯起一只眼，透过门缝好奇地向里望去。

院中，就见一个魁梧的男人，身子一缩一伸，像一只虫子一样，上下屈伸，快速地运动着身子，呼哈声就是男人在上下伸缩时发出来的。

随着男人的呼哈声，两道匹练一般的白气从男人的鼻孔中吞吐而出。

隐约中，好像还有一个人在说着"身之伸缩，其意在丹田吐纳。手抱丹田两脚并，束身曲体分虚实；一束一展身脊正，横顺翻滚阴阳把……"像歌词一样的话。

小德子看得有点入迷了，不经意间，"嘭"的一下，头磕在门板上。

"谁……？"

"呼啦……"

院门被拉开了。

小德子还没反应过来，只觉得身子先是一紧，随之一轻，"呼"的一下，自己就被一股大力裹进了院子。

"咦！小德子……"

院中响起一声惊奇的说话声。

还在发蒙的小德子循着声音看去，原来是不能走路的那个老爷子，坐在一张椅子上，正笑眯眯地看着自己。抬头再看，把自己抓进来的人，正是刚才那个像猴子一样的男人。

小德子急忙挣脱开男人的手，三步并作两步地跑到老爷爷的跟前，一把抓住老爷爷的胳膊，惊魂未定地说道："郭爷爷，我爹叫我过来喊你们去大堂吃早饭。"

"呵呵，能然，你看看，你把小德子给吓着了。"

这二人，正是前两天从马府搬过来的郭老夫子和李能。

李能也走了过来，伸手拍了拍小德子的肩膀，笑着说道："德子,把你吓着了吧？"

德子这会儿也缓过来了神，神色一正，把头一扬，看着李能说道："李叔叔，你好厉害呀！我也想学，你教教我吧。"

"哈哈哈！好，德子想学，我就教你。"

李能被德子的神情逗乐了，半开玩笑地说应道。

旁边的郭老夫子仔细端详了一下德子，又伸手捏了捏德子的骨骼，不禁赞叹道："德子这骨骼不错，是个学武的料子。嗯，小师弟，要是德子的父母没意见，你倒是可以收德子做个徒弟。"

李能看了郭老夫子一眼，不像是在说笑，也仔细看了看德子，心中也是一动。自己习武已经二三十年了，收个徒弟倒也合适。再说了，自己一个人照顾老夫子确实有点吃力，要是再多个徒弟帮着照顾，自己还可以腾出手来查访查访镖银的下落。

见德子眼巴巴地看着自己，笑了笑，说道："好，德子，一会儿看看你父母的意思，他们要是同意，我就收你做徒弟。"

"太好了，叔叔。那咱们就快走吧，爷爷，我扶你。"

"哈哈哈！好，咱们走。"

郭老夫子高兴地哈哈大笑。

不多时，三人就从后门进了大堂。一进门，就见大堂柜台处正站着三个陌生人。一个矮胖，两个略瘦，三人虽然一身行商的打扮，但身材健硕，正在和刘店主商量着要住店的事。

就听矮胖的人说着：

"……你看，刘老板，就行个方便吧！我们出门不易，已经走了六七家店，都关门了。现在就剩下你们这一家了，我们住个三五天就走。"

刘店主面露难色，连连拱手：

"三位客官，不是小店不想接待您几位。是因为年终歇业，伙计都已经回家了，无法招呼各位，实在是怕慢待了几位，真的不好意思，不好意思啊。"

德子心里还惦记着自己拜师的事，见这三个人纠缠着不走，心里着急，就上前拉了拉刘店主的胳膊，说道："爹，郭爷爷和李叔叔过来了。"

刘店主回身，见李能正搀扶着郭老夫子走了进来，便吩咐德子："德子，你招呼一下这三位客人。"

随即，又对眼前的三个人说了声"抱歉，稍等"。

便快步走到李能二人身边，帮李能搀住郭老夫子，走到一张桌子旁坐下，冲里屋又喊道："英子妈，上饭吧！"

此时，谁也没有注意到，进来的三个人这会儿倒安静了。德子见三人不搭理自己，便也跑到了李能和郭老夫子跟前。又是递碗，又是倒水的，忙前跑后，献起了殷勤。刘店主诧异地看了儿子一眼，心中暗自称奇，这小子，怎么就像是打鸡血了，今天变得这么勤快？

"刘店主，他们也是住店的吧，都是上门的客人，你怎么能厚此薄彼呢？"

要住店的三个人中，一个人带着不满的语气开了口。

"这个……这个……"

刘店主被怼得涨红了脸，一时语塞了。

罢了！

住就住吧，两个是接待，三个也是接待，买卖既然送上门来了，哪有往外推的道理。想通了，刘店主马上打起了十二分的精神，笑脸招呼起了这三个人。

"三位客人，我带你们去看看房间。德子，你去帮客人拿东西。"

买卖人的精明与热情，立刻使得有点尴尬的气氛热络了起来。

三个人羞怒的脸色这才缓和了不少，矮胖一点的脸上也挤出了一丝笑容，伸手拍了拍刘店主的肩，满意地说道："好，刘店主，这就对了嘛。这开店，来的都是客，即使不欢迎人，也不能不欢迎送银子的吧。"

"是是是……您说得对，是小的思虑不周了，思虑不周了。"

刘店主侧身走在前面，也是边走边点头哈腰，赔着笑脸，不断称是。

小德子正要帮三人拿行李，却被另外两个推开了："不用，我们自己拿吧。"

李能下意识地抬头看了一眼，见三人看也没看自己二人，就径直从二人身边走了过去。匆忙中，竟没看清三人的具体模样。郭老夫子只顾津津有味地吃饭，更是头都没抬一下。

吃罢早饭，李能安顿好郭老夫子，闲暇无事，就想去致远堂看看。

这么多天来，李能对翟不二兄弟二人的事，一直耿耿于怀，放心不下。

前段日子，一直忙于郭老夫子的伤势，又怕会有杀手再出现，故而一步也不敢离开。现在过了这么多天，不仅杀手再无踪迹，老夫子的伤势也好了大半。于是，就生起了再去致远堂打探一下翟不二兄弟的想法。怕老夫子担心，不同意，便谎称想出去走走。腰中暗藏了一把短刃，出了客栈，往致远堂的方向走去。

进了腊月的洛阳城，已经笼罩在一片忙碌的喜庆中了。

大街小巷，到处都是吆喝的买卖人，车水马龙，看上去热闹异常。其实，对于普普通通的老百姓来讲，能在年终岁末与家人团聚，吃一顿团圆饭，就满足了。

匆匆行走的李能，丝毫没有注意到，在自己的身后，有一个人影躲在远处，一直在悄悄地跟着他。

大约走了半个多时辰，李能又一次来到了致远堂的门前。整条街上，一些卖布匹、粮食等日用品和过年用品的店铺依然开着门，出出进进的，还有不少的顾客。唯独致远堂，大门紧闭，敲了敲门，里面也没有什么反应，好像连一个看门的人都没有了。

李能心中的疑惑更甚，前几天，马奎还说致远堂照常开门，正常营业。怎么这两天，就没人了？即使是歇业过年，看门的人也应该留一个呀。李能围着致远堂的四周，又转了一圈，还是什么也没有发现。

"你找谁？"

突然，一个声音响了起来。

这声音，把李能吓了一跳。循声看去，致远堂隔壁的一家店铺，门口不知道什么时候出来了一个老人。满脸皱纹，头上的白发乱飘，手搭在门框上，睁着浑浊的眼睛，正盯着自己。

"那个……老人家，我找这里面的人，你知道他们都去哪里了吗？"

李能用手指了指致远堂门头的匾，惊异地看着老者，大声地回应道。

"我听得见，你别这么大声！"

老者浑浊的眼球一转，瞪了李能一眼，不满地说道。

李能尴尬地笑了笑，把声音放低了一些，又重复了一遍刚才的话。

"你找谁？"

老者瞪着李能，浑浊的眼球又滚动了一下，继续问道。

得！白问了。

李能看着老者，正不知道该怎么再开口时，店铺里，急匆匆地走出一个老妈子。

"哎呦……！老爷子，您怎么自己跑出来了，走走走，咱们快回去。"不由分说，搀架着老者就往里走。

"你找谁……？"

门洞里，又传出了老者的声音。

李能苦笑着摇摇头，看了看四周，街上行人已渐稀少，提脚刚要离开，身后又传来说话声。

"客人！客人！"

那个老妈子又去而复返了，站在店门口，正冲着自己频频招手。

李能转回身，疑惑地问道："老人家，你叫我？"

老妈子往前走了两步，贴近李能身边，往隔壁的致远堂瞟了一眼，压低声音，神秘兮兮地说道："对呀！客人，你是不是找这家的人？"

"对！老人家，你知道这家人都去哪儿了吗？"

李能心中一动，问道。

"这家人的家里出大事了，前天这里的人都走了，就留下了一个空店了。"

出大事了！

李能的心中一激灵，急问道："出什么大事了？"

"死人了！他们家的掌柜的死了。"

"啊！你怎么知道？真的假的？"

李能一急，一把抓住了这个老妈子的胳膊，连声问道。

老妈子被李能吓了一跳，一呲牙，胳膊一甩，"真的"，然后后退了一步，扭头就跑回店门里了。

"咣当"一声，店门随即也关上了。

李能呆愣在了原地。

"李叔！李叔！"

一个声音又响了起来，自己的胳膊被人抓住一阵摇晃。

李能缓过了神，惊异地发现，小德子不知道什么时候站在了自己身边。

"德子！你怎么在这里？"

小德子脸一红，低下头，支支吾吾地说道："我、我一直跟着你呢。"

"喔！"

李能惊讶地看了小德子一眼，这小子，有点意思。

"小德子，你在这里等着我，要是有人过来你就躲起来，我进这院子里看看。"

没等小德子回话，李能拍了拍德子，四下扫了一眼，见没什么人，就急走两步，来到致远堂的院墙下，脚下一顿，嗖的一下，就窜了上去。小德子惊愕地张大了嘴，见李能在墙上一闪，就消失在了致远堂的院子里。

有了上次夜探致远堂的经验，现在又是在白天，李能很顺利地就进了致远堂的内厅。一路走来，不仅没有发现一个人影，而且有许多屋子竟然还门窗大开，里面的家具物品都东倒西歪，好像突然发生了什么大事，人都急匆匆地走了。一圈走下来，整个院子，空荡荡的，已成一片死寂。

致远堂究竟发生了什么事了？翟不二、翟不三究竟怎么了？谁死了？李能一头雾水，满心焦急。不行，得找马奎问问，他是洛阳县的捕头，致远堂出了这么大的事，他应该知道一些蛛丝马迹。

李能跃出致远堂，拉起小德子，快步直奔洛阳县衙走去。小德子见李能脸色阴沉，吓得没敢再吱声，被李能拽着，几乎是脚不沾地，晕晕乎乎的，像飞一样。

马奎并不知道致远堂出事，听李能说了致远堂的情形后，也大吃一惊，急忙带着李能赶来龙门村。小德子也回客栈了，给郭老夫子报个信。

刚一进村口，就隐隐听到村里传出了鼓乐声，向村民们一打听，都说翟家老爷没了，今天出殡，正在做法事。

二人听完，心中疑虑重重，这前后不过才十几天的事，这人怎么说没就没了呢？这究竟发生什么事了？先是黑羽队叛堂，不仅劫杀李能众人，还掳走了自己的堂主。现在又死了一个翟家老爷，也不知道是谁，不仅如此，致远堂的所有人，也都在一夜之间，消失得无影无踪。越想越头大，二人脚下加劲，恨不得马上进翟家问个清楚，看个明白。

二人行步匆匆，转过一个街口，就看见对面的一处大宅子门前，人进人出，川流不息，凄婉的哀乐响彻云霄，哭声一片。

李能抬头看了看，日上三竿，快要正午了。正午过后，就要起灵了！

二人心中一急，提步就要过去。

"李爷、李爷……"

突然，二人身后响起两声低沉的呼唤声。

二人一愣，循声回头看去。一个村民打扮的人站在一个墙角处，探出半个身子，正焦急地冲着二人招手呢。

二人疑惑地对视了一眼，只见那人又招了招手，"李爷，快跟我来，我们掌柜的要见你。"

掌柜的！

谁？

二人一阵发蒙，那人见二人愣怔着不动，急了，左右观望了一下，见四下无人，便三步并作两步地跑了过来。一把拉起李能的手，低声说道："李爷，别犹豫了，快跟我走！"

三转五拐的，二人跟着来人就进了一处不大不小的宅子里。

一进宅子，李能就感觉到，在这院子里，有十数人的气息隐在暗处，数道凌厉的眼神盯了过来。

马奎捅了捅李能，低声道："有埋伏！"

"嗯！"

二人立刻全身心戒备起来，手悄悄地放在了随身携带的兵刃上。

穿过外院，一进内院，领路的人停下脚步，手指向中间的一处房子，回头轻声说道："到了，李爷，中间那间屋，您二位进去吧。"说完，领路人一闪身，就退出了内院。

李能心中一凛，此人竟是一高手！

二人互相看了一眼，犹豫间，中间正屋的门被推开了，"十八弟！"一声低呼。

李能心中一震，翟不二！

台阶上，翟不二正冲着自己招手。二人见状，急忙冲上前去，刚要说话，翟不二低声道："走，兄弟，咱们进去再说！"说罢，一瘸一拐地往里走去。

屋里，还坐着两个人，均是武士打扮，见二人走了进来，均微微点头，抱拳行礼，李能二人也急忙还了礼。

刚坐下，李能便迫不及待地问道："九哥，你这是……？"

"唉！一言难尽啊，兄弟。"

翟不二一声长叹，用手一指旁边稍年长的武士，感激地说道："这次要不是承'鸡腿先生'出手搭救，愚兄恐怕就见不到你们了。"

"翟掌柜的客气了，我们两家多年合作，出些小力是应该的，应该的。"

被翟不二称作"鸡腿先生"的武士连连摆手，客气地应道。

"鸡腿先生！"

难道是洛阳心意门张志诚门下的那个鸡腿先生？飞羽心中一动，又抬眼向那人看去。正好，这人也正看向自己。因翟不二没有给二人介绍认识，二人就相互点了点头，也算打了招呼。

"九哥，那你这外面又是唱的哪一出啊？"

李能看着翟不二，满脸不解。

翟不二脸色一正，说道："兄弟，是这样的。你还记得咱们洪福酒楼分手的事吗？"

"记得，那次你走了以后，我们等了将近两个时辰后，你派人找我去，我被那个人带到了三官庙，被你们黑羽队的人在那里埋伏了。最后，戴虎被杀，郭老夫子也受了重伤。"

"唉！就是那次，我从酒楼出来以后，就气冲冲地回到了堂口，把黑羽队的老大下山虎闫文化叫来问情况。这闫文化说他也不知情，又说黑羽队受伤的两个人都被送回家了，要了解情况，就得去这两个人家里问询。这两个人的家都在桃园街，于是，我就跟着下山虎往桃园街赶去，走到半路，下山虎又说，这两个人都暂时安顿在了三官庙，在家里怕引起人们的注意，说老翟不三也在三官庙，我也没疑其他，就跟着去了三官庙。"

说到这里，翟不二突然脸色涨红，胸口起伏，开始剧烈地咳嗽起来。一旁的"鸡腿先生"急忙起身，伸出右手，按在了翟不二的后背，鼻子轻轻一哼，手掌上下移动，片刻，翟不二脸上的涨红色慢慢地消退了，呼吸也渐渐地平稳了下来。

李能惊异地看着"鸡腿先生"，没想到这人内功如此深厚，数下推拿，就让翟不二恢复了正常。

见翟不二恢复了正常，李能也没再出手帮忙，听翟不二继续往下叙说："我刚进三官庙，就看到黑羽队的三十几号人竟然都在，气氛也异常紧张。一见我进来，都紧紧地盯着我，不仅没有一个人施礼，连一个打招呼、问候的也没有。"

说到这里，翟不二的胸膛又开始起伏起来，见大伙关切地看着自己，翟不二微微摇了摇头，"没事！"说着，端起茶杯，喝了一口水，继续说道：

"我这时也看出了一些端倪，而且也没有看到翟不三，便知道情势不妙，估计这黑羽队发生内讧了。到了这时候，下山虎也和我摊了牌。原来那横江蟹童猛被我和不三拒绝后，并没有死心，不知用了什么手段，把下山虎说动了。那次在帝王家袭击你们的，就有黑羽队的人参加了，包括夜袭你的那次，都是下山虎按照横江蟹的意思做下的。他们和我摊牌，就是想生米煮成熟饭，要拉我和不三以及整个致远堂与横江蟹合作。听他们的口气，这次劫你们的镖，一是报仇，另一个主要目的是要筹集什么费用，就连横江蟹也只是一个什么堂主。"

听着翟不二的叙说，李能和马奎心中暗暗吃惊，这帮人劫镖的目的不简单啊。

就听翟不二继续说道："我当时一听他们的打算，也着实吓了一跳。我们致远堂虽然也捻香聚义，但也只是为了自保谋生。我一看，这帮人已经是铁了心地要干下去了，原想先虚与委蛇，答应了他们，等找机会脱了困后，再做打算。没成想这帮人太狠辣，非要我先纳什么投名状。于是下山虎假借我的名义，就派人去诓你，想把你抓住，再由我杀你。好在你们及时发现，打乱了下山虎的预谋，只可惜了戴虎兄弟，为了扰乱你们的阵脚，被活生生地割了头。"

众人心中一阵黯然，沉默了片刻，翟不二接着说道："我是在被下山虎一杆人裹挟着跑到花园街码头时，想乘乱逃跑，被老大下山虎、老二穿山甲打伤的。幸好遇到"鸡腿先生"押镖出码头，才帮我解了围，也是你们追得急，下山虎他们也没敢再动手，便急冲冲地上船跑了。"

"九哥，那你假死又是唱的那出戏？"

"唉！哥也是被逼无奈啊，我被"鸡腿先生"救了后，就回到了致远堂，一边养伤，一边处理一下致远堂的事。没想到，下山虎这帮人还是不死心，三番五次地前来纠缠，还威胁我，要是致远堂不与他们合作，就要杀了不三。无奈之下，就想出了假死这个办法。为了做得彻底，绝了他们的企图，我把致远堂也临时解散了，自己躲在暗处，继续养伤。怕你知道我死的消息后，来龙门村查探，又闹出误会，于是我就派人躲在暗中，等着你过来。没想到，真等到你了。"

二人听完翟不二的叙说，这才弄明白其中的原委。看来，现在除了不知道镖银的下落外，其余的事情都有了头绪。翟不三的性命应该也无大碍，毕竟翟不三还是黑羽队的二当家，只要下山虎知道翟不二死了，就不至于再害他性命。

"不过……"

李能似乎想到了什么,刚要开口,翟不二笑了笑,接起话说道:

"十八弟,我知道你想问什么。是的,我也不可能就这么假死下去。这不,我这次请'鸡腿先生'来,就是想再演一出戏,看看下山虎这帮人究竟要干什么。另外,我总觉得不三有点奇怪,不知道哪里有点不对劲,也想弄明白,究竟哪里出了状况。现在你也过来了,正好,就帮哥哥唱唱这出戏吧。"

众人商议间,门外传来了禀报声,"掌柜的,要起灵了。"

翟不二扫视了一眼众人,起身抱拳,道:

"鸡腿先生,马爷,十八弟,承各位的情,咱们也行动吧!"

"好!"

众人按计划立即着手行动起来。

在翟家,满院飘白,正中的灵堂上,摆放着翟不二的灵柩。翟夫人满脸悲戚,带着两个孩子跪在一侧,迎送着不断前来祭拜的客人。在翟不二的安排下,李能、马奎、鸡腿先生等人也扮成各色身份,进了院子,大家都是清一色的丧服穿戴,不仔细辨认,还真看不出谁是谁。

"起灵……!"

点主官一声吆喝,响器班子锣鼓齐鸣,七个壮汉弯腰搭手,托住翟不二的灵柩,一较劲,就要起身。

"等一下……"

突然,一声大喊从院子外传了进来。紧接着,院外响起了杂乱的脚步声。在众人惊诧之际,三个身穿黑色衣服,腰扎麻线的汉子走了进来。

有人主闹丧!

看着走进来的黑衣人,院中的人们一片哗然,瞪着惊异的眼睛,交头接耳,议论了起来。

"看!有人来闹丧了,我就说嘛,这翟掌柜好好的,怎么说死就死了。"

"嗯,就是,好好看吧,这里面肯定有什么猫腻。"

"你们刚才没发现吗?那翟夫人看上去面容戚然,但好像眼神里并没有多少悲伤。"

"你们说,是不是……"

"别乱猜,看吧。"

在众人惊异目光的注视下,这三人分开众人,眨眼间就来到了翟不二的灵柩前。翟夫人脸上的慌乱神色一闪而过,随即带着两个孩子弯腰低头,深深地给来的众人回了一礼。

这时,殡仪总管迎了上来,满脸堆笑,问道:"三位,不知道怎么称呼,马上要起灵了,几位要祭拜,请抓紧,别耽误了时辰。"

"我们是翟大哥生意上的朋友,我叫张阿大,今日路过洛阳,专程来龙门拜见翟大哥。没想到一进龙门，就听到翟大哥仙去的噩耗，我三人急急赶来，见要起灵，一时情急，就喊了一声，还望家主见谅。"

张阿大诚惶诚恐，满脸歉意地解释道。

喔，不是来闹丧的！

大家虚惊一场，此时，院子里已经围进来数十人，整个院子都快要塞满了。

"你是我夫君的朋友吗？谢谢张老板了，唉！夫君走得急啊。"

翟夫人语带悲音，仰面谢道。

张阿大满脸悲戚，深施一礼，道："您是嫂夫人吧，人死不能复生，生死也各有天命，嫂子节哀顺变。不知我翟大哥是怎么没的，以我大哥的身手，不应该啊！"

"翟掌柜的是受伤后，救治不及没了的。"

殡仪总管看了翟夫人一眼，小心地应对道。

"唉，大哥，你武功高强，怎么说没就没了呢？"

还没等众人反应过来，就见张阿大一声悲呼，抬腿就跨到了翟不二的灵柩边，双手一搭棺材顶板，满脸悲愤，嘴里呼喊道："翟大哥啊，我们弟兄们三人受你大恩，本想前来当面相谢，哪成想你竟走了呢。大哥啊，你究竟是怎么没的，能告诉兄弟们吗？张阿大一定会替你讨个公道……"

"嘭嘭嘭……"

张阿大一边悲怆激呼，一边脚下使劲，抬手不断地拍打着棺材板。

这声音，震得旁边的人一阵心慌。"咔嚓咔嚓"一阵轻响，厚重的柏木棺材竟然不易显地裂开了数道缝。

人群中的李能几人大怒，李能刚要上前。鸡腿先生双眉一挑，抢先从人群中走了出来。一跨步就到灵柩前，双手一拢张阿大的胳膊，猛地一端，劝解道："朋友，人死不能复生，你再怎么拍打，也无济于事。就不要难过了，先到客厅休息休息吧。要起灵了，耽搁太久不好啊。"

鸡腿先生暗中较劲，此人的身体竟然只微微晃动了一下，脚下没有移动分毫，功力可见一斑，难怪能把厚重的柏木棺材拍出了裂缝。

此时，李能、马奎等人也围了上来。张阿大神色一动，借着鸡腿先生双手一端的劲，"噔噔噔"往后退了几步，看了一眼鸡腿先生和围上来的众人，口中唏嘘不已："唉！小弟一见大哥灵柩，悲怆不已，失态了，失态了。各位，咱们快快给大哥起灵吧，小弟也要扶灵，再送大哥一程。"

李能、鸡腿先生几人暗中对视了一眼，此人沉着冷静，心思狠辣，不易相与。不仅用内力试探棺中真假，还要看着棺椁入土。翟不二没有躲在棺里，这要是在棺里，就被此人的内劲震死了。看来只能先让此人跟着，然后再见机行事了。

响器班子的吹打声再起，灵柩出发了。

第四十二章
惊天密谋

看着翟不二的棺椁被渐渐地埋入土中,张阿大三人的脸上,不易察觉地露出了怪异的神色。

"嫂子节哀顺变,家中还有急事,我兄弟三人就不多停留了。"

张阿大三人向翟夫人打了声招呼,也没有再搭理别人,转身匆匆走了。

看着张阿大三人远去的背影,李能总觉得哪里有点不对。特别是那个张阿大,一举一动,总有点眼熟的感觉。但看面容,听说话,自己根本不认识。

此时,安葬仪式全部结束了,除了起灵时张阿大搞的那点波折外,整个安葬过程都很顺利,剩下的事自有翟不二的家人处理,李能几人反倒无事了。

看着在树边沉思的李能,鸡腿先生心中动了一下,便走了过去。

感觉自己周围的空气产生一丝波动,李能知道有人过来了。忙收回心神,扭头回看,原来是鸡腿先生。便迎了上去,抱拳道:"久闻先生大名,匆忙之间,一直没有机会与先生细聊,望先生谅解。"

"呵呵,不敢当,不敢当。你我虽师承不同,但仍属心意同门,要是严格而论,李老弟还长我一辈呢。"

鸡腿先生大大咧咧地一笑,伸手便搭在了李能的双拳上。

李能刚要收拳,咦!自己的双拳竟然被对方粘住,动不了了。心一喜,便知道了鸡腿先生的意思,这是要与自己搭搭手啊。

在心意拳里,也有和太极拳一样的搭手训练。但心意的搭手比太极拳更为凶狠,心意的搭手就是实战,一出手,就要有生死相搏的意识。

心意拳脱胎于枪的初衷,就是为了便于近身搏斗,直接格杀对手。所谓搭手,就是将拳法由一人练拳向二人实战对抗的转化。心意的搭手,可两人,也可三人或多人。在搭手时,同辈之间搭手,是互相喂招训练,隔辈之间搭手,或先学与后学搭手,那就是指点。

这鸡腿先生成名已久,在整个豫西武林,只要一提起鸡腿先生,无人不晓,是大名鼎鼎的存在。自己入门晚,如今鸡腿先生要与自己搭手,既是试探,也是对自己的一种指点。

太好了!

李能急忙收敛心神,端正面容,摆出了一副受教的模样。鸡腿先生微微一笑,也没说别的，更没客气，脚下不丁不八，正是自己的成名桩法——寒鸡步。

寒鸡步，也叫鸡腿步，是象形拳法，既取寒鸡独立的稳健，又取鸡两腿相互转换的轻灵。鸡腿先生年轻之时，就连日常行走，都不辍习练鸡腿功夫。鸡腿先生做皮货生意，毛驴驮着皮货在前面走，他踩着鸡步在后面追，等越过了毛驴以后，就再踩着鸡步折回来。时至日久，其鸡腿功夫精妙绝伦，冠盖武林，故人号"鸡腿先生"，其名字反而被人记得少了。

二人一搭手，李能便感觉有点身不由己了。自己的钻裹践三拳毫无着力之处，脚下的鸡腿步竟然是被对方牵着走，还没过几招，自己就已经落了下风。

心中暗叹，这鸡腿先生精研心意数十年，一个搭手，就把心意六合拳的鸡腿、龙身、猴相、熊膀、虎抱头、雷声六法合为了一体"风雷雨"暗隐了其中。自己原以为心意六合为至刚之拳，无论身体的任何部位，都应该坚如铁，硬如石的。

如今与鸡腿先生这么一搭手，却发现鸡腿先生的身体竟然柔如婴孩儿，鸡腿步轻灵飘逸，手未到，身先至，手脚同进同出，自己的一招一式好像都被封在了中线之外。

"心意搭手，练的其实是步，鸡腿步，也是虚实步，阴阳步，练阴衰阳兴之法。身为阴，筋骨力为阴，内气内劲为阳，心意的刚猛，不是单纯的筋骨力，是加注内气内劲的刚猛……"

鸡腿先生与李能边搭手，边自言自语地说着。手脚却越来越快，气劲越来越大，随着气息的交替，隐隐有雷鸣虎啸之声。李能只觉得自己像一叶扁舟，身处惊涛骇浪之中，被巨大刚猛的浪头裹着，抛起抛落……

"啪……"的一声，鸡腿先生突然收住拳势，把李能轻轻一按，气不喘心不慌，说道："不错不错，你修炼戴家心意拳时日不长，竟已得其中诀窍，能让我出数十招而不倒，心意功夫已经登堂入室了，不出十年，可成大家。我与戴家人颇有渊源，以后若有机会，可去鲁山做客去。"

李能擦了擦脸上的汗，满脸感激。不敢托大，高兴地说道："李能有幸，得遇鸡腿先生，今日受教，万分感谢！"

"哈哈，一家人。"

鸡腿先生朗朗一笑，冲着李能一抱拳，施然离去。

翟不二内部的事，自己也不好过多插手，见此间事暂了，李能决定，先回客栈里，与郭老夫子商议一下具体的对策再做打算。

翟不二兄弟二人的身份特殊，与劫镖贼人的关系晦暗不明。李能作为戴家徒弟和镖师，与黑羽队的冲突已经变成死仇，中间夹着个翟不二，处理起来很是尴尬。

而马奎是捕快，大清衙门的爪牙，与黑羽队的叛乱更是你死我活的对立。

这次翟不二邀请李能和马奎参与，主要是因为二人找上门来了，为避免出现更多的误会，也是翟不二刻意为之。但大家都是明白人，做事点到为止就好。

不然也不会在发生了那么多变故后，翟不二一直都没有与李能联系。这次也是因为李能找上了门，才道出了其中的一些原委。李能感觉到，翟不二对自己也是说少留多，并没有完全交底。

走在路上，二人感觉，虽然见到了翟不二，事情却变得更加扑朔迷离了。对于致远堂，继续往下查吧，好像一切都已经清楚了，不再追查吧，又好像哪里透着不对劲。一切线索，似乎都与致远堂或多或少地有关联。特别是张阿大三个人的出现，总感觉有一种说不出的诡异。

二人边走边聊，走出一片树林，便打算往东边的一条路去。

"那边的人手安排妥当了吗？"

"妥了，三爷。"

"……"

前面，传来了隐约的说话声。有人来了，二人对视一眼，又急忙躲回了树林。

一阵脚步发出的沙沙声，坡下，五六个人出现在了二人的视线内。随着来人越来越近，李能和马奎被惊得瞪大了眼睛。

"翟不三！"

"下山虎！"

刚走的张阿大也返了回来。就在二人疑惑间，翟不三几人也已经走进了树林，看样子是奔翟不二的墓去的。

"走，咱们跟上看看。"

二人远远地跟在翟不三几人的身后，又返回了翟家墓地。

此时，林中一片寂静。冷风凄凄，四周松涛阵阵，地上散落的纸币，随风四处乱飞。

翟不二的坟冢，青石透着阴寒，新土透着冷硬，残灰飘浮，青烟缭绕。两三只野狗正围着祭台争抢着上面的祭品，毫不惧人，见有人来，只是抬头凝视了一眼，便又旁若无人地低头抢食去了。

翟不三站在翟不二的坟前，脸色阴沉，死死地盯着坟头，半响没有说一句话，片刻后，转身就走。

看着消失在树林中的几个人，李能和马奎从树后现出身来，二人你看我，我看你，震惊得说不出话来。

二人对视一眼，又急步追了过去。

二人刚走，坟冢另一侧的树影中，又闪出三人，跟在李能、马奎身后，也疾步追了上去。

冬季的日头落得早，不多时，天色就开始暗了下来。

李能、马奎远远地缀着翟不三几人，暮色中，树影斑驳陆离，前面的人一路向北，脚步匆匆，忽隐忽现。沿途杂草丛生，山道曲折蜿蜒，又走了大约半个时辰，二人追到了一座山岗之下，翟不三几个人突然没了踪影。

二人顺着山岗往上看去，一座飞檐高挑的歇山顶建筑，矗立在三十多米高的山顶上。在暮色阳光的映照下，青瓦红墙，反射出了道道红霞，团团光雾。隐隐中，有阵阵鼓声与诵经声，在山谷中回荡。

旁边的马奎低声说道："李师兄，上面是广化寺，咱们现在在寺庙的后山，难道他们进了寺院？"

李能四周观察了一下，没发现其他的山路，低头查看，一行杂乱的脚印隐约可见。脚印周围，一些被折断的杂草枯枝，明显是被刚刚踩踏所致，脚印顺着山岗向上延伸而去。

"有可能，你看，脚印都是新鲜的。走，咱们也从这里上去。"

李能指着脚印，肯定道。

二人展开身法，轻舒猿臂，上下腾挪，几个起落，就上了半山腰。跟在李能身后的三个人，此时也追到了山岗下，仔细查看了一番，指了指正在攀爬山崖的李能二人，也跟在后面向上爬去。

广化寺，瑜伽密教祖庭，僧人不多，却个个是密宗高手。住持照洪长老，大日经、大般若经、瑜伽密宗拳已达到通天彻地的真境之界。这会儿，正是寺里晚课时间，寺内鼓声涤荡，禅音灌耳，诵经声响彻寺院内外。

李能和马奎攀上了山顶，这个地方，正是寺庙的后院。二人翻过院墙，里面是寺僧居住十数间厢房。此时，寺僧们都在天王殿内上晚课，院内除了鼓声与诵经声，再没别人了。二人进来后，沿着厢房的墙壁一间间地查看。

"三爷，你说二爷这是唱的哪一出啊？当时弟兄们根本就没下死手，这怎么就会一下子没了呢？"

李能、马奎刚拐过一个转角，就听到，从一间亮着灯光的屋内，传出了说话声。

"横江蟹，你确定，二爷没了？"翟不三的声音随之传来。

"应该是没了，要是二爷躲在棺材里装死，在我内力灌注下，二爷肯定会有反应的。"一个似乎熟悉却又陌生的声音又响了起来。

怎么回事？横江蟹！

横江蟹什么时候去过翟不二的灵堂，今天露面的只是那个张阿大。

难道……？那张阿大是横江蟹所扮！

躲在窗户下偷听的李能、马奎二人，大吃一惊。李能记得，横江蟹的脸上有很深的一道刀疤，可张阿大的脸上没有刀疤呀。张阿大要真是那刀疤脸横江蟹所扮，那这横江蟹的易容术也太厉害了。

"唉！也许是我们把二爷逼得太紧了。"半晌，屋内一声低叹。

一时，屋内陷入了沉默。

窗下的李能和马奎二人又惊又喜，惊的是翟不三竟然与劫镖贼人走在了一起，恐怕还有同谋的嫌疑。喜的是终于找到了这伙人的踪迹，大家一直以为这帮人跑出了洛阳城，没想到还隐藏在这里。

这些人当真不可小瞧，看来，这三人与广化寺的关系也不简单，能隐匿在这里，绝对不是一般的香客。其身份不能不让二人心中引起疑惑。

"三爷，小侄实在是抱歉，没想到这次过来，给两位叔父造成这么大的麻烦，特别是还把二爷……"

说话声又响了起来，听话音，应该是那横江蟹在说。

"这个就不要再说了，生死有命，富贵在天。老二执意要死心塌地地跟着慕容长空，我们谁也没有办法。还是说说，下一步你们打算怎么办吧。致远堂暂时还不能改作洪门香堂，老二一死，致远堂河南分舵的舵主人选，还得报总堂慕容长空确定。现在我们谁也做不了主，特别是还有一个致远堂十八爷在这里。这个十八爷深得慕容长空的信任，虽然此人并不参与致远堂事务，但也不能小瞧其对慕容长空的影响。这次没杀掉此人，实在是一大遗憾。大家商量商量下一步该怎么做。再说了，广化寺我们不能久留，待的时间久了，会暴露长老的身份。"

"……"

此时，屋子里说话的声音，渐渐地低了下来，似乎在商讨着什么。外面的李能、马奎面面相觑，二人一时也不知道该怎么办好了。

突然，李能感觉后背一阵发冷，似乎有什么盯了过来。轻轻一拍马奎，"走！轻踩鸡腿步，身形一矮，就隐匿在了黑暗中。

马奎微微一愣，见李能突然消失不见，知道有人来了，一伏身，身如蛇行，也躲了起来。

夜色中，三道黑影如惊魂一瞥，从寺东西两侧的院墙上，几乎同时飘忽而下，略停片刻，便分头向李能二人刚才待的那个厢房，悄无声息地潜了过来。三人都是黑巾蒙面，手里拿着黑乎乎的兵器，眨眼间，便蹑手蹑足地贴到了窗下。三人会合后，其中一人用手指在嘴里一抹，然后轻轻一点，就在窗户纸上捅开了一个小窟窿，随即，就把小半个脸贴了上去。

"谁……！"

屋内突然一声轻喝，偷窥的人一侧脸，就听"噗"的一声，一道寒光穿透窗户纸，紧贴着其脸激射出来。

"哗啦……"一声，屋子的门突然被打开了，紧接着，两把椅子就从屋里飞了出来。

蹭蹭蹭！

翟不三几人紧随其后，先后从屋里跳了出来。

几人抬头观望，空中星光明亮，月儿皎皎，把屋脊房顶照得一片雪白。

院中微风习习，竟然没有半个人影。

"有人来过了！"

其中一个身穿僧衣的老和尚，低头看了看窗户上刚刚被黑衣人捅开的窟窿，沉声说道。几个人又四处查看了一遍，除了窗户纸上的一个窟窿以外，再也找不到有人来过的痕迹了。

"行踪暴露了！"

翟不三几人脸色凝重，退回了厢房。

"该动手了！"

屋内传出了冷冷的一句话。

寺院外，也突然变得冷了起来。

李能和马奎潜出了寺院，二人的心情颇感压抑。一路上，谁也没有过多地说话。

"李师兄，你怎么看？"

路上，马奎打破沉默，试探着问道。

李能也做过深州府衙捕快总教头，心里明白，对马奎来讲，作为洛阳衙门中的捕头，职责所在，发现这样的组织，是必须要报告的。若隐瞒不报，不仅视为同谋，还要株连九族。现在这样问自己，也是有翟不三的因素在内。

沉思片刻，郑重颜色地道："这帮人，毫无道义可言，为了达到一己之私，劫镖杀人，肆意妄为。若这样的人成了事，对老百姓而言，是祸不是福。与其等其做大做强，不如在其露头时打掉。"

"好！李师兄，那我回去后，就要上报马知县和马老爷子，尽快调动官军缉拿。"

马奎眼神一亮，空旷中，说话声显得格外响亮。

李能点了点头，"行，你那边有了什么决定，尽快告诉我，我全力配合你们。"

一路上的压抑，二人也放松了戒备，谁也没有想到，更没有发现，在自己的身后，一直有一个黑影在远远地缀着……

第四十三章
落寞江湖

"劫镖的贼人是……？翟不三也加入这个组织了？"

郭老夫子吃了一惊。

马府，客厅的灯还亮着，马老爷子看着眼前的马奎，满脸的诧异与震惊。马奎的消息太大了。

马老爷沉思了片刻，看向马奎，开口说道："这样吧，今天晚了，你先回去休息一下。有什么事，等通知。这个事，暂时不宜动用绿营的人马，一旦动用军队，影响就太大了，不好收场。"

马奎也知道其中的厉害，应允后，就回去歇息了。

马老爷子出了客厅，在院子里停留了片刻，打开院子的一个角门，转眼间，就消失在黑黢黢的夜色中了。

年关前的洛阳城，即使在夜里，也比平日里热闹得多。虽然过了二更，街道上的行人依然不少，特别是那些因各种原因滞留下来的外乡人，饶有兴致地在街上闲逛。

在李能和郭老夫子住的店里，灯光甚亮，刘店主打起全部的精神，正乐呵呵地招呼着客人。

今日来店里落脚吃住的客人，比往年分外的多。看着满座吃喝的客人，刘店主心里暗暗高兴，最初的不快早已忘得一干二净。有人送钱上门，傻子才不要呢。这一天的收入，足抵平日里一旬的收入还多。

小德子跑前跑后，更是高兴，就在刚才，父亲已经同意自己拜师学武了。这一下子，把小德子乐得简直合不拢嘴了。要不是店里吃饭的人多，早就跑后面找李能去了。

"小子，你往哪儿踩呢，眼瞎了？！"

一声怒骂响了起来，店里一下子安静了下来，所有人的眼神，都看向了骂声响起的地方。

在靠墙的一个角落里，坐着三个人。一个黑胖子，豹头环眼，脸上的胡子剃得光，正咧着嘴喝骂小德子。旁边是一男一女，大约四十多岁的年纪，男的身体清瘦，脸色苍白，细眼鹰鼻，颌下零零落落飘着五缕胡须。女的看面容也就三十多岁的样子，皮肤白皙细腻，灯光下透着淡红的光泽，柳眉杏眼中不时流露出犀利的眼神。二人也不说话，只是自顾自地喝酒吃饭，男的不时地给女人夹菜，女人总会报以妩媚浅笑，一副风情万种的样子。

小德子满脸惶恐，手里提着一个大茶壶，站在旁边，低着头不敢说话。

听到喝骂，正在另一头招呼客人的刘店主，急忙走了过来，顺手把小德子拉到一边，把腰弯成了一个角，陪着笑脸说道："您消消气，消消气。这个孩子不懂事，我给您赔礼了，赔礼了。"

"赔礼？赔礼管个屁用，你看看，把老子好好的鞋都弄脏了，你给老子舔干净了再说。"

黑胖子，脚往起一抬，依然骂骂咧咧地叫嚣着。旁边的一男一女虽然没说话，但也阴沉着脸，冷冷的眼神，在刘店主的身上上下游移。

黑胖子的脚差一点踢到刘店主的脸上，刘店主下意识地身子一晃，脚下往后退了半步。刚躲开了黑胖子的脚，一旁的男子却突然伸手抓向刘店主的肋下，同时说道："刘掌柜，小心，别摔倒了。"

刘店主的眼神不经意间一变，身体突然松了下来，身子继续向后跌去。男子见刘店主没有反应，手骨一翻，改抓为托，轻轻地在刘店主的腰侧挡了一下。

站稳的刘店主，脸上都是惊吓的神色，又对着男子频频作揖，连连道谢。

黑胖子与男女三人互相交换了一下眼神，女人妩媚一笑，嗲声嗲气地说道："哎呦……一个小孩子，何必当真呢。这大过年的，刘店主能接待我们就已经不错了，给小妹一个面子，这事就揭过了。"

"就是，算了！算了！"男子也打劝道。

"哼，滚吧！"

了因瞪了刘店主和小德子一眼，挥了挥手，示意二人离去。

"谢谢！谢谢！"

刘店主又给三人倒上水，把小德子拉到一边，低声说道："德子，你快去告诉一下李兄弟，让他们晚上注意一点，今天这些人有些问题。"

"啊……！什么问题？"

小德子吃惊地睁大了眼睛。

"别问了，快去吧！"

"好！"

小德子一听父亲让自己去找师父，异常高兴。刚才就是因为分神想着拜师的事，才不小心踩了黑胖子的脚。所以没再多问，马上蹦跳着往偏院跑去。

在客栈偏院，李能正在给郭老夫子按摩腰腿，老夫子闭着眼，舒服得直哼哼。

"师兄，看情况有点不对。我听小德子说，今天这个客栈陆陆续续的，又住进来三四班人，现在加起来，恐怕得有十几个人了。你说，这些人是不是冲着咱们来的？"

"嗯……好，好。就这里，在大点力。"

老夫子闭着眼，不断地指挥着，李能说的话，没听见一样。

"师兄，你……！"

李能一阵无语，气得停下了手。

"咦！怎么停了？再按会儿，再按会儿。"

老夫子抬起头，直愣愣地瞅着李能，满脸的无辜。

李能苦笑着摇了摇头，憋着口气，无奈地又给老夫子揉搓了起来。

"好！舒服，舒服。"

屋里，灯光摇曳，老夫子舒服得哼哼唧唧地直叫。李能的身影映照的窗户纸上，一起一伏，伴着老夫子鬼一样的叫唤声，从外看去，透着一种诡异的感觉。

"舒服，嘿嘿，舒……"

"嘭"的一声，门被猛地推开了，一股冷风冲了进来。

"师父！师父！"

小德子闯了进来，老夫子一哆嗦，刚要出口的话，硬生生地咽回半句。扭头一看是小德子，张口就骂："小兔崽子，你鬼叫什么，吓死老夫了。"

李能"扑哧"一乐，刚才也不知道是谁在鬼叫呢。

"德子，什么事？"

李能起身关上门，问道。

小德子被老夫子骂得有点不好意思了，挠了挠头，有点腼腆地说道："师父，我爹让我告诉你，说外面吃饭的那些人有问题，让你们小心点。"

"喔！"

李能眉尖一挑，看向老夫子。得！这老爷子反而把眼睛闭上，鼻孔朝天，竟然轻轻地打起了呼噜，睡着了……

"走，咱们去看看。"说着，拉起小德子的手，两人蹑手蹑脚地溜了出去。

"咦！天桂三煞怎么在这里？"李能藏在大堂门后，向里望去，一眼就看到了在对面角落坐着的三人，心中吃了一惊。向里努努嘴，低声问道："德子，墙角边那三个人是什么时候来的？"

"就那个光头？"

"对！"

"他们是在天擦黑的时候进来的，对了，离你们住的不远，就在你们的隔壁。"

"喔……"

李能继续扫视着大厅的情形，除了天桂三煞，其他的人都不认识。大概有十几个人，有男有女，还有早晨来的那几个人也在里面。这些人基本不相互交谈，只是低头吃饭、喝酒。眼看二更多了，好像约好了一样，谁也没有离开的意思。确实透着奇怪，要是这些人真的是针对自己和郭老夫子的话，这次恐怕真的难以全身而退了。

不说别人，就天桂三煞三个人，就不好对付。老大铁罗汉了因，一根镔铁禅杖，力大无穷；一男一女是夫妻，男的，白面郎君柳无言，青萍剑出神入化，女的，追魂燕罗三娘，一身的暗器，出手夺命。而且这三个人出手对敌，从不单打独斗，不管对方多少人，都是三人同时出手，三人配合，天衣无缝，死于三人手下的武林高手不计其数。

李能看了一遍，轻轻拍了拍小德子，低声说道："你先做你的事去吧，告诉你爹，我知道了。你们自己要小心些，特别是不要轻易招惹那三个人。"

李能用手指了指了因三人，说罢，就急忙往独院返去。

刘店主的这个客栈规模不算小，历经张老店主两代人的经营，已经有客房五十多间。年关伙计们都放假回去了，整个客栈除了李能住的西跨院外，其余都静悄悄，一片漆黑。

为了招呼方便，刘店主把这两天入住的客人，基本都安排在了西跨院附近的客房里。原以为有些客人会不同意，毕竟，大多数人都不喜欢人多吵闹的环境，没想到，所有的客人一听要把大家安排在西跨院附近的客房里，竟然没有一个有意见的。

一开始，刘老板的心里非常感激这些客人的通情达理。但后来，就发现有点不对劲了。好像这些人都是不约而同地来的，而且都要往西跨院附近的客房里住。这些人带的东西都没有多少，基本手里是一些或长或短的包裹，没有什么太多的行李包裹。

住下后，这些人除了吃饭，基本都不出屋，就在屋子里待着，也不知道干什么。刘店主打发小德子借送水的名义进去看了看，也没发现什么异常。

此时，在昏暗的大厅里，柜台后的刘店主正在扒拉着手里的算盘，全神贯注地在记着每一笔账。眼看就要三更天了，大厅里的客人居然没有走一个，所有的人都不说话，要么有一搭没一搭地夹上一筷子菜，吃着残羹剩饭，要么坐着喝茶。还几个昏昏沉沉的，脑袋就像鸡啄米一样，一抬一低，打着瞌睡。

小德子又困又累，趴在一张桌子上，也打起了呼噜。

"踢嗒……踢嗒……踢嗒……"

一阵由远而近、急促的马蹄声，在客栈外的街道上响了起来。屋子里沉闷的气氛，被蹄声惊得一晃悠，所有的人"哗"的一下，把头都抬了起来，停下了手，眼睛直勾勾地瞅向客栈的大门。

"哗……"的一声，客栈的门被推开了。

随着一股冷风的吹入，客栈里的温度也骤然降了下来。打瞌睡的小德子一个激灵，也被惊了起来。抬头茫然四顾，发现所有人抬头的抬头，扭身的扭身，都瞅着门口的方向。小德子也顺着众人的视线看去，一前一后，正走进来四个人。

首先进来的是两个精壮汉子，昏暗的灯光下，虽然看不清面容，但体格魁梧，身着黑衣黑裤，腰里扎着一巴掌宽的皮带，脚下虎头快靴，手里拿着包裹，脚下带风，对大厅里的人看也不看，直奔柜台而来。

后面是一老一少，老者半百开外，体态健硕，华服锦袍，头戴黑色瓜皮暖帽，一副老学究的样子。少者三十左右，身材高挑，身披描金黑色大氅，脚蹬绣花绸缎靴，俏脸冷眉，英姿飒爽，一进屋，香气袭人，眼神不易察觉地扫了一下屋内的人，杀机一闪而过。

屋内众人，心头莫名一凛，如被一只野兽盯了一下。四人在屋内众人的注视下，旁若无人，径直走到柜台前，停了下来。

"掌柜的，有上好的房子吗？给我们开四间。"

穿大氅的少年一开口，声如黄莺出谷，清脆中带着高冷，原来是一女儿身。虽然是女子，在座的谁也不敢小瞧，大家又低头待着去了。

刘店主愣了愣，急忙换上了笑脸，殷勤地招呼道："有有有！"随即，抬头对小德子喊道："德子，带客人住东院吧。"

"好嘞！"

小德子也是精神一振，带着几人往东院去了。

大厅里又陷入了沉闷。

刘店主这会儿似乎也感觉到了异样，走出柜台，看着众人，深深地鞠了一躬，脸上堆起笑容，万分小心地说道："各位客官，时辰已经不早了，大家是不是该休息了？"

"吆！怎么着，你这开店的还有往外撵客的规矩吗？"

刘店主的话音刚落，追魂燕罗三娘就冷冷地开了口。

"坐下，没你的事！"

靠墙角的一张桌子旁，一个独坐的光头汉子也突然开了口。刘店主回过身，刚要说话，突然看到这个光头汉子的桌子上，并排放置了两只杯子。刘店主心头一动，环顾四周，发现几乎所有人的桌子上，都毫无例外地摆放着两只空杯，就连天桂三煞的桌子上也不例外，天！这是门派兄弟见面的茶阵啊，刘店主暗暗吃了一惊。

这时，所有的人都看着刘店主，眼神里都透出了阴狠的神色。刘店主心中一颤，手微微地抖了抖，急忙赔笑道："好好好，小的多嘴，小的多嘴了。"说罢，拿起茶壶，哆嗦着挨桌给续上水，回到柜台里窝着去了。

"咚！……咚咚"，三更天了！

夜风呼啸，冷气透过门窗的缝隙，从四面八方钻了进来，阴寒袭人。

屋里的灯光忽明忽暗地闪耀不停，所有人的脸突然变得狰狞了起来，反射在四周墙上的人影，或拉长，或变短，或交织纠缠，影影幢幢，邪恶诡异。

刘店主的心一阵抽搐，想走，又不敢走，不走，待着实在是害怕。这伙人个个都挺直了腰身，脸色在刹那间变得凶悍起来。

光头汉子突然往起一站，手一挥，嘴里阴恻恻地说道："走了，兄弟们，会会点子去。"

"走了……"

众人"呼啦"一下，紧随着光头汉子往后走去。

刘店主一急，站起来就要往后追，突然，一把明晃晃的剑横在了胸前。

"别动，坐下！"

刘店主一愣，回头一看，天桂三煞居然没走。白面郎君柳无言正手持长剑，眼睛直勾勾地盯着自己。

"我……"

"不想死，就坐下！"

柳无言又喝了一声，了因和罗三娘也抬起眼睛，凶狠地看着刘店主。

"这……唉！"

刘店主颓然坐在了椅子上，一副生死认命的样子。

偏院，李能在地上焦急地走来走去，而老夫子依旧半躺在炕上，眯着眼，"吧嗒吧嗒"地抽着烟，一副悠然自得的样子。

"师兄，你！"

看着李能着急的样子，老夫子"扑哧"一乐，烟袋锅在灶下一磕，乐呵呵地笑道："好了好了，你坐下，我有话要告诉你。"

李能停下脚步，看着乐呵呵的老夫子，心中满是疑惑，这老夫子，难道有什么事情一直瞒着我？

"你看你，已经四十岁的人了，反而沉不住气了。"

老夫子戏谑地拿烟锅头触了触李能，继续说道：

"是这样的，我这不是担心一时半会儿查不到贼人的下落嘛，就想了这么一个钓鱼的法子。和马老爷子商量着就做个局。借咱们和马家过年的风俗习惯不一样，由马老爷子唱白脸，把咱俩撵出马家，并且不让任何人与咱们联系，这样，贼人一旦得知，肯定会露面继续追杀咱们。"

李能一听，这个气呀！好么，这两老爷子，瞒天过海，敢连自己也瞒了。

老夫子看出了李能的心思，微微一乐，继续解释道："呵呵，你也别急，瞒着你，一是怕你不同意，另外也是为了更真实一点。这种事，知道的人越少越好。"

这话也对，假如自己要是知道的话，心情肯定没那么紧张了。

"可是，现在一下子来了这么多人，咱们就这么几个人，怕是应付不过来吧？"

李能满脸疑惑，现在外面虎视眈眈的有近二十人，双拳难敌四手，打，肯定是不行，跑，更不可能了。

"呵呵，这个你就放心吧，别的你暂时不要管，把我保护好就行了。"

老夫子一脸的得意之色，李能看着，心里一阵蒙。大敌当前，这老夫子要么就是胸有成竹，要么就是变傻了。

院外，突然响起了阵阵的吵吵声，而且越来越大，听声音，是冲着自己二人住的这个偏院方向来的。

"呼啦……"

小德子满眼惊惧，气喘吁吁地跑了进来，"师……师父，爷爷，大厅那帮人过你们这边来了。"

小德子的话音刚落,屋外的吵吵声就靠近了。

"龙门堂堂主,韩威,拜见郭老镖头、李镖师!"

一道洪亮的声音随即响了起来。

"他们来了!"

一旁的小德子惊叫了一声,吓得紧紧地抓住了李能的胳膊。

"呵呵,人家已经找上门来了。走吧,扶我出去。"

老夫子一声冷笑,眼睛里神光湛然。

三人一出屋子,吵吵声突然静了下来。借着气死风灯微弱的光亮,就见院子四周,人影晃动。本来就不大的小院,被十多个人围得水泄不通。

在院子中央,站着三个人,中间靠前一人,头光如镜,身材魁梧,一把亮银开山钺,杵在身前。另外两人,一高一矮,分左右站在韩威的身后,双手后背,冷冷地看着三人。

见三人出来,韩威呵呵一声阴笑,开口说道:"郭老镖头,在下韩威,今日带堂中兄弟前来,是想邀请二位去我龙门堂做做客,不知道老镖头能否赏个脸?"

老夫子冷冷一笑,"呵呵,韩堂主,我戴家镖局与你们无怨无仇,今日为何弄了这么大个阵仗,倒是让老汉我有点受宠若惊啦。"

"无冤无仇?嘿嘿!"

韩威一阵冷笑,两眼阴冷地盯着郭老夫子,突然怒声说道:"你可知数年之的红胡子又是何人?"

……

说到最后,韩威咬牙切齿,两眼凶光毕露。

"报仇!报仇!报仇!"

韩威几句话下来,引得周围洪门的人个个群情激愤,顿时喊声四起。

郭老夫子顿时明白了,当初戴老爷子把广盛镖局撤回祁县,原来是知道招惹了他们。难怪老爷子一直叮咛自己和二间,戴家拳不得外传。目前看来,此事已经难以善了了。

"哈哈……"

郭老夫子一声朗笑,双臂往两侧一分,摔开了李能和小德子搀扶的手。

"蹭"的一下,挺腰向前走了一步,脸上露出了坚毅的战意,大声说道:"好!既然如此,那你们就划下道来吧,老汉我接着就是。"

李能一愣,这老爷子怎么突然能走了?来不及多想,也往前跨了一步,意气风发,内气鼓荡,身上的衣服无风自动,紧随着老夫子喝道:"来吧,划道吧!"

"哈哈,痛快!"

韩威一声狂笑,一把抓住地上的开山钺,"轰"的一声,在地上一顿,震得地面一颤,门窗哗啦乱响。

不屑一顾道:"我们人多,也不欺你们,就我们三人,今天,你们只要赢了我们，就随便你们离开，否则，就把命留下吧。"

"不要脸！"

突然，一声女子的轻斥声在人群后响起。

韩威及李能几人一愣。

"哗啦……当啷……"

手中的兵刃一阵乱响，纷纷扭头瞧向身后。

有五道人影正缓缓走了过来。

"什么人？闲杂人休得靠近！"

韩威威胁道。

"你算哪棵葱，胆敢挑我致远堂河南分舵！"

慕容燕！

李能眼睛一亮，心头突然热乎了起来。没想到，这丫头来了，难怪刚才听着那句喝骂声有点耳熟呢。

说话间，五个人走到了偏院门前。

"能然哥！郭老夫子！"

慕容燕看也没看韩威三人，像风一样刮了进来。一把抓住李能的胳膊，上下前后左右地打量端详，满脸关切，焦急地连连问道："能然哥，你没事吧？没受伤吧？"

旁边的郭老夫子嘴一咧，酸溜溜地说道："丫头，他有个屁事！受伤的是我好不好，你没看到我都快要站不住了吗？"

"哼！活该，谁让你们戴家镖局惹上他们了。"

慕容燕看也没看老夫子，扔出一句扎心的话，继续拉着李能打量。

"你……这……"

这句话，把个老夫子气得，呼哧呼哧地直喘粗气，颌下的几根山羊胡也扑棱棱地上下乱飞。

"哈哈哈，老镖头，我看你精神得很呐！"

一声朗笑响了起来，一个老学究模样的人，在两个精壮男子的陪同下走了过来。

"乔长老！"

李能急忙迎了上去，老夫子看着乔长老，嘴一撇，"乔黑脸，你就不管管慕容丫头。"

"嘻嘻，好了！好了！老夫子，你就别生气了，小女子这厢赔礼啦……"

慕容燕拉住郭老夫子的胳膊，来回晃动着，一副撒娇卖萌的样子。

乔长老看着老夫子，呵呵一乐，道："老烟鬼，你看，燕丫头这不是给你赔礼了吗？"说完，又冲着李能微微一笑，说道："十八弟，好久不见了，一切都还好吧？"

"还好，还好，谢谢二哥挂念！"

"自家兄弟，客气什么。"

旁边的韩威气得鼻子都要歪了，好嘛！这是一点也没把自己这十几号人放在眼里，就当空气一样的不存在啊。传情的传情，撒娇的撒娇，被自己这么多人围着，这二人还不紧不慢地聊上天来了。

韩威拿着开山钺又往地上一杵，"轰"的一声震颤，一下子就打断了几人的说笑。

狞声说道："够了，你致远堂又怎么样，不过是一群乌合之众而已。邀你河南分舵加入我门派，那是看得起你。慕容长空那点小心思，我家帮主早就清楚，道不同，不相为谋，既然如此，我们便各行其是吧。这里的事也与你们致远堂无干，你们最好不要插手，否则，我们七十二堂，三万弟子，也不是吃素的。"

说着，又气势汹汹看向李能和老夫子二人，狠狠地说道："怎么样，二位，要做缩头乌龟了吗？"

"你……！"

慕容燕柳眉倒竖，杏眼圆睁，轻斥一声，一按剑柄，就要发威。

李能轻轻地按住了慕容燕的手，缓缓道："燕妹，别急！"

说着，又转头看向乔、郭二人，微微一礼，道："二哥，师兄，我先会会他。"

说罢，李能一抖手中大枪，双眼微微一眯，冲着韩威喝到："来吧！"

"好！"

韩威话音未落，"腾腾腾……"连上三步，双手一抡，手中的亮银开山钺带起一股疾风，"呼"的一下，当头劈向李能。

这开山钺，形状似斧，一面是扇形刃，薄而阔，锋利无比，柄端有铁刺，如矛。有劈、剁、刺、搂、抹、勾、云、片、斫、撩多种技法，手头上没有数百斤的力气是使不了的。

李能见韩威使的是一力降十会的打法，也不躲闪，双手持枪，暗提丹田劲，一招横架铁门栓，径直撞向韩威的钺刃。

韩威见李能不躲不闪，直接就撞向了自己的钺刃，面露狰狞，把劲又加了二成，以十二成的劲狠狠地劈下。

"铛……"

一声震天巨响，火星四溅，人们的耳朵嗡嗡作响，有个别功力弱的，耳朵直接就被震出了血。

李能和韩威二人，脚下都噔噔噔，倒退了数步，才停了下来。

韩威手中的钺一下子就弹起数尺，差一点就被李能撞飞，再一看自己的双手，虎口竟然裂开了口子。

李能也觉得自己双臂发麻，虎口胀痛发热，耳中一阵轰鸣，嗓子眼里有了一丝咸味。

这一下，二人再也不敢硬碰硬撞了，在院中，开始游斗起来。这么一打，李能的优势就发挥出来了，开山钺毕竟笨重，韩威失去了力量的优势，变化就显得少了。

李能枪出如龙，拦、拿、扎，招招夺命，枯树盘根，横扫千军，鹞子入林，绞手劈枪，一招紧似一招。火光下，李能的枪如一条黑龙，上下翻飞，步步紧逼。

不到十个回合，韩威就被李能逼到了墙角。

此时的韩威，两眼血红，气喘如牛，满脸都是狰狞的神色。死死地盯着李能，突然仰天长啸，从怀中掏出一颗什么东西，往嘴里一塞，猛嚼几下，咕嘟一口，咽了下去。不到半息，韩威双眼猛地大睁，脸上渐渐地泛起了红光，身上的气势又一下子爆涨起来。

李能心中暗暗吃惊，这韩威吃了什么东西，看上去，眼下韩威的气势，比一开始的气势还要强啊。

"小子，你拿命来！"

还没等李能反应过来，韩威又是一招力劈华山，冲着李能当头剁了下来。

这一次，李能感到韩威的气势比刚才强了数倍不止，没敢硬抗。急忙一招鼍龙泅水，滑向韩威的左侧，又一招拨草寻蛇，反刺韩威的左胁。

韩威见劈空，双腕一翻，海底捞月，连挂带撩，夹着劲风，钺头直奔李能档下。

二人你来我往，忽分忽合，杀得如走马灯笼一般，瞬间，又绞杀在一起。

旁边观战的人都退到了院子里的角落，别说被二人的兵器磕一下，就是偶尔被二人兵器的劲风扫一下，都觉得脸上生疼。

老夫子见慕容燕一脸紧张的样子，不禁暗暗好笑，这丫头，当真是关心则乱。

"丫头，别担心你能哥了，这几年，他的功夫可是没少长进，就是我，也不是他的对手了。"

慕容燕的脸一红，娇嗔地一跺脚，"老夫子，你……！"

"哈哈……"

"嗯，十八弟的功夫确实提高了不少，气息绵长，劲力浑厚饱满，内家功夫已经不低了。"

一旁的乔长老，也是频频点头赞叹，慕容燕一听乔长老也这么说，心肚子里提着的一颗心，总算落了地。乔长老作为致远堂的执法长老，功夫不在慕容长空之下，而且从不轻易表态。能入得乔长老的法眼，可见李能的功夫已非同一般了。

洪门的人这会儿见李能不再与韩威硬碰，不禁士气高涨，吵吵嚷嚷，不断给韩威加油助阵。

慕容燕听得心中烦乱，眉头一皱，大氅下十指弹动。

"啊……！"

"哎呀……！"

"妈呀……！"

"有暗器！"

院墙外吆喝的门派弟子们一阵纷乱，个个手捂头脸，叫唤不断。

激战中的韩威一个失神，"噗呲"一下，右肩窝就被李能扎了一枪。

"哎呀……！"

"当啷"，韩威手中的开山钺掉在了地上，面如死灰，双眼一闭，引颈等死。

"啊……"

洪门众人也是一片哗然,乱作一团。跟随韩威的那两个人从背后抽出斧子,就要往上冲。

"别动……"

"别动……"

四周突然响起阵阵吆喝声,伴随着叫喊声,就见人影晃动,眨眼间,在洪门弟子们的身后,又围上来了二十多人。中间一人,长须飘动,左右两侧,是小虎子与马奎、马明兄弟俩。

韩威睁眼环顾,长叹一声,"罢了,我们认栽!弟兄们,都住手吧,咱们上当了。"

马老爷子走了过来,与众人见面后,对郭老夫子和乔长老几人说道:

"这些人,我看也放了吧。你们戴家镖局也认个栽吧,领头的几人都已经逃离了洛阳,这些人,就是专门来拖住我们的。我这边也没惊动官兵,只是和马知县打了个招呼。大家都是局中人,道高一尺魔高一丈,江湖事,江湖了吧。"

众人一阵默然,郭老夫子点了点头,知道这次戴家镖局是彻底地栽了。种瓜得瓜,种豆得豆,有今日劫难,也是因果不空。

"好吧,今日事今日了,韩威,你们走吧!"

郭老夫子挥挥手,神情一阵落寞。

韩威看了看马老爷子和围上来的众人,心中虽有不甘,但也知道,这些人是不愿意过分得罪他们,不然,就自己这些人,真要动起手来,怕是要都撂在这里了。而且留在大厅的天桂三煞也没有动静,估计也着了这伙人的道。如今这马老爷子要放自己这些人离去,还是见好就收吧。

想到这里,双拳一抱,大声说道:"马老爷子,你的情韩威领了。郭镖头、李镖头,青山常在,绿水长流,咱们后会有期!"

说罢,韩威一挥手,带着一干人扭头离去了。

第四十四章
勇降烈马

从慕容燕口中得知，慕容燕和乔长老几人，是在接到戴明的信息后，马不停蹄赶到洛阳的。

到洛阳五六天来，几人一直隐在暗处探查，对李能几人的行踪更是了如指掌。夜探广化寺的那几个人就是慕容燕和两位执法弟子。这次若不是慕容燕几人的出现，恐怕韩威等人也不会轻易认输。

当然，让李能和郭老夫子没想到的是，他们做局想要钓鱼，对方却也在做局，搞了个金蝉脱壳。正如马老爷子所说，这次戴家镖局折人丢银，确实是栽了个大跟头。

这次，戴家输了，致远堂也没赢，河南分舵被拆散，也不是一下子就能恢复起来的，翟不二暂时也不能露面，只能先隐在暗处，做东山再起的准备。

洛阳北城门口，众人做着依依不舍的告别。

小德子拉着李能的胳膊，死活不愿意撒手，与韩威一战，让小德子把李能视为了天人，这两天来，死缠烂打地要李能教他武艺。李能将自己的孙膑拳、功力拳及八极拳的一些基本拳法，糅合进了心意拳的拳理教了小德子。

经过几次的生死拼杀，李能发现，将自己原本的拳法与心意拳糅合起来使用，对敌的效果更好。特别是在近身格斗时，往往有出其不意、攻其不备的奇效。

一旁的刘店主有点不好意思了，连连拱手，"兄弟，你看这孩子，别见怪！"

慕容燕嘻嘻一笑，带点戏谑的口吻说道："师徒如父子，刘掌柜，你还跟师兄客气什么。小德子可是我师兄的首徒，将来他们的关系比你与小德子的关系要亲近得很。"

"嘿嘿……"

刘店主不断地搓着手，呵呵直乐。心里也是满意得很，这个李兄弟，将来的武学成就非同一般，自己的儿子做了他的徒弟，可遇不可求啊。

看着小德子不舍的目光，李能微微一笑，摸了摸小德子的头，道："德子，把我教你的桩功与五拳先练好。过个一年半载，你去祁县找师父去，到时候师父要考较你练得怎么样。"

德子一听，马上眉开眼笑地应道："好的，师父，到时候我去找你。"

在一阵笑语声中，李能、郭老夫子、慕容燕几人上路了。

看着渐渐远去的几人，马老爷子长长地叹息了一声。

"叔父，怎么了？"

小虎子满脸诧异，不解地问道。

"这一次，戴家的损失不小啊，恐怕在河南地界，戴家镖局的名声要没落了。"

"不会吧，丢镖是镖局常有的事，就这么一次，对戴家的影响不至于吧。"

"你没看出来吗？戴家拳已经没传人了。除了二闾的几个徒弟外，戴家的嫡系儿孙已经转做他业，不再以镖业为生了。练拳，最多就是他们一个健身保命的手段罢了。戴老镖头定下戴家拳传内不传外的规矩，就已经注定了戴家拳的没落。一个家族再大，人才毕竟还是有限的，何况每一个人的选择也不一样，戴家就是一个例子。这次戴家走镖，又折损了戴虎，恐怕对戴家的打击就更大了。这么多日来，不仅二闾没有过来，其他戴家人也没有再多派一个人过来，可见戴家已经无人可用了。心意拳传到戴家两代人手里，已经走到了辉煌的巅峰，再往下传，就看李能此人了。恐怕戴家拳甚至心意拳的发扬，都要落在此人的头上了。"

叔侄俩边走边聊，刘店主和小德子默默地跟在后面，四人的身影渐渐地淹没在来来往往的人流中了。

要过年了！

无论在祁县城里，还是在各个村里，从腊月初一开始，人们就开始张罗着过年了，又叫"忙腊月"，也称"腊月慌天"。

廿三祭灶，便开始"忙年"，一日紧似一日，眨眼间就到了年三十。这一天，又叫"除夕"，祁县人俗称"年初"。从早到晚，家家户户都开始炒冷荤、蒸扣碗、捏饺子，为吃团圆饭做准备。

整个祁县的城内城外，笑声不断，炮声不断，摆供、点灯、贴对联、挂神祇、迎神祭祖，忙碌中喜气洋洋。各家各户的大门两侧，贴的大都是"出门见喜""见面发财""上下左右昌兴，东西南北进财"。

戴家的这个年，却过得格外沉重。

在大门的两侧，已看不到往年喜庆的对联。深宅大院，清灰的砖墙，凭空生出了一种冷寂的压抑。出出进进的人们，脸上阴云笼罩，步履匆匆，没有了日常的欢声笑语。

整个小韩村，戴家这一片是寂静无声的，就连附近的邻居村民，都不敢流露出太多的欢声笑语，偶尔碰到一块儿，简单地聊上一两句，便匆匆分手。大家似乎都刻意躲着，尽量不去与戴家人碰面，即使必须经过戴家附近的村民，也都低着头，悄悄地绕着走。

戴家赊店一趟镖，赔了数万镖银不说，还死了个戴虎。郭老夫子虽然功力深厚，但后遗症还是留了下来，腿脚再没有以前那么利索了。加上受伤的趟子手朱全，一死两伤，戴家所有人的心里，就像放进了一块大石头，被压得沉甸甸的，透不过气来。

李能也没有像往年一样回深州，等送郭老夫子回到家后，已经是腊月二十九了。再说戴虎丧命，戴家出这么大的事，李能也不能一走了之。便托人送了封家信回去，自己留了下来，帮着戴家处理一些善后事宜。

年三十，本来是一家人喜庆团圆日子，可对戴家人来讲，大家谁也没有心思寻热闹。

赔镖，不是一个小数目，而且也不能让镖师们出，谁是东家，谁出。虽然这次走镖，郭老夫子是镖头，但赔镖的钱还得戴家出。戴家是一个家族，戴家出钱，那就是这个家族出钱。大家辛苦了一年，分红不仅没有，还得贴钱赔镖银。可想而知，众人的心情差到了极点。

众人吃完了团圆饭，戴老镖头便郁郁寡欢地出了门。其他人则三三两两地聚在一起，议论纷纷，发泄着内心的不满。

"老爷子本来已经把广盛镖局撤了，原本就是图一个安全，这倒好，赔了夫人又折兵，把大家一年的辛苦，全搭进去了。"

"凭什么呀！让我摊钱，我又没做镖业。"

"爱谁谁出，我是不出！"

"……"

戴家原本是一个大家族，一两百年来，开枝散叶，已经有一大半都走出了祁县。留在老家的，也只有戴老镖头这一支了。老镖头这一支人丁不旺，子嗣不多，两个儿子，一个对于镖业没有兴趣，已转做过载行；二间虽然头上还顶着一个总镖头的名号，但也基本不再过多地过问镖局的事了，只是守着老父亲精研戴家拳。只有戴明、戴龙几个侄子和徒弟们，还要靠镖业为生，故而一直还借着戴老爷子的名号撑着太汾镖局。但这次失镖死人事件，对大家的打击很大，一时间，也不知道该怎么办。

"咦，李师叔哪里去了？"

"对呀，咱们问问李师叔是怎么想的，这次多亏了李师叔，不然，咱几个都得交待在洛阳。"

"刚才还在呢。"

戴明和戴龙几人四下张望，没看见李能的影子。

"师叔是不是回去了，要么咱们过去找他吧，看看他怎么说。"

"行，咱们找李师叔说说去。"

"走走走，咱们现在就去。"

戴明、戴龙几人招呼了几个还想做镖局营生的师兄弟，"呼啦"一下子，向李能的菜园子涌去。

小韩村不大，几百户人家，东南西北四面，紧邻上、下古县村、申村和温曲村，距祁县城也就10多里地的路程。

李能在戴家吃完团圆饭后，听戴家人吵吵嚷嚷，争论不休，心中烦乱。午后也没什么事情，见戴老镖头出去了，便与师兄二间打了个招呼，也出了戴家，信步闲逛起来。

过大年，村子里最高兴的莫过于孩子们了。有钱的，换新衣，没钱的，也要把衣服给孩子们洗干净了，都得穿戴得整整齐齐。

女孩子打扮得花枝招展，或三个或两个要好的，挤在一起，叽叽喳喳，低声浅笑；男孩子们一群一伙的，满村子里疯跑。

一看见挤成堆的女孩子们，就扔几个炮仗过去，"噼里啪啦"一响，看到女孩子们被吓尖声惊叫，四散躲避，个个得意扬扬，被女孩子们反过来追打，个个又边跑边叫，"呼啦"一下，像一股卷地风一样，跑得无影无踪。

走在村里细街小巷里的李能，看着玩得昏天黑地的孩子们，一股乡愁突然涌了上来，心尖狠狠地抖了抖。

又一年了，两个女儿也到了出嫁的年龄了，前些日子玉莲托人捎来了一封家书，说有人正在给两个女儿提亲，要等自己回去做决定，现在也不知道什么情况了，今年是回不去了，李能的心中一阵愧疚。

自己常年在外，把家里的一大摊子事情，都压在了妻子身上。虽说玉莲在自己面前毫无怨言，但每次走的时候，总能从玉莲的眼底深处，看到一些幽怨与不舍。特别是老母亲站在自家门前，像雕像般矗立的身影，李能的心中，便感到阵阵酸楚。

自己已届不惑之年，选定的路还是要继续走下去。下一步该怎么走，到了认真想一想的时候了。

戴家拳的精髓，虽然自己还没有完全掌握，但拳术一道，不在于舍己从人，还得从挖掘自身潜能入手。一门精绝的武技，不是看样子学出来的，而是经过年深日久的千锤百炼、自己练出来的。

师父已经把戴家拳的拳理奥妙都教给了自己，经过洛阳数次苦战，以及马老爷子、鸡腿先生对自己的指点，让自己对于心意拳的领悟，又上了一个境界。

戴家心意拳与马老爷子、鸡腿先生的心意拳虽拳理相同，但拳势与拳架却不同，有的还大相径庭，表现出来的攻击力也不相同。与自己习练多年的孙膑拳、功力拳、通背拳相比，两类拳术也有诸多同理同源的东西。每次对战，李能发现，这几种拳术若是糅合在一起使用，攻击力就会有巨大的增强，特别是在近身格斗时，这种感觉更为明显。

心意拳，其实就是对自身潜能，进行深层次挖掘的一种方法或窍要。人最大的能量，来自自身的内心与意念，是心灵与意识的开发，是脑力的开发。用意念来完成肌肉骨骼、经络气血的高度协调统一，用脑力解决力量从哪里来，力量的源泉在哪里的问题。

在思维意识的主导下，外在的手脚、肩胯、呼吸整齐划一，同进同出，形体达到了高度协调。攻击力就是一个整体的攻击力，而不是一手一脚的攻击力了。

李能边走边琢磨，不自觉地就用上了走鸡腿步的架势。尾巴骨往里兜翻，活脊摆胯，丹田沉气，双脚一前一后，形似趟泥，沿着村里的小路走了起来。

越走越快，李能的身形渐渐地变成了一道残影，一拐弯，向西穿村而出。

"咦！什么东西过去了……？"

村头口刚好进来三个老乞丐，边走边聊，讲一些心有余而力不足的荤段子，聊得热火朝天。一个独眼老乞丐只觉得眼前一花，一道黑影一闪而过，吓得一哆嗦，惊叫了起来。

另外两个老乞丐也吃了一惊，抬头左右张望。村里，除了几个孩子在疯玩，再不见其他人影；村外，树影斜斜，小路上，余晖洒落如金，一点异常都没有。

两人一边往村里走，一边你一句我一句地笑骂了起来。

"老家伙，眼又花了吧，哪有什么东西？"

"就是，别整天疑神疑鬼的，小心阎王爷派小鬼来勾你。"

独眼又使劲地揉了揉眼睛，往村外路上，左右又看了看，好像也没发现有什么异常。

"真眼花了！"独眼嘀咕了一句，急忙向两个老乞丐追去。

日头已经落到地平线以下去了。

站在地头，望着满天暗黑色的团云和余晖，李能心中的郁闷与烦躁消失了不少，渐渐地，又恢复了气定神闲的状态。

"师叔……师叔……！"

身后响起来呼喊声，戴明、戴龙带着三四个师兄弟们找过来了。

"师叔，你怎么在这里？我们刚才去你的菜园子找你了。"

几个人围了过来，戴明开口问道。

"我闲着没事，出来走走，你们怎么找过来了？"

李能看着这七八个师侄儿们，都是在镖局做事的，心中已然猜到了几分。

"师叔，你经得多，见得广，镖局的事怎么办呀？"

"是呀！李师叔，你以前也是做镖行的，你给讲讲吧！"

"讲讲吧，师叔！"

"……"

几个人七嘴八舌、迫不及待地向李能说道。

李能看着几人急切的眼神，笑了笑，顺手拍了拍身边戴明的肩头，说道：

"镖局的事有你们师父做主，咱们说了都不算。下一步该怎么办，你们师父肯定有安排，咱们就不要着急了。不管怎么样，镖局还得做下去。咱们练武之人，也就两条路，要么替朝廷办事，除暴安良，保家卫国；要么保镖护院，为商贾大户做事。大家现在都指着镖局讨生活呢，不能一下子就散了，但眼下镖局遇到了难处，咱们也不能让你师父一家人去扛，大伙都想想办法，凑一凑，把眼前的难关渡过去再说。"

众人沉默了，知道李能说得在理，心里都琢磨着李能的话。

戴明看了看众人，开口说道："师叔说得对，镖局是大家的镖局，现在镖局有难，咱们都得出把力，我出三百两。"

戴明一带头，众人的情绪一下子也起来了，吵嚷着，纷纷同意出钱。

李能看着大伙，心里感动。看看天色已近掌灯时分，微笑着说道："好啦，该回去了，咱们先听听你师爷和师父怎么安排。出钱的事，大伙既然都同意，也不急在这么一时半会儿，咱们回去再说。"

"好，回去吧，咱们听师叔的。"

"走走走，咱们回去了。"

众人感觉就像有了主心骨一样，一下午无所适从与郁闷的感觉，也突然消失得无影无踪了。大伙儿的心开始变得敞亮起来，一干人围着李能，说说笑笑地往村里走去。

夜色降临，村子里家家户户的大门口，都挂起了大红灯笼。

孩子们就像一群脱缰的野马，东一头、西一头，依然撒着欢儿地疯跑。有的孩子们，手里拿着的炮仗，你炸我一下，我炸你一下，嬉笑打闹声，炮仗的噼啪声，响彻了整个村子。

几人穿过村前的一条大道，便到了小韩村的村口。戴明、戴龙一众师兄弟们的家都在附近的几个村里，村子和村子都紧挨着，在村口，大伙儿互相打了招呼，便要分手回家。

"马惊了……！"

突然，一声惊呼响起。

"马惊了！"

"马惊了！"

惊叫声一片。

正要分手的几个人一愣，侧耳细听，惊叫声是从村西头传来的。

"快走，过去看看！"

李能提步就往村西头跑去，众人也"呼啦"一下，紧追了上去。

小韩村不大，村西头紧邻着申村，两村之间就隔着一条村道。众人脚程飞快，穿村而过，几个呼吸间，就到了村西头。

此时，在村西头已经聚拢了七八个人，指指点点，惊呼不断。在小韩村和申村之间的村道上，一匹马拉着一辆车，"叽里咣当"的，自南而北，疯了一样，正横冲直撞地冲了过来，车上不知拉的是什么，掉得满地都是。

后面追着一个人，手里挥着马鞭，边跑边喊，"快，拦住它……拦住它……"

有两三个人正尝试着围堵，但面对受惊的马，特别是还拉着一辆车，谁也不敢直接上前。被这几个人这么一乍呼，马儿反而更害怕了，甩着脑袋，"咴儿！咴儿！"地怒吼连连，撂着蹶子地跑。

眼看着马车东一头西一头地撞过来了，周围的人吓得四散奔逃。围堵的那三个人见势不妙，边躲闪边往两侧跑。突然，其中一个人脚下一滑，身子歪着就向前栽去。

恰好，受惊的马四蹄飞奔，带着歪歪扭扭的车子也冲了过来，眼看着就要撞上这个人了。

"啊……！"

"要撞人了！"

"快跑啊……"

众人一片惊呼，胆子小的，吓得把头扭过去，不敢看了。

"不好！"

随着一声轻喝，惊慌失措的人们，只觉得身边一道黑影一晃，卷起一股冷风，像箭一般，从身边"嗖……"的一下，射了出去。

此时的村道上，光线灰暗，道上模糊不清，马车就像一只疯狂奔腾的影子怪兽，挟风裹势，向前袭卷而至。

摔倒的人眼看着惊马带着车子，就像一座移动的大山，轰隆隆地撞向自己，满眼绝望。

"救命……啊……"

在人们的一片惊呼声中，一道黑影突然从天而至，一下子就插到了马车与摔倒的人的中间。

就见黑影吐气开声，"呔……"一声大吼，疯跑的马猛地一惊，前蹄遽然腾空，"咴儿"一声嘶鸣，顿时半立了起来。

黑影乘机一把把摔倒的人拉了起来，沉声说道："走！"

摔倒之人惊魂未定，跟跟跄跄地向路侧跑去。

疯狂的马儿见有人竟然从自己的蹄下救走了仇人，惊怒之下，抬起的双蹄狠狠地踩向了黑影。

"畜生，你敢！"

黑影一声怒骂，身子往后退了一步，避过踩下来的马蹄，随即又上一步，尾巴骨兜翻，脊动如龙，劲出丹田，一声怒吼如晴天霹雳，"去！"一个虎形双劈，"嗡……咔嚓"一声，黑影的双掌劈在了车辕上。

惊马"咴儿"一声嘶叫，马车"嗡"的一声，向侧横移了数尺，随即，"轰隆"一声，车倒马翻。马儿四蹄朝天，马车辁辘哗啦啦乱响。

"师叔！"

"师叔！"

"……"

紧接着，路上又冲上来五六个人，边跑边喊，黑影正是李能。

马车的主人这会儿也跑了过来，急忙拉住倒在地上的马的笼头，轻轻地拍着马头，一边发出"吁……吁……"的声音，不断地安慰着受惊的马。

随着马儿的安静，周围的人们也慢慢围了上来，几个人帮车夫把马儿从马车上解了下来，马儿一翻身，刚要往起站，"扑通"，腿一软，又卧倒在地上了。这时，人们才发现，足有人腿粗的车辕，被李能劈中的地方，已经齐刷刷地裂开了，紧挨车辕的马胯，也肿起了一个巨大的鼓包。

"哇，老农呀，太厉害了！"

"能把这么重的车与马劈出去，好功夫！"

众人也看清了黑影是谁，看着眼前车倒马翻的情景，发出了阵阵惊叹。就连戴明、戴龙几个师兄弟看完，也暗暗地咋舌。没想到李能的功力已经这么深了，仓促之间，一掌劈出去，不仅破了马车直冲的劲，横移出数尺，还能打出这么厉害的暗劲，自己几个恐怕没一个能做到。

车夫把马安顿好，竟然是在太谷赶马车的二子。一把拉住李能的胳膊，高兴地说道：

"哎呀，是老农哥，你什么时候回来的？今天多亏你了，要不然，不知道会出多大的事呢。老农哥，你的功夫现在这么厉害了，这次你就收我做徒弟吧。"

李能看着激动的二子，微微一笑，对二子要拜师的话不置可否，只是疑惑地问道："二子，你怎么这么晚了才回来？马怎么受惊了？"

"下午给东家家里拉了些货，耽搁了一些时间。我走到申村村口的时候，不知道是哪个小孩子扔出来一串炮仗，正好落在马身上，噼里啪啦一炸，这马就惊了。"

被救的那人随着众人也一瘸一拐地走了过来，拉着李能的胳膊一个劲地感谢。大伙心里都明白，要不是李能舍身出手，今年这个年，不知有多少人家要过不好了。

一时间，李老农掌劈惊马，蹄下飞身救人的事迹传遍了整个小韩村，成了大家过年期间的一个美谈。

第四十五章
金盆洗手

日子过得飞快，转瞬间，又到草长莺飞时。

人的一生，如潺潺流水，从起点到终点，总会有不同的遭遇，或悲欢离合，或晦明朝暝。顺之，则昌；逆之，则亡。不管人怎么样想，斗转星移，今天，总会成为昨天；明天，也会成为今天。

日子的车轮，总是往前滚动着的。

戴家的太汾镖局一如既往，黑漆漆的硬木大门，又早早地打开了。出来三四个人，有的拿着扫帚、簸箕清扫门前的尘土、垃圾；有的拿着凳子、梯子往大门两侧的门榜上和门楣上贴对子、挂彩绸纱灯。

一看，就是有什么喜事要办。

今天，对太汾镖局来讲，是一个重要的日子。因为在今天，总镖头戴二闾有两件大事要宣布。一、戴镖头举行金盆洗手仪式，也要封门退隐江湖，退出镖行；二、太汾镖局要选定新的总镖头。

戴家拳，戴家人，在祁县，在武林，特别是在山西武林，那是响当当的拳，大名鼎鼎的家族。这样的家族，其掌门人要退隐，那是影响山西武林、镖行的头等大事。在晋，戴家镖局，那就是晋商的御用镖局。想当初，戴老爷子在赊店开设广盛镖局，就是承几家晋商的要求开设的。戴老爷子、戴镖头两代人，还都做过祁县、太谷等地几家晋商大户的护院武师。在山西，不管是衙门官吏还是商贾大户，只认戴家人。在整个茶马古道上，插上"戴"字镖旗，就等于上了安全锁。

重新选太汾镖局的总镖头，是戴老爷子的意思。戴老爷子还有一个意思，就是要把戴家拳的本门心法传授给新选定的总镖头，这个总镖头，也是下一任戴家拳的掌门人。

所以，戴镖头这次退隐，既是戴家拳、戴家镖行改弦易辙的一件大事，也是晋商的一件大事。从一过年，不仅戴家自己开始预备此事，一直准备了三四个月。而且那些晋商大户也纷纷参与，如乔家、曹家、孟家、常家等这些商贾大户也都非常重视。对这些商贾大户来讲，一方面是多年的情义所致，另一方面，也是想与戴家以及戴家的徒弟们、戴家拳下一任掌门人继续交好，以备不时之需。

李能带着戴明、戴龙，还有陈同仁、陈和仁兄弟俩等一干戴二闾镖头的徒弟们也都早早地来到镖局。大家都打扮得衣冠楚楚，忙里忙外，布置退隐仪式会场，张罗着接待迎宾事宜。

大家满脸喜气，有说有笑的，一扫数月来因为丢镖损人笼罩在心头的阴霾。

戴二闾总镖头也要隐退了，大家虽然或多或少都有些许不舍与留恋，但总镖头的退隐，也是年轻人的机遇。特别是对戴明等年轻的一代镖师来讲，更感觉有了更大的自由发展空间，是一种新的自由体验。只要是年轻人，没有一个愿意永远生活在父辈的羽翼之下，不管未来如何，挣脱束缚的渴望是强烈的。

戴老爷子和郭老夫子、戴老店主以及二闾总镖头四人，此时，也站在镖局的台阶下，看着眼前的镖局和出出入入忙碌的人们，感慨万千，唏嘘不已。

他们这代人该谢幕了，花无百日红，人无千日好，江山代有才人出。

江湖，是勇者的斗场，更是年轻人的天下。特别是经过洛阳失镖一事，四个人明白了，在这世上，任何事物，盛极必衰，中国人最讲究一个"中"字，讲究不偏不倚，讲守中。

赊店走镖，本来就是盛情难却之下的勉而为之，要不是有李能前后周旋，洛阳一事，不单单是丢镖伤人，死一个戴虎的事了，恐怕连郭老夫子也得折在落阳。

看着门楣上"太汾镖局"四个金光灿灿的大字，郭老夫子感慨最深，开口说道："咱们是该退了，这次在洛阳，要不是有一口气强撑着，我也就回不来了。在当时，我确实有一种无能为力的感觉。"

"老家伙，咱们颐养天年吧。你看，我这腿瘸，也有腿瘸的好处不是？"

一旁的戴老店主也打趣地说道。

"是啊，以后我就专门办私塾了。英雄迟暮江湖老，拼拼杀杀的事就交给年轻人去做吧，老了，做不动了……"

看着打趣的郭老夫子和戴老店主，戴老爷子心里也是一阵酸楚。这老弟兄二人，与自己天南地北地闯荡了大半生，最后一个瘸了腿，一个差一点送了命，如今还能陪着自己，已是不幸中的万幸了。二人虽然精神矍铄，但满头华发，岁月的痕迹，已经爬满了二人的脸颊，深深的皱纹，更是透着无尽的沧桑。

旁边的二闾更是默默无语，太汾镖局在自己的手中，出了这么大的事，这半年多来，心中的内疚与自责不仅丝毫未减，而且还多了些魔障，自己的心境已经坏了。

"唉……！"

看着自己的舅父与叔父的满头银发，二闾不由自主地长叹一声，眼中的落寞之意更浓了。

"走吧！咱们进去吧。"

戴老爷子看了二闾一眼，也没再说什么，带着些许歉意和感激对郭老夫子、戴老店主说道。

四人一进了门，徒子徒孙们就围了过来。戴老爷子看着这七八个徒孙，微微一笑，拈着颔下长髯道："一会儿客人们来了，你们都机灵点，不要慢待了大家。"

"放心吧，师爷！"

"练功场布置得怎么样了？香案什么的都设好了没有？今天来的不仅仅是晋冀武林中有名的大家，还有几家镖行的总镖头和十数家商贾巨户，不要让大家小看了去。"

李能道："师父不用担心，从昨晚大家就开始准备了。由戴明、戴龙几位师侄儿具体负责，练功场地也都布置好了。"

"走，过去看看你们布置的。"

戴老爷子与徒弟、徒孙们闲聊着，边举步往练功场走去。见大家都要跟着去，笑着说："你们不用都跟着我，就能然陪我们去吧，其他人再去前后各处走走，看都安排好了没有。"

练功场在镖局最后一进院子的后院，院子不是太大，一次可以容纳二十多个人练功，三面是灰墙高脊的厢房，为了防盗和防偷窥，房子很高，站在院子里，就像身在一口四方井底一样，整个院子上空，还搭了一块罩棚。

五人边走边聊，一进练功场的院子里，一股喜气扑面而来。

整个练功场的院柱、角门和门窗砖墙上，都贴上了红色的对联，罩棚上拉满了彩色的丝绸条带，随着清风拂过，漫空飘动。

在院子正屋台阶下，坐北朝南摆放着一长方形、三米檀木香案，上面供着姬龙峰祖师牌位，鲜花贡品依次罗列在香案上。在香案左边一把圆凳上，放着一个亮如明镜的黄铜盆子，做洗手用。在香案两侧，依次摆放了数十张椅子，以备来宾观礼所需。

戴龙正在指挥着几个镖局杂役做一些最后的补充，见师父二间陪着师爷戴老爷子与郭老夫子、戴老店主几人走了进来，急忙上前相迎。满面春风，乐呵呵地说道："师爷、师父、师叔，您们来啦！您们看看，还有哪里布置得不合适的？"

还没等戴老爷子开口，郭老夫子就开起了玩笑，张嘴笑骂道："你看看，二间，你的这些兔崽子们，一听说咱们这些老东西要让位了，都高兴成这样，一点留恋的意思都没有，肯定是巴不得咱们马上消失呢！"

"哎呀……师伯，您老可是冤枉我们了，我们是看到您老的身体康复了，才高兴的嘛！"

戴龙一脸的无辜，满嘴叫屈，不住地给郭老夫子鞠躬弯腰。

郭老夫子抬脚踢向戴龙，"滚犊子，一边去！"

戴龙侧身一跳，一招猿猴蹬枝，躲过了郭老夫子的飞脚，还不忘做了个鬼脸，"咦！没踢着。"

这一下，众人谁也没忍住，"扑哧"一声，都乐了起来。

这会儿，戴老爷子的情绪也被这些徒孙们的热情感染了，兴致勃勃的，又指点着安排了一些不合适的地方。几人也顺着老爷子的兴致，说说笑笑，忙前忙后的，又把练功场安排摆放了一番。

眼看时辰不早，郭老夫子乐呵呵地说道："姐夫，时间不早了，剩下的事就让戴龙他们弄吧，咱们该出去准备迎客了。"

话音未落，戴明就派人进来通报：本城乔家和太谷孟家、平遥王家几个地方的商贾掌柜，相偕来到了镖局门外。戴老爷子和郭老夫子、戴老店主忙带着二闾和李能几个徒弟，出去把人迎接进来。紧接着，从洛阳来了马老爷子和小虎子、马奎以及鸡腿先生李真，致远堂慕容长空带着慕容燕和乔长老也赶来道贺。

没多久，远近各地的宾客都陆续到了，有武师，有镖师，还有一些达官贵人。认识的，互相问候，各道安好；不认识的，点头示意，相互自荐，大家基本都是武林人士，性格开朗豪爽，即使没见过，也都相互闻名，又都是为同一个朋友而来，没一会儿，就都成了熟客。

在这些人里，有兴隆镖局总镖头张怀庆，会友镖局的总镖头神拳宋老迈，苏州玉永镖局总镖头长眉老道张德茂和其徒弟铁腿左昌德。还有平遥神枪面王王正清，太原红拳杜万春，少林高僧醉八仙兆德大和尚，沧州双刀李凤岗，平凉洪拳王复盛，直隶铁胆贾志和、鸳鸯脚赵老汕，红莲长老毕澄霞等。还有十数位没有收到请柬慕名而来的朋友，戴老镖头安排徒孙们一一接待。

快到半晌时分，各路宾客来了不下七八十人，郭老夫子陪着乔家、孟家掌柜和马老爷子、慕容长空几人聊了一会儿，转向戴老爷子说道："姐夫，人来得差不多了，吉时也快到了，请大家开始入座吧。"

戴老爷子环顾四周，看看发帖邀请的宾客基本都到了，而且考虑大家还有其他的事情，就与马老爷子、慕容长空、长眉老道张德茂、兆德大和尚及几家商号掌柜的等几人商量了一下，大家都没有异议，于是，就吩咐李能、戴明等徒弟、徒孙们安排大家正式入座了。

待大家入座坐定，戴老爷子站起来，走到马老爷子和乔家掌柜面前，分别给二人斟满茶，开口说道："老哥哥，乔掌柜，今天二闾金盆洗手、退隐镖行，二位能赏脸光临，这是我的大幸，待会儿还请老哥哥与乔掌柜给讲几句话。"

乔掌柜看了马老爷子一眼，含笑说道："戴老爷子，您不用客气。多年来，我们这些商户人家没少受戴家的福。大江南北，一杆"戴"字旗，为我们挡去了多少祸端灾难，我们感谢还来不及呢。今天，我们这些东家、掌柜的过来，就是表表谢意，与戴家结个善缘。至于讲话，就不说了，我们毕竟不是武行的人，不懂武行的规矩，一旦话里话外讲得不对，就不好了，还是请马老爷子讲吧。"

旁边众人听着二人的对话，心中暗暗点头称赞。开镖局的，最难的就是一个"信"字。就凭二人这段对话，就可知十数年来，戴家镖局在三晋的地位为什么无人能够替代了。

长眉老道低声对自己的徒弟说道："戴家这两代人，都是急公好义的人，无论是黑白两道，还是官府商贾，都能做到左右逢源。只是不知这接班人是谁，能不能挑起戴家镖局这杆大梁。"

"师父，既然三晋的商贾大户和官府都认这戴家，那为什么还要退出镖行呢？"

长眉老道的徒弟左昌德不解地问道。

"呵呵，这老爷子精明得很，你没看出来吗？退出镖行的不是戴家，是戴二闾总镖头，这是戴老爷子的金蝉脱壳之计。"

"喔……？"

看着自己徒弟疑惑的眼神，长眉老道压低声音说道："早些年，戴家父子二人在河南帮朝廷走镖，惹了祸端，事主一直追着戴家报仇……"

"各位……"

一声吆喝，打断了长眉老道的话，老道住了嘴，不往下说了，师徒二人抬头看向说话的人。

此时，马老爷子正站起来抱拳施礼，含笑说道："各位武林同道，商贾掌柜，各位亲朋好友，应师弟所邀，老朽就简单地说几句。自姬龙峰祖师创心意拳以来，传至我辈，已历四代。老朽虽然年长几岁，但是论道武功造诣，当数我师弟精绝。其间更有二闾师侄儿承我师弟之志，把心意门发扬光大，另辟蹊径，成就了戴家心意，既昌大了我姬祖心意拳，又自成一家，实乃我心意门中之翘楚。当昌盛之际，我二闾师侄儿金盆洗手，断然隐退江湖，要守中深研武学，再广大我心意门，实我辈楷模。对于师侄儿的决定，我深以为然。更希望我后辈二郎，能继往开来，精研武艺绝学，强我华夏子民，护我大好山河。"

"好……！"

马老爷子的一番慷慨陈词，博得众人一片喝彩叫好。其中不乏几个衙门中人，听了更是暗暗点头，这老爷子不愧是有四品军功的大清武将，拳拳爱国之心，可昭日月。

戴老爷子听了，心中感动，忙请师兄马老爷子入座。然后示意二闾，可以开始金盆洗手的仪式了。

二闾总镖头又与众人谦让了一番，然后站到了香案前面。一旁的戴明把三根红蜡烛点燃，又点起了一炉沉香。戴龙从一束香中抽取了五根，代表天地人君亲，递给二闾总镖头。二闾镖头举起这五根香，在蜡烛上点燃，双手捧香向上一举，以示尊敬之意，然后将五根香插在了香炉中。

在香案前的地面上，已经铺好了红色地毯，戴老爷子在头，戴老店主和郭老夫子随后，在二人身后，依次是二闾、李能及戴明的诸位徒子徒孙，众人紧随着戴老镖头，虔诚地行了三鞠躬叩拜大礼。

礼毕，二闾镖头转过身来，对着来宾众人又深深地一拜，道："各位亲朋好友，武林同道，弟子不才，自知愚弩，舔列武道十数年，却无大成。然十数年来，承蒙朋友错爱，兄弟照顾，却也行遍江湖，少有仇怨，幸无大过。江湖恩怨江湖了，人贵自知，守中得中，回头是岸。弟子已近甲子之年，近日自感体力日衰，精神日减。故而决定，从今日起，金盆洗手，封刀闭门，不再过问镖局琐事，退隐江湖。"

说罢，二闾镖头手挽双袖，来到已经盛满清水的铜盆前，伸手在水里轻轻一按一翻，拿起洁白的毛巾，缓缓地擦拭着手上的水渍，不禁虎目湿润，百感交集。

"好！"

不知谁喊了一声，众人这才回过神来，"啪啪啪"纷纷鼓起掌来。

"江湖再无戴二闾了！"

长眉老道又是一声感叹。

"二闾镖头也算英雄一世，今日安然隐退，未尝不是一件好事啊！"

"阿弥陀佛！善哉！善哉！"

兆德大和尚、王正清等众人都是感慨不已，议论纷纷。

二闾镖头这时也从翻涌的思绪中惊醒过来，轻轻地咳了一声，继续说道："戴某不才，秉承父命，传承发扬戴氏心意，数年来，也收了几个徒弟。在门内先贤的协助之下，这几个徒弟也算用功。到如今，他们都已初窥心意门径，虽不能独当一面，顶门立户，但行走江湖，也多能自保。今日邀请各位武林同道到来，一是当众金盆洗手，封刀闭门。二是引荐他们给各位武林前辈认识，叫他们把所学功夫，当众演练，敬请老前辈们考教指导。如果他们当中有人能勘大任，弟子就把本门的薪传和太汾镖局交给他。我从此退出武林，聊保残躯，这里，弟子我先行拜谢诸位武林前辈和同道了。"

二闾镖头说完，神枪面王王正清首先开了口，罗圈一拱手，开口说道："常听人说，只见戴家拳打人，不见戴家人练拳。在我们三晋地区，一提起戴家拳，没有一个不竖大拇指的。今有幸目睹戴家弟子献技，我等何其幸也。听闻戴家弟子李能不仅拳法已得戴家精髓，枪法也是了得，在直隶地界，就有义侠神枪的美名，不才王正清，愿抛砖引玉，先与一试。"

王正清的话音刚落，一旁坐着的慕容燕不乐意了，欠身刚要插嘴，就被慕容长空按住了，然后看了乔长老一眼。

乔长老心领神会，微微一笑，开口说道："呵呵，正清老弟，想必你是错领了二闾镖头的意思了。二闾镖头是想让他的徒弟们挨个表演拳技，请大家给评判评判，可不是让你直接上场去比试啊。再说了，你英名远播，一旦有个疏忽失手，反倒落了个上门欺人的话柄。"

王正清一听，呵呵一笑，依然坚持道："我知李兄带艺投师，本身功夫以臻大成，我王正清不敢托大，更不敢以前辈自居，今天比试，我们当以同辈相称。"

铁胆贾志和和鸳鸯脚赵老汕也齐声说道："对，我二人也不敢以前辈自居，李兄在直隶武林的威名，我们也早有耳闻，今日得见，正可一睹风采。"

"李兄弟，试试吧！"

"试试吧……"

"也让我们见识见识戴家枪法吧……"

人群中又有几个不嫌事大的，七嘴八舌、纷纷嚷嚷地开始撺掇起来。

"这……"

正张罗着给来宾端茶倒水的李能，见众人的眼光都盯着自己，忙看向戴老爷子。老爷子眼神一转，竟然扭头与一旁的马老爷子低声说起话来，这明显就是让李能自己看着办。

李能心中苦笑一下，心想，师父这态度，也是要考较自己啊。又看向师兄二间，二间也是不语。面带微笑，看着自己。

沉吟片刻，李能看向众人，先抱拳深施一礼，开口朗声说道：

"在座的各位武林前辈，今日本是师兄金盆洗手、封刀闭门的日子。我们做师弟晚辈的，该尽心尽责做好自己该做的事情。虽然师兄提到要考较徒弟们的技艺水平，但怎么考较，还得由师父和师兄们定下规矩来方好。王师傅提出来要与我切磋比试，我本该受宠若惊。可家有家法，门有门规，能然实在是不敢强自出头，喧宾夺主。另外，能然入门，不过三四年，就是与门中的这些师侄儿们比较起来，也属后学后进的人。而在座的师侄儿们，对于戴家心意的习练，哪一个都比我这做师叔的精绝纯熟，我怎敢代表戴家演示拳技。还望王师傅及诸位见谅！见谅！"

李能说完，连连抱拳施礼后，便退在了一旁。

李能这么一说，场中突然安静下来，王正清也不知该说什么了。人家说的在理啊，而且已经把话说到这个份上了，自己再坚持，就显得有点咄咄逼人了。今日毕竟是人家师徒门中的家事，自己只是被邀请来观礼见证的。

王正清讪讪地坐了下来，嘴里还不忘自我解嘲，连连说道："李兄弟客气了！客气了……！"

场中众人这时都也齐声赞叹："戴老爷子，你这个徒弟收得好，不卑不亢，说话恰到好处，有大家风范啊！"

戴老爷子微微一笑，没有说话。

一旁的慕容燕美目连眨，脱口而出："那还用说，我能然哥是什么人，致远堂的十八爷。"

话音一落，众人的目光齐刷刷地看了过来。把个天不怕地不怕的慕容女侠羞得，脸刷的一下，就红了起来。

"看什么看……哼！"

通红着粉脸，下意识地一顿脚，凤目圆睁，女儿家娇嗔羞急的模样尽显无疑。

"哈哈哈……"

众人一阵哄笑，刚才略显尴尬的气氛一扫而无。

"我看这样吧，二间的徒弟也不多，就由他们轮流上场，每人都演示一种自己最精熟的拳技，大家最后给做个评判。"

一旁的马老爷子打断了众人的哄笑声，笑着开了口。

"好！这个主意好……"

在笑声中，大家纷纷赞同。

看着群情高涨的来宾，马老爷子继续说道："各位，各位，请大家稍安勿躁，稍安勿躁！在座的都是我师弟和师侄儿邀请来的至交好友，但毕竟人多嘴杂，一会儿评判起来也不好有一个定论。这样，我们就从在座的选出五个人来，由这五个人代表我们大家做评判。大家说好不好？"

"好！"

"马老爷子，你德高望重，又是戴老爷子的师兄，这事就你定吧。"

"对，我们都听马老爷子的。"

"就是，我们没意见！这是戴老爷子客气，看得起大家，才提出让大家评判考较自己的弟子。但术业有专攻，我们都有自知之明。"

在众人纷扰声中，不一会儿，就选出马老爷子、慕容长空、戴老爷子、乔掌柜和长眉老道张德茂五人做评判。这乔长柜也算戴老爷子的半个徒弟，但乔长柜代表的是几大家晋商富户。毕竟戴家镖局一直都是依靠晋商存在的，在镖局的股本里，晋商也占着一份，在将来，太汾镖局更离不开晋商们的支持。

选定评判后，众人纷纷起身，在场子中腾出了一块空地，用作演武用。

二间镖头的徒弟本来有十人，戴虎死后，就成了九人。这九个人分别是戴明、戴龙、陈同仁、陈和仁、贾仁、戴五昌、朱世后、温六及戴长兴。这些徒弟们浸瘾戴家拳都已十数年以上，可谓招法纯熟，功力深厚。把其中任何一个人放在江湖上，都能成为一方响当当的人物。不过，戴长兴、戴五昌二人都已经转做他业，不再愿意从事镖行营生，更无心戴家拳的传承。故而这次二间镖头金盆洗手、封刀闭门的仪式，二人也没有前来参加。这也等于告诉大家，戴家嫡亲子孙，要彻底退出武行了。

这样一来，上场演武的也就只有戴明等七个人了。见一切安排妥当，二间镖头微微捻须一笑，说道："各位，弟子这些徒弟们要论武学修为，着实还差得远了。不过，丑媳妇总要见公婆，现在让他们吃点亏，受点委屈，总比以后丢了命好。"

说到这里，二间镖头的话音突然顿住了，嘴唇轻轻地一颤，想起已经没了的戴虎来了。片刻，又提高了话音，微带颤抖，继续说道："今日叫他们露露脸，就是想请各位武林同道给他们掌掌眼，指点指点，让他们长长见识，免得以后因为无知张狂而害人害己。"

说着，二间镖头的眼神从自己的七个徒弟的脸上依次扫了一遍，最后，把眼神定在了李能的脸上。脸色微微一凝，说道："李师弟，虽然你入戴家门最晚，但武学修为，已经不比我这个做师兄的差了。所欠缺的，也只是时间的沉淀罢了。"

李能听得心中一愣，刚要张口，就被二间镖头抬手制止住了，继续说道："今天的演示，就交由你安排，让你这些师侄儿们把各自的功夫都好好地练上一练。你也给他们指点指点，你的这些师侄儿们，个个功夫不长，傲气却长了不少啊。"

二间镖头的话，把在场的人都听蒙了。自己的徒弟，要一个入门不久的师弟来指点拳法，这是几个意思？戴镖头这是要干吗？不仅李能是一头雾水，二间镖头的弟子们更是双眼发直。只有戴老爷子和郭老夫子、戴老店主三人一副见怪不怪的样子，平静喝水，吃茶食，扯闲篇。

看着师兄一脸认真的样子，李能也不好再说别的，只得点头应了下来。

练拳，首重修心养性，以韬晦的心态守住锋芒，要气顺心静，不偏不倚，守中用中。姬氏心意拳经戴家两代人不断的改进，已经形成了独自的特色。从丹田内养功入手，通过"养、展、翻、滚、砸、射"六字驯化、修养丹田气劲。以丹田气劲再催动脊柱及四肢百骸，达到鸡腿、熊膀、猴背、龙身、虎抱头、鹰抓六形合一的整体劲。拳法有四把、三拳、七炮、五膀、五行、十大形、七小形等。这些拳理拳法，一直都在戴家族内秘传，从不示人。如今戴镖头不仅让自己的徒弟们当众演示，还要现场点评，这是要破戴家拳不外传的规矩了。

场上的众人，一下子群情激奋，议论纷纷，更多的是翘首以盼。戴家拳，江湖上最神秘的拳，能一窥真容，那可是众多武林人梦寐以求的心愿啊！

"戴老爷子了不得啊！"

"那是啊，人家敢把戴家拳以真容示人，就说明戴家不仅心胸宽广，见识与魄力更是不一般，难怪晋商只认戴家人，戴家拳！"

"这戴家拳，恐怕以后更要扬名江湖了。"

"江湖上觊觎戴家拳的人也不少，这就要看以后的掌舵人是谁了，能不能守得住。"

"看今日的架势，戴家两代家主有意彰显抬举那李能，估计戴家拳以后的掌门人非此人莫属了吧。"

"也不一定，二闾镖头的这些徒弟们也都了不得，哪一个都比这李能入门早，虽然此人是师叔辈分，但我看他那些师侄儿们与他的年龄也相差不大，不一定会服他。"

"确实也是，武林人看重的，毕竟还是功夫的高低。这李能再妖孽，再有天赋，总不能超过比他多习练戴家拳好几年的那些师侄儿们吧。"

"也不一定，你没听王正清说嘛，这李能是带艺投师的，在入戴家以前，在直隶道上就已经成名了。"

"红莲大师，你这都是不一定，不一定的，没个准吗？"

"呵呵，咱们都拭目以待吧。"

聊天的是红莲长老毕澄霞和张怀庆、宋老迈、杜万春几人。这些人在江湖道上都是一方大家，被戴老爷子的这一套操作也惊到了不少。老爷子不仅亲自坐镇，还要重新选择戴家拳的掌门人与镖局的接班人。个个兴趣盎然，赞叹之余，猜测着戴老爷子的下一步打算。

众人的议论，声音虽小，但在常年习武的人听来，句句都清晰可辨。这些话，也理所当然地都被李能和其他七人听了个一清二楚。除了戴明、戴龙二人没有任何反应外，其他几个人的脸上都开始露出了愤愤不平之色。

二闾镖头好似没有听到众人的议论，更没看徒弟们各色不一的表情。一脸平静，看着肃立在自己面前的七个徒弟，淡淡地说道："认真点，开始吧！"

第四十六章
神拳老农

五月，阳光明媚，天空澄澈透明。此时，既没有了春寒时料峭的寒意，也没有炎炎夏日时的燥热。

原野上，树木郁郁葱葱，绿意盎然，野花野草，艳丽芬芳，清香醉人，温润和合，广阔而饱满。

一众文人墨客，踏青登高，追寻着风儿的轻抚，香气的浸染。

五月天，小溪丰满，迈着"哗啦啦"的欢快脚步，碰碰撞撞、叮叮咚咚地与河道沟岔中的石头追逐、嬉戏。

五月，本是一个浪漫抒情的时节。

然而，在此时此刻，在祁县太汾镖局的练功场里，一场龙争虎跃的演武比试，正在热火朝天地举行着。这场比试，将决定着太汾镖局下一个时代的未来，更决定着中华武林中一颗新星的升起。

这场比赛，没有血染衣襟的激烈，也没有冷剑飞刀的呼啸。但坐在四周的看客们，却感受到了平静水面下的汹涌波涛。

二间镖头的七个徒弟们，个个心中都憋着一股劲，用最好的展示赢得对方，赢得尊重，赢得江湖地位。二间镖头的一席话，已经深深地刺痛了这几个徒弟们。特别是面对众多武林高手，谁也输不起。谁输了，就预示着自己再也端不了镖行这碗饭了，也预示着自己的江湖路走到了尽头。

镖行就是武行，首先拼的就是功夫。谁的功夫高，谁的江湖地位就高，得到的利益就多。武行，就是一个谋生活命的行业，习得文武艺，卖于帝王家。一个人一旦入了武行，那就等于把自己的身家性命都交待到这一行了。

所以，今天的演示，对于二间镖头的几个徒弟们来讲，压力是巨大的。自己的师父已经把大伙儿逼到了墙角上，怎么走出困境，那就得拼自己的本事了。这场比试，明面上看，是七个人的比试，但众人心里都清楚，这场比试，也是七人与师叔李能的比试。

师叔李能进入戴家以来的种种表现，对七人的震撼是巨大的。今天，自己的师父提出来，要师叔李能对七人的拳法进行点评，无形中就已经认定，师叔李能入门虽然比七人都晚，但在戴家拳的修为上已经远超七人了。七人心中的不服气，不用别人说，肯定都有。

赢，一定要赢！

戴虎的惨死，也许让戴老爷子深深地意识到，戴家拳要想再往下传，太汾镖局想要继续生存，不进行断然的变革是不行了。断然的变革，必须采取非常的手段，要有壮士断腕的决心。看现在的情形，老爷子是下了这个决心了，不然也不会让二间退隐。

这会儿，场中最后做演示的是温六。

这温六，是二间镖头徒弟里入门较早的一个，一直跟着二间镖头走南闯北。在太汾镖局里不仅是能独当一面的镖师，更是太汾镖局里最有资格接掌总镖头的人。三十多岁，瘦长脸，中等身材，瘦小精干。这会儿一身短打扮，蓝绸短衫，腰系黑色布带，腿扎黑白裹腿，脚蹬千层底圆口布鞋，正在演示奇门兵刃点穴橛。

这点穴橛是戴家拳的独门兵器，又叫"卜天钻"，走的是奸、奇、诡、快、轻的路子。专取对手的膻中、丹田、气海、命门、关元、咽喉等要穴，点穴闭气，分经错骨。

温六身材本来就瘦小，这会儿运起戴家丹田气劲，闪展腾挪，身轻如燕，手中一对点穴橛，上下翻飞。

刚开始的时候，还能看清温六的一招一式，到了最后，只见残影，不见人。场中劲气激射，点穴橛神出鬼没，推、挟、穿、点、刺，招招夺命。橛随身出，奇诡难测，根本分不出手在哪，橛在哪。

众人看得心驰神摇，场中一片寂静。

"唰……"的一声轻响，众人眼前一花，温六已经气定神闲地站在了原地。双手抱拳，"各位前辈，见笑了，请指教！"

"好！"

众人这才反应过来，齐声喝彩。

乔家长柜更是羡慕不已，扭头对戴老爷子说道："师父，没想到温师侄儿的功夫也这么好，点穴橛使得如此出神入化，您老有时间也教教我！"

旁边兴隆镖局的张怀庆和太原红拳杜万春也都将大拇指一竖，对着戴二间赞叹道："戴镖头，真高，没想到戴家的点穴橛如此奇绝。您这个徒弟了不起，年纪轻轻就达到如此境界，若再过上个三五年，怕我们这些人都难望其项背了。"

长眉老道张德茂嘻嘻一笑，说道："别嘴上给自己贴金了，还再过上个三五年，怕是现在我们都要难望其项背了。长江后浪推前浪，一代新人换旧人，我们这些老家伙，都应该向老镖头学习，该退就退，该让就让吧！"

"老家伙，别倚老卖老，那你现在还不是把着玉永不放手吗？"

乔长老冷冷一笑，出言讥讽道。长眉老道老脸一红，讪讪笑道："包公脸，你也别激我，我这次回去以后，就把玉永交给昌德。"

见众人都惊叹温六的武技，二间镖头也不语，只是捻须微笑。

温六见众人都在夸赞自己，心中得意，抬眼瞟向李能，用略带挑衅的口气说道：

"李师叔，请你掌眼，看看我这个做师侄儿的，练得还行吗？"

李能看向戴老爷子与师兄二闾，二人都神情自若，没有任何表态，对温六的话和自己征询的眼神，好像闻而未闻，视而不见。只有二闾点了点头，示意李能说说。

见温六咄咄逼人的样子，众人也停止了议论，眼神都看向李能。温六的演示出神入化，大家都看在眼里，也都想听听李能的点评。二闾前六个徒弟演示后，虽然都请李能做了点评，但六人都很谦逊，都没有温六如此的咄咄逼人，所以，大伙总觉得意犹未尽，

李能看向温六，目含笑意，说道："师侄儿的一身功夫皆得你师父真传，身轻如燕，招式狠辣老道，我学习戴家拳时日尚短，"评判"二字谈不上，就简单说这两句吧。"

温六一听，心里不乐意了。怎么？这是看不起人吗？师父刚才把你说得那么厉害，这会儿倒装起好人来了。

脸上顿时显出了不悦的神色，口中也冷冷说道："师叔，对侄儿的功夫就这么不屑吗？一句话都不舍得给吗？"

"师侄儿，你这话言重了，我这里毫无轻视之意。上有你师爷，下有你师父，师叔实在是不敢枉加评判啊。"

"李师叔，我师父已经说了，我们练完后，请你给指点指点，前几位师弟你也讲了不少。怎么？到了师侄儿这里，师叔您就如此地不屑一顾吗？"

温六语气中的火药味越来越重了，两眼死死地盯着李能。双手紧握点穴撅，竟然摆出了一副拼命的架势，有点逼宫的意味了。

一旁的戴明看不下去了，走进场中，一把拉住温六的胳膊，低声道："师弟，你快别再说了，当着这么多人的面，影响多不好！"

这会儿，场上的众人也看出温六的态度有点不对劲了，开始交头接耳，窃窃私语起来。

"怎么回事？这温六与他的这个师叔好不大对付呀！"

"就是，看样子这个温六有点不服气，有意和他师叔较量较量呢！"

"哎！你看戴老爷子，好像一点管的意思都没有，这是个什么情况？"

"就是，你看，老爷子不管，二闾总镖头对他的徒弟如此行事，好像也没有管的意思。这爷俩，好像商量好的，往下看吧，有点意思！"

"再看看吧，实在不行咱们过去劝劝。"

见此情形，李能知道，这会儿再强行让温六下去也不可能了。不仅会把矛盾激化，还可能伤了温六的自尊心和面子。武人自爱，自尊心最强，争的，有时候就是一口气。想到这里，李能笑着走上前，对戴明说道："戴师侄儿，你先下去吧，我和温六讲。"

"师叔……这……？"

"没事，我来处理，你先下去吧。"

等戴明离开，李能看着温六，笑了笑，说道："温师侄儿，你看这样行不行。我也用点穴撅的功夫，咱俩试试手，如何？"

温六双眉微微一抖，立刻哂然一笑，说道："好啊！我也领教领教师叔的点穴功夫。"说着，双腿后撤，手中的点穴撅一摆，一个猴相，便拉开了架势，两眼神光灿然，瞪着李能。

李能笑容一凝，说了一句："好，小心了！"

话音未落，脚踩鸡步，身子一弓，六尺多高的身子一下子缩成一团，一招猿猴跳涧，双手一撮如鸡啄，硬打硬进，直奔温六的咽喉和双眼戳去。

温六与李能虽然都是戴家门人，但几年来，李能一直在小韩村里，种菜送菜，习练拳技。温六在镖局做镖师，一年中的大部分时间都在走镖，二人见面的次数不多。虽有同门之义，但感情很淡。

今天听戴镖头这么一说，温六心中不服，自己好歹也是太汾镖局里数得上名号的镖师，怎么就抵不上学戴家拳没几天的农夫了？一时心生嫌隙，起了挑战争斗的心。

这时，温六见李能身如灵猿，挟着一股劲风迎面袭来。精神一抖，口中大喝一声："来得好！"双脚疾步连踩，避过李能袭来的双手，两只点穴撅上下一错，施展分经错骨手，揉身欺入李能中门，直奔着李能的肩夹要穴。

李能不躲不闪，猴形式不变，身形裹缩，护住周身要穴，变猴蹬枝，鸡啄手变猴形爪，幻出漫天爪影，脚下暗腿飞弹，以攻为守，继续逼向温六。

场上众人愣怔之际，眼前一亮，被二人电光火石的对练吸住了眼球，议论声也戛然而止。

"好一招硬打硬进无遮拦！"

马老爷子最先忍不住出了声。

"以猴形对点穴撅，妙哉！"

"怎么讲？"

"猴形讲的一个快字，而点穴撅讲一个奇，以快对奇，点穴撅的奇巧之势就发挥不出来了。"

"而且你看，那李能的猴形与一般人的猴形不一样，猴形也讲一个奇巧轻灵，但此人的猴形却势如奔雷，凶猛霸道，犹如一只巨猿，完全碾压住了那温六的灵变。"

"看来李能此人，已经将拳练到快要灵变通神的地步了！"

红莲大师与长眉老道窃窃私语，随着二人拳技的你来我往，不住地点赞。

而此时的温六，对于李能的迅猛，感受得最深。只感觉自己犹如一只扁舟，身处惊涛骇浪之中，四周的空间好像都充满了李能的拳劲、爪影，密不透风，无缝无隙。在李能的拳幕劲气中，自己的身形也变得越来越滞重，呼吸有些急促，汗珠子也密密麻麻的，开始从毛孔中渗了出来。

众人也看得出，温六已经到强弩之末了。

李能拳势一变，一招猿猴挂印，架住温六刚好袭来的右手撅，身形一驻，朗声说道："好了，咱们就到此为止吧，再比下去，就要让在座各位武林先贤们见笑了。"

温六暗一较劲，只感觉如撼山一样，李能一动不动，心中一叹，罢了！于是脸色一松，略带着喘息，展颜道："好，师叔，你武艺高绝，师侄儿服了！"

听温六如此一说，戴明几人都松了口气。

在二间镖头的几个徒弟中，只有戴明、戴龙和贾仁三人与李能相处得较多，关系不错。特别是戴明，李能多次相救，二人虽有辈分上的区别，但早已成为莫逆之交。戴家门人，虽然有远近亲疏之分，但大家毕竟都是同门，谁也不愿意看到二人把关系搞僵，这会儿见温六不再与李能交恶，大家都很高兴，几人不约而同地围了过来。

戴明伸手一拍温六，笑骂道："怎么样，师弟，你小子这次服了吧？"

温六面带赧颜，伸手抱拳，心悦诚服地对李能说道："师叔，师侄儿汗颜，不该轻看师叔，以后还望师叔多指点指点。"

李能急忙按下温六的双手，诚恳地说道："温六，你言重了，以后咱们多亲近、多交流就是。"

"是！"

场中众人见戴家同门一片惺惺相惜、互敬互爱的样子，不禁齐声喝起彩来。

"好拳法，李兄弟！"

场下坐着的王正清不知什么时候也走到了李能身边，伸手赞叹道。

"王师傅，见笑了，见笑了。"

李能急忙抱拳回道。心中诧异，这王正清上来干什么？没等李能再开口相询，王正清一把拉住李能的手，眼带恳求，说道："兄弟，你不能再推，我实在技痒，今天咱俩一定得切磋切磋。"

"这……"

李能一阵好笑，这王正清真是一个武痴，可是这……

太原红拳杜万春哈哈一笑，也凑上前打趣道："李老弟，你就和他试试手吧。好女怕三缠，你再不答应，这小子会缠得你坐卧不宁。"

李能左右为难，不由得看向戴老镖头和郭老夫子坐的这边。半晌没开口的郭老夫子看了戴老镖头一眼，站起了身，"嘿嘿"一乐，说道："王大枪，你要比试也可以，不过咱们得说好了，就比一场，点到为止。"

"好好好，就比一场，一场！"

王正清欣喜若狂，连连点头，还竖起一根手指，一副坚决的表情。

说完，王正清转身就要去拿兵器架子上的大枪。

"等一下！"

随着话音，一股香风飘至二人身边，慕容燕一把拉住了王正清的胳膊。

"丫头，干吗？"

王正清瞪着两只虎眼，一脸诧异。

"嘻嘻！王叔，我怕你受伤，你们别动枪，就比大杆子，怎么样？"

"大杆子？"

看着慕容燕狡黠的笑脸，王正清有点摸不着头脑，呆愣住了。

"对呀！你看看，这四周都是人，你们两个人比试枪法，假如一个不留神，伤着自己好说，伤着别人就不好办了。"

慕容燕边说，边冲着李能眨了眨眼。

王正清摸了摸后脑勺，觉得也对。扭头看向李能，顺着慕容燕的提议说道："李兄弟，你觉得呢？"

李能心中一暖，知道这是慕容燕怕自己在比试中吃亏，专门提出来的。

大杆子是自己的绝技，慕容燕是知道的。不过大杆子，对于任何一个练枪的人来讲，都是最基本的功夫。只要是练武艺的人，都会拦、扎、拿。对号称神枪的王正清来讲，与自己比大杆子，更不吃亏。

"行！"

见二人都同意了，慕容燕抿嘴一笑，冲着李能做了个鬼脸，又说道："你们两个都穿上厚甲，在大杆子的一头抹上白粉，谁身上的粉点多，就算谁输。"

"好好好，就按你说的办。你这丫头，鬼点子真多。"

王正清有点急不可耐地说道。

片刻，两人都准备妥当了。

大杆子，三米长，婴儿手臂粗细，由战场上的大枪演化而来。抖大杆子，是锻炼身体弹抖力、爆发力、整体力的基本功夫。比试大杆子，没有十几年的功夫是做不来的。一寸短，一寸险；一寸长，一寸强。比试大杆子，既比功力，又比巧力，更比持杆人对力量的把控。从外表看上去，平淡无奇，实则凶险万分。

二人相距丈许站定，一手持杆，一手互行一礼。

"砰"的一声，两根杆子一触即分，二人随即变换身形，两脚一前一后，呈半马步。由单手持杆变双手持握，随着脚下慢慢地移动，杆头斜举向上，微微轻晃，在场中对峙起来。

院子里本来坐着观看的众人这时也都站起身来，纷纷向四周后退，让出场地，眼睛都紧紧盯着对峙着的二人。

"啪……啪啪……"

二人脚下疾进，王正清杆头一颤，直戳李能前胸。李能右手阳握，左手阴翻，脊胯兜翻，手中杆子拧裹，又是硬打硬进点的招式，顺着王正清的杆子径直戳了出去。

王正清只觉双手一麻，就见对面李能的杆头旋转，发出"突突突"的颤音，幻起朵朵枪花，袭向自己前胸的各大要穴。

"大杆子也能点穴……！"

王正清大吃一惊，前后脚极速互换，弓身拧腰，双臂内翻，倒提杆尾，贴胸缠裹不断。

"噗……"

王正清眼前的枪花突然寂灭，腹部丹田处一阵剧痛袭来。心中一惊，自己这是中了李能一招。

　　转眼间，二人已经过了十几招。场中杆影横飞斜舞，劲气鼓荡，"啪啪啪"的碰击声接连不断。

　　一个杆随人走，手中如舞着一条长蛇巨索，山下伸缩，飞旋不断；一个静如山岳，拦、拿、扎左右翻裹滚钻，见招拆招，借势破势。刹那间，二人便斗得天昏地暗，杆影乱飞。

　　"真没想到，李兄弟的功力竟然如此深厚！"

　　王正清一边上下左右挥动着手中的大杆子，心里边暗暗地思量。

　　院子里的人看得更是心驰神往，啧啧称奇。

　　"这李能的功夫真已经达到通灵的地步了，厉害呀！"

　　"就是，这二人的大杆子，半斤八两，谁也不差谁多少。"

　　"啪！"

　　随着一声轻响，杆影骤然消失，只见两根大杆子又粘在了一起。上下滚动，你扎我拦，两根杆子上就像挂了橡胶，谁也抖不开谁。

　　"嗡……"

　　一声闷响，二人手中的大杆子突然抖动轻颤起来。众人还没反应过来，"咔嚓"又一声，就见神枪王正清手中的杆子和李能的杆子都突然裂开了。

　　二人缓缓收了架势，王正清哈哈大笑："痛快！痛快！"

　　众人再看二人的软甲上，王正清的身上有五个白色印记。李能身上只有一个，显然王正清略逊李能一筹。

　　王正清看了看自己和李能身上的印记，脸色微变，扔了手中的大杆子。几步走到李能的身边，探手一抓李能的胳膊，"嘿嘿"一笑，道："兄弟，来，咱俩再过过拳脚。"说着，臂力一张，扣着李能的胳膊，就要动手。

　　李能以为王正清走过来要握手示好，刚要客气几句，没想到这人突然搞了这么一下子，这就有点偷袭的味道了。心中一凛，下意识地一激灵，劲透全身，一招金鸡抖翎就甩了出来。

　　王正清虽然有意偷袭，但也有点戏谑的意思，只顾自己发力，根本没想到李能的本能反应这么迅猛厉害，一个不注意，就感觉自己的身子一震，"呼"的一下，就飞了起来。心中大惊，急忙一个千斤坠，紧接着又一个鲤鱼打挺，才堪堪稳住了身子，没有摔倒。

　　王正清老脸一红，讪讪咧嘴尬笑道："兄弟，开个玩笑，开个玩笑。"

　　大伙儿先是一愣，接着哄堂大笑。杜万春笑得直揉肚子，一手指着王正清笑骂道："王疯子，你这么大人了，怎么搞出偷袭这种下三滥的招数了。看看，碰钉子了吧，哈哈哈……"

　　王正清的脸红得像猪肝色了，上去就踢杜万春，恨恨说道："让你笑，去，你上去找李兄弟试试。"

杜万春一收左脚，躲过王正清的脚，接着，右臂后抡，左臂上抡，摆了一个架势，斜眼逗笑道："怎么着，再试试我的狮子抖毛。"

众人又是一阵大笑。

李能急忙走了过来，略带歉意地对王正清说道："王大哥，是我失手了，你别介意！"

"哪里！哪里！兄弟，你这拳法真是了得，可当得"神拳"二字！"

王正清说罢，转头对着大伙喊道："大伙说，李兄弟的拳法，当不当得一个'神'字？"

"当得！"

"当得……"

在场众人，齐声应和。

"好！李兄弟，能被神枪王正清称为神拳的，武林少有。哈哈，在三晋，有神枪王正清，现在又有了一个神拳李能。好！好！好！当真的好。"

杜万春连说数个好字，神拳二字一出口，院子里的大伙也跟着纷纷叫好。

"好！好一个神拳李能！"

"神拳李能然！"

就在大家议论叫好的档口，二闾镖头含笑站了起来，面向来宾深深一揖，谦然说道：

"弟子自随父从事镖业数十年来，一直承蒙江湖道上的各位朋友抬爱相助，所幸并无大的差错。从今日封刀闭门起，弟子以后就不再拔刀论剑，不再谈武收徒了。借此机会，就把这太汾镖局也做一个托付。希望在座的各位武林前辈和同道看在往日的情分上，对后人能多有关照，在力所能及的情况下提携一下这些后辈们。我的这些弟子们，虽不成器，但以后的路终归还得他们自己走。刚才也请各位前辈和武林同道给我这些弟子们都掌了掌眼，他们几人要接掌戴家拳一门和太汾镖局，火候恐怕还是差了点啊。"

众人一听就明白了。戴老爷子嘱二闾总镖头封刀闭门，乃是一举两得的事。一个是隐拒江湖同道，告诉大家，以后有江湖助拳的事就不要再找戴家了，自己已经对天地和祖师封刀立誓了。二是要传宗授剑，托付后人，请武林同道承认戴家的掌门弟子，照应戴家门下后人。

就听二闾镖头继续接着说道："按武林入门传宗的成例，应该是以先入门者为长。但弟子以为，武道，首先修的是人道，达者为师，故在弟子门下，以年龄大者为先。如今在我门下这几个弟子，虽然我长子长兴为大，但他无意于武道镖行，人各有志，我也不再强求于他。其他弟子今日都已演示过了，但要当戴家大任，实在还是难尽人意。好在除我门下弟子之外，我戴家门下又纳得一名贤徒，此人无论人品武道，都是绝佳的人才……"

说到这里，院中众人有几个诧异地看着二闾镖头，总觉得其话里哪里有些不对。

几人互相看了一眼，猜想二闾镖头下面的话。

就听二闾镖头继续说道："大家也看到了，戴家门下的弟子已渐飘零，我虽然近甲子之年，但心力交瘁，神疲力乏，实在是再没有精力，完成传拳受艺的大任了。故而借各位武林同道今日在此之际，本门决意为戴家拳再选一掌门弟子……"

这话一出，院内众人一片哗然。二闾镖头的话说得再明白不过了，这掌门弟子，不是二闾镖头这一门的掌门弟子，而是戴家拳的掌门弟子。确实也对，只有戴家拳一门的掌门弟子，才有资格做太汾镖局的总镖头。

看着哗然一片的众人，二闾镖头继续平静地说道："这个掌门弟子，不仅要担得起戴家拳的传承，还要能总领太汾镖局，无论在江湖，还是在庙堂，都能披荆斩棘，淡定从容。"

说着，老镖头扫了七个徒弟一眼，然后略提高了嗓门，说道："现在在我门下，只有一人有此资格。"

众人精神一振，顺着二闾镖头的眼神望去，就见二闾镖头把眼神定在李能的身上。缓缓说道："这个人就是我师弟李能！"

"果然是他！"

"这个人行！戴家选对了！"

听完戴镖头的话，温六几人虽然多少有点失落，但经过刚才一阵比试，大家对李能的功夫也无可挑剔，确实比自己几人高出了许多。想到这里，也就释怀了许多，脸上也露出了欢欣的笑意。

二闾镖头看到自己的几个徒弟都没有异议，也很高兴，不禁赞许地点了点头。接着往下说道：

"李能入我戴家门时，已近不惑之年，时日又短，但大家也都看到了，在戴家门人中，对我戴家拳精髓掌握最多、领悟最深的，也只有李能一人。李能不仅能深究戴家拳理拳法，而且还能博采众长，触类旁通，走出了自己的拳路风格。在这个年龄，这实属难得，就连我这个做师兄的也觉得难望其项背。李能不仅在拳法上已得我戴家拳精髓要领，而且在镖行上，更能独当一面，今日虽是我戴家选定掌门弟子，也是我戴家镖局求贤的日子。故而，在今日，我父正式开山门收徒，李能正式拜入我门下！"

"哗……！"

此话一出，所有的人都大吃一惊：敢情这李能还没有正式拜师呢？

一个记名弟子，能把戴家拳练到这般程度，啧啧！

众人惊奇声一片。

除了马老爷子、戴老店主和郭老夫子外，就连慕容长空也有点瞠目结舌。这戴家搞的是哪一出，惊人的事一件接着一件，把众人的脑袋轰得嗡嗡作响。

李能却是惊喜交织，这事，自己事先一点也不知道。拜师学艺，是自己这么多年来一直梦寐以求的夙愿，这三四年来，自己虽然被戴老爷子接纳，但一直没有正式拜师，也只能算是一个记名弟子，今天，自己的这个夙愿，终于要实现了，而且还是当着这么多人的面，可见戴老爷子的重视。

就听二间镖头继续说道："为我戴家拳的传承、太汾镖局的将来考虑。李师弟本是带艺投师，外家功夫早已登峰造极，数年前入我戴家，家父早已应允，只不过因为琐事缠身，一直没有递帖。故而今日家父要借各位武林同道在场之际，为我李师弟举行递帖入门仪式，请各位同道共同做个见证。"

"这李能确实是一个品行高洁、低调温和的人，太汾镖局交给这样的人，错不了。"

"嗯，不错。从刚才此人的表现来看，不仅品行高洁，武艺更是高绝不群，戴老爷子选此人做关门弟子，以后光大发扬戴家拳算是后继有人了。"

二间镖头看向李能，一脸的诚恳，缓缓说道："师弟，今日我将戴家拳与太汾镖局交给你，就是希望你能把戴家拳发扬光大，把太汾镖局继续经营下去。"

说着，戴镖头一拉李能的手臂，说道："来，咱们拜师去。"

这时，戴老店主和郭老夫子也都站了起来，二人看着李能，笑眯眯地说道："你这个小师弟，我们老哥俩也认定了。"说着，四人随着戴老爷子，在姬、曹两位先师的牌位前跪了下来，戴明等一众弟子也紧随其后，纷纷跪下。

戴老爷子点燃了三支香烛，双手高举，躬身一礼后，逐一插在了牌位前的香炉里。

然后跪了下来，朗声说道："两位祖师，数十年来，弟子愚钝，没有将先祖所传拳技发扬光大，实感汗颜。如今耆耆老矣，为祖师绝技能继续发扬光大、开枝散叶计，弟子今日再开山门，正式收直隶深州人氏李能为徒。今日在此拜上，以告二位祖师在天之灵。"

戴老爷子说罢，众人都站起了身，戴老爷子紧靠祖师牌位下手坐定。二间站起来对身后的李能说道："师弟，你拜过师父吧！"

忐忑激动之中，李能按照拜师程序，给戴老爷子奉茶行了拜师大礼。

待李能行过拜师礼，戴老爷子面色严肃，对二间总镖头说道："叫本门弟子都见过能然吧！"

"好的，父亲。"应罢，二间总镖头转头对李能说道："师弟，你也站到香案旁，待本门弟子们给你行礼。"

李能虽然略有些局促，但事已至此，大礼不可偏废，便依言站在了香案下首。

见李能站定，二间总镖头没有先叫门下弟子们上前拜见，自己竟先侧身站在了拜垫前，朗声说道："师弟，今日你受我委托，能接掌戴家拳门户，师兄我这里先行谢过了！"

说着，二间总镖头对着李能，深深地行了一个鞠躬礼。李能慌忙双手搀扶起戴镖头，口中急道："师兄，你如此大礼，师弟可是担当不起。师兄放心，所托之事，李能一定竭尽全力，定不负师兄所托。"

戴老爷子看着谦恭的李能，微微点了点头，二间镖头高兴地也哈哈一乐。然后脸一板，一脸严肃，对着戴明等人说道："李能现在是你们的师叔，今日起，更是我戴家拳的掌门，太汾镖局也将交由你们李师叔执掌。你们若有异议，现在可以提出来，要是没有，那以后我门内一切事宜就都由你们李师叔做主。"

戴家众人及门人弟子们见戴老爷子都如此看重李能，大家心里虽然还有许多不解，但也没再有人提出异议了。戴明等人高声应道："没有，师父，一切任凭师父做主。"

"好！你们见过师叔。"

二闾镖头面色冷肃，看着戴明几人说道。

"师叔好！"

在祖师神位前，戴明七人也不敢再有轻视怠慢之色，依次恭恭敬敬地给李能行了礼。

看着戴老爷子这一阵子神一样的操作，慕容燕一脸的蒙圈，扭头悄声向身边的慕容长空问道："爹，你明白了吗？"

慕容长空微微一笑，低声说道："戴家老爷子用的是金蝉脱壳之计，好手段。不过这样对能然也好，更可以名正言顺地执掌太汾镖局，在江湖上也不会有人再生轻视之心，有些事情，现在看不明白，以后你就慢慢地知道了。"

拜师礼一过，戴老爷子一脸笑意，乐呵呵地站了起来，抱拳对院中所有的来宾高声说道："各位同道，我戴家今日大事已毕，为了感谢各位同道捧场，太汾镖局已经设下酒宴。老朽今日再做一次主，现在请各位入席吧。"

"好……！"

院子里一片欢腾。

道贺声，逗趣声，声声不断。

有道是：

岁月老，江湖总风云。

换新人，代代永相承。

号神拳，深州李老农。

戴氏心意拳传承简谱

姬隆丰（明末武将，改枪为拳，创心意拳。）
↓
↓
戴隆邦（戴氏心意拳）
↓   马学礼（河南心意拳）
↓   ↓
戴文良   → 马三元 张志诚 → 李政 → 张聚强 → 买壮图 → 安大庆 → 宝显廷
↓
戴文熊   李能（李老能、李洛能，在戴氏心意拳基础上创形意拳，形意拳开宗祖师） 郭维汉
↓
戴良栋
↓→ 戴魁 戴宏勋

王映海 马二牛 岳温忠 程联凤 田九元 王步昌 高教声 王德威 邢德胜 原德胜 王德胜 任荣
↓
陈振家

李老能形意拳传承谱（一）

李能（李老能、李洛能，字飞羽，号"神拳李老能"。形意拳开宗祖师。）：

↓

李太和（子）　刘奇兰　郭云深　田解元　刘晓兰　车毅斋　宋世荣　李镜斋　张树德　刘元亨　李占元　白西元　贺运亨　李广亨

↓

李闻喜 李喜顺 王有祥 王专祥 王天祥 王润祥 侯剑锋 李淮 范彬 刘大生 刘玉山 王孝功 吕国志 吴玉山 王福禄 薛振刚 张腾飞

↓

张魁进 王师禹

↓

张玉林 王树德

↓

李忠义 王建筑

↓ 王东骥　张胜利　赵志杰　程国栋　要粮安　贺明忠　张　欣　杨　通　陈　楠　李滋生　任　德　李晓升　武　琛　李志云　白　帆　宋　宁　孙　翔

徐志勇　陈忠仁　程　鹏　王攀峰　范自强　索亚飞　张御琨　袭世豪　解均凯　李进平　张小军　牛志云　闫玉生　吴　刚

王建平　王立卿　王攀峰　赵振宇　王旭飞　赵森辉　王中骥　赵振轩　岳　川　赵一鸣　王俊祺　成涛涛

赵蔚祥　韩晋武　刘盛宏　袭世豪　张御琨　陈　楠　王中骥　辛老虎　魏永轩　谭　政　王天旸　赵英杰

徐志强　梁前锋　冯根全　　　　　　　　　　　　　　李滋生　常兆鑫　邢根荣

李老能形意拳传谱（二）

张玉林（李老能形意拳第五代传人，国家级非物质文化遗产形意拳代表性传承人。）
↓（部分）

严建伟 高俊 魏计刚 张天鲁 高智慧 吴永学 邵守俊 崔世荣 蓝建民 王义 边建军 邵强 赵藏卜 郭向梅 张宽 李忠义 秦万和 陈剑波

陈国松 屠建国 赵维志 关byteArray志 秦晓国 王寿盟 曲秀平 耿合艺 朱毅 严建礼 王华 崔永文 强建文 马向宁 王鑫 王庆成 孙绍利 王

文学 张国君 许国雷 党晗 田范江 刘中华 郑东旭 郑晓龙 王猛 郑晓时光 赵胜 耿同波 谢岳超 王玉冰 李林华 史义 王义静 宋伟

宋建新 赵绍祥 郭德阜 范德超 刘彦春 范少能 吴承隆 李翊弘 黎小玲 赵维志 刘瑞凯 徐同波 刘禹翠 李少杰 张晴

崔水文 赵永刚 尚津栋 张天鲁 邵强 马思远 于金刚 关生 侯庆鑫 林冠宏 胡光军 程显珍 周洪 肖维娜 李伟 党光明 李林华 靳猛杰

张华（子）郭继红 毕建锁   王超群   张聪

↓   ↓→孙可 肖伟   ↓→张先林 李振山 王旭 刘鸿钓 周树森 黄德志 蔡勇

↓   ↓→周笼红 刘敬梅 程铭 毕世全 王硕   高玉领 崔建 侯博伟 李续忠

↓   ↓   王嘉贺 管壮 冯炳傲

↓   ↓→肖占生 刘连凯 刘连洪 张志刚 郭强 李鹏起

马伟 张之洞 许航俊 孟紫苹 胡璇 毕世全 宋长岩 朱增强 牛梓屹

↓

丁冠宇 马驰睿 范奕绞 王泽畅 王鹤天 孟煊喆 秦斐钰 韩奇佑 鹿语桐 刘禹辰

后 记

经过数月潜耕，终于完成了本书的创作。看着眼前厚厚的书稿，心中竟然莫名的升起了一丝慨然惆怅。

形意拳与太极拳、八卦掌一样，被称为中国传统武术中的内家拳。在这三大内家拳中，被称为最能打的拳，是最具技击特色的"神拳"。在中华武林的历史长河中，尽领风骚数百年。

我本人素喜中华武术，对形意拳更是情有独钟。在四十年前，偶得李天翼、李德印二位老师合编的《形意拳术》一书，爱不释手，常细心揣，可终不得要领。遗憾之余，便暗下决心，要拜名师，仿高人。就这样辗转了数十年，在数年前，有幸得遇恩师国家级非物质文化遗产形意拳代表性传承人、河北深州形意拳协会会长张玉林老师，拜得老师门下。至此，才知形意天地之大、之广、之远，已非一己之思所能谋得。

跟随老师练拳之余，我被老师致大、致广、致远的拳学精神所震撼而无以复加。于是萌生了要为形意拳的传播做点什么的想法。故而于2016年为师献策"三一规划"，即一个形意拳传播基地，一个形意拳祖师祖庭，一部形意拳学故事。在老师的大力努力下，在河北深州市政府的大力支持下，前两个"一"于2018年在深州基本完成，初步建立起了"基地+祖庭"的游武模式，形意祖庭傲然立于世人面前，为后人记住"神拳"文化奠定了基础。

物终究有磨灭消亡的时候，能永存的，是代代相承的思想与精神。故事，是这种传承的一种方式，在电子技术时代，恐怕更是如此。于是，我开始着手关于形意拳创立的故事编写。虽然以故事的形式展现，但其实质想描述一种精神与思想。于是乎提笔试写，已形意拳创始人李老能为主线，初按《老能祖师》《形意豪侠》《国家非遗》三部曲为架构，想再现中华民族的伟大创造力与进取意志。

在我老师张玉林先生的亲力指导下，在河北深州形意拳协会及严建伟、张聪、孟庆元、张华、王鑫等各师兄弟们的大力支持下，在王建筑、陈振家、吕鸣捷、孙绪等老武术家的帮助下，终于完成了第一部。

在此，我由衷的感谢给我支持的各位师长与朋友！

谢谢！

李忠义
于2023年夏初笔耕草堂